钱理群作品精编

钱理群

世纪心路
——现代作家篇

生活·讀書·新知 三联书店

图书在版编目（CIP）数据

世纪心路．现代作家篇/钱理群著．—北京：生活·
读书·新知三联书店，2014.10 （2024.8 重印）
（钱理群作品精编）
ISBN 978－7－108－05060－1

Ⅰ．①世… Ⅱ．①钱… Ⅲ．①中国作家－现代作家－
作家评论 Ⅳ．① I206

中国版本图书馆 CIP 数据核字（2014）第 122468 号

责任编辑　卫　纯
装帧设计　蔡立国
责任印制　董　欢
出版发行　生活·讀書·新知 三联书店
　　　　　（北京市东城区美术馆东街 22 号 100010）
网　　址　www.sdxjpc.com
经　　销　新华书店
印　　刷　北京隆昌伟业印刷有限公司
版　　次　2014 年 10 月北京第 1 版
　　　　　2024 年 8 月北京第 2 次印刷
开　　本　880 毫米×1230 毫米　1/32　印张 15
字　　数　373 千字
印　　数　4,001－7,000 册
定　　价　59.00 元
（印装查询：01064002715；邮购查询：01084010542）

一览众山小——和研究生同学游鹫峰

"全家"在客厅合影（全体研究生）（2002年）

和研究生在"我的那间小屋"里（80 年代）

在北大中文系前

讲课风采

总序：大时代里的个体生命史

感谢北京三联书店的朋友，要为我编选"作品系列"，这就给了我一个机会，对自己的研究与著述，作一番回顾与总结。

尽管我从1962年第一个早晨写《鲁迅研究札记》，就开始了业余研究，但将学术研究作为专业，却是以1978年考入北京大学研究生班，师从王瑶和严家炎先生为起端的。记得第一篇公开发表的学术论文，是刊载于《中国现代文学研究丛刊》1980年第2期的《鲁迅与进化论》；从那时算起，我已经笔耕三十三年了。粗略统计，出版了六十四本书，编了五十一本（套）书，写的字数有一千三四百万。写的内容也很广，我自己曾经归为十个系列，即"周氏兄弟研究"、"中国现代文学史研究"、"20世纪中国知识分子精神史研究"、"毛泽东及毛泽东时代研究"、"中国当代民间思想史研究"、"中国教育问题研究"、"志愿者文化与地方文化研究"、"思想、文化、教育、学术随笔"、"时事、政治评论"、"学术叙录及删余文"。我曾经说过，我这个人只有一个优点，就是勤奋，整天关在书房里写东西，写作的速度超过了读者阅读的速度，以至于我都不好意思给朋友赠书，怕他们没有时间看。在这个意义上，我是为自己写作的，我整个的生命都融入其中，并因此收获丰富的痛苦与欢乐。

这一次将一大堆著作归在一起，却意外地发现了它们之间的内在联系。我的文学史研究、历史研究，关注、研究的中心，始终是人，人的心灵与精神，是大时代里的人的存在，具体的个体生命的存在，感性的存在，我所要处理的，始终是人的生存世界本身，存在的复杂性与丰富性，追问背后的存在意义与人性的困惑。而且我的写作，也始终追求历史细节的感性呈现，具有生命体温的文字表达。这些关注与追求，其实都是文学观照世界的方式。我因此把自己的研究，概括为"用文学的方法研究、书写历史"。

多年来，特别是退休以后，我更是自觉地走出书斋，关注中小学教育、农村教育，地方文化与民间运动，关注的也依然是一个个具体的，有血有肉的生命个体，我和他们的交往也是具体的、琐细的，本身就构成了我的日常生活。同时，我又以一个历史研究者的眼光、思维和方法，去观察、思考、研究他们，在我的笔下，这些普通的乡人、教师、青年……都被历史化、文学化、典型化了。因此，也可以说，我是"用历史与文学的方法研究、书写现实"的。

现在，他们——这些留存于历史长河中的生命，这些挣扎于现实生活里的生命，都通过我的系列著作，奔涌而来。他们中间，有历史大人物，也有民间底层社会的普通人，都具有同样的地位与分量，一起构成了大时代里的个体生命史，一部20世纪的中国精神史，中国"人史"。我所有的研究，所写的上千万的文字，因此构成了一个有机整体，并且都渗透了我自己的个体生命史。

为了能展现这样的属于我自己的研究图景，本系列作品的编选，分为两个部分。第一系列是我的五部代表性研究专著：《心灵的探寻》、《周作人论》、《丰富的痛苦——堂吉诃德和哈姆雷特的东移》、《1948：天地玄黄》、《我的精神自传》，以展示我的学术研究的基本风貌。第二系列是重新编选的文集，计有：《世纪心路——现代作家篇》、《爝火不息——民间思想者篇》、《大地风雷——历史事件篇》、《精神梦乡——北大与学者篇》、《漂泊的家园——家人与乡人篇》、《情系教育——教师与青年篇》。这本身也形成了一个结构：从五四新文化运动的开创者陈独秀开始，到曾经的精神流浪汉、某当代大学博士生王翔结束，我大概写了将近一百位"大时代里的个体生命史"。为便于读者理解我的研究与书写背景，每一卷的开头都有"前言"，主要讲述我和本卷书写对象的关系，借此呈现研究者与研究对象的生命纠结，同时召唤读者的生命投入，以形成所描述的历史、现实人物与作者、读者的新的生命共同体。——这设计本身，就相当的诱人，但却有待读者的检验。

2013 年 3 月

目　录

辑二　精神炼狱

前　言

　　早在 1997 年就有一个"中国知识分子的'心路历程'系列研究设想",预计要写七本书:"一、一二十年代:大学院里的知识分子——以北京大学为中心;二、30 年代:文学市场中的知识分子——以上海为中心;三、40 年代:战争流亡中的知识分子——以西南联大、鲁艺(抗大)为中心;四、一个特殊年代(1948 年):历史转折中的知识分子——从南京到北京的中心转移;五、五六十年代:国家体制下的知识分子——以党为中心;六、70 年代:'无产阶级专政下的革命'时代的知识分子——以毛泽东为中心;七、八九十年代:处于历史交会点的知识分子——中心丧失以后的无序状态(即 1. 重建'大学文化'的努力与困惑,2. 落入商潮,3. 面对国家意识形态、体制的修补,4. 国际、国内大逃亡)。"

　　这一雄心勃勃的计划,最后只写出了第四部:《1948:天地玄黄》,后来又写了《我的精神自传》,算是计划中的第七部的一个变体。其实,我现在还在写"1949 年以后的中国知识分子",应是原来设想的第五六部,收入本书的第二辑里沈从文篇即是最初的成果。近年写《现代文学编年史——以文学广告为中心》,则将预计写的第一、二、三部的某些思路写成了一些条目,现也挑选几条收入本书。这样,也就通过若干点,大体可以窥见"中国知识分子的'世纪心路历程'"。选择作家来代表知识分子,不仅是因为我的专业是研究文学,也与我对作家的体认有关，我曾说过，作家是一个特殊的知识群体："他们的思想，感情，心理，都更复杂，更敏感，也更脆弱"，"他们是民族的思想者，永远的精神者，文学的探索者，具有更丰富的，自由无羁的想象力"。(《创作的超前性与评论的相对化》，收《返观与重构——文学史研究与写作》) 他们身上所显示的"心路历程"就更具感性，蕴含更为复杂、丰富的生命内容，也更能融入我自己的生命感受：这都是我追求的。

2013 年 3 月 2 日

20世纪中国知识分子空间位置的
选择与移动（代序）

"20世纪中国知识分子的精神史"，这是一个很大的题目，可以从不同的角度展开研究。我的思路是，知识分子的精神活动总是在一定的时间与空间中展开的。每一个时代，知识分子中最有活力、最有影响的部分，也就是我们通常所说的知识分子的精英、代表人物，总是相对集中在某一个或数个特定的空间，并且随着时间（时代）的变迁，形成一种位移；这样空间位置的选择与流动，固然是社会客观条件使然，但也与知识分子的主观追求相关。从这里切入，或许可以对20世纪中国知识分子的历史选择、命运，获得一些新的认识。

于是，我们首先注意到，从19世纪末到20世纪初，也就是从洋务运动、戊戌政变到辛亥革命，以至袁世凯复辟这一段时间，知识分子的代表人物都聚集在国家政权——先是满清王朝，后是国民政府的周围，在想象、期待中的或实际的政治强权人物（先后有慈禧太后、光绪皇帝、孙中山、袁世凯等）的周围，允当"幕僚"、"国师"的角色。这其实正是中国传统知识分子所一贯扮演或希图扮演的角色，在这个意义上，这个时期的知识分子还没有走出传统士大夫知识分子的老路。但背后支撑的理念却发生了深刻的变化：不再是如何维护、强化封建专制王朝的统治，而是内含着建设现代民族国家的一种设计与想象。鸦片战争以后，面对西方殖民主义侵略的威胁，怎样使落后的中国赶上西方国家，迅速成为一个独立、统一、富强的现代民族国家，就成为一代又一代的中国现代知识分子奋斗的目标，形成了一个恐怕至今也没有摆脱的所谓"赶超情结"。其实我们今天倒是应该对于这样的作为前提的赶超情结提出质疑的，以后有机会或许可以展开来讨论。我们这里要做的是一种历史的叙述：在确立了赶超目标之后，接着的问题是，怎样实现赶超？最容易产生的思路就是利用国家强权、政治强权的力量，把全国人民组织起来（这后来成为毛泽东的一个最基本的概念），以实现最大限度的社会总动员，以及思想、行动的高度统一，以便集中力量办大事，进行国家现代化建设。这是一条在极权政治体制下富国强兵的国家主义道路，对于有着强烈民族主义情绪的不发达国家的知识分子是有吸引力的；但是这条国家主义的道路又是以牺牲个人的独立与自由，绝对服从所谓民族国家的整体利益为前提的，这就使得这些自称具有现代民主、自由思想的知识分子陷入了十分尴尬的境地：一方面，他们自认为是这条富国强兵的现代化道路的设计者，是所谓智囊以至国师，但对于处于国家权力中心、以国家整体利益的代表自居的政治强权人物，却存在着一种实际上的依附关系，鲁迅因此而尖锐地指出，他们不过是官的帮忙与帮闲。以后随着现代化建设、商品经济的发展，又同时成为商的帮忙与帮闲。这自然又会引发出这些知识分子的危机感。最早引发这种危机感的是1915年袁世凯复辟以及以后的张勋复辟。复辟事件对沉湎于富国强兵梦的知识分子无疑是一个当头棒喝，使他们必须面对一个事实：在中国的历史、文化条件下，强权政治必然导致个人独裁和封建专制主义的复辟，以后的历史也一再证明了这一点。在1915年前后出现的对国家主义思潮的批判与反省，正是反映了一种新的思想动向：一些敏感的知识分子打破对强权国家与强权政治、政治家的幻想，开始寻找新的现代化思路。陈独秀率先发表《爱国心与自觉心》一文，怒斥当局"滥用国家威权，敛钱杀人"，指出"人民不知国家之目的而爱之，而为野心之君……所利用"，"爱国适以误国"；同时提出救国之道即在启发民之"自觉心"，并见诸行动，于1915年创办《青年杂志》，面向青年，唤起"伦理之觉悟"，"脱离夫奴隶至羁绊，以定其自主自由之人格"（《敬告青年》）。时在美国留学的胡适也在1915年2月20日的日记里，记下了他的英文教师的观点："一国之大学，乃一国文学思想之中心，无之则所谓新文学新知识皆无所附丽"；并且满怀激情地写道："国无海军，不足耻也；国无陆军，不足耻也！国无大学……乃可耻也。我国人其洗此耻哉。"

胡适其实是敏感到了一种已经成熟的时代要求。1916年底，蔡元培于大风雪中来到北京，登高一呼，就把陈独秀、李大钊、胡适、鲁迅、周作人……这样一大批民族的精英聚集在北京大学。这是发生在20世纪一二十年代中国知识分子的一次意义重大、影响深远的自觉的位置移动：从皇宫、总统府转向大学校，从高层政治转向民间教育。这意味着中国知识分子现代化想象与思路的一个转变：由依靠国家强权的富国强兵的国家主义道路，转向依靠知识与知识分子自身的力量，来唤起国民的觉悟，自下而上地进行社会变革与建设的启蒙主义道路。这同时也意味着知识分子的角色转换：由依附政治强权的幕僚、国师，转而充当思想启蒙的主体，追求思想、文化、学术、教育的独立，彻底走出传统士大夫知识分子的老路，成为独立、自主、自由的知识分子，从而建立起现代知识分子的新的范式。

五四新文化运动可以说是20世纪唯一的一次影响全局的独立的知识分子运动。它是以北京大学为中心的：蔡元培首先高举"兼容并包，思想自由"的旗帜，在陈独秀、胡适为代表的新派教授支持下，对北京大学从京师大学堂延续下来的官僚体制进行根本的改造，使其成为中国一个独立的民间知识分子自由集合体。正是这样一个相对宽松、自由的精神空间，空前地焕发了中国知识分子的创造力与想象力，由此产生了新的世界观、伦理观，创造了新的学术与新的方法，形成了全新的校园文化，中国的大学由此第一次获得了为社会变革提供新的批判性的精神资源与价值理想的功能；并通过现代传播媒体，主要是《新青年》与《新潮》，把校园文化转化为社会文化，用新的思维、新的想象，新的文化……来影响整个中国的思想进程与社会变革。这一次中国历史上空前的知识分子为主体的思想启蒙运动，是以文学革命为中心的，而文学革命又是以文学语言、文学形式的变革为突破口：这样的战略与策略选择，无论是其正面，还是负面，对以后的中国思想、文化的发展，都产生了深远的影响。一方面，新的思想以文学作为载体，可以依靠文学本身的感染、鼓动力量迅速为读者所接受，甚至在文化程度不高的民众中产生一定的影响，"五四"及以后新思潮风行一时，就与这样的选择直接有关；但同时带来的问题是，中国的思想启蒙运动因此而先天地缺乏深厚的学理准备与根底，不时表现出理性思考的不足而过于情绪化的浮躁与思想的肤浅。就现代文学的发展而言，从其起源上，就是中国知识分子独立思想运动的有机组成部分，并担负着启蒙的任务，自觉地作为新思想的载体而存在，它也同样因为新思想的力量、知识分子的自由、独立精神而获得一种特殊的魅力与生命活力，新文学能够在短短的几年间，在自身艺术发展尚不成熟的情况下，就抵住了旧思想、旧文学的强大压力，打破发展得十分精致、成熟的旧文学的垄断地位，站稳了脚跟，这是一个基本的原因。这本身即构成了中国现代文学的一个特点与优长之处；当然，这同时也可能预伏着有可能忽略文学自身审美功能的危险。所有这一切，都是与以北京大学为代表的以大学为中心的空间选择直接相关的。

但20世纪中国知识分子的这段黄金时代并不很长，只有蔡元培真正主掌北京大学的短短几年。而蔡元培本人也在五四新文化运动以后，开始着手于大学体制化的建设，蔡元培希望借此使北京大学与现实政治保持一定距离，并纳入一定的秩序轨道。但中国的教育却根本无法脱离政治，特别是南京政府完成了全国的统一以后，强化其以党治国的极权统治，为加强思想控制，强行将政党政治进入校园，推行党化教育，强调集权统一，并且通过教育立法与制度建设，把国民教育纳入国民党的一党专政的体制之中。尽管由于社会的趋于稳定、教育投资的增加、教育管理的逐渐完善，在 1930 年代，中国的教育，包括大学教育有了长足的发展，但对教育的控制有增无减，"五四"时期北京大学那样的相对独立的民间知识分子的自由集合体已经不可能存在；在这种情况下，大学教授、知识分子的分化也就不可避免，于是，出现了不同的位置选择。以胡适为代表的知识分子逐渐为体制所接纳；早在 1923 年，胡适等人提出"好政府主义"，就表明他们又重新回到依靠国家强权实现现代化的思路上来，但他们并不满足于充当幕僚，而希望直接进入政治权力中心，不仅当国师，更要当领袖，实行专家政治的开明专制。这就出现了由大学（民间）再度进入政府（权力中心）的位移倾向。但在现实中国的极权政治体制中，掌握最高权力的强权人物（无论是北洋军阀政府的段祺瑞，还是国民党政府的蒋介石）是不可能让这些知识分子来充当国师的，更不允许他们执掌权力，哪怕是分享部分权力；即使将他们中的一部分人纳入政府，也不过是一种点缀，依然无法摆脱依附地位。这就使胡适这样既渴望进入政治权力中心，又希望保持自身独立的知识分子陷入了尴尬的境地。最终的选择，或直接进入国家权力机构，成为独裁政治体制下的技术官僚；或像胡适那样，游走于大学与政府之间，将自己定位为国家的诤臣，强权政治人物的诤友，既在体制内，又勉力保持有限的独立性。而另一些没有胡适那样强烈政治兴趣与欲望的知识分子，则坚守大学校园，力图远离政治，发展学院派的学术文化，但仍不能摆脱国民党极权政治对教育、思想、学术的控制，这就必然导致"五四"时期北大那样的为思想发展与社会变革提供批判性精神资源与价值理想的功能减弱，而突出大学知识积淀与传递的作用，因此，不再强调对既成思想文化的批判与新的思想文化的创造，而偏向于将思想文化转化为知识，并将其规范化、体制化。同时，随着大学体制的完善，这些大学教授拥有了知识权力以后，也成为大学秩序的维护者，也就出现了将知识权力变为学术霸权，成为新的压制者的危险。具体到每一个教授，这当然不是必然如此，但大学里学术霸权的出现也是不争的事实。鲁迅在 1933 年给朋友的信中，谈到北大时，作出"五四失精神"的判断（见 1933 年 12 月 27 日致台静农书），大概不是无的放矢。

可以这样说，到了 1930 年代，大学校园已经容纳不下鲁迅这样具有更加强烈的独立意识、自由意识的始终坚持批判立场的知识分子，他们必须到校园外去寻找新的生存与精神空间。因此，1927 年底，鲁迅离开中山大学来到上海，由一位大学教授变成上海文化市场上的自由撰稿人，这是具有象征意义的，这意味着以鲁迅为代表的一部分知识分子再一次的同样意义重大、影响深远的位移。而且，更意味深长的是，这同时又是一次文学中心的转移：五四新文学不仅发源于北京大学，而且在其诞生初期基本上是一种校园文学；到了 1930 年代，文学也必须走出已经显得狭窄的校园，去寻找新的天地，文学创新的源泉，吸纳来自校园之外、社会底层新的作者，关注更为广大的中国社会各阶层的生存状态与命运。有着相对发达的文化市场与更广泛社会联系的上海，就这样取代了有着深厚的校园文化的北京，成为新的文学中心。值得注意的是，鲁迅一到上海，就在 1927 年 10 月上海劳动大学的演讲中，为自己和同类知识分子作出了新的命名与定位：这是"真的知识阶级"，他们"感受到平民的苦痛"，"为平民说话"；"他们对于社会永不会满意"，是永远的批判者，与"实际的社会运动"有着密切的联系。这是与前述胡适做国家的诤臣、政治强权人物诤友的定位完全不同的另一种选择。自此，同出于"五四"北大校园，同一阵营的两类知识分子终于分道扬镳。这是两种完全不同的位移：由大学走向政府，竭力接近国家权力中心——这是向上的移动；不但脱离、进而对抗推行强权政治的国家体制，而且自我放逐于学院体制之外，同情、并逐渐走向民间的反抗运动——这是向下的移动。但鲁迅式的选择也有自己的困惑。如鲁迅自己所说，他与自己所同情的被侮辱、被损害的下层人民及其反抗运动，事实上是处于隔绝状态的，他所做的依然只能是社会批评与文化批评，也就是坚守"五四"时期启蒙主义的立场，承担当年北大所担负的为社会变革提供批判性的精神资源与价值理想的任务，他也只能选择文化市场（报刊，出版）作为自己的活动空间。本来文化市场是中国进入现代化进程以后，为中国知识分子提供的新的生存空间；因此，即使是胡适这样的学院知识分子也是十分重视利用文化市场的空间的，但对于脱离了体制内的生存空间的鲁迅这样的自由职业者来说，文化市场是具有特殊的意义的，不仅为报刊写作，编书、写书成为他们的谋生手段与生存方式，而且他们对媒体的期待也不同：如果说胡适们期待通过办报出刊制造舆论，对政府起到进谏、监督的作用，对现政权持根本怀疑与否定态度的鲁迅们，自然不会有这样的奢望，他们的报刊写作，不过是钻文网，发出一点自己的独立的批判的声音，作绝望的反抗而已。因此，鲁迅深知在中国的历史条件下，文化市场的空间自由度是极其有限的，他甚至把自己在报刊上发表的杂文汇集命名为《伪自由书》。国民党一党专政的独裁政权一天也没有放松过对文化市场的控制，从公开的审查制度，到对报刊、出版社、书店，以及作者秘密的迫害，无所不用其极。鲁迅曾和朋友讨论：为什么现在报刊上的文章"没有骨气"。朋友说，在报刊上发表文章要经过好几关："副刊编辑先抽去几根骨头，总编辑又抽去几根骨头，检查官又抽去几根骨头，剩下来还有什么呢？"鲁迅则说，"我是自己先抽去了几根骨头的，否则，连'剩下来'的也不剩"。鲁迅因此得出结论："在这种明诛暗杀之下，能够苟延残喘，和读者相见的，那么，非奴隶文章是什么呢？"（《花边文学·序言》）而文化市场本身就是把双刃剑，在提供了有限的精神空间的同时，也会对知识分子形成极大的伤害：这里不仅有对文化人与文化产品进行商业炒作所带来的种种弊端，鲁迅对因不堪小报的诬蔑而自杀的电影演员阮玲玉所说的"人言可畏"这句话，产生强烈共鸣（见《论"人言可畏"》），当然不是偶然的；同时，大众传播、大众文化的消极影响也不可忽视，鲁迅因此向知识分子发出了不要成为大众的帮闲的警告。事实上，当鲁迅穿行于报刊的丛林间，不仅要时刻抵挡来自统治者及其走狗的明枪暗箭，更要提防"战友"有意无意投来的流弹，鲁迅用"横站"二字写尽了他作为一个独立的批判的知识分子在中国的文化市场中的艰难处境。而鲁迅的境遇是具有典型性的。

　　到 1940 年代，抗日战争改变了中国知识分子的命运，战争带来的全民族的大流亡，也造成了知识分子的大流动：一次空前的大位移。政治文化中心从北京、上海这样的大城市转向内地边远地区，知识分子在流动中进一步走向民间，走向普通民众。在生存空间的不断转移、变动中，知识分子的精神世界与自我生命也经历了巨变。这样的战争中的外在生活与内在精神的流亡对中国知识分子的历史选择与命运的影响，至今还没有得到充分的研究。我们也只能谈及一点，即在不断的流亡中必然产生皈依的欲求；事实上，在战争进入了相持阶段以后，中国流亡的知识分子终于聚集，或者说回到了某些精神的中心，其最有影响，也最具有象征性的，是西南联大和延安抗大及鲁艺。这是两种不同类型的学校，对未来中国的发展也产生了不同的影响。西南联大是 1920 年代北大的启蒙精神与 1930 年代清华大学学院化倾向的结合，它所坚守的依然是学术研究，但在抗日民族战争的背景下，却具有了维系民族文化的血脉，保持民族文化创造活力的特殊意义，正是与民族命运的深刻联系，使得这一时期的学术研究显得底蕴深厚，且富有生命活力，中国的现代学术终于在物质条件极为恶劣的西南联大为代表的大学里，获得了空前的发展，这不能不说是中国抗日战争的一大奇迹，而西南联大所创造的学院文化一直到 20 世纪八九十年代还对中国海峡两岸的思想、文化、学术产生影响，这一事实也很值得注意。延安在抗日战争时期，实际上是一个与重庆相对抗的另一个权力中心，是直接孕育了 1950 年代的中华人民共和国的新政权的；但在对国民党政权极度绝望中的许多知识分子的眼里，延安却是希望之所在，是一个具有强烈理想主义色彩的精神圣地。因此，这些知识分子在延安的抗大、鲁艺，所完成的是一种精神的改造与皈依，而实际上，却是对一个新的权力中心的皈依，这或许是当事人所未曾意识到的，却对他们自身的命运以及 1949 年以后中国政治、思想、文化的发展产生了深远的影响。延安抗大、鲁艺所要进行的另一个重要工作是对封建的、殖民地的旧文化的批判，和民族的科学的大众的新民主主义文化的创造，其着眼点正是为新的社会变革提供批判性的精神资源和新的价值理想，这自然对 1949 年以后的中国的发展产生了直接的影响。

1949 年以后所建立起来的中国社会、政治、经济、文化结构的最大特点是高度的集权，计划化与组织化。处于这样结构中的知识分子都被凝结固定在一个单位里，成为国家的干部。这首先意味着我们所说的出于个人选择的位置移动已经不复存在，能够出现的有限位移，也是所谓组织调动，或者作为惩罚而被流放，这是当时几乎所有中国人的共同命运，即使是没有单位的农民，也是通过户籍制度和粮食分配制度而被牢牢地束缚在其所在的人民公社的某个大队与小队里。在1950年代中后期以后，曾出现所谓盲流大军。盲流的主要成员是农民，但也有一些受到贬抑、迫害的知识分子加入其中，他们的命运至今还没有得到足够的重视与研究，所能见到的是少量的回忆录；但在我看来，考察1949年以后的中国农民与知识分子的命运时，这一部分人是不可忽视的。这些盲流实际上是被排除在社会结构之外，是没有身份的非法的存在。有了他们的存在，才显示出前述"单位所有制"的意义：有一个固定的单位就意味着有着某种合法的身份，用鲁迅的话来说，就是"做稳了奴隶"，这是那些盲流求之而不得的。知识分子的干部化，同时意味着1930年代鲁迅那样作为自由职业者的自由撰稿人已不复存在。知识分子的知识生产完全被纳入到国家计划之中。尽管知识产品（文学作品，学术著作）还保留着某种商品的外壳，仍要通过卖与买的商业行为发行，但文化市场的需求已不再成为知识生产与流通的主要驱动力，而代之以政治（党的利益与意志）的需求，所以有所谓"算政治账，不算经济账"的说法。我曾在一篇研究丁玲的《太阳照在桑干河上》的生产与流动过程的文章里，谈到"一本书，能不能出版，按照什么规格出版（包括怎样装帧，用什么纸张），在什么时候出版，以及印多少册，都得要根据政治的需要，也即是否符合党的政策，党的利益为标准，进行反复的审查"（见《新的小说的诞生》），这种情况是有代表性的。除了严格的政治审查制度，还有意识形态的监控机制：一旦发现出版的作品、著作不符合意识形态的要求（而这种意识形态要求又是随着政治形势的变化而不断改变的），就可以通过意识形态批判（包括大规模的批判运动）来进行纠正。正是这样的体制使知识分子的知识生产与精神生产获得了全面、严密而有效的控制。对1949年以后的中国知识分子的境遇与命运产生决定影响的，还有对知识分子的意识形态定性：知识分子被认定为"资产阶级知识分子"——开始时还限于所谓来自旧社会的老一代和中年一代的知识分子，到了 1950 年代中后期，1949 年以后即所谓新社会培养出来的青年知识分子中的大部分，也被列入资产阶级知识分子队伍之中。正是基于这样的定性与估计，对知识分子实行"利用，限制和改造"的政策，就成为五六十年代的国策。在这样的国策下，知识分子自然不可能成为胡适们当年所追求的幕僚和国师，那时的政治体制基本上是拒绝接纳知识分子的，偶有被接纳的，也不过是充当弄臣而已。在一片改造声中，鲁迅式的启蒙者、精神界的战士自然也无存在的可能。至于为社会变革提供批判性精神资源与新的价值理想的功能是由作为社会变革的设计者与组织者、领导者的党与领袖独担的，知识分子若要问津，就有争夺领导权之嫌。知识分子唯一可做的，除了把自己改造成驯服工具外，就是凭借自己的知识被有限制的利用。而按照当时的认识，知识分子的知识中最具利用价值的是自然科学知识，而社会科学与人文科学方面的知识则大多可疑，可利用度是极低的。但即使如此，在五六十年代中国知识分子在这样的极其有限的空间里，仍然尽力做了许多工作，特别是在自然科学技术的某些领域，还作出了一些可观的成绩。

但到了 1960 年代后期与 1970 年代文化大革命时期，知识分子在有限领域发挥的有限作用，都成了向党争夺领导权的罪行，"绝不能让资产阶级知识分子统治我们的学校"成为发动文化大革命的基本动因之一，所谓"资产阶级反动学术权威"也与"走资本主义道路的当权派"一起成为文化大革命的两大对象，据说后者是前者的后台，前者则与地（主）、富（农）、反（革命分子）、坏（分子）、右（派）一起成为后者的阶级基础和社会基础。为了彻底剥夺知识分子向党进攻的资本，知识分子拥有的知识被宣布为"封（建的）、资（本主义的）、修（正主义的）"的"货色"，予以全盘否定，知识本身成了罪恶的渊薮。为了彻底打掉知识分子的威风，还有"书读得越多越蠢"这样的说法。这时候，知识分子事实上已经成为所谓无产阶级全面专政的对象——所谓"全面专政"，就是不仅要在政治上，也要在思想文化领域实行专政。这样，我们所讨论的知识分子生存、活动空间，到了文化大革命时期就已经被剥夺殆尽。但即使这样，人的思想、人的精神活动却禁止不了，知识分子（特别是他们中最具活力的部分）的思考也从未停止；毛泽东对造反的鼓励，对官僚体制的一度摧毁（尽管很快又重新建立起来），在加强他个人对群众（包括知识分子）的控制的同时，也在某些方面造成了思想控制的松动。到了文化大革命的后期，特别是林彪事件发生以后，"文革"自身以及体制的许多矛盾日趋暴露，这都促成了怀疑的增长，并开始出现了以在"文革"中成长起来的知青为主体的知识分子的新的聚集，创造了近年来被学术界命名为民间思想村落的新的精神空间。正是在这样处于非法状态的有限的空间里，青年知识分子（我曾在一篇文章中称他们为"半大孩子"）为他们已经意识到必然到来的中国新的社会变革，努力地寻找新的精神资源，炼造新的思想武器，直接孕育了1980年代的思想解放运动。

在 20 世纪最后二十年中国社会的巨大变动中，一个世纪曾经有过的空间选择，突然集中展现在中国知识分子面前。这时候已不复存在什么主导性的选择所形成中心，而呈现出中心丧失以后的无序状态。历史的高度浓缩，不但意味着恢复了历史上曾经有过的各种可能性，同时也把历史上曾经有过的困惑发展到极致。

首先出现的是重建大学文化的努力。人们至今不能忘怀恢复高考与招收研究生以后出现的全国范围的回到校园里读书的热潮。而 1980 年代聚集在校园里的知识分子最关注的是曾经被强迫中断的精神谱系的重新续结：渴望接班人的老一辈的知识分子，与在"文革"里中断了学业因而渴望学习的年青一代，在校园里终于相遇。于是，就有了那个年代最响亮的口号："回到五四"（与之相应的还有"回到鲁迅"）。由此展开的是恢复"五四"时期北京大学所代表的启蒙主义传统的努力，而当时的理解与解释主要是个性主义与人道主义的传统和"放开度量，大胆地，无畏地，将新文化尽量地吸收"（鲁迅语）的文化姿态。这显然是为 1980 年代的思想解放运动与改革开放提供精神资源的，而且对当时的中国社会变革确实产生了直接的影响，这种影响到1980 年代末达到了顶点。而在这样的"回到五四"的校园氛围中培育出来的当年的大学生与研究生，今天已经成为中国政治、经济、思想、文化、教育、学术各领域的主要骨干，这对未来中国的发展将会产生怎样的影响，这或许是更加值得注意的。从另一方面看，1980 年代几代知识分子的努力，都集中于传统的恢复，这当然是必要的，但却留下了两个问题：在对传统（包括五四传统）的重新解说、建构中，在突出了前述几个方面，同时又有意无意地忽略、遮蔽了一些方面，这固然不可避免，但这种忽略与遮蔽对 1980 年代及以后的中国的社会变革产生了怎样的影响，却是应该进行反思与总结的。而在强调恢复传统的同时却没有出现重大的思想突破，没有出现新的思想家，缺少更具原创性的新的想象与创造，这也是不可忽视的事实，在这方面的经验教训也应该认真总结。

历史进入 1990 年代，在 1980 年代末高潮后的思想低谷中，校园内又有了"建立学术规范"的呼声，由此开始了发展学院派学术的努力，而直接承接的是三四十年代清华大学、西南联大为代表的学院派学术传统，影响所及，在 1998 年北大百年校庆时人们着意强调的也是北大的学术传统，而有意无意地淡化北大的思想传统。清华大学国学院当年的四大导师（尤其是陈寅恪）以及胡适成为 1990 年代最有影响的知识分子的代表人物，这反映了一种趋向。应该说，这样的恢复学院派传统的努力确实取得了一批具有创造性的学术成果，对确立与发展知识分子专业化范式起到了积极的作用。但由于时代风气的影响，有人说，这是一个不读书的时代，因此，认真实践者并不多，真正的学院派在中国依然是寂寞的；而同样令人忧虑的是，在一些知识分子那里，退回学院却意味着历史与现实问题的淡出，创造性思考的退化，把学术研究变成纯粹的技术操作，成为证明某种西方流行理论有效性的智力游戏，从而失去内在的生命底蕴与活力；同时也出现了在权力关系中形成新的霸权的危险。

1990年代中国社会最重要的变化，是中国经济完成了由计划经济向市场经济的转变。而中国的文化市场也得到相当可观的发展，于是，早已消失了的自由撰稿人在获得了基本的生存条件以后，重又出现；体制内的知识分子也有了比过去要大的生存空间。而意识形态的监控依然存在，与市场规模扩展同时迅猛滋生的是市场腐败；于是，中国的知识分子处于1990年代的文化市场中，却面临着比他们的前辈——1930年代的鲁迅们远为严酷的精神困境，并且危及自身：鲁迅当年尖锐批评的"商定文豪"、"捐班文人"，以及"文人无行"、"文人无文"……现象的大量出现，标示着世纪末的中国知识分子陷入了巨大的精神危机。

1990年代的国家体制对知识分子采取了积极吸纳的政策，并逐渐趋向精英治国的道路，这就使得当年胡适进入各级权力中心的理想似乎有了实现的可能，有些知识分子因此而备受鼓舞；但政治体制改革的滞后，却使得他们也同样必然面对胡适的困境，甚至陷入欲做胡适而不能以及画虎不成反类犬的尴尬之中。而鲁迅式的转向民间的选择，也依然对一些知识分子有吸引力，但在世纪之交的中国背景下，却显得格外不合时宜：不仅是外在生存条件的日趋严峻，更是内在的精神困惑有增无减，在一切都戏剧化的时代，更有变形的可能：也依然存在画虎不成反类犬的危险。我曾经说过，在当今的中国，学胡适学不好会变成戏子，学鲁迅学不好会变成流氓：这绝非危言耸听。

　　1980 年代开始，到 1990 年代更进一步发展的知识分子的流亡，似乎不太引人注目，但却不可忽视。在我看来，存在着两种类型的流亡。首先是国内出现了一批精神流浪汉，著名的圆明园村即曾经是他们所创造的一个生存、精神空间，也可以视为一种象征：在物欲横流的时代，总会在少数人那里引起逆向的反弹，主要出于精神的追求，他们走上流亡之路，聚集在北京这样的大的文化城市，或者是北京大学这样的他们心目中的精神圣地的周围，既是寻求精神的某种满足，也是寻找生活的出路。其实从"五四"时期开始，北京大学附近一直就有这样的精神流浪汉的聚集，他们中间曾产生过沈从文、丁玲等著名的文学家；这一传统在 1949 年以后曾经中断，1980 年代以来改革开放所引起的单位所有制与户籍制度的松动，使这样的流亡又有了新的可能；但其身份总是显得可疑，难以得到正式的承认，圆明园村的最后被解散也是一种象征：中国精神流浪汉的命运必然是坎坷、不定的。在 1980 年代末曾经出现过知识分子的国际大流亡，如果把越来越多的国外留学生与移民也考虑在内，那么，20 世纪最后二十年出现的中国知识分子向世界流动的浪潮是相当可观的，其规模与影响都超过了此前 20 世纪各个时期的留学潮流。值得注意的是，从世纪之交开始，又逐渐出现了归国的潮流，这些返回国内的知识分子甚至有了新的命名，即所谓"海归派"。他们在国外学习了新的科学技术的同时，也接受了国外各种思潮的影响，必然把这些思潮的矛盾冲突带回国内；他们一旦被置于各个领域的重要岗位（这几乎是必然的），对中国未来的发展，将发生怎样的影响，与本土的知识分子之间将产生怎样复杂的关系，这都是应该予以关注与研究的。

　　可以看出，以上我们所描绘的这幅 20 世纪最后二十年的中国知识分子的图景是相当复杂，甚至是混乱的，充满着危机与摆脱危机的挣扎，但或许正是在其中孕育着某种希望。中国的知识分子正是带着这二十年，以至整个 20 世纪的历史烙印进入 21 世纪的，但这对未来的知识分子的选择与命运将会有怎样的影响，却是难以预计的。作为一段历史的叙述，讲到这里正可以告一个段落。

2000 年 10 月 12 日讲，2002 年 8 月 3 日整理毕

辑一

谁主沉浮（1915—1949）

陈独秀开启历史新一页:《青年杂志》创刊

历史的起端，总是悄然无声的:《青年杂志》于 1915 年 9 月在上海滩上出版，开始并不引人注目。但主编陈独秀却心怀大志且胸有成竹，早在两年前，即 1913 年，就对他的安徽老乡汪孟邹宣布，自己想出一本杂志，说是"只要十年、八年的工夫，一定会发生很大的影响"。[1]——新文化、新文学的历史或许就在这一瞬间开始了。

陈独秀

这背后隐含着怎样的社会思潮的变迁与历史的机遇，又怎样被陈独秀所抓住?

正是 1913 年，反对袁世凯复辟的二次革命失败，陈独秀第一次被捕，几乎丧命，不得不流亡上海。如研究者所说，"二次革命失败之后，对政治的厌倦感和失败感是整个知识界的主调，大部分知识精英不仅是失去了参与政治的机会，同时也对民元以后种种狂热的政治实践产生了根本性的怀疑"。[2]从不知气馁为何物的陈独秀未被失败主义情绪所压倒，却也开始了对变革中国的道路的反思，其中一个重要方面，就是"检讨近代以来政治革命与民族革命目标，重新判定个人与国家和民族的关系"。[3]1914 年他到东京协助老友章士钊办《甲寅》杂志，就对鼓吹国家利益与权力至上的国家主义思潮发出挑战，在《甲寅》1卷4号上发表了《爱国心和自觉心》一文，尖锐地指出："国家者，保障人民的权利，谋益人民之幸福者也。不此之务，其国存之无所容，亡之无所惜。"在他看来，"爱国心"大部分是感情的产物，往往失去理性而被"野心之君"所利用；最根本的，是提高每一个人的"自觉心"。[4]此文一发表，立刻引起轩然大波，读者纷纷来信谴责，编辑部又发表了李大钊的文章，虽然不同意陈独秀"恶国家不如无国家"之论，却为之辩解，认为他的主旨是要"改进立国之精神"，并作了进一步的申发："国家之成，由人创造，宇宙之大，自我主宰。"[5]这其实是《甲寅》作者的共识："国家者建筑于人民权利之上"，[6]"人民独立自强"为"第一位"，[7]"欲改革国家，必须改造社会。欲改造社会，必须改造个人"。[8]这里显然存在着一个把重心由"国权"向"民权"和"个人权利"的转移。陈独秀在1913年提出要办杂志，影响全国思想，就是表明了他要从"政治革命"转向"思想革命"的意图：他敏锐地抓住了时代新主题。

有意思的是，在1915年10月出版的《甲寅》1卷10号发表了黄远生给章士钊的信，提出："至根本救济，远意当从提出新文艺入手。"因此希望《甲寅》发动一场中国的文艺复兴运动。章士钊拒绝了他的动议，认为还是应该以政治改革为先。[9]其实，在一个月前出版的《青年杂志》，陈独秀已经开始了发动"中国的文艺复兴运动"的努力，他把重心放在促进青年的觉醒上，这就是创刊号《社告》上所说的，要给青年以"精神上的援助"，帮助青年寻求"所以修身治国之路"。在同期发表的《通讯》里则有更明白的表示："盖改造青年之思想，辅导青年之修养为本志之天职。批评时政，非其旨也。国人思想倘无根本之觉悟，直无非难执政之理由。"[10]如研究者注意到的那样，这正是陈独秀为他的新刊物的定位：不同于《甲寅》那样的时政评论杂志，而是思想启蒙刊物，"将思考从政治意义上的'权利'转向

文化意义上的'人生'和'信仰'"，着重"道德重建与精神重建"，[11]
即推动思想革命和伦理革命。

创刊号作为重点推出的陈独秀的《敬告青年》、《法兰西人与近世
文明》和高一涵的《共和国家与青年之自觉》，则宣示了刊物的基本
启蒙思想。大体有五个关键词：一曰"个人"："以自身为本位"，追
求个人"独立自主之人格"；二曰"科学"："国人而欲脱蒙昧时代，
羞为浅化之民也，则急起直追，当以科学与人权并重"；[12]三曰"民
权"："吾共和精神之能焕然发扬与否，全视民权之发扬程度为何"；
四曰"自由"："欲尊重一己之自由，亦必尊重他人之自由，以尊重一
己之心，推而施诸人人，以养成互相尊重自由权利之习惯，此为平等
之自由也"[13]；五曰"平等"："政治之不平等一变为社会之不平等，
君主贵族之压制一变而为资本之压制：此近世文明之缺点，毋庸讳言
者也。欲去此不平等与压制，继政治革命而谋社会革命者，社会主义
是也"。[14]后来，陈独秀又将其简化为"德英克拉西（Democracg）和
赛因斯（Science）两位先生"，"要拥护那德先生，便不得不反对孔教，
礼法，贞节，旧伦理，旧政治。要拥护那赛先生，便不得不反对旧艺
术，旧宗教。要拥护德先生又要拥护赛先生，便不得不反对国粹和旧
文学"，并且表示："我们现在认定只有这两位先生，可以救治中国政
治上道德上学术上思想上一切的黑暗。若因为拥护这两位先生，一切
政府的迫压，社会的攻击笑骂，就是断头流血，都不推辞"。[15]这大
概就是《新青年》同人的一个基本共识。从另一面看，就像论者所说
的那样，"除'德赛两先生'外，《新青年》同人再也找不到'共同的
旗帜'了"。[16]《新青年》以至新文化运动的同人，都是带着不同的
思想文化背景、经历、资源参与其间的，因此，在基本共识和"态度
的同一性"[17]之下，存在着意见的分歧，是"五四"启蒙运动的必
有之义，其中主要参与者，在作出各自独特的贡献的同时，也给运动

打上个人的印记，并在总的"五四"大传统之下，形成了各有特色的小传统，对此后的历史产生不同影响。在历史进行时态里，他们又都是团结在陈独秀这杆大旗之下的。

摆在陈独秀和他的朋友面前的问题是，如何推动这场历史条件已经成熟的思想启蒙运动？陈独秀的选择是"办一个刊物"，《青年杂志》就是这一选择的实践。而刊物的出版，也颇费周折。最初想依靠汪孟邹的亚东图书馆，但亚东已经有了《甲寅》，就介绍给了也是老乡的陈子沛、子寿兄弟的群益书社。这样，亚东、群益这样的家族式的小书局也就得以参与新文化运动，发挥了重要作用。在历史的当时，这样找个书局办刊物，从表面看，似乎并无新意：从戊戌变法前后，中国知识分子已经学会了以报刊作为传播新文明之利器。陈独秀本人在办《青年杂志》之前，就先后主编过《安徽俗话报》、《国民日日报》，都曾轰动一时。如研究者所说，"清末民初迅速崛起的报刊，已经大致形成商业报刊、机关刊物、同人杂志三足鼎立的局面"，现在，陈独秀的选择，是对同人杂志的改造与发展，克服其"圈子太小，稍有变故，当即'人亡政息'"的弱点，而创立"以杂志为中心"的知识群体。一方面具有同人刊物的共性："主要以文化理想而非丰厚稿酬来聚聚作者"。另一方面，《青年杂志》，特别是《新青年》时期的同人，前期以《甲寅》皖籍作者为主，后期则以北京大学教员为主体，他们都是觉醒的新型知识分子，聚集起来是为了有意识地推动中国的新启蒙运动，因此，陈独秀主持的《青年杂志》(《新青年》)"已超越一般意义上的大众传媒，而兼及社会团体的动员与组织功能。世人心目中的'《新青年》同人'，已经不仅仅是某一杂志的作者群，而是带有明显政治倾向的'文化团体'"。[18]

如果把这样的知识分子在杂志和大学的民间聚集，放在近代以来中国现代化道路和知识分子位置的选择的大背景下来考察，就不难看出其更为重大与深远的意义。如论者所指出，最初的洋务运动与戊戌变法都是企图推动清朝国家机器的变革，重振皇权的权威；以后的辛亥革命也是一次建立新的共和国家权威的努力；一部分知识分子支持袁世凯称帝的目的也是希望重建权威，这样的持续不断的权威立国的思路和努力的背后，是隐含着一个共同的现代化道路设计与想象的，即"无条件地牺牲个人，包括个人民主权利与自由，依靠国家强权与强有力的政治领袖的力量，实行最大限度的社会总动员与高度的组织化，以集中力量实现国家的现代化"即达到"富国强兵"的目标。而在这样的现代化道路里，"知识分子始终处于依附于强权国家与个人的位置"，"并没有摆脱传统知识分子的奴才地位"。如前所分析，正是袁世凯的复辟，"使知识分子打破对强权国家与政治、政治家的幻想，开始寻找新的现代化思路"。他们最终聚集于刊物和大学，正是表明，"知识分子的目光由国家、庙堂转向民间，由强权政治家转向知识分子自己，由依附权势转向依靠知识、科学、理性自身的力量，通过思想启蒙，唤起国人的个人自觉，自下而上地进行中国的社会变革"。在这个意义上，我们可以说，陈独秀主编的《新青年》所开创的新文化运动，"它是中国知识分子从庙堂走向民间、社会的开端，并且几乎是唯一的一次影响全局的，独立的知识分子运动"。[19]

对于陈独秀这样的老革命党人来说，他的一生，从留日时参与对压制学生的监督（姚文甫）"挥剪割发"的革命行动，发起安徽拒俄运动，参加无政府主义暗杀团，辛亥举义，执政安徽，投身二次革命，到领军五四新文化运动，发起成立中国共产党，组织中共内部反对派，高举反蒋抗日旗帜，[20]他始终置身于政治、思想运动的风口浪尖，一天也没有脱离过政治。应该研究的，是他由此而形成的政治家气质，也即胡适所说的"老革命党的口气"、[21]思维、行为方式对他主编的《新青年》的影响，在其领导的新文化运动上打下的个人印记。看来主要有两个方面。一是他的批评者一再指出的，"以群众运动之法，提倡学术"，[22]二是他的"不容讨论"的决断态度，即所谓"容纳异端，自由讨论，固为学术发达之原则，独至改良中国文学者有讨论之余地；必以吾辈所主张者为绝对之是，而不容他人之匡正也"。[23]反对者自然认为这是"垄断舆论"，[24]同人中的胡适等也提出异议。[25]陈独秀则如此表明态度："反对的方面没有充分理由说服我们以前，我们理应大胆宣传我们的主张，出于决断的态度；不取乡愿的，紊乱是非的，助长惰性的，阻碍进化的，没有自己立脚地的调和论调；不取虚无的，不着边际的，没有信仰的，没有主张的，超实际的，无结果的绝对怀疑主义。"[26]值得注意的，是胡适尽管批评陈独秀"老革命党"的"武断"，但又由衷地说，幸而"得着了这样一个坚强的革命家做宣传者，做推行者"，自己参与的《新青年》的"文学讨论"，"不久就成为一个有力的大运动了"。[27]

注释

［1］ 汪原放：《回忆亚东图书馆》，学林出版社，1983年。第32页。转引自孟庆澍：《〈甲寅〉与〈新青年〉渊源新论》，载《中国现代文学研究丛刊》2010年第5期。又关于陈独秀这次谈话的内容，还有一种说法："让我办十年杂志，全国思想都全改观。"见唐宝林：《陈独秀全传》，香港中文大学出版社，2011年，第73页。

［2］ 杨早：《清末民初北京舆论环境与新文化的登场》，北京大学出版社，2008年，第144页。

［3］［11］ 李怡：《日本体验和中国现代文学的发生》，北京大学出版社，2009年，第147、153页。

［4］ 独秀：《爱国心与自觉心》，载1914年11月10日《甲寅》1卷4号。

［5］ 李大钊：《厌世心与爱国心》，《致甲寅杂志记者》，《甲寅》1卷8号，1915年8月10日。

［6］ 高一涵：《民福》，《甲寅》1卷4号，1914年11月。

［7］ 张东荪：《行政与政治》，《甲寅》1卷6号，1915年6月。

［8］ 黄远庸:《忏悔录》,《远生遗著》卷一, 商务印书馆, 1920 年, 第 134 页。转引
自杨早:《清末民初北京舆论环境与新文化的登场》, 第 144 页。

［9］ 黄远庸:《致甲寅杂志记者函》, 章士钊:《答黄君远庸》,《甲寅》1 卷 10 号,
1915 年 10 月 10 日。

［10］《通讯》(答王庸工),《青年杂志》1 卷 1 号, 1915 年 9 月 15 日。

［12］ 陈独秀:《敬告青年》,《青年杂志》1 卷 1 期。

［13］ 高一涵:《共和国家与青年之自觉》,《青年杂志》1 卷 1 期。

［14］ 陈独秀:《法兰西人与近世文明》,《青年杂志》1 卷 1 号。

［15］ 陈独秀:《本志罪案之答辩书》,《新青年》6 卷 1 号。1918 年 1 月 15 日。

［16］［18］ 陈平原:《思想史视野中的文学——〈新青年〉研究》, 收陈平原、山口
守编《大众传媒与现代文学》, 新世界出版社, 2003 年, 第 199、188、189、193 页。

［17］ "态度的同一性"是汪晖在其《中国现代历史中的"五四"启蒙运动》一文里首
先提出的。文收《汪晖自选集》, 广西师范大学出版社, 1997 年。

［19］ 以上论述见钱理群:《漫谈北京大学与"五四"新文化运动》, 收陈平原主编:《红
楼钟声及其回响——重新审读"五四"新文化》, 北京大学出版社, 2009 年, 第
378、379、377 页。

［20］ 参看唐宝林《陈独秀全传》有关描述。

［21］［27］ 胡适:《四十自述》附录《逼上梁山》, 收《胡适全集》18 卷, 安徽教育
出版社, 2003 年, 第 132 页。

［22］［24］ 梅光迪:《评今日提倡学术之方法》,《学衡》2 期, 1922 年 2 月。

［23］ 独秀:《通信》(答胡适之),《新青年》3 卷 3 期。

［25］ 胡适:《通信》(答汪懋祖):"本报将来的政策、主张尽管趋于紧张, 议论定须
平心静气。一切有理由的反对, 本报一定欢迎, 决不至'不容人以讨论'。"载《新
青年》5 卷 1 号。

［26］《本志宣言》,《新青年》7 卷 1 号。

胡适出场：文学革命的发动

年轻的北大教授胡适

《青年杂志》的读者拿到刊物第 2 卷时，突然发现刊名已改为《新青年》，据说是上海基督教青年会抗议《青年杂志》和他们早于 1901年创刊的《上海青年》刊名雷同，为避免发生法律纠纷，遂有改名之举。[1] 这当然是一个偶然事件，但却因此而将刊物的预期读者及目标彰显出来。"崇新"与"重少"本来就是晚清以来知识分子共同的心态，[2]现在，这些新时代的启蒙家，又赋予"青年崇拜"以新的意义，一是中国国民的改造需从青年开始，即将生理与心理上的"旧青年"改造成"健壮活泼"、"别构真实新鲜之信仰"的"新青年"；[3] 二是呼唤"新造民族之生命"，"青春中国之再生"，"吾族今后能否立足于世界，不任白首中国之苟延残喘，而在青春中国之投胎复活"。[4]就这样，如论者所说，"'寻找新青年'成了'五四'时期一个持续而热烈的命题"。[5]而且，最能影响"新青年"，以"青年导师"自命的历史人物也几乎同时出现：这就是改刊《通告》里特意介绍的胡适。

胡适此时出现于《新青年》，也非偶然。早在 1915 年胡适还在美国读书时即致书《甲寅》编者章士钊，简单介绍了自己的学习、志趣之外，还谈到对中国文学、教育发展的看法。《甲寅》在发表这封书信的同时，特意加了《编者附记》"珍重介绍"："胡君少年英才，中西之学俱粹"。[6]这自然就引起了和章士钊关系密切的陈独秀的注意，立即致书胡适表示："《青年》、《甲寅》均求足下为文。足下回国必甚忙迫，事蓄之资可勿顾虑。他处有约者倘无深交，可不必应之。"[7]并请汪孟邹寄去刊物并约稿："拟请吾兄校课之暇担任《青年》撰述，或论文，或小说戏曲均所欢迎。"以后又不断寄刊物去信："陈君望吾兄来文甚于望岁，见面即问吾兄有文来否"，"陈君盼吾兄文字有如大旱之望云霓"。[8]

胡适面对这样的殷殷期待，应该是胸有成竹的，因为他早已有了充分的准备。也就是说，胡适是带着自己的思考、主张与特有资源来加入《新青年》群体的。于是，就注意到留学时期胡适的三件事。

在陈独秀因为《爱国心与自觉心》一文遭到"爱国者"的围攻不久，胡适也被他的爱国同学斥为"卖国贼"，原因是 1915 年初，因为日本以战争威胁中国政府接受"二十一条要求"，在留美学生中掀起了爱国排日的风潮，胡适一方面支持维护国家主权的要求；另一方面又反对扬言"非战即死"的"爱国癫"，他的主张被看作是"不爱国的胡说八道"，胡适因此发表《致留学生公函》，强调"激动之情绪，慷慨激昂之爱国呼号，危言耸听之条陈，未尝有助于国"，"当务之急，当以镇静处之"，"切勿感情用事"。他表示："真正、最终解决之道一定另有法门——它较吾人今日所想象者当更为深奥。余也不知其在何处，只知它不在哪些地方罢了。还是让吾辈作些冷静、客观之研究吧！从长计议罢！"[9]一个强调"冷静、客观之研究"，承认自己没有找到"最终解决之道"，着眼于学理的探索和实验的中国现代思想史、文学史上的"胡适"，此时已经呼之欲出。他的学者风范和陈独秀的老革命党的气质自然存在巨大差异，他们以后发生意见分歧而分道扬镳是可以想见的；但在《新青年》时期发动新文化运动时，他们却是互补的。如研究者所说，胡适"求真务实、谨慎探索、实验主义的精神，与陈独秀的嘶鸣、狂飙席卷、摧枯拉朽作风"，正是相得益彰。[10]

虽说不知最终"法门"何在，胡适对中国思想文化发展的具体道路，还是有自己的设计的。他在前述给《甲寅》编者的信里，就提出"适以今日无海军、无陆军，犹非一国之耻，独至神州之大，无一大学，乃真祖国莫大之辱，而今日最要之先务也。一国无地可为高等学问授受之所，则固有之文明日即于沦亡，而输入之文明亦扞格不适用，以其未经本国之锻炼也"。[11]在1915年的日记里，胡适还专门记下了他的老师亚丹先生的话："一国之大学，乃一国文学思想之中心，无之则所谓新文学新知识皆无所附丽。"并以少见的激情表达了他的理想与抱负："吾他日能生见中国有一国家的大学可比此邦之哈佛，英国之康桥、牛津，德之柏林，法之巴黎，吾死瞑目矣，嗟夫！世安可容无大学之四百万方里四万万人口之大国乎！世可容无大学之国！"[12]陈独秀选择"杂志"作为影响全国思想的阵地；现在，胡适又以"大学"作为"一国文学思想之中心"。这就为知识分子发挥独立的历史作用开拓了全新的空间，以后所发生的一切思想、文化、文学、教育的革命，都全得益于这样的牵一发而动全身的战略选择。同样有着这样的战略眼光的，还有蔡元培。他早就总结戊戌变法的教训，指出："中国这样大，积弊这样深，不从根本上从培养人才着手，他们想要靠下几道上谕，来从事改革"，是"不可能的"。[13] 1913年、1915年，他又多次谈道，"唯一救国方法，只当致意青年有志力者，从事最高深的学问"，"从根本上解决"之道即是发展"教育"。[14] 此后北京大学所发生的变革，已经孕育其中了。

当然，由于胡适本人一再讲述，最为人们所熟知的，还是已经进入了历史记载的那个瞬间：1915年9月17日，在美国东部的美丽的绮色佳小城，胡适写了一首长诗，送赠此时正在前往哈佛大学的他的好友、也是论敌梅光迪，其中一句"新潮之来不可止，文学革命其时矣"，被认为是开启了中国文学的一个新时代。更为重要的是，经过从1915年夏到1916年夏长达一年多的辩驳、讨论，胡适逐渐形成了关于他所要发动的"文学革命"的完整思路，其要点为：一、支撑文学革命的三个基本观念是："文学在今日不当为少数文人之私产，而当以普及最大多数之国人为一大能事"；"文学不当与人事全无关系；凡世界有永久价值之文学，届尝有大影响于世道人心者也"；"吾之论中国文学，全从中国一方面着想，初不管欧西批评家发何议论"。二、发动文学革命的突破口，是"文学工具的革命"，即"用白话代替古文的革命，是用活的工具代替死的工具的革命"，"有了新工具，我们方才谈得到新思想和新精神等等其他方面"。三、发动文学革命，尤其是工具革命的依据，存在于"中国文学演变的历史"中，"一部中国文学史只是一部文学形式（工具）新陈代谢的历史，只是'活文学'随时起来替代了'死文学'的历史"。四、发动文学革命的方法，是以"实验主义"的态度进行新创作的"尝试"：[15] 这已经是一个相当全面的规划。但胡适却遭到了几乎所有参加讨论的朋友梅光迪、任叔永等的反对，特别是白话入诗问题上，更完全陷入孤立，谁都不肯同去冒险，胡适感到一种"寂寞的难受"。[16] 可以说，胡适是怀着成熟的主张和摆脱孤单的欲求，和陈独秀这班《新青年》的新朋友走到一起的。

胡适的名字第一次出现在《新青年》2卷1号（1916年9月1日发行）上：这一期发表了胡适翻译的俄国泰来夏甫（今译库普林）的"短篇名著"《决斗》。第2号又刊载了胡适写给陈独秀的信，将他在美国的思考结论和盘托出："终观文学堕落之因，盖可以'文胜质'一语包之。文胜质者，有形式而无精神，貌似而神亏之谓也。"因此，"今日欲言文学革命，须从八事入手"，同时进行"形式上之革命"与"精神上之革命"。最后表示希望"揭之贵报，或可供当世人士之讨论。此一问题关系甚大，当由直言不讳之讨论，始可定是非"。陈独秀在回信中，表示除个别论述略有保留，其余"无不合十赞叹，以为今日中国文界之雷音"，并希望"详其理由，指陈得失，衍为一文，以告当世"。陈独秀反应如此强烈，胡适有一个理解，说陈独秀也早有文学改革之意，"但未想到如何改革"，现在从胡适这里"知道工具解放了就可以产生新文学"，就自然要由此发难，推动一场轰轰烈烈的文学革命了。[17]

经过一段准备，1917年1月1日出版的《新青年》2卷5号就推出了胡适的《文学改良刍议》，旗帜鲜明地亮出了"从八事入手"发动"文学改良"的主张："一曰，须言之有物。二曰，不摹仿古人。三曰，须讲求文法。四曰，不作无病之呻吟。五曰，务去烂调套语。六曰，不用典。七曰，不讲对仗。八曰，不避俗字俗语。"并逐一详加论说。最后表示"此八事皆文学上根本问题，一一有研究之价值"。人们自会注意到，和私下的议论相比，此公开发表的文章，言辞和态度都要温和得多。胡适后来解释说，"为考虑到那无可怀疑的老一辈保守分子的反对，我觉得我要把这一文题写得温和而谦虚"，"说明是改良而非革命；同时那只是个'刍议'，而非教条式的结论"。[18]陈独秀作为编者，在胡适文章后面加了一段话，明确宣布："白话文学，将为中国文学之正宗。余亦笃信而渴望之。吾生倘亲见其成，则大幸也"。陈独秀是敏锐的，他把胡适的主张概括为争取"白话文学"的"正宗"地位，是抓住了要害的。但如果以此为五四文学革命的全部内容和意义，也会形成许多遮蔽。

但陈独秀并不满意于胡适的温和态度，于是，一个月以后在2卷2号上又发表了自己亲自撰写的《文学革命论》，充分肯定"首举义旗之急先锋，则为吾友胡适"，同时又替胡适捅破"窗户纸"，表示："余甘冒全国学究之敌，高张'文学革命军'大旗，以为吾友之声援。旗上大书特书吾革命军三大主义：曰，推倒雕琢的阿谀的贵族文学，建设平易的抒情的国民文学；曰，推倒陈腐的铺张的古典文学，建设新鲜的立诚的写实文学；曰，推倒迂晦的艰涩的山林文学，建设明了的通俗的社会文学"。可以看出，陈独秀在这里所作的，就是后来胡适《新思潮的意义》里所概括的以"评判的态度""重新估定一切价值"的工作，也即"重新估定旧文学的价值"。[19]一方面，"推倒"长期被视为正宗的"贵族文学"、"古典文学"（实际指"古典主义文学"，而非今人理解的"古代文学"）[20]和"山林文学"，并具体把批判锋芒指向"明之前后七子及八家文派之归方刘姚"等"十八妖魔辈"；另一面则要张扬被长期边缘化的"国民文学"、"写实文学"和"通俗的社会文学"传统，因此给《国风》、《楚辞》、魏晋以下之五言，特别是元明剧本、明清小说以极高评价。后来有人把《文学革命论》视为"全盘否定传统"的滥觞，并不符合事实，显然是一种意识形态的曲解与遮蔽。当时引起一些人震惊的，还是陈独秀的决绝态度："有不顾迂儒之毁誉，明目张胆以与十八妖魔宣战乎？予愿拖四十二生的大炮为之前驱"。胡适有一个客观的评价。他说，陈独秀的贡献有三：将自己的相对温和的主张"变成文学革命，变成三大主义"；"把伦理道德政治的革命与文学合成一个大运动"；"由他一往直前的精神，使得文学革命有了很大的收获"。[21]胡适还说，如果按他自己的"态度做去，文学革命至少还须经过十年的讨论与尝试。但陈独秀的勇气，恰好补救了这个太持重的缺点"。[22]

胡适自己则在继续深化他的思考，在1918年4月15日出版的《新青年》4卷4号上，又发表了《建设的文学革命论：国语的文学——文学的国语》，进一步提出，文学革命"固然不能不从破坏一方面下手"，但又不能局限于此，更要着眼于"建设"，要创造出"真有价值，真有生气，真可算作文学"的"新中国的活文学"。他因此将他的"八不主义"改作建设性的要求，概括为四条："（一）要有话说，方才说话"；"（二）有什么话，说什么话；话怎么说，就怎么说"；"（三）要说我自己的话，别说别人的话"；"（四）是什么时代的人，说什么时代的话"。——顺便说一点，后来鲁迅在胡适的基础上又提出要"大胆地说话，勇敢地进行，忘掉了一切利害，推开了古人，将自己的真心的话发表出来"，"说些较真的话，发些较真的声音"：[23]这都是"五四"文学革命所确立的新的言说方式。胡适在他的文章里还提出，"建设新文学"的"唯一宗旨"是建设"国语的文学，文学的国语"，"有了国语的文学，方才可有文学的国语"。这同样具有极大的理论与实践意义：它一方面将现代文学语言的创造与国语（现代民族国家的共同语言）的创造联系起来，揭示了现代文学和现代民族国家之间的内在关系，晚清以来的国语运动也因此和五四文学革命会合，扩大了文学革命的阵营，像被周作人称为"章太炎同门老大哥"的朱希祖原来对文学革命一直没有表态，现在也在《新青年》连续发表《白话文的价值》等文章。另一方面，这也是胡适对"如何创造国语"的一个设计。对此，胡适后来有一个解释："不要等到文法和字典先把'标准国语'订好，然后才来写国语文学，应该就以国语直接写文学。等到我们有了国语的文学，我们自然就有了文学的国语了。"[24]

　　这正是胡适的独特贡献：他提出了战略性的三大突破口。即以"文学革命"作为思想启蒙运动的突破口；以用白话文代替文言文的"语言工具革命"作为文学革命的突破口；以创造"国语的文学（白话文学作品）"作为语言工具革命的突破口。胡适的这三大战略选择及实现，对中国现代思想和现代文学的发展起了决定性作用，产生了深远的影响。

注释

[1]　汪原放：《回忆亚东图书馆》，第 32—33 页。转引自陈平原：《思想史视野中的文学——〈新青年〉研究》，《大众传媒与现代文学》，第 190 页。

[2]［ 5]　杨早：《清末民初北京舆论环境与新文化的登场》，第 164、162 页。

[3]　陈独秀：《新青年》，《新青年》2 卷 1 号。

[4]　李大钊：《青春》，《新青年》2 卷 1 号。

[6]［11］　胡适：《致〈甲寅〉编者》（1915 年约 7 月），《胡适全集》23 卷，第 83 页。此信载于 1915 年 10 月 10 日《甲寅》1 卷 10 号。

[7]　陈独秀：《致胡适书》，《胡适来往书信选》（上），中华书局，1979 年，第 6 页。

[8]　汪孟邹致书胡适（1915 年 10 月、12 月），中国社会科学院近代史研究所藏《胡适档案》。转引自唐宝林：《陈独秀全传》，第 87 页。

[9]　胡适：《致留学界公函》（1915 年 3 月 19 日），《胡适全集》28 卷，第 89、91 页。参看杨早：《清末民初北京舆论环境与新文化的登场》，第 149、150 页。

[10]　唐宝林：《陈独秀全传》，第 89 页。

[12]　胡适：《国立大学之重要》（1915 年 2 月 20 日日记），《胡适全集》28 卷，第 56、57 页。

[13]　蔡元培答罗家伦问，高平叔撰著：《蔡元培年谱长编》（上），人民教育出版社，1996 年，第 133 页。

[14]　蔡元培和吴稚晖等的讨论和通信，见《蔡元培年谱长编》（上），第 528、583 页。

[15]　胡适：《四十自述》附录《逼上梁山——文学革命的开始》，原载 1934 年 1 月 1 日《东方杂志》31 卷 1 号。收《胡适全集》18 卷，第 104、114、109、111、108、121、126、127 页。以后胡适在《〈中国新文学大系·建设理论集〉导言》

及晚年《口述自传》里也都在讲着类似的"故事"。

［16］ 胡适:《逼上梁山》,《胡适全集》18 卷, 第 125 页。

［17］［21］ 胡适:《陈独秀和文学革命》,《胡适全集》12 卷, 第 231、232 页。

［18］［24］ 胡适:《胡适口述自传》,《胡适全集》18 卷, 第 311、325 页。

［19］ 胡适:《新思潮的意义》,《新青年》7 卷 1 号。

［20］ 对此严家炎《〈文学革命论〉作者"推倒""古典文学"之考释》作了很有说服力的考释, 可参看。严文收《红楼钟声及其回响——重新审读"五四"新文化》。

［22］ 胡适:《五十年来中国之文学》,《胡适全集》2 卷, 第 332 页。

［23］ 鲁迅:《无声的中国》,《鲁迅全集》4 卷, 人民文学出版社, 2005 年, 第 15 页。

蔡元培三顾茅庐: "一校一刊"格局的形成

这又是一个重要的历史时刻: 1916年12月21日, 蔡元培于大风雪中来到北京, 准备就任北京大学校长。此时陈独秀为亚东和群益合并筹集股份, 正在北京, 在琉璃厂偶遇时任北京大学教授的老友沈尹默, 沈尹默因此和也是陈独秀的老相识的汤尔和一起向蔡元培推荐, 蔡元培早在1905年就和陈独秀一起热衷于无政府主义的暗杀活动, 以后对陈独秀主编《安徽俗话报》也有深刻印象, 在看了《新青年》以后, 更赞同他的主张, 认为

蔡元培在北京大学时期

"确可为青年的指导者", 当机立断, 要聘陈独秀为北京大学文科学长, 并亲自前往陈独秀所住前门外小小的中西旅馆。时和陈独秀住在一起的汪孟邹的日记里, 有这样的记载: "12月26日, 早9时, 蔡子民先生来访仲甫, 道貌温言, 令人起敬", "蔡先生差不多天天来看仲甫, 有时来得很早, 我们还没有起来, 他招呼茶房, 不要叫醒, 只要拿个凳子给他坐在房门口等待"。[1] 陈独秀开始有些犹豫, 但蔡元培精诚所至, 他最终还是答应就任。于是, 就有了1917年1月13日这

一天的教育部任命。陈独秀也把《新青年》编辑部迁到北京。

陈独秀上任不久即写信给此时还在美国的胡适："蔡孑民先生已接北京总（大学校）长之任，力约弟为文科学长，弟荐足下以代，此时无人，弟暂充乏。孑民先生盼足下早日回国，即不愿任学长，校中哲学、文学教授，俱乏上选，足下来此，亦可担任。学长月薪三百元，重要教授亦有此数。"[2]这对早有志创办哈佛式的中国大学的胡适，是正中下怀，6月离开纽约，回家乡探亲后，即于9月10日到北京上任。9月12日，蔡元培在六味斋为胡适接风，[3]陈独秀自然在座：五四新文化运动中的三个核心人物就这样历史性地相聚了。蔡元培生于1867（丁卯）年，1917年正五十岁；陈独秀生于1879（己卯）年，正值三十八岁；胡适生于1891（辛卯）年，正二十六岁，他们都是兔年生，各差一轮。陈独秀曾说，他们三人在五四运动中都是"在思想言论上负主要责任的人"，[4]因此，有人说他们的合作是"三兔闹北大"。[5]据周作人说，当时北大还有三只"兔子"：和陈独秀同龄的朱希祖，和胡适同龄的刘半农和刘文典，他们在五四新文化运动中也都扮演了不同的角色，只是没有蔡、陈、胡这样显赫。[6]如果进一步考察文化背景，就可以发现：蔡元培为浙人，陈独秀与胡适都是皖人，后来轮流担任《新青年》编辑的成员也以浙人与皖人为主，这都显示了浙文化与皖文化对五四新文化运动的影响。而蔡元培留德、陈独秀留日和胡适留美的经历，则又提醒人们注意五四新文化与德法、日本、英美文化的密切联系。在这个意义上，蔡、陈、胡三只"兔子"的相互配合是可以视为五四新文化的某种象征的。

他们的合作，首先表现在对北大的改造上。其主导者无疑是蔡元培，他在引进陈独秀、胡适的同时，又先后延聘了周作人、李大钊、钱玄同、刘半农，加上已在校的沈尹默、沈兼士、马幼渔，在极短的时间里，就聚集了一批最具活力与思想学术实力的"新派"学人；

同时，蔡元培又继续聘任辜鸿铭、刘师培、黄侃、陈汉章、崔适等"旧派"文人，这就真正实现了他的"兼容并包"的教育思想，并营造了一个宽松、自由的学术环境。在此基础上，又进行了学校领导体制的改革，改变权力过于集中的校长领导制，成立由校长主持的评议会，作为全校最高的立法机构和权力机构，评议员由各科两名教授组成，实际实行教授治校，胡适正是此案创议人之一。陈独秀也在蔡元培与胡适支持下，大刀阔斧地进行文科的改革，主要是废除年级制，实行选科制；成立研究所，改革课程，并首先在预科实行白话文教学等。

同时进行的是《新青年》编辑体制的改革。《青年杂志》本是陈独秀一手创办，2卷、3卷的《新青年》还标明"陈独秀先生主撰"，但已经有了相对固定的撰稿人，到4卷1号就宣布"所有撰译，悉由编辑部同人，公同担任"，这时编辑体制已有变化，如鲁迅回忆说，《新青年》每出一期，就开一次编辑会，商定下一期的稿件"，鲁迅自己大概是出席编辑会的，他也在这里常常遇到陈独秀、胡适、刘半农等人。[7]到1919年1月15日出版的6卷1号，就公布了《本杂志第6卷分期编辑表》，1至6期编辑分别是：陈独秀、钱玄同、高一涵、胡适、李大钊、沈尹默。最引人注目之处，自然是这六位均是北京大学教授。这就意味着，所谓"一校（北京大学）"与"一刊（《新青年》）"结合的格局已经成形。对这样的"校刊结合"的意义，研究者有这样的概括论述：一方面进行大学教育的变革，把北京大学改造成全新的现代大学，"创造新世界观、新思维、新伦理、新方法"，同时"开拓新的学术领域，创造新的学术规范"，由此而形成现代新思想、新文化、新学术；另一方面又通过《新青年》、《新潮》这样的现代媒体，传播新思想、新文化、新学术，"影响整个社会，形成社会文化思潮"：这就是通常所说的新文化运动。[8]也可以说，正是"一校一刊的结合"

也即现代大学与现代媒体的相互配合，为新文化运动提供了一个体制的保证和有效的运作方式。

最后还要对李大钊与蔡元培在《新青年》的贡献略作一点介绍。李大钊早在《甲寅》时期就和陈独秀有着密切关系，《青年杂志》改名为《新青年》，李大钊即发表《青春》一文，和同期的陈独秀的《新青年》堪称姐妹篇。李大钊在《新青年》上发表的文章，影响最大的当是5卷5号（1918年10月15日出版）上的《庶民的胜利》和《BOLSHEVISM的胜利》，文章强调第一次世界大战的结束，是专制主义失败，"民主主义战胜"，"资本主义失败，劳工主义战胜"，是"社会主义的胜利"，"布尔什维克主义的胜利"，预言"1917年的俄国革命是20世纪中世界革命的先声"。李大钊本人因此走向马克思主义，并于1919年5月、11月出版的《新青年》6卷5号、6号上发表《我的马克思主义观》（上、下），对当时向往革命的青年起了巨大的引导作用。可以说李大钊是《新青年》中马克思主义派的主要代表，他所开创的是一个由五四新文化运动"走向马克思主义"的传统。

蔡元培在《新青年》上发表的文章不多，却很有分量。一是发表于3卷6号（1917年8月1日出版）的《以美育代宗教说》，强调美的"普遍性"和"超绝实际"即超功利性，倡导"崇闳之美"、"悲剧之美"和"滑稽之美"，主张以"美育"代替宗教，"陶养吾人之感情，使有高尚纯洁之习惯"。蔡元培的这一"美育代替宗教"的思想，也构成了五四文学传统的一个方面，影响同样深远，一直到40年代，沈从文还在强调这一传统。蔡元培的另一篇《劳工神圣》和李大钊的《庶民的胜利》发表在同一期，影响似乎更大，很快成为流行语，并且开启了歌颂劳工神圣的文学。当然，蔡元培的主要贡献还在于，尽管他自己更倾向于《新青年》、《新潮》这样的传播新思想新文学的刊物，给予强有力的支持；但他对与《新青年》对峙的旧文学一派的《国故》也予以接纳，蔡元培和陈独秀与《国故》的主编刘师培都保持了良好的私交。蔡元培可以说是自觉开拓一个自由开放的言说空间，让新、旧思想、文学在相互论争与制约中得到发展。这其实是更有利于《新青年》的健全成长的。

周作人在回顾这段历史时，还提供了一个有趣的细节：当时（1917年）著名的红楼还在建筑中，北大的文理科就暂时安排在景山东街，即是马神庙的"四公主府"。从西头的便门进去，往东走，有一带平房，作为教员休息室，人们都把它叫做"卯字号"，大概是因为前文所说的"兔子们"常出入其间吧。[9]想到他们当年如何在这里高谈阔论，众声喧哗，是可以引发许多遐思的。

注释

[1]《孟邹日记》，汪原放：《回忆亚东图书馆》，学林出版社，1983年，第36页。转引自唐宝林：《陈独秀全传》，第80、81页。参看高平叔：《蔡元培年谱长编》（上），第629、631—632页。

[2] 陈独秀致胡适（1917年1月），《胡适来往书信选》，中华书局，1997年，第6页。陈独秀信中所说的工资，最后落实下来，校长蔡元培月薪六百元，文科学长陈独秀三百元，胡适为哲学研究所主任，担任英国文学、英文修辞学、中国古代哲学三门课程，月薪二百八十元。

[3] 见高平叔：《蔡元培年谱长编》（中），第8页。

[4][5] 陈独秀：《蔡子民先生逝世后感言》，载1940年3月24日《中央日报》。转引自唐宝林：《陈独秀全传》，第102页。

[6][9] 周作人：《知堂回想录》（下），河北教育出版社，2002年，第403、402—403页。

[7] 鲁迅：《忆刘半农君》，《鲁迅全集》6卷，第73—74页。

[8] 参看钱理群：《漫谈北京大学与"五四"新文化运动》，《红楼钟声及其回响——重新审读"五四"新文化》，第380页。

钱玄同、刘半农反戈一击

钱玄同（左）与刘半农（右）

胡适的《文学改良刍议》在《新青年》2卷5号发表后，学界首先作出反应的，是时为北京大学教授的钱玄同。他致书陈独秀，表示对胡文"极为佩服。其斥骈文不通之句，及主张白话体文学说最精辟"。来信中还把批判矛头直指"选学妖孽，桐城谬种"。[1]鲁迅在30年代特意谈到钱玄同的这一创造，说它"形容惬当，所以这名目的流传也较为永久"。[2]钱玄同支持胡适、陈独秀，反对"选学妖孽，桐城谬种"也还有北大文科内部斗争的背景：1912年京师大学堂改为北京大学由姚永朴任文科教务长时，桐城派旧文人显然占了优势；到1914年浙籍夏锡祺任文科学长前后，章太炎一脉的新学者朱希祖、沈尹默、沈兼士、钱玄同等逐渐取而代之，思想、文学的分野导致文字上冲突也在情理之中。不过，钱玄同出手相助，仍让陈独秀、胡适惊喜不已：陈独秀说可"浮一大白"大概不是夸张；胡适直到晚年还回忆说："钱教授是位古文大家，他居然也对我们有如此同情的反应，实在使我们的声势一振。"[3]

陈独秀和胡适都说得很清楚：他们重视钱玄同的支持，就是因为他是"古文大家"，来自作为新文学对立面的旧营垒。周作人曾专门著文将钱玄同的学术与人生之路概括为从"复古"到"反复古"，"常涉两极端"，而且"求彻底"。周作人还提示一个把握钱玄同思想变化的"简便办法"，就是看他如何"改名字"。钱玄同"初名师黄，字德潜"，这是父亲命名的。在他师从章太炎，以"复古主义者"自命时，就改名"钱夏"，按《说文》的解释，"夏"，"中国之人也"，因此要"发思古之幽情，追溯汉唐文明之盛"。[4]最能表明他的复古立场之彻底的，自然是他的恢复古衣冠的主张和"头戴玄冠，身穿深衣，腰系大带，去浙江军政府教育司上班"的"行为艺术"。[5]但在1917年他的思想却出现了大拐弯。据周作人观察，这是"民四（1915年）的洪宪帝制，民六（1917年）的复辟运动"的"轰击"所致。[6]钱玄同自己也说：他"目睹洪宪皇帝之反（返）古复始，倒行逆施，卒致败亡也。于是大受刺激，得了一种极明确的教训。知道凡事总是前进，决无倒退之理"。[7]他也因此由"复古"而"反复古"，遂有自号"疑古玄同"之举。而且如周作人所说，尽管钱玄同是"继之而起"，他却表现得"最激进"，比之陈独秀"有青出于蓝之概"。[8]

最能显示钱玄同的激进姿态的，自然是他"废孔学，废汉字"之说。这是他在给陈独秀的通信论《中国今后文字问题》里提出的"大胆宣言"："欲使中国不亡，欲使中国民族为20世纪文明之民族，必以废孔学，灭道教为根本之解决；而废记载孔门学说及道教妖言之汉文，为根本解决之根本解决。"[9]深知钱玄同的周作人对此有一个理解："玄同的主张看似多歧，其实总结归来只是反对礼教，废汉字乃是手段罢了。"[10]其实钱玄同的废孔，也是出于反对礼教。他自己说得很清楚："如孔丘者，我固承认其为过去时代极有价值之人，然其

'别上下，定尊卑'之学说，则实不敢服膺。"[11]钱玄同之所以如此坚持反旧礼教，按周作人的说法，他"以后始终没有变"[12]，并且不惜采取最极端的手段，原因就在于这融入了他最重要的生命体验，他一直说要刻一枚大印章，印文是"纲常压迫下的牺牲者"，他曾经说："'三纲'像三条麻绳，缠在我们的头上"，"我们以后绝对不许再把这三条麻绳缠在孩子头上"。但他也因此如黎锦熙所说，成了"新文化运动揭幕后的牺牲者"，钱玄同这些激烈言论的真正动因和良苦用心一直不被理解、遭人诟病就是证明。[13]真懂得他的还是周氏兄弟。鲁迅就这样看待钱玄同的激进主张的实际作用："中国人的性情是总喜欢调和折中的。譬如你说，这屋子太暗，须在这里开一个窗，大家一定不允许的。但如果你主张拆掉屋顶，他们就会来调和，愿意开窗了。没有更激烈的主张，他们总连平和的改革也不肯行。那时白话文之得以通行，就因为有废掉中国字而用罗马字母的议论的缘故。"[14]

钱玄同并非只是破坏，他的《论应用之文亟宜改良》就是一篇新文学建设中的重要文献。[15]文章提出：要通用国语；无论何种文章均需加标点符号；数目字可改用阿拉伯码号；凡纪年尽改为世界通行的耶稣纪年；小学教科书及通俗书报、杂志、新闻纸，均旁注"注音符号"；书写方式改右行直下为左行横移；印刷用楷体，书写用草体等。如论者所说："经钱玄同这么一规划，原来以白话文为中心的胡适文学改良主张，扩张到书写、印刷、语言、文字改革等全面改革的方案。"[16]在钱玄同的建议下，《新青年》从4卷1号起就全部刊登白话文，并使用标点。钱玄同的其他规定也逐渐被采用，今人都仍然受益。还有人总结钱玄同在与新文学运动紧密相连的国语运动中的贡献有五：审定国音常用字汇；创建白话的国语教科书；起草《第一批简体字表》；提倡世界语；拟定国语罗马字拼音方案。[17]每一条都实实在在。

继钱玄同之后站出来支持胡适、陈独秀的是刘半农。他在 1917 年 5 月 1 日出版的《新青年》3 卷 3 号上发表《我之文学改良观》，对胡、陈、钱的观点"表示同意"，并作了自己的发挥。他指出："吾辈做事，常处处不忘有一个我，作文亦然"，"若不欲做他人之子孙与奴隶，非从破除迷信做起不可"，强调"非将古人作文之死格式推翻，新文学决不能脱离老文学之窠臼"。他因此更关注新文体的创造，提出了"破坏旧韵，重造新韵"，"增多诗体"，"提高戏曲对于文学上的位置"，"改良皮黄"（京剧）等主张。这都抓住了新文学建设中的关节点，陈独秀在编者"识"里立即表示支持，认为这是"最足唤起文学界注意"的大事。刘半农还对陈独秀、钱玄同"白话为文学之正宗"的主张，作出补充和修正，提出"文言、白话可暂处于对待的地位"，因为"二者各有所长，各有不相及处，未能偏废"，"于白话一方面，除竭力发达其固有之优点外，更当使其吸取文言所具之优点。至文言之优点尽为白话所具则文言必归于淘汰"。[18]这样的不同意见的讨论，表明新文学阵营并非只有一个声音。

刘半农的支持受到重视，还因为他本属于鸳鸯蝴蝶派，也是来自旧营垒。刘半农没有大学、留学学历，是自学成才的。他最初在《中华新报》、中华书局任编译员，发表《玉簪花》、《髯侠复仇记》等言情小说，在上海滩上颇有影响，引起陈独秀的注意，从 1916 年 10 月出版的《新青年》2 卷 2 号开始，就为其开辟《灵霞馆笔记》专栏，大概在 1917 年又聘为北大文科预科国文教授。刘半农自己说他初到北大时"穿鱼皮鞋，犹存上海滑头少年气"，和"蓄浓髯，戴大绒帽"的周作人辈形成鲜明对比。[19]周作人则回忆说，一开始他在《新青年》二三卷发表文章（包括《我之文学改良观》）都署名"刘半侬"，友人对他开玩笑，说"侬"字很有礼拜六气，从 4 卷 1 号起，就改"侬"为"农"了。[20]其实，新、旧营垒在实际生活中本来就不是那么界限分明，像钱玄同、刘半农这样来自旧营垒的所在多有，胡适、陈独秀又何尝不是如此。鲁迅因此认为，这正是包括他自己在内的新文化倡导者那一代人共同的特征，他们的任务就是"在有些警觉之后，喊出一种新声；又因为从旧营垒中来，情形看得较为分明，反戈一击，易制强敌的死命。但仍应该和光阴偕逝，逐渐消亡，至多不过是桥梁中的一木一石，并非什么前途的目标，范本"，正是"进化的链子"上的"中间物"。[21] 钱玄同、刘半农在反对旧营垒时之特别激烈，恰是反戈一击的特点：深知"强敌"难以撼动，不得不取极端手段，也因此极具杀伤力。

最足以显示反戈一击的杀伤力的，是刘半农与钱玄同合演的"双簧戏"。在陈独秀、胡适们向旧思想、旧文学发起攻击以后，旧营垒中人，仰仗传统的势力和文坛中的主流地位，将《新青年》的呐喊视为"虫鸣"而不予理会，这就使《新青年》的同人，如1906年《新生》夭折时的鲁迅一样，感到了寂寞与无聊："既非赞同，也无反对，如置身毫无边际的荒野，无可措手了，这是怎样的悲哀啊。"[22] 为从这样的寂寞里挣扎出来，刘半农在其负责编辑的《新青年》4卷3号（1918年3月15日出版）上，以《文学革命之反响》为题，发表了由钱玄同模拟保守派文人的口气写的《王敬轩君来信》，对新文学大加攻击；再由刘半农自己以"记者"的身份，予以痛快淋漓的回击，两人合演一出"双簧戏"。这在当时自然引起轩然大波：支持者大呼解气，批评者则以为太不严肃；但无论如何，无人回应的局面，却因此打破了，最后还逼出了林琴南，有了以后的"荆生事件"。在时过境迁以后，回头看钱、刘的文章，却不能不赞叹其概括力：《王敬轩君来信》中保守派的振振有词："中国为五千年文物礼仪之邦，精神文明，非西人所能企及"，以及指责革新派为"西教信徒"，刘半农答复中对双方分歧的概括："先生说'能笃于旧学者，始能兼采新知'；记者则以为处于现在的时代，非富于新知，具有远大眼光者，断断没有研究旧学的资格。否则弄得好些，也不过造就出几个'抱残守缺'的学究来"，[23]这样的论争逻辑是一直延续下来的。

　　1934 年刘半农去世后，鲁迅写悼念文章还重提旧事，说刘半农是《新青年》里的一个战士。他活泼，勇敢，很打了几次大仗，譬如罢，答王敬轩的双簧信，'她'字和'牠'字的创造，就都是的。这两件，现在看起来，自然是琐屑得很，但那是十多年前，单是提倡新式标点，就会有一大群人'若丧考妣'，恨不得'食肉寝皮'的时候，所以的确是'大仗'"。[24]

注释

[1]　钱玄同致独秀，《新青年》2 卷 6 号，1917 年 2 月 1 日。

[2]　鲁迅：《五论"文人相轻"——明术》，《鲁迅全集》6 卷，第 396 页。

[3]　胡适：《胡适口述自传》，《胡适全集》18 卷，第 314 页。

[4]　[6]　[8]　[10]　[12]　周作人：《钱玄同的复古与反复古》，《知堂集外文：四九年以后》，岳麓书社，1988 年，第 604、621、605、606、611、613 页。

[5]　[13]　[17]　王开林：《竖起脊梁做人》，《随笔》2011 年 6 期。

[7]　钱玄同致独秀，《新青年》3 卷 5 号，1917 年 7 月 1 日。

[9]　钱玄同：《中国今后之文字问题》，《新青年》4 卷 4 号，1918 年 4 月 15 日。

[11]　钱玄同致独秀，《新青年》3 卷 4 号，1917 年 6 月 1 日。

[14]　鲁迅：《无声的中国》，《鲁迅全集》4 卷，第 14 页。

[15]　据钱玄同自己介绍，这是他读了胡适《文学改良刍议》以后计划写的大文章，因校课太多，没有写出全文，只在给陈独秀的一封《通信》里，写出了文章要点，即"改革大纲十三事"，却因此传开，产生了很大影响。见钱玄同致独秀，《新青年》3 卷 5 号，1917 年 7 月 1 日。

[16]　唐宝林：《陈独秀全传》，第 92 页。

[18]　刘半农：《我之文学改良观》，《新青年》3 卷 3 号，1917 年 5 月 1 日。

[19]　刘半农：《记砚兄之称》（《双凤凰专斋小品文》之五十四），《人间世》16 期。

1934 年 11 月 20 日。

［20］周作人：《刘半农与礼拜六派》，《知堂集外文：四九以后》，第 14 页。

［21］鲁迅：《写在〈坟〉后面》，《鲁迅全集》1 卷，第 302 页。

［22］鲁迅：《〈呐喊〉自序》，《鲁迅全集》1 卷，第 439 页。

［23］《革命文学之反响》，《新青年》4 卷 3 号，1918 年 3 月 15 日。

［24］鲁迅：《忆刘半农君》，《鲁迅全集》6 卷，第 73 页。

周氏兄弟：《新青年》中独立、独特的存在

1912 年鲁迅摄于绍兴　　　20 年代周作人在北京苦雨斋前

　　1918 年《新青年》4 卷 3 号发表的《编辑部启事》宣布，从 1918 年 1 月 15 日出版的 4 卷 1 号起，完全变成编辑部同人刊物，这标志着《新青年》知识分子群体的正式形成。研究自此以后的《新青年》可以发现，同人中的主要成员，如陈独秀、胡适、李大钊、钱玄同、刘半农、高一涵等，在前 3 卷均已陆续亮相，4 卷 1 号以后出现的新人，沈尹默[1]之外，主要就是周氏兄弟：鲁迅（唐俟）和周作人（仲

密）。这就是说，《新青年》同人中，周氏兄弟是最后出场的。这是意
味深长的：鲁迅和周作人都不是得风气之先的时代弄潮儿，新潮初起
时，他们都要看一看，想一想，因此常慢一步。他们对《新青年》的
态度，就是如此。据周作人回忆，他初来北京时，鲁迅曾以《新青年》
数册见示，据说许寿裳认为其中"颇多谬论，大可一驳"，鲁迅、周
作人看了却觉得没有特别的谬处，不过是"你吹我唱的在谈文学革命，
其中有一篇文章还是用文言写的"，也就"随即搁下了"，"态度很冷
淡的"，自然更无参与其间的愿望。[2]

　　态度的转折，还是因为 1917 年的张勋复辟。周作人在谈到这次
复辟对他们兄弟俩的影响时说："因为经历这次事变，深深感觉中国
改革之尚未成功，有思想革命之必要。"[3] 当年陈独秀就是因为袁世
凯复辟而意识到思想革命的必要，决定办《新青年》的；周氏兄弟在
日本办《新生》即有思想启蒙之意，现在因张勋复辟更感到思想革命
的迫切性，他们和陈独秀们最终走到一起，乃是势之所至。

　　也就从张勋复辟以后的 1917 年 8 月起，东京时代的老同学钱玄
同便经常来周氏兄弟居住的 S 会馆（绍兴会馆）造访。查周作人日记，
8 月 9 日、17 日、27 日来了三次，9 月以后每月都至少来一次，大抵
是午后四时来，吃过晚饭，谈到十一二点钟离去。于是，就有了钱玄
同回忆中所说的"在绍兴会馆某院子中槐树底下"所谈的许多"偏激
话"。[4] 谈话的详细内容今天自然无从考实，但根据钱玄同的回忆，
仍然可以想知大概有提倡"非圣"、"逆伦"，积极铲除"东方化"，全
力来"用夷变夏"之类的主张，所谓"偏激话"就是"应废除汉字"
之类。[5] 周作人还特意谈到钱玄同正式提出"废孔学，废汉字"的《中
国今后之文字问题》和鲁迅的《狂人日记》都写于复辟事件后一年，[6]
其内容应是在 S 会馆大槐树下讨论过的。这又是一个历史的瞬间：中
国现代文学史上最重要的作家就此酝酿诞生了。

这样，钱玄同代表《新青年》约稿就是最后的催生了。钱玄同回忆，他是因为"认为周氏兄弟的思想，是国内数一数二的，所以竭力怂恿他们给《新青年》写文章"。[7] 在鲁迅的笔下，就成了历史性的对话，这或有文学描写的成分，但其精神内涵是绝对真实的。或问："假如一间铁屋子，是绝无窗户而万难破毁的，里面有许多熟睡的人们，不久都要闷死了。然而是从昏睡入死灭，并不感到就死的悲哀。现在你大嚷起来，惊醒了较为清醒的几个人，使这不幸的少数者来受无可救药的临终的苦楚，你倒以为对得起他们么？"或反诘："然而几个人既然起来，你不能说绝没有毁坏这铁屋的希望。"最后的回应是："是的，我虽然自有我的确信，然而说到希望，却是不能抹杀的，因为希望是在于将来，决不能以我之必无的证明，来折服了他之所谓可有，于是我终于答应他也做文章了。"[8]

这样的绝望与希望之间的往返驳难，这样的质疑中的参与，是有着丰富的历史内容的。对鲁迅个人而言，又绝非偶然。这就需要对鲁迅思想发展的来路略作梳理。

鲁迅思想发展的起点，是 20 世纪初在日本形成的"立人"思想，即以"立人"为"立国"之本；"立人"的核心是"个体精神自由"（"尊个性而张灵明"[9]）。这样，鲁迅一开始就将建立现代民族国家的民族主义（"立国"）建立在人的解放（"立人"）基础之上。"尊个性"自然很容易通向"五四"新文化运动的个性主义；对"灵明"（精神自由）的看重，则形成了独特的启蒙观、文学观：强调人性、国民性的改造，以及文学"撄人心"的作用。[10] 鲁迅在"五四"倡导的"为人生"、"改良人生"的文学，[11] 也就孕育其中了。从追求人的个体精神自由出发，形成了鲁迅对以后成为"五四"启蒙运动核心的"科学"、"民主"、"平等"观念的独特立场：既认同并期待其"来溅远东，浸及震旦（按，即中国），而洪流所向，则尚浩荡未有止也"[12]；

又对其发展到极端可能带来的对个人精神自由的侵害，保持高度的警惕。这样的对启蒙主义核心观念的既坚守，又质疑的态度，就决定了鲁迅既必然投入"五四"启蒙运动，又保持了自己的独立性。

最重要的，还是1908—1918年十年沉默时期的鲁迅的"回到古代"、"沉入于国民中"。[13] 在对"以会稽郡为横坐标，以魏晋时代为纵坐标"的古籍辑录中形成了鲁迅的浙东情结和"魏晋参照与魏晋感受"。[14] 鲁迅后来说汉末魏初是一个"文学的自觉时代"，特别赞赏嵇康的"非汤武而薄周礼"和魏晋文章的"师心使气"，[15] 都表明鲁迅对五四文学革命的参与和理解，是有着中国文学自身的内在资源与逻辑的。魏晋玄学引发的玄学思考与生命体验，则使鲁迅把外在的黑暗转化为内心的黑暗，形成了研究者说的鲁迅的"黑洞"，充溢着"近于绝望的生命本体的黑暗体验"，但又是"满溢着阳光的黑暗"，依然是专与黑暗捣乱的"立意在反抗，指归在动作"的"精神界战士"。这样的"反抗绝望"的人生哲学，以及在绝望与希望、历史循环论与历史进化论间往返质疑的历史哲学，都使得鲁迅既成为陈独秀、胡适、李大钊们的战友，又绝无他们基于单一的历史进化论或历史唯物论的坚信不疑、勇往直前、义无反顾的引领潮流的气概，鲁迅注定只能充当"听将令"的参与者和冷静观察者。而鲁迅的自我质疑，对自我与传统的缠绕关系，"我也在其中"的发现，又使得他在"重新估定价值"的"五四"，对传统的批判既彻底又充满了有罪感，这都有别于他的战友。[16]

值得注意的，还有鲁迅的语言观。如研究者所指出，鲁迅对文学和语言的观照，"重在精神层面而非工具"。[17] 他并不否认语言的工具性，可以认同胡适们以白话文为启蒙工具，他自己就深恶痛绝于"古人造出"的"难到可怕的一块一块的文字"使得中国老百姓无法发出自己的声音，等级制度也因此得以维护。[18] 但据周作人回忆，他"对于文学革命即是改写白话文的问题当时并无兴趣"，[19] 也就是说，在鲁迅看来，把文学革命的任务仅仅归结于"改写白话文"即语言工具的改换，是有可能将文学革命，包括语言变革的内容狭窄化与表面化、形式化的。"鲁迅是强烈地意识到思想深深植根于语言，也就是说，思想革命、社会变革是不可能脱离甚或外在于语言的，颠覆文言就是颠覆文言所承载的"思想与文化。[20] 正是出于这样的独到而深刻的语言哲学，鲁迅才支持钱玄同，采取了"废汉字"的极端立场，以后又有"不读或少读中国书"之论，以及他的坚持"直译"，这都表明，鲁迅始终关注的是语言变革背后的思维方式、思想、文化的变革，这都很难为时人和后人所理解。

　　还要约略说说周作人。总体说来，从日本时期到参与《新青年》活动，周作人和鲁迅的基本观念与立场都比较一致，他们是相互理解与支持的，《新青年》同人也是以"周氏兄弟"并举的。但周作人在一些文章里也表现了自己的特点。如他早在1908年就提出儒家学说"夭阏国民思想之春华，阴以为帝王之右助"，"当摈儒者于门外"，[21] 态度显然更为激进，"五四"时期周作人比鲁迅远为积极与活跃，不是没有缘由的。但1914年他在尖锐批评通俗小说的"流弊"时，对未来小说的发展作了这样的设计："若在方来，当别辟道涂，以雅正为归，易俗语而为文言，勿复执着社会，使艺术之境萧然独立。"[22] 如论者所说，周作人"五四"时期支持胡适们对文言的批判，只是反对"文言的皇帝专制"，显然是"策略性的回避了"自己另一方面的看法，到白话文站稳了脚跟，就要把古文请进国语文学里来了。[23]

　　可以看出，《新青年》同人中，周氏兄弟的准备是最为充分的。因此，他们一登场，就很不凡，大有后发制人之势。先是弟弟周作人以翻译开路：《新青年》4卷1号（1918年1月15日）率先发表周作人翻译英国学者写的《陀思妥夫斯奇之小说》；接着出版的2月号发表周作人署名的（希腊）《古诗今译》，宣布自己的翻译观的前言却是兄弟俩合作的；第3号又刊登周作人翻译的俄国作家梭罗古勃的《童子Lin之奇迹》，同期发表的刘半农的新诗《除夕》特意写道：除夕夜"我在绍兴县馆里；馆里大树甚多，风来树动，声如大海生波"，"主人周氏兄弟，与我谈天"；第4号继续刊载周作人翻译俄国作家库普林的《皇帝之公园（幻想）》，同期发表的钱玄同的《通信》（《中国今后之文字问题》）却有意无意地提到"友人周君（按，应是鲁迅）所言"。到1918年出版的《新青年》4卷5号，哥哥周树人才最后出场，而且一开手就是两个笔名，涉及两种文体：署名"唐俟"的三首新诗《梦》、《爱之神》和《桃花》；署名"鲁迅"的短篇小说《狂人日记》，果然一鸣惊人。

　　鲁迅于《新青年》4卷5号发表《狂人日记》等创作，可以说是"此其时也"。胡适在前一期4卷4号发表的《建设的文学革命论》里，在为文学革命建设作总体设计时，就指出"若要造国语，必须先造国语的文学"；后来他在《中国新文学大系·理论建设集》写"导言"，总结文学革命的历史时，还强调"一个文学运动的历史的估价，必须包括它的出产品的估价。单有理论的接受，一般影响的普遍，都不够证实那个文学运动的成功"，"人们要用你结的果子来评价你"。[24]文学革命的倡导，从1917年1月《新青年》发表胡适《文学改良刍议》，到1918年，经过一年多的讨论，其基本观念已经被许多人接受，但始终没有有分量的创作作为支撑。1918年1月出版的《新青年》4卷1号第一次发表新诗，包括胡适的《鸽子》、《一念》，沈尹默的《月夜》和刘半农的《相隔一层纸》，算是一个开端。现在鲁迅写出了《狂人日记》这样的全新的短篇小说，而且"一发不可收拾"，连续发表了《孔乙己》（《新青年》6卷4号）、《药》（《新青年》6卷5号）、《风波》（《新青年》8卷1号）、《故乡》（《新青年》9卷1号），直到1921

年写出《阿Q正传》(发表于《晨报副刊》)。与此同时，从《新青年》5卷3号发表《随感录二十五》开始，又创造了全新的"杂文"文体。这样，鲁迅就在五四新文学的起点上，创造了现代文学的经典文本，不仅证明了"旧文学自以为特长者，白话文并非做不到"[25]，更是显示了用现代白话文学语言表达现代中国人的思想感情的生命活力，以及艺术发展上的高水平与巨大可能性，并为以后的现代文学写作提供了一个可资借鉴的文本，更提供了一种高境界、高标准。当然，对鲁迅的历史贡献作出最科学的评价的，还是他自己。在《中国新文学大系·小说二集》"导言"里，他以史家的眼光谈到"五四文学史上的鲁迅"：他以自己的创作"显示了'文学革命'的实绩，又因为那时的认为'表现的深切和格式的特别'，颇激动了一部分青年读者的心"。[26]这对现代文学在有着深远的文学传统的中国这块土地上的立足、扎根，几乎是起了决定性的作用。

周作人在文学翻译和创作（主要是新诗和散文）上都有突出的贡献；但他影响最大的还是理论上的创造。胡适曾说，周作人的《人的文学》是"当时改革文学内容的一篇最重要的宣言"。[27]《人的文学》（载《新青年》5卷6号）之外，还有《思想革命》（载《每周评论》11期，《新青年》6卷4号）、《平民的文学》（载《每周评论》5号）。其理论要点是："文学革命上，文字改革是第一步，思想改革是第二步，却比第一步更为重要"；[28]"我所说的人道主义，并非世间所谓'悲天悯人'或'博施济众'的慈善主义，乃是一种个人主义的人间本位主义"，"用这人道主义为本，对于人生诸问题，加以记录研究的文字，便谓之人的文学"；[29]"平民文学应以普通的文体，写普遍的思想与事实。我们不必记英雄豪杰的事业，才子佳人的幸福，只应记载世间普通男女的悲欢成败"，"平民文学应以真挚的文体，记真挚的思想与事实"。[30]这些文学观念，对五四文学创作产生了很大影响。

对周氏兄弟在《新青年》群体中的地位和作用，陈独秀曾有过一个回忆："鲁迅先生和他的弟弟启明先生，都是《新青年》作者之一人。虽然不是最主要的作者，发表的文章也很少，尤其是启明先生；然而他们两位，都有他们自己独立的思想，不是因为附和《新青年》作者中哪一位而参加的。所以他们的作品在《新青年》中特别有价值"。[31]既"独立"又"特别有价值"：这评价是客观的。

鲁迅反过来对他的《新青年》同人，特别是其中的核心陈独秀、胡适也有自己的独特观察："假如将韬略比作一间仓库罢，独秀先生的是外面竖一面大旗，大书道：'内皆武器。来者小心！'但那门却开着，里面有几支枪，几把刀，一目了然，用不着提防。适之先生的是紧紧的关着门，门上粘一条小纸条道：'内无武器，请勿疑虑'。这自然可以是真的，但有些人——至少是我这样的人——有时总不免要侧着头，想一想。半农却是令人不觉其有'武库'的一个人，所以我佩服陈胡，却亲近半农。"[32]

注释

[１]　沈尹默是第一位被视为章太炎一派而于1913年就被聘为北大文科教授的，因此，他在北大文科中是一个有分量的人物，陈独秀任文科学长他也是推荐人之一。他在《新青年》4卷1号以后发表了许多新诗。

[２]　[19]　周作人：《鲁迅的故家·新青年》，河北教育出版社，2002年，第355页。

[３]　周作人：《知堂回想录》（下），第367页。

[４]　[５]　钱玄同致周作人书（1923年7月9日），转引自周作人：《钱玄同的复古与反复古》，《知堂集外文：四九以后》，第616页。

[６]　周作人：《钱玄同的复古与反复古》，《知堂集外文：四九以后》，第612页。

[７]　钱玄同：《我对于周豫才君之追忆与略评》，《师大月刊》30期，1936年。

[８]　[13]　鲁迅：《〈呐喊〉自序》，《鲁迅全集》1卷，第441、440页。

[９]　鲁迅：《文化偏至论》，《鲁迅全集》1卷，第58页。

［10］　鲁迅:《摩罗诗力说》:"诗人者，撄人心者也"。《鲁迅全集》1 卷，第 70 页。

［11］　鲁迅:《我怎么做起小说来》，《鲁迅全集》4 卷，第 526 页。

［12］　鲁迅:《科学史教篇》，《鲁迅全集》1 卷，第 25 页。

［14］　陈方竞:《鲁迅与浙东文化》，吉林大学出版社，1998 年，第 111 页。

［15］　鲁迅:《魏晋风度及文章与药及酒之关系》，《鲁迅全集》3 卷，第 526、527、
　　　　534 页。

［16］　参看钱理群:《"五四"新文化运动中的鲁迅》，《红楼钟声及其回响——重新审
　　　　读"五四"新文化》，第 107、108、104、110 页。

［17］　王风:《文学革命的胡适叙事与周氏兄弟路线》，载《中国现代文学研究丛刊》
　　　　2006 年 1 期。

［18］　鲁迅:《俄文译本〈阿 Q 正传〉序及著者自叙传略》，《鲁迅全集》7 卷，第 83、
　　　　84 页。

［20］　〔23〕　王风:《文学革命的胡适叙事与周氏兄弟路线》。

［21］　周作人:《论文章之意义暨其使命》(1908)，《周作人集外文》(上)，海南新闻
　　　　国际出版中心，1995 年，第 38、58 页。

［22］　周作人:《小说与社会》(1914)，《周作人集外文》(上)，海南新闻国际出版中
　　　　心，1995 年，第 157 页。

［24］　〔27〕　胡适:《中国新文学大系·建设理论集》"导言"，《中国新文学大系·建
　　　　设理论集》影印本，上海文艺出版社，1981 年，第 1、31 页。

［25］　鲁迅:《小品文的危机》，《鲁迅全集》4 卷，第 592 页。

［26］　鲁迅:《〈中国新文学大系〉小说二集序》，《鲁迅全集》6 卷，第 246 页。

［28］　周作人:《思想革命》，收《谈虎集》，河北教育出版社，2002 年，第 9 页。

［29］　周作人:《人的文学》，收《艺术与生活》，河北教育出版社，2002 年，第 11、12 页。

［30］　周作人:《平民的文学》，收《艺术与生活》，河北教育出版社，2002 年，第 4、5 页。

［31］　陈独秀:《我对鲁迅之认识》，原载《宇宙风》52 期，1937 年 11 月。

［32］　鲁迅:《忆刘半农君》，《鲁迅全集》6 卷，第 74 页。

郭沫若的狂飙突降

郭沫若 1937 年冬在广州

朱自清在总结第一个十年新诗发展道路时，在讲完了胡适、康白情、俞平伯、汪静之、冰心等的诗作以后说："一支异军突起于日本留学界中，这便是郭沫若氏。"[1]

郭沫若的异军突起，引发了研究者持续的讨论热情。其中一个意见颇值得注意："郭沫若在中国现代文坛地位的确立，是多种力量的'合力'所致"。[2] 这正是我们所要讨论的：究竟是哪些"合力"，促成了"诗人郭沫若"的诞生，突起，并推上中国诗坛的领袖地位？

首先注意到的，就是《时事新报》的《学灯》"启事"。《时事新报》是研究系在上海的机关报，属于梁启超、张东荪一派。《学灯》是其综合性副刊，于 1918 年 3 月创刊，最初是一个评论教育、兼顾工商的文化学术副刊，很少刊登文艺作品；1919 年 7 月开始，由郭虞裳担任主编，8 月又聘请宗白华协助编辑，就开辟了"新文艺"专栏，更加自觉地参与和推动新文化运动的发展。《时事新报·学灯》也就和《晨报副镌》、《京报副刊》、《民国日报·觉悟》并列，成为"五四"时期四大新文学副刊。[3]1920 年 1 月 1 日所发表的宗白华起草的《〈学灯〉栏宣言》里说，要"借着这学术的灯，做我们积极的、基础的、稳固的、建设的新文化运动"，其中一个重要方面是"披露文学的著作，新体诗文和剧本"。[4]《新文艺》就是发表新文学作品的一个阵地；后来又将大多数小说和戏剧作品都移到另外两个栏目《拨克》和《余载》发表，《新文艺》就成了主要发表新诗的栏目。如研究者所说，白话新诗在新文学"所有文类中其先锋性显然最强，因而不仅为反对新文化和新文学的守旧派人士所不齿，而且不少赞成新文化新文学的人士也颇不以为然"，因此"白话新诗的探索性最为引人注目，也最容易招来责难"。在这样的文化、文学背景下，宗白华主持的《学灯》"新文艺"专栏，以发表新诗作为其主要职责与特色，是有不凡眼光的。此举扩大了新诗的影响，使其由《新青年》的知识圈走向《时事新报》的市民读者[5]；而且很快就有了重大突破：发现和推出了郭沫若。

历史的起端，依然毫不起眼，而且似乎有某种偶然性与戏剧性：1919 年 8 月底或 9 月初的某一天，时在日本九州帝国大学医学部读书的郭沫若，读到了发表于 8 月 29 日《时事新报·学灯》"新文艺"栏上其时已颇有诗名的康白情的新诗《送慕韩往巴黎》，其中一节："听啊！——/这汽船快就要叫了！/她叫了出来/她就要开去；/我们叫了出来/我们就要做去"，让郭沫若眼睛一亮，顿然醒悟：这就是"白话诗"！他后来回忆说："是这诗使我增长了自信，我便把我以前做过的一些口语形态的诗，扫数抄寄去投稿，公然也就陆续被登载出来，真使我感到很大的愉快。这便是我凫进文学潮流里面来的真正的开始。"[6]

据郭沫若说，他大概是在 1915 年春，第一次读到了泰戈尔的《新月集》，吸引他的是：诗的容易懂，诗的散文式，以及诗的清新隽永，研究者认为这是标示着郭沫若"新诗的觉醒"的[7];以后又和海涅接触,"海涅的一些恋爱诗,虽然和太戈儿味道完全不同,但是一样的清新,而更富有人间味"。这样,大概也就在1917、1918、1919年间,郭沫若便"模仿他们,偶然地写一些口语形态的诗",据说后来翻译成日文的《死的诱惑》就是这一时期写的。郭沫若同时还写了不少古体诗。所写的口语诗,"对于旧式的语调并没有十分脱掉,那只能算是一个过渡时代的畸形的东西"。[8]但无论如何,郭沫若对新诗的写作,是有自己的资源,有准备的。而且此时郭沫若已经决定弃医从文,在五四运动影响下,他和一些同学一起组织了一个"夏社",自己写文章,刻印,付邮,当然很难坚持,就想到要与国内的报纸联系。郭沫若也是在这样的情势下,订阅《时事新报》,他的一篇政论《同文同种辩》,曾作为社论被刊用。[9]而此时,刚开办不久的《学灯》"新文艺"也正在急切地寻找新作者。据宗白华《年表》记载,宗白华是1919年9月11日"从来稿中发现自日本福冈寄来的'沫若'几首新诗,即刊于该天《时事新报》上",[10]发表的是两首诗:《抱和儿浴博多湾中》和《鹭鹚》。可以说,郭沫若得以在《学灯》上发表诗作,是他自身发展的需要和宗白华推动新诗发展的要求的遇合。

宗白华凭着诗人和美学家的敏感,立刻认定这是"一个东方未来的诗人";[11]他在给郭沫若的信中又说:"我深心中的感觉,个性中的灵知,直觉中的思想见解,要以你和我最相近。所以一读了你的诗,就以为也是我应该做的诗,你做了不啻代我做了,欢喜得了不得。"[12]因此,只要郭沫若有诗寄来,他都毫不犹豫、毫无顾忌、毫无保留地立即、全部发表。他后来回忆说:"我主编《学灯》的一年期间,每天晚饭后到报馆去看稿子。首先是寻找字体秀丽的日本来信,这就是郭沫若从日本不断惠寄的诗篇,我来不及看稿就交与手民,当晚排印。我知道《学灯》的读者也像我一样每天等待着这份珍贵的、令人兴奋的精神食粮。"[13]郭沫若也十分感动地回忆说，宗白华"甚至有时用《学灯》整个的篇幅（四开一面）登载我的诗"。而且从发表郭沫若的《夜步十里松原》的1919年12月20日开始，干脆新辟出一个"新诗"专栏，给郭沫若为代表的新诗创作以更加突出的独立的地位。郭沫若说，"是他怂恿我尽量写诗"，"在一九一九与二〇年间之交，我的诗兴被煽发到狂潮的地步"。[14]他写信向宗白华表示："我要把全身上的脂肪组织来做《学灯》里的油。"[15]而此时郭沫若正迷恋惠特曼，其自由的诗体和浑雄的诗风的影响使郭沫若如虎添翼，他的创作就进入一个狂飙突进的爆发期，如宗白华给他的信中所说，"你的凤凰还在翱翔空际，你的天狗又奔腾而至了"。[16]可以说，在很短的时间内，通过宗白华之手，借助《学灯》这个窗口，郭沫若的诗如瀑布般向中国的新诗界和读者奔泻而来：《夜步十里松原》（1919年12月20日发表），《晨安》（1920年1月4日），《立在地球边上放号》（1920年1月5日），《地球，我的母亲》（1920年1月6日），《匪徒颂》（1920年1月23日），《凤凰涅槃》（1920年1月30—31日），《炉中煤——眷恋祖国的情绪》（1920年2月3日），《天狗》（1920年2月7日）……如此密集的，势不可当的诗的冲击，竟然是由二十七岁的郭沫若和二十二岁的宗白华两人联手推动，这实在是中国新诗史上空前绝后的壮观与奇迹。

在创作实绩显示之外，还有理性的思考和讨论。宗白华把郭沫若介绍给他的好友田汉，于是就有了三人之间同样密集的书信来往，如田汉所说，"我们三人，虽两在海之东，一在海之西，在海之东的，又一在东京湾的上面，一在博多湾的旁边，然而凭着尺素书，精神往来，契然无间，所表现的文字，都是披肝沥胆，用严肃真切的态度写出来的"。[17]研究者则注意到，"五四前后，在一代知识青年新的'经验共同体'生成过程中，书信起的作用不容低估"。[18]郑伯奇就曾描述过当时的风气："素不相识的青年，只要是属于一个团体或者有人介绍，便可以互相通信往来，成为亲密的朋友。"[19]当时的新刊物一般也都设有通讯栏。这样的通信就提供了另一个思想交流与聚集的空间。宗白华、郭沫若和田汉在通信中，首先讨论的是"新诗"的观念。宗白华在给郭沫若的第一封信里，就提出了他的期待："我很愿意你一方面多与自然和哲理接近，养成完满高尚的'诗人人格'，一方面多研究古昔天才诗中的自然音节，自然形式，以完满'诗的构造'，则中国新文化中有了真诗人了。"[20]郭沫若立即回应说："你这两句话我真是铭肝刻骨的呢"，并将其概括、提升为"人底问题与艺的问题"，以为这是真正的"诗的内涵"所在。郭沫若由此引申出了他的一系列的新诗观："我们的诗只要是我们心中的诗意诗境底纯真的表现，命泉中流出的 Strain，心琴上弹出来的 Melody，生底颤动，灵底喊叫；那便是真诗，好诗"；"诗不是'做'出来的，只是'写'出来的"；"诗＝（直觉＋情调＋想象）＋（适当的文字）"；[21]"诗的创造贵在自然流露"，"古人用他们的言辞表示他们的情怀，已成为古诗，今人用我们的言辞表示我们的生趣，便是新诗，再隔些年代，再会有新新诗了"；"诗的本质专在抒情。抒情的文字便步采诗形，也不失其诗"；"他人已成的形式只是自己的监狱。形式方面我主张绝端的自由绝端的自主"[22]。这些论述，都可以看作是诗人对自己的新诗创作所作的理论总结，也可以说是一种自我阐释，由此形成的阐释模式，是深刻地影响了读者和研究者对其诗歌的接受和理解的。

　　人们更感兴趣的，也许是自认为是郭沫若的知己的宗白华和田汉，对郭沫若诗歌的评价和理解。倾心于哲学的宗白华似乎更看重郭沫若诗歌在"'直觉世界'中感觉自然的神秘"，"清妙幽远的感觉"，他说这是"平日多在'概念世界'中分析康德哲学"的自己向往而又写不出来的；[23]他因此认为郭沫若诗的力量在"以哲理做骨子，所以意味浓深。不像现在有许多新诗一读过后便索然无味了"。[24]他还这样评价郭诗的风格与得失："你的诗意诗境偏于雄放直率方面，宜于作雄浑的大诗"，"这类新诗国内能者甚少，你将以此见长"，但"你的诗又嫌简单固定了点，还欠点流动曲折"；"你小诗的意境也都不坏，只是构造方面还要曲折优美一点，同做小诗中小令一样"。[25]田汉似乎更看重郭沫若诗歌里的"诗人"自己，他说："我最爱的是真挚的人。我深信'一诚可以救万恶'"，他因此强调"人格公开"，强调自我的"更生"。[26]他如此评价郭沫若诗的价值："与其说你有诗才，无宁说你有诗魂，因为你的诗首首都是你的血，你的泪，你的自述传，你的忏悔录啊。我爱读你这样的纯真的诗。既不爱旧技巧派的诗，也不爱新技巧派的诗！"[27]如研究者所说，宗白华与田汉实际上是提出了对郭沫若诗歌的两种阐释模式："从'泛神论'的哲理着眼，与以'人格公开'为阅读前提"，这就形成了"微妙的'双声现象'，隐隐包含着'情感'与'理智'的对立，并对后来的阅读都产生了或隐或显的影响"。[28]

后来，田汉把三人的通信整理成《三叶集》一书，宗白华解释说："'三叶'是指一种三叶蘖生的植物，我们用做三人友情结合的象征"。此书于1920年5月由上海亚东图书馆出版，"引起了青年们的兴趣和社会的关注，书销售得很快，几次重印"。[29]据江放原统计，至亚东结业时，《三叶集》前后销出两万二千九百五十本。[30]当时还在故乡的小城读书的冯至回忆说，《三叶集》"对我起了诗的启蒙作用。我从这三个朋友热情充沛的长信里首先知道了什么是诗"，"直到第二年《女神》出版了，我的面前展开了一个辽阔而丰富的新的世界"。[31]这就意味着，对诗的阐释在诗的出版之前，读者拿起《女神》时，他的阅读视野里已经先有了《三叶集》。这确实是一种相当独特的接受：《三叶集》"为《女神》起到了阅读指引的作用"；不仅如此，它还通

过对《女神》的阐释，"经验读者"对"一般读者"的影响，建立了
一种新的"新诗观念"，如前文所讨论的诗的主情性、主体性等，并
转化为一种"阅读方式"。[32]这样，宗白华、郭沫若、田汉三人间的
通信讨论，《三叶集》的出版，在"诗人郭沫若"的塑造上，就成了
又一个关键环节。

　　还有第三个环节：诗集的编选与出版。研究者注意到，"《女神》
无序，这一点在早期新诗集中相当特殊"，显然是不愿意借助别人（通
常是文坛名人）的提携，干脆由自己写《序诗》。在《诗序》里可以看出，
编选者心目中的预设读者："你去，去寻那与我的燃烧点相待的人"，
"你去，去在我可爱的青年的兄弟姐妹胸中，把他们的心弦拨动"，显
然想越过正统诗坛，直接和与自己有心灵共振的青年读者交流，"依
靠诗歌本身的力量赢得读者"。[33]。《序诗》还强调："《女神》是我自
己产生出来的"，这其实也是对着正统诗坛说话的，强调的还是自身
的独创性，这构成了诗人选诗的标准：要最大限度地显示自己的独立
的诗歌观和独特的美学追求。整本诗集不以写作（或发表）时间编排，
而是按照风格、体式分为三辑：第一辑全是诗剧，第二辑收录激情喷
涌之作，显示雄浑的诗风，第三辑是小诗的汇集，或冲淡，或缥缈迷
离，显示秀丽的一面。这样，如研究者所说，"郭诗就从一开始就与
国内的白话诗风格迥异，全以抒情为主，以自然或幻想的时空为关照
对象，诗境醇美，毫无散文化、叙述性因素"。研究者还因此注意到，
《女神》所选诗歌的主体都是发表在《学灯》上的诗作，但删去了十首，
有些是因为艺术上的粗拙，但《某礼拜日》、《晚饭过后》、《两对儿女》
等诗落选的原因，显然是因为"多描写当下生活的场景，以诗人的日
常感受为中心，在风格上纳入了许多散文化的因素"，这本来是显示
了郭沫若《女神》时期的创作和早期白话诗的某种纠葛的，现在为了
显示独异性就删去了，研究者因此认为这是一种"自我纯化"。[34]《女

神》还选录了《晨兴》、《日暮婚筵》、《春之胎动》等五首没有公开发表的诗作，都编在第二辑里。近年研究者多方搜寻，发现《女神》时期的郭沫若已发表却未入集的诗还有五十多首，和《女神》中的诗篇数量差不多。据说"这些佚诗具有多样的风格、体式和追求，其中有相当多的作品并不具有'五四'时代的时代特征，并不带有浪漫主义或现代主义的艺术倾向，也并不是包含火山爆发式的激情"。研究者认为，"阅读这些佚诗，有助于我们更为全面地认识'五四'时期的郭沫若，更有利于揭示当时郭沫若对中国新诗的多方面的探索"。[35]但不选而造成不全本身也是自有思想、文化、文学的历史内容和意义的。

《女神》的出版，也煞费苦心。最早的新诗集，从《尝试集》到《草儿》、《冬夜》、《蕙的风》，都是由亚东图书馆出版，而且都和胡适有着某种直接或间接的关联，那是一个北方的新文化精英的聚集地；这正是郭沫若所格格不入，甚至要与之对抗的，他们一时也不会接纳郭沫若。这就迫使郭沫若和他的朋友必须另寻出路。而创办于1913年的泰东图书局，虽然有意靠拢新文化，却因为缺乏新文化精英的鼎助，陷入了困境。苦于人才难觅的泰东老板赵南公，就把此时因为在《学灯》上大量发表新诗而崭露头角的郭沫若，当成了书局的救星。

于是，就有了最初的合作：除筹办创造社的刊物《创造季刊》外，主要是出版"创造社丛书"，《女神》即为第一本。正是《女神》开启了泰东书局的新路，也改变了新书局的格局，一批以创造社为代表的"上海及周边地区、被排斥在精英阵营之外的城市文人"形成泰东作者群，成为与亚东的北方精英作者群抗衡的力量。[36]从另一面看，不可否认，泰东书局也是塑造"新诗人郭沫若"的重要推动力量。

在《女神》出版后，同为创造社的穆木天，即写文章对"郭沫若的处女诗集"大加赞扬："诗集，以前也虽出过两三部，大都分量很少，说句不客气的话，艺术味也不大丰富。《女神》正当这时候，挺然露出她那优秀的姿质，实在是新文坛的一件可喜的事！出版界一件可喜的事！"但郑伯奇也同时谈到，郭沫若的诗"据上海的朋友们讲，一般人不大十分了解。这原因大概就由于不晓得沫若君的境遇和个性所致"。[37]而据出版家张静庐说，泰东出版的"创造社丛书"，最初"书的销行却并不畅旺"，直到 1923、1924 年才好销起来，泰东"才获得了意外的收获"。[38]这大概也是到 1924 年初，也即《女神》出版两年以后，泰东老板还没有为郭沫若下聘书、定薪水的原因或借口。五四新文学开创者那一代也并不看好郭沫若。胡适在 1921 年 8 月 9 日，也即《女神》刚于 8 月 5 日出版后，第一次和郭沫若见面，在当天日记里写道："他颇有文学的兴趣。他的新诗颇有才气，但思想不大清楚，功力也不好"。[39]鲁迅在 1921 年 8 月 29 日写给周作人的信里也说："郭沫若在上海编《创造》（？）。我近来大看不起沫若田汉之流。又云东京留学生中，亦有喝加菲而自称颓废派者，可笑也。"[40]在这样的情况下，郭沫若要打出一条路来，就不能单纯依靠个人，而要倚重集体即社团的力量，形成一个圈子或势力，而形成势力的关键又是要有自己"独立的机关"杂志。郭沫若说得很清楚："就不办杂志也可以做得出些文章，有朋友的既成的刊物，能够割些珍贵的幅面来替我们发表发表，那也恩德无量了。"[41]和泰东商量合作时，郭沫若最热衷的不是《女神》的出版，而是创办创造社的刊物，就是这个道理。反过来，也正是创造社的刊物把郭沫若的《女神》推到了诗坛，以至文坛的前沿和中心位置。先是《创造季刊》1 卷 2 期发表谢康的评论，提醒读者"《三叶集》是《女神》Introduction（指引）啊"；接着《创造周报》4 号、5 号又连续推出闻一多的《〈女神〉之时代精神》和《〈女神〉之地方色彩》，劈头就说："若讲新诗，郭沫若君的诗才配称新呢！不独艺术上他的作品与旧诗词相去最远。最要紧的是他的精神完全是时代的精神——二十世纪底时代的精神"，"《女神》真不愧为时代底一个哨子"；同时强调的是《女神》和当代青年的精神联系："他们的心里只塞满了叫不出的苦，喊不尽的哀。他们的心快塞破了，忽地一个人用海涛底音调，雷霆的声响替他们全盘唱出来了。这个人便是郭沫若，他所唱的就是《女神》。"[42] 如研究者所说，"这是至今为止对于《女神》价值的经典评价"，确实影响了以后读者对郭沫若的接受，同时也把郭沫若推到了中国新诗史的"经典诗人"的位置。[43]最值得注意的，是《创造周报》1 号发表的成仿吾的《诗之防御战》。该文第一次点名批判胡适的《尝试集》，说它"本来没有一首是诗"；接着对康白情的《草儿》、周作人等的《雪朝》、徐玉诺的《将来之花园》、宗白华、冰心的小诗、哲理诗，一一作出严峻判决，几乎把《女神》之前或同时的诗歌全都否定了；而从他一再宣称"由鲜美的内容与纯洁的情绪调和了的诗歌，是我们所最期待的"，"我们的新文学要有真挚的热情作根底"，要"自由不羁地创造些新的形式"，"诗是天才的创造"，可以看出，他虽然没有直接点出《女神》，却显然是以郭沫若的诗作当做新诗的样板的。这就意味着，当成仿吾高声怒叫：胡适倡导的早期新诗"这是什么东西？滚，滚，滚你的"时，他实际上是在为郭沫若清道。到 1931 年，后期创造社的盟友钱杏邨就正式宣布："《女神》是中国诗坛上仅有的一部诗集，也是中国新诗坛上最先的一部诗集。"[44]在相当长的时间内，这几乎成了新诗史和新文学史的"定论"，郭沫若也就获得了"独一无二"的地位。

研究者还注意到，《创造周报》对郭沫若形象的塑造：《创造周报》办了 52 期，郭沫若一个人的作品就占了三分之一的篇幅；除诗歌、小说、散文等不同文学样式外，还发表了大量翻译、学术论文和思想、文化、文艺批评，这就极大地扩大了郭沫若对新文坛和思想文化界的影响力。研究者认为，"《学灯》塑造了作为杰出新诗人的郭沫若。继之，《创造》季刊又补充了郭沫若作为戏剧家的形象。到了《创造周报》，读者在郭沫若身上看到了一个才华横溢、能言善论、高瞻远瞩的文化领袖的形象"。特别是《创造周报》在青年中产生了巨大影响，培育了自己的固定读者群。可以说，"在郭沫若跃马新文坛之际，是《创造周报》又推了他一把，逐渐使之可以与当时的文坛领袖相比肩"。[45]

郭沫若的文坛地位的形成，当然是以他过人的生命活力、创造力和杰出的创作实绩为基础与前提；但他也确实恰逢"天时地利人和"，是一张报纸副刊（《学灯》），一本通信评论集（《三叶集》），一个书局（泰东图书局），一个社团及其刊物（创造社及《创造周报》等）塑造与成就了这位中国新诗坛上举足轻重的人物。

注释

［1］ 朱自清：《中国新文学大系·诗集》"导言"，《中国新文学大系·诗集》（影印本），第 5 页。

［2］ 魏建、张勇：《〈创造周报〉与郭沫若文坛地位的确立》，《中国现代文学研究丛刊》2007 年 1 期。

［3］ 参看冯并：《中国文艺副刊史》，华文出版社，2001 年，第 194、196、198 页。

［4］ 编者（宗白华）：《〈学灯〉栏宣言》（1920 年 1 月 1 日《时事新报·学灯》）。收《宗白华全集》1 卷，安徽教育出版社，1994 年，第 141 页。

［5］ 朱寿桐：《〈学灯〉与"新文艺"建设》，《新文学史料》2005 年 3 期。

［6］［8］［9］［14］ 郭沫若：《兔进文艺的新潮》，1945 年 7 月《文哨》1 卷 2 期。收《新文学史料》第三辑（1979 年 5 月）。

［7］ 魏建：《泰戈尔究竟怎样影响了郭沫若》，《中国现代文学研究丛刊》2009 年 3 期。

［10］ 林同华：《宗白华生平及著述年表》，收《宗白华全集》4 卷，第 674 页。

［11］ 宗白华致寿昌（田汉）书（1920 年上旬），收《三叶集》，见《宗白华全集》1 卷，第 228—229 页。

［12］［23］ 宗白华致沫若（1920 年 1 月 30 日），收《三叶集》，见《宗白华全集》1 卷，第 240、229 页。

［13］宗白华：《少年中国学会回忆点滴》，收《宗白华全集》3 卷，第 580 页。

［15］［21］郭沫若致宗白华（1920 年 1 月 18 日），收《三叶集》，见《宗白华全集》1 卷，第 239、232、231 页。

［16］［24］［25］宗白华致郭沫若（1920 年 1 月 7 日），收《三叶集》，见《宗白华全集》1 卷，第 241、242 页。

［17］《三叶集·田（汉）序》，见《宗白华全集》1 卷，第 226 页。

［18］［28］［32］［33］［34］姜涛：《"新诗集"与中国新诗的发生》，北京大学出版社，2005 年，第 114、116、117、118、172、173、174 页。

［19］郑伯奇：《忆创造社》，收饶鸿竞等编《创造社资料》（下），福建人民出版社，1985 年，第 840 页。

［20］宗白华致郭沫若（1920 年 1 月 3 日），收《三叶集》，见《宗白华全集》1 卷，第 229 页。

［22］郭沫若致宗白华（1920 年 2 月 16 日），收《三叶集》，见《宗白华全集》1 卷，第 252、254 页。

［26］［27］田汉致郭沫若（1920 年 2 月 9 日），收《三叶集》，见《宗白华全集》1 卷，第 244、245、269 页。

［29］宗白华：《秋日谈往——回忆同郭沫若、田汉青年时期的友谊》，收《宗白华全集》1 卷，第 316 页。

［30］汪放原：《回忆亚东图书馆》，学林出版社，1983 年，第 53 页。转引自姜涛：《"新诗集"与中国新诗的发生》，第 123 页。

［31］冯至：《我读〈女神〉的时候》，《诗刊》1959 年 4 期。转引自姜涛：《"新诗集"与中国新诗的发生》，第 115 页。

［32］［33］［34］姜涛：《"新诗集"与中国新诗的发生》，第 117、118、172、173、174 页。

［35］魏建：《郭沫若佚作与〈郭沫若全集〉》，载《文学评论》2010 年 2 期。

［36］参看姜涛：《"新诗集"与中国新诗的发生》，第 71、72、75、76、85 页。

［37］郑伯奇：《批评郭沫若的处女诗集〈女神〉》，原载 1921 年 8 月 21—23 日《时事新报·学灯》。收《郭沫若研究资料》，中国社会科学出版社，1986 年，第 168、169 页。

［38］张静庐：《在出版界二十年》，上海杂志公司，1938 年，第 149 页。

［39］胡适日记（1921 年 8 月 9 日），《胡适全集》29 卷，第 410 页。

［40］鲁迅致周作人（1921 年 8 月 29 日），《鲁迅全集》11 卷，第 413 页。

［41］郭沫若：《关于〈创造周报〉的消息》，载 1925 年 5 月 12 日《晨报副刊》。

［42］闻一多：《〈女神〉之时代精神》，载 1923 年 6 月 3 日《创造周报》4 号。

［43］［45］　魏建、张勇：《〈创造周报〉与郭沫若文坛地位的确立》，《中国现代文学
　　　　研究丛刊》2007 年 1 期。

［44］　钱杏邨：《郭沫若及其创作》，黄人影编：《郭沫若论》，光华书店，1931 年，第
　　　　28 页。转引自姜涛：《"新诗集"与中国新诗的发生》，第 251 页。

文学研究会成立

  茅盾在 1935 年写《中国新文学大系·小说一集》"导言"，总结文学研究会的历史时，特意强调：文学研究会的"这个宣言，是公推周作人起草的。宣言发表的时候，有十二个人署名，就是周作人、朱希祖、耿济之、郑振铎、瞿世英、王统照、沈雁冰、蒋百里、叶绍钧、郭绍虞、孙伏园、许地山"。[1] 这就引发了讨论的兴趣：这十二个人是怎样聚集在一起的？他们为什么要公推周作人起草宣言？

郑振铎

  文学研究会的组织者郑振铎在一个《关于"文学研究会"》的谈话里，讲到文学研究会的"前身"，提到了几个团体：新社会小组、人道社、新青年社、新潮社、曙光社、共学社。[2] 其中新社会小组和人道社应是核心，其成员郑振铎、耿济之、许地山、瞿世英和瞿秋白，除瞿秋白因远在俄国未能列名，其余都是文学研究会的主要发起人，瞿秋白后来也是文学研究会最早的会员；周作人和朱希祖都是《新青年》作者；郭绍虞、孙伏园、叶绍钧是新潮社社员，周作人是新潮社的编辑主任；王统照是曙光社负责人，郑振铎、耿济之、瞿世英也是其成员与作者；蒋百里则是共学社的主要成员。只有远在上海的沈雁冰（茅盾）不属于任何社团，他是因为主编《小说月报》

而列名发起人的。研究者还注意到，在文学研究会成立之前，就有过社团联合的尝试：1920 年 8 月，在李大钊的主持下，少年中国学会（沈泽民、张闻天等）、觉悟社（周恩来等）、人道社（郑振铎、瞿秋白、耿济之、许地山、瞿世英等）、曙光社（王统照等）、青年互助团（庐隐等）五个团体筹备组织一个命名为"改造联合会"的大团体，其宗旨是"结合各地革新团体，本分工互助的精神，以实行社会改造"。[3]该组织后来并未开展实际活动，但这样的"小组织，大联合"的方式，显然是直接启发了文学研究会的成立，并且为之做了人事、组织上的准备。[4]"改造联合"组织中的人道社、曙光社成为文学研究会的核心，早期会员大都来自这几个社团，其最初的筹备会不仅在人道社的耿济之家中，还在李大钊的工作室召开，都不是偶然的。

如果要进一步追问这些团体走到一起的思想基础，就必须对 1919 年五四运动以后的社会思潮，作一个简要的考察与描述。郑振铎、瞿秋白、耿济之、瞿世英都是五四学生运动的积极参与者，在学潮沉寂以后，就开始了反省和反思。恰在这时候，周作人在对日本新村运动作了实地考察以后，连续发表了《访日本新村记》（载 1919 年 10 月《新潮》2 卷 1 号）、《新村的精神》（载 1919 年 11 月 23 日、24 日《觉悟》和 1920 年 1 月 1 日《新青年》7 卷 2 期）等文，适时地将日本的新村运动引进到中国。新村运动所倡导的物质与精神、互助与独立、协力与自由相调和，人类的人和个体的人相统一，体力劳动与脑力劳动相结合的"人的生活"，其所主张的和平、渐进的改造道路，简便可行具有实践性的方式，[5]都对"五四"后苦苦寻路的中国知识分子和青年产生巨大吸引力，并迅速成为舆论中心话题。有学者根据《新青年》数据库统计，"新村运动"在《新青年》上被提及九十次，位居最关注的七大事件之六。[6]而且立即有了新村生活的实践：1920 年 1 月 1 日出版的《新青年》7 卷 2 号发表了《工读互助团简章》和

《募款启事》，倡导者几乎囊括了五四新文化运动所有的领导者与骨干：蔡元培、李大钊、陈独秀、胡适、周作人、罗家伦等，只缺了从一开始就对新村的空想主义持保留态度的鲁迅。工读互助团也就因此而遍及北京、上海、南京、天津、广州、扬州等地。我们最感兴趣的，是文学研究会的发起人无一例外的都是新村运动和工读互助团的鼓吹者、参与者。郑振铎等在周作人介绍新村运动以后，立即在《新社会》第 17 期展开了讨论，以后又在《人道》上组织"新村专号"。在 1920 年 6 月 8 日和周作人的第一次通信里，郑振铎热情赞扬周作人是"现时中国内极注意于新村运动的——也是实行新村组织的——一个人"，并表示"我们对于新村运动，很有研究——实行的兴味；我个人尤有想去实行的意思"。[7] 周作人还应邀到社会实进社作了《新村的理想与实际》的讲演。文学研究会发起人中最早因新村运动而和周作人结缘的是叶圣陶，他是继周作人之后第二个日本新村组织的中国籍会员。朱希祖也是早于 1918 年 10 月就向周作人借阅日本的《新村》杂志。查看周作人日记，他每次接到日本新村方面的来函和杂志时，都记有"孙伏园来"字样，孙伏园似乎起到了联络员的作用。郭绍虞最早以论文《新村运动》呼应周作人。蒋百里和王统照也在他们主持的《改造》、《曙光》上发表文章鼓吹新村所主张的"泛劳动主义"。沈雁冰也是青年工读互助运动的支持者，宣传过泛劳动主义和互助主义。[8] 这些事实都有力地证明："是新村运动的空想社会主义思潮将周作人与郑振铎及其友人首先联系在一起的"，[9] 周作人事实上是他们的"精神导师"，因此，成立文学研究会要公推周作人起草宣言，是很自然的。我们由此而获得一个重要认识：作为新青年、新潮群体之后最有影响的知识群体的文学研究会，它与新青年、新潮显然存在继承关系，五四新文化运动的民主、科学和个性主义、人道主义的观念，自然成为其思想基础；但它也有自己的思想资源，这就是五四运动前后，以新村运动和工读互助运动为中心的具有鲜明的空想社会主义色彩的社会思潮，以及现实主义和新浪漫主义文学思潮，"以一种相互化合和融合的姿态，对文学研究会的方方面面都构成了复杂的关系"，并由此形成了其独特面貌。[10]

据学者的有关研究，这样的以新村运动和工读互助运动为中心的"五四"前后的社会新思潮，主要包括三个方面的内容。其一是"'世界大同'的'大人类主义'思潮"。这实际是反映了第一次世界大战结束以后的由民族国家的主流思潮与话语向人类主义的思潮与话语的转变趋势。其二是"互助主义思潮"。这也代表了"一战"结束后，思想界由"竞争—进化"到"互助—进化"的转变。其三是"泛劳动主义思潮"。这是一种"把劳心、劳力，均视为劳动，并把劳动神圣化，视劳动为人生之必须，进而对下层民众、农民进行'高尚'、'纯洁'的道德指认的思潮"。[11]应该说，这三大思潮在文学研究会的文学主张、创作，以及组织方式上都打下了深刻的烙印。研究者指出，正是在"大人类主义"的思潮影响下，形成了文学研究会"我们看文学应该以人类为观察点，不应该限于一国"的超越时代、地域、民族、人种的世界文学观。[12]但文学研究会的成员作为落后于西方的东方大国有良知的知识分子又不可能完全放弃民族主义的立场，于是，就有了"就他本国而言，便是发展本国的国民文学，民族的文学；就世界而言，便是要促进世界的文学"的"世界"与"民族"的两副眼光。[13]在"大人类主义"烛照下的文学研究会的"为人生"的文学也就必然带上"新理想主义"的色彩，周作人说得很清楚："为人生的文学，又有人称为理想主义的文学。"[14]茅盾在《新文学大系·小说一集》序言里曾经谈到文学研究会几位代表性作家，如冰心、叶绍钧、王统照都"憧憬着'美'和'爱'的理想的和谐的天国"，这样的憧憬正是源于以爱的互助取代憎的竞争的"互助主义思潮"的。"泛劳动主义"则为文学研究会作家弱者、下者、幼者关怀提供了理论依据，更加接近大自然和人的自然本性的儿童、妇女与农人，在"泛劳动主义"的眼光下，就呈现出诗意的色彩，道德主义的神圣光环。[15]

人们还注意到，中国早期的马克思主义者和共产党人，如李大钊、毛泽东都是新村运动的推动者和参与者。李大钊直到写《我的马克思主义观》还没有放弃将互助论和马克思主义的阶级斗争学说"互补"的努力。[16]毛泽东虽然最后否认了新村运动的和平改造之路，但依然不忘其新村理想，这就使得他领导的中国革命和建设，始终蒙上空想社会主义的色彩。这恐怕正是文学研究会的知识群体，比较容易接受中国共产党领导的革命，始终是中国革命和以后的左翼文艺运动的同路人的更为内在的原因。

新村运动和工读互助运动也只活跃了一二年，就在中国社会的急剧动荡中销声匿迹了。经历了新村理想破灭的知识分子，一部分由此走上了阶级斗争、暴力革命的不归路；另一部分则又由社会改造运动转而回到文学运动上来，这除了他们的和平、渐进的改造社会的理想难以接受暴力革命，以及知识分子害怕真正卷入实际革命的积习，也还有自身的逻辑：既然实现世界大同主义、互助主义的新村理想在社会生活里的实现，遭遇到了自己无力抵御的阻碍，那么，就只有借助于文学的力量："文学是不容轻视的，他的伟大与影响，是没有什么东西能够与之相并的。他是人生的镜子，能够以慈祥和蔼的光明，把人们一切阶级、一切国界、一切人我界，都融合在里面。"[17]也就是说，他们要以重建"文学乌托邦"的方式来坚守社会理想的乌托邦。这恐怕是郑振铎等要创立文学研究会更为内在的原因和动力。

但无论如何，文学研究会的成立由此开拓了一个独立的文学运动，这本身就有重大的意义。如茅盾所说："《新青年》杂志自然是鼓吹'新文学'的大本营，然而从全体上看来，《新青年》到底是一个文化批判的刊物，而《新青年》社的主要人物也大多数是文化批判者，或以文化批判者的立场发表他们对文学的议论。"[18] 也就是说，《新青年》、《新潮》所推动的是一个思想文化运动，其所发动的文学革命只是所选择的突破口，是服从于思想文化运动的要求的；因此，《新青年》上虽然也发表过鲁迅的小说，胡适、沈尹默、刘半农、周氏兄弟的新诗，陈独秀、鲁迅、钱玄同、刘半农等的杂文，《新潮》上也出现了汪敬熙、杨振声、俞平伯、叶绍钧等一批小说作者，但并没有改变茅盾所说的创作界的"寂寞"状态："作者固然不多，发表的机关也寥寥可数。"[19] 正是文学研究会的成立，"新文学运动才开始脱离倡导期的混沌状态，从一般的新文化运动中独立出来；才开始出现创造社、语丝社、新月社等新文学社团，进入各种流派发展与竞争的新时期"。[20]

文学研究会另一个引人注目之处，是它的组织方式：不同于《新青年》式的同人刊物和团体，而是《宣言》里所说的"著作同业间的联合"，以"联络感情"、"增进知识"，"建立著作工会的基础"为目的。支持这样的组织目标与方式的理念是："我们相信文学也是一种工作，而且又是于人很切要的一种工作。治文学的人，也当以这事为他一生的事业，正同劳工一样。"这背后是前文已有讨论的"泛劳动主义"思想。更应该重视，给予高度评价的，是由此而确立了严肃地对待文学和人生的宗旨，为文学献身而又以劳动者的平常心对待文学工作的精神，如研究者所说，这是构成了中国现代文学的"主导精神"和传统的。[21]

这样的"著作同业工会"的性质，就决定了文学研究会就如茅盾所说的那样，"从来不曾有过对于某种文学理论的团体的行动，而且文学研究会对于他的会员也从来不加以团体的约束；会员个人发表过许多不同的对于文学的意见。然而'团体'只说过一句话，就是宣言里的'将文艺当作高兴时的游戏或失意时的消遣的时候，现在已经过去了'。这一句话，不妨说是文学研究会集团名下有关系的人们的共通的基本的态度"。[22] 这也是从前述就将文学看做严肃的人生事业这一基本立场出发的。

但是，也应该看到，文学研究会虽然后来在上海、广州、宁波等地也建立了分会，至 1928 年正式登记的会员多达一百七十二位，[23] 但它事实上并没有成为预想中的同业工会，仍然是一个文学团体或知识群体，在一定程度上也具有某种同人性，它也就必然有自己的文学主张，虽不以群体宣告的形态出现，而是通过最有影响的个人倡导，而形成某种类似的追求。其中影响最大的应是作为文学研究会的主要组织者郑振铎提倡的"血和泪的文学"和作为文学研究会主要阵地的《小说月报》的主编沈雁冰倡导的"自然主义（写实主义）文学"，人们说文学研究会是一个立足于人生，立足于平民的写实主义文学派别，不是没有道理的。而郑振铎等人也从未放弃成立同业工会的理想，1927 年 2 月，郑振铎等发起"上海著作人工会"，1928 年 12 月，郑振铎、叶圣陶、胡愈之等又成立了"中国著作者协会"。

注释

［1］ 茅盾：《中国新文学大系·小说一集》"导言"，《中国新文学大系·小说一集》（影印本），第 3 页。

［2］ 郑振铎：《关于"文学研究会"》（今存手稿），转引自陈福康：《郑振铎与文学研究会》，载《新文学史料》1989 年 4 期。

［3］ 《改造联合约章》，收《中国新文学大系·史料·索引》（影印本），第 202 页。

［4］ 潘正文：《"改造联合"与文学研究会的文学倾向》，载《中国现代文学研究丛刊》2007 年 3 期。

［5］ 参看周作人：《新村的理想与实际》，载 1920 年 6 月 25 日《时事新报·学灯》。收《艺术与生活》，河北教育出版社，2002 年，第 213、214、216、219 页。

[6]　参见金观涛、刘青峰:《五四新青年群体为何放弃"自由主义"——重大事件与观念变迁互动之研究》,《思与文网刊》2004 年 5 月 8 日。转引自潘正文:《"五四"社会思潮与文学研究会》,新星出版社,2011 年,第 207 页。

[7]　郑振铎致周作人(1920 年 6 月 8 日),收《中国现代文艺资料丛刊》5 辑。

[8]　参看潘正文:《"五四"社会思潮与文学研究会》,第 37、38、39 页。

[9]　钱理群:《周作人与文研会、创造社同人》,收《周作人论》。

[10]　[11]　潘正文:《"五四"社会思潮与文学研究会》,第 259、9 页。

[12]　西谛(郑振铎):《新旧文学的调和》,《时事新报·文学旬刊》4 期,1921 年 6 月 10 日。

[13]　沈雁冰:《文学和人的关系及中国古来对于文学者身份大的误认》,《小说月报》12 卷 1 号,1921 年 1 月 10 日。

[14]　周作人:《新文学的要求》,《晨报》1920 年 1 月 8 日。

[15]　本节讨论主要依据潘正文:《"五四"社会思潮与文学研究会》,第 4、87、88、89、124、137、240、241 页。

[16]　参看钱理群:《周作人与李大钊》,《周作人论》,第 251 页。

[17]　《文学研究会丛书缘起》,阿英编选《中国新文学大系·史料·索引》(影印本),上海文艺出版社,1981 年,第 73 页。

[18]　[19]　[22]　茅盾:《中国新文学大系·小说一集》"导言",《中国新文学大系·小说一集》(影印本),第 2、4 页。

[20]　陈福康:《郑振铎与文学研究会》,《新文学史料》1989 年 4 期。

[21]　解志熙:《〈李霁野文集〉阅读札记》,收《摩登与现代——现代文学的实存分析》。

[23]　赵景深:《现代作家生年籍贯秘录——文学研究会会员》,转引自苏兴良:《也谈文学研究会会员》,《新文学史料》1990 年 2 期。

创造社"异军苍头突起"

一切都从两个留日学生的一次谈话开始：1918 年 8 月郭沫若和他当年东京第一高等学校预科班的同学张资平，在日本福冈博多湾箱崎海岸邂逅相遇，谈起国内文化界，郭沫若开口就批评几个大杂志刊登的文章"不是庸俗的政谈，便是连篇累牍的翻译，而且是不值一读的翻译。小说也是一样，就偶尔有些创作，也不外是旧式的所谓才子佳人派的章回体"，于是就商量着要"找几个人来出一种纯文学的文学杂志，采取同人杂志的形式，专门收集文学上的作品。不用文言，用白话"。[1] 这应该是创造社的最早"受胎"（郭沫若语）。

成仿吾

人们或许会联想起 1915 年 8 月在美国东部绮色佳小城，胡适和他的朋友梅光迪等人的泛舟辩论，以及 1917 年 8 月在北京南城 S 馆大槐树下，周氏兄弟和钱玄同的高谈阔论。这确实是中国新文学发端时期的三次有历史意义的谈话。但却有着不同的背景。如研究者所说，胡适、周氏兄弟、钱玄同那一代新文学的倡导者，他们面对的是"新与旧的历史冲突",自有一种"特殊的历史意识"。因此,他们议论与争辩的中心,是如何从传统的束缚中挣扎出来,使新诗(新文学)打破旧诗(旧文学)的垄断地位,获得历史的合法性,并防止旧诗、旧文学的复辟。[2]郭沫若这一代,却没有(或自觉淡化)这样的新、旧冲突意识;他们甚至更愿意使自己成为传统的继承人。郭沫若在和宗白华的通信里,就称孔子为"大天才"、"哲学家"、"教育家"、"艺术家"、"文学家",表示"孔子底存在,是断难推倒的",并且说"我常希望我们中国再生出个纂集《国风》的人物"。因此,他对《新青年》一代人的"打孔家店"是深不以为然的:"定要说孔子是个'中国底罪魁','盗丘',那就未免太厚诬古人而欺示来者。"[3]郭沫若和他的朋友,面对的是已经逐渐替代旧文学,成为文学主流的新文学阵营,他们的不满,议论、批判的重心已转向新文学阵营自身,他们最为关注的,是如何从新文学既成势力的"垄断"中争取自己的话语权,甚至取而代之。这一点,在此后郭沫若和其他朋友,如成仿吾、田汉、郁达夫等的联络,朋友间的谈话、通信中,是越来越明确的。1921年1月18日郭沫若在写给田汉的信,就这样转达了成仿吾来信中提出的意见:"新文化运动已经闹了这么久,现在在国内杂志界的文艺,几乎把鼓吹的力都消尽了。我们若不急挽狂澜,将不仅那些老顽固和那些观望形势的人要嚣张起来,就是一般新进亦将自己怀疑起来了。"[4]当1921年6月8日正式成立创造社时,[5]他们显然自视"一代新人",以新文化、新文学的代表和方向的把握者自居,充满急挽狂澜的历史责任感和自信心;这和鲁迅自称的"历史中间物"的那一代人的自我定位和心理、姿态是完全不同的。

郑伯奇在《中国新文学大系·小说三集》"导言"里曾谈到了创造社同人的三个特点:其一"他们都是在外国住得很久,对于外国的(资本主义的)缺点,和中国的(次殖民地)的病痛都看得比较清楚;

他们感受到两重失望，两重痛苦"，这大概是创造社中的大多数人后来义无反顾地走上反帝反封建的左翼革命道路的内在原因；其二他们在国外"对于祖国常生起一种怀乡病；而回国以后的种种失望，更使他们感到空虚"，"又变成悲愤激越"，创造社作家作品强烈的抒情性，情绪的大起大落，易走极端，都和这样的感情生活经验直接相关。其三他们留学日本，有机会接触西方最流行的新思潮，"哲学上，理知主义的破产；文学上，自然主义的失败，这也使他们走上了反理知主义的浪漫主义的道路上去"。郭沫若所受德国浪漫派，以及新罗曼派和表现派（即后来所说的"现代主义"）的影响，郁达夫作品里的浪漫主义中的"世纪末"色彩，他们带着这样的文学资源进入新文学，一出现，就惊骇文坛，显示了全新的面貌。这也成了他们自炫自傲，睥睨一切的资本。

瞿秋白在讨论后来创造社和鲁迅的论战时的一个分析，也很值得注意：鲁迅这一代新文学的开创者，他们是"绅士阶级的逆子贰臣"，"有些是和中国的农村，中国的受尽了欺骗压榨束缚愚弄的农民群众联系着"；而创造社这一代人，却是"五四到五卅之间中国城市里迅速的积聚着（的）各种'薄海民'（Bohemian）——小资产阶级的流浪人的智识青年"，"同样是中国封建宗法社会崩溃的结果，同样是帝国主义以及军阀官僚的牺牲品，同样是被中国畸形的资本主义关系的发展过程中所'挤出轨道'的孤儿。但是，他们的都市化和摩登化更深刻了，他们和农村的联系也更稀薄了"。[6] 这些现代都市里的"流浪人"，我们通常视之为"精神流浪汉"，强调其精神的失落无着；其实，他们首先面临的却是生活的动荡和物质的贫困。闻一多曾在一封通信里，专门谈到郭沫若等在上海"卖文为生"的困顿："每日只辣椒炒黄豆一碗作饭，饭尽尤不饱腹，乃饮茶以止饥"，大感不平。[7] 研究者也注意到，同是"弃医从文"，鲁迅完全是出于唤醒民众的启蒙意识，郭沫若却更多的是一种职业性的考虑：由于患上耳疾，听力下降，无法从医谋生，是"'学业'的困境导致了'文学'兴趣的复苏"，并试图成为文学就业者。[8] 所以沈从文说，"创造社的基调是稿件压迫与生活压迫"，而且这两者是联系在一起的。[9] 郁达夫起草的《〈创造〉出版预告》，宣布要打破文坛"垄断"，是因为他们感觉到了精神与生活的双重压迫和困境，他们要向垄断文坛的大人物争取话语权和生存权。在他们眼里，无论是胡适、周氏兄弟新文学开创者这一代，还是和自己同代，却优先占位的文学研究会的同人，他们或为大学教授，或任大出版机构的要职，不仅是文坛的"名人"，而且有稳定的收入，属于有产者；他们自己却是"被压迫的无名的作者"和"无产阶级者"。[10] 因此，创造社一成立，就打出反对文坛"偶像"、打破"垄断"的旗帜，是隐含着一个"有名"与"无名"、"有产"与"无产"的对立意识和自处被压迫地位的身份想象的。这又和他们内心深处的"文学天才"、"时代英雄"的想象与情结形成强烈反差，这就是他们充满焦虑和反抗冲动的原因。

同时，创造社也就陷入了一个深刻的矛盾中。一方面，他们认定，现有文坛的垄断者结成了"党同伐异的政党"，[11] 因此宣称"我们最厌恶团体的组织：因为一个团体便是一种暴力，依恃人多势众可以无怪不作"，"我们这个小社，并没有固定的组织，我们没有章程，没有机关，也没有划一的主张，我们是由几个朋友随意合拢来的"；[12] 创造社也确实做到了不发宣言、不建立组织，但他们也同时意识到，在中国，"我们的文学界又安得不是一个政界的舞台"？[13] 在文坛上生存竞争非常险恶的情况下，他们也要形成一种势力，并且要主动出击，这就是研究者所说的，"把文学视为战斗，将刊物视为阵地，将政治斗争的方式施用于文学"。[14] 其实，《新青年》的陈独秀等就是这样做的，创造社的同人则更为自觉而激进：正是郁达夫首先于1923

年提出了"文学上的阶级斗争"的命题。在他的描述下,"今日的新理想主义及新英雄主义的运动"和"实际运动联结成一气",是张扬"无产阶级的旗鼓"的;而"守着自然主义的残垒"的则是"俯伏在资本阶级有权阶级的脚下":显然是在暗示创造社与文学研究会论争的"阶级斗争"性质。因此他最后仿照《共产党宣言》发出的号召,就更有针对性:"在文学上社会上被压迫的同志,凡对有权有产阶级的走狗对敌的文人,我们大家不可不团结起来,结成一个世界共同的阶级,百屈不挠地来实现我们的理想!我确信'未来是我们的所有'。"[15]如研究者所说,这样,创造社就在"自己的行动历程中将《新青年》的战斗精神演化为'打架',又由'打架'引申出激进的'阶级斗争'","中国现代文学三十年的运动、论争、社团史以及文坛的是是非非,都能由此寻出缘由"。[16]

"打架"一词出于成仿吾发表于《创造周刊》1卷4期(1922年11月)的《创造社与文学研究会》。他们的打架对象,首先是新文化界的"权威"胡适,也即郁达夫起草的《〈创造〉出版预告》里所要打破的最大"偶像"。《创造季刊》一出版即在1卷2期(1922年9月)发表郁达夫的《夕阳楼日记》,暗讽胡适"跟了外国的新人物(按:指杜威),跑来跑去",翻译几篇演讲"就算新思想家了",并怒骂其"同清水粪坑里的蛆虫一样,身体虽然肥胖得很,胸中却一点学问也没有"。胡适立即以《骂人》一文回应,指其为"初出学堂的学生","浅薄无聊"而"不自觉"。郭沫若后来回忆说,他和郁达夫都感到异常的悲愤,《创造季刊》1卷3期(1922年10月)又集中推出郭沫若和成仿吾的反击文章,胡适则继续摆权威架子,表示"没有闲工夫答辩这种强不知以为知的评论",这就更激怒了郭沫若,立即著文迎战,将郁积的不平、不满、不服一泻而出:"我劝你不要把你的名气来压人。不要把你北大教授的牌子来压人,你须知这种如烟如云没多大斤两的东西是把人压不倒的！"[17]创造社和胡适这场大战的结局则颇富戏剧性：先是胡适写信给郭沫若、郁达夫，表示"我对于你们两位的文学上的成绩，虽然也常有不能完全表同情之点，却只有敬意，而毫无恶感"；郭沫若也回信表示"盼望那一点小小的笔墨官司不至于完全损害我们的旧有的和新得的友谊"。据说在他们相互拜访的一次筵席上，郭沫若以浪漫诗人的冲动抱吻了胡适。[18]

周氏兄弟自然也是打架的对象。早在创造社成立之前的 1920 年 10 月 10 日，《学灯》出版双十节增刊，依次发表了周作人翻译的波兰作家的《世界的霉》，鲁迅创作的《头发的故事》，郭沫若创作的《棠棣之花》和郑振铎翻译俄国作家的《神人》。郭沫若对此大为不满，写信给主编李石岑，说了一通"久未宣泄的话"："我觉得国内人士只注意媒婆，而不注重处子；只注重翻译，而不注重产生"，进而提出"当打破偶像崇拜的陋习，不宜以人定标准"。[19]所说的"偶像"，自然是指名列在他前面的周氏兄弟，至少是周作人。看来《〈创造〉出版预告》提出要反对偶像垄断绝非一时之想。《创造》季刊一出版，就在 1 卷 2 期发表郭沫若《批判意门湖译本及其他》，点名指责周作人重译的《法国俳谐诗》是"纯粹的直译死译"，宣布要将其"屏诸艺坛之外"。其矛头所指，自然也包括同样主张直译的鲁迅在内。以后，成仿吾的《诗之防御战》（《创造周报》1 期）、郭沫若的《黑魆魆的文字窖》（《创造周报》6 期）、郭沫若的《批评、欣赏、检察》（《创造周报》25 期），都一再向周作人叫战，周作人始终沉默不予回应。1922 年周作人向日本《北京周报》介绍新文学，所推荐的作品，除鲁迅的《孔乙己》，叶绍钧的《一生》、冰心的《爱的实现》外，也还有成仿吾的《一个流浪人的新年》：看来周作人更看重的还是创作实绩，而且是将创造社和文学研究会同视为新文学的中坚力量的。倒是鲁迅，在 1924 年重提郭沫若关于创作与翻译的愤激之言，已经是四年以后，[20]因而跳出了人事的纠葛，将其主张概括为"崇拜创作"，指出其中"很含有排斥外来思想，异域情调的分子，所以也就可以使中国和世界潮流隔绝的"，[21]所要批判的已不限于郭沫若，而是泛指一种文学思潮了。

创造社与文学研究会的论战，更为复杂而微妙。二者属于同代人，而且创造社的酝酿（1918 年）早于文学研究会，文学研究会的成立（1921 年）却在创造社之前，并迅速因为《小说月报》和《文学旬刊》的巨大影响，占据了新文学的主导位置。而如研究者所指出的，文学研究会的自我定位是"著作工会"，并以促进"著作同业间的联合"为宗旨，在"小组织，大联合"的理念下，也就摆出了一副"文学中心的团体"的架势。《小说月报》一创刊，就陆续开辟"海外文坛消息"、"国内文坛消息"等栏目，颇有"包揽天下"和"气吞宇内"的意味。以后还连续发表沈雁冰的《春季创作坛漫评》、《评四五六月的创作》，大有指导全国创作的气概。[22]他们对刚归来的这批留日学生的态度，无论是大度地约请田汉、郭沫若入会，还是对其新作的评论，或赞其为"空谷足音"（对郭沫若《女神之再生》），或指其"尚欠圆到"（对田汉《灵光》），[23]在文学研究会方面说来，都是显示延揽天下英才和扶植并严格要求文学新人的善意；但在心高气盛，既极度自负又极度自卑的，而且正准备另成势力的创造社同人感觉里，却是"太会拉人"，成了"文学阀"了。[24]这样的在文坛所处地位的差别，自我角色的个同想象，由此产生的不同心态和文学姿态，大概是导致创造社和文学研究会的论争的更深层的背景。因此，创造社一宣布要打"偶像"破"垄断"，文学研究会即认定矛头是指向自己，并作出强烈反弹，创造社方面也不否认，就是很自然的。引发论战的是《创造季刊》创刊号（1922 年 5 月 1 日）发表的郁达夫的《艺文私见》和郭沫若的《海外归鸿·二》。郁文宣布要将"假批评家"送"到清水粪坑里去和蛆虫争食物去"，"那些被他们压下的天才"，才能"从地狱里升到了午白羊宫里去"；郭文直指文学研究会"党同伐异的劣等精神，和卑劣的政客者流不相上下"，"他们爱以死板的主义规范活体的人心，甚么自然主义啦，甚么人道主义啦，要拿一种主义来整齐天下的作家，简直可以说狂妄已极了"。这里要和文学研究会争夺话语权的意图是不加掩饰的，也可以说是这场论战的实质所在。沈雁冰随即写了《"创造"给我的印象》，对创造社作品一一点评，语含讥讽地说："创造社诸君的著作恐怕也不能竟说可与世界不朽的作品比肩罢"，"希望把天才两字写在纸上，不要挂在嘴上"。[25]沈雁冰在晚年回忆时说："那时我们都是二十来岁的青年，血气方刚"，作出这样的多少有些意气用事的反应，也可理解。[26]郭沫若则以《论国内的评坛及我对创作上的态度》一文回应，试图理清理论上的分歧，强调"真正的艺术品当然是由于纯粹充实了的主观产出"，并批评"艺术上的功利主义"。[27]如果据此将文学研究会和创造社的分歧，看作是所谓"人生派"与"艺术派"之争，恐也是误读。郭沫若在文章里就反对这样的说法，表示"我认定艺术与人生，只是一个晶球的两面"。后来创造社的郑伯奇在总结这段历史时也指出，创造社根本没有钻进象牙塔奉行艺术至上主义的条件与可能，"他们依然是在社会的桎梏之下呻吟着的'时代儿'"，是天然地关心与介入现实的，他们的那些"好像是倾向于艺术至上主义的表示"，不过是一种"高调"。[28]当然，结合着各自的创作，说文学研究会和创造社就其总体而言，有着现实主义与浪漫主义的不同倾向，大体还是可以成立的。正因为并不存在根本性分歧，也就有了和解的可能。郁达夫在1922年8月就作出反省："中国自从新文化运动开始以后，各人都炎炎于自家的地位与利益，只知党同伐异，不知开诚布公"，长此以往，刊物会变成"骂人的机关"，中国文学也会变成"骂人的文学"。争辩中说些俏皮话"虽在启蒙时代所难免，但也须有一个节制才好"。他因此建议借《女神》出版一周年之机，研究文学的人聚集一次，各抒胸臆，并"同心协力地想个以后可以巩固我们中国新文学的方略"。[29]聚会如期举行，郁达夫、郭沫若和沈雁冰、郑振铎均到会，并提出了组织作家协会的建议。但以后创造社和文学研究会还是不断有文字的交锋，到1924年7月沈雁冰、郑振铎公开挂出"免战牌"才最后终止。[30]

研究者在考察创造社主动出击的后果时，首先注意到的是，创造社多方树敌使自己成了"一支孤军"，但也反过来激发或强化了"对于自己'弱者'身份的体认"，"从孤独失败的命运中滋生出神圣的使命感"，"这一本为无奈的处境甚至被提升为一种理想和一面旗帜"，并使创造社同人"格外热衷于团体活动"。他们"以主要心力投入'打架'"，就只能"以即兴的，速成的方式写作"，也就不免"趣味的'单调'"。尽管因此形成了鲜明的风格，但从艺术的长远发展来看，却造成了一种损害，这就是论者所说的，"他们各自的艺术极有开拓的可能，但他们却没有更积极地把握住这种可能性"，这种才能的浪费，是十分遗憾的。[31]

但如鲁迅所说，"创造社的这一战，从表面看来，是胜利的"。[32]这不仅因为他们向文坛"大人物"挑战的勇气与姿态，似乎孤独失败的命运，都极容易获得同样在艰难奋斗的文学青年的同情以至敬意；更因为他们的创造才华、活力与创作实绩，赢得了读者。试看《创造季刊》创刊号的目录，其中有郭沫若的历史剧《棠棣之花》，田汉的戏剧《咖啡店之一夜》，郁达夫的小说《茫茫夜》，张资平的小说《她怅望着祖国的天野》、《上帝的儿女们》，成仿吾的小说《一个流浪人的新年》，在文体、内容、语言、创作方法上都有大胆的尝试，比当时文坛的许多作品，水准都要高出许多，自然震动文坛与读者，立即掀起一股"创造旋风"。以后陆续推出的《创造社丛书》（大部分作品都是先在创造社刊物发表以后再结集），其中郭沫若的诗集《女神》、

《星空》，戏剧集《三个叛逆的女性》，郁达夫的小说集《沉沦》，张资平的长篇小说《冲积期化石》、《苔莉》，倪贻德的小说集《玄武湖之夜》，陶晶孙等的小说集《木犀》，王独清的诗集《圣母像前》等等，都是新文学第一个十年创作上的重要收获。郭沫若翻译的歌德《少年维特之烦恼》，施笃谟《茵梦湖》以及《雪莱诗选》，也都风靡一时。还有成仿吾的文学批评，更是震惊文坛和读书界。如论者所说，"无论是郭沫若诗歌中的抒情主人公强悍的'男性的音调'，还是郁达夫'自述传'式小说里主人公纤细的病态的气质，都体现了那时代的骚动情绪，都以极大的情绪力量感染着青年读者"[33]。以至沈从文说，"郭沫若，这是一个熟人，仿佛差不多所有年青中学生大学生皆不缺少认识的机会"，他是天生地属于那个充满"英雄气度"又充溢着"苦闷"情绪的时代的年轻人的。[34] 这都是创造社历史上最辉煌的纪录：1923 年 5 月《创造周报》出版后，"每逢星期天的下午，四马路泰东书局的门口，常常被一群一群的青年所挤满，从印刷厂刚搬运来的油漆未干的周报，一堆又一堆地为读者抢购净尽，订户和喊购的读者也陡然增加，书局添人专管这些事"[35]。有人回忆说："当时，在青年的读书界中发生着最大的影响的，是创造社。这一个集团，以一种活泼的青春的力量，从事着文学的活动"，而文学研究会则"因为受过创造社的极力的攻击，在青年中曾一度失掉了信仰"。[36] 40 年代郭沫若在回顾创造社那段历史时，总结说"我们是'异军苍头突起'"[37]：他是有充分理由和根据的。

注释

[1] 郭沫若：《创造十年》，现代书局，1932 年。
[2][8] 姜涛：《"新诗集"与中国新诗的发生》，第 117、169—170 页。

［3］ 郭沫若致宗白华（1920 年 1 月 18 日），收《三叶集》，见《宗白华全集》1 卷，第 235、238 页。

［4］ 郭沫若致田汉（1921 年 1 月 18 日），载 1930 年 3 月 30 日《南国月刊》2 卷 1 期。

［5］ 黄淳浩：《创造社的异军苍头突起》（上）说明：此日期是据"赵南公 1921 年的 日记和郁达夫的《友情和胃病》"确定。见《新文学史料》1916 年 3 期。

［6］ 瞿秋白：《鲁迅杂感选集序言》，收《鲁迅杂感集》，青光书局，1933 年，第 20、 18、19 页。

［7］ 《闻一多书信选辑》，《新文学史料》1983 年 4 期。

［9］［34］沈从文：《论郭沫若》，收《郭沫若研究资料》（中），第 77、76、79 页。

［10］［11］《创造社启事》，原载 1923 年 2 月 1 日《创造》季刊 1 卷 4 期。

［12］ 郭沫若：《〈创造〉季刊编辑余谈》，原载 1922 年 8 月 25 日《创造季刊》1 卷 2 期。

［13］ 成仿吾：《创造社与文学研究会》，载 1922 年 11 月《创造季刊》1 卷 4 期。

［14］ 刘纳：《社团、势力及其他》，《从五四走来》，福建教育出版社，2000 年，第 65 页。

［15］ 郁达夫：《文学上的阶级斗争》，原载 1923 年 5 月 27 日《创造周报》3 号。收《创 造社资料》（上），第 51—52、54 页。

［16］［31］［33］刘纳：《"打架"，"杀开了一条血路"——重评创造社"异军苍头 突起"》，《中国现代文学研究丛刊》2000 年 2 期。

［17］ 郭沫若：《讨论注释运动及其他》，载 1923 年 5 月《创造季刊》2 卷 1 期。

［18］ 刘纳：《同席—对骂—抱吻——二十年代初期的郭沫若与胡适》，《从五四走来》， 第 86—91 页。

［19］ 郭沫若致李石岑，载 1921 年 2 月《民铎》2 卷 5 号。

［20］ 其实首先对郭沫若的言论作出反应的，是郑振铎。他于 1921 年 6 月 10 日在《文 学旬刊》上发表《处女与媒婆》一文，提出批评。有的学者认为，这是创造社 与文学研究会论战的起端，见咸立强：《创造社与文学研究会论争缘起研究的回 顾与重探》，《中国现代文学研究丛刊》2009 年 1 期。

［21］ 鲁迅：《未有天才之前》（1924 年 1 月 17 日），收《鲁迅全集》1 卷，第 175 页。

［22］ 参看潘正文：《"五四"社会思潮与文学研究会》，第 68、69 页。

［23］ 玄珠（沈雁冰）：《文学界的消息》，载 1921 年 5 月 20 日《时事新报·文学旬刊》 2 期。郎损（沈雁冰）：《春季创作坛漫评》，原载 1921 年 4 月 10 日《小说月报》 12 卷 4 号。

［24］ 见《茅盾全集》34 卷《回忆录一辑》，第 227 页。

［25］ 损（沈雁冰）：《〈创造〉给我的印象》，1922 年 5 月 11 日、21 日、6 月 1 日《文

学旬刊》37、38、39 期。

[26] 茅盾:《1922 年的文学论战》,《茅盾全集》34 卷《回忆录一集》,第 229 页。

[27] 郭沫若:《论国内的评坛及我对于创作上的态度》,载 1922 年 8 月 4 日《时事新报·学灯》。

[28] 郑伯奇:《中国新文学大系·小说三集·导言》,《中国新文学大系·小说三集》(影印本),第 6、7 页。

[29] 郁达夫:《女神之生日》,载 1922 年 8 月 2 日《学灯》。

[30] 参看茅盾:《1922 年的文学论战》,收《茅盾全集》34 卷《回忆录一集》。

[32] 鲁迅:《上海文艺之一瞥》,《鲁迅全集》4 卷,第 302 页。

[35] 郑伯奇:《二十年代的一面——郭沫若先生和前期创造社》,收《创造社资料》(下),第 759 页。

[36] 韩侍桁:《写实主义文学的发生》,《文学评论集》,现代书局,1934 年,第 69—70 页。转引自刘纳:《"打架","杀开了一条血路"——重评创造社"异军苍头突起》,《中国现代文学研究丛刊》2000 年 2 期。

[37] 郭沫若:《论郁达夫》,原载 1946 年 9 月 30 日《人物杂志》。收《创造社研究资料》(上),第 94 页。

创造社时期的郁达夫和张资平

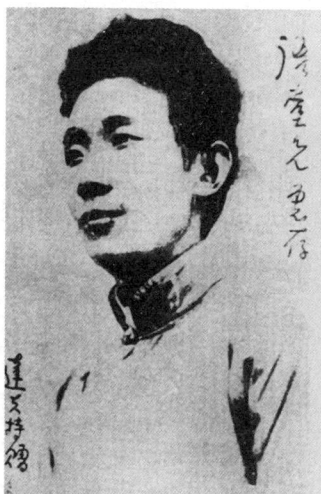
郁达夫

张资平

本丛书自发行以来，一时如狂飙突起，颇为南北文人所推重，新文学史上因此而不得不划一时代。各书之已出者，皆将三版，未出者亦已多有定购，余书无几，购者从速。

一　女神（再版）　　　　郭沫若著　定价实洋五角五分

二　革命哲学（再版）　　朱谦之著　定价实洋四角（发卖禁止）

三　沉沦（再版）　　　　郁达夫著　定价实洋四角

四	冲积期化石（再版）	张资平著	定价实洋四角五分
五	无元哲学	朱谦之著	印刷中
六	一班冗员的生活	张资平著	印刷中
七	迷羊	郁达夫著	印制中
八	星空	郭沫若著	印刷中

（原载 1922 年 9 月上旬《创造》季刊 1 卷 2 期）

这一篇《创造社丛书》广告写得很有气势，或有夸大其词之处，确有创造社的做派与文风。但重点推出的郭沫若、郁达夫和张资平三位作家，一出现文坛，即引起轰动，却也是事实。这里要讨论的重点，是郁达夫，并旁及张资平。

郁达夫的《沉沦》出版于 1921 年 10 月 15 日，是"创造社丛书"的第三种。这既是郁达夫的处女作，也是新文学第一部短篇小说集。泰东图书局的老板因为《女神》的出版获得成功，对于《沉沦》的排印和纸张也曾费过一番心思：为了眉目清楚和美观，字与字间留有空隙，标点符号一律放在正文偏旁，在当时都算是创举。印纸也选用了质量较好的道林纸。[1] 集子仅收《沉沦》、《南迁》和《银灰色的死》三篇，只有《银灰色的死》是出版前就发表的，郁达夫在《自序》里，对发表经过有一个描述："寄稿的时候我是不写名字寄去的，《学灯》栏的主持者，好像把它当作了小孩儿的痴活看，竟把它丢弃了；后来不知什么缘故，过了半年，突然把它揭载了出来。"显然有一股因为无名而受压的怨气，后来郭沫若把这件事说成是创造社同人与主流文坛发生冲突的起端，也并非完全没有道理。以后，郁达夫回顾这一段写作历史时，也不断强调自己写作与主流写作的不和谐："写《沉沦》的时候，在感情上是一点儿也没有勉强影子映着的；我只觉得不得不写，又觉得只能照那么地写，什么技巧不技巧，词句不词句，都一概不管，正如人感到了痛苦的时候，不得不叫一声一样，又哪能顾得这叫出来的一声,是低音还是高音?或者和那些在旁吹打着的乐器之音和洽不和洽呢?"[2]据说《沉沦》这一篇写好后,几位同在东京的朋友看了,都提出疑问:"这一种东西,将来是不是可以印行的?中国哪里有这一种体裁?"[3]陈翔鹤还有这样的回忆:郁达夫把刚出版的《沉沦》送给他时,就特意说明:"中国人还没有像我这样写小说的。"[4]看来,郁达夫是完全自觉意识到自我创作的异质性的。异质性同时也是独创性,所以成仿吾说,《沉沦》成为"新文学运动以来的第一部小说集","不仅在出世的年月上是第一",还在于"那种惊人的取材与大胆的描写",也"不能不说第一"。[5]

《沉沦》在现代小说上所作的"破天荒的尝试",[6]首先是他的"自叙传"写作。郁达夫这样谈到他"对于创作的态度":"说出来,或者人家要笑我,我觉得'文学作品,都是作家的自叙传'这一句话,是千真万确的。客观的态度,客观的描写,无论你客观到怎么样一个地步,若真的纯客观的态度,纯客观的描写是可能的话,那艺术家的才气可以不要,艺术家存在的理由,也就消灭了"。[7]这显然是对文学研究会倡导的,逐渐成为主流的自然主义、现实主义文学思潮的一个挑战,所高举的是"强调主观,表现自我,注重个人体验,展现艺术才气"的浪漫主义文学旗帜。这和创造社同人"本着我们内心的要求,从事于文艺的活动"的宗旨[8]是完全一致的。郁达夫成为创造社最有代表性的作家,绝非偶然。在郁达夫的作品里,始终有一个无所不在的自我。甚至描写景物,大自然也成了"多情多感的主人公的身体的一部分"。[9]他最喜欢用第一人称,叙述者就是他自己,如《茑萝行》、《青烟》、《春风沉醉的晚上》、《过去》、《迷羊》;即使用第三人称,写的仍是自己的化身,叫作"他"、"于质夫",甚至古人的名字"黄仲则"都无不可,如《银灰色的死》、《沉沦》、《南迁》、《茫茫夜》、《采石矶》等。但是这种"自叙传"小说并不等于自传,郁达夫的目的也不在为自己立传,而只是想"赤裸裸地把我的心境写出来",以求"世人能够了解我内心的苦闷就对了"。[10]因此,他的小说,最重要也最可贵的是感情的真实、真挚、真诚,如研究者所说,他的"自叙传"所记录的"主要是情绪的历史,即所谓'心史'"。[11]

这同时也是时代的"心史":郁达夫根本上是"五四"之子,他的"心"是和五四时代的年轻人相通的。沈从文说:"郁达夫,这个名字从《创造周报》上出现,不久以后成为一切年青人最熟习的名字了。人人皆觉得郁达夫是个可怜的人,是个朋友,因为人人皆可以从他作品中,发现自己的模样",郁达夫在他的作品里"说明自己,分析自己,刻画自己,作品所提出的一点纠纷处,正是国内大多数青年心中所感到的纠纷处"。因此,当他在《沉沦》里高喊:"知识我也不要,名誉我也不要,我只要一个安慰我体谅我的'心'。一副白热的心肠!从这一副心肠里生出来的同情!从同情而来的爱情!"沈从文说,"这一句话把年青人的心说软了"。[12]研究者则分析说:"当时刚刚从礼教的幽禁中觉醒的青年,希望听到的正是这样的'人'的声音。"[13]《沉沦》结尾的泣血呼叫也同样叫得年轻人热血沸腾:"祖国呀祖国!我的死是你害我的!你快富起来!强起来罢!你还有许多儿女在那里受苦呢!"在"五四"那个时代,人的觉醒,个人的觉醒,是和民族的觉醒交织为一体的,现在,都奔泻于郁达夫的笔下了。《沉沦》一出版,即"受了一班青年热烈的欢迎,销行达到了二万余册"[14],其实是再自然不过的了。

郁达夫感受最深的,却是另一面:"《沉沦》印成了一本单行本出世,社会上因为还看不惯这一种畸形的新书,所受的讥评嘲骂,也不知有几十百次。"郁达夫所面临的,正是他在文章里所说的"青年病者"和"文坛壮士"对其作品接受的巨大反差。[15]这涉及郁达夫创作的另一个重要特点:他主要是从"病态"的方面去描写人性和社会的，而且采取的是大胆而彻底的自我暴露的方法。他的作品表现的是现代人的性的苦闷与生的苦闷，多有病态心理的披露，变态性欲的描写，并且充溢着感伤，以至颓废的情调。这都极容易引起"青年病者"的共鸣，使他们压抑的情绪宣泄、释放的同时得到某种精神自救的力量。而习惯于在鲁迅所说的"瞒和骗的文学"里谋取地位的"文坛壮士"看来，这自然是大逆不道。如郭沫若所说，郁达夫"他那大胆的自我暴露，对于深藏在千年万年的背甲里面的士大夫的虚伪，完全是一种暴风雨式的闪击，把一些假道学假才子们震惊得至于狂怒了"。[16]群起而攻之的是郁达夫小说中性欲和性苦闷的描写，罪名是"煽动青年学生，使他们堕入禽兽的世界里去"。[17]其实，注意人的情欲在表达人的内在世界的重要性，正是郁达夫在思想和艺术上的自觉追求，其中有卢梭"反归自然"思想的影响，也有日本"私小说"里"颂欲"思想和手法的启示。但在中国，却变成了一个道德问题；结果如论者所说，"关于小说的评价，演成对于社会伦理的讨论，给当时的文学界思想界，增添了一些生气"。[18]讨论中最有力的文章是周作人的《〈沉沦〉》，他针对所谓"不道德的文学"的指责，明确指出：《沉沦》属于"非意识的不端方的文学，虽然有猥亵的成分而并无不道德的性质"，它是对"禁欲主义或伪善的清净思想"的"反动"，借以"反抗旧潮流的威严"，本身却是"一件艺术的作品"。在周作人看来，真正应该反对的是"凭了道德的名来批判文艺"。[19]郁达夫说，周作人此文一出，"文坛壮士""才稍稍收敛了他们痛骂的雄词"。[20]郁达夫以后和周作人，以及鲁迅都建立起深厚的友情，这在周氏兄弟和创造社的紧张关系中，算是一个例外。

郁达夫的自叙传体小说，除了具有"零余者"特征的男主人公外，也还有写得格外动人的女性形象。研究者有这样的论说："《过去》中歇斯底里，以玩弄异性为娱乐的老二，和把热情藏在冷若冰霜的外表下、在可悲的境遇中还不愿失去尊严的老三;《春风沉醉的晚上》里淳朴、温厚、富于同情、有着朦胧的反抗意识的女工陈二妹;以及《迟桂花》中的莲",她的"健全明朗"的性格,"自然真率的生活态度"更是"不可多见":"这些不同身份、个性的女性形象,在作者的笔下,获得了一定的典型意义"。[21]有意思的是,这三篇小说都是人们所公认的郁达夫在艺术上最为圆熟的作品;周作人就曾为《过去》专门写信给郁达夫,赞扬小说"描写女性,很有独到的地方",郁达夫则大受感动,在日记里表示"以后要努力一些,使他的赞词能够不至落空"。[22]

郁达夫在现代小说建设中的另一个重要贡献是"抒情体诗化小说"的创造。"抒情诗的小说"的概念,是周作人在介绍俄国作家库普林的小说《晚间的来客》时,首先提出的:"小说不仅是叙事写景,还可以抒情","内容上必要有悲欢离合,结构上必要有葛藤、极点和收场,才得谓之小说,这种意见,正如19世纪的戏曲的三一律,已经是过去的东西了。"[23]郁达夫的小说就是这样,常缺乏完整的情节,似乎没有周密的构思,也不讲究章法,却努力写出个人情绪流动和心理变化,并有大量的景物描写的穿插,全靠激情和才气信笔写去,松散、粗糙在所不顾,只求抒情的真切,完全以极曲折变化之致的情感结构小说。最常用的手法是直抒胸臆,即在表现自我主人公所经历的日常生活情景时,以充满激烈情绪的笔调去描写;于事件的叙述中作坦率的自我解剖;甚至用长篇独白的形式去直接拨动读者的心弦。[24]这样,郁达夫的小说,散文也一样,永远满贮着那一种诗意,从而开创了现代小说的一种新体式:"诗化小说",其影响至为深远,以至形成现代小说发展的一条线索,一个传统。

而且这是最具中国特色的。诗歌,从来都是中国传统文学的中心;人们经常提到,五四文学结构的最大变化,就是处于边缘的小说、戏剧向中心位置移动，但往往忽略了在移动过程中，小说、戏剧又接受了传统诗歌的浸润这一面，这恰恰是郁达夫小说创作的最大特点，及其独特贡献。在中国现代小说家中，郁达夫的古典诗词修养应是首屈一指的；他在创作现代小说之前，从1915年开始，就在上海《神州日报》、日本《新爱知新闻》、《太阳》等报刊上发表古体诗，可以说这是他从事新文学最重要的文学准备。更重要的是，郁达夫士大夫习染极深，他的精神气质和中国诗人、诗歌传统有着深层次的相通与纠缠。这就使他的小说、散文写作对古典诗词的借鉴与化用，达到了得心应手的地步。如论者所说，他作品中对大自然的描写，"其中精美处，真可与古典散文的名篇相比而毫不逊色"；他的语言，"极其清新明净。这种文笔的干净，据他自己说，主要得自古文的训练"，他的文章"状物写景，常能以一字传神，却又极其自然，没有刻意经营的痕迹，精美处常似以不意得之"。[25]这样的基于深厚的古典文学修养的文字功夫，是郁达夫小说能够吸引中国读者的魅力所在，他也因此提高了现代小说的文学品格。在强调和传统决裂的新文学的草创期，郁达夫小说内在的古典味，和他的异质性（在这方面，他所受到的西方浪漫主义、现代主义文学的影响是很明显的），是相反相成的，两者间的张力正构成了郁达夫小说的丰富性。

　　人们谈到郁达夫小说的影响时，常常同时要提到张资平。有人回忆说，创造社出版部出版的郁达夫、张资平的小说"几乎成为青年们的枕畔珍宝，人手一编，行销钜万"。[26]沈从文专门写过一篇《郁达夫张资平及其影响》，说得很有意思："这两人，是国内年青人皆知道的。知道第一个会写感伤小说，第二个会写恋爱小说。使人同情也在这一点，因为这是年青人两个最切身的问题"。沈从文还称张资平为"中国大小说家"，并解释说："大"是指"数量的大，是文言文'汗牛充栋'那个意思。他的小说真多，这方面也真有了不得的惊人能耐"。[27]《创造周刊》创刊号上，张资平一个人就写了五篇，和同样写了五篇的郭沫若和写了四篇的郁达夫，俨然形成三大支柱，以后《创造》季刊上每一期都有张资平的新作，如《木马》、《爱之焦点》等发表后都得到青年的喝彩，扩大了创造社的影响。在《创造周报》和《创造月刊》上也都有张资平的作品。有人统计，从1920年到1945年，张资平发表了二十四部长篇小说，七部短篇小说集，还有大量译著，有关文艺史、思想史、社会学的通俗读物及《普通地质学》、《自然地理学》、《人文地理学》等学术专著。他的最大贡献在长篇小说，不仅《冲积期化石》是中国第一部长篇现代小说，而且在新文学第一个十年里，在很少有人问津的情况下，他一个人就写了七部长篇小说，可以说是独撑一面。其中《飞絮》、《苔莉》、《上帝的儿女们》都风靡一时，《飞絮》1926年6月初版。半年之内连印三版，到1929年已经出了八版，共一万七千册；《苔莉》则印了九版之多。[28]张资平通常被看作是自然主义小说家，钱杏邨就称赞说，他的小说"如一个科学家一样，很精细地从各方面去考察，去描写，描写得异常深刻"。[29]也有研究者注意到，张资平小说"多侧面地描写教会生活，揭露教会黑暗丑恶的一面"的意义、价值和"善于从民间歌谣中汲取营养"，"风俗画和通俗化"的特点。[30]张资平仍然遭到严厉的批评，沈从文就指出，张资平"懂大众"、"把握大众"，是他成功的原因；但他却迎合大众，"造了一个卑下的低级的趣味"，其境界是不能与郁达夫相比的。[31]

注释

[1] 郑伯奇：《忆创造社》，《创造社研究资料》（下），第854页。

[2] 郁达夫：《忏余独白——〈忏余集〉代序》，收王自立、陈子善编：《郁达夫研究资料》（上），天津人民出版社，1982年，第217页。

〔3〕〔7〕　郁达夫:《五六年来创作生活的回顾——〈过去集〉代序》,《郁达夫研究资料》(上),第201—202、202—203页。

〔4〕　陈翔鹤:《郁达夫回忆琐记》,《郁达夫研究资料》(上),第102页。

〔5〕　成仿吾:《〈沉沦〉的评论》,1923年2月1日《创造》季刊1卷4期,《郁达夫研究资料》(下),第309页。

〔6〕　郑伯奇:《〈寒灰集〉批评》,收《郁达夫研究资料》(下),第319页。

〔8〕　郭沫若:《编辑余谈》,原载1922年8月25日《创造季刊》1卷2期,收《创造社资料》(上),第471页。

〔9〕　郁达夫:《小说论》,《郁达夫文集》5卷,三联书店香港分店,1982年,第35页。

〔10〕　郁达夫:《写完了〈茑萝集〉的最后一稿》,收《郁达夫研究资料》(上),第188页。

〔11〕〔13〕〔18〕〔21〕〔25〕　赵园:《郁达夫及其创作漫谈》,《郁达夫研究资料》(下),第661、662、650、665—666、667、668、673页。

〔12〕　沈从文:《论中国创作小说》,《郁达夫研究资料》(下),第363页。

〔14〕　黄得时:《郁达夫先生评传》,《郁达夫研究资料》(下),第423页。

〔15〕〔20〕　郁达夫:《〈鸡肋集〉题辞》,《郁达夫研究资料》(上),第196页。

〔16〕　郭沫若:《论郁达夫》,《郁达夫研究资料》(上),第93页。

〔17〕　郁达夫:《〈茫茫夜〉发表之后》,《郁达夫研究资料》(上),第233页。

〔19〕　仲密(周作人):《〈沉沦〉》,原载1922年3月26日《晨报副镌》。收《郁达夫研究资料》(下),第306、305、307、308页。

〔22〕　郁达夫:1927年2月5日日记,《日记九种·穷冬日记》。

〔23〕　周作人:《晚间的来客》译者后记,载1920年4月《新青年》7卷5号。

〔24〕　钱理群、温儒敏、吴福辉:《中国现代文学三十年》(修订本),北京大学出版社,1998年,第73—74页。

〔26〕　史蟫:《记创造社》,《郁达夫研究资料》(下),第995页。

〔27〕　甲辰(沈从文):《郁达夫张资平及其影响》,《郁达夫研究资料》(下),第359页。

〔28〕　刘克定:《终有归时节——张资平论稿》,纽约柯捷出版社,2009年。第109—113、108页。

〔29〕　钱杏邨:《张资平的恋爱小说》,转引自刘克定:《终有归时节——张资平论稿》,第103页。

〔30〕　陈子善:《〈上帝的儿女们〉重印前言》,洪海:《张资平和他的小说〈梅岭之春〉》,转引自刘克定:《终有归时节——张资平论稿》,第101、105页。

〔31〕　沈从文:《郁达夫张资平及其影响》,收邹啸:《郁达夫论》,北新书局,1933年,第40—41、42页。

闻一多如何出现在中国新诗坛

1945 年游石林时闻一多留影

这是闻一多君的第一诗集。

闻君目下在美国留学，集中所收大抵系其抵美以前所作，为数共一百余首。

闻君著作早有批评《冬夜》诗集一文问世。曾读闻君诗评者，请读闻君之创作。读闻君此集者，尤宜读其《冬夜》之诗评。

（原载 1923 年 7 月 1 日《创造》季刊 2 卷 1 号）

这是一份颇耐琢磨的广告：广告的重心，自然是推出闻一多的"第一诗集"《红烛》；但同时又着力推荐"批评《冬夜》诗集一文"，提醒读者一定要把闻一多的"创作"和"诗评"合起来读。——这是为什么？

如研究者所说，闻一多最初不过是被五四文学革命唤醒的普通的文学青年："先是写，而后在校内刊物发表。"1920 年 9 月，他在担任编辑的《清华周刊》上发表第一首新诗《西岸》，以后连续发表了六首；"而后或抄或印，订成一个小册子在朋友圈里流传"。1921 年底，他自编手抄本《真我集》，收诗作十五首；[1] 而后和朋友一起组织文学社团——1921 年闻一多和同学梁实秋、顾毓琇等发起的"清华文学社"宣告成立，闻一多为诗歌组组长。走完了文学青年的这几步路，"随着年龄的增长与兴趣的转移，绝大多数人便到此为止了。留存在生命记忆里的将是与青春相伴的文学梦"。[2]

但闻一多似乎不能也不会到此为止。他于1921年3月在《清华周刊》上发表的第一篇关于诗歌的文章《敬告落伍的诗家》就透露了这个消息。其实，他只说了两句话。一是"诗体的解放早已成了历史的事实"，今后"若要真做诗，只有新诗这条道走"，确认新诗已经被接受，并成为中国诗歌发展的主流；闻一多同时对诗歌发展的现状作了一个严峻的判断："新的做了一回时髦，旧的发了一顿腐气，其实都是'夏蛙语冰'，谁也不曾把文学底真意义闹清楚了"。[3]在他看来，尽管大家都在写新诗，却对文学，特别是诗的"真意义"并不清楚；因此，在新诗获得承认以后，还必须进一步探讨诗的"真意义"，使新诗真正成为"诗"。

这样，这位年仅二十二岁的清华学校的学生，就抓住了新诗发展中的一个关键问题。在新诗发展的第一阶段，首先面临的是五四文学革命共同的历史任务：要求语言文字和文体的解放，从思维方式到语言、诗体形式都与传统古典诗歌决裂。因此，当胡适提出"作诗如作文"的原则时，实际上是提出了一个"使诗不成为诗"的历史命题，他和他的同代人注重的是"白话"而不是"诗"，他们所创造的是从思维方式到语言形式都散文化的白话诗，同时又充分满足了"新诗平民化"的时代要求。这样的"非诗化"在新诗的草创期是绝对必要，具有历史的合理性的。但一旦新诗站住了脚跟，就自然提出了"使白话诗成为诗"，将其从散文中分离出来，获得自己独立品格的任务。1920年康白情在《新诗底我见》里提出"诗是贵族的"的新命题和"打倒文法底偶像"的口号，以及闻一多于1921年提出要重新追求诗的"真意义"的问题，都是反映了新诗发展到20年代初所必然提出的历史要求。

对闻一多个人而言，当感觉到这样的历史要求时，他就必然要实现从"文学青年"向富有历史使命的"诗人"的飞跃。这大概是闻一多到美国有了一定的空间和时间的距离，才更自觉地意识到的。他在写给哥哥和父母的信中表示："我决定归国后在文学界做生涯。"[4] 这意味着闻一多已经决心将自己的生命献给文学，以后又提出"径直要领袖一种文学潮流或派别"的抱负。[5] 同时闻一多也意识到，"吾人毫无凭借，以匹马单枪入社会与人竞争"，绝非易事。[6] 他的抱负、理想落实到现实层面，就变成了"目下我在文坛上只求打出一条道就好了"的目标，"更大的希望留待后日再实现吧"。[7] 也就是说，首先要获取在文坛上的话语权，这就"必须早早做个名声出去以为预备"。[8] 在年轻的闻一多看来，最为迫切的就是要出一本自己的诗集，而且必须造成影响，"不然我以后的著作恐怕不容易叫响"。[9] 为出版广告里说的"第一诗集"《红烛》，可谓煞费苦心。先是诗集的编选：首先在数量上要显示足够的丰厚，"全集屡经删削，尚余百零三首。以首数言，除汪静之底《蕙的风》，无有多于此者"。[10] 同时又请好友梁实秋帮助删削，以保证质量。书编好就想到请谁写序，在给梁实秋的信中写道："我想想我们很可怜，竟找不到一位有身价的人物替我们讲几句话，只好自己互相介绍了。"[11] 但梁实秋的序过于有锋芒，只好不用，最后《红烛》就无序无跋地净身见读者了。最犯难的是如何找到出版社。闻一多在家信里如此嘱咐在国内的兄弟："请驷弟转托十哥到亚东或泰东图书局。打听在他们那里印新诗有些什么办法，问他们能否同著者分任印费，或替著者完全担任印费，将来的收入少分几层给著者。如到亚东就问《草儿》、《冬夜》、《蕙的风》是什么办法；到泰东就问《女神》是什么办法。当然去调查时，须告诉他们我的历史。"[12] 同时又仔细计算自费出版的费用与可能性："《草儿》售洋八角，《冬夜》六角，《女神》五角五分，我想我若售六角，二百本即能够本了"，"大概照寻常的诗集底格式印起来总须百元，我颇想将月费中节省之数作此资本。但照现在的成绩，每月才能省五元"。[13] 在家书中就有了这样的描述："为省钱起见，我们三人每天只上饭馆吃一次饭。其余一顿饭就买块面包同一盒干鱼，再加上一杯凉水，塞上肚子便完了。这样顶多有两毛钱就够了。若在饭馆，至少也要三毛钱。但是无论怎样苦，我决定每月不多不少要省下五块钱。"当然，闻一多也还计算着靠出书获得经济利益，宣称"书呆子快要收利钱了"。[14] 最后，因为郭沫若的介绍，《红烛》总算被泰东图书局所接受，于1923年9月出版，闻一多也得到了八十元的稿费。但他在看到样书以后却感到很沮丧："排印错误之多，自有新诗以来莫如此甚。如此印书，不如不印。初出头之作家宜不在书贾眼里。人间乃势利如此，夫复何言！"[15]

为在文坛上"打出一条路"，闻一多还得考虑如何宣传自己。一条可选择的路，是请出名人助阵，这就意味着要尊重前辈，在其旗帜和庇护下稳步前进。汪静之出版《蕙的风》，一下子请出胡适、周作人、朱自清、刘延陵这些诗坛老将为之作序题签，走的就是这条路。闻一多在和梁实秋讨论如何办自己的杂志时，也曾考虑是否要约请鲁迅、周作人、赵元任、陈西滢、郭沫若、冰心等写稿，但最后还是选择"赤手空拳打出招牌来"，而"要打出招牌，非挑衅不可"。[16] 当年创造社就是这么"向前辈挑战，另起炉灶，另立新宗"而"一鸣惊人"的。如今闻一多和他的朋友也要走这一条路。选择谁作挑衅对象，如何挑衅，也有过仔细考量。在《红烛》之前出版的新诗集即有：胡适《尝试集》、郭沫若的《女神》、康白情的《草儿》、俞平伯的《冬夜》、汪静之的《蕙的风》等。胡适是新诗的开创者，自然不便、也不愿公开攻击；郭沫若被闻一多和朋友认定是"现代第一诗人"，更不会成为挑衅对象；汪静之却根本不在闻一多的眼里，他在一封家信中说："汪静之本不配作诗，他偏要妄动手，所以弄出那样粗劣的玩意儿来了。"[17]能够成为对手的，就只有俞平伯、康白情这些"早期白话诗人"。于是，就有了闻一多的《〈冬夜〉评论》和梁实秋的《〈草儿〉评论》，还由清华文学社于1922年11月出版了一本两篇评论的合集。从家书里可以看出，闻一多非常在意诗坛对这本评论集的反应。郭沫若来信说："在海外得读两君评论，如逃荒者得闻人足音之跫然"，闻一多"惊喜欲狂"，甚至说："假如全国人都反对我，只要郭沫若赞成我，我就心满意足了。"当得知"北京胡适之主持的《努力周刊》同上海《时事新报》附张《文学旬刊》上都有反对的言论"，闻一多的反应是"我并不奇怪，因这正是我们所攻击的一派人，我如何能望他们来赞成我们呢？"[18]这样，我们就可以理解，在《红烛》广告里，何以要如此重视和突出闻一多"《冬夜》之诗评"了。

值得注意的，是闻一多尽管引创造社为同道，但他也有自己独立观察与判断。在给骊弟（闻家骊）的信中，曾经这样表示："沫若等天才与精神固多可佩服，然其攻击文学研究会至于体无完肤，殊蹈文人相轻之恶习，此我最不满意于彼辈者也。"[19]因此，他在批评俞平伯的《冬夜》时，虽有"挑战（挑衅）"之意，却是充分说理，着眼于文学（诗歌）观念的学理分歧。文章充分肯定俞平伯对新诗的贡献，又毫不客气地提出尖锐批评，主要有三：一是"太执着于词曲诗文音节"，无从表现"繁密的思想"；其二"完全缺乏幻想力"；其三"情感底质素不是十分地丰富"，"是用理智底方法强迫的，所以是第二流的情感"。而根本的原因是"因为作者对于诗——艺术的根本观念底错误"。他针对俞平伯在《冬夜》序里所说"我只愿随随便便的，活活泼泼的，借当代的语言，去表现出自己"，"是诗不是诗，这都与我的本意无关"，指出："诗是诗人作的"，"作诗永远是一个创造庄严底动作"；进而批评说："诗本来是个抬高的东西，俞君反拼命底把他往下拉，拉到打铁的抬轿的一般程度。我并不看轻打铁抬轿的底人格，但我却乎相信他们不是作好诗懂好诗的人。不独他们，便是科学家哲学家也同他们一样"。[20]这里强调的，是诗是人的精神与艺术的提升（"抬高"），需要诗人精心去"做"（创造与试验），其立足点是诗的先锋性。在诗的具体观念上，则凸显诗的音节（闻一多于 1921 年 12 月在清华文学社专门作过一个《诗歌的节奏》的报告）、幻想力和情感这三大要素。这都是针对早期白话诗的基本弱点的，可以说早期白话诗的忽略之处，成了闻一多新诗探索的起点。以后，闻一多又写了《〈女神〉之时代精神》和《〈女神〉之地方色彩》。这两篇评论，和《〈冬夜〉评论》一起，构成了《红烛》时期的闻一多新诗创作的理论基础。在《〈女神〉之地方色彩》里，再一次批评了"太不'做'诗"的毛病，强调"自然的不都是美的；美不是现成的"，"选择是创造艺术底程序中最要紧的一层手续"，"没有选择便没有艺术"。文章还批评了"把新诗做成完全的西文诗"的"欧化底狂癖"，强调"要尽量底吸取外洋诗底长处"，还要"保存本地的色彩"，因而提出了新诗"要做中西艺术结婚后产生的宁馨儿"的新命题。[21]

可以说，闻一多是凭借着一本诗集《红烛》和三篇评论，于 1922 年、1923 年间，登上中国诗坛的。他的出现，给新诗的发展，带来了新的开拓；从此，新诗从诗体的解放走向自觉作诗，进行诗歌艺术的试验和创造；从摆脱旧诗的传统走向中、西诗学的融合。

注释

[1]《真我集》从未发表、出版，现据手稿收《闻一多全集》1 卷，湖北人民出版社，
　　1993 年。
[2] 刘纳：《怎样在文坛上"打出一条道来"——以闻一多为例》，收《从五四走来——

刘纳学术随笔自选集》，福建教育出版社，2000年，第93页。

［3］　风叶（闻一多）：《敬告落伍的诗家》，载1921年3月11日《清华周刊》211期，收《闻一多全集》2卷，第37、38页。

［4］［8］［13］　闻一多致五哥、驷弟（1922年10月15日），《闻一多书信选辑》，《新文学史料》1983年4期。

［5］　闻一多致梁实秋、吴景超书（1922年9月29日），收《闻一多书信选集》，人民文学出版社，1986年，第65页。

［6］　闻一多致二哥书（1923年11月30日），《闻一多书信选辑》，《新文学史料》1983年4期。

［7］　闻一多致五哥、驷弟转全家书（1923年3月），《闻一多书信选辑》，《新文学史料》1983年4期。

［9］［12］　闻一多致五哥、驷弟转父母（1922年12月2日），《闻一多书信选辑》，《新文学史料》1983年4期。

［10］［18］　闻一多致五哥、驷弟转父母暨全家（1922年12月27日），《闻一多书信选辑》，《新文学史料》1983年4期。

［11］　转引自刘纳：《怎样在文坛"打出一条道来"——以闻一多为例》，《从五四走来——刘纳学术随笔自选集》，第94页。

［14］　闻一多致五哥转父母与全家（1922年10月28日），《闻一多书信选辑》，《新文学史料》1983年4期。

［15］　闻一多致驷弟转五哥及全家（1923年11月），《闻一多书信选辑》，《新文学史料》1983年4期。

［16］　闻一多致友人书，转引自刘纳：《怎样在文坛"打出一条道来"——以闻一多为例》，《从五四走来——刘纳学术随笔自选集》，第98页。

［17］　闻一多致驷弟书（1923年3月25日），《闻一多书信选辑》，《新文学史料》1983年4期。

［19］　闻一多致驷弟书（1923年中秋前一日），《闻一多书信选辑》，《新文学史料》1983年4期。

［20］　闻一多：《〈冬夜〉评论》，1922年11月1日清华文学社出版的《冬夜草儿评论》，收《闻一多全集》2卷，第68、69、84、89、81、82页。

［21］　闻一多：《〈女神〉之地方色彩》，原载1923年6月10日《创造周报》5号，收《闻一多全集》2卷，第120、118页。

《语丝》内外

孙伏园在定县   林语堂

  鲁迅在《我的〈语丝〉的始终》里，叙述《语丝》的历史，是从《晨报副刊》编辑孙伏园和他的一次谈话说起的。他用小说家的笔法，这样写道："'我辞职了，可恶！'这是有一夜，伏园来访，见面后的第一句话"；"我当然要问问辞职的原因，而不料竟和我有了关系"。由此引出的是一段 20 年代思想、文化、文学界的一段不大不小的故事。《晨报副刊》创办于 1921 年 10 月 12 日，和之前的《国民日报·觉悟》、

《时事新报·学灯》，之后的《京报副刊》并称为新文学"四大副刊"。1920 年 9 月《新青年》8 卷 1 号起，成为上海共产主义小组的机关刊物，标志着《新青年》编辑部同人圈子的解散；《新潮》也于 1922 年 3 月停刊，在这样的情况下，《晨报副刊》就成为《新青年》那一代人，特别是周氏兄弟，发出自己声音的主要阵地。研究者注意到，1920 年和 1921 年上半年，鲁迅基本上停止了杂文写作，仅写有《风波》、《头发的故事》和《故乡》等小说；1921 年 10 月以后，才逐渐恢复杂文写作，并创作了他最重要的代表作《阿Q正传》，都发表在《晨报副刊》或《晨报》增刊上，共有六十余篇。周作人则在《晨报副刊》上开设"自己的园地"专栏，1922 年一年就在《晨报副刊》和《晨报》上发表了近百篇文章，平均四天一篇。但 1924 年下半年，从欧洲留学回来的刘勉之取代蒲伯英出任《晨报》代理总编辑，不满意于孙伏园主编的《副刊》，决定要进行"改革"，并且就从周氏兄弟这里开刀：先是腰斩周作人记录、整理的《徐文长的故事》；接着又抽去了鲁迅的《我的失恋——拟古的新打油诗》。这显然是留学英美刚回国的知识新秀对他们认为的盘踞文坛的《新青年》旧人的一个下马威。由此而埋下了后来《语丝》派与《现代评论》派论战的根子。这样，在失去了《晨报副刊》的阵地以后，周氏兄弟和他们的朋友们另辟一个可以"作自由发言的地方"（《发刊词》语）就是一个很自然的选择。

　　于是就有了周作人 1924 年 11 月 2 日日记里的这段记载："至东安市场开成北楼，同玄同、伏园、川岛、绍原、颉刚诸人，议出小周刊事，定名为《语丝》。"据说《语丝》的刊名是从顾颉刚带来的《我们的七月》杂志里随意翻到的；研究者则在《我们的七月》里找到了一首未署名的小诗，其中确实有"伊的凝视，/伊的哀泣，/伊的长长的语丝，/一切，伊底；我将轻轻而淡淡的放过去了"这样的句子。据查这首诗的作者叫张维祺，并不为人们所熟知，从他的诗句里摘出

"语丝"二字确无深意。[1]以后,《语丝》公布了"长期撰稿人",其中鲁迅、周作人、钱玄同、刘半农都是《新青年》的老人,比较年轻的孙伏园、李小峰、顾颉刚、江绍原等和周作人都是《新潮》的重要成员。因此,人们把《语丝》看作是《新青年》、《新潮》解散、停刊以后,其部分同人的重新聚合,是有道理的。鲁迅在一次通信里,就直称:"《语丝》是他们新潮社里的几个人编辑的。"[2]鲁迅与周作人显然是《语丝》的核心,但此时周氏兄弟已经失和,他们能在《语丝》合作,自然说明在思想上仍然保持某种一致性;但另一面,他们彼此的选择已经显示出了不同。周氏兄弟这样的同中有异、异中有同,构成了《语丝》内在的矛盾:这就是我们要讨论的"《语丝》内外"中的内面的张力。

先说鲁迅。他在《语丝》创刊后不久写的一篇文章里,写下了这样一段沉重的文字:"我觉得仿佛久没有所谓的中华民国。我觉得革命以前,我是做奴隶;革命以后没多久,就受了奴隶的骗,变成他们的奴隶了。我觉得有许多的民国国民而是民国的敌人。"鲁迅显然绝望于历史的循环,但他却反抗这绝望,提出"要从新做过"。[3]在以后的一封通信里,鲁迅更明确地提出:"现在的办法,首先还得用那几年以前的《新青年》上已经说过的'思想革命'。"他显然将《语丝》里《新青年》、《新潮》同人的重新聚合,看作是"思想革命"的重新发动,是对《新青年》时代的启蒙主义立场的一次坚守。他在《语丝》上发表的文章,既有《野草》这样的表达"反抗绝望"的哲学的"心灵的诗",也有《论雷峰塔的倒掉》、《再论雷峰塔的倒掉》、《论照相之类》、《论睁了眼看》、《记念刘和珍君》、《学界的三魂》等他所倡导的"社会批评"和"文明批评"。《语丝》曾有过"语丝文体"的讨论,周作人概括为"一班不伦不类的人借此发表不伦不类的文章与思想";[4]鲁迅则将《语丝》的"特色"概括为"任意而谈,无所顾忌,要催促新的产生，对于有害于新的旧物，则竭力加以排击"，并且说"不愿意在有权者的刀下，颂扬他的威权，并奚落其敌人来取媚，可以说，也是'语丝派'一种几乎共同的态度"，[5]这样的认同感还是基于他们所开创的"五四"新文化运动的传统的。

周作人曾经说过，1924 年以后他的思想与文章和之前"略有不同"，主要是"梦想家与传教者的气味渐渐地有点淡薄下去了"。[6]这年 2 月他写的一篇文章，题目就是《教训之无用》；在此之前，他还写过一篇《不讨好的思想革命》，都表现了对五四思想革命启蒙主义的深刻怀疑，因而提出了他的经营"自己的园地"的原则：知识分子"只要本了他个人的自觉，在他认定的不论大小的地面上，用了力量去耕种，便都是尽了他的天职了"。[7]

这样，周氏兄弟对《语丝》就有了不同的期待：鲁迅希望将其作为重新发动思想革命的阵地，以文明批评和社会批评为主；周作人和他的苦雨斋的朋友则要经营自己的园地，自然更重视思想的评论与学术的讨论。这两者显然存在矛盾，但也并非完全不能相容。先看周作人所注重的"胜业"。在其起草的《语丝》发刊辞所宣布的三大追求："思想自由，独立判断和美的生活"里，周作人最有兴趣的是"美的生活"。在创刊号上发表的《生活之艺术》里，即这样谈到他的美的生活之理想："生活不是很容易的事。动物那样的，自然地简易地生活，是其一法；把生活当做一种艺术，微妙地美地生活，又是一法；二者之外，别无道路"，而"生活之艺术只在禁欲与纵欲的调和"；他因此提出："中国现在所切要的是一种新的自由与新的节制，去建造中国的新文明，也就是复兴千年前的旧文明，也就是与西方文化的基础之希腊文明相合一了。"[8]这是可以视为"语丝"时期周作人的思想之纲的。他因此选择的"胜业"，是人性的研究，其突破口是性心理的研究，并旁及文化人类学研究。他说："反对专制的性道德是我最想做的事情”，[9]“我所想知道一点的都是关于野蛮人的故事，一是古野蛮，二是小野蛮，三是文明的野蛮”，“我所顶看不入眼而顶想批评的，是那些假道学，伪君子”。[10]最能体现周作人的这一追求，也是最能显示周作人主编的《语丝》特色的文章，无疑是《狗抓地毯》（《语丝》3期）、《女裤心理之研究》（5期）、《抱犊谷通信》（12期）、《上下身》（12期）、《净观》（15期）、《与友人论性道德书》（26期），以及周作人、江绍原之间的关于所谓“礼部文件”的讨论等。人们很容易就注意到，周作人的这些文章都自有锋芒，批判假道学，反对专制性道德，都可以视为五四道德革命的延续：作为五四新文化运动的开创者，周作人和他的朋友真要“告别五四”，并不容易。

　　更重要的是，周作人自己也承认，他的身上有“两个鬼”，“其一是绅士鬼，其二是流氓鬼”，“我对于两者都有点舍不得，我爱绅士的态度和流氓的精神”，“像一个钟摆在这中间摇摆着”。[11]如果说《语丝》创刊时提出“生活之艺术”是一种绅士的追求；那么，到1925年五卅运动以后，周作人身上的“流氓精神”即“五四”时代的反抗、捣乱的精神，就突然爆发，而且一发不可收拾，几乎是身不由己地重又卷入时代的大潮中，并且直接影响和决定了《语丝》的风貌。如研究者所描述，“凡属于发生在当时中国南北方的政治文化事件，如逊帝溥仪被‘请’出紫禁城，孙中山先生逝世，女师大风潮，五卅事件，三·一八惨案，李大钊被杀害，国民党之‘清党’等等，《语丝》都发出了自己的声音，而且通常不是一两篇文章，而是由不同的作者撰写多篇文章，在几期刊物上连续刊出，因此形成不小的声势，社会上‘语丝派’的说法即由此而来。”[12]作为《新青年》、《新潮》的老人，《语丝》同人“内抗强权，外御强敌”的立场自然是坚定不移的；延续当年“一校一刊”的传统，他们对青年学生的支持也是不遗余力的。这就决定了论者所说的语丝派的“四面出击”：镇压民众的北洋军阀、张作霖、国民党新军阀；为日本军国主义张目的《顺天时报》；对青年学生实行高压的教育总长章士钊、女师大校长杨荫榆等，都在《语丝》的批判之列。这也就必然和与政府当局有着更复杂关系，更强调维护既定秩序的《现代评论》派的知识分子发生冲突，并引发了激烈的论战，这又反过来扩大了影响。应该说，《语丝》一出版即"一纸风行"，创刊号就再版七次，共印了一万五千册[13]；但当时主要读者还集中在北京大学文科学生中，现在，经过几番论争，《语丝》与《现代评论》都成了思想、文化、舆论界和读书界的关注中心。

如周作人自己所说，他在这一时期的文章，"说着流氓似的土匪似的话"，"满口柴胡，殊少敦厚温和之气；呜呼，我其终为'师爷派'乎？"他同时又表示自己作文本是"极慕平淡自然的景地"，只是"生活在中国这个时代，实在难望能够从容镇静地做出平和冲淡的文章来"。[14]周作人《语丝》之作，也有《喝茶》（7期）、《鸟声》（21期）、《谈酒》（85期）、《乌篷船》（107期）这样的平和冲淡的美文，但他传诵一时的文章，却是《吃烈士》（38期）、《萨满教的礼教思想》（44期）、《上海气》（112期）、《关于三月十八日的死者》（72期）、《死法》（81期）、《诅咒》（152期）等杂文和论战文字。

和周作人并肩战斗的，仍然是《新青年》、《新潮》时期的老战友。钱玄同在创刊号上发表的《恭贺爱新觉罗·溥仪君升迁并祝进步》，典型地表现了钱式幽默和诙谐，以及"爱说什么就说什么，想说什么就说什么"的风格。最吸引读者的，是钱玄同《写在半农给启明的信的后面》（20期）和《回语堂的信》（23期），前者讨论对林琴南的评价和态度，后者大谈中国国民性，都显示了钱玄同反复古的坚定立场。

刘半农在《语丝》上发表了五十七篇文章，居周作人（二百零七篇）、鲁迅（一百四十七篇）之后的第三位。他的《徐志摩先生的耳朵》

（16 期）、《骂瞎了眼的文学史家》、《刘博士订正中国现代文学史冤狱图表》（63 期）及《悼"快绝一世"的徐树铮将军》（61 期），都是和现代评论派论战的好文章，依然不失当年和钱玄同一起写"双簧信"的战斗活力和风采。[15]

另一位引人注目的作者是林语堂，他也是留学欧美的洋博士，因胡适的举荐而担任了北大英文系的教授；他却"不属于胡适之派，而属于语丝派"，据说是因为"喜欢语丝之放逸，乃天性使然"。[16]他的《谬论的谬论》（52 期）、《咏名流》（54 期）、《论骂人之难》（59 期）、《悼刘和珍杨德群女士》（72 期）等，都是热血贲张之作，以后林语堂在《翦拂集》序言里谈到这一时期的文章依然为"既往的热烈和少不更事的勇气"而感慨不已。林语堂在《语丝》57 期里曾发表《插论语丝文体——稳健，骂人及费厄泼赖》，主张对于段祺瑞、章士钊这类"失败者不应再施攻击"，这就多少显示了林语堂，或许还有周作人的绅士气。鲁迅则针锋相对写了《论"费厄泼赖"应该缓行》，提醒人们："反改革者对于改革者的毒害，向来就并未放松过"，如果"老实人误将纵恶当做宽容，一味姑息下去"，"不能作彻底的战斗"，是后患"无穷"的。林语堂似乎并不困难地就接受了鲁迅的批评，特地画了一幅"鲁迅先生打叭儿狗图"。以后发生的"三一八惨案"证实了鲁迅的警告，林语堂又写了《讨狗檄文》，力主痛打"一切大人物所豢养的家禽家畜"，一时成为"打狗急先锋"。[17]

显然，周作人、林语堂等《语丝》的大多数同人事实上是摇摆于贵族与流氓之间的；这就决定了没有丝毫的贵族气的鲁迅与《语丝》的关系，必然是既参与又有距离的，鲁迅自己就用"始于'呐喊'而终于'彷徨'"一语来概括。他在肯定《语丝》催促新生、排击旧物的基本立场后，还有这样的评价："但应该产生怎样的'新'，却并无明白的表示，而一到觉得有些危急之际，也还是故意的隐约其辞。"[18]

这其实也含有自我反省的意思。在鲁迅看来，他和《语丝》同人这些老新青年人都是"历史的中间物"，因此把希望寄托在更年轻的一代。他于1925年初写给许广平的信里，就谈到"留心看看，居然也有几个不问成败而要战斗的人，虽然意见和我并不尽同，但这是前几年没有遇到的"。[19]鲁迅所发现的"生力军"都是地方上的文学青年，主要有河南《豫报》的尚钺等，山西狂飙社的高长虹、向培良等，以及韦素园、李霁野等安徽霍邱老乡。鲁迅联合这批青年于1925年4月24日创办了《莽原》，以弥补《语丝》"时时有疲劳的颜色"之不足，提倡"文明批评"和"社会批评"，引出"新的批评者"，以示"虽在割去敝舌之后，也还有人说话，继续撕去旧社会的假面"。[20]《莽原》特地请一位八岁孩子书写刊名，显然有"初生牛犊不怕虎"的意思。鲁迅支持《语丝》又主编《莽原》，是期待二者间的声援和互补的。总体而言，他在《莽原》上的文章更为激烈，战斗力更强，如《春末闲谈》(《莽原周刊》1期)、《灯下漫笔》(2期,5期)、《论"费厄泼赖"应该缓行》(《莽原半月刊》1期)、《一点比喻》(4期)等。

《莽原》年轻人中，"奔走最力者为高长虹"，他在《莽原》上发表的《赞美与攻击》(2期)，连载的《弦上》(9—25期)，都颇引人注目。但高长虹还另有追求；在他看来，"如想再来一次思想革命，我以为非得由几个青年来做这工作不可；他们的思想是新的，他们是没有什么顾忌的，他们是不妥协的，他们的小环境是单纯而没有什么纠葛的"。[21]他后来就拒绝编辑《莽原》半月刊，而在上海创办《狂飙》，亮出了自己的底牌："狂飙社对于中国新旧文化都取否定态度。"[22]他并且具体指明，所要否定的"新文化"就是"从《新青年》到《语丝》"的"新青年时期"的文化和文学。[23]因为它依然是"消闲的，特殊的，局部的妥协的旧文化"，是和自己所要建立的"劳动的，平民的，普通的，战争的新文化"相对立的。[24]鲁

迅与周作人就自然成了他的主要批判对象。这样,《语丝》派就遭到
了前有《现代评论》、后有《狂飙》的两面夹击,构成了我们所要讨
论的"《语丝》内外"的外部环境。高长虹指责鲁迅"戴着纸糊的权
威者的假冠",是"世故的老人";[25] 又不满于周作人"对于我等青
年的创作,青年思想,则绝口不提","赞美外国作品,其别一意义,
则借之以否定中国现在之作品"。[26] 周作人以《老人的苦运》一文
回应:"古时的皇帝是不准人说他;现代'青年'是不准人不说他",
"从言语文字外去寻求意义,定为罪案,这不是又有点像当时的什
么'腹诽'之律么?""君自言是民主思想,然此非墨索里尼之棒喝
主义而何?君自言反对英雄,然此非吴佩孚之酋长思想而何?"[27]
鲁迅在和许广平的信里也指出:"他们大抵是貌作新思想者,骨子里
却是暴君酷吏,侦探小人","多是挂新招牌的利己主义者":这又是
一个新的重要的文化典型。[28] 鲁迅更因此有了新的警觉:"他们之
于我,大抵是可以使役时便竭力使役,可以诘责时便竭力诘责,可
以攻击时自然竭力攻击,因此我于进退去就,颇有戒心。"[29] 在周
作人反唇相讥、鲁迅表示藐视以后,高长虹的反应却有些出人意料。
他写信给周作人说:"像你,主张宽容而又自命老人的人,如其真的
看出我们有什么错处,正应该和气的告诉我们,我们一定愿意接受,
但必却并不告诉,而只是讥笑,……唉,我现在多么失悔啊。"[30]
应该说,周氏兄弟和高长虹的反应,都是真实、真诚的,而且意味
深长,发人深思。

　　《语丝》要面对的,不仅是知识界自身的分化与论争;它的反对
老、新军阀的坚定立场,更被执政者视为"眼中钉"。于是,就有了
1927 年 10 月张作霖"入关主政"以后,北新书局的被查封,《语丝》
停刊,周作人、刘半农被迫避难。两月后,《语丝》在上海复刊,改
由鲁迅主编。但在经历了大革命的失败以后,《语丝》内部发生了进

一步的分化。周作人对知识分子的历史使命与作用，产生了根本的
怀疑；在 1928 年末写出了著名的《闭门读书论》，确认"苟全性命于
乱世是第一要紧"[31] 以后，就真的和"五四"告别了。鲁迅则开始
了对新的战友、新的战斗道路与方法的追寻。这样，尽管鲁迅及继
任主编柔石将《语丝》又勉强维持了几年，但影响却逐渐减弱，到
1930 年 3 月 10 日出完 5 卷 52 期，《语丝》就自行停刊了。两个月后，
1930 年 5 月 12 日，周作人主持的《骆驼草》周刊正式出版。在《发
刊词》里宣称自己的写作态度是："笑骂由你笑骂，好文章我自为之"，
似乎有《语丝》遗风。但鲁迅却评价说："以全体而论，也没有《语丝》
开始时候那么活泼。"[32]

注释

[1] 以上材料引自陈离：《在"我"与"世界"之间——语丝社研究》，东方出版中心，
    2006 年，第 1—9 页。

[2] 鲁迅致李霁野书（1925 年 2 月 17 日），《鲁迅全集》11 卷。

[3] 鲁迅：《忽然想到（三）》（1925 年 2 月 12 日），《鲁迅全集》3 卷，第 16—17 页。

[4] 岂明（周作人）：《答伏园论语丝的文体》，载 1925 年 11 月 23 日《语丝》54 期，
    收《周作人集外文（上册）》，第 784 页。

[5]［18］鲁迅：《我和〈语丝〉的始终》，《鲁迅全集》4 卷，第 171、172、173 页。

[6] 周作人：《艺术与生活·自序》，收《艺术与生活》，第 2 页。

[7] 仲密（周作人）：《自己的园地》，载 1922 年 1 月 22 日《晨报副镌》，收《自己的
    园地》，第 5 页。

[8] 开明（周作人）：《生活之艺术》，载 1924 年 11 月 17 日《语丝》1 期，收《雨天
    的书》，第 93、94 页。

[9] 周作人：《不宽容问题》，载 1925 年 8 月 31 日《语丝》42 期，收《周作人集外
    集·上册（1904—1925）》，第 756 页。

[10] 岂明（周作人）：《我最》，载 1925 年 10 月 5 日《语丝》47 期，收《周作人集外
    集·上册（1904—1925）》，第 763 页。

［11］周作人：《两个鬼》，收《谈虎集》，第 252、253 页。

［12］〔13〕 陈离：《在"我"与"世界"之间——语丝派研究》，第 75、23 页。

［14］周作人：《〈雨天的书〉自序二》，收《周作人自选集·雨天的书》，第 3、4 页。

［15］参看陈离：《在"我"与"世界"之间》，第 230、235、237、238、248、249、
253、39、40 页。

［16］林语堂：《忆周氏兄弟》，收《鲁迅回忆录·散篇》（中），北京出版社，1999 年，
第 766 页。

［17］林语堂：《讨狗檄文》，收《翦拂集》，北新书局，1928 年，第 103 页。

［19］鲁迅致许广平（1925 年 3 月 31 日），《鲁迅全集》11 卷，第 32 页。

［20］鲁迅致许广平（1925 年 3 月 31 日，1925 年 4 月 28 日），《鲁迅全集》11 卷，第
33、64 页。

［21］〔25〕 高长虹：《1925 北京出版界形势指掌图》，1926 年 11 月《狂飙》5 期。

［22］〔24〕 高长虹：《狂飙社出版物预告》，载 1926 年 9 月 18 日《北新周刊》5 期。

［23］高长虹：《思想上的〈新青年〉时期》，1926 年 12 月 5 日《狂飙》9 期。

［26］高长虹：《与岂明论道》，1926 年 12 月 19 日《狂飙》11 期。

［27］岂明（周作人）：《老人之苦运》，载 1927 年 1 月 22 日《语丝》，收《周作人集
外文（下集）》，第 182 页。

［28］鲁迅致许广平（1927 年 1 月 11 日，1926 年 12 月 2 日），《鲁迅全集》11 卷，第
280、231 页。

［29］鲁迅致许广平（1926 年 11 月 7 日），《鲁迅全集》11 卷，第 195 页。

［30］高长虹：《寄到八道湾》，载 1927 年 1 月 30 日《狂飙》17 期。

［31］周作人：《闭户读书论》（1928 年 11 月），收《永日集》。

［32］鲁迅致章廷谦（1930 年 5 月 24 日），《鲁迅全集》12 卷，第 235 页。

《现代评论》：英美派自由主义知识分子的聚集

陈源在英国留影（约 1915 年）　　徐志摩遗像

　　事情要从 1920 年 12 月胡适给陈独秀的信说起。此时《新青年》群体的分离，几成定局。胡适提出三个方案，第一条，也是他最赞成的，就是"听《新青年》流为一种有特别色彩之杂志，而另创一个哲学文学的杂志。篇幅不求多，而材料必求精。我秋间久有此意"。[1]这里所说的另创杂志，就是 1922 年 5 月 7 日创刊的《努力周报》。《努力周报》虽然与《现代评论》没有直接联系，但却是英美派自由主义知识分子的第一次自觉的聚合。其主要骨干都是《新青年》的老人，现在重新聚集在胡适的旗帜下，他们宣称要"想从思想文艺方面替中国政治建筑一个非政治的基础"，这还是当年《新青年》的思路；但《努

力周刊》又宣布要以"政治"作为"我们努力的一个方向"，[2]显然
有更明确与强烈的政治参与的动力和意向。胡适说他现在"出来
谈政治"，是"'高谈主义而不研究问题'的'新舆论界'把我激
出来的"，[3]意思是说，"新舆论界"即中国共产党引领的激进革命
思潮，激出了他的改良主义的政治主张。于是就有了第 2 期所发表的
胡适、蔡元培、王宠惠、陶孟和、丁文江、高一涵、李大钊等十六人
联合署名的《我们的政治主张》，鼓吹"好政府主义"，其要点有二，
一是强调要建立"国家政治强权"，二是主张"好人执政"，也即实行
知识精英的"专家政治"。这是可以视为胡适派知识分子的政治、思想、
文化纲领的。十六位署名人中，除李大钊实际所走的是和陈独秀一样
的激进革命道路，蔡元培留学德国之外，都是英美派的自由主义知识
分子，构成了胡适派的基本班底。在这个意义上可以说，当陈独秀将
《新青年》办成上海共产主义小组的机关刊物，即胡适所说的"特别
色彩之杂志"，而胡适另办《努力周报》，周氏兄弟等转战《晨报副刊》、
《语丝》时，就意味着《新青年》群体的真正分道扬镳。

　　《努力周报》之外，欧美派自由主义知识分子还有一个重要阵地，
是和现代评论派有直接关系的《太平洋》杂志，创刊于 1917 年 3 月，
终刊于 1925 年 6 月。这是一个综合性杂志，以政论为主，文艺为副，
着重翻译作品。首任主编李剑农留学日本和英国，是章士钊主编的
《甲寅》成员，《太平洋》杂志在思想上和《甲寅》是有着承继关系的，
主张实行"英伦式议会政治"，"无论何时皆反对革命"；同时提倡"陈
述学理"的"无偏倚"精神。[4]《太平洋》后继主编杨端六是英国留学生，
但也在日本留过学，和成仿吾是湖南老乡，和郭沫若也有过接触。在
杨端六主持的《太平洋》中后期，吸引了一批从英美回国不久的新人，
如王世杰、周鲠生、陈西滢、丁西林、李四光、皮宗石等，他们都同
时被蔡元培聘任为北大法律、政治、英文、地质、物理等系教授，都

住在北京地安门内东吉祥胡同，和也住在这里的化学系教授李麟玉、石瑛一起被称为"吉祥八君子"。这样一批欧美归来的，主攻自然科学和社会科学的年轻教授的聚集，自然形成了对在此之前一直在北大占主导地位的，以中文系为主的江浙籍留学日、法的教授群体的一个挑战。欧美派年轻教授的策略是先在社会上造成影响，这就是他们首先聚集在《太平洋》杂志，后又创办《现代评论》的原因。江浙籍留日法教授后来又聚集于《语丝》。《现代评论》与《语丝》的论争，显然是有北京大学内部法日派与英美派，以及自然科学、社会科学教授与人文科学教授之间的矛盾的因素。在杨端六的主持下，一些创造社的作家，如郁达夫、田汉等都成为《太平洋》的作者。郁达夫后来被聘为北大经济系统计学讲师，和《太平洋》作者有了更多的联系，《太平洋》与《创造周报》就有了联合办刊的动议，目的在强强联手，以克服彼此的困难：《太平洋》希望扩大在本土读者中的影响，创造社则期待摆脱经济困境。但此议却遭到了郭沫若的强烈反对。他承认这些教授都是"有点相当学识的自由主义者"，但却反感于他们的"太绅士"和"官僚气味太重"，[5]认为以《太平洋》为主的合作，无异于"把文艺拿去作为并不进步的政治的附庸，分明是一种后退"。[6]这样，尽管《创造周报》发表了郁达夫起草的《太平洋社和创造社合办新周刊》的预告，但最终未能实现。《现代评论》终于以太平洋社原班人马，于1924年12月13日创刊。主编王世杰，作者高一涵、陶孟和是《努力周刊》作者，陶孟和也是《太平洋》作者，周鲠生、丁西林、陈西滢、皮宗石、燕树棠等都是《太平洋》骨干，此外还有钱端升、张奚若、杨振声等，合称为"十三太保"。陈西滢、丁西林同时是新月俱乐部成员，新月派的徐志摩、凌叔华、沈从文后来都成为《现代评论》的重要作者。《现代评论》显然成为欧美派自由主义知识分子在20年代中后期的大聚集地，胡适则是其精神领袖。[7]

　　《现代评论》在创刊伊始，就发表了周鲠生与王世杰的两篇文章，把当时国内政治势力分为三个部分："第一是具有兵权的军队首领。第二是社会具有一种精神的势力，而常为一切政治运动社会运动的指导者之智识阶级。第三是实际从事政治活动的政党，他们是代表武力以外的政治势力的。"[8]他们因此提出：智识阶级作为"现时物望所归之政治中坚人物"，必须成为这个社会的"精神领袖"，"人格上之权威"。[9]这几乎可以看作是现代评论派诸君子的政治、思想、文化宣言书，其所延续的正是胡适"好政府主义"的思路，强调的是"精英（政治精英，军事精英，知识精英）治国"，重点又是突出他们自己的"政治中坚"、"指导者"、"人格权威"、"精神领袖"的地位与作用。因此，现代评论派和国家政权与政、商各界有着千丝万缕的联系，不仅是不争的事实，而且是其信念所追求的。陈西滢晚年回忆中说道，"当时正值孙（中山）、段（祺瑞）合作时期，汪精卫主张在北方办一个刊物，由段拿出一千银元作开办费。这笔款由李石曾先生转到"。[10]当年语丝派在论争中一直抓住不放的"二千元事件"即章士钊、国民党各津贴一千元，现代评论派也一直不作正面回应，看来并非空穴来风。语丝派猛烈攻击的大银行广告，更是公开的事实：从1卷16期开始直至终刊，金城银行的大幅封底广告，一直伴随着《现代评论》，仅这一项一年固定收入即达一千元。中国银行、交通银行、上海商业储蓄银行、浙江兴业银行、实业银行等私营银行的主力，都是《现代评论》的长期广告客户。《现代评论》定价高、篇幅多，发行量大（创办四个月后即达每期八九千份的销量），都仰赖其雄厚的经济实力。在现代评论派的信念、逻辑里，这些政界、商界的支持，不过是"朋友的帮助"，并不妨碍自己发言的独立性。在继承了《新青年》的民间立场和传统的语丝派看来，接受这样的经济支持，必然导致对国家官僚政治和资本势力的依附，更背叛了独立、自由的五四精神。[11]

让语丝派最不能容忍的，也是他们认定现代评论派"用别人的钱，说别人的话"的铁证的，是《现代评论》在女师大学潮中偏袒章士钊、杨荫榆等教育当局的立场，和在"三一八惨案"中对群众运动领袖的指责；其实，这都是现代评论派的精英理念和立场所致。这些主张与政治精英结盟的知识精英是以维护既定秩序为己任的，他们看到女师大学生起来反对校长，甚至把守校门，不让校长在校内开会，就觉得"不像样子"，"教育界的面目也就丢尽"，因此撰文支持教育当局"整顿学风"，"好像一个臭茅厕，人人都有扫除的义务"。[12]他们更在学生的闹事中看到了群体暴力，这自然是"无论何时皆反对革命"的绅士们不能容忍的，因此要"代被群众专制所压迫者（按：指章士钊、杨荫榆）说几句公平话"。[13]在"三一八惨案"中，北洋军阀政府对手无寸铁的青年学生的血腥屠杀，自然是这些自由主义知识分子所不能接受的，陈西滢因此写文章，批驳政府当局污蔑和平请愿的学生为"暴徒"的谎言，强调对杀人的凶手、谋士"一个都不能放过"；但他又暗示群众领袖有"欺骗"群众之嫌，并具体指明"三一八惨案"的牺牲者杨德群是被人"勉强"去请愿的。[14]这暴露了现代评论派的教授对群众运动的天然反感和疑惧。但他们的指责并无事实依据，当即遭到了杨德群同学的据实反驳，后来陈源在编《西滢闲话》时也未将此文收入。在语丝派和青年学生看来，这样的指责本身就有曲解学生运动性质，为当局开脱罪名之嫌。彼此的对立也就更加严重了。

胡适没有参加现代评论派和语丝派的论战，却在争论最激烈的1926年5月，同时写信给鲁迅、周作人和陈源："我深知道你们三位都自信这回打的是一场正谊之战；所以我不愿意追溯这战争的原因与历史，更不愿评论此事的是非曲直"，但又表示"我最惋惜的是，当日各本良心的争论之中，不免都夹杂着一点对应对方动机上的猜疑"，"渐渐变成了对骂的笔战"。他说自己是"一个爱自由的人"，发现"双方都含有一点不容忍的态度，所以不知不觉地影响了不少的少年朋友，暗示他们朝着冷酷、不容忍的方向走！这是最可惋惜的"。他最后说："大水冲了龙王庙，一家人不认得一家人"，希望停止论战。[15]收信人双方大概都不会怀疑胡适的真诚和善意，但谁也没有接受他的意见，原因就在于周作人所说的，"五四时代北京各校教职员几乎是一致反抗政府"，这一回大屠杀以后，就"不能联合反抗"了。[16]正是在和国家政权、体制关系问题上，知识分子发生分化，不可能一致反抗"公敌"了。

　　鲁迅在30年代回顾这段历史时，特意谈到"《现代评论》比起日报的副刊来，比较的着重于文艺"。[17]这里要说的是陈源的《西滢闲话》。如周作人所说，"昔《新青年》上有'什么话'，《现代评论》有'闲话'，一时脍炙人口，纸贵洛阳"。[18]陈源也以《西滢闲话》而成为现代散文史上风格独具的一家。陈源本人是自觉学习法郎士的散文的；一是"水晶似的透明"的文风，[19]二是"在讥讽中有容忍，在容忍中有讥讽"的人生态度，竭力想"用讥讽的冰层刺灭时代的狂热"，[20]但"有时犀利太过。叫人受不住而致人怀憾莫释"。[21]文学史家更注意的是陈源对五四白话文的贡献：他在《理由》一文里，提出一个现代白话文的目标："意思不妨深些，文字不妨浅些。"他的《西滢闲话》即是这样的深入浅出，流畅明达的白话文典范。

注释

［1］ 胡适：《答陈独秀》（1920年12月）。收《胡适全集》23卷，第333页。

［2］ 胡适：《对于本报的批评》，载1922年5月28日《努力周报》4期。

［3］ 胡适：《我的歧路》（1922年6月16日）。收《胡适全集》2卷，第469页。

［4］ 李剑农：《宪法与政习》，载《太平洋》1卷1号；《呜呼中华民国之国宪》，载《太平洋》1卷5号；吴稚晖：《杂志界之希望》，载《太平洋》1卷1号。转引自倪邦文：《"现代评论派"的团体构成》，《新文学史料》1995年3期。

[5] 郭沫若：《创造十年续编》，上海北新书局，1938年。

[6] 郭沫若：《再谈郁达夫》，《郭沫若全集》文学编20卷，人民文学出版社，1992年，第287页。

[7] 以上关于《现代评论》与《太平洋》杂志、新月派的关系的分析，参看颜浩：《北京的舆论环境与文人团体：1920—1928》第三章第一节《从〈太平洋〉到〈现代评论〉》，北京大学出版社，2008年。倪邦文：《"现代评论派"的团体构成》，《新文学史料》1995年3期。

[8] 周鲠生：《我们所要的一个善后会议》，1924年12月20日《现代评论》1卷2期。

[9] 王世杰：《时局之关键》，1924年12月13日《现代评论》1卷1期。

[10] 陈纪滢：《陈通伯先生一生的贡献》，1970年6月1日《传记文学》（台北）16卷6期。转引自颜浩：《北京的舆论环境与文人团体：1920—1928》，第128页。

[11] 参看颜浩：《北京的舆论环境与文人团体：1920—1928》，第119—130页。

[12] 西滢：《闲话》，载1925年5月30日《现代评论》1卷25期。

[13] 西滢：《闲话》，载1925年9月25日《现代评论》2卷40期。

[14] 西滢：《闲话》，载1926年3月27日《现代评论》3卷68期。

[15] 胡适致鲁迅、周作人、陈源（1926年5月24日）．《胡适全集》23卷，第486—488页。

[16] 岂明（周作人）：《恕府卫》，1926年4月2日《京报副刊》457号。《周作人集外文（下册）》，第62页。

[17] 鲁迅：《〈中国新文学大系〉小说二集序》，收《鲁迅全集》6卷，第258页。

[18] 何曾亮（周作人）：《半席话甲》，1925年12月31日《京报副刊》373号。《周作人集外集（下）》，第799页。

[19] 西滢：《闲话》，1926年1月9日《现代评论》3卷57期。

[20] 徐志摩：《〈闲话〉引出来的闲话》，1926年1月20日《晨报副镌》。

[21] 苏雪林：《陈源教授逸事》，《苏雪林自选集》，黎明文化事业股份有限公司（台湾），1975年，第152页。以上关于《西滢闲话》的论述参看颜浩：《北京的舆论环境与文人团体：1920—1928》，第三章第二节。

舒庆春——老舍：一个文学新人的出现

这又是一个再普通不过
的开端故事：1924年9月，
二十五岁的舒庆春来到伦敦，
应英国东方学院之聘，担任中
文讲师。为练习英语，读了些
英文小说，读多了，就"手痒
痒"了，觉得写小说必是很好
玩的事，也想试一试"。[1] 用
了近一年的时间，在三个便士
买来的练习簿上，写出了一本
《老张的哲学》。写完了，恰
好《小说月报》的作者许地山
来到伦敦，住在同一公寓。

老舍

块儿谈得没有什么好题目了，就掏出小
本子念上两段。许地山没有提出什么批评，只顾了笑。笑完了就建议
寄到国内去发表。舒庆春表示要修改一下，又不知从何改起，就马马
虎虎地寄给了《小说月报》主编郑振铎。舒庆春后来才想起，寄的时
候没有挂号，就那么卷了一卷，扔在邮局。两三个月后，《小说月报》
居然把它发表了，从7月10日出版的17卷7号开始，至第12号续
完；登载之前，还郑重其事地发表了预告。舒庆春自然喜出望外，就

到了中国饭馆，吃了顿"杂碎"，"作为犒赏三军"。[2]《老张的哲学》开始刊载时署名舒庆春，从8月号起改署"老舍"：一个新作家就这样诞生了。

《小说月报》如此迅速无碍地接受一位无名作者的文稿，也非偶然。其几任主编沈雁冰、郑振铎、叶圣陶都是文坛上的伯乐。《郑振铎传》就专列一节谈传主如何热心推出文学新人，怂恿舒庆春投稿的许地山就是在他鼓励、帮助下写出和发表自己的第一篇小说《命命鸟》的；影响最为深远的，自然是发现了老舍和巴金，他们的处女作《老张的哲学》和《流亡》都是经郑振铎之手在《小说月报》上首发的。《小说月报》看重的不是作者的名声，而是其文学实力和潜力。最初吸引郑振铎的，大概就是《最后一页》里称道的舒庆春的文笔，"那样的讽刺的情调，是我们的作家们所未曾弹奏过的"。读者翻开《老张的哲学》，看到这样的句子。眼睛是会为之一亮的："老张的哲学是'钱本位而三位一体'的。他的宗教是三种：回，耶，佛；职业是三种：兵，学，商；言语是三种：官话，奉天话，山东话。他的……三种；他的……三种；甚至于洗澡平生也只有三次。"如此的夸张，幽默，确实是中国现代小说里未曾见到的。后来《时事新报》为小说刊登广告，也是抓住了读者的阅读心理，在文笔上作文章："故事本身，已经有味，又加以著者讽刺的情调，轻松的文笔，使本书成为一本现代不可多得之佳作，研究文学固宜一读，即一般的人们宜换换口味，来阅看这本新鲜的作品。"[3]

这样的文笔趣味，讽刺趣味，既是这位名叫舒庆春的文学新人的创作特色，也是他的写作动力：他是陶醉于自己的俏皮的文字，为了说着好玩，逗个儿乐，也逗读者乐而写小说的。作者后来写《我怎样写〈老张的哲学〉》就坦然承认："我信口开河，抓住一点，死不放手，夸大了还要夸大，而且津津自喜，以为自己的笔下跳脱畅肆"，

明知"以文字要俏最容易流于耍贫嘴"，"可是这个诱惑不易躲避"，
也不想躲避。

　　但这并非作者的全部追求。评论者深入阅读文本，就发现了作者
早期几部作品都"点染了许多教训色彩"，作者"喜欢兴致淋漓地发
一些议论，而忘记了他在写小说，又或借着他创造的人物的口吻，泄
牢骚，鸣不平"。[4]作者自己也如此自嘲："凭着一点肤浅的感情而
大发议论，和醉鬼借着点酒力瞎叨叨大概差不很多"，并且特意说明，
自己"不假思索便把最普通的、肤浅的见解拿过来，作为我判断一切
的准则"。[5]这是一个重要的，却通常被忽视的提示：舒庆春之所以
提笔写作，是因为他在异国他乡"感觉寂寞"，"忆及自己的过去"，
不仅"那些有色彩的人与事都随手取来"，更随手写下对这些人与事
的判断，见解，并借此发表自己对所经历的一段历史和现实的看法，
表达自己的社会、人生、思想、文化理想，小说的"教训色彩"即由
此而来。[6]这其实是构成了此后小说家的老舍的重要特色的：他不仅
长于描写，而且喜欢议论；他不仅是现实生活的观察者和描写者，同
时也是一个思想者。人们往往注目于前者而忽略后者，是会遮蔽老舍
小说的社会意义和思想、认识价值的。特别是我们这里讨论的早期著
作，由于其不注意小说技巧，无论情节的设置、安排，还是人物形象
的刻画，都有较多问题：舒庆春真正属意、用心的，语言的俏皮之外，
就是议论：我们也正应该从此入手来阅读《老张的哲学》和《赵子曰》。

　　某种意义上，可以说，正是议论立场、角度的特殊，以及观点
的特别，构成了这两部小说的特有价值。于是，就注意到了舒庆春在
1926年写小说之前的经历与思想。1913年，十四岁的舒庆春考取了
北京师范学校；1918年6月毕业，十九岁时被任命为第十七高等小
学校校长；1920年又调任京师劝学办公室（类似教育局）郊外北区
劝学员（督学）；1922年辞职，先后在南开学校、京师一中教书，至

1924 年 9 月去英国。[7]这一段经历表明，舒庆春既是民国教育所培养，又受到五四新文化运动的影响，总体上说，应属于新文化人，而有别于通俗文学派里的旧文人；在 1922 年"双十节"（国庆节）的演讲里，他就谈到了"为了民主政治，为了国民的共同福利，我们每个人都须负起两个十字架"的信念。[8]但另一方面，正像他自己所说，五四运动爆发时，他已经"做了事"，而且是学校里的校长和教育部门的基层行政管理人员，"我看见了五四运动，而没有在这个运动里面"，"到底对于这个大运动是个旁观者"，"是个看戏的"，"我在'招待学员'的公寓里住过，我也极同情于学生们的热烈与活动，可是我不能完全把自己当作学生，于是我在解放与自由的声浪中，在严重而混乱的场面中，我找到了笑料，看出了缝子"，"立在五四运动外面"，我在"轻搔新人物的痒痒肉！"[9]这样的"旁观者"的身份，"看戏"的态度，以及"轻搔新人物的痒痒肉"的立场，又使得舒庆春和一般的新文化人区别开来，显得暧昧与尴尬。他的旁观、搔痒痒肉，更和个人身世和环境直接相关："我自幼贫困，做事又早，我的理想永远不和目前的事实相距很远"，自然也就很容易在那些投身于运动中人的高谈阔论中，"找到笑料"；[10]"因为穷，我很孤高，特别是十七八岁的时候"，"我是个悲观者。我不喜欢跟着大家走，大家所走的路似乎不永远高明，可是不许人说这个路不高明，我只好冷笑"。[11]可以说，舒庆春是站在处于社会底层的穷人，也即城市贫民、普通市民的立场、角度，看民国以来的社会变迁，特别是五四新文化运动引发的新思潮，就看出许多"缝子"，许多问题，发出"冷笑"。

《老张的哲学》直接取材于舒庆春担任校长和劝学员的经验，书中的人"多半是我亲眼看见的，其中的事多半是我亲自参加过的"；[12]更主要的是，他要写出亲身感受的民国以来名目繁多的各种"新政"的实际状况。小说一开始就写到"学务大人"突然到老张任校长的"公私立官商小学校"视察，引发了一场师生对话："你们把《三字经》、《百家姓》收起来，拿出《国文》，快！""今天把国文忘了带来，老师！""该死！不是东西！不到要命的时候你不忘！《修身》也行！""《算术》成不成？""成！有新书的就是我爸爸！"——不须多加一字，所谓"国民新教育"是怎么回事，就昭然若揭了。还有所谓"争自治"、"要民权"，在老百姓看来，不过是招牌："北京自治讨成会，北京自治共成会，北京自治自进会，……黑牌白字，白牌绿字，绿牌红字，不亚如新辟市场里的王麻子，万麻子，汪麻子，……一齐在通衢要巷灿烂辉煌的挂起来。"而堂而皇之的"政党"，老百姓也自有称呼，叫"埋伏兵"："埋伏者即听某人之指挥，以待有所动作于团体运动者也"。还有叫"捧角的"，或者干脆叫作"捧臭脚"。这都是相当深刻、犀利的观察：在中国，没有真正的变革，一切不过是逢场作戏的玩意儿。舒庆春也发现不变中之变：他敏锐地抓住了新的社会典型，却从一个细节的刻画入手：这位学务大人"足下一双短筒半新洋皮鞋，露着本地蓝市布家做的袜子。乍看使人觉着有些光线不调，看惯了更觉得'新旧咸宜'。或者也可以说是东西文化调和的先声"。所谓"三位一体"的老张哲学，就是这"新旧咸宜"、"东西调和"的产物，是中国传统旧文化的"官本位"与西方输入的新的商业文化的"钱本位"的结合："营商，为钱；当兵，为钱；办学堂，也为钱！同时教书营商又当兵，则财通四海利达三江矣！""作什么营业也没有作官妙"，"作官就名利双收了！"

如广告所说，《赵子曰》"写的不是那一班教员闲人，写的乃是一班学生"。可以说《赵子曰》是现代文学史上最早描写大学生生活的长篇小说。我们已经讨论过，五四爱国学生运动把大学生群体推到了历史的中心位置，遂成为各种政治势力争取的对象，同时又引发了深刻的反思。老舍说："《赵子曰》的故事，是以五四运动为背景的"，[13]

他正是自觉地"以艺术化的方式对五四文化界的反思"作出自己的"呼应"。研究者注意到,老舍在《赵子曰》里描绘的是"学潮",而非学生运动;写学潮,又突出一个"闹"字,并且最后简化为"打"。[14]"校长,教员,职员全怕打。他们要考,我们就打!"于是,就有了这样的学潮后的场景:"大门碎了,牌匾摘了,玻璃破了,窗户飞了","校长室外一条扯断的麻绳,校长是捆起来打的。大门道五六只缎鞋,教员们是光着袜底逃跑的。公事房的门框上,三寸多长的洋钉子,钉着血已凝定的一只耳朵,那是服务二十多年老成持重的(罪案!)庶务员头上切下的"。面对历史惨剧,老舍忍不住作出了这样的概括:"在新社会里有两大势力:军阀与学生。军阀是除了不打外国人,见着谁也值三皮带。学生是除了不打军阀,见着谁也值一手杖。于是这两大势力并进齐趋,叫老百姓见识一些'新武化主义'。"这概括或许有失夸张与片面,但它所揭示的无异于军阀屠杀的群众暴力的危害,以及"找着比自己软弱的打"的国民劣根性,却具有内在的深刻性,似乎是对以后历史的预言。老舍关注的是这些学潮制造者与参与者的灵魂,他发现,他们自称"已经欧化成熟的新青年","只不过比中国蠢而不灵的傻乡民少着一条发辫而已",其实都是"古老的青年"。他们"内而酒与妇人,外而风潮与名誉",所理解的"西洋文化"是"阔气""奢华""势力","中国文化"是"撑门面"。他们并无"一定的主义与坚定不挠的精神",信奉的还是"名、钱、作官""三位一体的宗教"和"哲学":老张与老赵在精神上实在是一贯的。他们"由闹风潮的好手一变而为政界的要人"是不需要过渡的;"作学生的吆喝风潮,作官的吆喝卖国",根本就是一回事儿。这样的观察与描写同样入木三分。

老舍对"五四"以来盛行不衰的个性解放、恋爱自由,一直提出质疑。他看透了在钱本位和官本位的中国现实社会里"没钱而想讲爱情，和没眼睛想看花儿一样无望"。老舍很少写爱情故事，尽管《老张的哲学》与《赵子曰》里都有婚姻故事作为情节发展的副线：在老舍这里只有婚姻而无爱情。"人们学着外国人爱女人，没学好外国人怎样尊重女人"，在这些"浮荡少年"眼里，女人不过是"玩物"而已，他们追求的是"婚而时结之，不亦乐乎"。在老舍看来，在中国所谓"自由恋爱"不过是新式教育灌输的精神幻觉，他必要打而破之，这成了他以后许多小说的主旨，而且"几乎是完全相同的情节：在学校追求自由恋爱，被骗失身，终遭抛弃，以悲剧收场，其中相当一部分走上了暗娼的道路"。[15]

　　老舍对五四新文化的批判性审视，是建立在前文提到的他的城市贫民、市民知识分子立场上的；他的笔下，也就出现了体现了他的文化理想的正面人物，其中最重要的，就是《赵子曰》里的李景纯。广告里说小说后半部"入于严肃的叙述，不复有前半部的幽默"，就是因为把重心转向了理想的叙述。主要有两个侧面。一是"市民国家主义"：把国家的富强和秩序置于第一位，这是市民安安稳稳过日子的前提与保证；"我不反对提倡恋爱自由，可是我看国家衰弱到这步天地，设若国已不国，就是有情人成了眷属，也不过是一对会恋爱的亡国奴"，"个人幸福本当为社会国家牺牲"。另一面是"实业救国，教育救国"："中国的将来是一定往建设上走的，专门的人才才是必需的"，"教书的，开工厂的，和作其他的一切职业的，人人有充分的知识，破出命死干，然后才有真革命出现"，"什么乱嚷这个主义那个问题咧，全叫胡闹！"由此形成了老舍独特的"革命观"："凡是抱着在社会国家中作一番革命事业的，'牺牲'是他出发点，'建设'是他最后的目的，而'权利'不在他的计较之内。这样的志士对于金钱、色相，甚至于他的生死全无一丝一毫的吝惜"。

　　这样的革命观自然是和 20 年代中后期逐渐占了主导地位的以暴

力推翻反动政权的激进革命格格不入，并且为后者所不容。但是，其内含的国家、建设、牺牲的观念，在另外的历史条件下，在抗战时期和解放后，却又成为老舍能够接受中国共产党领导的革命和建设的内在原因。我们更应该注意的，是由此形成了老舍和新文学的复杂关系。他对五四新文化运动的旁观、看戏的态度，"搔新人物的痒痒肉"的立场，对"主义和问题"的拒绝，"写着玩玩"的游戏姿态，摆脱不了"贫嘴"的诱惑的幽默语言趣味，以致"半文半白的文字"，和"急于救世救国救文学"的新文学主流之间，显然存在裂缝，不和谐，这是老舍自己也意识到的。[16] 老舍出现以后，胡适与鲁迅的评价都不高，恐非偶然。当时的进步文学青年田仲济后来回忆说，尽管《老张的哲学》和《赵子曰》出版后社会上很流行，他却读不进去。[17]

但老舍早期著作表现出来的社会责任感，以及他的底层情怀，又内在地决定了他和新文学的相通；他和市民阶层的精神与文学的联系，正可弥补新文学的不足。因此，经过一段磨合，调整，老舍最终为新文学主流所接受，并逐渐成为其中的重镇，这是一个自然的发展趋势和过程。

注释

[1] 老舍：《我的创作经验》，《老舍全集》16 卷，第 490 页。

[2] 老舍：《我怎样写〈老张的哲学〉》，《老舍全集》16 卷，第 166 页。

[3] 见《时事新报》1928 年 10 月广告。转引自陈思广：《中国现代长篇小说编年》，四川大学出版社，2008 年，第 12—13 页。

[4] 常风：《论老舍〈离婚〉》，载 1934 年 9 月 12 日天津《大公报》。

[5][6] 老舍：《我怎样写〈老张的哲学〉》，《老舍全集》16 卷，第 165、164 页。

[7] 参看张桂兴编撰：《老舍年谱》（上），上海文艺出版社。

[8] 老舍：《双十》（1922 年 10 月 10 日在南开学校的演说），载 1944 年 10 月 10 日重庆《时事新报》。

〔9〕〔10〕〔12〕　老舍：《我怎样写〈赵子曰〉》，《老舍全集》16 卷，第 168、169 页。

〔11〕　老舍：《我的创作经验》，《老舍全集》16 卷，第 490 页。

〔13〕　老舍：《创作经验谈》，载 1944 年 8 月 15 日《国讯》374 期。

〔14〕〔15〕　孙芳：《从〈赵子曰〉看老舍对现代“学生”形象的解构》，载《中国现代文学研究丛刊》2009 年 5 期。

〔16〕　见老舍：《我怎样写〈老张的哲学〉》，《老舍全集》16 卷，第 166—167 页。

〔17〕　田仲济：《回忆老舍同志》。转引自汤晨光：《老舍与现代中国》，湖南师范大学出版社，2002 年，第 7 页。

《幻灭》：小说家"茅盾"亮相

年轻时的茅盾

下期的创作，有茅盾君的中篇小说《幻灭》。篇中主人翁是一个神经质的女子，她在现在这不寻常的时代，要求个安身立命之所，因留下种种可以感动的痕迹。

（原载 1927 年 8 月 10 日《小说月报》18 卷 8 期）

1927 年 8 月的这篇由 6 月刚接替郑振铎担任《小说月报》主编的叶圣陶撰写的《最后一页》，第一次提到了文坛上完全陌生的名字："茅盾"；紧接着《小说月报》18 卷 9 号（9 月 10 日出版）、10 号（10 月 10 日出版）连续刊载了《幻灭》，其"头绪的纷繁，人物的复杂"，"鲜明的个性，活泼的生气"，"极详尽的心理分析"，立即让文学界和读书界耳目一新。[1]大家都意识到：一位重要作家出现了。于是纷纷打听：他是谁？

慢慢地才传出"内部消息"：这位文学新人其实是文坛老将，他就是文学研究会的发起人、《小说月报》的主编沈雁冰，早以出色的

编辑、翻译和评论工作，对第一个十年的新文学产生了重要影响。但
他还有少为人知的一面：一位革命者，中国共产党的早期党员和骨
干。而且沈雁冰自己说："我对于文学并不是那样的忠心不贰"，"我
的职业使我接近文学"，"而我的内心的趣味"却"接近社会运动"，
"我在那时并没有想起要做小说，更其不曾想到要做文艺批评家"。[2]
特别是1925—1927年期间，他更是全力投入实际运动，先任国共合
作的国民党上海特别市党部执行委员会宣传部长，出席国民党第二次
全国代表大会，担任国民党中央宣传部秘书（毛泽东为代部长），后
又调任中央军事政治学校武汉分校政治教官，《汉口民国日报》主编，
亲历了大革命由发动，达到高潮，最后失败的全过程，"经验了动乱
中国的最复杂的人生的一幕，终于感得了幻灭的悲哀，人生的矛盾"。
1927年夏，他从武汉，经牯岭来到上海，当时国民党政府已经对他下
了通缉令，只能隐居在景云里11号甲的三楼上。"在消沉的心情下，
孤寂的生活中"，一方面紧张而痛苦地回顾、分析大革命失败的历史
与形势，思考"中国革命的道路该怎样走"，因找不到出路而陷入深
深的困惑之中；另一方面，又不愿就此消沉下去，就想要以自己"生
命力的余烬从别方面在这迷乱灰色的人生内发一星微光"，于是就开
始文学创作，以此清理混乱的思想，发泄郁结的苦闷，并留下历史的
记录与心灵的痕迹。沈雁冰后来在回顾这段写作经历时，提到了左拉
和托尔斯泰的创作道路，据说"左拉因为要做小说，才去经验人生；
托尔斯泰则是经验了人生以后才来做小说"；沈雁冰说："我曾经热心
地——虽然无效地而且很受误会和反对，可是到我自己来试作小说的
时候，我却更接近托尔斯泰了"，这是一条先"真实地去生活"，经验
了人生，再进行创作的现实主义文学之路。[3]鲁迅在解释新文学第二
个十年一开始就兴起了"革命文学"的原因时，有一个很精当的分析。
他说，在革命高扬的时候，"一般积极的青年都跑到实际工作去了"，

是不会有革命文学的；到革命遭了挫折，一些青年"被实际工作排出，只好借此谋生"，革命文学的发生、发展，"实在具有社会的基础，所以在新份子里，是有极坚实正确的人存在的"。[4]鲁迅举出的例子是叶紫，他是经历了湖南农民运动的失败流落到上海，写出了他的《电网外》、《丰收》等小说的；鲁迅说"作者还是一个青年，但他的经历，却抵得太平天下的顺民的一世纪的经历"。[5]鲁迅的分析，也适用于沈雁冰；而沈雁冰的文学准备，远比叶紫这样的青年作者要充分、厚实，一旦和他的复杂的经历和体验结合起来，其所爆发的文学力量，就更为强有力，一出手就颇不凡。据说沈雁冰写出《幻灭》的前半部给住在他家隔壁的叶圣陶看，叶圣陶第二天就找上门来，说"写得好，《小说月报》正缺这样的稿件"，并决定立即发稿。沈雁冰也就随手写了个笔名："矛盾"。他后来解释说："矛盾"本是五四后的流行语，他在大革命的经历中更看到了革命阵营内外的矛盾，以及知识分子和自身的矛盾；但一些人尽管言行矛盾，却自以为没有矛盾而侃侃而谈。"大概是带点讽刺别人也嘲笑自己的文人积习罢，于是我取了'矛盾'二字作为笔名。"[6]为了更像个名字，免遭查问，叶圣陶在"矛"字上加个草头，就成了"茅盾"：一个"文学新人"就这样包装而成。

"新人"茅盾，出现在新文学第一个十年和第二个十年交接的1927年下半年，是带有开创文学新天地的标志性的。而且茅盾是自觉于此的。他在写作和发表了《幻灭》、《动摇》、《追求》，并将其命名为《蚀》三部曲以后，写了一篇《读〈倪焕之〉》，再一次谈到了鲁迅的不足：《呐喊》里写到了"老中国的暗陬的乡村，以及生活在这暗陬的老中国的儿女们，没有城市中青年们的心的跳动"；《彷徨》里的《幸福的家庭》与《伤逝》"也只能表现了'五四'时代青年生活的一角，因而也不能不使人犹感到不满足"。[7]正是这"不满足"，传递了一个时代与文学的重要信息：随着中国工业化和资本主义、半殖民地模式的现代化进程的加速，都市越来越成为国家政治、经济、文化的中心，也就向文学提出了反映都市生活和各阶层人"心的跳动"的历史要求。如果说，鲁迅为代表的乡土文学体现了第一个十年文学的主要成就；那么，都市文学就必然成为第二个十年文学发展的新的生长点，乡土文学也会呈现出新的风貌。在这个意义上，茅盾《幻灭》的写作与发表，是具有某种象征性的。茅盾的贡献是"都市时代女性"形象的塑造。《幻灭》里就出现了"静女士"和"慧女士"两种类型，后来就发展为两个人物系列：静女士（《幻灭》），方太太（《动摇》）；慧女士（《幻灭》），孙舞阳（《动摇》），章秋柳（《追求》）。前者文静，温雅，和传统的东方女性有更多的精神联系。后者是欧风美雨的新思潮直接影响下产生的西方型女性，她们崇尚享乐，厌恶平庸，追求刺激，有着活跃的生命力，强悍泼辣的个性。茅盾说，她们本不是革命者，但"只有环境转变，这样的女子是能够革命的"，[8]"如果读者不觉得她们可爱可同情，那便是作者描写的失败"。[9]

　　茅盾不满足于鲁迅的创作，还因为他提供的只是社会生活的"一角"；在茅盾看来，这是第一个十年描写现代青年生活作品的通病。他具体点明批评郁达夫的《沉沦》、许钦文的《赵先生的烦恼》、王统照的《春雨之夜》、周全平的《梦里的微笑》、张资平的《苔莉》这些公认的佳作，"所反映的人生还是极狭小的，局部的"；"只描写了一些表面的苦闷"，"没表现出'彷徨'的广阔深入的背景"：根本的问题是文学的"时代性"与"社会性"的忽视与缺失。[10]茅盾试验与倡导的是一种新的创作模式：重视题材的社会性，主题的重大性，创作和历史事变尽量同步，反映时代全貌及其发展的史诗性，自觉追求巨大的思想深度与广阔的历史内容。茅盾说，他的处女作《蚀》，代表作《子夜》，之所以引起轰动，"我总以为我敢涉足他人所不敢写而又是人们所关注的重大题材，是原因之一"，"直接反映1927年大革

命的作品，除了《蚀》，时候尚无其他的"。[11]第一个为《幻灭》写
书评的，是朱自清，他以"白晖"的笔名在《清华周报》上作文回应
叶圣陶的介绍，强调小说"与其说是一个女子的生活的片段，不如说
这是一部时代生活的缩影"。[12]

　　茅盾在五年后回顾自己最初的写作时，还说过这样一番话：
"那时候，我觉得所有自己熟悉的题材都是恰配做长篇，无从剪短似
的"，"那时候的我笨手笨脚，总嫌几千字的短篇里容纳不下复杂的
题材"。[13]这自然是和他反映大时代全貌的史诗性的追求相适应的；
这一次他的尝试采取的是"三部曲"的形式，在现代文学史上是一个
新的开创。更重要的是，中国现代小说创作也由短篇小说主导的时代
进入了长篇小说的时代。自然，长篇小说艺术也还需要一个试验的过
程。人们对茅盾的第一次尝试《幻灭》最主要的批评就是小说结构的
"散漫无归"。[14]应该说，茅盾在写作《蚀》三部曲时，最下工夫的
也是长篇小说结构，作了多种尝试：由《幻灭》的单线结构，到《动摇》
的两条并行线索，再到《追求》的三条线索，逐渐复杂化，但形式仍
比较简单，相对成熟的结构艺术恐怕还要等到《子夜》的写作。现在，
还是一个开始，如朱自清所说："本篇还是作者的处女作，所给与我
们的已是不少；我想以后他会给我们更多的。"[15]

注释

[1]［12］［14］［15］　白晖（朱自清）:《近来的几篇小说·一，茅盾先生的〈幻灭〉》，
　　　　1928年2月17日《清华周刊》29卷2期。收《朱自清全集》4卷，第245、246、
　　　　247、248页。

[2]［ 3]［ 9]　茅盾:《从牯岭到东京》，载1928年10月18日《小说月报》19卷10
　　　　号。收《茅盾全集》19卷，第177、176、178页。

[4]　鲁迅:《上海文艺之一瞥》，《鲁迅全集》4卷，第303、304页。

［5］　鲁迅：《叶紫作〈丰收〉序》，《鲁迅全集》6卷，第228页。

［6］　茅盾：《写在〈蚀〉的新版的后面》，收孙中田等编《茅盾研究资料》（中），中国
　　　　社会科学出版社，1983年，第56页。

［7］［10］　茅盾：《读〈倪焕之〉》，载1929年5月12日《文学周报》8卷20号。收《茅
　　　　盾全集》19卷，第198、200、201、204页。

［8］　茅盾：《写在〈野蔷薇〉的前面》，收《茅盾研究资料》（中），第13页。

［11］　茅盾：《外文版〈茅盾选集〉序》，《茅盾全集》27卷，第444页。

［13］　茅盾：《我的回顾》，作为"代序"载1933年4月上海天马书店出版的《茅盾自
　　　　选集》，收《茅盾全集》19卷，第407页。

开明人的选择与开明风格

1912年任小学教员的叶圣陶
（订婚时摄）   夏丏尊   朱自清

　　启者：敝店创设以来，出版各种书籍，对于形式内容竭力
研求，不敢稍怠，承国内外读书界交口称誉，欣感莫名。敝店受
宠之余，益当奋勉精进，以求克副期望。用特创制此项批评调查
表，夹入书中，敬求　台端于读毕此书之后，对于书中瑕瑜，尽
情指责，填写　赐寄，俾便参酌舆论，于再版时改善订正，敝店
敬备优待卷，并各种赠品，于收到此表后，即行寄奉，藉达雅
意。倘蒙　赐寄长篇批评（如本表不敷缮写，可另用它纸写成夹
入），并当在敝店不定期刊《开明》上发表，酌赠一元以上十元

以下之书卷。如承将书中误字校出，填入后列勘误表，尤所欢迎。想　台端为促进文化，改善出版物起见，定当乐予赞助也。专此奉恳，敬颂　台祺。

开明书店谨启

（原载 1928 年 5 月开明书店出版的

刘大白著《旧诗新话》封底前的环衬上所贴征求意见表）

这是一篇不可多得的另类广告。吸引我们的，是广告后面的"开明人"和"开明风格"。

这就需要追述一段历史。开明书店是 1926 年 8 月由被商务印书馆排挤出来的章锡琛所创办的，其中一些骨干是从商务转到开明的。但仔细考察开明的主要成员和作者，又可以发现，他们中相当一部分人，都是立达学园的同事，有的还是春晖中学的同人。这里，显然有一个"春晖中学——立达学园——开明书店"的历史发展过程。1922—1924 年，匡互生、夏丏尊、朱自清、丰子恺、朱光潜、刘薰宇、刘叔琴等聚集于浙江上虞白马湖畔的春晖中学；1924 年，因教育主张和校长经亨颐不合，集体辞职，以匡互生为首，带了一部分学生，又和上海公学分出来的部分师生一起，于 1925 年春创办了立达中学，又称立达学园，后成立立达学会，创办综合性刊物《一般》，叶圣陶、茅盾、胡愈之、陈望道等纷纷加入。以后，由于匡互生因车祸去世，同仁间出现分歧，到 30 年代又陆续聚集到开明书店，其最重要的标志，就是 1930 年底，叶圣陶出任开明书店编辑，夏丏尊为编译室主任。春晖中学、立达学园的另一位核心人物朱自清虽然到北平清华大学任教，朱光潜也到国外留学，但他们都和开明书店保持密切联系，也应该属于"开明人"。[1]

人事的变迁外，更重要的是精神发展的历程。朱自清于 1928 年 3 月在《一般》上发表的《那里走》，大体上可以看作是最终聚集在开明书店的这个知识群体的思想自白。朱自清这篇文章一开始就点明是写给"郢"（叶圣陶）等四位朋友的。据朱自清的分析，五四新文化运动发动以来的十年历史，在其起端，是一个"文学革命"的时代，"我们要的是解放，有的是自由，做的是学理的研究"，"所发见的是个人价值"，"个人是一切评价的标准；认清了这标准，我们要重新评定一切传统的价值"。[2]这也是春晖中学、立达学园时期同人们的选择。他们在白马湖畔的"小杨柳屋"和上海江湾的"学园"里，尽情享受个体的精神自由和志同道的乐趣，这是五四思想解放运动带给他们的；同时，他们又热情地践行五四启蒙主义：在春晖中学，推行"智、德、体、美、群"全面发展的教育方针，对学生的培养，"以实施基本训练，发展个性，增进知能，预备研究高深学问，并适应社会生活为宗旨"；[3]在立达学园、学会，则以"修养人格，研究学术，发展教育，改造社会"为追求，实践"教育独立自由的主张"和"重在启发思想，陶冶情感"的教育思想。[4]但在写文章的1928年，也就是经历了1927年大革命的失败，面对国、共两党尖锐对立，你死我活的斗争现实，朱自清、叶圣陶这类知识分子立刻敏感到时代已经"从思想的革命（转）到政治的革命，从政治的革命到经济的革命"，历史的要求已经和"五四"大不相同，发生了根本的变化："要的是革命，有的是专制的党，做的是军事行动和党纲，主义的宣传"，"在这革命时期，一切的价值都归于实际的行动"，"一切权力属于党"，"一切的生活也都该党化"，"党所要求于个人的是牺牲，是无条件的牺牲"，并且必然地要"毁掉我们的最好的东西：文化"。在这时代的大变动里，朱自清、叶圣陶这些现代中国的哈姆雷特，由此产生了"性格与时代的矛盾"：一方面，承认这是"创造一个新世界的必要的历程"，另一面又要固守知识分子的自我，但又看清因循的，没有定见的，优柔寡断的，矛盾的，缺乏行动的欲望和能力的自我，既"不配革命"，也不愿、不会反对革命，"精神既无所依据，自然只有回到学术，文学，艺术的老路上去，以避免那惶惶然的袭来"，"做些自己爱做的事业，就是将来轮着灭亡，也总算有过称心的日子，不白活了一生"。这样的革命与反革命之外的"第三条路"的选择，看起来确有逃避之嫌，从另一面看，又未尝不是对"五四"启蒙传统的一种坚守。尽管不能摆脱"被逼迫，被围困的心情"和"向着灭亡走"的阴影，但毕竟在大时代的混乱中，保持了自我的真实。[5]

这就意味着，以叶圣陶、朱自清为代表的，我们以"开明人"命名的这批知识分子，是通过自己的特殊道路走向中国新文化、新文学的第二个十年的，他们在"或革命或反革命"的时代对立里，选择了一条中间偏左的道路，在文化启蒙主义的坚守里，找到了自己安身立命之所。具体到开明人，他们的文化启蒙又主要集中在"出版—教育"的领域。如叶圣陶在开明书店成立二十周年的总结里所说："我们把我们的读者群规定为中等教育程度的青年，出版一些书刊，绝大部分是存心奉献给他们的。这与我们的学识修养和教育见解都有关系"。[6]这表明开明书店的工作实际是春晖、立达时期的追求的一个自然延续。但另一方面，也显示了开明人的商业出版眼光。在二三十年代，中国的中等教育有一个大的发展。1930 年全国接受中等教育的学生数量达到五十一万五千左右，超过高等教育十倍以上。还有一个数字：1929年江苏中等学校毕业生回到中学担任教职员的人数占毕业生总数的21.5%。这样的迅速扩张中的中学生，中学里的教职员，以及中等程度的社会各行业的青年，无疑是接受新文学、新文化读物的潜在读者，这是一个相当可观的市场。[7]开明人正是在这个读者群里找到了自己的用武之地。这是一种"启蒙"与"市场"的结合，这表明，30 年代有追求的知识分子，既继承、坚守了五四新文化运动的理想，又在文学市场里找到了发展空间。

开明书店的出版物主要是两大块。其一是中学教材为主体的大、中、小学教材和课外辅助读物，计有：初小、高小、初中、高中"教学及自修适用"的读本，如夏丏尊、叶圣陶《国文百八课》、叶圣陶《开明小学国语读本》、叶圣陶、郭绍虞、周予同、覃必陶《开明新编国文读本》、朱自清、叶圣陶、吕叔湘《开明新编高级国文读本》和《开明文言读本》、林语堂《开明英文读本》、杨东莼《开明新编高级本国史》等；"大学读本"，如朱光潜《文艺心理学》、朱东润《中国文学批评史大纲》、周谷城《周著中国通史》等；"开明中学讲义"，如丰子恺《开明图画讲义》、《开明音乐讲义》等；"开明青年丛书"，如朱光潜《谈美》、夏丏尊、叶圣陶《文心》、吕叔湘《文言虚词》、王了一《中国语法纲要》等。其二是新文学作品，计有："冰心著作集"，如《冰心小说集》、《冰心散文集》、《冰心诗集》等；"巴金著作集"，如《家》、《春》、《秋》、《巴金短篇小说集》等；"茅盾著作集"，如《幻灭》、《蚀》、《子夜》、《春蚕》等；"沈从文著作集"，如《边城》、《湘行散记》、《湘西》、《长河》、《从文自传》等；"夏衍著作集"，如《心防》、《法西斯细菌》，以及叶圣陶《倪焕之》、朱自清《背影》、丁玲《在黑暗中》、丰子恺《缘缘堂随笔》、钱锺书《人兽鬼》等。开明书店还出版了三种期刊：《中学生》、《开明少年》和《国文月刊》，办过函授学校。今天回过头来看，开明书店出版的书，经过历史的检验，相当部分已经成为中国现代教育与文学的经典。在三四十年代，更是产生了广泛的影响，如叶圣陶所期待的那样，开明的图书，"在图书馆的书架上，在中学青年的案头，都可以占个不多不少的位置"，真正成为"每个文学青年的丰富的知识泉源，忠实的行动顾问"。[8] 这样，开明书店就培育了自己的稳定的读者群，开明人（编者与作者）和开明读者之间，通过开明读物的出版与阅读，形成了一个"与新文学具有文化修养、思想认识和语言一致性的'语言文化共同体'"，这一"共同体"的意义并不限于开明书店本身，而且是"新文学发展的重要成果和继续发展的基础"。[9]

在某种程度上，开明人是以教育家的身份，理念和修养从事教育
文化图书的出版事业，在人们通常说的"开明风格"上也就打上了教
育家的烙印。叶圣陶曾把开明书店的出书原则，概括为"有所为有所
不为"："有所为，就是出书出刊物，一定要考虑如何有益于读者；有
所不为，明知对读者没有好处甚至有害的东西，我们一定不出"。这
里的"一切为读者负责"的精神，正是教育上的"一切为学生负责"
精神的一个延伸与发展。叶圣陶还说："我们做的工作，就是老师们
的工作。我们跟老师一样，待人接物都得以身作则，我们要诚恳地以
平等的态度对待我们的读者。"[10]平等之外，还有严格与认真：开明
书店向来以极少出版差错而享誉出版界，这正是语文教员的职业道德
所致。还有教师的自律：本文开头选录的"开明书店启事"就是这样
的典型，其所强调的"形式内容竭力研求，不敢稍怠"；愈是"交口
称誉"，愈要"奋勉精进"；以及高姿态征求意见，无一不显示出一种
高度的责任感，精益求精，力求完美，自责自省的精神。这是教育家
风范和出版家风范的统一。在其精神底蕴里，又显然有宗教的情怀。
朱自清曾盛赞夏丏尊"以宗教精神来献身于教育"，[11]这是可以用来
概括从事出版事业的开明人的。

注释

[1] 以上叙述参看：陈梦熊：《群贤毕集，风采可睹——跋开明书店创办十周年纪念
　　编辑暨著译人员合影照片》，载《新文学史料》1985年3期；潘文彦等《丰子恺传》
　　（二），载《新文学史料》1980年3期；《叶圣陶生平年表》，收《叶圣陶研究资料》，
　　十月文艺出版社，1988年。第26、27、28、29、37页。

[2] 朱自清：《那里走》，载1928年3月5日《一般》4卷第3号。收《朱自清全集》
　　4卷，第230页。

［3］《中国名校丛书。浙江省春晖中学。本卷前言》，人民教育出版社，1999年。第4页；《春晖中学校学则》，上虞市城市档案中心，1928年41卷（下），第42页。转引自刘家思：《关于〈雷雨〉首演的深度考察》，载《中国现代文学研究丛刊》，2008年5期。

［4］分别见《立达学会及其事业》，载《一般》诞生号；朱光潜：《回忆上海立达学园和开明书店》，《出版史料》第4辑；叶圣陶：《夏丏尊先生》，收《叶圣陶集》6卷。

［5］朱自清：《那里走》，《朱自清全集》4卷，第230—232、233、239—240、236—237、227、244页。

［6］叶圣陶：《开明书店二十年》，载《中学生》178期。

［7］教育部编：《第一次中国教育年鉴》，开明书店1934年。转引自叶桐：《新文学传播中的开明书店》，《中国现代文学研究丛刊》1999年1期。

［8］叶圣陶：《〈中学生杂志丛刊〉编印缘起》（1935年8月1日）。收《叶圣陶文集》18卷，第306页。

［9］叶桐：《新文学传播中的开明书店》，载《中国现代文学丛刊》1999年1期。

［10］叶圣陶：《开明书店创办六十周年纪念会上的讲话》，收《叶圣陶集》7卷，第328页。

［11］朱自清：《教育家的夏丏尊先生》，收《朱自清全集》4卷，第461页。

文化生活出版社人的信仰与精神

文化生活出版社是 1935 年由吴朗西、武禅、郭安仁（丽尼）等创立的；后来，巴金又应吴朗西之约，主持编辑工作。论及创办文化生活出版社的动因，当事人和研究者大都谈道，1934、1935 年被称为"杂志年"，刊物比较容易销售，书商都不愿意出版单行本书籍；而丽尼此时正翻译了法国作家纪德的《田园交响乐》，没有书店肯接受，几个朋友就决定集资办出版社，自己

巴金在 80 年代

出书。[1] 这当然都是事实，但却有意无意地忽略了一个事实：这几位发起人，在此之前，都是福建泉州黎明中学（1929 年创办）和平民中学（1930 年创办）的教员；后来也成为文化生活出版社的骨干的陆蠡、吴克刚、卫惠林等当时都在这里任教。而这两所学校正是30 年代初期中国的安那其主义者（无政府主义者）从事革命活动的根据地。巴金于 1930 年八九月间，1932 年四五月间，1933 年 5 月下旬曾三次来泉州，和这些信仰安那其主义的朋友相聚；那时，泉州的工人、农民、市民的反抗运动正进行得如火如荼，多年后巴金还写下这样的深情回忆："在那个阴暗的旧式房间里，围着一盏发出

微光的煤油灯，大家怀着献身的热情，准备找一个机会牺牲自己"，"在这里每个人都不会为他个人的事情烦心，每个人都没有一点顾虑。我们的目标是'群'，是'事业'；我们的口号是'坦白'"，"我的心至今还依恋着那个地方，那些友人"。[2]1933 年 12 月写出的《电》，就是取材于这批泉州朋友的斗争经历；此书的发表和出版也特别曲折，原定在《文学》2 卷 1 号发表，却被检查官抽去，只得改题为"龙眼花开的时候——一九二五年南国的春天"，用"欧阳镜蓉"的笔名刊登在《文学季刊》上。到 1934 年夏，黎明中学和平民中学先后被国民党当局查封，泉州一带的安那其运动走向低潮，这批朋友都被迫先后流落在上海等地，[3]到 1935 年，才重新聚集在文化生活出版社。

理清"黎明中学，平民中学——文化生活出版社"这条发展线索，我们就会明白：以巴金为代表的"文化生活出版社人"和"开明人"一样，也是通过自己的特殊途径走向 30 年代中期以后的新文化运动的：他们是怀着安那其主义的革命理想，献身于文化出版事业，实现自己的人生价值的。巴金在 1936 年反击徐懋庸对安那其主义和自己的攻击时，曾有过这样的表白："虽然我自己喜欢被称为安那其主义者，我到现在还相信着那主义，而且我对前面提过的那般人也很敬仰，但其实我已经失掉了这个资格，我这几年来离开了实际运动的阵营，把自己关在坟墓一般的房间里，在稿纸和书本上消磨生命。"[4]这很清楚地表明，尽管巴金从实际运动的阵营离开，转向书斋里的写作与出版工作，充满了矛盾，无奈和自责；但他依然是在坚守着自己的安那其主义的理想与追求的。明白于此，我们才能读懂巴金为《文化生活丛刊》所拟的广告。他在广告里，如此尖锐地批判"特权阶级"对"科学、艺术、哲学"的垄断，热切地"替贫寒青年打算"，这样坚定地立下"宏大的志愿"，要"建立一个规模宏大的民众的文库，把学问从特权阶级那里拿过来送到万人的面前，使每个人只出低廉的代价，便可以享受到它的利益"，贯彻其中的，正是安那其主义的"反特权阶级"的思想和"平民主义"的理想，并洋溢着安那其主义的英雄主义的"革命战士"的战斗激情。他和他的文化生活出版社的同人，是在文化积累与普及这里，找到了实现安那其主义理想的新的燃烧地，和当年在泉州的革命活动一样，目标依然是"群"和"事业"：此时具体追求的是大众"群（体）"精神上的解放，所要做的"事业"，是在青年中播下知识、文化的火种。

这样，我们也就发现，30 年代所出现的文化普及运动，新文学出版普及热，其实是由各种不同的力量推动的，存在着不同的动因：左联所发动"文艺大众化"运动，其着眼点，除向工农大众进行革命启蒙之外，还有通过工农通讯员的培养，从根本上改造文学队伍的长远目标；我们已有过讨论的开明人则是坚持五四文化、教育启蒙主义，着重在中等程度的青年学生和社会青年中普及新文学、新文化；现在，我们又看到文化生活出版社人，他们是站在安那其主义的反对文化特权的平民主义立场上，向文学青年，特别是渴求新文化、新知识的贫寒读者提供优质廉价的文化服务，其重心也在支持新文学作品的出版和外国文学名著的译介。应该说，这三种力量在 30 年代都是相互支持、配合的，构成了所谓"进步文化界"。

文化生活出版社的主要工作与贡献，影响也最大的，是两大丛书《文学丛刊》和《译文丛书》的编辑与出版。《文学丛刊》如研究者所说，主要有两大作家群，一是"京派的后起之秀"，如沈从文、何其芳、卞之琳、李健吾、吴组缃、曹禺等，一是"上海一群与鲁迅先生关系密切的左翼青年"，如萧军、萧红、胡风、周文（何谷天）、沙汀、艾芜、张天翼、叶紫等。研究者由此认为，《文学丛刊》在"聚集京沪两地文学主力，尤其在把京派文学推向市场、沟通京派作家与上海作

家的联系方面颇多贡献"。[5]《文学丛刊》的另一个特点，是自觉地扶
持青年作家。巴金在为《文学丛刊》撰写的广告里，就特意声明："不
敢捆起第一流作家的招牌欺骗读者"，"作者并非金字招牌的名家，编
者也不是文坛上的闻人。不过我们可以给读者担保的，就是这丛刊里
面没有一本使读者读了一遍就不要再读的书"。尽管文化生活出版社
也很重视发挥老作家（如鲁迅、茅盾、郑振铎、王统照，以及巴金自己）
的"压阵"作用，但的确是以"发现新的作家，推荐新的创作"为其
出版基本方针的。有人统计，《文学丛刊》推出的新生作家的处女作
达三十六部之多，除了前面提及的 30 年代新秀曹禺《雷雨》、何其芳
《画梦录》、卞之琳《鱼目集》、艾芜《南行记》等外，当时还是"拉丁区"
的文学青年，后来也都在《文学丛刊》出版了他们的处女作或代表作，
如芦焚的《谷》、田涛的《荒》、王西彦的《古屋》、荒煤的《长江上》、
刘白羽的《草原上》、端木蕻良的《憎恨》等。在 40 年代《文学丛书》
更推出了一批新人新作，如郑定文的《大姊》、穆旦的《旗》，郑敏的《诗
集》、陈敬容的《盈盈集》、汪曾祺的《邂逅集》等。这些作品在今天
都已经成为现代文学的经典了。如果再加上《文学丛刊》和相配套的
《文季丛刊》、《现代长篇小说丛书》、《新时代小说丛书》、《水星丛书》、
《剧作家选集丛书》、《文学小丛刊》里陆续推出的名家名作，如鲁迅的
《故事新编》、沈从文的《八骏图》、萧红的《牛车上》、艾青的《北方》、
冯至的《十四行集》《伍子胥》《山水》，萧军的《第三代》、老舍的《骆
驼祥子》、巴金的《憩园》、沙汀的《淘金记》、师陀的《马兰》、刘西
谓的《咀华集》《咀华二集》，以及《曹禺戏剧集》、《丁西林戏剧集》、
《李健吾戏剧集》、《袁俊戏剧集》，其本身就构成了一部三四十年代的
中国现代文学史缩影。据统计，《文学丛刊》从 1935 年编起，到 1949
年终止，不间断地出了十集，共包括八十六位作家的一百六十部作
品。这些书，有着统一的设计："三十二开本，纯白色带勒口重磅道

林纸封面，不加任何装饰，仅在左上方设套色二号仿宋书名，下面印黑色四仿作者名，书名的右上角横印黑色四仿的丛刊书名，右下端距底边四分之一处与丛刊名平行印上黑色五仿的社名，全系横排。朴素，大方，稳重。"[6]此外，每本书封底正中都有文化生活出版社特有的"出版标记"：这是一幅罗丹雕塑作品，"一个少女的左脚盘于右大腿上，低头在拔脚上的荆刺，神情十分专注"，据说雕塑的题目叫"拔荆刺的少女"，以此为社标，自是意味深长。[7]

《译文丛书》是和鲁迅合作的成果，大约出了五十本，也同样形成了一种系统的规模，计有八大系列：屠格涅夫系列（《猎人笔记》、《罗亭》、《贵族之家》、《前夜》、《父与子》等，译者有耿济之、巴金、丽尼、陆蠡等），果戈理系列（《死魂灵》、《密尔格拉得》、《巡按史及其他》，译者鲁迅、孟十还、耿济之），普式庚（今译普希金）系列（《普式庚短篇小说集》、《上尉的女儿》等，译者孟十还、孙用等），托尔斯泰系列（《复活》、《战争与和平》、《安娜·卡列尼娜》，译者高植），冈察洛夫系列（《悬崖》、《一个平凡的故事》等，译者李林、黄裳），福楼拜系列（《包法利夫人》、《情感故事》等，李健吾翻译），左拉系列（《娜娜》、《劳动》、《萌芽》等，焦菊隐、毕修勺等译），狄更斯系列（《大卫·高柏菲尔》、《双城记》等，许天虹译）。此外，还翻译了英国王尔德、勃朗特，法国梅里美、纪德，美国杰克·伦敦，德国雷马克的代表作。但主要还是集中于俄、法两国，这是反映了、并影响了20世纪三四十年代，以至五六十年代中国读者对外国文学的接受的。《译文丛书》的影响，还在于培养了一大批译者，他们都专注于某一作家作品的翻译，并形成了独特的翻译风格。《译文丛书》的另一大特色是它的广告，是由鲁迅、茅盾、巴金、丽尼、陆蠡等亲自撰写，巴金一人就写了十九篇，而且是当作创作来写的，极富见解与文采。如他为《安娜·卡列尼娜》写的广告："小说一开始，便以抒情般的文字把我们摄住：恋爱的疯狂，凄苦情操造成的悲剧，从安娜认识佛隆斯基直到她投身于火车轮下；这整个故事是如此逼取我们的泪水。安娜，高傲、勇敢，受得了爱的煎熬，但终于在破碎的爱情中毁了自己。舞会、赛马、戏院和沙龙，都在列车经过的一瞬间完成了。——只有托翁能写出这样的悲剧。"[8]如评论者所说，这本身就是"一篇美丽、动人、深刻的散文"。[9]

更重要的是，以巴金为代表的文化生活出版社人所创造的精神传统。一位研究者说得很好：他们是"将政治激情转化为一种伦理道德层面的坚守，在出版工作中实践安那其主义'正义、互助、奉献自己'的价值理想"。[10]由此形成的是一种基于信仰的献身精神。巴金和他的同事都坚持不拿工资，巴金在晚年自己总结说："我在文化生活出版社工作了十四年，写稿、看稿、编辑、校对，甚至补书，不是为了报酬，是因为人活着需要多做工作，需要发散、消耗自己的精力。我一生始终保持着这样一个信念：生命的意义在于付出、在于给予，而不是在于接受，也不是在于争取"。[11]这样的"献身"已经内渗为一种精神伦理，因此，在日本占领的沦陷区，面对巡捕房的查封，留守出版社的陆蠡，几乎是义不容辞地挺身而出，并因此献出了自己的生命。在日常生活里，这样的献身精神就更多地表现为一种埋头苦干，不怕做小事情，而且要做得最好的"认真"精神。这正是鲁迅所期待和赞赏的。1936年3月18日，鲁迅在一封通信里曾发出感慨："中国正需要肯做苦工的人，而这种工人很少，我又年纪渐老，体力不济起来，却是一件憾事。"但十多天以后，他在4月1日写给翻译家曹靖华的信中，就欣慰地提道，"近来有一些青年，很有实实在在的译作，不求虚名的倾向了"。[12]此时鲁迅正和文化生活出版社合作编辑出版《译文丛书》，他显然在这些年轻人身上发现了"实实在在"、"不求虚名"的"苦工"精神，后来鲁迅为巴金辩诬，说他是"一个热情的有进步思想的作家，屈指可数的好作家之列的作家"，[13]就是很自然的了。

注释

[1]　参看吴朗西：《文化生活出版社的创建》，陈思和、李辉：《记文化生活出版社》，载《新文学史料》1982 年 3 期。

[2]　巴金：《黑土地》，《巴金全集》13 卷，第 280—282 页。

[3]　以上泉州安那其运动情况，参看辜也平：《论巴金的革命叙事与泉州 30 年代的民众运动》，载《中国现代文学研究丛刊》2006 年 2 期。

[4]　巴金：《答徐懋庸并西班牙的联合战线》，载 1936 年 9 月 15 日《作家》1 卷 6 期，转引自山口守：《巴金与西班牙内战》，《中国现代文学研究丛刊》2007 年 1 期。

[5]　[10]　孙晶：《理想与希望之孕——文化生活出版社与现代文学》，载《中国现代文学研究丛刊》1998 年 3 期。

[6]　见李济生：《文化生活出版社始末》，《独具风格的装帧与广告》，收《巴金与文化生活出版社》，上海文艺出版社，2003 年，第 27、85 页，并参看所附《文化生活出版社图书目录》。

[7]　张泽贤：《出版标记》，文收《书之五叶：民国版本知见录》，第 185 页。

[8]　巴金撰写的广告，收《巴金与文化生活出版社》，第 95 页。

[9]　郭风：《关于书籍广告及其他》，文收《巴金与文化生活出版社》，第 100 页。

[11]　巴金：《上海文艺出版社三十年》，收《巴金全集》16 卷。

[12]　鲁迅：《致欧阳山、草明（1936 年 3 月 18 日）》、《致曹靖华（1936 年 4 月 1 日）》，《鲁迅全集》14 卷，第 48、59 页。

[13]　鲁迅：《答徐懋庸并关于抗日统一战线问题》，《鲁迅全集》6 卷，第 556 页。

附：和当代大学生谈巴金和他们那一代人

（2005 年 12 月 4 日在北师大春秋学社
主持的"巴金先生逝世五十日学术追思会"上的讲话）

刚才听到同学们朗读巴金的作品，我非常的感动，仿佛这位世纪老人又回到了我们中间。这使我想起了正在看的一本书，叫《西部的家园》，里面收集了北京大学生志愿者到西部农村支教支农写的日记。其中有一篇谈到自己"用双脚去丈量现实"以后，亲身"品味社会的苦难"，感受"乡亲的热情，孩子的质朴"，就不由自主地想起了巴金老人的理想："我愿意每一张嘴都有面包，每个家都有住宅，每个小孩都受教育，每个人的智慧都有机会发展"，并引起了强烈的共鸣。我想，这是有一种象征意义的：它不仅说明当代大学生的心是和巴金相通的；而且更意味着，当中国的年青一代走向养育自己的大地和人民，直面真实的人生，就必然和巴金这一代前辈相遇。这一种相遇，是自有其历史意义的。

这里提出了一个"巴金这一代"的命题。坦白地说，我内心是有矛盾的。同学们可能已经读到了会议组织者发给大家的我写的一篇文章，其中谈到了我的一个忧虑：当我们把巴金看作一个时代的代表，"把巴金瘦小的身体放在这样一个大而空的历史框架里"，我们就有可能"把一个活生生的巴金历史化了，也抽象化，空洞化了"，这就会遮蔽了"作为个体的人的巴金"。我这篇文章写于去年巴金百周年诞辰，而现在，当巴老带着百年历史沧桑远离我们而去，联想着这些年一位又一位曾经给我们带来温暖、带来力量的前辈纷纷远行，我们又不能不强烈地感受到：一个时代已经结束，我们将独立面对一个新的时代。我想，正是这刻骨铭心的时代感，召唤我们聚集在这里，怀念这位百岁老人，这时候，我们的心目中，巴金又不能不是一个时代的代表和象征。

我想起了一位朋友传给我的王安忆的悼念文章，她说她在巴金身上看到"'五四'鲜明的表情"，"这是一个人，一个时代"。"您，你们，一整个'五四'，就是如此急迫地要将自己献出去，献给你们期许过的乌托邦式的幸福，不惜屈抑和压缩自己，但等发现这种收缩已经伤及你们信奉的理想，猛醒过来，你们便不留情地指向了自己。您用了一个词：'奴在心者'，说的人和听的人都是极痛的"，但"在您，这理想依然保持着鲜活"。"相比较，我们却好像是倦怠了，不知是急于成熟导致的早衰，还是——我以为多少还是另有一种时代病症，冷漠在侵蚀我们的性格，我们好像是羞于那么热情了，觉得所有的希望都不免是幼稚的。而，只要您在，就可以像一面镜子，照出我们的颓唐……"

是的，面对前辈，是不能不想到我们自己的，并引发出许多的反省。但这也有危险，即很容易陷入"一代不如一代"的误区。这是应该警惕的。记得我曾在一篇文章中，谈到"几乎每一代都不满意于下一代，而且批评的言辞都差不多"。比如"五四"那一代人就批评30年代青年，说他们不认真读书，又喜欢乱骂人。如今30年代、四五十年代的人成了婆婆、爷爷，对后辈（当代青年）的批评也是一样，也是说他们不读书，好骂人。但有一个事实却是不能否认的："每代人都被他们上一代所不满，但最后还是接上了上一代的班，完成了自己的历史使命，以至于有资格来批评下一代人。"我的结论是："每一代人都会有自己的价值，也会有自己的问题，而且最终还是靠他们自己来解决问题。"我想，我们也应该以这样的眼光和态度来看巴金那一代，以及作为后代的我们和他们的关系。

因此，我今天要讲的，就是"巴金那一代人"有什么追求和价值，他们遇到了什么问题，又如何自己来解决的。至于对我们这些后人有什么启示，这个问题就留给诸位去思考了。

（一）这是有理想，有信念，有信仰，并将其化为日常生活的一代人

我还是想从那位青年志愿者所引述的巴金那一段话说起，因为那是集中了巴金的理想，信念，以至于信仰的。

我们来细心体味这句话："我愿意每一张嘴都有面包，每个家都有住宅，每个小孩都受教育，每个人的智慧都有机会发展。"

这里没有通常人们讲到理想必有的豪言壮语，也没有通常人们讲到信念、信仰必有的玄妙、深奥以至于神秘，它是如此的普通，朴实，简单，具体，但也许这才是真正的理想、信念与信仰所应有的品质。

而且它是有着丰富的内涵的。

其一，它关注的不仅是"面包"、"住宅"，而且还有"教育"与"发展"。这使我想起了鲁迅的话：人活在世上，一要生存，二要温饱，三要发展。从社会发展的角度，这几乎可以概括我们通常所说的"现代化"的发展目标。从人的发展的角度，它是直接指向人的从物资到精神的全面的健康、健全发展的。由此形成的是这一代人的精神特征：一方面，国家、人民的贫穷、落后，成为他们的心之痛，迅速改变一穷二白的面貌，成为最让他们动心的奋斗目标；同时，就个人而言，他们是更注重精神的满足和发展的，对精神的丰富、崇高、自由的追求，对他们而言，是具有生命终极性的意义的。他们身上那样一种强烈的理想主义色彩、乌托邦情结，堂吉诃德气质就是这么产生的。

其二，它强调要落实到具体的个人，而且是"每一张嘴"，"每个家"，"每个人"。这不仅包含了社会民主、平等的观念，更是对人的生命个体的关爱，对所有的生命的敬畏。它蕴含着一种生命息息相关的体验，如鲁迅所说："无穷的远方，无数的人们，都和我有关"，只要有一个生命在贫穷中挣扎，我就是不幸福的，只要有一个生命不自由，我就是不自由的。这是一种博爱，一种悲悯，自有一种博大的情怀。因此，这一代人是绝不会把个人的悲欢看作整个世界的，你读他们的作品，接触他们个人，都会感到一个阔大宽广的气象。这可能是最具魅力的。

其三，强调"每个小孩"的受教育权，也很值得注意。这里不仅包含有把希望寄托在未来的历史进化论，更表示了对弱小生命的关爱和同情。我们说过，五四新文化运动有三大发现，即对儿童、妇女，以及以农民为主体的下层人民的独立价值的发现与肯定。因此，被"五四"精神培育起来的巴金这一代人，对儿童、妇女、农民、下层人民都有着几乎是天然的亲和力，他们是天生地站在社会弱势群体这一边的。人道主义和平民意识已经渗入血肉里，成了这一代人最鲜明的精神特征。

我们说"渗入血肉"，就是说，所有这些理想、信念、信仰，都已经化为他们的生命的内在需求，并且具有自我生长力，自然地化作了他们的日常生活伦理，变成一种生活方式，一种生命存在方式。这或许是更加难能可贵的。巴金一再说他不是一个文学家，人们总不能理解。其实这正是进入巴金的人与文学世界的一个关键。巴金是这么说的："我不是一个文学家，也不想把小说当作名山盛业"，"当初我献身写作时，我充满了信仰和希望"，"我只是把写小说当作我生活的一部分。我在写作中所走的路与我在生活中所走的路是相同的"（《灵魂的呼号——〈电椅集〉代序》，《我的呼号》）。因此，写作就是他的生活，他的生命存在方式，而又根源于他的信仰，是他的信仰的实践。在他这里，"写作—生活—信仰"是合为一体的，他是将自己的整个生命完全投掷于其中的。这样，他的生命就进入了一个极其单纯的状态。我在发给大家的那篇文章里，说巴金是一个"有信仰的，真诚的，单纯的人"，是我对"作为个体的人的巴金"的一种理解和把握，现在，我也可以说，这大概也是一代人的特征。

但这样的信仰、真诚、单纯是最容易被遮蔽的。这可以说是巴金一生的痛苦。就在我们引述的《灵魂的呼号》这篇文章里，当时（1932年）巴金才二十七岁，但他已经感受到了这样的痛苦："我的名字成了一个招牌，一个箭垛，一面盾。我的名字掩盖了我的思想，我的信仰，我的为人。"而晚年的巴金依然没有逃脱这样的痛苦，或许还愈见深重：人们只知其"名"可用，而完全忽视了他的思想，信仰和为人，以至于巴金不得不说，他是为利用者活着的。现在他终于解脱了。今天，我们如果真想纪念这位老人，就请记着他的信仰，恢复他的真诚和单纯吧，不要让那些复杂而虚假，与他无关，甚至背道而驰的东西继续遮蔽他。

而且，我们自己也要做一个有理想，有信念，有信仰的人。

（或许因为我这句话，在会上以及会后，都有年轻朋友来和我讨论当代大学生的信仰重建的问题。于是，又有了这样一番话——

你说得很对：信仰是一个不可忽视的大问题。在我看来，信仰的缺失，是当代大学生、中国年轻一代最大的问题。当一个人没有了理想、信念与信仰这样的精神动力，那么，他的一切行为的驱动力，只能是一己的私利，今天大学生中出现的许多问题，都是由此引发的。包括最近大家谈得很多的大学生、研究生自杀，也显然和缺乏精神的支撑有关。至于"如何重建信仰"，这是需要你们自己来解决的。我只能谈谈我的一些想法。同学们还处于在校学习，人生的准备阶段，是要为建立信仰打基础。因此，主要应从两个方面努力，一是通过自由读书，广泛吸取民族与人类文明发展所积淀的精神资源，滋养、培育自己的精神，打好精神的底子，这是主要的；二是适当参加社会实践，特别是沉潜到中国社会的底层，实地了解中国的国情，建立和脚下的这块土地、土地上的人民、文化的血肉联系，这关系着一个人的生命的"根"，是需要一辈子努力的，但在大学阶段就应该有一个开始。在我看来，正在兴起的青年志愿者运动，就是一次大学生联合起来，在参与社会底层的变革实践中，培育新的世界观、人生观，建立新的信仰的有益尝试。）

（二）革命精神，青春激情

这几乎难以置信：巴金那个时代的许多青年人都是读了他的书，而参加革命的。但这确是事实。有的读者到晚年还回忆道："巴金先生初期作品《灭亡》和《新生》给予我极大的启发和鼓舞，推动我努力争取投向革命的洪流中去。"（吴罗薏：《回忆巴金先生》）

人们之所以觉得很难把巴金和革命联在一起，是因为我们长期以来，都将革命理解为中国共产党所领导的暴力革命。如果我们把视野扩大，就可以看到一个更为阔大的革命景观，巴金是活跃于其间的。最近我看到了一篇很有意思的文章，题目是"巴金的革命叙事与泉州30年代的民众运动"（辜也平）。文章详尽介绍了巴金的无政府主义的朋友，于上一世纪的30年代在福建泉州发动工人、农民、学生、市民的反抗运动的大量史实，而巴金的《爱情三部曲》就是以这些民众运动为背景的"革命叙事"，其中贯穿着一个"反专制，争自由"的主题：这其实也是巴金的人生主题。巴金在一篇文章里谈到了他置身于这些信仰无政府主义的革命者中间时的感受："在那个阴暗的旧式房间里，围着一盏发出微光的煤油灯，大家怀着献身的热情，准备找一个机会牺牲自己"，"在这里每个人都不会为他个人的事情烦心，每个人都没有一点顾虑。我们的目标是'群'，是'事业'；我们的口号是'坦白'。在那些时候，我简直忘掉了寂寞，忘掉了一切的阴影"（《黑土》）。前面我们谈到王安忆对巴金那一代人"急迫地要将自己献出去"的献身精神的向往；现在，我们终于明白，这样的献身精神是和他们的革命情怀联系在一起的。

而且我们不能把"革命"的含义理解得过于狭窄：不仅是直接的革命行动，也包括了一切变革现实的实践。鲁迅就说过，"革命"也可以称作"革新"（《无声的中国》）。革命是和批判、反抗、变革、创造联系在一起的；我曾多次说过，革命的精神就是"独立的，自由的，批判的，创造的精神"。这就说到了巴金的无政府主义信仰。其实，无政府主义者就是天生的革命者。因为他们怀着"消灭一切人压迫人，人奴役人的现象"的乌托邦理想，为了维护社会正义，因此，对现实中一切有可能导致对人的压迫、奴役的现象，都保持着高度的警惕，进行着永远的批判，永远的反抗。他们之所以反对一切权威，一切权力，就因为在他们看来，权威与权力本身，就有可能带来新的压迫与奴役。他们这样的反对一切权威和一切权力的立场，使得他们的理想带有很大的空想性，在实际生活中不但行不通，还可能产生消极的影响，这都是自不待言的。但其内在的永远不满足现状，永远的批判精神，却是蕴含着一种为了社会正义而永远革命的精神的。

鲁迅就多次提倡这样的永远的革命精神。他赞扬孙中山先生"是一个全体，永远的革命者。无论所做的那一件，全都是革命"，他"一生历史具在，站出世间来就是革命，失败了还是革命；中华民国成立以后，也没有满足过，没有安逸过，仍然继续着近于完全的革命的工作。直到临终之际，他说道：革命尚未成功，同志仍需努力"(《中山先生逝世后一周年》)。鲁迅也是直到晚年还在召唤"真的知识阶级"，其最基本的特征，就是"他们对于社会永不会满意"，他们是永远的批判者，因此"所感受的永远是痛苦"；同时他们"同样的感受到平民的痛苦，当然能痛痛快快写出来为平民说话"(《关于知识阶级》)。后来鲁迅赞扬巴金"是一个有热情有进步思想的作家，在屈指可数的好作家之列的作家"(《答徐懋庸并关于抗日统一战线问题》)，应该说不是偶然的。

值得注意的是，鲁迅在谈到大学生活时，特意强调在"探求学术"的"平静的空气"里，"必须为革命的精神所弥漫"。他提醒说，"否则"，大学就成了"懒人享福的地方"，"也还是无意义"，"不过使国内多添了许多好看的头衔"(《中山大学开学致语》)。——该怎样理解鲁迅的这一大学观，鲁迅的提醒，对今天的大学还有没有意义？这些问题都应该好好想想，这里就不多说了吧。

还要讨论的，是巴金和他那一代人的青春激情。这是一个标志性的特征，以至于我们一提到巴金，就要想到他那句名言："青春是美丽的。"我曾经说过，巴金的文学从根蒂上说就是青春的文学：他的文学的基本主题，是"青春的美丽与死亡"；他的文学的主要贡献，是为现代文学画廊提供了各种类型的青年形象；他的那样一种激情奔放的写作方式也是青年人特有的；他的明朗、流畅、率真、热情，活力四溢的文学风格更充满了青春的气息；更重要的是，他终身都在为青年写作，他"把心掏出来"，主要是向青年读者敞开胸怀，进行心的交流。巴金是一天也不能离开青年的；这就是我听到同学们朗读巴金作品特别感动的原因：只要有年轻人在读他的书，巴金就是永生的。

令人惊叹的，是巴金和他那代人，终其一生，都保持着旺盛的生命激情和活力，真正做到了永葆青春。这是一个很高的人生境界，生命境界。这其间的秘诀是很值得探讨的。我想，这是和我们前面所说的这一代人对理想、信念、信仰的坚守，胸襟的开阔，生命的纯净状态，直接相关的：这是一代永远的赤子。用"星斗其文，赤子其人"八个字来形容巴金，恐怕是再确切不过的了。我们也因此在这一代人面前常怀羞愧之心：许多人早就未老先衰了。

（三）"肯做苦工的人"

人们很容易就注意到，巴金是鲁迅扶灵人之一，他是鲁迅晚年比较亲近的年轻人。鲁迅说："我和他们（按：指胡风、巴金、黄源等人），是新近才认识的，都由于文学工作上的关系，虽然还不能称为至交，但已可以说是朋友"（《答徐懋庸并关于抗日统一战线问题》）。——这个事实是颇值得琢磨的。

鲁迅在1936年生命最后一段历程中，有一个话题是他经常谈到，念念不忘的。3月，在写给友人的信中，他说："中国要做的事情很多，而我做得有限，真是不值得说的。不过中国正需要肯做苦工的人，而这种工人很少，我又年纪渐老，体力不济起来，却是件憾事。"（《致欧阳山、草明》）失望之情溢于言表。5月，在给一位老友的信中，他又迫不及待地报告："近来有一些青年，很有实实在在的译作，不求虚名的倾向了，比先前的好用手段，进步得多；而读者的眼睛，也明亮起来，这是一个较好的现象。"（《致曹靖华》）到了这年6月，鲁迅又公开发表文章，表示"那切切实实，足踏在地上，为着现在中国人的生存而流血奋斗者，我得引为同志，是自以为光荣的"（《答托洛斯基派的信》）。到了9月，病重时写下的遗嘱里，他更是谆谆告诫："孩子长大，倘无才能，可寻点小事情过活，万不可去做空头文学家

或美术家。"(《死》)

这是鲁迅一贯的思想：主张"足踏在地上"，为"现在中国人的生存"和发展，做"实实在在"的事情，"小事情"，"不求虚名"。早在"五四"以后，他就号召年青一代做"泥土"，"要不怕做小事业"(《未有天才之前》)。他的身边，团结着一批以未名社为中心的年轻人，鲁迅说他们"实在并没有什么雄心和大志，但是，愿意切切实实的，点点滴滴地做下去的意志，却是大家一致的"(《忆韦素园君》)。而鲁迅自己就是这样的实实在在地为中国的思想文化事业做事情的人，他自称"苦工"，常对许广平说："我是一头牛，吃的是草，挤出来的是奶和血。"现在，他体力不济了，不能再做"苦工"了；只能把目光转向青年，拼着最后的气力，高喊："中国正需要做苦工的人。"这是非常感人，具有震撼力的。

于是，就像当年的未名社一样，晚年鲁迅的身边，又集聚了一批年轻人，而巴金就是其中的重要成员。鲁迅说到的"近年"出现的"很有实实在在的译作"的青年，巴金应在其列。在我看来，这样的实实在在地做事情的实践精神，是巴金和他那一代人的精神素质非常重要的一个方面。如我们这里所强调的，这是鲁迅这一代人所期待并精心培育的：正是在这里，显示了巴金这样的"五四之子"和五四传统的开创者的内在精神联系。

而就他们自身而言，这样的做实事的精神是和前面我们所说的高远的理想、信念、信仰，相辅相成的：理想必须和实践结合，信仰必须落实到日常生活实践中；而小事情也只要为理想、信仰之光所照耀，才显示出背后的大关怀。

巴金就是这么做的，他自称是为信仰而写作的，他又和老舍一样自命为"写家"。他一辈子都在写：写书，翻译书，编书，他认为这是自己的本分，本职。他对别人，特别是年轻人的期待，也只有两个字："多写"。晚年他对老朋友曹禺的忠告是感动、震动了许多人的："丢开那些杂事，多写几个戏"，"少开会，少写表态文章，多给后人留下一点东西，把你心灵中的宝贝全交出来"。在我们这个时代，诱惑太多，社会风气太浮躁，要沉下心来实实在在做事情，很不容易。但巴金做到了，他们那一代的许多人都做到了，我们为什么做不到呢？

（四）"想走进一个房间，却走进另一个房间"

当然，这一代人也有自己的弱点和困惑。

我曾经写过一篇文章，讲巴金的"青春是美丽的"的命题，还应该有一个反题作为补充："青春是可怕的"，因为和青春相联系的理想、激情，有可能被利用，并且造成非常严重的后果。文化大革命中的红卫兵在这方面，就有惨重的教训。而巴金这一代也不能避免这样的被利用的命运：他们由于自己的轻信而走上了迷信而自轻自残、自我奴化之路。这正是晚年巴金痛心疾首而一再反省的。

这是一个复杂的过程，不是今天在这里所能说清楚的，坦白地说，有些问题我自己也没有想清楚，是需要我们大家一起来探讨的。不过，一个基本的事实是不能回避的：这一代人，从反专制争自由出发，却落入了一个新的专制体制的罗网；从反奴役争解放出发，最终自己成了新的奴隶，而且是"奴在心者"，奴性已经深入骨髓："想走进一个房间，却走进了另一个房间。"这真是历史的大悲剧，大荒谬剧！没有比这更触目惊心的了！

这一切，是怎么发生的？如何从这样的"奴在心"的可怕泥淖中挣扎出来？——这就是巴金和他那一代人所要面对的问题。

不难看出：这是一个多么令人痛心、使人难堪，又复杂、纠缠的问题。正是在这里，巴金那一代人表现出空前的勇气和智慧，他们没有怨天尤人，没有逃避，也没有乞求于别人，而是自己来解决自己的问题，而且如王安忆所说，"不留情地指向了自己"，显示出难得的自我怀疑、自我反省、自我承担的精神。在我看来，这正是这一代最可贵的精神。而今天我们要在这里重读的巴金的《随想录》，就是这样的自我反省、承担，自我拯救的集中代表和体现。巴金以他特有的坦诚、真率，表达了他的悔恨、自剖与反思，总结那一代的历史经验教训，强调任何时候都要坚持说"真话"，坚持思想和创作的"自由"，坚持独立"探索"的权利："真话"、"自由"、"探索"正是《随想录》的三个关键词。这样，他就最终将这一代人的苦难转化成了精神资源，既作为自我新生的精神支撑，又作为精神遗产留给了后代。我理解，他之所以力主建立文革博物馆，不仅是为了不忘历史，而且是要将这样的血铸的精神代代相传。

要特别提出的是，巴金这一代在反思"想走进一个房间，却走进另一个房间"的惨痛历史时，并没有否定、改变自己的初衷，而是用历史的经验教训丰富、发展，因而更加坚定了自己的理想、信念和信仰。这里我要向大家介绍一篇文章，它在《随想录》里并不显眼，但今天重读可能会别有意味。这是 1985 年巴金和一群小学生的通信。我注意到这是 1975 年左右出生的孩子，大概是在座的诸位的哥哥姐姐辈。他们在信中谈到了自己的困惑：在当今中国社会，"为金钱工作，为金钱学习，已经成为理所当然的事。这难道就是我们八十年代的少年应该追求的理想吗？""在理想问题上我们成了十只迷途的羔羊"，因此决心开展一个"寻求理想"的活动，他们想听听巴金爷爷的意见。巴金在回信中说："你们并没有'迷途'，迷途的倒是你们周围的一些人"，他强调这是"一场金钱与理想的斗争"，"我们绝不是旁观者，斗争的胜败关系到我们每个人的命运"。他并且谈到自己在

30年代就树立了要把"更多的同情，更多的爱，更多的欢乐"，"分给别人"的理想，"不这样做，我们就会感到内部干枯"；而"几十年来我走过很多的弯路"，"我经常感到'内部干枯'的折磨"，"但是理想从未在我的眼前隐去，它有时离我很远，有时仿佛近在身边；有时我以为自己抓住了它，有时又觉得两手空空。有时我竭尽全力，向它奔去；有时我停止追求，失去一切。但任何时候，在我的面前，或远或近，或明或暗，总有一道亮光。不管它是一团火，一盏灯，只要我一心向前，它会永远给我指路"。他最后对这些小朋友说："理想不抛弃苦心追求的人，只要不停止追求，你们会沐浴在理想的光辉之中。不用害怕，不要看轻自己，你们绝不是孤立的。"巴金说，这是"一个八十一岁的老人"的"回答"：他是永远和追求理想的年轻人心连心的。

二十年后的今天，巴金爷爷已经远去，但我们在今天的会场上依然可以感到这样的心连心的温暖。

巴金曾把他的《随想录》比作"一只飞鸟"。他说："鸟生双翼，就是为了展翅高飞。我还记得高尔基早期小说中的'鹰'，它'胸口受伤，羽毛带血'，不能再上天空，就走到悬崖边缘，'展开翅膀'，滚下海去。高尔基称赞这种飞鸟说：'在勇敢、坚强的人的歌声中你永远是一个活的榜样。'我常常听见'鹰的歌'。我想，到了不能高飞的时候，我也会'滚下海去'吧。"

今天到会的有冰心老人的女儿吴青女士，这使我想起了冰心仙逝时，我也写过一篇短文。我说："世纪之交的这个黄昏，翠鸟远飞了。但我仍在遥望，倾听。天际间，仿佛还闪烁着'那不可逼视的翠绿的光'，仿佛还飘散着'那动人的吟唱'……我的心格外的柔和，又有几分惆怅。"

老鹰滚下海了，翠鸟飞了，我们仍然坚守在大地上。怎样面对我们的人生，我们的内心，我们将怎样生活，怎样做人？这是新一代人必须追问自己的问题。我很欣赏我们今天这个追思会的主题："重读巴金，从《随想录》出发"。那么，就让我们从巴金所达到的高度出发吧，这位老人正在注视着我们。

战争爆发时中国作家的反应

萧军

1937年7月7日北京卢沟桥一声炮响，8月13日上海一片大火，拉开了抗日战争的序幕。8月25日，因战争被迫停刊的《文学》、《文丛》、《中流》、《译文》四杂志联合起来，创办《呐喊》，在献词《站上各自的岗位上》里，宣称："大时代已经到了！民族解放的神圣的战争要求每一个不愿做亡国奴的人贡献他的力量"，"在民族总动员的今日，我们应做的事，也还是离不开文化——不过是和民族独立自由的神圣战争紧密地配合起来的文化工作；我们的武器是一支笔"；文章最后呼唤："和平，奋斗，救中国！"

在创刊号上，作家们纷纷对战争作出自己的第一反应。巴金写道："大世界前面炸弹爆发的那一天，我在电车上看见两边马路上一群一群的难民。身上带血，手牵着手沉默地往西走去，全是些严肃的面容，没有恐怖或悲痛的表情，好像去赴义，去贡献一个重大的牺牲"，"一个人的生命是容易毁灭的，群体的生命就会永生"，"上海的炮声应该是一个信号。这一次全中国的人，真的团结成一个整体了，我们把个人的一切全交出来维护这个'整体'的生存。'整体'的存在也就是我们个人的存在。我们为着争我们民族的生存虽至粉身碎骨，我们也不会灭亡，因为我们还活在我们民族的生命里"。黎烈文则表示：从1931年"九一八"事变到现在，"期待了六年了，我们再不奋起反抗，不单我们自己要陷入至悲至惨的奴隶的命运，连我们的子孙也要任人蹂躏，永远没有翻身的日子。我们为了做'人'——真正独立自由的'人'，并使我们的子孙也能做'人'，我们非和敌人拼个你死我活不可"。茅盾在《写于神圣的炮声中》一文里，这样写道："我以幸生于今世，作为我们民族走上神圣的历史阶段时微末的一分子，而且将与我们的敌人日本帝国主义压迫下的日本民众站在同一战线上，引为莫大的光荣！"

　　《呐喊》仅出两期就遭到上海租界当局查抄。同年9月5日改名《烽火》重新出版，11月7日出至第12期又因日军占领上海而停刊。1938年5月1日在广州复刊，到10月11日出至第20期，因广州战事危急而停刊。连同《呐喊》在内共出二十二期。主编巴金在《在轰炸中过的日子》一文里对编辑部的工作作了这样的描述："在那时候我们白天做事，常常受到阻碍，飞机在头顶上盘旋，下降，投弹，上升，或者用机关枪扫射。房屋震动了，土地震动了。有人在门口叫。有人蹲在地上。我们的楼下办事处也成了临时避难室"，"有一回我听见飞机在上面盘旋寻找目标，听见机关枪的密放，听见炸弹在不远处爆炸了，我还埋头写我的那篇题作"给一个敬爱的友人"的文章，我写下我相信拥护正义的我们会得到最后的胜利的话。这信念连炸弹也不能把它毁灭"。巴金还谈到出版中的种种艰难："刊物终于由旬刊变成了无定期刊，印刷局不肯继续排印以加价要挟。连已经打好纸型的一期也印了十多天得出版"[1]或许我们可以把《呐喊》(《烽火》)的创刊，看作是"第三个十年"即抗战时期中国文学的起端；它的遭遇也象征着这一时期文学命运的艰辛，其所显示的不屈意志和历史承担，更是大时代精神的集中体现。

这样的精神是体现在一个个作家的具体遭遇与选择上的。

1937 年 7 月 25 日，避难于日本东京的郭沫若，"别妇抛雏断藕丝"，毅然踏上返回祖国的征途。在海上他写诗明志："此来拼得全家哭，今往还当遍地哀。四十六年余一死，鸿毛泰岱早安排。"[2]

1937 年 8 月 12 日，沈从文孤身登上南行的列车，在此前后，北方作家都纷纷南下。沈从文到了家乡，动员苗族父老："务必要识大体，顾大局，尽全力支持这个有关国家存亡的战争。"不久，龙云飞等人领导的八千苗族起义军便接受了国民政府的改编，开赴抗战前线，并于后来取得了著名的"湘北大捷"。[3]

上海"八一三"的战火，炸毁了叶圣陶投身于其中的开明书店以及承印书刊的美成印刷厂；不久，战火又烧到了他的家乡苏州，1937 年 9 月 23 日，43 岁的叶圣陶弃去刚买下的新居，率领全家老小八口人，踏上艰难的流亡之路。他平静地表示"不惜放弃所有，甘愿与全国同胞共同忍受当前的痛苦"，还写下这样的诗句："同仇敌忾非身外，莫道书生无所施。"[4]

"八一三"战火也炸毁了开明书店图书馆，郑振铎藏于该馆的图书因此同归于尽，"所失者凡八十余箱，近二千种，一万数千册的书，其中有元版书数部，明版的书二三百部"，"最可惜的是，积二十年之力收集的关于《诗经》及《文选》的书十余箱竟全部烬于一旦"。郑振铎愤然写《失书记》一文，"以自警，亦以警来者"："要保全'文化'，必须要建立最巩固的国防"，"'文化'人将怎样保卫文化呢？当必知怎样自处矣！"[5]郑振铎因此留在上海"孤岛"，抢救收购图书文献，"把保全民族文献的一部分担子挑在自己肩上"。[6]

1937 年 11 月 15 日，济南在日本军队的炮击下已是危城，老舍告别一家老小，只身南下。他说："一个读书人最珍贵的东西是他的一点气节。我不能等待敌人进来，把我的那一点珍宝劫夺了去。我必须赶紧出走。"他又说："男儿是兵，女子也是兵，都须把最崇高的情绪生活献给这血雨刀山的大时代，夫不属于妻，妻不属于夫，他和她都属于祖国。"[7]

1937 年 11 月 21 日，丰子恺也带领着自己的族人及亲戚十余口，离别苦心营造的家乡崇德县石门湾的"缘缘堂"。两个月后听到了"缘缘堂被炸毁，只剩下一个孤零零的烟囱"的噩耗；丰子恺在《还我缘缘堂》一文里，只说了一句话："我绝不为房子被焚而伤心，不但如此，房屋被焚了，在我反觉轻快，此犹破釜沉舟，断绝后路，才能一心向前，勇猛精进！"[8]这一年他写了散文《中国就像棵大树》，并配画题诗："大树被斩伐，生机并不绝。春来怒抽条，气象何蓬勃！"[9]

日本侵略者的炮火将通俗作家张恨水的手稿化为灰烬，他辛辛苦苦地创办的《南京人报》被迫停刊，他又于 1938 年 1 月在《新民报》上重办副刊，取名《最后关头》，表示这是"最后一步，最后一举"，这就意味着"绝对是热烈的，雄壮的，愤恨的"，"我相信，我们总有一天，依然喊到南京新街口去，因为那里，是我们的《南京人报》"。他还计划在家乡组织游击队，"国如用我何妨死"！[10]

30 年代著名的"雨巷诗人"戴望舒，在他用尽心血编辑的《新诗》杂志毁于炮火中后，辗转来到香港，主编《星岛日报》副刊《星座》。他的诗歌观念也有了转变，不愿也无法再"诉说个人的小悲哀，小欢乐"，并于 1939 年 1 月 1 日写出了《元日祝福》："新的年岁带给我们新的力量。祝福！我们的人民，坚苦的人民，英雄的人民，苦难会带来自由解放"。[11]如艾青所评论：这是"一个了不起的变化"。[12]

"八一三"沪战打响时，萧军和萧红都在上海，那几天他们一起度过了一个又一个不眠之夜，深深地思念已经沦陷的家乡。萧军对萧红说："将来我回家的时候，先买两头驴，一头你骑着，一头我骑着……买驴子要买黑色的，挂上金黄色的铜铃，走起来，哐啷啷，哐啷啷……"以后他们到武汉，去临汾，最后萧红参加了西北战地服务团，萧军则执意留下准备打游击，从此独自走上了流浪之途。[13]

其实，走上漫漫流亡路的岂止萧军一人，那是一代中国人，中国作家，中国知识分子的命运。而且有了这样的自我体认："大约自1937年抗战开始，中国的知识分子也就进入了另一个时代，再也没有窗明几净的书斋，再也不能从容缜密的研究，甚至失去了万人崇拜的风光。'五四'时期知识分子以文化革命改造世界的豪气和理想早已梦碎，哪怕只留下一丝游魂，也如同不祥之物，伴随的总是摆脱不尽的灾难和恐怖。抗战以后成长起来的知识分子只能在污泥里滚爬，在水里挣扎，在硝烟与子弹下体味生命的意义"。[14]

注释

[1] 巴金：《在轰炸中过的日子》，原载 1938 年 10 月《烽火》19 期。

[2] 转引自殷尘《郭沫若归国秘记》，言行社 1945 年。

[3] 沈从文：《〈散文选译〉序》，参看陈虹《日军炮火下的中国作家》，天津古籍出版社，2006 年，第 132 页。

[4] 叶圣陶：《抗战周年随笔》，载 1938 年 7 月 9 日《抗战文艺》1 卷 12 期。

[5] 郑振铎：《失书记》，原载 1937 年 10 月 31 日出版的《烽火》9 期。

[6] 参看陈福康：《郑振铎传》，第 417—418 页。

[7] 老舍：《八方风雨》，载 1946 年 4 月 4 日至 5 月 16 日北平《新民报》，收《老舍全集》14 卷，第 375 页。

[8] 丰子恺：《还我缘缘堂》，原载 1938 年 5 月 1 日《文艺阵地》1 卷 2 期。

[9] 丰子恺：《中国就像棵大树》，原载 1939 年 3 月 1 日《宇宙风乙刊》创刊号。

［10］张恨水:《这一关》，载 1938 年 1 月 15 日《新民报·最后关头》。

［11］戴望舒:《致艾青》,《戴望舒全集》散文卷，中国青年出版社，1999 年，第 125 页。戴望舒:《元日祝福》，载 1939 年 1 月 1 日《星岛日报·星座》154 期。

［12］艾青:《望舒的诗》，收《戴望舒诗集》，四川人民出版社，1981 年。

［13］以上叙述均参考陈虹《日军炮火下的中国作家》。

［14］贾植芳:《在这个复杂的世界里——生活回忆录》，载《新文学史料》1992 年 1 期。

抗敌宣传队的活动

田汉

抗战一爆发，首先作出反应并立即行动的是戏剧界。1937年7月7日，上海戏剧界的朋友正在洪深家里聚会，突然传来"卢沟桥事变发生了"的消息，就再也坐不住，立刻致电守卫官兵表示同仇敌忾的支持，并于7月15日聚会，成立中国剧作者协会，决定集体创作《保卫卢沟桥》三幕剧，由崔嵬、阿英、于伶、宋之的等十七人三天之内赶出初稿，由夏衍、张庚、郑伯奇等两天统稿，五天付印，并推洪深、唐槐秋、袁牧之、金山等组成导演团，冼星海、周巍峙等配曲，动员了上海各剧团各电影公司的主要演员近百人，于8月7日起在蓬莱大剧院日夜演出，许多圈内朋友都纷纷赶来，要求串演没有台词的群众演员，上不了台的就在幕后伴唱，喊口号。观众的反应更为热烈，只得加演午场，十几分钟就抢售一空。[1]这是中国戏剧界抗战总动员的一个重要事件，更具有象征的意义。

《保卫卢沟桥》演出到8月13日沪战爆发，上海戏剧界就进一步组织起来，成立救亡协会，组成十三个救亡演剧队，两个队留沪，其余都奔赴前线、敌后和大后方宣传演出。就连流离失所的孩子们也组成孩子剧团和新安旅行团。同时，南京、平津、东北等地的流亡学生也组成了一支支救亡演剧队。在此基础上，1937 年的最后一天，在汉口成立了"中华全国戏剧界抗敌协会"，实现了全国戏剧界的大团结，新兴话剧和传统戏曲的平剧、汉剧、楚剧、湘剧、桂剧、川剧、粤剧、滇剧、评剧、陕西梆子、山西梆子、河南梆子等剧种，以及各种民间曲艺（大鼓、相声等）和杂技、武术团体都聚集一起。1938 年 2 月，国民党军事委员会政治部在武汉成立，郭沫若担任负责抗战宣传的第三厅厅长，演剧队的活动从此纳入国家体制，在上海救亡演剧队基础上，组成了十个抗敌演剧队、四个抗敌宣传队和一个孩子剧团，派往全国各战区开展抗日演剧宣传。

　　正是演剧队的演出，使话剧这一产生于大城市里的新兴艺术，"从锦绣丛中到了十字街头；从上海深入了内地；从都市到了农村；从社会的表层渐向着社会的里层"。[2] 如研究者所描述："新演剧走向战地、农村和工厂。在战场，在兵营，在伤兵医院，话剧起到激励士气的作用，成为士兵们不可少的精神食粮而受到热烈的欢迎；在广大农村，众多的从未见过的话剧艺术的农夫农妇，接受了戏剧的宣传，发挥了很大的动员力量；在工厂，新演剧活动普遍展开，特别是大后方工厂的工人，由于演剧而提高了政治认识"。[3] 演剧队作为"移动剧团"还把话剧的种子撒向全国最边远的地区，贵州、云南、新疆……都有了新兴话剧的演出。演剧队更走出国门，到南洋、缅甸一带演出。演剧队所到之处，都培养了一批话剧的"忠实观众"。如洪深、金山率领的演剧二队，十四人沿途演出，观众成千上万，常常是台上台下，吼成一片，观众跟着演员流泪，高呼抗敌口号，齐唱救亡歌曲，激愤时就把各种东西扔到台上打"日本鬼子"的扮演者金山，有的人甚至一天不吃饭，随着流动舞台跑遍全城连看多场演出。看演出不过瘾，就自己组织业余剧团当演员。河南偃师县有十一个农村妇女组成老太婆剧团，用方言土语演抗战戏，用平日念佛的调子唱抗战歌，感动了无数人。[4]田汉曾为演剧队题词："演员四亿人，战线一万里；全球作观众，看我大史剧"，[5]应该说，在抗战时期，中国话剧的普及，深入民心，是空前的，此后也不再有。田汉在1942年根据新闻报道，有一个估计："抗战四年来，全国话剧团体已有两千五百个单位，每单位以三十人计算，共达六万人"。[6]也有人计算，1939年即达十三万人之多。[7]观众就无法统计了，仅上海救亡演剧八队，三年多就演出五百五十八场，观众达八十一万人次。[8]演剧队不仅是传播新兴话剧的"种子队"，更是"戏剧干部学校"，在空前艰苦的演出环境的磨难中（其中有无数可歌可泣的故事），中国的剧作家、导演、演员、舞台美术工作者第一次真正和中华民族，和中国底层的人民一起同甘共苦，磨炼出了一支忠于民族、忠于人民、忠于戏剧艺术的队伍，成为此后中国戏剧发展的中流砥柱，并留下了宝贵的精神财富。[9]

如田汉起草的《中华全国戏剧界抗敌协会宣言》里所说，话剧"舞台的转变"必然使戏剧艺术产生"新的形式"，获得"新的生命"。[10]总结起来大概有三个方面。首先是创作方式的变化，《保卫卢沟桥》的创作开启了"集体写作"的新潮流。如研究者所注意到的那样，早在30年代前期，集体写作就作为"由高尔基等人倡导，（苏联）无产阶级文学的创作范式"传到中国，《光明》等报刊有集中的介绍，并有洪深、沈起予、何家槐集体创作的剧本《走私》，和茅盾主编的《中国的一日》等最初尝试。但真正成为潮流则是在抗日战争时期。戏剧方面在《保卫卢沟桥》之后，还有《台儿庄》（王莹、舒群、适夷、锡金、罗荪、罗烽），《八百壮士》（崔嵬、王震之、丁里等）、《总动员》（宋之的、陈荒煤、罗烽、舒群集体创作，后由曹禺、宋之的改编为《黑字二十八》)，以及后来的《白毛女》等创作；小说方面也有《华北的烽火》(沙汀、艾芜、周文、蒋牧良等）等的试验。这显然和抗战初期将个人生命完全融入民族、国家群体生命的时代心理和思潮，一切都献给国家、民族，耻谈个人名利、个人权利意识淡薄的时代风气，直接相关。文本和作者分离，"作者死了"，于是，就出现了个人文本不断被他人修改、增删，不断再生产的这个时代特有的文化现象。其典型代表就是抗战初期演出最多的剧本《放下你的鞭子》(同时频繁上演的剧本还有《三江好》、《最后一计》，因此有"好一计鞭子"之说)。据田汉回忆，此剧本的基本情节来自歌德的《威廉·迈斯特》中的眉娘故事，田汉在南国社初期曾将其写成一个独幕剧；1931年"九一八"事变后，由陈鲤庭和崔嵬将这个故事作"中国化现代化"的处理，写成了《放下你的鞭子》。[11] 到抗战初期的演剧队的演出中，剧本就经过张逸生、王为一、凌鹤、阿英、沈西岑等多人不断改编、改订、改作，编入各种选本或单独出版时，个别的改署改编者的名字，大多称"佚名"，有的就干脆直署"一群剧作家"，或"集体创作"了。[12]

在30年代中期，话剧创作与演出明显地向"剧场艺术"倾斜；但到了抗战初期，又转向了"广场艺术"。演剧队的演出，大都在街头，军营，田边，工厂临时搭建的舞台，多采取活报剧、街头剧、茶馆剧、游行剧、灯剧、傀儡剧等形式，这样的"街头剧"演出，当时就有评论家撰文指出，其最大特点，就是打通正规剧场演出的"第四壁"，"使演员与观众的情感交流，必要时还要把演员与观众混合起来，使演员观众化，观众演员化。这样一来，就把剧情弄假成真，甚至把观众立即诱引导一个实际行动中去"。[13] 熊佛西在战前的"农民戏剧"实验里，曾有过这样的尝试，在演剧队的演出中，就有了更大范围的努力，积累了更丰富的经验。在指导思想上也有了更为明确的

"戏剧大众化与民族化"的追求。

为了推进戏剧的"大众化，民族化"，许多演剧队也都自觉地从民间的、地方的、传统的戏曲中吸取资源，用地方方言演出，插入地方传统曲调的演唱，以及民间技艺的表演，等等。同时，也有大量的民间旧艺人主动用他们所擅长的地方传统戏曲的形式，参与爱国宣传活动。这样，在抗战初期，就出现了一次新兴话剧和民间传统戏曲相互吸取、配合的历史机遇。抗战一开始，田汉就撰文指出："抗战的支持必须动员社会的各层，而且必须使每一落后的民众都能接受抗战的意义，所以现阶段的戏剧运动，不能再局限在以小布尔知识层为对象的话剧，而当扩大范围到任何戏剧部门"。[14] 从这样的指导思想出发，田汉领导的政治部第三厅第六处，把"旧剧改革"作为重点工作之一。为团结旧艺人，改造其旧习气，第三厅先后组织了"留汉战时歌剧演员训练班"和"战时讲习班"。1939 年 5 月，田汉率平剧宣传队赴南岳，随即在衡阳把当地的几个湘剧班子改编为湖南抗敌湘剧宣传总队和分队，分赴衡阳、桂阳、郴州等地巡回演出。在他们的引导下，常德戏、祁阳戏、益阳花鼓等地方小剧种也纷纷成立抗敌宣传队。田汉并亲自动手，作新剧创编的尝试。如他将湘剧传统剧目《抢伞》改写成抗日新剧《旅伴》，又先后为湘剧、平剧宣传队编写了《江汉渔歌》、《新儿女英雄传》、《岳飞》、《武松》、《新会缘桥》、《武则天》、《白蛇传》等新编历史剧、神话剧。如研究者所说，"他一般不用传统的戏曲的形式直接表现现实生活，而是用以表现与这种形式相统一的历史生活，将抗战的要求寓于其中"。[15] 这就易为旧艺人和他们的传统观众所接受。

抗敌宣传队是由国家军委政治部派往各战区的，因此，它实际上就成为各战区的一支政工队伍，不但演戏，还作采访报道，组织部队歌咏、演剧活动；更和基层政权组织紧密结合，担负一些上下沟通，军民协调，抚慰难民，动员、组织民众的任务，既是宣传队，又是工作队。因此，抗宣队最初都得到各战区国民党将士，包括陈诚、张发奎、李宗仁、张治中、张自忠这样的高级将领和政工部门的欢迎和支持。[16]但抗宣队的骨干有许多是共产党员或受共产党影响的进步青年，到了抗战中后期，随着国、共两党斗争的日趋尖锐，国民党逐渐将抗宣队视为"异端"，多方限制，以至镇压和迫害，抗宣队最后就成为共产党领导下的既抗日又反独裁、争民主的革命力量。

注释

[1] 于伶：《回忆"中国剧作者协会"和集体创作、联合公演〈保卫卢沟桥〉》，收《中国话剧运动五十年史料集》（第 2 辑），中国戏剧出版社，1985 年，第 102—104 页。

[2] 欧阳予倩：《戏剧在抗战中》，见《抗战独幕剧选》，戏剧时代出版社，1938 年。

[3] 黄会林：《中国现代话剧文学史略》，安徽教育出版社，1990 年，第 207 页。

[4] 葛一虹：《抗战以来的中国戏剧》，《中苏文化》9 卷 1 期。

[5] 田汉：《为湘剧宣传队题字》，1938 年 12 月作，收《田汉全集》12 卷，第 224 页。

[6] 田汉：《关于抗战戏剧改进的报告》，原载 1942 年 4、7、9 月出版的桂林《戏剧春秋》1 卷 6 期，2 卷 2 期，2 卷 3 期。收《田汉全集》15 卷，第 118 页。此文对演剧队的活动有详尽叙述，可参看。

[7] 见兰海：《中国抗战文艺史》，《田仲济文集》3 卷，第 30 页。

[8] 转引自黄会林：《中国现代话剧文学史略》，第 208 页。

[9] 参看田稼：《试述演剧队的发展经过及其特点》，收《中国话剧运动五十年史料集》第 1 辑。

[10] 田汉：《中华全国戏剧界抗敌协会成立宣言》，原载 1938 年 1 月 1 日汉口《抗战戏剧》。收《田汉文集》15 卷，第 40 页。

[11] 田汉：《中国话剧艺术发展的径路和展望》，收《中国话剧运动五十年史料集》第 1 辑，第 6、7 页。参看何延、曾立惠、曲六乙：《崔嵬和〈放下你的鞭子〉》，载《新文学史料》1981 年 4 期。

[12] 以上关于"集体创作"的叙述与分析，主要依据孙晓忠：《抗战时期的"集体创作"》，载《中国现代文学研究丛刊》2001 年 1 期，154 页注释 34，详细列举了《放

下你的鞭子》的改编本以及选本署名情况。

[13]　光未然:《论街头剧》。转引自文天行、吴野:《大后方文学史》,四川教育出版
　　　　社,1993年。第539页。

[14]　田汉:《抗战与戏剧》,收《田汉文集》15卷,第15页。

[15]　陈白尘、董健主编:《中国现代戏剧史稿》,第437页。

[16]　田汉:《关于抗战演剧改进的报告——军委会政治部的范围》的长文,有详尽的
　　　　叙述,可参看。收《田汉文集》15卷。

郁达夫在南洋

为沟通南洋和祖国的文化起见，来出个纯文艺半月刊的计划，是老早就定下的。但一则因为和国内的通信不便，再则因编辑副刊的事情也太忙碌，所以，一直搁下，直到了现在。

我们国内各作家的聚集地，大致是在上海、香港、重庆、昆明、桂林、延安、迪化等处，我于上月向各处的友人发了许多信后，只上海、香港两地的友人，已来了稿件；而重庆、迪化等处，恐怕我的去信，也还在路上，若要等大家的回信和稿件到后，再来编印，恐怕在时间上要迟得很久，所以，现在决计于4月10日，先发刊第一期的创刊号。

有许多南洋的稿子，本来是写得很好的，但因字数太多，日刊容纳不下，现在也还在我手头，这些当按期地分载到半月刊去。……

先在这里，做一个预告，希望读者、投稿者，都能和我来做一下有意义的合作。

（载1939年3月5日新加坡《星期日报星期刊·文艺》）

这一篇《出版预告》是由现代文学最有影响的作家之一，因而在抗战时期举国瞩目的郁达夫起草的，他依然像往常的习惯那样，随意而写，全不顾出版广告应有的格式，看起来更像是写给朋友的信，因此，是可以和他同时期的书信对读的。这里有一封也是公开发表在报上的给此时正苦守上海孤岛柯灵的信，其中就谈到了和这篇《预告》类似的想法："（我）想把南洋侨众的文化，和祖国的文化来作一个有计划的沟通"，"在海外先筑起一个文化中继站来，好作将来建国急进时的一个后备队"。他还谈道，"现在我们的文化中心点，是分散在西南，西北的各地了；譬如重庆、昆明、成都、延安、兰州、迪化、贵阳、西康等地，都有大批的文艺工作者，及机关团体，在那里辟荒开路"，"但一则限于交通，再则限于物质的缺憾，一时终不能如我们所预计的那么的容易"；"所以，我们在海外，在孤岛，以及在敌人炮火所不及的地方逗留着的文化人，就应该趁环境的便利，来加强补足他们所想做而未曾实现的种种工作，这又是我预备出一个文艺半月刊的一个主旨"。[1]他在同时期写的文章里，也一再地表达了这样的意思："礼失，则求诸野，道长，必随人而南"，[2]"古人有抱祭器而入海，到海外来培养文化基础，做复国兴师的根底的"，"我们在海外的侨胞，不得不乘这一个大时代，来更加努力于保持，与发扬光大我们祖国的文化这一件事情"。[3]可以看出，在郁达夫的心中，是有一幅在抗战时期保存和发展中国文化的蓝图的：一方面，要形成多个文化中心，把原先集中在少数大城市的文化、文学扩展到全国，特别是西北、西南边远地区，既是保存，也是发展和深入；另一面则在海外"培养文化基础"，积蓄力量，以作为他日（抗战胜利）复国、建国时的后备队。他正是在这样的高瞻远瞩的构想里，找到了自己应做、可做的工作和位置：他要在其间发挥沟通的作用。

　　郁达夫选择新加坡即当时所说的南洋作为培养中国文化的基础，除了偶然的原因：正好应新加坡《星洲日报》之约去编副刊之外，还有更深的渊源：新（加坡）、马（来西亚）华人文学和中国文学，特别是五四新文学之间是存在着相互渗透、影响的联系的。研究者注意到：新文学发端时期的重要作家许地山的小说代表作《缀网劳珠》、

《商人妇》都有新加坡、马来西亚的背景，在其作品所内蕴的文化观里，东南亚地区是有着共同的（或接近）的文化背景和传统的；30 年代又有老舍的《小坡的生日》，写的就是他旅居新加坡对东南亚地区生活的独特观察和感受，并寄寓了他的"联合世界上弱小民族共同奋斗"的理想；还有一位革命作家洪灵菲的长篇小说《流亡》，写的也是主人公、革命者沈之菲在新加坡和暹罗（泰国）的生活，作品表达了对新加坡土人所保留的原始文化的欣赏和对破坏当地人民自由生活的殖民者的憎恨；而在这一时期南下新加坡，担任吉隆坡华侨报纸《益群日报》主笔的许杰，不仅在《两个青年》等作品里塑造了当地反抗殖民者的革命青年的形象，而且以副刊《枯岛》为阵地，倡导"新兴文艺运动"，把中国新文学的革命文学理论带来新马，更是成为战前新马文学史上重要一页。[4] 在中日战争爆发以后，新马文学界于 1937 年就从中国大陆引入了"抗战文学"、"战时文艺"、"国防文学"、"民族革命战争的大众文学"等口号，并展开争论，形成了"新马抗战文学"的浪潮。[5] 郁达夫于此时来到新加坡，自然备受关注。

　　但郁达夫最初的活动并不顺利。首先在《出版预告》里所宣布的编辑出版《星洲文艺半月刊》的计划，在实施中就因为经济等原因打了折扣：将其并入《星洲日报半月刊》，增加篇幅，另立专栏，名为《星洲文艺》。[6] 郁达夫刚到新加坡，就回答几位文学青年的提问，以他特有的坦率，论及新马文艺界和中国文艺界的关系，新马文学发展中的一些问题，结果遭到猛烈批判，暴露了郁达夫这样的来自中国大陆的老作家和当地文艺界与文学青年之间深刻的隔膜和隔阂。[7] 但郁达夫并没有因此而气馁，反而以更大的热情，投入到当地文化建设中，利用一切机会进行抗日宣传。从 1939 年到 1941 年短短三年间，他先后主编《星洲日报·早版·晨星》、《星洲日报·晚版·繁星》、《星洲日报·星期刊·文艺》、《星洲日报·星期刊·教育》等五个副刊，还主编过《星洲日报半月刊·星洲文艺栏》、《华侨周报》，担任《星洲日报》的《星洲十年》编辑，并两度出任《星洲日报》代主笔。有人回忆，郁达夫曾承担过《繁华日报》、《星期画报·文艺栏》、《大华周报》的编务。在此期间，他还担任了新加坡抗敌动员委员会委员，新加坡文化界抗敌委员会主席。他的亲人回忆说，他"每天光是伏案工作就要十小时以上，写稿，看稿，写信，写启事按语等等，每天笔耕总要四五千字"。[8]仅后人搜集的抗战时期郁达夫在南洋所写文字就达 479 篇，还有大量散失。[9]他自己说："我做事情，总只想从实在有效的方面做起，开始不妨小小的来做，以后再逐渐逐渐扩大，推行开去"，[10]"如哥德之所说，只教'不要急''不要歇'地向前进取"。[11]

郁达夫首先着力的，还是大陆与海外的沟通。他在所编副刊里，连载自己写的《回忆鲁迅》，意在"这伟大的民族受难期间"鼓励人们"多读一次鲁迅的集子"；[12]刊载老舍、黄药眠、许钦文、黎锦明等内地作家的作品，以作交流。他还在报纸上发表《友人们的消息》，报道许广平、茅盾、成仿吾、郭沫若、田汉等人的行踪。[13]凡有大陆文艺界人士来新加坡活动，如徐悲鸿办画展，刘海粟举行义赈画展，昆明漫画展览团的巡回展览，武汉合唱团公演曹禺《原野》，金山、王莹在新加坡建立新中国剧团，以及诗人杨骚南来，等等，郁达夫都必写文章热情介绍。[14]他自己更是随时关注大陆文艺界的动向，及时给予回应。如全国文协在重庆发动捐助，郁达夫立即发起"文稿义卖周"。[15]大陆作家，国际友人也都没有忘记郁达夫。1940 年 3 月的一次中国作家与苏联作家的聚会上，有人提议，给郁达夫寄来了表示怀念的联语：莫道游离苦（老舍），天涯一客孤（郭沫若）。举杯祝远道（昆仑），万里四行书（施谊）。几位苏联作家则用中国笔写了"都问你好"几个字。郁达夫回应说，要做"能说'失节事大，饿死事小'

这话而实际做到"的"真正的文人"。[16]

郁达夫同时关注当地文学的发展，写有《马华剧运的进展》、《一年来马华文化的进展》、《南洋文化的前途》等文，强调要"以南洋的社会为背景"，表现"南洋社会的现实"，[17]并提醒要注意自身的文化特点，认为南洋文化完全可以避免中国"旧文化的痼疾"，而反过来给中国文化以积极影响。他问："南洋这一块工商业的新开地里，将来有没有文化灿烂，照耀全球的希望呢？"回答是："绝对地是有的"。[18]郁达夫自己也积极参加《马来亚的一日》的征稿工作，竭力扶植本地的年轻作者，曾说自己在编副刊时，一年中要收到近一万余篇的文稿，他总是尽力挑选可以发表的，或作删改，或照原文刊出。其中就有一位冯蕉农，在其精心指导下，成了一位有影响的诗人，却英年早逝，郁达夫又著文哀悼。[19]一位新加坡学者评价说，郁达夫在抗战时期的"文学实践和社会实践所产生的意义范围是超越其所属的国籍与国度的"，[20]这是反映了客观事实的。

郁达夫在新加坡期间，除写作《马六甲记游》等散文，旧体诗词、杂文和文论外，更以极大精力写了大量时评和政论，构成了《郁达夫抗战文录》的主体。仅从文章的选题，如《抗战两年来的军事》、《抗战两年来敌我之经济与政治》、《敌人的文化侵略》、《抗战中的教育》、《欧战扩大与中国》、《今后的世界战局》……就可以看出他所关注范围之广，思虑之深。正如郁达夫研究专家李欧梵所说，这恰恰是"郁达夫创作生涯中最不受人重视的一面——他从小说家、散文家、文艺批评家进而（也可能有人觉得是'退而'）成为一个新闻评论家"。[21]另一位新加坡著名的文学史家方修则认为，这些政论显示，郁达夫"晚年的思想似乎有着一番飞跃的进步。青年时候那种感伤的浪漫主义色彩减退了，中年时期那种名士型的闲情逸致消失了，代之而起的是严肃平实的议论，坚定乐观的态度，以及为正义为和平而献身的大无畏的精神",这同时意味着他的生命的升华:"把个人的命运和国家民族的命运以至全人类的反法西斯主义事业结合在一起了。"[22]

1942年2月,新加坡为日军占领后,郁达夫化名赵廉,转移到印尼苏门答腊。隐居数年,于1945年9月17日被日本宪兵队秘密杀害于武吉丁宜附近的丹戎革岱的荒野中。享年五十岁。[23]郁达夫在抗战爆发初曾给友人题词:"我们这一代,应该为抗战而牺牲。"[24]不幸一语成谶。

注释

[1] 郁达夫、柯灵:《关于沟通文化的信件》,原载1939年2月28日新加坡《星洲日报·晨星》。收《郁达夫文集》4卷,花城出版社、三联书店香港分店,1982年,第249页。

[2] [18] 郁达夫:《南洋文化的前途》,原载1939年1月15日新加坡《星洲日报半月刊》14期。收《郁达夫文集》8卷,第323页。

[3] 郁达夫:《在吉隆坡公演〈原野〉揭幕式上的致词》,原载1939年9月29日《星洲日报·马来亚新闻(一)》。收《郁达夫文集》4卷,第287页。

[4] 王瑶:《中国现代作家笔下的东南亚》,收《王瑶文集》。

[5] 王润华:《中国作家对新马抗战文学的影响》,载《中国现代文学研究丛刊》1988年2期。

[6] 参看王慷鼎、姚梦桐:《〈星洲日报半月刊·星洲文艺〉始末》,载《新文学史料》1984年2期。

[7] 参看原甸:《郁达夫和马华文艺界的一场大论战》,收王自立、陈子善编:《郁达夫研究资料》(下),天津人民出版社,1982年。

[8] 郁风:《盖棺论定的晚期——〈郁达夫海外文集〉后记》,载《新文学史料》1990年2期。

[9] 王慷鼎、姚梦桐:《〈郁达夫南游作品总目初编〉前言》,载《新文学史料》1985年3期。

[10] 郁达夫:《关于捐助文协的事情》,原载1939年4月7日《星洲日报·晨星》,收《郁达夫文集》4卷,第259页。

［11］ 郁达夫:《〈文艺〉及副刊的一年》,原载 1939 年 12 月 31 日《星洲日报·星期刊·文艺》。收《郁达夫文集》4 卷,第 302 页。

［12］ 郁达夫:《回忆鲁迅》,载 1939 年 6—8 月《星洲文艺》第 23、24、25、27 期。收《郁达夫文集》。

［13］ 郁达夫:《友人们的消息》,载 1939 年 1 月 28 日《星洲日报》,收《郁达夫文集》4 卷,第 240 页。

［14］ 参看郁达夫:《与悲鸿的再遇》,《在吉隆坡公演〈原野〉揭幕式上的致词》,《介绍昆明文协分会漫画展览团》,《看王女士等的演出》,《祝新中国剧社成功》,《刘海粟大师星华义赈画展目录序》,《诗人杨骚的南来》,均收《郁达夫文集》4 卷。

［15］ 参看《关于捐助文协的事情》,《捐助文协的计划》,收《郁达夫文集》4 卷。

［16］ 郁达夫:《"文人"》,载 1940 年 4 月 19 日《星洲日报·晨星》。

［17］ 郁达夫:《马华剧运的进展》,载 1939 年 12 月 20 日《星洲日报·晨星》。收《郁达夫文集》4 卷,第 296—297 页。

［19］ 参看郁达夫:《〈文艺〉及副刊的一年》,《悼诗人冯蕉农》,收《郁达夫文集》4 卷。

［20］ 原甸:《郁达夫与马华文艺界的一场大论战》,收《郁达夫研究资料》(下),第 578 页。

［21］ 李欧梵:《〈郁达夫抗战文录〉序》,收《郁达夫研究资料》(下),第 560 页。

［22］ 方修:《〈郁达夫抗战论文集〉序》,收《郁达夫研究资料》(下),第 557、558 页。

［23］ 《郁达夫生平活动大事记》,《郁达夫研究资料》(下),第 723、724、725 页。

［24］ 墨迹见《郁达夫手迹》,浙江文艺出版社,1996 年,第 46 页。

茅盾在新疆

　　伟大的"四月革命"，必将永远是文艺工作者向往的题材。这光辉灿烂的"民族的史诗"必须以多种多样文艺的形式来表现。当此"四月革命"六周年之际，我们不揣绵薄，——同时亦为热忱所鼓舞，敬以此浅薄的习作《新新疆进行曲》三幕报告剧，贡献给亲爱的同胞们。……我们觉得最新出现的文艺体式——"报告剧"，比较最适合于我们的目的。……我们相信，一个剧本之演出，首先必须以最大多数的观众为对象，剧本要能够"群众化"，然后教育的意义能够发挥出来，而"报告剧"则性质上就是群众化的，不熟练的我们使用起来，较易为力。

　　　　　　　（原载 1939 年 5 月 26 日《新疆日报》，署名茅盾）

　　这里所说的"四月革命"是指 1933 年一些思想激进的青年军官在迪化（今乌鲁木齐）发动军事政变，推翻督办金树仁的军阀统治。但新政权却落到了部队实权派的东部总指挥盛世才手里。盛世才为了巩固其统治，宣称要在新疆建立进步政权。他提出了"反帝，亲苏，民平，清廉，和平，建设""六大政策"，同时又邀请共产国际、苏联和共产党、八路军派人参加新疆建设。正是在这样的背景下，作为著名的左翼作家的茅盾，也应邀于 1939 年 3 月举家来到新疆，担任新疆学院教育系主任兼教学工作，并出任新疆文化协会的委员长，领导新疆的文化建设。茅盾晚年在回忆中说，他千里迢迢到新疆，是被盛世才的表面姿态所迷惑，希望能为"把新疆建设成一个进步的革命的基地"尽力。[1]他一到新疆，就支持新疆学院的学生办起第一份校刊《新芒》，亲自指导学生集体创作了报告剧《新新疆进行曲》，在5月下旬公开演出，并在其所写的《告亲爱的观众》里，公开赞扬"四月革命"，这都反映了茅盾的高度热情。

这样的热情，来自茅盾的"在少数民族地区进行文化启蒙"的理想和追求。他在来新疆后发表的第一篇文章《新疆文化发展的展望》里，就谈道："从前在错误的民族政策下，产生了以汉族为首位的文化同化政策"，导致"有悠久历史的各民族文化亦因而窒息与凝滞"，以至于"二千年来，新疆这块广大的土地，在文化上竟是'无风地带'"。在他看来，现在正可以利用抗战和新疆"四月革命"带来的历史机遇，唤醒沉睡的"处女地"，"发出它的久远的潜蓄的力量"。[2]茅盾产生这样的期待，似乎是有理由的。因为当时的新疆，在盛世才提出的"以民族为形式，以六大政策为内容"的文化政策指导下，全疆十四个民族都建立了本民族的文化促进会，拥有数十万会员。它受政府管辖，又是实实在在的各民族自己的团体，经费来源于各民族公产的收入，以及本民族热心文化事业人士的自由捐助。他们的领导人都是各民族中有威望的大商人、文化名人、公教人员和宗教领袖。文化促进会的工作，主要是办民众小学、识字班、建立图书馆、俱乐部、组织剧团、乐队等辅助国民教育和社会教育工作。[3]茅盾出任总会委员长以后，以主要精力抓文化干部培训。因为在他看来，培养各民族的文化骨干，文艺人才是最基础的工作。他说："我们尤其渴望全疆民众至少是大多数民众，能够平衡地发展他们的文化的天禀，我们希望在青年群中，产生了千百优秀作家，但我们尤其重视的是扫除了千万的文盲。"[4]在1939年10月举办的第一期新疆文化干部训练班，就有十三个民族的两百多名学员，这在新疆历史上是第一次。通过训练班以及其他形式，茅盾在新疆期间确实培养了一批少数民族人才，其中较有名的有维吾尔族诗人黎·木塔里甫，维吾尔族诗人、剧作家阿巴索夫，以及锡伯族剧作家郭基南等。[5]

为推动新疆文化启蒙工作，茅盾具体地做了三件事。首先是亲自主持编写小学教科书，并译为维、哈、蒙三种文字，同时开展"冬学运动"，以各地文化协会为依托，以夜校、识字班、家庭学习班、补习班等形式，扫除文盲。在《把冬学运动扩大到全疆去》一文里，茅盾提出"要把冬学运动融化于生活实践中"，"把农牧技术与各种生活常识，把抗战形势、新疆在抗战中所负的巨大任务""灌输到广大民众的心田，用书本，用笔墨，也用口舌"。其二，是利用赵丹、徐韬等著名演员和导演到新疆的机会，推动新疆戏剧运动，成立戏剧运动委员会，创建实验剧团，招收一批当地学员，以培养地方和民族戏剧人才。赵丹他们公演了抗战话剧《战斗》（章泯编剧），排演了阳翰笙的《塞上风云》、章泯的《故乡》，以及几个独幕剧，还集体创作了《新新疆万万岁》五幕剧，新疆各民族观众因此第一次看到了话剧和第一流的演出，立刻引起轰动，《战斗》连续上演一个多星期，场场客满。其三，开展绘画运动。在来新画家鲁少飞的主持下，文化协会举办了新疆第一次画展。展前曾在迪化征集展品，收到了近千件作品，"全疆十四个民族都显了身手"，作者有军政学校的学生、机关公务人员和商人。如茅盾在《由画展得到的几点重要启示》一文里所说，这些作品都"把握了现实"，把"各自不同的生活习惯（民族的形式）统一于援助抗战，建设新新疆的题材"。茅盾还描述说，展出一个星期，"每日拥挤于会场者，有学生，公务员，市民，工人，男男女女……各族的民众都有"。[6]此后又创办了新疆第一个美术（漫画）刊物《时代》，每月一期。文化协会还编选了一本漫画集和绘画入门读本，在新疆撒下了现代美术的种子。

　　以上工作都是在盛世才当局的监督、控制、阻挠下进行的，所以茅盾说："在新疆一年的工作，我所能做的就是'只顾播种，不管收获'。"[7]盛世才也逐渐暴露出了其本相。茅盾在 1940 年 5 月 2 日写了他在新疆最后一篇文章《演出了〈新新疆万岁〉以后》不久，就被"礼送"出境。几天后，赵丹等被捕，在新疆文化协会工作的许多当地少数民族代表人物，以至于训练班的一些学员也纷纷入狱。刚刚兴起的新疆各民族的抗战文化运动就此被扼杀。

　　最后，还要说一点"抗战时期的少数民族文学"，或许不算是题外话。除了人们已经熟知的苗族作家沈从文、满族作家老舍之外，研究者列举出了一批少数民族作家在 40 年代的创作，计有：蒙古族作家纳·赛音朝克图的诗集《在苦芭下的小草》和散文集《沙漠，我的故乡》，维吾尔族诗人黎·穆塔里甫的诗歌《直到红色的花朵铺满宇宙》、剧本《暴风雨后的太阳》，维吾尔诗人艾里坎木·艾合坦木的《喀什噶尔姑娘》，维吾尔诗人铁依甫江·艾里耶夫的《为了你，亲爱的祖国》，壮族诗人黄青的《来到祖国南方》，锡伯族诗人郭基南的话剧《察布查尔》、叙事诗《祖母泪》；满族作家端木蕻良的长篇小说《大地的海》，满族作家李辉英的长篇小说《松花江上》和《雾都》，满族作家舒群的小说《秘密的故事》，满族作家关沫南的《落雾时节》，朝鲜族作家金昌杰的小说《暗夜》，回族作家白平阶的小说集《驿运》，土家族作家萧离的小说《六幺伯的晚宴》，壮族作家陆地的小说《乡间》，纳西族作家李寒谷的小说《雪山村》、《三月街》；蒙古族作家萧乾的报告文学《血肉铸成的滇缅路》，壮族作家兰歌的报告文学《李西露之死》，彝族作家李乔的报告文学《饥寒褴褛的一群》，侗族作家苗延秀的散文《红色的布包》，壮族作家华山的报告文学《太行山的英雄们》；回族作家李超的四幕话剧《边城之家》，回族作家胡奇的剧作《模范农家》等。[8]他们的创作虽然并非严格意义的少数民族文学，但却有力地说明了：40 年代的抗战文学是多民族作家的共同创造。特别值得注意的，是抗战时期已经出现了民族文学创作理论的自觉营造，其主要成果是回族作家、翻译家马宗融的《我为什么要提倡研究回族文化》和《抗战四年来的回教文艺》。文章为回族出身的作家们历来没有能够在作品中表现出本民族的特殊风格，"没有给中国文学以显著的影响"，而"感到极大的遗憾"，进而指出，回族文学不仅仅是由回族作家写出来的一般性作品，其创作中须具备为本民族所特有的"独创风格"，包括"回教感情"和"回教独用语言"等等文学基本要素。[9]尽管仅是粗疏的理论探讨，却为建国后的少数民族文学的发展提供了宝贵资源。

注释

[1] 茅盾：《在香港编〈文艺阵地〉——回忆录（二十二）》，原载 1984 年 2 月《新文学史料》1 期。收《茅盾全集》35 卷，人民文学出版社，1997 年，第 214 页。

[2] 茅盾：《新疆文化发展的展望》，载 1939 年 3 月 12 日《新疆日报》。收《茅盾全集》22 期，第 37—38 页。

[3] 茅盾：《新疆风雨（上）》，载 1984 年 8 月《新文学史料》3 期。收《茅盾全集》35 卷，第 280 页。

[4] 茅盾：《六大政策下的新文化》，原载 1940 年 4 月 1 日《反帝战线》4 卷 1 期。收《茅盾全集》22 卷，第 98 页。

[5] 参看张积玉：《茅盾与新疆抗战时期的文学发展》，载《中国现代文学研究丛刊》2006 年 5 期。

[6] 茅盾：《由画展得到的几点重要启示》，原载 1939 年 11 月 16 日《新疆日报·画展特刊》。收《茅盾全集》22 卷，第 83 页。

[7] 茅盾：《新疆风雨（下）》，原载 1984 年 11 月《新文学史料》4 期。收《茅盾全集》35 卷。以上所谈茅盾所做三件事的有关材料，也是依据此文。参看第 304、316、317、318 页。

[8] 参看夏爵蓉：《毛泽东文艺思想与抗战时期少数民族文学》，载《中国现代文学研

究丛刊》1992 年 2 期。樊骏等主编《中华文学通史·第七卷·近现代文学编·现代文学（下）》第二十四章，第二十五章。

[9] 马宗融:《我为什么要提倡研究回族文化》，载 1940 年 1 月《中国回教救国协会会刊》1 卷 6 期。《抗战四年来的回教文艺》，载 1941 年 8 月 16 日《文艺月刊》11 卷 8 月号。转引自樊骏等主编《中华文学通史·近现代文学编·现代文学（下）》，华艺出版社，1997 年，第 464—465 页。

"文章入伍"：抗战初期的战地文化活动

臧克家　　　　　1945 年在成都创作
　　　　　　　　《李自成》时的姚雪垠

　　作家孔罗荪在《送作家战地访问团》一文里，这样写道："伟大的民族革命战争的两年间，使中国的一切生活方式，生活状态完全改变了一个全新的样式，非常丰富、复杂，多样的生活在每一个人的中间生长着、变化着，特别是在战地，在敌后方，滋长着伟大的民族革命的史诗。"[1]孔罗荪后来还有更进一步地分析，他认为，战争所引发的作家生活方式、生活状态的改变，主要表现为两个方面，一是"回乡"，二是"参加战争"。前者使得发生在现代都市的新文学分散并深入到了内地农村，"使文艺活动的范围得到了更为实际，更为广泛的开展"；而后者则使作家"实践了实际的战斗生活，在战地建立了新的活动区域，开拓了新的生活领域"。[2]如研究者所说，这就"把军队和战地变成了新文学发展的社会空间，中国新文学也由此拓展出了一个新的文艺传统：军队文艺"。[3]

如这里所引录的《告别词》里所说，战争一开始，就有许多作家在"文章入伍，文章下乡"口号的召唤下，深入农村，更"在南北各战地各前线使用他们的武器"，不仅是笔，更是枪，和士兵、农民、工人一起，用自己的"血肉去保卫祖国"。当时的许多报刊，如《抗战文艺》，姚蓬子主编的《新蜀报》，陈纪滢主编的《大公报·战线》，都开辟"文艺简讯"等专栏，报道深入战地的作家的行踪与动态，还发表了大量来自前线和敌后方的"战地报告"或"战地通讯"。有一篇诗人臧克家所写的《笔部队在随枣前线》的报道，就生动地叙述了他和姚雪垠、孙陵三人组成"笔部队"，在李宗仁将军的命令下，深入随枣前线的经历：他怎样和"好酒，能诗，爱青年，能打仗"的前线指挥官钟师长，以及一群青年男女，"在月下光亮亮的场地上"，一起谈"部队的文化工作"，"听钟师长讲他叫人心跳的冒险事"；他们如何和战士一起"连着爬跑了八天雨夜，敌人一直追我们到邓县附近三十里。什么都丢了，诗稿也在内"，但却留下了刻骨铭心的生命体验，于是就有了姚雪垠的《春到前线》和《戎马恋》，孙陵的《突围令》，臧克家也获得了"用生命换来的《随枣行》和一心囊的诗料"。[4]

或许更为重要的是，这些原先关在书斋、亭子间写作，飘浮于云端，难免自命不凡的作家，现在在战地的壕沟里获得了更为实在的身份，这就是作家战地访问团《告别词》一开始就自称的"文艺工作者"。作家，中国的知识分子终于懂得，他们和中国普通的士兵，工人和农民有着同样的命运，并且同样地尽着自己对国家、民族、社会的责任，"我们到敌人后方去亦不过是和一切中国人一样，来做一点我们所应做的工作而已。本不新奇，更值不得特殊的夸张"，更何况在全民抗战的时代，"枪在今天不是士兵所专用的，笔也不是作家所专有的"。其实，早在 30 年代，鲁迅就曾经告诫左翼作家："以为诗人或文学家高于一切人，他底工作比一切工作都高贵，也是不正确的观念"，[5] 他所期待的知识分子，"只是大众中的一个人"，"他不看轻自己，以为是大众的戏子，也不看轻别人，当作自己的喽啰"。[6] 应该说，鲁迅理想的知识分子和大众的关系，只有在抗战时期才得到部分的实现，这自然是意义重大的。

可以说，1938 年 6 月，由中华全国文艺界抗敌协会组织的"作家战地访问团"，是在前述作家自发性的战地活动的基础上的自然发展，它的任务是要更"有组织、有计划"地推动战地文化运动，以真正落实"文章入伍"。[7] 访问团的活动得到了国民政府军事委员会战地党政委员会的支持，团长王礼锡是国民政府立法委员，战地党政委员会指导员，他青年时期就加入国民党，同时又和毛泽东等在武汉筹备中央农民运动讲习所，以后一直和共产党领导的左翼运动保持良好关系，他主编《读书杂志》时，曾提倡"中国社会史论战"，在抗战爆发时在国外积极投入国际反侵略援华运动，都使他享有极高的社会声誉。他领导的作家战地访问团也自然体现了抗战初期国、共两党合作的特点。团员中有中共地下党员和受共产党影响的左翼作家，如叶以群、宋之的、白朗、罗烽、杨朔等，罗烽后来回忆说，周恩来还特意嘱咐访问团的党员"一定要尊重礼锡先生"；[8] 访问团的另一些成员则与国民党有更密切的关系，如孙陵、李辉英。但在访问团里，他们都是亲密无间的战友。作家战地访问团于 1938 年 6 月 18 日从重庆出发，途经四川、陕西、河南、山西、湖北等省，主要访问中条山、太行山两战场，历时半载，返回故地。但团长王礼锡却因积劳成疾，在中条山病倒，未得及时有效治疗，于 1938 年 8 月 26 日逝世，安葬于洛阳龙门附近的山上，永远留在了敌后土地上。

　　这一次付出了血的代价的作家战地访问团的活动，完成了促进前方战地文化活动，沟通战地和后方的历史使命。先后创作有访问团集体执笔的《笔游击（访问团团体日记）》，王礼锡日记《笔征》，白朗日记《我们十四个》，以及罗烽短篇小说集《粮食》，在报刊上陆续发表的"战地小诗"，白朗中篇小说《老夫妻》，宋之的报告文学、小说、戏剧集《凯歌》，方殷系列散文《策马中条山》，葛一虹的戏剧《红缨枪》等。这些作品向后方读者带来了来自战争第一线的信息。如"我们昨天曾亲眼见过：当风陵渡敌人用密集炮火轰击潼关的时候，华阴附近的农民，依然不动声色地在大地上耕耘"。[9] 这一瞬间印象，留下了一个这场战争的象征性的永恒形象：在毁灭与耕耘的对比中，显示了中华民族不可摧毁的坚定信念和韧性精神。在访问团的报道中，还留下了普通士兵的"敏捷、迅速、正确、优美的神态"，[10] 以及前方将领（卫立煌、孙连仲等）遇到天大的危难，也视为"不要紧"，从容应对，指挥若定的风范。[11] 这都是极其宝贵的时代记录，具有特殊的史料价值。

　　访问团还向有关部门汇报了他们所发现的问题。在其推动下，全国文协发动了向前线官兵捐书，以"供给文化粮食"的运动；国民党中央社会部也加强了对沦陷区、游击区和战区的文化宣传工作。[12]

注释

［1］　苏：《送作家战地访问团出发》，原载1939年《抗战文艺》4卷3、4合期。

［2］　罗苏：《抗战文艺运动鸟瞰》，载1940年1月15日《文学月报》1卷1期。

［3］［12］　段从学：《中华全国文艺界抗敌协会与40年代文艺运动》第7章（博士论文）。

［4］　臧克家：《笔部队在随枣前线》，载1943年8月27日《文协成立五周年纪念特刊》。

［5］　鲁迅：《对于左翼作家联盟的意见》，《鲁迅全集》4卷，第239页。

［6］ 鲁迅：《门外文谈》,《鲁迅全集》6 卷，第 104—105 页。

［7］ 作家战地访问团日记：《川陕道上》（笔游击），载 1939 年 11 月 10 日《抗战文艺》5 卷 1 期。

［8］ 《罗烽给王士志信摘要》（1980 年 12 月 22 日），文收《王礼锡文集》，新华出版社，1989 年，第 297 页。

［9］［11］ 作家战地访问团：《陕西行记（笔游击）》，载 1939 年 12 月 10 日《抗战文艺》5 卷 2、3 期合刊。

［10］ 作家战地访问团：《在洛阳（笔游击）》，载 1940 年 1 月 20 日《抗战文艺》5 卷 4、5 期合刊。

救援贫病作家运动

为援助叶紫先生遗族募捐启事

叶紫

《丰收》作者叶紫先生，不幸于十月五日下午七时一刻在湖南益阳兰溪故居，溘然病逝，同人惊悉恶耗，痛悼弥深。盖先生不独为青年文艺家之秀出，且身世之凄凉，经历之艰苦，实集人世之惨痛于一身，而为社会之损害之结果。同俦之感，尤足以使人发其深痛也。

叶紫先生生前从事文艺工作，不遗余力，以至积劳成疾，生活维艰；去春以来，回乡养疴，贫病相侵益甚。然先生曾不以环境稍隳其心，犹力疾从事写作，计划中之长篇《太阳从西边出来》乃其反映中国革命之巨制也。然卒以贫病交迫，终至不起。遗篇未及完成，即赍志以殁。先生遗憾之深，文坛损失之巨，可以知也。今先生溘然长逝，身后萧条，骸骨未归泉壤，妻儿已受饥寒，同人悼痛之余，爰特发起叶紫先生丧葬募捐，以为文艺战士身后之恤。

台端或为叶紫先生生前好友，或为文艺界同仁，必能解囊为助，共襄义举。不特殁存俱蒙厚惠，即我同人亦感同身受也。

发起人　夏衍　艾芜　新波　立波　奚如　芦荻　达芳

　　　　叶灵凤　郁风　林林　黄苗子　杨　刚　戴望舒　适夷

收款处　桂林太平路十二号救亡日报社转叶先生家属

（载1939年12月1日《文艺阵地》第4卷第3期）

　　这篇《募捐启事》写得情真意切，可谓伤痛欲绝，其间渗透着死者与生者在战争中的生命体验与感受。这期《文艺阵地》发表的夏明《叶紫之死》，披露了叶紫病中给朋友的信的片段："这几天是我底病的最大难关，肋膜发炎干痛，气管也发炎，咳得日夜不宁，每日均发热到卅八度（c氏）左右"，"最近的生活比去年冬季还糟十倍。欠了二十元的高利贷（每元每月一角利息）被逼得要命，他们会用全世界最难堪的话来侮辱你。不是没有米，就是没有油。发一封信，常常要借二三处，借到五分钱"。当地鸡蛋只要一分钱一个，叶紫病中很想吃鸡蛋，但也没有钱买。"临危时，他哀婉他底写五十万言的长篇小说的雄心，哀婉他的老婆儿女的命运，他握着妻子的手伤心地叫着：'朋友们！朋友们快来救救我吧，快来救济我的孤儿女吧。'"[1]这些生命的绝叫，之所以让同时代人及后人都感到震撼，就如同期发表的适夷的《悼叶紫》所说，"在这里我们不单看见了叶紫的惨痛的遭遇，也看见了我们国民文学的苦难的命运"。但在痛惜个体生命的毁灭的同时，也感到了文学生命、民族生命的力量："真实的文学正要在这种灾难生活中产生出来！在今日，在流血的战场，在崎岖的征道，在阴寒无火的亭子间，以至在肺痨患者的病床，不是正滋长着我们的文学么？"由此而看到的是叶紫这样的中国作家生命的意义："他们是深深的理解文学的事业与一切革命事业同样，是一种舍身的事业，因为它的最后的目标，也同样是有意义的生活与好的生活一致的社会，所以他们能在惨痛中感得牺牲的光荣，甚至像叶紫一样悲壮凛烈的死去！"这样，在《募捐启事》发表以后，立即"从桂林，香港，上海，以及各地"掀起了一个"援助叶紫遗族的热烈的运动"，就是可以理解的。如适夷文章所说，"在这里看见的，不是小市民人道主义的廉价的同情，而是对于文学事业这神圣工作的一般的真实的尊敬。"[2]

　　叶紫是抗战时期较早地因贫、病而倒下的作家；以后，贫病交加就成为作家生活的常态，文坛上不时传出令人扼腕叹息的消息：1941年2月，老剧作家洪深一家三口服毒自杀，经抢救脱险。洪深在遗书里写道："一切都无办法，政治、事业、家庭、经济如此艰难，不如且归去。"[3]1942年10月1日在上海出版的《万象》第2年第3期，编者柯灵在《编辑室》里发出呼吁："(沦陷区著名的侦探小说作家)孙了红先生因患咯血症，已由鄙人送之入广慈医院疗治，除第一期医疗费由鄙人负担外，以后苦无所出，甚望爱好了红先生作品的读者们能酌量捐助，则以后了红先生或犹能继续写作。"1943年8月1日出版的《万象》第3年第2期又有《作家·贫病·死亡》的报道："张天翼在湖南乡间某校执教，生活颇清苦，今春患病颇剧，因经济拮据无法入院疗治，该校学生，纷纷捐助。《东南日报》副刊《笔垒》，亦代呼吁。文人之苦，可谓'于今尤烈'"，"白薇近又患病，正诊治中。万迪鹤因患疾病，卧床已久，穷极无药，延至4月11日逝世，遗有寡妻幼子，身后萧条"。1944年西南剧展有一个统计数字：参加展出的会员五百三十人中有五十三人患肺病，二百一十二人患或患过疟疾。[4]

　　于是，就有了1944年由文协发起的"募集援助贫病作家基金运动"。《缘起》中称文艺界同人"近三年来，生活倍加艰苦，稿酬日益低微，于是因贫而病，因病而更贫，或呻吟于病榻，或惨死于异乡，卧病则全家断炊，死亡则妻小同弃"，为摆脱生存困境，就只有求助于读者和社会。[5]而读者和社会各界对于这一运动的同情和支持，

"热烈的情况完全超过了预期"。文协后来在运动结束时的《公启》里，有这样的描述："参加者有尽忠民族解放的耆宿，有盟国的友人，有热情的儿童，有勤苦的教师，有先进的工人，有舆论界灵魂的新闻记者，有将赴战场的忠勇将士、空军人员，有清贫的公务员、从业员，有广大的年青的文艺爱好者，有与写作家同声同气的美术家，音乐家，科学家，戏剧工作者。发动的方式，有的写专论，有的出壁报，有的出特刊，有的举行讲演会，座谈会，音乐会，展览会，义卖，戏剧公演，有的分寄连锁书信……我们不但看到了响应者这样广泛，同时还看到了响应者的真诚。赠款有的是从节约来的，有的是从变卖用品来的，有的是从减食得来的，甚至有的是从绝食得来的。有的热心人士寄来了赠款和热情的信，却不肯写下他的姓名"。[6] 运动也得到上层人士的支持，云南省主席龙云捐款二十万，宋庆龄则组织两次晚会而募得八十万元。[7] 最后募集到的基金总数达"国币 702.9385 万元和美钞 200 元"，[8] 大大超过文协预计的目标。

　　贫病作家基金的设置，也确实发挥了作用。不仅前文提到的张天翼、白薇、洪深，还有又一个病逝的老作家王鲁彦等，都得到了及时的救助。特别是 1944 年湘桂战役中从桂林紧急疏散的作家，其中的贫病者都得到了旅途费用资助，还在重庆建立了"作家之家"，予以安置。捐助运动引发了更深的思考与追问。一位四川绵阳的捐款人在来信里这样写道："我寄上这一点钱时，心中无限难过与痛苦，我所难过的不是舍不得，亦不是抱歉钱太少（这点钱还是几个人凑的），而是感觉到了人类文化工程师们到今日已经到了在饥饿线上挣扎的程度。我所感到痛苦的是这种向人求助的耻辱不是作家们，而是国家的无确切办法与社会的漠然视之"。[9] 有的读者则说得更为尖锐、沉痛："发国难财者和贪污者朋比为奸，得到间接或直接的保护，你们在庄严的工作中瘦了，贫了，还有的倒下了！"[10]

注释

[1]　夏明:《叶紫之死》,载 1939 年 12 月 1 日《文艺阵地》4 卷 3 期。

[2]　适夷:《悼叶紫》,载 1939 年 12 月 1 日《文艺阵地》4 卷 3 期。

[3]　[4]　转引自苏光文:《大后方文学论稿》,第 150 页。

[5]　中华全国抗敌协会:《发起筹募援助贫病作家基金缘起》,1944 年 7 月 15 日《新华日报》。

[6]　中华全国抗敌协会:《为宣布结束募捐援助贫病作家基金运动公启》,1945 年 6 月《抗战文艺》10 卷 2、3 期。

[7]　转引自段从学:《中华全国文艺界抗敌协会与 40 年代文艺运动》。

[8]　文天行:《国统区抗敌文学运动史稿》。四川教育出版社,1988 年,第 235 页。

[9]　《爱那些文化工程师各地捐助贫病作家,文协负责人谈经募近况》,1944 年 8 月 10 日《新华日报》。

[10]《作家们贫了瘦了,本报又收到捐款一起》,1944 年 10 月 1 日《新华日报》。

"流亡者文学"的心理指归

（一）

端木蕻良

> 你悲哀而旷达，辛苦而又贫困的旷野呵……
>
> ——艾青《旷野》

翻开这一页页几乎已掩埋在历史的尘封里的灰黄、易脆的纸片，扑面而来的，竟是绵绵无尽的苍凉的旷野，旷野上奔突着疲惫的"流亡者"——

三月，难忍的温暖的太阳炙热了黄沙的古河，古河是无尽长的荒野，矮树林和黄沙遮住了人们的视线，辽远的辽远的那里，才有一片黄柳围成的村庄和人烟。

现在在这黄沙的古河里，却聚集着无数的流民，马车，他们从自己肥美的田庄里逃了出来，像无家的野狗似的乱窜着。

"作孽，是谁前一辈子作的孽呀！"

老太婆在拧着流下来的清水鼻涕，有着深厚的皱纹的脸孔，被三月的风吹得紫青了，不停地咒骂着，仿佛有谁在耐性的听着。

………

这里那里用破布和席棚、干树枝搭起来的草屋，坏了轮子的马车，堆集的筐篮和竹篓……搭着孩子的尿布、湿了的被窝、漏着棉絮的衣服……到处是走动着的人们，烧着炊烟，在空旷的三月的晴空里飘荡着。

"我们就死在这儿吗？叫老鹰啄去眼珠。"

"那么，到那儿去呢？回去吗？回去寻死吗？"……

"连老子的坟也顾不得了。"……

——尹雪曼：《硕鼠篇》（1939 年年末）[1]

烽火飞过黄河后，我和二三十个伙伴在匆忙中出走，那正是黄沙和雪花交替占有北国天空的时候。带着伤心的眼泪，带着无限的惆怅，带着一颗被抛别父母的悲哀窒息了的心，我们出走了！黄土路上，风沙道中，小身体背着大行囊，徒步奔波着。旅途中，有歌、有笑、也有衷心的惆怅和对父母故乡无限依恋的情怀。就这样，横过了广漠的鲁西大平原，离别了黄河边上的家乡！

………

日升，

日落，

晨星，

晚霞，

寂寞的黄土路，

无边的大风沙；

茶店，

鸡声，

冷炕头，

菜油灯；

破庙里，

泥神是店东，

草铺上，

听微风摇曳殿角的小风铃！

睡眠是上好的葡萄酒，

又酸又甜一大缸，

醉里忘了奔波的劳累，

再不听犬吠柝声寂寞的响！

　　　　——公兰各：《月夜投简——寄到遥远的黄沙边》（1943.5）[2]

　　……这一望无涯的黄土，一望无涯的尘雾……

　　……车外的旷野毫无遮掩地裸露在我们面前；没有一根曾经生活过的枯草，没有一根还留着败叶的树；高的山峰像纯金的宝剑插入云霄，低的河床，纵横着车轮和马蹄的痕迹，你不能相信它什么时候滋润过，也不能相信什么时候再会滋润。驴，马，人，车子，恐怕从来不会显露过鲜明的样子；衣服永久是破旧的，毛色永久是灰暗的，面目永久是模糊的；白天里就在那黄色的尘雾里喘息，奔走，像鱼虾在泥塘里吃力地游泳，夜晚就走进那暗夜的寒冷的窑洞，人和畜牲都畏缩在那紧硬的土炕上面或旁边，土炕上是永久扫不干净的灰土……

　　　　　　　　　　　　——绀弩：《风尘》（1939.5.25.）[3]

　　这一群人，是破烂，狼狈，疲惫而狂热，扫过每一个村庄。那些村庄是荒凉了，房屋倒塌，街上和空场上有尸体，野狗在奔驰。……

　　……静静地，梦幻般地开始行走，大家走动，跨过尸体，弹穴和乱石，走到荒凉的、宽阔的沙滩上。在绝对的寂静中，大雪从灰暗的天幕飞落。

旷野铺着积雪，庄严的白色直到天边。林木、庄院、村落都荒凉；在道路上，他们从雪中所踩出的脚印是最初的。旷野深处，积雪上印着野兽们底清晰的、精致的、花朵般的足印。林木覆盖着雪，显出斑驳的黑色来。彻夜严寒……

人们底脸孔和四肢都冻得发肿。脚上的冻疮和创痕是最大的痛苦。在恐惧和失望中所经过的那些沉默的村庄、丘陵、河流，人们永远记得。人们不再感到它们是村庄、丘陵、河流，人们觉得，他们是被天意安排在毁灭的道路上的可怕的符号。人们常觉得自己会在这座村落、或在这条河流后面灭亡。……人们是带着各自底思想奔向他们所想象的那个终点。这个终点，是迫近来了；又迫近来了；于是人们可怕地希望它迫近来。旷野是庄严地覆盖着积雪。

——路翎：《财主底儿女们》（1944.5）[4]

如果说，每一个时代的文学都有自己的"中心意象"与"中心人物"，那么，40年代战争中的中国文学的"中心意象"无疑是这气象博大而又意蕴丰富的"旷野"，而"旷野"中的"流亡者"则是当然的"中心人物"——而且，正像前述引文中所显示，内含在这时代"中心意象"与"中心人物"里的"意味"，是多义的，或者说，寄寓着作家不同层次的思考与发现。

首先，这意味着一个"国家"、"民族"（它又以一个又一个的"家庭"或"家族"为单位）的"流亡"：这几乎是人们一眼就可以看出与感受到的。因此，当那位"有着深厚的皱纹的面孔，被三月的风吹得紫青"的老母亲声嘶力竭地高喊"是谁前一辈子作的孽呀"，"连老子的坟也顾不得了"时，作者是在通过她传达着我们民族在面临"国破家亡"的劫难时，所感受到的撕心裂肺的屈辱、痛苦，以及"愧对祖先"的负罪感的。整个抗战时期中国文学的"爱国主义"、"民族主义"的基调正是建筑在作家们对于"流亡"的国家、民族的群体心理、情感的这种真切体验与真实刻画基础上的。——这其中的意义与价值，自是不言而喻。

人们同样也很容易地就注意到40年代文学中的"流亡者"形象，大都是知识者，因此，我们可以说，"流亡"是作家对于处于战争条件下的中国知识分子的历史命运、精神特征的一个艺术发现——自然，这也是作家的自我反省与自我发现。40年代走入文坛的小说家贾植芳在80年代曾有过这样的历史回顾："大约自1937年抗战开始，中国的知识分子就进入了另一个时代，再也没有窗明几净的书斋，再也不能从容缜密地研究，甚至失去了万人崇拜的风光。'五四'时期知识分子以文化革命改造世界的豪气与理想早已梦碎，哪怕是只留下一丝游魂，也如同不祥之物，伴随的总是摆脱不尽的灾难和恐怖。抗战以后成长起来的知识分子只能在污泥里滚爬，在浊水里挣扎，在硝烟与子弹下体味生命的意义。"贾植芳并且有了这样的自我体认："我只是个浪迹江湖，努力体现自我人生价值和尽到自己的社会责任，在'五四'精神培育下走上人生道路的知识分子。"[5]应该说，这是一个准确而重要的说明：鲁迅早就说过，"一要生存，二要温饱，三要发展"，这是20世纪中国的"当务之急"。而对于40年代的中国知识分子，他们正是面对着战争无情的毁灭了生存的前提与其础——不仅是民族（国家）的生命，更是他们自我个体生命存在的前提与基础：他们面临着真实的、具体的死亡与饥饿的威胁。本来，"哭穷"与"悼亡"是知识分子最喜爱的文学题材，也是他们最乐意塑造的"自我形象"，在"五四"时期，郭沫若、郁达夫这批现代中国的"薄海民"们就在他们的作品里不止一次地写到了"饥饿"与"死亡"的威胁。这自然也有着他们的生活依据，但读者们却很容易地就觉察到，这是一种在想象中被夸大了的，也同时被诗意化了的生存威胁；而40年代的作家（及读者）却无心领悟这其中的"美"，他们切身体验的，进而在他们笔下展示的"饥饿"与"死亡"，要世俗得多，更是赤裸裸与血淋淋的。读者恐怕很难忘记，诗人艾青笔下那位"用固执的眼光凝视着你，看你吃任何食物，和你用指甲剔牙齿的样子"的"乞丐"的饥饿；而靳以笔下[6]饿得手发抖、眼睛昏花的老画家，"用尽残余的力量描画孩子的饥饿"的情景，也许更加触目惊心，"他看到同样两只饥饿的眼睛，在他的画纸上瞪着，望着人间，望着人间的粮食，还有那粗粗勾出来的宽阔的有一点突出的大额头，该是丰满却凹陷下去的双颊，因之显得有一点尖的下巴"[7]。这样的文字，常给人以刻骨铭心之感，正是因为它注入了作者自身的生命体验。这就是说，中国40年代的知识分子（作家）首先是作为一个战乱中在饥饿与死亡线上挣扎的真实的（现实的）"流亡者"存在的，这不仅使他们自身的精神气质上打上了"流亡者（流浪汉）"的烙印——如贾植芳自己所说，他是个"浪迹江湖"的知识分子，著名的评论家刘西渭（李健吾）在40年代所写的《萧军论》里，也说"他有十足的资格做一个流浪人"。而且，他们对于自身及外部世界的关注，也必然集中于战争中的"人"的生命存在（境遇、形态、价值与意义）的体验与发掘。自然，这种体验与发掘，也有着不同层面。在国家、民族的群体生命体验之外，更有着战争阴影笼罩下的个体生命体验与个体生命境遇的观照，也即"战争"与"人"（及"战争"与"文学"）的真实思考。

　　正是在这个意义上，路翎的《财主底儿女们》应该引起人们的特别重视——贾植芳在前述自叙里强调："路翎的不朽史诗《财主底儿女们》里主人公的苦难与经历，正是这一个时代的缩影。"[8]小说最有力处，无疑是对主人公蒋纯祖，一位"流亡"的青年知识者的"旷野"情怀——路翎把它叫作"一九三七年冬季流动在中国底旷野上的……

感情"[9]——的深刻揭示——

　　"逃亡到这样的荒野里，他们这一群是和世界隔绝了——他们觉得是如此。……他们是走在可怕的路程上了，不知道自己是从什么地方来，也不知道要到什么地方去"[10]。战争毁灭了一切，人在战争中失去了一切，成了绝对孤独的个体存在：不再有"历史"与一切历史存在中的"联系"——"躺在旷野中……没有人知道他是谁，没有人知道他是曾经那样宝贵地生活过"[11]（贾植芳的一篇小说的主人公也这样说，"我是被我生活过的生活忘掉了，遗弃了"，"有时我真茫然不知我是否有过过去，我现在好像在一个完全陌生的世界上生活着，像婴孩一样"[12]），而且，"他们从那个遥远的世界上带来，并想着要把它们带回到那个遥远的世界上去的一切内心底东西，一切回忆、信仰、希望"，[13]"一切曾经指导过他们的东西，因为无穷的荒野，现在成了无用的"[14]，而陡然失去，"人们底回忆模糊了起来；回忆里的那一切，都好像是不可能的"[15]，于是，失去了记忆的"人"既没有了"过去"，同时也没有了"未来"，"唯一知道的，是他们必得生存"[16]，"人"终于成了绝对孤独的，几乎是"绝缘"（割断了一切"缘分"）状态下的生命存在，或者如路翎小说中一个人物所说，"人"成了"影子"："这样冷，这样落雨，这样荒凉呵！一个人，没有家，没有归宿，没有朋友，就像影子一样呵！"[17]——人们仿佛又看到了当年鲁迅的《影的告别》里那个"彷徨"于"无地"，"在黑暗里""独自远行"的"影子"。

　　于是，处于"旷野"中的"人"又有了"虚无"的体验。作家路翎这样真切地写道："人们走在平原上，就有一种深沉的梦境。那样的广漠，那样的忧郁，使人类底生命显得渺小，使孤独的人们处在一种恍惚的状态中，而接触到虚无的梦境：人们感觉到他们祖先底生活，伟业与消亡。怎样英雄的生命，都在广漠中消失。如旅客在地平线上消失。留在飞翔的生命后面的，是破烂了的住所，从心灵底殿堂变成敲诈场所的庙宇，以及阴冷的，平凡的，麻木的子孙们。"[18]"蒙受了心灵底毁灭的人"[19]，发出了这样的吼叫："现在我才看得清楚，人，是要走一条血淋淋的路，是老天爷在冥冥中注定的啊。"[20]人终于正视了自己真实的生存境遇与价值，"生活在黑夜里"，不过"是广漠的大地上的一个盲目的漂泊者"，不过是"被天意安排在毁灭的道路上的可怕的符号"[21]——"人"（"流亡者"）于是陷入了"绝望"的深渊，"旷野"也显露出它的哲学的全部"残酷"。

（二）

> 无生老母当阳坐，驾定一只大法船。
> 单渡失乡儿和女，赴命归根早还源。
>
> ——录自红阳教"传经卷"

战争中的人（中国的知识者）的心灵史并没有从这"绝望"与"残酷"的生命体验深入下去，而突然地转了方向——

路翎写道，正是"那种对自己底命运的痛苦的焦灼"使他的人物走到"落雪的旷野中去寻求安慰"[22]：中国知识者无力承受绝望和直面生命的沉重与残酷，必然要寻求心理的平衡与补偿，在确定自己"失去了那个湖泊，那个家庭，以及那些朋友们"，"在这个世界上只是一个被凌辱的飘零者"的同时，又"渴望回到那个湖泊里去"[23]。

于是，旷野上响起了"归来"的呼唤，燃起了"希望"的火光。路翎的小说里也出现了这样的场面："大家抖索着拥到火旁。"人们"用沉静的，柔和的声音唱歌"——

> 从各种危险里暂时解脱，人们宝贵这种休憩。在沉静中发出来的歌声保护了人们底安宁的梦境。人们觉得，严寒的黑夜是被

火焰所焦躁，在周围低低地飞翔，发出轻微的、轻微的声音。歌声更柔弱，黑夜更轻微，而火焰更振奋。……

……人类是孤独地生活在旷野中。在歌声中，孤独的人类企图找回失去了的，遥远了的，朦胧了的一切。年青的，疮嘴的士兵是在沉迷中，他为大家找回了温柔、爱抚、感伤、悲凉、失望和希望，他要求相爱，像他曾经爱过，或者在想象中曾经爱过的那样。……朱谷良和蒋纯祖，尤其是蒋纯祖（他们都是路翎小说中的人物——引者注），是带着温暖的、感动的心情，听着那些他们在平常要觉得可笑的，在军队中流行的歌曲。他们觉得歌声是神圣的，他们觉得，在这种歌声里，他们底同胞，一切中国人——他们正在受苦，失望，悲愤，反抗——在生活[24]。

"黑夜更轻微，而火焰更振奋"这显然具有某种象征的意味，标示着十分重要的"心理转换"：在"黑夜"（"黑暗"）与"火焰"（"光明"），"绝望"与"希望"，"残酷"与"温柔"，"憎恨"与"爱"，"孤独"与"沟通"，"悲凉"与"温暖"，"悲观"与"乐观"，"现实"与"梦"，"个体"与"群体"……之间，几乎是"本能"地（"避重趋轻"地）选择了后者。

而且这似乎无可非议，很难作出任何价值判断——它从根柢上出自人的本性。但对于中国的知识者，这却是一个决定性的选择。"后果"要经过长时期的"时间"淘洗，才会逐渐显露出来，并为人们所认识。

"找回失去了的，遥远了的，朦胧了的一切"：理想、希望、爱、群体……归根结底，就是寻找软弱、孤独的个体赖以支撑自己的"归宿"。这确实是一种时代的心理欲求。作家李广田写过一番题为《根》的散文，谈到在抗日战争的大后方一再地迁徙，心绪总不安宁，而突然领悟到自己的真正需要：在战争的风浪中寻找一块适于自己"生下去的土壤"，在属于自己的归宿之地"生根"，他觉得"人这种生物不生'根'是奇怪的"[25]。而在沦陷区官场中沉浮的周作人，也写过一篇"无生老母的信息"。据说，民间流行的红阳教传言无生老母是人类的始祖，日日召唤她的失乡迷路、流落在外的子女回到她的身边。周作人认为，这种"归根返乡还元"的呼唤是人类"母神崇拜"的遗留，是根植于人的本性的[26]。而同时期的孤岛作家芦焚也突然向自己发出了这样的问题："你是想回家了吗？"[27]他笔下的人物"我"就这样回到"果园城"，去寻觅"失去的乐园"[28]。生活在不同环境，有着不同政治选择的三位作家，不约而同地寻找"归宿"，这大概不是偶然的。

　　而且，这不仅是心灵的指归，也是文学的选择：在40年代的文学（特别是小说）里或显或隐，或正面或侧面地，展现着"追寻"的主题模式。

　　我们在路翎的《财主底儿女们》之外，又读到了无名氏（卜乃夫）的《无名氏书》。——其实，作者在他的作为试笔之作的《北极风情画》与《塔里的女人》里，就已经写出了"从追寻到幻灭"的生命模式，但只是露出了他的主题模式的"前半截"[29]。无名氏主题的真正展开是在他倾注了全部心血的《无名氏书》，这是一部七卷本的巨著，40年代仅出版了前三卷。小说的主人公印蒂，是一个真正的"流亡者"，也有评论家称他为"20世纪'荒原'里的浮士德"，他的行为、心理、性格的核心，即是永恒的焦灼和永恒的追寻，而他的追寻又是明确地指向"最终的拯救与归宿"[30]。正是这两个侧面，构成了《无名氏书》最深刻的内在矛盾。一方面，作家在他的《无名书》的每一部里都在探讨"人"的一种生存方式，生存体验——例如，第一部《野兽，野兽，野兽》里对"政治革命"的体验，《海蒂》对"爱情"的体验，《金色的蛇夜》对"罪恶"的体验，等等，并且把它推于极端，最后因追求的"彻底"、"偏执"而走向"幻灭"。但另一方面,全书的总体结构,却又在追求"合题"的全面与矛盾、危机的消解。作者写每一个片面的极端发展,正是为了推出最后的"归宿",即作者自己所说的"整合的理性主义之路",创造出一个"调和儒、释、耶三教"的新宗教新信仰。[31]有人称无名氏的这种建立新宗教、新信仰的努力,为"40年代中国的典型"[32],使我们联想起周作人所说的"无生老母的信息",这确实是一个极好的暗示:当40年代的作家在自己的作品中寻求种种最终一劳永逸地结束一切矛盾与苦难的"归宿"时,他们事实上,就是在制造一种新的宗教与信仰。

对于不同的作家,作为"归宿"的"信仰"("崇拜物")有着不同的内涵,由此而展现了40年代小说"追寻归宿"主题的丰富性。

人们首先视为"归宿"的是"土地"。一篇题为《赞美》的文章的作者,叙述自己每当看到士兵们那么"从容而又那么安静"地"奔赴战争"时,总要想到"他们什么时候才回来呢?"又自己回答说:"他们不回来了。"但"他们并没有走","他们已从自己的土地回到自己的土地",找到了一个"宣示真理的美的地方。要去,他们要去,那本身就是全意义"[33]——在这关于"战争哲学"的沉思里,"土地"显然被赋予了一种崇高、神圣的意义,这是一种自然的联想,在中国与外国的神话传说,也即人的原始记忆里,"土地"就是与国家、民族、历史这些"永恒"的载体联结在一起,并因此给人以"归宿"感的。在面临"国土沦丧"的威胁的抗战时期,"土地"对于人们,既是"现实"的,同时又是"象征"的。因此,当作家王西彦以"眷恋土地的人"称呼他的小说的主人公,并且写到这位庄稼汉在经历了一段离乡背井的流浪生涯,终于又不顾危险地回到自己家乡时,所做的第一件事,就是"伏倒身子,在地上爬着,用手摸弄着每一块焦黑的泥土",喃喃地祈祷,他的"凭吊"既是"对那死去的爹的,也是对脚下这受难的土地的"——作家的这些极富象征性的描写，使他笔下的人物和行动都具有某种"宗教"的意味。而作家端木蕻良更是公开发表《土地的誓言》，声称"土地是我的母亲，我的每寸皮肤，都有着土粒，我的手掌一接近土地，我的心便平静。我是土地的族系，我不能离开她"[34]。在《我的创作经验》里，他又这样诉说"土地"与他的创作的关系："土地传给我一种生命的固执。土地的沉郁的忧郁性，猛烈地传染了我，使我爱好沉厚和真实，使我也像土地一样负载了许多东西。……土地使我有一种力量，也使我有一种悲伤。……我活着好像是专门为了写出土地的历史而来的。"而作家急于传达给读者的，正是"土地""神话似的丰饶，不可信的美丽，异教徒的魅惑"[35]，可以说，作家是用宗教徒的感情去描写土地。因此，在作家笔下，"土地"不仅具有了独立的意义，而且被赋予某种神圣性。当读者读到如下的文字，"来头（小说中的人物——引者注）急遽地从窗口跳出来，迎着（土地的）大海走去。他受了符咒的催促似的，毫不迟疑地向大海走去。大海以一种浑然的大力溶解了他。在一个小小的旋涡的转折中，他便沉落了，不见了……来头已经失去了他的所在，看不出他在什么地方，大地就这样淹没了他们两代"[36]，是不能不感到一种神秘的震撼力的。

　　"土地"与"农民"的天然联系，使得当人们以宗教的圣洁的情感谈到"土地"的时候，也同样以崇敬的眼光投向与"土地"融为一体的"农民"。40年代对"农民"的再发现，不仅是社会学、政治学意义的，而且是民族学意义的——这种意义因为抗日战争所特具的"以农民为主体的民族解放战争"性质而得到前所未有的强化，这是谁都可以看到的。而另一方面，当战争于眨眼之间毁灭一切的残酷性，使得人生活与观念中的一切都变得不稳定、不可靠，显示出生命的有限、短暂与脆弱时，"农民"就作为一个"永恒"的存在，被人们惊喜地发现。一个偶尔闯入中国抗日战争的美国医生曾经这样谈到他终生难忘的"瞬间印象"：当这位医生乘着轮船穿过三峡时，陷入了两岸炮火的夹击，透过阵阵烟幕，突然看见堤岸后面的田野里，有一个年老的农夫，驱着一头水牛，正在执犁而耕，尽管炮火轰响，子弹横飞，他竟毫无所动，依然有旋律地在同一片土地上走来走去，掘出的犁沟，与和平时所掘出的，完全一个样子，没有不同的地方。当战火停息，人们看见了一个被毁灭的"世界"："堤岸上散布着倒下的旗子和静躺着的弯曲的人体"，"平坦的田野上，被打出许多的洞穴，唯一的树丛——一个竹林——被削去了它的头顶"，却"只有那个农夫，那头水牛，那个耕犁，却丝毫没有改变，还是本来的样子"。船继续被战火中断的航行，"那执犁的人，渐渐离远，在夕阳中画出了一个轮廓"，并且在这位美国医生的感觉中，幻化成"有一种魔术在身"的神秘的"象征"[37]，一个"瞬间永恒"。对于生活在中国这块土地上，并且与中国农民有着血肉联系的中国作家，[38]也许不会有这种神秘感，但他们在战争中对于农民永恒生命价值的思考，却比这位外国医生更为深刻。作家废名在他的《莫须有先生坐飞机以后》里，就一再强调农民在大自然赐予的阳光雨露、土地之上，生活着，劳动着，"从容地各在那里尽着生命之理"，这就是"中国民族所以悠长之故"，侵略者入侵，又被赶走；统治者上台，又下台：这都是来去匆匆的历史过客，"农民——人民"（在中国作家心目中，"人民"与"农民"常是一个概念）却永远是历史的永恒因素，只要人民，普通的乡下人活着，中国就有希望[39]。——不仅是废名，差不多这一时期最有影响的小说家，如沈从文、师陀，以至路翎，都有着类似的思考与发现[40]。这样，在他们笔下的"农民"形象，也就必然具有某种抽象的，形而上的象征意义，这是有别于二三十年代中国现代作家对于农民的认识与刻画的[41]。更重要的是，作家在农民形象里所注入的那种类似宗教的圣洁、崇高的感情，使人们感觉到，这种"农民崇拜"（或曰"人民崇拜"）对于许多中国现代作家，已经成为他们在战争中失落了一切以后又寻找到的新的"信仰"，在被战争抛出了世界以后又寻找到的新的"归宿"。

于是，又有了"女性崇拜"与"母亲崇拜"。"大地母亲"、"祖国母亲"、"农民母亲"（请回忆艾青的《大堰河，我的保姆》）……这类传统的意象（词语）组合已经道尽了"祖国"、"民族"、"大地"、"农民"意象与"母亲"意象之间的内在联系，它所强调的正是这些意象所特具的"归宿感"。前引周作人《无生老母的信息》将"归根返乡还元"的呼唤称为人类"母神崇拜"的遗留，自是一种深刻的揭示与说明。在这个意义上，我们可以承认，所有的"大地崇拜"、"农民崇拜"、"民族（国家）崇拜"……都应该看作是广义的"母亲（母神）崇拜"。不过，这里所要强调的，却是40年代小说中狭义的"母亲"形象（意象）。早就有研究者注意到，40年代中国作家所关注与歌颂的女性形象，已不再是二三十年代的西方型的"时代女性"（如茅盾的梅行素、章秋柳、孙舞阳，曹禺的繁漪，丁玲的梦珂、莎菲女士等等），而是具有传统道德美的东方女性。（经常举出的典型有：老舍《四世同堂》里的韵梅，孙犁笔下的水生嫂，以及曹禺的愫方、瑞珏等等。）[42]进一步的考察，我们又发现，在二三十年代，作家努力发掘的是女性形象中的"女人性"——鲁迅早就说过，中国传统中，只有"母性"而无"女人性"。因此，二三十年代作品中的女性形象对传统的反叛性是十分明显的[43]。而40年代的作家，却在努力发掘"母性"，这本身即反映了对传统的"归依"[44]。而在老舍的《四世同堂》里，女主人公韵梅的"世界""由四面是墙的院子开展到山与大海"，她的母亲的"爱"也由"家庭""放射"到"社会"、"国家"[45]，这些描写显然带有很大的抽象性，其实是表达了作者的一种主观体验与意愿。"母性"("女性")不仅作为"家庭"，更作为"国家"、"民族"的支撑力量。对"女性"作用的这种夸大，在社会学上自然是毫无意义的，但却是反映了一种心理上甚至本能地对于"女性"("母性")的依恋，归依。难怪40年代作家写到"母亲"、"女性"时，常常不由自主地要将其"诗化"以至"圣洁化"。这是人们所熟知的孙犁的小说《荷花淀》的片段："月亮升起来，院子里凉爽得很，干净得很，白天破好的苇眉子潮润润的，正好编席。女人坐在小院当中，手指上缠绞着柔滑修长的苇眉子。苇眉子又薄又细，在她的怀里跳跃着。……她像坐在一片洁白的雪地上，也像坐在一片洁白的云彩上。她有时望望淀里，淀里也是一片银白世界。水面笼起一层薄薄透明的雾，风吹起来，带着新鲜的荷叶荷花香。"如此纯净的女性形象（人们甚至忍不住要将她称为"圣女"）出现在纷乱的战火之中，简直是一个奇迹。这是典型的"战争浪漫主义"[46]。作家孙犁后来说，他在敌后根据地的妇女身上发现了"美的极致"，而他的美学观是宁愿"省略"丑的极致，以表现纯化的美为追求的。这样的追求也属于孙犁的同代人：40年代作为"流亡者"的中国作家，越是出入于战争的"地狱"[47]，越是神往于一个至善至美的精神"圣地"，以作为自己心灵的"归宿"。孙犁（及其同代人）笔下的"圣女"不过是这种"归宿"的"符号"。

对心灵的"归宿"的追求，也使中国作家以新的眼光重新审视中国的"家庭"。"家庭"题材的作品大量出现，是40年代中国文学中的突出现象——仅长篇小说，就出现了诸如老舍的《四世同堂》、巴金《寒夜》、林语堂《京华烟云》、靳以《前夕》、路翎《财主底儿女们》这样的长篇巨制。当然，更引人注目的是价值观的变化。在巴金写于30年代的《家》里，"家"是罪恶的渊薮，是牢笼，"走出家庭"就是唯一的出路：这几乎是二三十年代中国作家的共同信念。人们应该记得，现代文学的第一篇作品《狂人日记》如其作者鲁迅所说，即是"暴露大家庭的罪恶"的。40年代，巴金又写了《寒夜》，写的是"走"出了封建大家庭的"觉慧"们建立了自己的小家庭以后所面临的新的矛盾与困惑。但小说的女主人公曾树生却在"走"出家庭还是"留"在家中之间徘徊：不仅因为"走"出家庭又会落入金钱世界的陷阱，"家庭"本身就有着一种难以摆脱的诱惑力。小说结尾，承受不了人世间风雨飘摇之苦的曾树生怀着对家庭的温暖、安宁的渴求，重又"归来"：这是耐人寻味的。老舍笔下的"四世同堂"式的中国传统家庭，在战乱中也突然显示出一种魅力。同样是大家庭的家长，老舍的祁老人却不像巴金的《家》里的高老太爷那样独断专制、面目狰狞，而是以他特有的经验、威望、和善与宽容，在大动荡的年代，艰难地维护着家庭的稳定。而在自称"中国通"的英国人富善先生眼里，这个"四世同堂"的家庭结构，既具有"凝聚力"，"使他们在变化中还不至于分裂涣散"，又富有弹性，各代人"各有各的文化，而又彼此宽容，彼此体谅"，在他看来，这样的家庭是能够承受侵略者的"暴力的扫荡，而屹然不动"[48]的。——这里的"家庭理想主义"自然也属于作家自己。

不仅是传统家庭，整个中国传统文化也在同样的心理背景下，被理想化与浪漫化（诗化）。路翎的《财主底儿女们》另一位主人翁蒋少祖曾经是传统文化最激烈的反叛者，如今却在"那些布满斑渍的，散发着酸涩的气味"的古版书中，"嗅到了人间最温柔，最迷人的气息，感到这个民族底顽强的生命，它底平静的，悠远的呼吸"[49]。耐人寻味的是，蒋少祖这样的知识分子在传统文化中所要获取的，是类似"家庭"的"最温柔，最迷人的气息"，"平静的，悠远的呼吸"，可见，这仍然是一种"归依"的心理欲求，而非理性的选择。

事实上，40年代的"流亡者文学"都充满着这类非理性的浪漫主义的诗意与激情，我们可以把它叫作"战争浪漫主义"——作家出于"寻找归宿"的本能的心理动因，通过"想象"（"幻想"）将作为"归宿"的国家、民族、家庭、土地、人民（农民）、传统（文化）……诗化（浪漫化），抽象化与符号化，并赋予宗教的"神圣灵光"，从而制造出关于国家、民族、家庭、土地、人民（农民）、传统（文化）……的种种现代"神话"与现代"崇拜"。这就必然导致对"磨难"的"美化"、"痛苦"、"牺牲"的"神圣化"（"道德化"），与"自我"的"英雄化"，真实的"生存痛苦"在"想象"（"幻觉"）中转换成了虚幻的"精神崇高"；正像路翎在《财主底儿女们》所描述的，在中国这块土地上，不可能产生鲁迅式的"正视淋漓的鲜血"、"直面惨淡的人生"的勇士，从孤独、绝望的"旷野"里，走出的是一批又一批"使徒"。著名文学史家勃兰兑斯曾谈到 19 世纪波兰文学的浪漫主义倾向，使得"文学中的人物，尽管他们遭到历史外部接踵而来的艰辛困厄，却终究不是大不幸的人。以外部世界为其舞台的灾难在这里屡见不鲜。然而最大的悲剧，以人的心灵为其战场，甚至无须恶运的特殊的拨弄的悲剧，却没有在同等程度上呈现在读者的眼前。这些诗人很自然地感到自己义不容辞，要向他们的读者说几句话安慰人心引起希望的话，因而他们不去运用自己的想象力以探测苦难的最深处"[50]。这几乎说的就是 20 世纪 40 年代的中国文学。于是，正如一位研究者所说，"'苦难'终于没有引出更深刻的觉悟"[51]，中国抗战时期的"流亡者文学""在'哲学'面前停住了"[52]。

（三）

东方红，

太阳升，

中国出了个毛泽东。

他为人民谋幸福，

他是人民的大救星。

——陕北民歌

我们的探讨还想再深入一步：40年代中国的"战争浪漫主义"曾进一步将抗战时期的"流亡者文学"与中国知识分子引向怎样的"最后归宿"？

于是，我们注意到了一篇题为《在甘泉宿店》的小说。小说描写了抗战时期"西北去的洪流"：全国各地不同阶层的青年如何争赴革命"圣地"——陕北："在甘泉客店中，门外是北风怒号，黄沙如雨，门内是一灯如豆，一个热血的青年低诉他的身世：大哥牺牲在'清党'后的监牢里，二姊在抗战后加入救护队，被敌机炸死，现在他——老年母亲的最后一子，跋涉万里来到陕北，要站上抗战的前哨！门外，远处传来雄壮的也带点荒凉的歌声，又传来行军似的步伐声——这都是步行到延安的大队青年，在黑夜在风沙中行进……"[53]这篇小说尽管情节十分简单，却引起了人们的广泛关注，著名小说家、文艺评论家茅盾还专门写了书评。有意思的是，茅盾在评论中强调小说是作者"用他的热烈的感情与丰富的想象写出"的[54]，据说作者也确实没有这样的生活经验。——这篇小说的真正价值正在于它传达了某种"意愿"（现实的与心理的意愿），提供了一个重要的时代信息。

进一步考察，我们又发现，这一时期的"流亡者文学"里，有不少作品结尾都设置了一个"光明"与"希望"的前景目标：《第一阶段的故事》（茅盾）里，"苦闷得受不住了"的青年何家琪宣布他"打算离开上海到——到那蓬勃紧张的地方，到——北方去"，引起周围人一片惊喜。郭沫若的《地下的笑声》中主人公也如他的作者那般慷慨高呼："我们要想办法离开这儿，到那没有人吃人的地方去……我们依然还是有出路的。"李广田《引力》的情节、构思更带有象征性：
女主人公梦华怀着对"理想"的希冀，千里迢迢从沦陷区向大后方"追
寻"她的丈夫；追到目的地，却发现被称为"自由区"的大后方依然
"到处是贫困，到处是疾病，到处是奴役，到处是榨取"[55]；在感到
深切的失望时，又读到了丈夫的留信：他已经到"一个更新鲜的地方，
到一个更多希望与更多进步的地方"[56]，于是，妻子又开始了新的追
寻。在小说结尾，怀着全家团聚在"另一个天地里"的期待，她写下
了自己的人生信念："希望总在前边。"[57]值得注意的是，对于李广田
这样的作家（包括茅盾、郭沫若在内的 40 年代越来越多的知识分子）
来说，这"前边"的"希望"并非同一时期不断呼唤"向天空凝眸"
的沈从文那样，仅仅是"形而上"的可望而不可即的"远景"[58]，而
是一个现实的存在，一个政治、经济、军事、文化的实体——中国共
产党所领导的，以延安为中心的抗日根据地里的人民军队与人民政权。

　　40 年代，中国的知识分子，中国的老百姓，把"希望"的目光投向
"延安"，这样的历史选择，自然是有着深刻的政治、经济、文化的原因的。
而本文仅想在选题的范围内，就这一选择的"心理动因"做一些探讨。

　　30 年代曾以《预言》与《画梦录》震动了文坛的何其芳，当有
人问他："你怎样来到延安的？"他这样回答：我是靠着"美，思索，
为了爱的牺牲"这三个思想"走完了我的太长、太寂寞的道路，而在
这道路的尽头就是延安"[59]。而在另一篇文章里，他又谈到人们来到
延安就像"突然回到了久别的家中一样"[60]，这"归来"感自然也是
属于诗人何其芳自己的。当何其芳宣布"延安"是他追寻"美，思索，
为了爱的牺牲"的真理之路的"尽头"时，他赋予了"延安"一种超
现实的形而上的"终极"意义，而且，正像"回到久别的家中"这一
直观感觉所暗示的那样，这"终极目的地"也正是"人"的个体生命、
心灵的"最后归宿"。

其实，这也是几乎所有奔向"延安"的知识分子（作家）共同的心理与感受。曾留学法国的老作家陈学昭这样写道，"我们像逃犯一样的，／奔向自由的土地，／呼吸自由的空气；／我们像暗夜迷途的小孩，／找寻慈母的保护与扶持，／投入了边区的胸怀"，"边区是我们的家！"[61] 而一位年青诗人徐放又如此描述自己"回到了延安"的感觉："像孩子，／打远方归来，／睡在妈妈的怀里；／像种子，／深深地／落进润湿的土地里……"[62] 另一位诗人井岩盾更是一往情深地写道，"流浪的时候……我感到孤单"，而现在睡在延安窑洞里"听和我拥挤着的／同志们轻轻地呼吸"，"我感到了温暖和安宁"，"像在孩子时候，／睡在祖母身边一样舒适"[63]……

人们不难注意到，几乎所有的诗人（作家）写到"延安"时，都要联想到"母亲"、"土地"、"家"，这样的"意象叠合"正是说明，从孤独、绝望的"旷野"里走出的中国的"流亡者"，曾到"国家"、"民族"、"家庭"、"土地"、"农民（人民）"、"大地"……中去"寻找归宿"，这一切"归宿"的象征物最后都外化为一个实体——"延安"。而"延安"本身又是一个概念的集合体。"延安"即意味着（象征着）抗日根据地的军队、政权以及它们的领导者中国共产党和党的领袖毛泽东。——于是，我们在 40 年代的"流亡者文学"里，又听到了这样的毛泽东的颂歌，"他生根于古老而庞大的中国，／把历史的重载驮在自己的身上"，"'人民的领袖'不是一句空虚的颂词，／他以对人民的爱博得人民的信仰"[64]；他"披一头长长的黑发，似一个和善的妈妈"，他的讲话，"是慈母亲切的嘱语，／还是老人神秘的故事？"[65] 而且，我们还读到了这样的印象记，"他完全像一位来自乡野的书生"[66]，这位"20 世纪 40 年代的普洛米修斯"，"当跟他在一起谈话的时候，会使人感到他像是一个最慈蔼的教师或保姆"，"他的讲演是入情入理的，平白到连老百姓也听得懂"，"我觉得他是比孔夫子还强一着"[67]。这里，又重复出现了"毛泽东"与"国家"、"历史"、"人民"、"母亲"（"老人"、"保姆"）、"教师"、"乡野"（"土地"、"农民"）、"书生"（"孔夫子"、"传统文化"）……意象的多重叠合。这意味着："延安"（党、政权、军队，以及领袖）在人们（知识者）的心理与意识上，终于成了"祖国"（"民族"、"土地"）的化身，"人民"（"农民"）的代言人，"母亲"、"传统"、"家"（"家长"）的象征，成了"流亡"中的国家、民族、个体生命的"最后归宿"：战乱中的"流亡者"就这样经过"战争浪漫主义"而达到了"精神的归依"。

我们还要进一步追问：这"精神的归依"又意味着什么？

这首先意味着将作为"归依"的对象——"延安"、"领袖"由"实体"虚化为一种"精神象征"，并在这一抽象化过程中，赋予"归依对象"（"延安"与"领袖"）一种绝对的至善至美性和终极价值，从而将其诗化、浪漫化、圣洁化、至神化。于是，诗人们（40 年代的中国作家大都具有一种诗人气质）以其特有的浪漫主义情调宣布：他们在"延安"（不是现实的"延安"，而是在诗人的想象中抽象化与净化了的"延安"）"找到了"在"童年的甜蜜的睡眠里"才出现的"黄金的王国"[68]，发现了一个真正的人间"乐园"[69]，"人间的'极乐世界'更何需天上找寻"？[70]小说家靳以也通过他的小说人物之口这样描绘他"发现"（自然是想象中的"发现"）的"新世界"："这里花开在人的脸上，万人相爱的温情使我也变得年轻了，歌声随时起伏，像海的波涛"，"一切社会上的丑恶都不存在了，人们简直是在理想中生活"[71]。何其芳甚至在他的散文里宣称，人们已经找到了从根本上消除一切"不幸"与"痛苦"的那把"最后的钥匙"[72]。以至于在以冷静的现实主义刻画著称于世的茅盾的笔下，也出现了这样一幅"圣徒图"，作家把它叫作"人类的高贵精神的辐射"——

　　……空气非常清冽，朝霞笼住了左面的山，我看见山峰上的小号兵了。霞光射注他，只觉得他的额角异常发亮，然而，使我惊叹叫出声来的，是离他不远有一位荷枪的战士，面向着东方，严肃地站在那里，犹如雕像一般。晨风吹着喇叭的红绸子，只这是动的，战士枪尖的刺刀闪着寒光，在粉红的霞色中，只这是刚性的。我看呆了。……

如果你也当它是"风景"，那便是真的风景，是伟大中之最伟大者[73]！

当然，这主要是一种"心理的真"：在茫茫旷野、沉沉黑夜里，盲目地奔突、寻求、跌倒、又爬起，"流亡者"终于发现天边闪现的一线"光明"，就免不了在因为持久的追寻而变得分外敏锐的头脑中，将这真实的一线"光明"想象成绝对的、因而也就虚幻化了的一片"光明"，即在量与质的夸张中，为自己创造出了一个纯粹、至美的"圣地"，"圣人"与"圣徒"，这里的真诚与善良，是绝对不应有丝毫怀疑的。——延安的老作家周立波在 1941 年写过一首《一个早晨的歌者的希望》的诗，说"要大声的反复我的歌，／因为我相信我的歌是歌唱的美丽"，歌唱"青春"时代的"纯真的梦境"。他并且预言，在未来的时代，"留在人间的他的记忆会很快的消亡，／正如他的歌会很快的消亡一样"，但"他所歌唱的美丽和真诚，／会永远生存"[74]。他的预言是有根据的：对于"美丽（包括虚幻的美）和真诚"的追求，确实出于人的本性。在这个意义上，可以承认，一切对"美丽和真诚"的追寻归依与歌唱，都"会永远生存"。

但包括周立波在内的思想单纯的延安作家（追求"单纯"也是那个时代的风尚）却没有，也不可能看到（预见到）在他们"美丽和真诚"的追求中所内含的负面的悲剧内容。作为后来者，我们没有任何理由苛求前人，同样，也没有任何必要因此而回避历史本来具有的严峻性质。事实正是如此：当 40 年代的中国作家、诗人们"真诚"地将他们千辛万苦终于寻到的"光明"在想象中夸大成没有任何矛盾、缺陷的绝对存在和终极归宿时，他们就将自己置于绝对地无条件地承认（满足，进而服从）"现实"的地位，自动放弃了作为知识分子存在标志的独立思考与批判权利。以至于在他们中间，出现了"逆向性思维"时——例如，那位不愿意选择"归依"的永远的"流亡者"王实味，在他的杂文里及时地提醒人们"创造新中国的革命战士"也会"沾染"旧时代的"肮脏"与"黑暗"，要"更好地肩负起改造灵魂的伟大任务"，"首先针对我们自己和我们底阵营进行工作"[75]。大多数知识者、作家几乎是本能地、真诚地"拒绝"了他——本来，"拒绝"（如果是经过独立思考的）也是他们的权利，但他们却将持有不同意见的王实味视为"异己分子"，听从某种命令，而对之"投井落石"。他们自身的"悲剧"也就由此开始。

本来，当绝望、孤独中的人们试图寻求"归依"时，就已经表现了"人性"的软弱：对于绝望、孤独的"实现"的逃避，以及对于作为"归宿"的强于自我的"异己"力量的依附。路翎在他的《财主底儿女们》里告诉我们，甚至在"旷野"里，尽管"不再遇到人们称为社会秩序"的强制，"所遇到的那些实际的、奇异的道德和冷淡的、强力的权威"（小说中的"石华贵"、"朱谷良"就是这类"旷野"中的"权威"），人（例如青年知识分子蒋纯祖）也会常常表现出"软弱、恐惧、逃避"，"依赖和顺从"。而现在当人们走出"旷野"躺在"延安"（"母亲"、"祖国大地"……）的怀里时，他们就事实上寻得了一个生命的避风港与精神逃薮，而这种"逃避"是必然以自我意志的丧失为代价的。勃兰兑斯说，"流亡者"的由浪漫主义的幻想所引起的"精神昂扬"是"危险的"，"这种精神昂扬的致命伤在于性格的软弱"[76]，这是一个深刻的观察。我们在中国抗战时期的"流亡者文学"里，经常可以读到这样"精神昂扬"的文字。例如，在一篇题为《巨像》的散文里，作者宣称，他在群体生命中，找到了自我生命的归宿，于是，"我一时觉得我是如此的伟大，崇高；幻想我是一尊人类英雄的巨像，昂然地耸立云端，为万众所瞻仰"[77]。这种突发的"精神昂扬"看起来是颇为奇怪的，但也自有它的"真实"：当"个人"想象自己是某种强力的"群体"的代表（化身）时，是会产生这类"君临一切"、"为万众所瞻仰"的幻觉。但在这"英雄主义"的"自我膜拜"的背后，正是隐藏着对于赋予自己以"力量"与"英雄"地位的"群体"的强力（权力意志）的依附、顺从与膜拜，从而显露出本质的怯懦。而这种"怯懦"，常为人们（包括当事人）所不察，也就越具有悲剧性。

但在悲剧的"后果"远没有显露时，人们暂时还可以保持一种良好的自我感觉。在前引那篇题为《巨像》的散文里，作者在将"归依"于群体的"现在的我"英雄化以后，又产生了一个幻觉："过去的我，匍匐在我的面前，用口唇吻我的脚趾，感激的热泪滴在我的脚背上。"[78]用"今日之我"否定"过去的我"，所谓"今是而昨非"，本是大变动时代常有的精神现象，在这背后隐藏着的价值判断才是真正值得注意的：绝对"归依"于群体，"像一个小齿轮在一个巨大的机械里和其他无数的齿轮一样快活地规律地旋转"，将"我""消失在它们里面"[79]的知识者，被认为已经经过了"脱胎换骨的改造"，而得到承认，进而赐予"新人"的桂冠。——在一篇颇有影响的小说里，彻底抛弃了个人感情，全身心投入集体战斗事业的女主人公甚至得到了这样的赞语，"仿佛她并不需要人的感情……只有魔鬼的意志在支持着她似的"[80]，"我们不是他的匹配……她是魔鬼，是神，而不是人"[81]。尽管这样的描写有些夸张，但对人的"神性"的追求，确实已形成一种"时尚"。在这样的气氛下，在"群体"中仍保持一定独立性的努力，以及对个人情感、欲望的眷顾，都受到否定、谴责与拒绝，是必然的。孤独的精神个体被视为是"没有改造好的"，甚至是"可疑"与"危险"的，知识分子的"改造"就这样成为现实生活与文学的"主题"，并且为渴求"光明"、寻找"归宿"的作家们自觉接受[82]。在这些"改造"主题的作品里，充满了"原罪"感的知识分子往往与被"神化"（"理想化"、"浪漫化"）的农民相对比，以映照出前者的卑下、污浊、软弱，与后者的崇高、纯洁与有力。当人们在这类作品中读到这样的"自我忏悔"——"我们还不是照样有这么多往昔的依恋、寂寞、梦幻，真丢人……"时，却不能不感到惊异：当年人们在"旷野"里所感到的孤独、绝望，所产生的梦幻中的依恋，这一切"旷野情怀"生命体验，现在竟被视为"小资产阶级情调"而抛弃。历史再一次错过了机会，40年代"流亡者"文学经过"战争浪漫主义"转向了"改造"文学与"颂歌"文学——下一时期（五六十年代）的文学正悄悄孕育在这"转向"之中。

注释

［1］ 原载《抗战文艺》5 卷 6 期（1940.2.20）《中国抗日战争时期大后方文学书系》11 卷，重庆出版社，1989 年，第 126—127 页。

［2］ 原载《时与潮文艺》1 卷 2 期（1943.5.15）《中国抗日战争时期大后方文学书系》11 卷，重庆出版社，1989 年，第 45—47 页。

［3］ 《中国抗日战争时期大后方文学书系》6 卷，重庆出版社，1989 年，第 1618 页。

［4］［9］［10］［11］［13］［14］［15］［16］［17］［18］［19］［20］［21］［22］［23］［24］［49］ 路翎：《财主底儿女们》（下），人民文学出版社，1985 年，第 697、722、723、629、698、678、691、652—653、632、723、709、709—710、700—701、884 页。

［5］［8］ 贾植芳：《在这个复杂的世界里——生活回忆录》，《新文学史料》1992 年 1 期（1992.2.22）第 43 页。

［6］ 艾青：《在北方·乞丐》。

［7］ 靳以：《生存——献给忘年的好友》，《靳以选集》4 卷，四川人民出版社，1984 年，第 689—690 页。

［12］ 贾植芳：《人生赋》，收《贾植芳小说选》，江苏人民出版社，1983 年，第 48、49

页。路翎小说中的一个人物也这样说："黑夜里面的冷雨，是听得多么清楚啊！一滴，又一滴，你觉得你是孤零零的，而你底朋友是飘零在天边，他们把你忘记了！……到今天为止，你仍旧是你父母送你到世上来的时候那样赤裸……"（《财主底儿女们》下册，第 691—692 页）。

[25]　李广田：《根》，原载《创作月刊》1942 年 10 月 5 日 1 卷 4、5 期，选自《中国抗日战争时期大后方文学书系》11 卷，重庆出版社，1989，第 309、308 页。

[26]　周作人：文收《知堂乙酉文编》。

[27]　芦焚：《看人集·题记》。

[28]　芦焚：《芦焚散文选集·失乐园》。

[29]　参看拙作：《〈北极风情画〉、〈塔里的女人〉研究》，文载《中国现代文学研究丛刊》1990 年 1 期。

[30]　参看丛甦：《印蒂的追寻——无名氏论》，收《无名氏研究》。

[31]　转引自侯立朝：《无名氏全书的整合观》，收《无名氏研究》。

[32]　司马长风：《主题情节不相衬》，收《无名氏研究》。

[33]　方敬：《赞美》，选自《中国抗日战争时期大后方文学书系》11 卷，重庆出版社，1989 年，第 65 页。

[34][35]　端木蕻良：《土地的誓言》，载香港《时代文学》1941 年第 5、6 合刊。

[36]　端木蕻良：《大地的海》。

[37]　［美］贝西尔：《美国医生看旧重庆》，1946 年曾以《重庆杂谭》为题译为中文出版。引自 1989 年 8 月秋重庆出版社重译本，第 6、7、8 页。

[38]　在抗战时期，中国作家总是自觉地意识到，并且不断地强调他们与农民的血肉联系；作家李广田在前引《根》里，就反复申说"我大概还是住在城里的乡下人"，"我的'根'也许是最容易生在荒僻的地方"，"我大概只是一株野草，我始终还没有脱掉我的作为农人子孙的性道"。另一位 40 年代重要小说家芦焚（师陀）在这一时期写的小说集序言里也说："我是个乡卜人。"

[39]　参看拙文：《中国现代堂吉诃德的归来》。

[40]　这一时期对农民的思考与发现，另一类是以赵树理为代表的解放区作家，他们对农民的重视是更加意识形态化的。

[41]　正像赵园在她的《人与大地——中国现当代文学中的农民》中所说，40 年代不少作品中出现了"农民形象的意义膨胀，'农民'是某种程度被作为'民族'的形象描绘的"，"乡村小说包含了更为丰富的原始意象，甚至有了某种后来被称为'文化小说'的特征"。

[42]　参看钱理群、吴福辉、温儒敏等：《中国现代文学三十年》第十一章。

［43］ 曹禺的繁漪更公开表示对"母性"的拒绝，她对着自己的儿子高喊："我不是你的母亲，……我是周萍的女人！"

［44］ 郭沫若在 40 年代所写的新编历史剧《虎符》里，特地创造了"魏太妃"的形象，据说即是根据周恩来的建议，要写出一个中国传统的"贤母"形象。

［45］ 老舍：《四世同堂》（下册），百花文艺出版社，1979 年，第 1095、1089 页。

［46］ 孙犁在 1941 年曾著文提倡"战时的英雄文学"，强调"浪漫主义适合于战斗时代，英雄的时代。这种时代生活本身就带有浓烈的浪漫主义色彩"（《论战时的英雄文学》）。

［47］ 路翎在《财主底儿女们》中这样描写"旷野"中的流亡者："好像是他们是在地狱中盲目地游行，有着地狱的感情。"

［48］ 老舍：《四世同堂》（下册），百花文艺出版社，1979 年，第 671 页。

［50］［76］ 勃兰兑斯：《十九世纪波兰浪漫主义文学》，成时译，人民文学出版社，1980 年，第 138、69 页。

［51］［52］ 赵园：《艰难的选择》，上海文艺出版社，1986 年，第 212 页。

［53］［54］ 茅盾：《大时代的插曲》，原载《文艺阵地》1938 年 10 月 1 日 1 卷 12 期。

［55］［56］［57］ 李广田：《引力》，收《李广田文集》2 卷，山东文艺出版社，1984 年，第 406、410、417 页。

［58］ 沈从文：《昆明冬景》，收《沈从文文集》10 卷，花城出版社，三联书店香港分店 1984 年 2 月第 1 版，第 66 页。

［59］［79］ 何其芳：《一个平常的故事》，收《何其芳文集》2 卷，人民文学出版社，1982 年，第 215、223 页。

［60］ 何其芳：《从成都到延安》，收《中国抗日战争时期大后方文学书系》9 卷，重庆出版社，1989 年，第 858 页。

［61］ 陈学昭：《边区是我们的家》（1943.7.16 作），选自《延安文艺丛书·诗歌卷》，湖南文艺出版社，1987 年，第 297、296 页。

［62］ 徐放：《在归来的日子——我回到了延安》（1946.7 作），选自《延安文艺丛书·诗歌卷》，湖南文艺出版社，1987 年，第 464 页。

［63］ 井岩盾：《冬夜之歌》（1940.11 作），选自《延安文艺丛书·诗歌卷》，湖南文艺出版社，1987 年，第 71 页。

［64］ 艾青：《毛泽东》（1941.11.6 作），收《延安文艺丛书·诗歌卷》，湖南文艺出版社，1987 年，第 129 页。

［65］ 孙剑冰：《他和大众在一起——记毛泽东同志在一个大会上》，《延安文艺丛书·诗歌卷》，湖南文艺出版社，1987 年，第 173 页。

［66］ 子冈：《毛泽东先生到重庆》（1945.8），收《中国抗日战争时期大后方文学书系》第 8 卷，重庆出版社，1989 年，第 56 页。着重号为引者所加。

［67］ 白危：《毛泽东断片》（1939.4.20），收《中国抗日战争时期大后方文学书系》8 卷，重庆出版社，1989 年，第 422、423、426—427 页。

［68］ 冯牧：《当我走进了人群——短歌四章》，收《延安文艺丛书·诗歌卷》，湖南文艺出版社，1987 年，第 115 页。

［69］ 丁玲：《七月的延安》，收《延安文艺丛书·诗歌卷》，湖南文艺出版社，1987 年，第 3 页。

［70］ 舒湮：《西行的向往》，收《延安文艺丛书·散文卷》，湖南文艺出版社，1987 年，第 165 页。

［71］ 靳以：《前夕》（下），选自《靳以选集》2 卷，四川人民出版社，1983 年，第 350 页。

［72］ 何其芳：《论快乐》，收《何其芳文集》2 卷，人民文学出版社，1982 年，第 229 页。

［73］ 茅盾：《风景谈》，收《延安文艺丛书·散文卷》，湖南文艺出版社，1987 年，第 219 页。

［74］ 周立波：《一个早晨的歌者的希望》，收《延安文艺丛书·诗歌卷》，湖南文艺出版社，1987 年，第 311、315 页。

［75］ 王实味：《政治家，艺术家》。

［77］［78］ 聂绀弩：《巨像》，1938 年 12 月 3 日作，选自《中国抗日战争时期大后方文学书系》11 卷，重庆出版社，1989 年，第 647 页。

［80］ 小说女主人公就是这样对她的丈夫说的："我们的手既然负有推动时代的使命，我们的情感，也只好让它无情地被倾轧在它锋利的齿轮下。"

［81］ 郁茹：《遥远的爱》，收《中国抗日战争时期大后方文学书系》6 卷，重庆出版社，1989 年，第 1837 页。

［82］ 韦君宜：《三个朋友》，《延安文艺丛书·小说卷》2 卷，湖南文艺出版社，1987 年，第 315 页。

路翎：走向地狱之门

路翎

（一）

1945 年，二十二岁的路翎向文坛贡献出这部八十万字巨作时，胡风宣称："时间将会证明，《财主底儿女们》底出版是中国新文学史上一个重大的事件。"[1] 尽管过于乐观的预言曾带来意想不到的灾难，作者连同作品一起长期被强制"遗忘"。但"时间"公正而顽强，经历了近四十年的历史风风雨雨，今天，这部书仍然以新鲜的思想与艺术力量要求着它在新文学史上应有的历史地位。

作者的命运与作品的命运就这样奇异而又符合逻辑地融为一体，其间贯穿着一个共同的主题：中国知识分子的命运。20 世纪中国知识分子的命运，本质上就是关系着中华民族生死存亡的中国现代化事业的命运。知识分子的升沉荣辱是中国社会开放与封闭、科学民主与愚昧专制的基本标尺之一。因此，知识分子命运成为文学创作的一个中心主题，正是中国新文学现代化的重要标志。因此，对中国知识分子命运的哲学思考与艺术表现，都必然地出现在中国现代史上人们关注中华民族命运、热烈追求民主与科学的历史时刻。中国现代文学史上两次知识分子题材的创作高潮，都恰恰发生在五四思想解放运动（包括对这场运动的消化）与抗日战争国统区民主运动的热潮中。因此，中国现代小说中对知识分子个人命运的描写，都毫无例外地置于中国社会、历史发展的广阔背景之下；对知识分子命运的探讨，也毫无例外地对与人民、民族命运的探讨结合在一起。历史视野的广阔与深度，成为中国知识分子题材作品的共同特色与传统——从"五四"时期鲁迅的《伤逝》、《在酒楼上》、《孤独者》，以后叶圣陶的《倪焕之》，茅盾的《蚀》、《虹》，到抗日战争时期与路翎的《财主底儿女们》，同时期沙汀的《困兽记》，李广田的《引力》等等，都是如此。

《财主底儿女们》的历史感显然是十分强烈的，小说不仅对所描写的时代——"一·二八"运动到苏德战争爆发前夕——的重大事变作了近乎编年史的记载，而且在众多的包括社会各阶层的虚构人物中，插入了真实的历史人物：陈独秀与汪精卫。但小说的独特处在于更注重对大动荡时代知识分子心理的探寻，即如胡风所说，路翎所追求的是"历史事变下面的精神世界底汹涌的波澜和它们底来根去向"。社会结构剖析与心理结构分析的统一，艺术家、心理学家与历史学家的统一，使《财主底儿女们》具有了"心理历史小说"的特征，当之无愧地成为展示知识分子心灵历程的史诗。

（二）

路翎的这部史诗选择"财主底儿女们"——中国封建大家庭的后代作为描写对象，由此展开他们之间的矛盾与斗争（第一部），在战争年代的不同道路与命运（第二部），这样的艺术构思根植于中国现实土壤中，显示了作家对中国社会特点及中国知识分子道路的独特的深刻认识与把握。鲁迅早就说过：家庭为中国之基本。血缘关系维系的中国封建家族与宗族，在中国社会结构中占据特别重要的地位。封建统治者长期实行的文化专制主义，使得中国掌握现代科学文化的知识分子的最初几代，不能不产生于封建大家庭内部，而具有了"财主底儿女们"的历史的阶级的地位与特征。这在他们的心理结构上打下了深深的烙印。小说所描写的蒋氏大家族的家长蒋捷三在"英雄"般地死去以后，"躺在灵位后"仍然"沉默地演着主角"，他的幽魂死死地纠缠住所有走着不同道路的儿女。蒋家后花园幽静的生活早已成为遥远的过去，但对于蒋氏家族始终是"凄凉哀婉的存在"，"在进入新生活后"也依然是"回忆底神秘的源泉"。蒋捷三的长子蒋慰祖、长女蒋淑珍、次女蒋淑华都是蒋家忠实的儿女，因而不可避免地成为"过去的人物"，在小说中以不同色彩扮演着悲剧角色。蒋淑珍永远带着"那种柔弱的、悲哀的面容"忙碌而辛苦地、却不免是徒劳地试图保护大家庭中的每一个成员，"大的不幸要来"、"生活要崩溃"的预感恶魔般地时时追逐压迫着她的灵魂，她空虚，觉得失去了依傍，"什么都没有根据"，她恐惧，不只为自己，更为下一代："谁能保住小孩子们呢？"这位具有全部封建美德的贤妻良母，孝女慈姐，把封建大家庭的败落看作是生活的崩溃、未来的毁灭，这种心理感受背离历史发展客观规律而显出历史的荒谬性，然而她主观上却是真诚而严肃的，这就同时具有了某种悲剧性。"高傲"的蒋淑华是蒋氏家族中最富有"诗意"的人物，她那"世家子女"高贵文雅的气质与蒋家华丽、肃穆而又有几分神秘的后花园气氛是最为协调的。然而在她的自我感觉中，她的生命却是"一朵云，一只雀子"，是"月光下漂离江岸的""陌生的小船"，她那迟来的、秋天举行的婚礼，有着"特别精致的情意"却又有掩盖不住的哀伤，她终于在温柔的叹息与眼泪里过早地告别了这对她来说是太难适应的动乱的人世，也宣告了"过去的、黄金般的时代"的"不可复返"。蒋慰祖，这位蒋捷三寄以全部希望的蒋家大少爷，却是疯狂的——因为感到自己是"罪孽深重的""无用"的儿子，不能挽回那"一切都崩溃"的历史狂澜而疯狂，因为恐怖于"诗书礼义"、"人伦毁坏无余"、资产阶级赤裸裸的"禽兽"道德泛滥而疯狂。在偶尔清醒的时刻，他仍然神往于那"柔顺、静穆、崇高"的"大自然"与原始的自然状态的封建宗法生活，这狂乱中的"温柔的、安宁的心情"，使人想起了他的喜欢"梦幻"般"微笑"的姐妹蒋淑珍、蒋淑华："蒋家的人们似乎都有这种气质与心理。"小说第一部的人生戏剧舞台上交替着温柔的感伤剧与狂暴的闹剧：这正是中国封建大家庭最后的历史演出。

　　三女儿蒋淑媛、三女婿王定和及二儿子蒋少祖是蒋氏家族的"新人"。他们属于"五四"以后的历史新时代，因而更加引人注目。王定和这位新型企业家，曾以他的冷酷而精明的铁腕无情地撕破封建伦理温情脉脉的面纱，他的"肥胖的、喜欢排场的、小气的"夫人蒋淑媛，把"享福"作为"社会底最高的善"，用世俗的物质欲取代了蒋淑华"天国"的诗意追求。但是，西欧社会的"理想"一旦在现实碰壁，他们就迅速地"想透了人生"，陷入"颓唐"，甚至"觉得物质享受"也"没有意义"，而"确切地信奉起家庭伦常和中国底一切固有道德"，蒋淑媛"带着旧家庭的情操"，以一种"不过于奢华，也不过于清淡"的"中庸的气度"向蒋淑珍靠拢了。而蒋少祖这个蒋家第一个"逆子"、"五四"时代走出家庭的"英雄"，曾野心勃勃地要把中华古国建设成一个西方式资产阶级自由主义的天堂。但中国革命的客观逻辑却违背了他的主观意志转向了新民主主义的方向，他感到了一种日益强大的阶级力量的威胁，自己"不能再是能够拯救中国的英雄"，他"看不到出路"，甚至产生了和大姐蒋淑珍同样的一切都在"迷乱"中"走向灭亡"的幻灭感。在这样的精神危机中，"他底心灵转向古代"，强

烈地感到了"中国底固有的文明"的强大与魅力；它"寂静而深远"，
"不会被任何新的东西动摇"，"新底东西只能附属它"。蒋少祖简直是
虔诚地跪倒在东方文明的"祭坛"之下；他折服于"东方精神"的"克
己"、"和平、庄严与宽大"，把家庭生活看作"人世底最善的理想"；
他"庄严地，思辨地爱好起自然来"，在士大夫阶级的隐逸生活中去
"找寻心灵底静穆"、"和谐与抚慰"，"在那些布满斑渍的，散发着酸
湿的气味的钦定本、摹殿本、宋本和明本里面，蒋少祖嗅到了人间最
温柔，最迷人的气息"。蒋少祖身上终于也显于了蒋氏家族共有的神
往于"过去的甜美的平静"的心理特征。这样，顽强、骄傲的封建遗
老蒋捷三与软弱、卑谦的资产阶级自由主义思想家、政治家蒋少祖，
在蒋家后花园历史性地会见就是必然的了。在父亲宽宏、凄凉、慈爱
的笑容与儿子带着"女性的妩媚"的"温柔的微笑"里，结束了蒋氏
家族史人生戏剧的第二幕，竟充满如许屈辱的色彩，它具有更加深刻
的悲剧性。

小儿子蒋纯祖是蒋氏家族中更新的一代。他有一个更高的"英雄
主义"的起点：在小说第二部的开端，蒋纯祖面对曾经在那里度过自
己童年的南京城的毁灭，有过这样的心境——

他长久地凝视着火光和火焰，在最后，遵照着这个时代底命
令，他露出了轻蔑的，严厉的笑容，他是像这个时代的大半青年
一样，只要有力量，是总在责备着他底祖先，他底城市的。

"毁灭！好极了！"他说，笑了一声。

作家真实地写出了一个时代的心理，在抗日战争初期，人们（岂
止是蒋纯祖这样的青年）几乎是以一种狂喜的心情期待着：在这神圣
的民族解放战争中中国封建主义大厦的彻底毁灭。但蒋纯祖们在"以
后数年"的教训中就逐渐明白："这种毁灭，在中国是如何地不彻底，
以及不彻底的可怕。"这种可怕的不彻底，不仅表现在蒋纯祖不得不

面对的外部现实，在以石桥场为代表的中国广大的农村仍然为封建宗法势力所统治，更重要的是蒋纯祖们自身内在心理的变化，"过于强烈"的期望与追求为现实无情粉碎之后，蒋纯祖们精神上"迅速地失去了均衡"，他们"对旧的一切和对新的一切""同样地缺乏知识"，只是直观地觉得，"对于他底周围底实际的一切，没有一个新的观念能给出真理的光明"，他们绝望地感到自己所向往的"自由的、豪放的、健全的生活"，只"在西欧存在"，"但中国没有，且不可能有"，在一片精神的空白地上，"祖先们底苍白的鬼魂"获得了活跃的机会。蒋纯祖开始依附道学的思想来抵抗欲望的诱惑，"甚至有了复古的思想，认为古代底伦理、观念和风习是值得称道的"，对遥远的、宁静的诗意生活的向往又终于在蒋氏家族最年轻的一代身上得到了心灵的感应。于是，小说第二部又出现了第二次历史性的会见；出场的人物却是早已归依了的蒋少祖与仍在反抗的蒋纯祖，没有重演和好的历史，相反是以激烈的争吵结束，但蒋少祖却有了这样悲哀的心境："生而几易，我底梦不能实现！那种时代过去了！现一切又在弟弟身上重演了！"——蒋氏家族史上第三幕人生戏剧依然有这样浓重的悲剧性！

作家诚然没有写出与封建大家庭彻底决裂的新一代知识分子形象，但如果把我们的评价限制在作家所提供的生活内容的范围内，而不提出也许是作家力所不及的要求，那么，就必须承认：作家对作为"财主底儿女们"的中国现代知识分子共同的心理特征——封建大家庭根深蒂固的传统、中国固有的东方文明"寂静而深远"的影响，在心灵深处的投影——的挖掘，是极其深刻的。正是这一点，决定了中国现代知识分子历史道路的特殊艰难性。他们既担负着反抗封建旧文化旧传统，传播科学民主思想的启蒙任务，又负有把中国文化的优秀传统与现代科学文化结合，寻找具有中国特色的现代化道路的历史使命。同时，还必须与封建旧文化旧传统对自身思想、心理，以至性格的深刻影响作斗争。他们经常需要在内外两面的搏斗中，杀出一条生命的血路。在一定的意义上，对自身所受的封建主义影响的斗争更为艰巨，需要更多的自觉性与韧性，而这一斗争的结果将直接关系着对外部封建主义影响的斗争所能达到的彻底程度。这是痛苦的，却又是真正英雄主义的。

（三）

对现代中国知识分子道路与心理的历史考察和艺术表现，如果仅仅采取与封建旧家庭、旧文化、旧传统的关系这个视角，那至多只能写出一部结束"过去的时代"的作品。而作家路翎却是要自觉地把握住他的时代，并且把自己的生命与艺术都看作是"通到未来的桥梁"的[2]。20世纪的中国本质上是一个人民的时代，亿万人民的觉醒与斗争是20世纪中国历史的主题，并且决定着中国今后的前进方向。中国现代文学也正是在其对人民伟大斗争的密不可分的血肉联系这一点上，取得了它的"现代化"的最重要的特征。鲁迅为中国现代小说知识分子题材作品所开创的最重要的传统，就是从知识分子与人民的关系中去挖掘知识分子历史悲喜剧的最深刻的根源。路翎的《财主底儿女们》直接继承了鲁迅这一传统，并且有着自己的特色。

作家对蒋少祖这类资产阶级自由主义思想家与政治家的心理开掘和思想解剖正是从这里入手的。蒋少祖们在公开场合也不妨高谈"民众"，而在闭门自省时，却不免要提出这样的问题：这些民众与自己"究竟有什么关系呢"？蒋少祖仅仅承认"在历史的意味上，或在抽象的观念上"，他"领导了民众，为民众而工作"；在踌躇满志的自我感觉中，典型地表现了资产阶级知识分子对待人民的贵族态度。而蒋少祖们内心深处是把人民视为"异类"、"陌生的路人和卑微的邻人"

的，他们甚至希望（当然是徒劳的希望）不要感觉到人民的存在，在着意藐视中隐藏着永远不愿意承认的恐惧感。因此，他们用最阴暗的心理来描绘人民的形象。"他觉得中国底民众缺乏知识和教养"，"中国底民众，嫉恨、多半是羡慕上层阶级的人们底幸福生活"，"人民永远和权力不相容，不是服从就是反抗"，他们甚至质问："把革命交给人民，人民是什么？那些无识的人，懂得理想吗？"问题正在这里：这些自由主义的资产阶级知识分子的目的是要消灭革命，至少是"独占"革命，把革命纳入他们所希望的轨道。因此，完全可以理解，当人民，特别是热情的青年们，违背他们的意志迅速地投入新的革命洪流之中，而他们只能眼睁睁地看着，毫无干预阻挡的能力，他们就陷入了一种极其复杂、可以说是紊乱的心境之中：忽而"嫉妒和憎恶"的毒火燃烧，忽而"显出深深的忧郁与疲劳"，忽而"觉得他应该宽恕仇敌"，忽而"觉得他是受了希望底哄骗"，"被什么一种巨大无比的东西拖的太久"。于是，历史的、心理的发展的客观逻辑都导致一个结果：曾经被历史推上人民同路人位置的中国的蒋少祖们终于与人民及其革命事业分手，作出了背叛性的选择。"宁愿抛弃民族底苦难和斗争——这些与他，蒋少祖，究竟有什么关系呢？——而要求心灵底独立和自由。"他们可耻地扮演着忏悔者的角色，高喊着："我不受暴风雨的欺骗了，然而我要心灵底平静和自由。"在现代中国社会大动荡大分化时期，一切"心灵自由"的叫喊，只能是一种历史的虚伪（不论个人主观动机是否真诚）。作家以巨大的严峻的现实主义力量把对蒋少祖们的心理解剖进行到底，于是，我们看到蒋少祖在与汪精卫的会见中，甚至有了这样的心理："蒋少祖觉得只有汪精卫一个人是看清了中国，没有被热情冲昏的。蒋少祖无疑地是拥护战争的，但他反对了那些被热情冲昏了头脑的人们和机械的、顽固的、想做拯救中国的英雄的人们，特别对后者，他有着强烈的仇恨，于是汪精卫就成了美丽的花朵了。"对人民力量的"强烈的仇恨",使蒋少祖从心理感情上不由自主地接近汪精卫。从背叛人民出发,必然滑向民族投降主义。作家正是从知识分子与人民关系的角度,以具有历史深度而又极其精细的心理解剖,完成了蒋少祖这类自由主义资产阶级知识分子的典型性恪的塑造。正如胡风所说,这是对近代中国社会"这种性格底各种类型"——从胡适到周作人——"一个总的沉痛的凭吊"[3]。

当蒋少祖从内心深处已经与人民"告别"的时候,他的兄弟蒋纯祖却对他骄傲地宣布:"我信仰人民。"作家说,这是"1937年的青年"的典型"信仰",他们都同样"满意这个字:人民"。由此,展开了历史新的一页,中国年青的知识分子对抽象的人民的单纯信仰接受战争严峻考验的历史。这构成了《财主底儿女们》第二部的中心内容。蒋纯祖这一代青年知识分子是在中国社会的大动乱中成长起来的一代。作家在观察与表现他们与人民的关系时,准确地把握了不同于和平发展时期的历史特点。战争造成的社会动荡打破了原有的一切结构与秩序,财主的儿女的年青一代蒋纯祖与平时不可能接触的最下层的人民——工人乐谷良、下级军官徐道明、逃兵石华贵等奇异地有了同生死共患难的命运。历史给蒋纯祖们提供了一个可贵的机会,站在同一地位(甚至更低的地位)认识现实生活中具体的人民,而不是书本上的抽象的人民。战争的激烈性与巨大破坏性激发出人们最崇高与最丑恶的情感,于是,人民中蕴藏的伟大的庄严的力量与他们的一切精神弱点,都同时以最尖锐的形式赤裸裸地展露在敏感的、曾经对人民有着种种幻想的青年知识分子面前,给他们的心灵以难以想象的巨大冲击,使他们的思想感情与心理发生着极端激烈、复杂的急速变化。作家没有回避现实生活所特具的严峻性质,以现实主义的艺术胆力追求着人物心理刻画的具体的历史的真实性,深刻地写出了蒋纯祖这一代青年在战争烈火中所经历的内心炼狱（小说出版时封面特意选用了但丁《神曲·地狱篇》的插图），他们在与普通军官、兵士、船夫共同承担民族灾难中感受到"最崇高的情操"，升腾起"特别严肃，特别亲切"的情感，在普通人民的英勇的献身精神里，得到深刻的感动，体验到生命"美丽如诗"的意义。正是在这与人民一样沉默、庄严、浩大的旷野里，蒋纯祖开始"懂得中国了"：她的力量与软弱，她的富饶与贫困，她的伟大与不幸。蒋纯祖同时也许是更加强烈地感受了生活"场面"的全部残酷性："在这一片旷野上，在荒凉的或焚烧了的村落间，人们是可怕地赤裸。"在兽性的残杀中，蒋纯祖也同样赤裸裸地表演了（或者说发展了）他精神上的全部丑恶，"他常常地软弱、恐惧、逃避、顺从"，以至学会了虚伪。这样。蒋纯祖们没有因为经历一次炼狱，而一步升天堂。中国的抗日战争动荡年代成长起来的一代青年要真正走向与人民相结合的道路，还要承受更大的痛苦的搏斗与磨炼。蒋纯祖走完旷野中的人生与心灵的艰难旅途，没有成为有着坚定信仰的"使徒"，却产生了"冷酷的人生哲学"。于是，人们发现了一个新的蒋纯祖：他不再单纯，"荷着野心，又觉得自己卑微，以孤独为慰藉"，"他景仰这个人，因为这个人可以满足他底需要，在他得到了他所需要的，或证明了这种需要是不可能得到的那个时候，他便会遗忘这个人。强烈的年青人，在人生底竞争中，不可能为别人服役"。但蒋纯祖已不复平静，在他一次又一次地陷入个人名誉、地位、情欲的狂热追逐中时，一再地在心灵深处响起旷野的呼喊，尖锐地感到这个时代以及"在荒凉的旷野中默默地献出自己"的人民在监督着自己。这使他焦灼不安，他绝望地企求"拯救自己"，却缺乏力量与勇气。旷野中人民的形象越来越遥远、模糊，越来越带神秘色彩，他终于触到了一个最"严重的问题"：他想到自己，就"感不到人民"，他失去了与人民、未来的联系。个性解放的追求与人民解放的历史要求相分离以至对立，不可避免地导致了严酷的悲剧结局。蒋纯祖在生命结束的刹那间，看到"无数的人们在大风暴中向前奔跑"，"听见有雄壮的军号的声音"，"他渴望跑上去，但他自己底罪恶和卑怯，沉在他心里有如磐石，坠住了他"，于是，蒋纯祖感到了被时代与人民的"遗弃"的"恐怖"。作家没有把蒋纯祖们的道路描写为"直线突进的路"，却按照生活本身的客观逻辑，让他在历史的曲折中走向悲剧结局。小说却因此获得了"更泛更广的历史意义"[4]。

（四）

抗日战争时期，到中国共产党所领导的人民革命运动中寻求真理与出路，成为许多知识分子的共同选择。但现实的而非理论上的中国革命运动，发生在中国这样一个半封建半殖民地的社会环境里，就不能避免社会、历史的病菌的污染。因此，伴随着它的巨人的光明面，必然有"污秽与血"（鲁迅），伴随它的伟大胜利，必然有失败与错误。这不可避免的革命的阴暗面，对到革命队伍中来寻找出路的知识分子心灵的撞击，由此引起的苦恼、迷惑、矛盾、斗争，以至道路的选择，是中国知识分子历史道路的全新主题。它所具有的丰富复杂而又深刻的历史的心理的内容，理应成为现代文学的表现对象，我们的文学本来就有这种不回避现实生活提出的重大尖锐问题的光荣传统。但由于种种复杂的原因，大部分知识分子题材的作品都有意无意地回避了这个生活与文学的新课题，这构成了中国现代文学的一个历史的遗憾。而多少弥补了这种不足的，正是《财主底儿女们》。

作家以深邃的历史眼光和现实主义艺术勇气，在小说中尖锐地提出了最为敏感的教条主义问题——尽管他的描写并不完全成功，而呈现出较为复杂的情况。作家从蒋纯祖这类渴求"心灵自由"的青年知识分子的感受出发，从教条主义对个性的压抑与扭曲这一独特角度，展开他的描写与批判。小说通过蒋纯祖在演剧队中的遭遇，通过演剧队各种类型青年的心理分析，揭示出：教条主义怎样使"原则被权威的个人所任意地应用，原则被利用，这一个个性征服了另一个个性"。在教条主义统治下，一些人"在热烈的想象里"陷入盲从，"并且陶醉着，永不看见自己，以至于毁灭了自己"；一些人，包括教条主义的执行者，则自觉地"克制自己"，使个性服从教条的要求而"训练得较为枯燥"，在不能压制自己内心要求时就"甘于"人格与感情的"分裂"，而蒋纯祖这样的具有强烈个性的青年就自然成为主要的批判与打击对象，这种批判与打击，引起了热烈钦慕于革命的蒋纯祖们"无穷的惶惑和痛苦，它常常屈服，但更常常地是起来反抗"，而"在这个时代，这件事是严重的，以至于有些反抗者迅速地毁灭了他们底所有的希望"。上述分析与批判，显然抓住了产生于中国这块半封建半殖民地土壤上的教条主义所特具的封建独断性的特征，因此胡风把它称作是"在伪装下面再生了的"封建主义[5]。这种批判无疑是有深度的，甚至有某种历史的预见性。在小说中作为带有浓厚封建色彩的教条主义对立面的，是蒋纯祖把自己的"内心"看作"最高的命令，最大的光荣和最善的存在"的个性解放的要求。尽管充满同情，作家仍忠实于现实的客观逻辑，没有长久地沉浸在对蒋纯祖的个人主义反抗的英雄主义颂歌里，而是如实地写出：将纯祖坚持个性解放的要求，怎样使他从反抗教条主义出发，而走到对一切原则、一切道德的虚无主义的否定。在离开革命队伍后，他迅速地陷入了纵欲的泥潭，个性解放的"神圣"要求竟然为动物性所主宰，这无疑是历史的嘲讽，对个人名誉、地位、爱情的精神上的"高尚"追求，以及对于黑暗现实的狂热的自发反抗，都起不了强心针的作用，无法挽回蒋纯祖精神上的彻底崩溃。

（五）

作为一部史诗性的心理历史小说，《财主底儿女们》显示了作家对一定历史时代的人们（特别是知识分子）的心理所具有的百科全书式的知识，在这可以找到极其丰富的心理学材料。不只是时代心理、民族心理、一定阶级（阶层）的心理，而且包括不同年龄、不同性别的心理的精细刻画。当人们读到如下的描写"蒋纯祖像一切青年一样，不自觉地努力使目前的一切适合、并证明他底梦想，而不能适合他底梦想的，他就完全感觉不到"，"他只希望别人对他好，他把这希望当作真实；他从未思索过别人，他只注意他的思索和激动"，是不能不亲切地回想起自己的天真梦幻中的青春时代的。而作家写到蒋纯祖与傅钟芬两个注定不能成功的恋人"竭诚地感伤，竭诚地表示牺牲，竭诚地互相安慰，他们不明白实际上他们是竭诚地互相分离"时，人们更不能不叹服：作家对青年男女复杂、微妙、矛盾、紊乱的恋爱心理的把握是何等的精微准确。

但《财主底儿女们》的心理刻画的主要成就与贡献还不在于此。

自从西方资本主义大炮打破了中国封建宗法社会古老的平静与封闭状态，把中国抛入世界性疯狂竞争的大旋风里，半封建半殖民地的中国近代社会就处于连续不断的大震荡之中，到抗日战争时期由于异族的侵略更达到了顶峰。处在这样的历史大变动时期的现代中国人的心理状态与心理表现方式都发生了巨大的变化，越来越趋于复杂化与激烈化。而知识分子，特别是青年知识分子，就正如胡风所分析，他们"一方面是最敏感的触须，最易燃的火种，另一方面也是各种精神力量最集中的战场，因而也就是最富于变化的、复杂万端的肌体"[6]，"这种夹在锤和砧之间的存在"，决定了他们内心世界里充满了"层出不穷的变幻，如火如荼的冲击，鲜血淋漓的斗争"[7]。作为产生于这样的社会环境中的中国现代文学，既然把现代中国人（特别是现代中国知识分子）作为自己的表现对象，就必须从心理状态的"复杂性或激烈性去把握它，反映它"，只有这样，才是"真正现实主义"的[8]。这就是说，中国现代历史与生活本身要求着现代文学突破传统现实主义的"朴素性和单纯性"[9]，向更注重人物内心开掘的现代现实主义发展。鲁迅的以《狂人日记》为开端的"灵魂的写实主义"[10]，正是对这一历史与文学新课题的第一个光辉回答。继鲁迅之后，郁达夫的《沉沦》、《过去》，茅盾的《蚀》，丁玲的《莎菲女士的日记》都在现代知识分子内心世界的开拓与表现上作出了有益贡献。但与此同时，却出现了另一种倾向：一些作家越来越习惯用理性的分析把人物心理感性形态的全部丰富性"净化"为一些苍白的概念，把复杂万端的心理过程简化为只有心理活动的两端的直线式跳跃。对"反对小资产阶级自我表现"的理论的不正确理解，又使一些作家回避了知识分子内心世界的复杂性。时代、社会与人无比丰富、复杂、尖锐、激烈的心理内容被复述得如此苍白、纯粹、简单、平庸，这就不能不削弱了文学的现实主义的思想与艺术力量，使文学严重地落后于现实。《财主底儿女们》正是一个自觉的努力：恢复与发展鲁迅所开创的"灵魂的写实主义"的传统，努力写出"具有全部复杂性的心理的人"[11]。作家深入到人物内心隐秘的深处，尽力地把握每一个瞬间最微妙的变化，加以艺术的强化，追求心理活动戏剧性变化的幅度、速度与力度。这种强化"不是个人激情某种个别的病态的夸张"，而是潜在时代"社会矛盾的明确表现"[12]，与尖锐的社会矛盾冲突的展示取得了有机统一。小说第一部蒋家大媳妇金素痕在蒋捷三逝世后第一个赶到时的心理过程，是小说中最具有内在心理紧张性的戏剧性场面之一。金素痕是蒋氏封建大家族中的异物，她代表着另一个具有浓厚资本主义色彩的社会、道德与心理的存在。与蒋氏家族的温柔气质相反，她的心理基本特征是为攫取欲支配着的凶狠。但在财产争夺中获胜后匆匆从南京赶到苏州时，她的心态却是平和、温柔，甚至感伤的。听到"远处的卖花的歌唱"，她"敏锐地感到和平生活的甜蜜"；看到"砖墙上的老苔"，她想起了"苏州人底多年的感伤的梦"。外在景物所引起的内心感应使她在这刹那间似乎在精神、气质、心理上都成了蒋氏家族的一员，使这种蒋氏家族的心理状态延续下去。当听到蒋捷三死讯时，她"混乱地痛苦着"，在面对刚刚离世的老人时，"她只觉得死者和她最亲近"，她真诚地发自内心的"悲哀底大哭"。而在猛然看到"幽灵似地"出现的蒋氏家族的象征——疯狂的丈夫蒋慰祖时，"一瞬间的沉寂"中出现了思想、心理的停顿与空白，可怕的空虚突然袭来，她感到自己是死去了，感到可怕的孤独。就在这短暂的孤独空虚里她强烈地感到与蒋氏家族的"敌对"，在两种精神力量的搏斗中，她迅速地恢复了自己，"于是，从她底最内面的情感起，作为天使来到苏州的金素痕就变成了凶悍的魔鬼"。极短的时间里，金素痕经历了内心的暴风雨，温柔与残酷，软弱与凶悍，两种极端的情感、心理戏剧性地变换，"天使"金素痕与"魔鬼"金素痕两个对立的形象不和谐地重叠，造成了一种躁乱不安的心理气氛。然而这里却分明又存在着内在的和谐与统一。金素痕起始的温柔心境根源于她心目中那幅"和平的图画"：整个蒋氏家族掌握在自己手中，丈夫与老人都服从于"主妇的权威"；支配在蒋捷三尸前真诚恸哭的心理原因是"一种爱情上的竞争"，"劫取了这个人底一切"，就"认为自己在这个人底爱情上也应该占先"。原来心理、情感的两个极端都是同一个心理本质的不同感性形态——攫取欲的或显或隐，或直接或曲折的表现。它们相反相成，围绕着同一个中心轴在一定幅度内上下摆动，使人物心理、性格"变得不完全像他自己，同时却又始终是他自己"[13]。"不完全像他自己"，表现了性格、心理的复杂性、丰富性与具体性，"又始终是自己"，则表现出性格、心理的确定性。这样，人物形象的塑造就获得了多面化与单纯性的辩证统一。这种表现了现代中国人（知识分子）心理、情感状态的复杂性、变幻性与深刻性的心理刻画对于单纯、静止的心理描写当然是一个新的突破。同时，对心理活动的历史背景、社会基础的明确揭示，又与割裂历史背景的追求纯心理学、生理学的复杂性、原始性的心理刻画，明确地划清了界限。路翎的《财主底儿女们》以其独特的思想艺术探索，对展示知识分子心灵历程的现代心理历史小说的发展，作出了不可磨灭的贡献。历史将公允地记下这一页，这是可以期待的。

（本文中未注明的引文都引自《财主底儿女们》）

注释

［1］［3］［4］［5］［6］［7］胡风：《青春底诗——路翎著长篇小说〈财主底儿女们〉序》。
［2］路翎：《财主底儿女们·题记》。
［8］［9］［11］胡风：《论现实主义的路》。
［10］郭沫若：《契诃夫在东方》。
［12］卢卡契：《托尔斯泰和现实主义的发展》。
［13］托尔斯泰：《复活》。

芦焚：知识者的漂泊之旅

《果园城记》是芦焚从 1938 年 9 月至 1946 年 1 月创作的短篇小说集，历时八年，几乎与抗日战争相始终。在小说出版时，编者就介绍说，《果园城记》是作者"最得意的短篇结集"。事实确实如此：三十四年后，劫后余生的芦焚重编他的短篇小说、散文选集时，删去了一些自认为保留价值不大的作品，却将《果园城记》中的二十篇悉尽收入。称《果园城记》为芦焚"代表作"，大概不会有错。

40 年代的芦焚

但又岂止"代表作"而已。芦焚说，"果园城"是他的创造，他的发现，"我有意把这小城写成中国一切小城的代表，它在我心目中有生命，有性格，有思想，有见解，有情感，有寿命，像一个活的人"[1]。实际上，芦焚是把他的创造活力都集注于这个"果园城"的营造，他的全部作品就构成了一个"果园城"世界——这是仅仅属于他的人生世界与艺术世界，不仅是因为"其中的人物"是他"习知的人物"，事件是他"习知的事件"，其中更浸透着他的理想追求，他的哲学感悟，他的审美情感和他的性格力量。仅此一点——创造了独特的"果园城"世界，就足以使芦焚自立于中国现代文学创作之林：人们很难将他忘怀。

（二）

《果园城记》写的是"我"（关于这个"我"，我们下面就会详尽地讨论"他"，不过，作者已经交代："我"并不是"我自己"，"虽然由现存的小故事看，他的观点和感情有一部分就是我的"[2]）回到自己的家乡——果园城的见闻。这就是说，作者只截取了一个完整"过程"的后半段："归来"之前，将是怎样一番情景，又经受了怎样的"心灵的历程"呢？

从表面上看，作者回避了。实际上，作者仍然作了"暗示"——我们的分析，就从这里开始吧。

于是，我们首先注意到，《果园城记》里的许多人，都有一种奇特的，与他（她）们现有生存方式很不相称的"神态"。你看——

似乎已经陷入绝望的老小姐素姑，"手里捏着针线"，却"惆怅的望着永远是说不尽的高和蓝而且清澈的果园城的天空"，"她想的似乎很远很远"……（《桃红》）

"为人淡泊而又与世无争"的前农场场长葛天民，突然间，他会"失神的望着空中，望着那棵合欢树"，好像进入"梦境"之中（《葛天民》）。

连这位已经被生活拖累压垮了的小学教员贺文龙，在他永远写不完的"文稿"里，也赫然写着："被毁伤的鹰呵，……你生成的野物毅然遥望天陲……"，仿佛"美丽的幻境摆在前面，摆在鹰的翼下"……（《贺文龙的文稿》）

有意思的是，在《果园城记》之外的作品里，芦焚也不断地重复、渲染、强化他对"果园城人"的这一发现：无论是饭馆里的伙计（《金子》）、老农（《人下人》）、老长工（《老抓传》）、还是村姑（《寻金者》）、大学生（《春梦》），也都一个个凝神遥望高空和远方，"似乎神往着另一个世界"，"仿佛在渺不可及的地方，正有着什么妙不可言的东西诱引"着他（她）们……

（芦焚在一篇散文里，还提到"记得在什么地方见过一幅画，是一个跪着的女人，头发披在背后，双手向上伸着，眼睛得大大的痛苦的仰望天空"[3]。这使我们想起了鲁迅在本世纪初为他的终于夭折了的《新生》杂志选用的封面画《希望》，也是一位女子弹着弦琴，跪坐在地球上，遥望着太空。也许这正是一种提示：作者〔以及我们〕所注目、发现的，是世纪性的精神现象？）

一点不错：这"凝神远望"的神态下面，蕴藏着十分丰富的精神世界与心理内容。

芦焚写过一篇题为《归鸟》的小说，如此形容大革命时代的中国男女青年——

他（她）们"都小鸟一般尽量往外飞。往外飞，成为一种传染病，大家同时感受着暗示，直像春雨天的燕子，……于是一簇一簇飞出去了。尽量的远，尽量要自由，尽量的喧叫，还尽量来一个自由的大呼吸。飞过山，翔过水，心房跳跃着，四下望去，大为感动，心同嘴里都喋喋地叫道：'看哪，……这世界，啊，这世界！'"

这里表现的"五四"所开创的"个性的解放"、"人的解放"的时代精神。正是挣脱与冲决几千年来的封建桎梏对于人性的压抑的历史要求，产生了中国人和中国民族持续一个世纪的"飞"的欲动——于是，在芦焚的笔下，不断出现"飞"的意象：

他做了一个非常满意的梦：身干长得又高又大，另外还生出两只翅膀……（《金子》）。

　　她是街上飞的鸟儿；她不能在死气里过日子（《女巫》）。

　　一交上青春，……心里的鸟儿开始叫了。……一只想生出翅膀飞上青天……（《老抓传》）。

　　对，黄莺是爱飞的鸟儿，人也应该飞。大家都要飞，飞（《牧歌》）。

　　…………

　　"凝神远望"的神态下鼓动着这"飞"的欲念，这是发人深思的。我们于是又联想起了曹禺的作品。他的花金子（《原野》）不也是一个劲儿地呼唤着"飞，飞，向上飞……"么？可见，"飞"的意象是表现着一种时代的民族的冲动的。芦焚作品里的这一层面，显示了作家与他所生活的时代深刻的精神联系，因此，将芦焚称为"为艺术而艺术"的作家是不符合实际的。

　　作家捕捉到的"飞"的意象固然十分鲜明地表现了时代、民族精神，却似乎又有空泛之嫌，需要把他的这种敏锐感受深入与具体化。于是，又出现了《金子》里的开掘（这是作家所钟爱的一篇小说，晚年特地写有《回忆我写〈金子〉》）。小说写一个童心未失的饭馆小伙计对小市民灰色生活的心理反应。"饭馆是毁人炉。从早到晚，灰色的日子都在慢慢地爬。总在慢慢地爬"！"这灰色的店堂里，桌子，凳子，那咳嗽的大挂钟，好像自开天辟地都是愣在那地方，万世也不会动一动。一个劲没变化的日子，将金子弄昏了"，"那种不变的空虚，那种空虚又形成有形体的样子，老是沉沉的压在肩上"，正是这种没有变化的，空虚无味的生活方式及其特有的生活慢节奏，形成对于人的本性的巨大压抑，"这样风车似的转着，一天，半月，半年，他不能秉自己的意志上街，他不能随心的高兴跳跃，叫喊。……再这样继续下去数年，他成了个有用的好学徒，……然而，同时他也成了一个没有用的人，他失去了别样生活的能力"，一个"典型的小市民"是

"决不许想象的",也只能"没有幻想,缺乏意志,奉公守法,度着无差别的日子"。这是一个典型的契诃夫式的"发现","毁人"即扼杀人性的,不是人们通常关注的阶级剥削与阶级压迫。而是亚细亚生产方式产生的亚细亚生活方式,一种历史的惰性力量,用我们今天流行的说法,也可以说是一种停滞不变的惰性"文化"。这里,没有流血,没有呻吟,甚至可以说是一种舒舒服服的"滑行"。但所发生的"人"的异化,却同样惊心动魄,同样使一颗善于幻想的"精致的心"感到恐惧。——作家芦焚正是如此。于是,在他关于"凝望"的神态、"飞"的欲念的发现与描写里,也就融入了他个人的(自然也与时代相联系的)体验、情感、欲求以至气质;对于小市民灰色人生刻骨铭心的憎恨,对于幻想的"浪漫气味"的珍爱,神往与呼唤。

于是,我们在芦焚的作品里,听到了对于普通老百姓的"迷信"的辩护:他以为向神灵"祈福"者"有一个美丽的灵魂,一个热切向往着幸福的灵魂","就说落后到信仰祖宗的神吧,也还可以做做虹一般美丽的梦,也还可以减轻一点心头载着的重荷"[4]。在收入《果园城记》里的《说书人》里,他甚至这样歌颂家乡的民间艺人(他称之为"一个世人特准的撒谎家"):"你可曾想到你感动过多少人,你给了人多少幻想,将人的心灵引得多么远吗?……你向这个沉闷的世界吹进一股生气,在人类的平凡生活中,你另外创造一个世人永不可企及的,一个侠义勇敢的天地吗?"而且,芦焚还有了这样的发现:原来那"凝神远望"的神态,那"向上,向远处飞"的欲念,是在童年时代的嬉戏中播下种子的:那时候,"我们只悄悄地望着那只'天灯',它的神秘的闪耀,不觉间已将我们的心引向不可知的远处"……[5]而所有这一切对于民间"迷信",民间艺术,以及儿童嬉戏的发现与肯定,实质正是对于在"民间"与"儿童"中保留得相对完整,未被异化的"人"的本性,生命本能的发现与肯定。于是,在芦焚的作品里，终于响起了这样的赞歌："生命在向上长，在追寻一个美与善的目的。从这中间我们得到启示……'生命多可爱呀！'。"[6] 芦焚对于他的男女主人公"凝望"神态、"飞翔"欲念、"幻想"天性的发现与描写，也就进入了"人"的精神本质的形而上层次。

（三）

于是，芦焚以及他的人物不能不都是"跋涉者"。仅仅从《过岭记》、《路上》、《寻金者》、《行脚人》、《劳生之舟》、《乡路》、《倦游》、《行旅》……这些题目，就可以看出作家是如何地醉心于这类形象了。《果园城记》里的"我"就是这样"跋涉者"。作者介绍说，《颜料盒》里的油三妹因为"一种类似跋涉者的渴望"而"希望结婚"，终于犯下了一生最大的"错误"；《傲骨》的主人公也有过外出"旅行"而又"归来"的历史；而那位果园城里的"乖张人物"孟安卿，"年青的时候"起就"是个大空想家"，"突然离开祖辈世居的故土"，而"开始了生活上的大狩猎"（《狩猎》）；甚至他的堂兄弟，绰号"安乐公"的孟季卿，竟如此地憎恨家庭，在离开"老家"以后，即使漂泊异乡也不愿归来（《孟安卿的堂兄弟》）；那么，"果园城"世界里的这些居民原来都不同程度地染有"跋涉者"的气质。而作者本人据他自己说，"我不喜欢我的家乡，可是怀念着那广大的原野"[7]。作者还回忆说，从六七岁时起，"每到夏天和秋天我们便在旷野上露宿"[8]，在受到大人无端的责备时也是"逃进旷野，直到黄昏过去，天将入夜，这才悄悄地回来"[9]，"母亲还是在我很小的时候就已经替我判定了命运，我原来应该作一个农夫，然而大地无涯，天陲时时向我引诱，于是，我幻想作一个旅客"[10]。在"同是跋涉者"这一点上，作家与他的人物取得了心灵的契合：这是双向的发现与渗透。

"跋涉者"即是现代中国的流浪汉。作者曾经给其中的一位画了这样一幅肖像画:"那汉子拄着行杖,走下山来。……那装束,一看便知是涉过千山万水的老行脚。但所带行李却万般轻简,肩际仅斜佩了尺把长的一个小包,其中不过是些薄衣单袜。另有一双半旧的鞋,照所有跋涉路途的旅客的样子,打在包裹的外面"[11]。这自然只是外表,他们的内心更骚扰得厉害,[12]自有一个不安宁的灵魂,奔涌着生命的不息冲动,仿佛永远有"一个声音在旷野上呼唤着",你甚至会觉得"这声音就像发出于数世纪以前",是原始的人的生命本能的呼唤[13]。仿佛有一种"渴望"(作者说如同"饥思食渴思饮"一样),要到神秘的,未知的"远方"去"探险",去寻找"没有人知道的命运"[14],去追索也许永远也得不到的自由的天地,"心灵的暖床"[15]……这呼唤更是发自内心:在跋涉中,会突然"陷入沉思,我问我的主宰——我自己:究竟谁是健全的呢?""我"回答说:"在推理中我们应该有较健全的(生命);然而我们的绝对理想中的是什么样?他们需要的空气又是什么"[16]?有时也不免产生疑惑:"难道人们总是从那里到这里,又从这里到另一个地方去生活的吗"?仍然是"自己"回答:也许"我不能解释这个问题,但是人们永远有一个不能满足的欲望,因此就长年的从那里到这里,从这里又到另一个地方,如果没有事情做,人们就觉得不能生活"[17]。正是这永远达不到的追求健全生命的"绝对理想",这永远"不能满足的欲望",构成了"人"的生命本质,驱赶着精神与肉体尚未萎缩的人们挣脱生活给戴上的"无形的镣铐",抛弃了安身立命的"家"的"老巢",离别了生养自己的乡土,走上了四处漂泊的人生之路。他们于是发现了一个宽阔的,自由的世界,"大地是这样丰富,原野的香,压着行客的胸脯都有些生痛"[18],潜藏的几乎压死的生命终于复活,一股兽性的力在血管里狂奔,眼睛里"不倦的射出生命的火花","那一脸坎坷的肌肉,凝固的倔强执着，全部像一颗燧石"，"一身的邪精力，充溢着野性的锋芒"，跋涉者被铸成"魔鬼的化身，旷野上的老狼"[19]……

当作家芦焚如此这般痛快淋漓地抒写着他的跋涉者、流浪汉生命的升华时，也把他自身的浪漫主义、理想主义气质发挥到了极致。由此而产生的他的作品的魅力，既是艺术的，也是人格的。不过，人们在读着这些充满了生命的光彩的文字时，有时也不免产生一种空泛感。这是必然的：因为无论是作家本人，还是他的男女主人公，他们的人生跋涉之路，在现实实现时，并非走向充满原始诗意的旷野，而是流入用喧嚣与煤烟窒息了诗意的城市——大批人员从农村流向城市：这是中国（以至世界）现代化历程中的典型社会现象。中国的现代流浪汉（现在有人把他们叫作"盲流"）正是中国传统农民的最后一代，与现代都市的新居民，这构成了芦焚笔下的"跋涉者"形象的真实的社会历史内容。有趣的是，在作家（与他的人物）的感觉中，农村（或者"果园城"这样的作为"大农村"的小城镇）是"居民的老家"，而现代化的城市就是"一个大旅馆"[20]。如果说，跋涉者们原来在作为"老家"的农村里，多少还能保持（哪怕是虚幻的）自己是"家"的"主人"的自我感觉，那么，当他们一涉入城市，就立即淹没在"大旅馆"中熙熙攘攘的人群之中，突然失去了自己的声音，自己的色彩。人们匆匆从各方面走来，又匆匆散向各地，人与人在大街上擦肩而过，竟没有坐下闲谈的时间与机会，这就必然产生陌生感与孤独感。于是，芦焚笔下的跋涉者身居闹市，却有了"这世界真的荒凉"的感觉，并且发出"谁了解我？谁知道我？"的痛苦的呼喊[21]。待到真正在这金钱支配的、机械的城市中安顿下来，这些怀着获取新的生命活力的希望流亡而来的跋涉者，竟然发现了另一种形态的生命的枯萎：这里"没有生命，没有香味，没有色泽，没有见过阳光，没有经过风霜雨露"，"一切都是假的"；人们"哭的恰是时候，笑的恰合分际，但是，我从他们的一颦一笑的背后，常常看到的是一个吃人的血淋淋的大口"[22]。当终于得出"城市里的人没有春天，他们出钱去买春天"[23]的结论时，语气里已经含着几分嘲讽：是对现代城市的否定，还是理想主义者的自我怀疑？无论如何，这背后是充满着一种幻灭感的。于是，这些曾经有着浪漫主义的豪勇的跋涉者，成了真正的精神流浪汉：他们失落了目标，也失落了自我。他们哀叹着："我们得到了没有期待的，失去了我们期待的。"[24]作家在谈到《果园城记》里的"我——也是一位跋涉者时，竟然宣布："我不知道他是谁，他要到何处去。"[25]其实，真正回答不出"我是谁？""我要到哪里去"的，不仅是芦焚笔下的这些精神流浪汉，更是作家自己。这些"旷野上的老狼"，已经发不出令人神往的生命的吼叫，而如鲁迅《孤独者》里的那匹"受了伤的狼"似的，"深夜在旷野中嗥叫，惨伤里夹杂着愤怒和悲哀"……芦焚作品中的浪漫主义激情由此而获得了"悲凉"的底蕴：这显然是一个更为丰厚的美学境界。

而芦焚的男女主人公在人生跋涉中，为幻灭、不安、疲倦困扰得身心交瘁时，又面临着"艰难的选择"——

仍然有一种生命的呼喊在前面响着："决不回；不回，永不回！"[26]但同时又响起"归去"的呼唤。

《果园城记》里的"我"，旅途中有人问他："你到哪里？"这一问，立刻"唤醒了我童年的记忆。从旅途的疲倦中，从乘客的吵闹中，从我的烦闷中唤醒了我"——童年，它竟具有如此的牵引力，只要一声召唤，"哪怕中间隔着几千里路"，也要归去，归去寻觅那"失去的乐园"[27]。呵，"我要到我们曾经采摘过木耳和蘑菇——那充满着童年的美梦、足迹和细语的树林里去吗？我要去看看那终年长寂，只有金钱似的阳光照耀的坟墓吗？"[28]……

而当有人问作者自己："你要往哪里去"时，作者竟也这样回答："我想到我们乡下。""你是想回家了吗？""有时候我偶然想去看看。""你在做梦吗？"也许是吧，但我忍不住要时常这样跟自己说："我要走了"，要回归故土去，"在那边，……我们的许多亲旧，其中有一部分已经不在世上，有一部分将来自然也要死的，我们仅仅可以猜想，他们现在是在日本人的蹂躏下面挣扎，他们的近况——我们无从知道，我已经将近两年没有得到家里人的信息"[29]……

这"回归"欲念同样强烈而不可遏止，并且同样具有多种层次：这里，既有对于现代城市生活的失望、厌倦，而唤起对农村简朴生活的眷恋；也包含在人生征途被生活击垮，"异化"了的"自我"，对未涉人世，保存着"纯真"的童年的向往；同时蕴含着身处异族统治之下，怀念自己的亲人、故土的民族主义、爱国主义情绪；而同样无可否认的是，与前述"出走"的欲念一样，这"回归"的欲念，也是出自人的本性，生命本能的"归根"、"还原"的要求。"上天"与"下地"，"出走"与"回归"，"向前"与"反顾"，以至"骛新"与"怀旧"，"开拓"与"保守"，"破坏"与"稳定"，"躁动"与"安宁"，"变"与"不变"……构成了人生的生命欲求的两极；人从来就是在这两极选择中徘徊，不断地倾斜，同时伴随着巨大的精神痛苦……

——这就是人生！

于是，鲁迅的"过客"，义无反顾地"向前"走去，即使前面是"坟"……

于是，芦焚的"我"，终于"回"到了"果园城"；流落洋场，如梦如魇，"心怀亡国奴之牢愁"的作者自己，写出了他的《果园城记》[30]。

（四）

然而，"出走"而又"归来"的"我"，在阔别了家乡、童年生养之地，又见到了什么呢？

他走到大街。"在任何一条街岸上"都看见"狗正卧着打鼾，它们是绝不会叫唤的，即使用脚去踢也不"，"在每家人家门口坐着女人，头发用刨花水抿得光光亮亮，梳成圆髻。她们正亲密的同自己的邻人谈话。一个夏天又一个夏天，一年接着一年，永没有谈完时"[31]……

（我们由此想起了鲁迅写于二十年代的《示众》："马路上就很清闲，有几只狗伸出了舌头喘气，胖大汉就在槐荫下看那很快地一起一落的狗肚皮……"一样的停滞与无聊，仿佛时光也被凝定了……）

他走进人家。"屋子里的陈设仍旧跟好几年前一样，迎面仍然供着熏黑了的观音神像，两边挂着的仍旧是当初徐大爷娶亲时人家送的喜联……所有的东西几乎全不曾变动，全在老地方"[32]，只有"放在妆台上的老座钟——原来像一个老人在咳嗽似的咯咯咯咯响的"，"不知几时停了"[33]……

他遇到了城里的老居民。葛天民，这位"好庸医"，因为"没有重要的话要说"，"没有什么重大事情"要做，生活的每一步都按着"成规"，都一个模子里铸出的"类似"，不但没有"自己"，也没有了"记忆"[34]。而那位曾经试图"飞"的小学教员贺文龙，日常琐细生活已把他的精神"销蚀"、"腐烂"、"埋没"，联想到"飞"的"时间都没有了"[35]。只有徐大爷与徐大娘仍然一年一年地生活在"期待"中，每天，每顿饭，桌面上整齐地为自己早已牺牲在异乡的儿子摆着一双筷子，"每天吃饭她还觉得跟平常一样，跟他在家时一样，照例坐在她旁边"：在老人的幻觉里，"时间"也同样凝滞了[36]……

他终于见到了"塔"，这神秘的象征物。它立在那里，"看见多少晨夕的城内和城外的风光，多少人间的盛衰，多少白云从它头上飞过？世界上发生过多少变化，它依然能置身城巅"，保持着自身的"不变"[37]。这岂不正象征着这座"城"，象征着我们的"生活"？看看我们四周吧，"旷野、堤岸、树林、阳光，这些景物仍旧和我们许多年前看见的时候一样，它们似乎是永恒的，不变的，然而也就是它们加倍的衬托出了生命的无常……"[38] 于是，"我"——这位"归来"的游子，听见"从树林那边，船场上送来的锤声是愤激的、痛苦的，沉重的响着，好像在钉棺材盖"[39]：他又感到了生命的窒息。

　　于是，仿佛又有一种声音在身边响着："你到这里来干什么呀？"寻求灵魂的安宁么？获取生命的新源泉么？这里什么也没有，只有生命的"坟墓"。"远游的客人"、"荡子"们重又感到了失落，并且突然发现，对于朝思暮想的家乡，自己不过是一个陌生的"客人"——当年青时候的"大空想家"孟安卿归来时，不是连柳树上的鸟儿都惊骇的飞开，并且问"这个人是从哪儿来的"么？[40] 这些永远"不大实际的灵魂"与这永远"不变"的小城从根底上是不能相容的。他们于是只有两种选择：或者如《一吻》的刘二姐一样，匆匆赶来"一见"之后，又匆匆回去，并且永远埋葬了这思乡的旧梦；或者如《狩猎》里的孟安卿这般，留滞在这里，却永远不被承认，仿佛小城里"根本没有他这么个人，只在人家的笑谈中才存在"。这孤绝的命运自然是可悲的，但"刘二姐"们再度离去，他（她）们还"飞"得动么？"离去"——"归来"——"再离去"："人"事实上已经陷入了永远走不出去的"怪圈"。真可谓"上天无路，入地无门"，哪里也不是灵魂的"安置"（更不用说"安息"）处。这里所显示的生命的无可着落状态，是一种极其深刻的绝望，给人以透骨的悲凉之感。

　　但永远是理想主义者的作者却不愿意让自己以及他的读者长久地陷入悲观——哪怕是深刻的悲观。他宣布，尽管"果园城"世界令人"痛苦、绝望"，但"它毕竟是中国的土地，毕竟住着许多痛苦但又是极善良的人"，因此，他要"把它装饰得美点"，要"给它增加点生气"。正是在这样的理解与追求下（这种理解与追求在中国现代作家中具有

极大的典型性），作家着意让"果园像云和湖一样展开，装饰了这座
小城"^[41]，并且精心设置了渔夫的儿子、水鬼阿嚏、邮差先生这些人
物。严格说，水鬼阿嚏仅是一个传说中的"人物"；但他确实是果园
城人所创造的，他的智慧与幽默感，他的勃勃生气，就自然成为果园
城文化传统的一个有机组成部分。渔夫的儿子自豪地宣称"果园城"
是阿嚏的"老家"，在"我"的幻觉中，渔夫的儿子有一天也会变成
阿嚏并且祝祷"他将来绝不会吃那种寻找旧梦的苦头"，这都含有深
意。至少说，如同鲁迅在《故乡》的结尾，渴望下一代有新的生活一
样，作者是把走出生命"怪圈"的希望寄托在渔夫的儿子的身上。而
那位邮差先生，作者曾在两篇小说里写到他，显然有一种厚爱。他的
超越金钱，以人情为重的纯朴的道德观（《果园城》），以及他"既尊
贵又从容"的特别风韵（《邮差先生》），都显示了一种"接近自然"
的文化魅力。在作者看来，这才是作为中国一切小城的代表的"果园
城"的精魂：这同样是"不变"而且"永恒"的。

这样，在作家芦焚的观念中，"不变"就具有了双重性，它既表
示着停滞不动的历史的惰性，又显示着历史积淀的具有长久生命力的
精神力量。所谓"果园城"文化（一定程度上也是作家心目中的中国
文化）正是由这两个互相矛盾的方面纠结为一体的；它制约着"果园
城"中"人"的性格与命运，前述"离去"与"归来"的矛盾，部分
地就属于这文化选择上的困惑。

在作家对"果园城"文化及其生存形态，及其历史命运的考察中，
最后往往归结于"时间"的作用。作家在《桃红》这篇小说里，写一
位在"静止气氛中"绣了十七年的嫁妆，却始终待字闺中的少女的命
运，轻轻点了一句："时光是无声的——正像素姑般无声的过去，它
在一个小城里是多长并且走的是多慢啊！"在这里，"时间""人化"
了，"人"也"时间化"了。"时间"才是这座小城的真正主宰，作

家让他的人物猛然醒悟到："人无尽无休的吵着，嚷着，哭着，笑着，满腹机械的计划着，等到他们忽然睁开眼睛，发觉面临着那个铁面无私的时间，他们多么渺小，空虚，可怜，他们自己多么无力呀。"[42]"时间"既使人感到自我生存的荒诞与虚幻，却又给理想主义者以某种期待。《果园城记》里有一篇小说题为《期待》；作家芦焚即"期待"着"时间"。更确切地说，他既憎恨时间的停滞不前，又期待着时间的公正判决："时间过去了。时间洗去了留在人心中的渣滓与浮尘，最后剩下净化过的生命。"[43]"果园城"世界的"渣滓与浮尘"——无论是"魁爷"（《鬼爷》）、小刘爷（《刘爷列传》），还是布政家的大少爷胡凤悟、小姐胡凤英（《三个小人物》），不都一个个地被"时间"涤荡殆尽了吗？只留下了有价值的生命——渔夫的儿子、邮差先生们（他们的肉体自然也会消失，精神却将与"果园城"永存）。在这里，仍然显示了作家对生命本体的一种乐观的信任与期待。

"时间将会证明：生命是美好的，并且永存"——这就是"如釜底游魂"般困居在"棺材"般的"小屋"里的作家，通过他创造的"果园城"世界，向世人传递的他的哲学情思。

注释

[1]［25］［30］芦焚：《果园城记·序》。

[2]　芦焚：《果园城记·新版后记》。

[3]［13］芦焚：《芦焚散文选集·山行杂记》。

[4]　芦焚：《芦焚散文选集·除夜的虹庙》。

[5]　芦焚：《芦焚散文选集·病》。

[6]［16］［21］［22］芦焚：《芦焚散文选集·夏侯杞》。

[7]［19］芦焚：《芦焚散文选集·老抓传》。

[8]［10］［14］［17］［24］芦焚：《芦焚散文选集·上海手札》。

[9]　芦焚：《落日光·题记》。

［11］芦焚:《芦焚散文选集·行脚人》。

［12］［15］芦焚:《一片土》。

［18］［26］芦焚:《人下人》。

［20］芦焚:《〈马兰〉小引》。

［23］芦焚:《春梦》。

［27］芦焚:《芦焚散文选集·失乐园》。

［28］芦焚:《寻金者》。

［29］芦焚:《看人集·题记》。

［31］［33］［37］［38］［41］芦焚:《果园城》。

［32］［36］芦焚:《期待》。

［34］芦焚:《葛天民》。

［35］芦焚:《贺文龙的文稿》。

［39］芦焚:《颜料盒》。

［40］芦焚:《狩猎》。

［42］芦焚:《一吻》。

［43］芦焚:《芦焚散文选集·窥豹录》。

辑二

精神炼狱

曹禺的生命历程

"日出"以后的困惑

一、"接受对象变了"

历史终于翻开了新的一页。

曹禺在一篇文章里，这样表达他对新的时代的感受："在祖国的大地上，凡是太阳照耀过的东西，都起了巨大的变化。"

曹禺所期待的"太阳"终于出来了。对于新时代的太阳，曹禺的感情有过一个复杂的发展过程。渴望与欢迎"日出"，这在曹禺这样的

曹禺

集理想主义与爱国主义于一身的知识分子是不言而喻的。问题是，在"太阳"底下，自己（当然包括自己所从属的知识分子阶层）的命运如何，却不能不使曹禺这样的有着极强的个人自由意识的知识分子有所思虑。于是，我们在《日出·跋》里，读到了曹禺的清醒剖析："倒是白露看得穿，她知道太阳会升起来，黑暗也会留在后面，然而她清楚'太阳不是我们的'，长叹一声便'睡'了"，而"这个'我们'有白露，也有方达生"。曹禺尖锐地问道："方达生诚然是一个心有余而

力不足的书生，但是太阳真会是他的么？哪一个相信他能够担当日出以后重大的责任？谁承认他是《日出》中的英雄？"——这实际上也是在追问自己：他与方达生是同一类型的知识分子。发出这样的疑问的，不仅是曹禺；鲁迅早就预言："倘当（旧时代）崩溃之时，竟尚幸存，当乞红背心扫上海马路耳。"[1]尽管在写出《日出》以后，特别是在抗日战争和解放战争时期，曹禺与中国共产党领导下的人民革命力量有了日益密切的联系，这类疑虑逐渐减少；但是，一旦新时代真正来临，曹禺在感到欣喜的同时，仍不能不忧虑着：这个新时代需要自己吗？思考着方达生的问题："自己能够担当日出以后的重大的责任"吗？对于曹禺这样的以观众为生命的剧作家，一个更加具体、也更实际的问题是：新时代的新观众还愿意看自己的戏吗？或者说，自己的戏在新中国的舞台上站得住吗？还有生命力吗？还有，自己能写下去吗？又怎样才能继续保持与发展自己戏剧创造的生命活力呢？

1949 年 6 月，回到解放了的北京不久的曹禺给上海的朋友的信中，透露了他与同类知识分子的共同忧虑与思考。思考的中心是创作的接受对象也即服务对象问题：一面是自己所熟悉的传统接受对象——城市小市民和知识分子，随着大城市的解放，他们又事实上继续成为剧作的接受者；另一面是作为新时代的创造者与领导者而又不熟悉的新对象——工人、农民、士兵。摆在曹禺这些剧作家面前的问题是：如何调整与建立自己的创作与老、新接受对象的新的联系。曹禺的信透露："现在有两种看法，有人主张不必顾到都市观众，小市民在全国人数比例太小，该以工农为主，也就是完全为工农。工农，尤其是工人，是今日革命的主要力量。又有一种说法，只要立场正确，有了立场，就应该连都市的小市民也一起被教育"；曹禺信中最后说："到现在为止，都市中的文艺、戏剧、电影的种种问题还没有剖析明白，却是在酝酿着。大家都在想，在研究怎样具体地解决这些与解放大城市俱来的小市民观众读者的问题。"[2] 曹禺显然十分重视围绕接受对象的这些思考与争论，他慎重地告诫他的朋友，"应该走哪一路呢？这是我们应该切实考虑的问题"，并且说"日后发展有待这个问题的确切的解答"。可能是意识到接受对象问题会引起激烈的争论，曹禺在这年 7 月召开的全国第一次文代会的大会发言中，谈到了"由于各人的历史、环境与经验不同，大家对于如何致力于新民主主义阶段的群众文艺的做法可能有些歧异"，并且认为"参差的观点只要不违背原则，不停留于眼前的阶段，将会充实丰富文学艺术的检验与发展，是有益于普及与提高为工农兵服务的文学艺术的"。但曹禺毕竟过分天真：他不会想到，在某些人看来，提出接受对象问题讨论本身即是违背原则的；他也没有、也许是还没有来得及理解，在新政权建立以后，有人就会利用政权、行政的力量来强行贯彻长官意志。曹禺和他的朋友们的疑问很快就得到了明确的回答：提出"可不可以写小资产阶级的问题"，实质上就是主张"降低工人阶级的水平去迁就小市民的趣味、思想、爱好"，这表明"新解放区的没有经过改造的同志，他们的思想感情实际上是根本没有改变的，他们虽然口头上也讲工农兵，心里喜欢的却依然是小资产阶级"，而"在我们这个以工人阶级为领导的国家里，是绝不允许小资产阶级思想占领文艺阵地的"。[3]

这样，曹禺以及像他这样的所谓旧社会来的作家只有一个选择：坚持割断与自己的传统接受对象——城市市民阶层的联系；同时，重新学习与改造自己，努力去熟悉、适应新的接受对象——普通的工人、农民、士兵，创造为他们所喜闻乐见的新的作品。

对于重新学习与改造的要求，曹禺是乐于接受并早有思想准备的；在前述信中，他就这样提醒朋友与自己："如果民营电影也要完全以工农为对象，上海弄电影的朋友们必须从思想上生活上都要重新学习一下才成"，"民营电影过去通常以小市民为对象，编剧、导演、演员对工农兵生活均不熟悉，恐怕非下功夫体验一下不可"。在文代会的发言中，他又明确表示"要努力学习毛泽东思想，研究、认识新民主主义与今后文艺路线的关系，从思想上改造自己"。但是，公开表态需要重新学习与改造是容易的，对于曹禺这样的将创作与自我生命创造融为一体的作家，还有一个致命的实际问题：如何具体处理创作与学习、改造的关系？这也有现成的答案：必须首先加强改造，然后才能写作。正如胡风所说，这样的意见虽然"不一定总是用明确的形式表现出来的，但每一碰到具体问题就成了支配性的理论，实际上是不容许有不同意见，更不用说讨论了"[4]。但学习、改造又将何时是尽头呢？首先的改造任务既是如此漫长，然后的写作又何时开始、如何进行呢？曹禺这类写家（借用老舍的说法）不能不陷入困惑之中……

　　还有一个恼人的问题：新创作尚可重新开始，过去的旧作该怎么处置呢？与过去老接受对象的历史联系既被强行切断，又如何能建立起与新的工农对象的联系呢？——曹禺又为此而大伤脑筋……

　　胡风对他初进入新时代的心情有过一个十分真切的描述："我进解放区抱的是单纯的创作热情，以为在这火热的革命时期，作家不会束缚在文艺圈子里面，以为教育作家鼓励作家的是全国沸腾的斗争和党底道德力量，所以预定了我自己在相当的时间内完全投入生活和创作，而且以为一定会得到条件，受到鼓舞。"[5]这应该是表达了包括曹禺在内的大多数作家的共同心情与愿望。对于刚到不惑之年的曹禺这种创作的热情与冲动将会是更加强烈。但热情而天真的作家还未动笔，就遇到了这一大堆纠缠不清的问题，陷入无以自拔的困境之中，而且对此毫无思想准备……

二、全盘否定：自信心的丧失

1950 年 10 月，《文艺报》第三期上发表了曹禺的《我对今后创作的初步认识》。

曹禺这样解释他写这篇文章的动因：他相信"作为一个作家，只有通过创作思想上的检查才能开始进步"——这确实是曹禺一代人的信念；正像作家沙汀所说："对于新的时代，我们这一辈人是'忠实'到情愿改变自己去适应它的。"但代价却是十分高昂：据说，只有"多将自己的作品在文艺为工农兵的方向的 X 光线照一照，才可能使我逐渐明了我的创作思想上的疮脓是从什么地方溃发的"——不仅是要彻底、全面地否定自己，而且要不惜用最污秽的语言来辱没自己。[6]

而且仔细研读曹禺这篇检讨，就不难发现，剧作家自愿放弃了自己的独立意志与独立思考，向自己的批评者——和权力结合在一起的理论家权威解释全面认同。我们几乎可以列出一个对应表：

周扬：作者"把兴味完全集中在奇妙的亲子的关系上"，"宿命论就成了它的潜在主题，对于一般观众的原和命定思想有些血缘的朴素的头脑会发生极有害的影响，这大大地降低了《雷雨》这个剧本的思想的意义"。

曹禺："我把一些离奇的亲子关系纠缠一道，串上我从书本上得来的命运观念，于是悲天悯人的思想歪曲了真实，使一个可能有些社会意义的戏变了质，成为一个有落后倾向的剧本"，"为害之甚并不限于自己，而是扩大蔓衍到看过这个戏的千百次演出的观众"。

周扬："在（鲁大海）这个人物上作者是完全失败了，他把他写成那么粗暴、横蛮，那么不近人情，使他成了一个非真实的、僵冷的形象"，作者把大海描写成"完全不像工人，而且和工人脱离的人物"。

曹禺:（鲁大海）"那是可怕的失败，僵硬，不真实，自不必说"，更"丧失了他应有的工人阶级的品质；变成那样奇特的人物"。

周扬:"历史舞台上互相冲突的两种主要的力量在《日出》里面没有登场"，"金八留在我们脑子里的只是一个淡淡的影子，我们看不出他的作为操纵市场的金融资本家的特色，而且他的后面似乎还缺少一件东西——帝国主义"，"至于那些小工们，……他们只被当着一种陪衬，一种背景"，"这两种隐在幕后的力量，相互之间没有关系"，"这可以在观众中引起一种错误的幻想:'腐烂的自会腐烂，光明自会到来'"。

曹禺:"我忽略我们民族的敌人帝国主义和它的帮凶官僚资本主义，更没有写出长期的和它们对抗的人民斗争，看了《日出》，人们得不到明确的答案，模糊的觉得半殖民地社会就只能任其黑暗下去。"

只有一个地方，1950年代的曹禺似乎比1930年代的周扬走得更远:周扬曾经肯定，一个作家即使"和实际斗争保持着距离"，也仍然有可能"用自己的方式"去接近现实，把握现实，"在他对现实的忠实的描写中，达到有利于革命的结论"，并且表示对这样的作家"应当拍手欢迎"。但现在曹禺却这样传达了他所服从的1950年代的文艺法规:"一个作家若是与实际斗争脱了节，那么，不管他怎样自命进步，努力写作，他一定写不出生活的真实，也自然不能对人民有大的贡献。"[7]

问题是，曹禺为什么会向周扬所代表的权威解释全面认同，彻底地否定了自己？他的自我在哪里发生了决定性的动摇？

曹禺在这篇检讨的一开始，就向自己提出了这样两个问题:"我的作品对群众有好影响吗？真能引起若干进步的作用么？"——这正是关键所在。

我们知道，曹禺曾经宣布以观众为"生命"[8]；他的自信心是建立在这一事实基础上的：他的剧作拥有众多的观众，并且给观众以积极、向上的引导。而现在，他却在这个基本点上发生了动摇。他的检讨中最为沉痛、也最为动人之处，正在于他相信了人们告诉他的话：他过去凭着正义感、良心写出的作品，不但蒙蔽了自己，"客观效果上也蒙蔽了读者和观众"；他接受了人们一再向他灌输的思想："原来'是非之心'、'正义感'种种观念，常因出身不同而大有差异。你若想作一个人民的作家，你就要遵从人民心目中的是非，你若以小资产阶级的是非观点写作，你就未必能表现人民心目中的是非。人民便会鄙弃你，冷淡你。"曹禺不是理论家，也许他还缺乏一定的理论训练，他当然不会察觉这其中的理论逻辑的奥秘：在这一逻辑判断里，"小资产阶级"与"人民"实际上是被置于互相排斥的对立地位；而它的实际意义与作用就更为严酷：曹禺这样的小资产阶级知识分子被外于人民队伍，他们除了全面、彻底否定自己，"从自己的思想掘出病根，加以改造"（在这以后，有一个更明确的术语，叫"脱胎换骨"），就别无出路——不但与真理绝缘，"永远见不到中国社会的真实，也就无从表现生活的真理"，而且"终身写不出一部对人民真正有益的作品"，为人民所抛弃。对于一个以追求真理为目标，以服务于祖国、人民为天职的知识分子，还有什么比这更可怕的呢？[9]

曹禺和他同代知识分子一起终于投降了——按当时的说法，叫做"向真理投降"；而且确确实实是自愿的投降，而且以投降为荣。[10]正像一些研究者已经注意到的那样，"曹禺是从国统区来的作家中，最早的一个反省自我的作家"[11]，这除了表现了曹禺格外真诚、天真之外，是否也暴露了剧作家性格、气质中某些连本人也未必觉察的软弱呢？[12]而这软弱又将给曹禺带来什么呢？

严重的是，对过去的创作与创作道路的全盘否定，导致了自信心的丧失，这对曹禺几乎是致命的。正像他的女儿后来所说的那样，曹禺曾经是非常自信的人，他写作时，总是"感觉很轻松很快活，也很沉着，因为他知道自己想写的，就能写出来"，而且对写出来的作品的价值从不怀疑，也自信能够把握住自己的读者、观众：一切他都心中有数，胸有成竹。[13]但现在一夜之间，这一切都成了罪恶。从此，心灵上蒙上了抹不去的负罪的阴影，总是被"这样写对么？会不会给观众带来坏的影响，造成新的罪恶？"这类恼人的问题追逐着，曹禺再也不能轻松地快活地充满自信地写作了。人们也就再也看不到那个雄心勃勃、也是兴致勃勃地不顾一切地奔向自己的目标，并且敢于为自己辩护的曹禺；曹禺变得谨慎，"出名的过分的谦虚"，以至"用惯常的，虚伪的方式表现他的那种真诚"了[14]，曹禺开始在生活中也演起戏来，尽管时时露出破绽。——这或许就是人们通常所说的元气大伤吧？

不过，我们也像曹禺女儿那样，免不了有一种好奇心：他的思想深处、潜意识的深处究竟是怎样看待自己的："是否定自己多，还是肯定多？"或许真的像他女儿猜测的那样，"更多的是对自己的怜悯"[15]……

无论如何，曹禺的悲剧就是这样开始的。

三、自戕的悲喜剧

但 1950 年代初的曹禺是不会感到这种悲剧性的，他甚至还要自觉自愿地将悲剧演到底，用他自己的创作术语就是"演透，做足"：1951 年，他自己动手，对他的旧作《雷雨》、《日出》、《北京人》作了一次大手术。

曹禺在为修改本（开明书局版《曹禺选集》）出版写的"序言"里，这样解释自己的动机与目的："写字的道理或者和写戏的道理不同；写字难看总还可以使人认识，剧本没有写对而又给人扮演在台上，便为害不浅"——支配着他的依然是对于接受对象，他的观众的负罪感。他太渴望自己的创作（哪怕是旧作）能够与新的普通工农观众（即他在序言里所说的"被压迫的奴隶"）建立起一种新的联系，能够为他们所接受，又不致产生消极影响；因此他不惜对自己心血创造的戏剧生命大加砍伐，幻想再一次创造蜕变的神话与奇迹。

曹禺宣称是为了适应新的接受对象——工农观众的需要而动手术，但他实际上并不了解他的工农观众的真正意愿，于是，他就只能按照自称工农代言人的理论家的意愿去修改自己的旧作，这本身所内含的悲剧性与喜剧性，此时的曹禺自然也是不会觉察的。他只知道老老实实地、不免又是削足适履地将自己的旧作纳入"应该如此"的既定理论框架之内。比如，对于中国社会矛盾的权威解释是："帝国主义与中华民族的矛盾，封建主义和人民大众的矛盾，这些就是近代中国社会的主要矛盾"，"而帝国主义和中华民族的矛盾，乃是各种矛盾中的最主要的矛盾"。以此来对照曹禺的剧作，自然显出根本性的弱点，这就是周扬早已指出的，"历史舞台上互相冲突的两种主要的力量在《日出》里面没有登场"。现在，曹禺修改的任务恰恰是，要将"历史舞台上互相冲突的两种主要的力量"演绎为"戏剧舞台上互相冲突的两种主要的力量"。于是，在《雷雨》里凭空添上省政府参议乔松生这个人物，由他来传达英国顾问关于"对工人可以再强硬一些"的指示，甚至让周朴园说出"'有奶便是娘'，英国人出的钱，不照办也行不通"这样的台词，这样，周朴园就成了名副其实的帝国主义走狗、买办资产阶级的代表。另一方面，鲁大海也被改写为一个具备"应有的工人阶级的品质"、"有团结有组织的"罢工领导者，他代表着人民大众的利益，当面揭露周朴园的煤矿背后有"帝国主义的资本"，怒斥周朴园为"不要脸的买办官僚"。原剧中周朴园与鲁大海的纠缠着血缘关系的矛盾，就被改造为帝国主义及其豢养下的买办资产阶级与以工人阶级为主体的人民大众之间的阶级与民族矛盾。同样，在《日出》里，作者寄予希望的力量，已不再是含义模糊的，具有原始生命力的打夯的工人，而是具有明确阶级意识的现代产业工人，他们从后台走向前台——仁丰纱厂的老工人田振洪，作为党组织的代表与革命地下工作者方达生（这是方达生所获得的新身份，他代表着参加革命实际斗争，与工农相结合的知识分子的新方向）及青年工人群众郭玉山一起，组织了营救"小东西"的斗争——"小东西"被改造为仁丰纱厂罢工中被帝国主义买办金八爷指使特务害死的工人傅荣生的女儿，因此，营救"小东西"的斗争就成为工人阶级为首的人民大众反抗帝国主义及其走狗的有组织的斗争的一个组成部分[16]；而斗争的结局，又是"小东西"被救出，方达生及时转移，革命力量大获全胜：一切都绝对符合于理论家们对于中国社会矛盾性质、革命对象、动力、前途的分析，做到了丝丝入扣、分毫不差。

不仅如此，曹禺还按照他自己也未必弄得很清楚的理论，对他的剧本中的人物性格、心理与人物关系、人物命运作了全面的改造。例如，《雷雨》原剧本第四幕有一场戏写周朴园的寂寞，甚至"感到更深的空洞"，并因此而对小儿子周冲表现出异常的慈爱，却遭到周冲的冷漠，周朴园于失望中"拿起侍萍的照片，寂寞地呆望着四周"——但，资产阶级（而且是买办资本家）本性是冷酷无情的，能够有这样的人情味吗？岂不有宣扬资产阶级人性论之嫌？于是——删去。

《雷雨》第二幕侍萍与周朴园见面时说："命！不公平的命指示我来的"，"我伺候你，我的孩子再伺候你生的少爷们。这是我的报应，我的报应"；第三幕侍萍对鲁大海说："你要是伤害了周家的人，不管是那里的老爷或者少爷，你只要伤害了他们，我是一辈子也不认你的"；第四幕侍萍面对着四凤与周萍，低声哭喊："呵，天知道谁犯了罪，谁造的这种孽！……天哪，如果要罚，也罚在我一个人身上"——理论家已经一再指责这是宣传宿命论与人性论，有损于劳动人民的形象，自然是删去。[17]

《雷雨》原剧本的结局，四凤、周冲触电而死，周萍自杀，鲁大海跑了，"序幕"、"尾声"里，蘩漪、侍萍疯了，周朴园每年都于此时来看望她们。理论家早已表示："我们在感情上，在理智上，在事实上"都不能接受这样的结局。[18]这不是太无是非观念，太缺乏阶级分析了吗？于是，推翻重来：周萍没有自杀（他应该永远承受精神的折磨、惩罚，不能这么轻松地死去）；周冲没有触电（他是周家唯一有点希望的人物，应当活下来）；蘩漪也没有疯，并且公开宣言"我要看看你们两个东西（周朴园与周萍）是怎么死的"（她终于觉醒）；鲁大海自然也不会逃跑，他开枪拒捕，开始了新的斗争；最重要的是，侍萍对周朴园庄严宣告"这件事是不能了结的"之后，带着四凤，跟随鲁大海，"昂然而去"（暗示他们也会走向革命道路）；最后，周朴园听到"工潮扩大，开枪也弹压不住"的报告，"颓然"倒下（罪有应得，这是历史的必然！）……

至于理论家们一再攻击的《雷雨》序幕、尾声自然要删去，《北京人》里的"北京人"形象也全部砍削，袁任敢那段著名的"这是人类的祖先，这也是人类的希望……"的台词，为避复古之嫌，也改为1950年代初盛行一时的社会发展史教科书里的语言："我们人类的祖先，经过几十万年的劳动，才创造出这双能够改造生活、改造人类的手。劳动扩大了人的眼界，劳动加强了人的智慧。只有劳动的人才能改造生活……"——曹禺所特有的极有光彩的个性化、形象化的语言消失了，代之以时代的、逻辑的、公式化的语言：曹禺用自己的手，自愿地、不无真诚地，将自己的戏剧生命的创造砍杀了！

后来者回顾这段历史，会感到说不出的悲凉，禁不住要打一个寒噤。

但处于历史过程中的当事人却沉浸在虚幻之中：曹禺在修改本的序言中宣称，经过这一番自戕式的处理，"比原来更接近于真实"，而且期待着"对今天的读者和观众还能产生一些有益的效用"……

真叫人啼笑皆非。历史的悲剧与喜剧原是交织在一起的。

四、没有意识到的"残忍"

但似乎也不能完全归之于个人很难超越的历史局限性。因为在同一历史条件下，仍然有另一种思考、另一种选择。

正在曹禺陷于负罪感与自我否定中不能自拔时，一直关心着曹禺戏剧命运，写过《蜕变》、《北京人》剧评的胡风，却为另一种性质的"日出以后"的苦恼所纠缠。

应该说胡风是有思想准备的：当年，他在批评曹禺在《蜕变》里"创造梦境"时，即已经意识到并不存在大团圆式的至善至美的未来，他遵循鲁迅的教导，告诫曹禺和自己，要"更坚强地对待赤裸裸的现实人生"。

看来曹禺并不理解胡风的劝告；但胡风自己却在为自己对"赤裸裸的现实"的正视而吞食苦果：他在新时代刚刚到来，欢呼尚未尽兴之时，立即发现了新的矛盾，看到了"日出"之下的阴影。他在几年后所写的《关于解放以来的文艺实践情况的报告》中这样写道："由于革命底胜利和前进，那些形式主义和公式主义的理解更现出了一种全面旺盛的气势，解放区以前和以外的文艺实际上是完全给否定了，五四文学是小资产阶级，不采用民间形式是小资产阶级，鲁迅底作品不是人民文学……这些意见虽然不一定总是用明确的形式表现出来的，但每一碰到具体问题就成了支配性的理论，实际上是不容许有不同的意见，更不用说讨论了。我觉得有的同志是陶醉于胜利之中，带着好像是文坛征服者底神气，好像革命底胜利已经完全保证了文艺上的胜利。这在当时好像一股大潮，而这里又包含有理解上和人事关系上的极其强烈的焦躁的矛盾成分。"——如前所述，对于胡风这里所涉及的问题，曹禺也有不同程度的具体感受，甚至有所察觉，但他却不可能这样思考和提出问题，因为他已经有了另外的思考方法，即凡事首先否定自己，努力改变自己去适应客观环境，而不愿、也不敢去思考客观环境本身有什么问题。这开始是出于对新时代及其创造者们的信任与敬慕，还包含着自己未能为创造新时代付出代价而感到的内疚，久之就成为思维习惯以至定式，逐步放弃了自己的独立思考。而胡风所忧虑的正是这一点：作家们为种种空洞的教条所束缚，失去了创造活力。因此，曹禺对《雷雨》、《日出》、《北京人》戏剧生命进行自我戕害，在胡风那里，竟引起了极为强烈的反应。他从中敏锐地觉察到了在他看来纯属教条主义的一些理论上的清规戒律所造成的恶果："在这种理论批评底支配之下，创作只能走公式化、概念化的独木小桥，现实主义，顶多不过一个名词而已。"他在所写的《关于几个理论性问题的说明材料》里，特地举曹禺修改《日出》为例，强调了问题的严重性。仿佛是预感着什么，胡风在举例之后，又加上了一段话："这样的修改，如果是照的理论批评家底意思，那已经足够说明问题，但如果是作者自动修改的，那更足以说明，何其芳同志等底理论棍子把作家威吓到了怎样的地步！"[19]

　　结局是人所共知的：包括《关于几个理论性问题的说明材料》之内的胡风的上书被判定为"向党的猖狂进攻"，并由此而开始了所谓"批判胡风反革命集团"的斗争。在斗争中，曹禺发表了《胡风在说谎》一文，强调说明修改是完全自愿的，并且说："在修改的时候，我记得周扬同志听说我要修改，曾经不止一次诚恳地劝我不要改动，还是把原来的面貌保存下来好，我没有考虑。"文章认为"我修改不好的原因是我写《日出》的时候，我并不接近、也不了解当时的革命力量，修改中对于当时革命情势也没有加以研究，而我偏偏要描写一些所谓代表光明的人物，其结果必然是写得不真实，以至于成为反历史的"，同时坚持："一个有良心的作者，想忠实于现实，如果写《日出》所写的那一段时期的中国社会的话，他还是应该写出那时的革命领导力量，写出那时期代表人类光明的人物的。"文章结尾表示"抗议胡风这样横蛮而又伪善的行为，这不是一个光明磊落之人应该做的事情"，云云。

这里所发生的悲剧是多重的：对于胡风，这是一次超前的悲壮剧，他所提出的另一种历史选择——包括他在"作为参考的建议"里对于文学运动的方式提出的种种设想，不但为当时的文艺领导人所不容，也为曹禺这样的作家所拒绝。对于曹禺，这更是一个悲剧：他非但没有从他的自戕悲喜剧里汲取必要的教训，又不无真诚地追随潮流，而落井下石。这是他第一次卷入他所不熟悉、不了解的政治斗争旋涡中，而且，一发不可收拾，身不由己地一而再、再而三地参与历史的相互残杀，自动落入陷阱[20]；同时也损害着自己的心灵，本来就是小心谨慎的他，越来越失去了创造的锐气……曹禺在晚年回顾这段历史时，沉重地说："那时，我是不得不写，也没有怀疑过那么写是错误的，而历史证明，是做错了"，"不能推卸自己的责任，伤害了一些同志，这不仅是朋友之间的事，而是惨痛的历史教训呵！不是经过十年动乱，恐怕要人们去正确对待那段历史，也是很难很难的呵！"[21]

这是另一种"残忍"——曹禺曾为他的人物不能摆脱冥冥之中的残忍感到痛苦，而现在他自己落入了残忍的陷阱，但又是他所没有意识到的——等到自觉于此，已是年老力衰……

毕竟是个转机

一、《明朗的天》：醒不了的"梦"

幻想通过自戕来获取戏剧旧生命的新机的梦破灭了；曹禺又拾起了新的梦：创造一个和过去完全不同的新的戏剧生命，实现自我生命与戏剧生命的彻底蜕变。

他实在太想创作新剧了：想想吧，从 1942 年写出《家》以后，直到 1954 年，十二年时间仅仅写了半个剧本（《桥》，1944—1946 年）和一个电影脚本（《艳阳天》，1947 年），这对创作力还旺盛的曹禺岂非生命的浪费，另一种慢性自杀？！他时时感到读者与观众期待的压力，更感到自我生命欲求的压力……

他也实在太想赶上这个新时代了：尽管他从内心里感到（其实是一种渴望），这是属于"他"的时代，但冥冥之中似乎又有一种力量要把他推开，不承认在新时代有他的位置。正像曹禺自己后来所说的那样，"在解放后的最初十几年里，虽努力进行改造，但终究还是背着'资产阶级知识分子'的帽子"[22]；而在一些人看来，资产阶级知识分子不经脱胎换骨，是不能进入新时代的。曹禺于是渴望着，再创造一个蜕旧变新的奇迹，用创作的全新面貌来证明自己的忠诚，以取得新时代的承认……

曹禺太是时代的骄子了：想想他从出现的那一刻起，就怎样不断地引起轰动效应的吧。但他也因此而不能忍受时代的冷落，他于是继续创造梦境。

但真要彻底蜕旧变新又谈何容易！1952 年，正在安徽参加土地改革的曹禺，在《人民日报》上发表过一篇"一个改造中的文艺工作者的话"，说"一个出身于小资产阶级、没有经过彻底改造的知识分子，很难忘怀于自己多少年来眷恋的人物、思想和情感，像蚂蚁绕树，转来转去，总离不开那样一块乌黑黑的地方"。[23]

这回，他决心与旧我（旧的自我生命与戏剧生命）彻底决裂，不仅彻底抛弃自己多年来眷恋的人物、思想、感情，而且要彻底改变原有的戏剧观念、追求，以及写作方式，走一条全新的路——全面靠拢时代规范，将个人话语消融于时代话语之中。

正像曹禺一再表白的那样，他过去写剧本，"逗起我的兴趣的，只是一两段情节，几个人物，一种复杂而又原始的情绪"，"并没有显明地意识着我要匡正、讽刺或攻击什么"[24]；但这样的构思方式是曾被理论家视为拒绝"思想家的思想"的指导的[25]，因此，必须与之彻底决裂。《明朗的天》的写作于是反其道而行之：首先明确自己的写作意图，确定主题为"知识分子必须在党的教育下进行思想改造"；无论是题材的选择，还是主题的确定，都是剧作家与周恩来一次长谈的结果。应该说，周恩来还是充分地考虑了曹禺个人的实际情况的：他对知识分子比较熟悉，写起来驾轻就熟，而且自身也有过写知识分子改造的想法。但是，周恩来仍然忽略了曹禺自有他难言的苦衷，直到三十年后曹禺才这样对人说："你要知道，当时我也是要思想改造的，我也是个'未改造好的知识分子'喽。那么，我写别的知识分子怎么改造好了，实在是捉摸不透彻。"[26]但这番苦衷，在1950年代初期是无法说出的。因为无论对周恩来，还是曹禺，知识分子必须进行脱胎换骨的思想改造是一个不容怀疑、也无须论证的逻辑前提，剧作家的任务仅仅是把这样的先验原则加以形象化的表现。这里不仅谈不上剧作家自身创造性的开掘与发现，甚至还预先拒绝、不允许作任何创造性的发挥，因为这种创造、发挥有可能造成对既定的理论原则的歪曲与冒犯。为了将这已经由领导人首肯了的写作意图不折不扣贯彻、实现，剧作家必须带着先验主题去体验生活，搜集材料，用预先确立了的中心思想去筛选生活素材，实际上限制了作家对于生活的观察视野和思考深度，甚至会削足适履，将实际生活阉割。而所谓写作过程，也无非是用从群众中搜集来的材料，运用作家的写作经验、技巧，装饰既定主题的过程。这样的创作方式在以后的中国曾被概括为"主题先行"和"领导出思想（主题），群众出生活，作家出技巧"的"三结合"的"群众路线"。曹禺当时即体会到，《明朗的天》实际上是一个集体的创作，他只不过是集体的一分子。这与他过去在旧社会时从事创作，一个人关在屋子里写，是完全不同的"[27]。曹禺显然是从正面的意义说这番话的，他甚至宣称，他从中"更深刻地体会到创作属于人民这句话的意义"[28]。他竟然完全没有察觉，这样的三结合及主题先行的负面意义；这在后人看来，确实是有浓重的悲剧意味的。

其实，即使在当时，就已经显出了主题先行的漏洞。剧本写出后，即有人批评"全剧的主要人物（凌士湘）不能成为情节的中心，联系情节的中心人物（赵树德和赵王秀贞），只能作为插曲式的人物出现，这是《明朗的天》在结构上的一个基本缺点"[29]。这结构上的缺陷实际上是反映了剧作者在构思过程中的矛盾的。据曹禺介绍，他在体验生活、搜集材料中，最引起他思想震动的是所揭露出来帝国主义分子利用中国人作实验的罪行。他说："我当时是十分气愤的，觉得帝国主义不把中国人当人"，"我创作的激情也在这方面"。[30]这就是说，生活中真正引起剧作家创作冲动的是对帝国主义反华罪行及由此而激起的爱国主义情绪，因此，剧本中以赵王秀贞受残害作为中心情节，是自然的；但作者在写作前又预先规定了知识分子必须脱胎换骨的改造的主题，就必须以凌士湘为主要人物，而不管作者对此有无强烈感受与创作冲动。正是先定的主题与剧作家在实际生活中主要感受到的重点的不同，导致了《明朗的天》结构上的重大缺陷。

《明朗的天》所描写的人物，人物之间的关系，以及剧作者本人与他的剧中人之间的关系，作家的创作心态，也都完全不同于他过去的创作。最引人注目之处，自然是塑造了赵树德、赵铁生这样的工人阶级形象，庄政委这样的志愿军政委，以及董观山这样的党的领导者的形象。和曹禺过去笔下的工人形象——《雷雨》里的鲁大海，《日出》里的打夯工人，以至《北京人》里化装成"北京人"的机器工匠不同，他们被塑造成为自觉的历史创造者与领导者，实际上被置于英雄地位，由时代的主宰变成了戏剧舞台的主宰（读者们大概不会忘记，当年周扬对《雷雨》《日出》的主要批评，也正是剧作者没有让历史舞台上的主宰力量登场）。在剧本中，剧作者赋予这些英雄人物以十分单纯、明朗的色彩，滤尽了思想、情感、性格上的一切杂质，并尽可能地把他们的思想感情"提到崇高的地步"[31]，成为充分理想化的某种意念的化身。更重要的是，剧作者怀着不可言说的无限敬爱的心情，仰视他的人物，以至于在写作过程中，"一碰到这类人物的时候"，就"产生一种紧张的心情"[32]，唯恐在戏剧舞台上歪曲了这些现实政治舞台上的英雄与主宰，给自己带来灾难。尽管如此小心翼翼，如履薄冰般写出了他仰望中的英雄，仍免不了"没有被拉入剧情冲突，没有展示他的心灵活动的机会"[33]及"缺乏布尔什维克应有的战斗热情"[34]的批评与自责。曹禺于是又虔诚地检查自己"在现实生活中缺乏一个布尔什维克应有的战斗品质"，自己的思想感情未能"达到人物那样的高度"，不能"用他们的眼睛观察世界，用他们的思想情绪考虑和处理问题"[35]，等等。——在创作的全过程中，竟笼罩着如此浓重的赎罪意识，在后人看来，实在是不可思议，但这却是真实的历史。曹禺终于承认自己"不能完全体会董观山这样的人对许多事情的思想活动和采取的态度"，"不得不再找一位作大夫的党委书记帮助他共同商讨和解决。剧本里董观山的某些谈话，甚至于就是那位党委书记的谈话的如实记录"[36]；曹禺这样的极富想象力与创作力的艺术大师，竟然用这种亦步亦趋地尾随在人物后边，如实地把生活原型的谈话搬到作品中的方式去进行创作，实在令人痛心。

知识分子本是曹禺所熟悉的，但现在要用新的立场、观点、态度处理他们，却又使曹禺左右为难。在写作之前，既已按照既定的理论原则，将剧中知识分子形象与工人阶级、共产党人形象的关系定为被改造者与改造者、教育者的关系；剧中的知识分子也同样预先作好了左、中、右的划分，即如同现实生活中那样，定为"依靠对象"（如剧中的何昌荃、袁仁辉、宋洁方）、"团结对象"（如剧中的凌士湘、陈洪友，以至尤晓峰）与"打击、孤立对象"（如剧中的江道宗），而同属于"团结对象"，却又因他们的不同表现而又有不同的分寸：这一切都有党的政策作为依据与尺度，不允许剧作者有任何违反。即使是分寸把握不准，也会有碍于党的政策的贯彻，"会引起某些知识分子的误解和疑惧，影响党对他们的团结和改造"[37]，以至有损于党的形象都会是政治问题。对主人公凌士湘的描写，更使得曹禺大费踌躇：如不揭露他的丑恶，就不足以表现既定的知识分子必须改造的主题，自然是政治问题；如把他"写得'太坏'"，"到后来要写出他们的思想转变的令人信服的过程就会感到非常棘手"，而如果不能充分写出他们在党的教育下得到思想的转变，就不能"有力地说明新旧社会的不同"，"说明党的英明伟大"[38]，同样是严重的政治问题。这样的左右失据的状况也是曹禺从来未遇到过的，他后来回忆道："尽管当时我很吃力，但仍然是很想去适应社会主义现实主义的创作方法，是硬着头皮去写的。但现在看来，是相当被动的，我那时也说不清楚是怎样一种味道。"[39]

所幸剧本演出最初的反映相当不错：北京人民艺术剧院以最强大的阵容（焦菊隐导演，刁光覃主演）于1954年12月18日公演，演到1955年2月25日止，天天客满，受到观众的热烈欢迎；后又参加第一届全国话剧观摩演出，获得了剧本创作、导演、演员一等奖。评论界也是一片赞扬之声。张光年充分肯定"作者通过形形色色的剧中人物的创造，体现了现实主义的党性和爱憎分明的精神。这不是一般抽象的爱和恨，而是经过锻炼，上升为阶级情感、政治情感了"。这位评论家以权威的口吻作出了如下判断："曹禺带着他特有的形象思维的头脑，沿着自己的道路逐步走向马克思主义"，并且"达到工人阶级的立场、观点，获得了洞察新生活的武器"，"以此为基础，《明朗的天》的现实主义，就显然有别于批判的现实主义，而是属于社会主义现实主义的范畴了"。[40]另一位评论家吕荧尽管指出《明朗的天》的"艺术成就还没有达到作者以前所达到的成就"，但仍然从政治上肯定："这个剧的主题思想和革命立场的明确，是作者以前的剧作所不能比拟的。"[41]按照这两位评论家的以上判断，曹禺的《明朗的天》似乎已经实现了他预期的蜕变，至少可以因此而获得进入新世界的入场券，这应是不成问题的吧。

但政治风云多变。就在张光年、吕荧在政治上对《明朗的天》作出了某种保证以后不久，《戏剧报》1955 年 3 月号上发表了一篇题为《谈〈明朗的天〉中几个演员的创造》（作者左莱）的文章，对剧本中描写的凌士湘这样的知识分子作出了极其严厉的批判，说他对贾克逊的看法与态度"完全是站在与人民相反的另一个思想立场上的"，"客观上成了美帝罪行的帮凶"，"这种思想可能使他走上背叛祖国的道路"。剧本曾写到凌士湘激动地呼喊"我从心里拥护共产党，国家建设得这样好，中国靠他们才有希望。我也愿意跟他们一块达到社会主义。（烦躁地）但是，天哪，不要管我，不要管我！让我干我自己的吧，我一样会有贡献的"（这实际上是反映了当时许多知识分子，甚至作者自己的真实思想的），但这篇文章的作者却认为这"鲜明地暴露了他（凌士湘）竭力卫护自己，抗拒改造的态度"。从这样的认识出发，文章作者以同样严厉的态度批评《明朗的天》的作者、导演、演员对凌士湘"资产阶级意识还刻画得不够深","对他的思想实质与严重性还鞭挞得不够","对他的思想错误缺乏一种明确的政治态度","对他是深切的同情","抹上一片温情",等等。这实际上就是对剧作者以及导演、演员的立场、态度,提出了怀疑。——看来曹禺要获得新世界的入场券,并不那么容易。

紧接而来的反胡风、反右斗争,对知识分子批判与否定的调子越来越高,似乎是证实了这位作者的指责。于是,《明朗的天》里对凌士湘这类知识分子(某种程度也包括作者自己)的温情态度,竟成了曹禺的一个精神负担。以至在一篇批判右派分子吴祖光的文章里,曹禺也以一种负罪的心情主动检查自己在《明朗的天》里"把那些坏的高级知识分子还是写得太好了",据说"在那段思想改造时期,有些高级知识分子(今天看,有些果然成了右派分子)暴露出来的丑恶思想和行为,实在太龌龊,太无耻","过去却错误地体会党的思想改造的政策,以为既然要团结改造他们,就不如少揭露他们一点好,为他们留下一些体面",这"正是我的愚蠢"。[42]而在另一篇文章里,曹禺总结自己参加反胡风斗争以后的体会,最后归结为一点:"必须更要靠拢共产党和人民政府,必须对共产党和人民政府做到绝对的忠诚老实"[43]——曹禺于是继续做着他的蜕旧变新的梦……

二、舞台演出的新阐释、新规范

但无论如何,1954年对于曹禺仍然是一个转机。

这一年2月,上影演员剧团在上海大众剧院上演《雷雨》,导演赵丹,主要演员有王丹凤(饰四凤)、蒋天流(饰侍萍)、舒适(饰周朴园)、凌之浩(饰周萍)等,这是解放后第一次有影响的曹禺剧作的演出。

同年6月,北京人民艺术剧院公演《雷雨》、导演夏淳,主要演员有于是之（饰周萍）、朱琳（饰侍萍）、吕恩（饰蘩漪）、郑榕（饰周朴园）、胡宗温（饰四凤）、李翔（饰鲁大海）等，大受首都观众和文艺界的欢迎，首轮演出即超过五十场。为庆祝八一建军节，招待中国人民解放军军委领导与驻京部队演出后，军委送花篮表示祝贺——自然也是表示一种接受与支持。

闸门一开，即顺流而下：同年 8 月下旬，华东话剧观摩演出大会上，江苏省话剧团演出《家》（周特生等导演），获演出奖，并在上海连续公演。

1956 年三至四月，第一届全国话剧会演中，湖南省话剧团与江苏省话剧团演出《雷雨》、《家》。

同年，中国青年艺术剧院演出《家》。

同年 11 月，北京人民艺术剧院排演《日出》，由欧阳山尊导演，主要演员有杨薇（饰陈白露）、叶子（饰翠喜）、董行佶（饰胡四）等。

1957 年 3 月，上海电影制片厂演员剧团再次在上海演出《家》，导演赵丹，主要演员有王丹凤（饰鸣凤）、孙道临（饰觉新）等。

同年 3 月，《北京人》由新建的广播电视实验剧团在北京儿童艺术剧院演出，这是新中国成立以来第一次上演《北京人》，导演蔡骧，主要演员有李晓兰（饰愫方）、纪维时（饰江泰）、梅邨（饰曾思懿）、王显（饰曾文清）等。

同年 6 月，北京人民艺术剧院也将《北京人》搬上了北京舞台，导演田冲，舒绣文饰愫方。北京电影制片厂电影演员剧团于同年前后排演了《日出》与《家》，在北京、天津演出。北京市实验话剧团于是年 5 月上演了《原野》，演员有辛静（饰仇虎）、陆丽珠（饰金子）等。

由于北京、上海各剧团带头，曹禺剧作——主要是《雷雨》、《日出》、《北京人》及《家》，成为全国各地剧团经常上演的保留剧目。

这是曹禺戏剧演出的又一个高潮，并且由此引发出"五四"以来优秀剧目的演出高潮。[44] 和以往的演出高潮相比，不但剧目集中，时间也集中，几乎是一哄而上，显然是有计划、有组织的行动。

北京人艺首演《雷雨》的导演夏淳在一篇文章里提供了如下背景材料：

> 1953 年举行了第二次全国文学艺术工作者代表大会。在各协会分组讨论中，剧协……根据大会提出的如何正确地估价"五四"以来的文艺传统问题，对"五四"以来的剧作的看法作了讨论，并且提出各演出单位应有计划地上演"五四"时的优秀剧作。……提出这样的问题是根据当时的具体情况，是为了消除当时话剧界不活跃，不够景气的现象。当时，文艺界对"五四"以来的作品是存在着不够正确，不够全面的看法的。戏剧界也不例外，不改变这样的看法，就有丢掉传统，割断传统的危险。同时，为了解决各演剧单位的上演剧目的困难，在剧目的选择上开辟了广阔的道路。

> 在 1954 年以后话剧运动就逐渐转入了活跃、繁荣景况。（1956 年全国话剧会演时），在创作上存在一般化的毛病，在演出上较普遍有自然主义的倾向，这等于向作家和演剧工作者提出了一个重要问题：在现有的基础上如何提高创作与演出水平？而这，也就成为我们经常要考虑的中心问题了。[45]

事实上，中国的话剧在新中国成立以后，又一次发生从广场艺术向剧场艺术的倾斜。新中国成立伊始，即确立了"专业化、正规化发展艺术"的方针。1950 年组建北京人民艺术剧院（后与中央戏剧学院话剧团合并为专业话剧院）——本书的读者应该记得，这是焦菊隐先生早在 1927 年即提出的理想——又进一步确定了"以建设首都新剧场艺术为目的"的建院目标。1951 年中央人民政府文化部召开全国文工团工作会议，明确规定"在中央、各大行政区、大城市设剧院或专业话剧团，以剧场演出为主，逐步建立剧场艺术"。1952年文化部又发布指示，"要求建立正常的剧目上演制度保证剧场的公演，采取企业经营方针，逐步达到经济自给"，以后又在实行剧目轮换上演制，建立总导演制，以及以学习试验斯坦尼斯拉夫斯基演剧体系为中心的大规模的正规表演训练等方面，做了大量的开拓性的工作。曹禺的剧作再一次成为中国正规化的剧场艺术的范本。这一时期，北京人民艺术剧院演出的《雷雨》、《日出》，广播电视实验剧团演出的《北京人》，以及上海电影制片厂演员剧团演出的《家》，经过长期演出实践，逐渐建立了新的舞台演出规范——不仅是曹禺剧作，而且是中国话剧的演出规范，它本身即孕育着一个全新的民族话剧艺术的体系。

应该承认，在新时代演出写于旧时代、反映旧时代生活的曹禺戏剧，带来了意想不到的麻烦。它首先遇到了演员以至导演在心理、感情上的抵触。扮演蘩漪的人艺演员吕恩本是一位老演员，也演出过曹禺的戏剧，但解放后刚刚脱产学习了一年政治，获得了许多新的观念，现在再让她扮演蘩漪，就觉得格格不入了。她在1955年《戏剧报》上发表《我怎样扮演蘩漪》一文时，就直言不讳地承认，"我对这样一个陌生人物的生活感到茫然，在创作上实在缺乏自信"，"我不能信任自己所想象的一切都是真实的"，在她看来，蘩漪是"资产阶级的太太，过的是剥削生活的寄生虫"，"她为着不甘于受周朴园专横的统治，死劲抓住周萍，想法辞退四凤，以至最后把自己的儿子拉出来，借以破坏周萍和四凤的出走，这些行为，我总觉得她是自私的，太不可爱了"，于是，"角色的思想感情和我的思想感情有了距离"[46]，正像吕恩后来回忆时所承认的，"我把她全盘否定了，也扼杀了自己对这个角色的创造欲望"[47]。侍萍的扮演者、人艺演员朱琳在排演中重读剧本后第一个直觉反应是：侍萍与周朴园相认这场戏"不可信"："她觉得当鲁侍萍知道自己确实来到了周朴园的家，就无论如何再也待不下去了，积存了三十年的苦，怨，恨会一股脑儿在这瞬间涌出来，迫使这个有骨气的妇女不能不马上离开……"[48]而剧作者却让她留了下来，并且充满感情地相认——这样写，这样演，会不会有损于侍萍这个受压迫的劳动人民的形象，模糊阶级界限呢？这位演员的创作信念于是发生了动摇。[49]繁漪的扮演者舒绣文也有类似的疑惑："老实说，我本来不大喜欢繁漪这个角色"；对这位"寄兴于写诗画画，没有勇气爱又没有勇气离开的旧型知识妇女"，她既感到"陌生"，又担着心：会不会"美化"旧知识分子呢？[50]有趣的是，周萍的扮演者于是之在公演后总结创作经验时，还强调自己"不能较好地理解"周萍这个人物，他表示："我将不只一次不只一年地去努力探索这人物的精神，或者在三年五年之后，我能把他演得比较令人满意些"[51]——看来，这位有经验的演员已经意识到，新时代的演员的生活经历和所接受的种种新观念（包括对阶级斗争、阶级分析方法的庸俗化理解）在理解曹禺剧中人物时所产生的隔膜[52]，不是短时间内所能克服的。

观众的情况也是如此。一位观众曾在一篇题为《再看〈雷雨〉演出之后》的文章里谈到，自己从读中学的时候起，就是《雷雨》的忠实读者，"我反复地读着，完全沉溺在悲痛的感情里，忘掉了周围的一切"；但是，"后来，我逐渐接近了革命。由于自己对革命和社会的认识只是一知半解，不能正确地分析艺术作品，有一个时期，我对《雷雨》以及'五四'以来的作品曾经抱着一个轻率粗暴的否定态度，认为那些作品，距离现实很远，剧中人物感情不健康，不能给我们什么教育。甚至于认为，在人民自己的政权下，演出'五四'以来的剧本没有什么意义"[53]——当否定五四文学传统成为一种社会思潮时，一些观众拒绝接受曹禺剧作，这是必然的。

自然还有生活经验的差距。繁漪的扮演者吕恩在创作小结中谈到一件很有趣的事："一天晚上，散戏后，有两个戴着红领巾的女孩子到后台来，问我这样一个问题：'繁漪既然对她自己的家庭生活那样痛恨和不满，为什么不出去工作？'"[54]《雷雨》演出后，《北京日报》还收到过北京四中的两位中学生的来信；信中表示"对剧中的一些人物了解得不透彻"："周朴园这个人，在《雷雨》的最后一段，好像有些善良起来了，他对自己以前所害了的侍萍，总是表现着有些'过意不去'……当他知道四凤的妈就是他以前所害了的前妻时，就给了她几千块钱，这是什么意思？"另一位读者也发出了类似的问题："《雷雨》中，周朴园对侍萍，三十年来念念不忘，这算不算很忠于爱情？"[55]——生活在新时代的单纯的年轻人要理解周朴园那一代人的感情生活自然是困难的。这种不能理解有时也造成了观众的剧场反应与导演、演员们期待反应的抵牾，即所谓出乎意料的反响。《北京人》的导演就谈到在初演时，观众竟然觉得曾皓可怜，这反应使导演、演员们大为苦恼[56]。一位细心的评论者也注意到，"演出当第三幕曾皓迫不得已把自己漆了几百道的棺材给即将断气的杜家老太太抵债的时候，江泰突然义愤填膺挺身而出的时候，得到了全场的掌声"[57]，这掌声至少也是在导演、演员们以至剧作者预想之外的。

事实证明，曹禺的旧作要在新的时代演出，必须对原作与新接受者（导演，演员，观众……）之间的关系进行新的调整，也就是说，要对旧作品作出时代的新阐释、新处理，才有可能建立起接受者与接受对象之间新的联系。应该说，1950年代中期的中国导演、演员们，对此是有着高度自觉的。一篇题为《谈〈雷雨〉的新演出》的总结性文章里，即明确指出："今天我们演出《雷雨》，应该赋予它一种新的生命，新的精神，也就是说要对这部作品进行一番'再解释'的工作"，这就要求"用科学的观点和方法，审慎地分析和研究剧本所描写的历史现实，然后在舞台上强调某些成分，使原来的剧本中不甚明显或隐晦的积极社会意义得到鲜明突出的艺术表现；削弱某些部分，使原来剧本中消极的因素减少，从而使主题思想得到充分的发挥。一句话：要符合并且充分表现历史的真实"。[58]——这正是五六十年代曹禺戏剧生命再创造的指导思想。

应该看到，既要对历史上的剧作作出新解释，使其获得某种当代性，又不能根本改变原作的历史面貌，以达到历史性与当代性的统一（也即戏剧生命的历时性与共时性的统一），同时这种统一也只能是相对的、有限度的。关键在于度的掌握。北京人艺 1954 年重排《雷雨》时，关于《雷雨》主题的阐释，就曾颇费踌躇。最初，导演试图在"'阶级斗争'这个题目上做些文章"，突出"鲁大海与周朴园、周萍之间的矛盾"，以表现"工人阶级和资产阶级的斗争"。据说，导演和演员们还认真"讨论过、争辩过这个戏里谁最坏？大家觉得除了周朴园，就是周萍最坏，把他定为将来的周朴园"，并且十分认真地把周、鲁两家人分成左、中、右。左派里第一个就是鲁大海，周家是蘩漪，然后是周冲……这样的再解释，自然很符合 1950 年代初的时代精神、时代心理，就像导演夏淳所说，"仿佛只有这样做才足以看出我们是以阶级分析的观点来研究剧本的，才足以表示我们是革命的"。[59]但这样的解释距离作品的原貌太远，随着排练的深入，导演与演员又困惑起来，不能自圆其说，"终于才明白过来：那样做的结果，恰恰是把复杂的生活简单化了，反而丢掉了这个作品的深刻性"。后来经周恩来总理的提示，导演与演员才一起"把工人阶级和资产阶级的矛盾推到后景位置上，把反封建的主题鲜明、肯定地摆到前景上来"。根据这样的主题阐释，突出了周朴园这一人物在全剧中的地位，确定为戏剧冲突的主要对立面与揭露对象，并把他定调为"具有资产阶级的残忍、自私的特性，表面又蒙着一层封建道德的外衣"[60]，侍萍与周朴园的矛盾成为全剧主要戏剧冲突与情节发展主要线索。侍萍作为"旧中国的一个被生活被痛苦压到最底层的女人",她的形象得到了加强:不仅将她置于戏剧冲突的主要地位,而且着意强化了她性格中的美好方面。侍萍的扮演者朱琳这样描述她所理解的侍萍:"她是一个善良而又刚毅的母亲的典型","凭着自己的双手去劳动,她要像一个人一样的活着,她的心灵真像是七月盛开的莲花,虽根生于污泥之中,却维护了自身的纯净与美好"。[61]作为周朴园的另一个对立面,繁漪的形象也予以了新的解释与处理;据说,"繁漪在解放前的舞台上常常被歪曲为一个由于生理苦闷而精神失常、歇斯底里的女人","把《雷雨》演成所谓'乱伦大悲剧'",而现在导演、演员却为这个人物定下了"作为一个受压迫的女人的抑郁,痛苦"的基调,强调"尽管她是这个资产阶级的主妇,但作为一个妇女,她是被压迫者,甚至受到了两代的欺侮",她"毕竟是在封建专制下被压迫被损害的女性,是封建时代的牺牲者,她无非想获得作为一个人的生活权利";在演出中,不仅要"使观众能多方面去认识繁漪,而且有责任使观众在看完戏以后的沉思中,能唤起对繁漪的同情"。[62]演出根据"反封建"的主题阐释,鲁大海这个人物也显出了新的光彩:"演员把他塑造成了一个朴实正派的矿工形象,他表现出敢于向黑暗和罪恶斗争的伟大气概"[63],这就"把剧本虽然不甚明显而原来就包含着的积极意义凸现出来了"[64];同时,"鲁大海也不是作为典型的工人形象出现的",导演在阐释中强调"他所处的时代,党还没有成立,他们的罢工是带有自发性的"[65]。——经过以上的重新阐释与处理,《雷雨》不再是命运的悲剧或家庭的悲剧,而是"生活在旧中国的人们的悲剧"。一位评论家评介说,剧作者"以一幅真实、深刻和生动的图画,描绘出了中国人民大革命的风暴来临以前的旧社会的残酷和腐朽的一面。看看这些人物和生活,是可以使我们更加了解旧中国的社会,更加珍爱今天的幸福,同时也就更加要求建设一个更为美好的未来的"[66]。《雷雨》的新演出也就获得了一种当代意义。

不仅《雷雨》，这一时期演出的《日出》、《北京人》、《家》都显示了一种新的时代气息。北京人艺演出的《日出》，导演是欧阳山尊；而《日出》1930 年代第一次演出时的导演恰好是他的父亲欧阳予倩。人们于是评论说："父子两代艺术家，由于在处理这个戏所置身的时代不同——父一代是在黑暗的旧社会中企盼日出的心情下排演，子一代却幸福地在日丽中天的新中国排演《日出》；因此，我们可以断言，这次演出的色泽与调子，将与过去迥乎不同。"[67]欧阳山尊在重新执导时，给自己首先提出的问题也是："今天演出《日出》，有什么现实意义？"他在《〈日出〉的导演分析》里，作了十分明确的规定——

> 我们在这个时候来演出《日出》，它的意义是：使大家在展望社会主义的同时，也回顾一下已经走过来的极其艰辛的道路，回顾一下中国人民曾经背着多么沉重的包袱走过了那样一段黑暗的历史时代！这样做，就会使我们更加坚定，更加勇敢和更有信心去争取社会主义的早日实现，这是第一。其次，中国大陆上的人民虽然已经获得了充满欢笑的幸福生活，但是八百万的台湾同胞现在却仍生活在水深火热里，他们所处的环境正是《日出》所展示给我们的那种不见一丝阳光的黑暗世界，以蒋介石为首的那群魑魅魍魉正在比金八、潘月亭、黑三还要凶狠，还要无耻地摧残着我们台湾的父老兄弟姐妹们，并且他们还在美国帝国主义的支持和指使下，将魔掌伸进我们光明的土地上来，因此演出《日出》的第二点意义是使大家千百倍地提高警惕，使魔鬼们的阴谋诡计不能得逞，并且拿出最大的决心解放台湾，拯救那里的父老兄弟姐妹，把阳光带给他们。第三，《日出》的那个时代虽然过去了，但是那社会的残余却仍然存在。我们国内现在仍旧有资产阶级，小资产阶级也仍是汪洋大海，自发势力随时都在产生着

资本主义，我们所处的这个过渡阶段，正是决定最后谁战胜谁的阶段，虽然我们有力量也有把握通过社会主义改造来战胜和最后消灭它们，但是要做到这一点，特别是要消灭我们思想里的资本主义影响，却是一件十分艰巨的工作，因此，演出《日出》的第三点意义又是使大家明确地认识到资本主义是多么丑恶，生活在资本主义制度下又是多么痛苦，进而与我们残存的资本主义思想作不调和的斗争。最后，现在世界上还有很多人在"日出"那种社会制度下过着不见阳光的生活，也还有一群如杜勒斯、麦卡锡、诺兰、阿登纳、蒋介石、李承晚那样的魑魅魍魉在兴风作浪，毒害着人类。他们憎恨光明，惧怕和平，他们企图把世界重新拖进黑暗与战争中去，因此演出《日出》的最后一点意义是使大家起来，保卫光明，保卫和平，帮助那些现在尚生活在黑暗中的人们获得光明，为太阳普照大地而奋斗。由于《日出》具有以上四点时代意义，所以我们有充分的理由与必要来演出它。[68]

这确实是一个不可多得的历史材料，我们因此而不惜全文照录。它清楚地表明了1950年代中期中国是怎样观察与认识中国的历史，现在以及世界的；也表明那个时代的戏剧工作者迫切希望自己的创作为现实政治服务的高昂的政治热情。在这种情况下，曹禺戏剧完全纳入时代意识形态体系中，被高度政治化、时事化，都是难以避免的命运。

值得注意的是，在前述导演阐述中，突出了《日出》的"批判资本主义制度与资产阶级思想"的意义，这与《雷雨》的"反封建"主题一样，成为对于《日出》主题的规范性、权威性解释。1930年代，周扬即在他的《论〈雷雨〉和〈日出〉》里，肯定了《雷雨》与《日出》"反封建反资本主义"的意义；但同时仍有人批评《日出》"对于都市文明的憎恨不是批判的，而是整个否定的"，这表明剧作者本人"本能地对现代资本主义文明，生活方式，由生活方式所产生的艺术样式的不能忍受"，"作者理性上的现代精神和他情感上的原始精神是不一致的，作者的生活和观念深处，对于现代生活是一个客人，一个观光者"。在批评者看来，这是有消极性的。[69] 而到了1950年代这类批评就不复存在，相反，剧作者对都市文明的批判由于与时代主题——资本主义与社会主义的斗争——的接近，被着意强化而赋予了一种意识形态斗争的特殊价值。

从这一"批判资本主义"的主题新阐释出发，《日出》的新演出，加强了"人的阵营"与"鬼的阵营"的阶级对立；《导演分析》里明确规定："《日出》里表现着两种矛盾冲突，一种是被侮辱、被损害的人民与剥削、压迫者之间的矛盾冲突；一种是剥削、压迫者本身内部的矛盾冲突，在这两种矛盾冲突当中，前一种是最基本的。"演出中，不但突出了对鬼的阵营里的剥削者、压迫者形象的无情揭露与嘲讽，而且还加重了对陈白露形象的批判色彩，《导演分析》中规定陈白露的贯穿动作是"玩世不恭，游戏人间，走向慢性自杀"，这自然是为了批判资本主义金钱势力的腐蚀作用。另一方面，演出又大大强化了第三幕下等妓院里的戏，《导演分析》中指出，"这一幕戏……所表现的人与人关系是多么露骨，多么赤裸裸与多么残酷可怕"，这正是最能揭示资本主义金钱社会的本质的，因此，导演一再强调，这场戏一定要在观众心上"压了一块沉重的铅，而且越压越重"，最后要在"紧张、沉重、惊心动魄的气氛中"闭幕。——同是《日出》第三幕，1930年代首演，导演从戏剧结构的完整出发，将其删去不演；1950年代重上舞台，导演又从意识形态的需要出发，将其强化突出：这本身就颇具戏剧性。

《日出》新演出的另一个特色是对正面人物形象的强调，这同样是反映了时代文艺思潮的。《导演分析》中指出，《日出》演出的艺术形象将是"一幅用各种浓烈鲜丽的色彩绘成的油画",而"橘黄色"(象征正面人物形象)"则被用在最有力和对比最强烈的地方"。导演首先对方达生这个人物作了全新的解释与处理,他不再是《日出·跋》里所说的不配享有太阳的堂吉诃德式的人物,而是一个"给观众带来了光明的希望"的正面形象。导演不但"不让方达生有过多的书呆子气,而突出他的勇敢、正直和善于思考",而且用他贯穿全剧,"随着事件的发展,方达生引导着观众不知不觉地'闯进'日出的世界"。剧本中被侮辱、受损害的形象也得到了净化与升华,导演的构思中,有意识地"不让小东西多哭泣,不让她见了黑三就跪下来,不让她在挨黑三打时喊出声来","不让翠喜说那些粗野的下流话,不让她骂乞丐,而让她去同情那些要饭的人"。据说,经过导演、演员以上这番二度创造,可以使画面上的"橘黄色更加突出,更有力量和更有光彩"。[70]——自然,从消极方面说,剧本的上述细节描写,在1950年代中期,很可能被认为是"丑化劳动人民",导演、演员们要加以删削,是可以理解的。

　　《北京人》的再创造,主要集中在对愫方形象的塑造。中央广播电视剧团演出的导演在构思中,首先明确愫方是《北京人》里的灵魂,他宣布:"我的目标之一,就是尽力把愫方的美显出来。"广播电视剧团的演出,观众们最为称道的,也是愫方的扮演者李晓兰的再创造;一位评论家说曹禺笔下的愫方可说是"生活的诗的顶点,美德的结晶","如今,不同的时代里很难找到愫方这一型的人物,因此,舞台上出现了一如创造者笔下所塑造的角色","使看戏的人跟她进入梦中,跟她幻灭,跟她新生",是极可贵的。[71]北京人艺演出《北京人》愫方的扮演者舒绣文,把她的角色规定为"在中国历史转换时期从旧生活跨进新生活的一个中国固有的善良妇女的典型",在突出她的善良之外,还着意刻画她的坚定的信念,她对真理的追求:"愫方虽然不是大智大勇、思想进步的人，但当她一旦懂得了真理，就会抱紧这真理；她会比别人更勇敢地为实现这个真理而斗争，而牺牲。"[72] 这里显然加入了演员（舒绣文）自身对新时代真理的追求与理解，演员的自我与她塑造的角色也就达到了一种心灵的契合。正因为《北京人》的新演出，是以最后跨入新时代的愫方形象塑造为中心的[73]，因此，全剧就取得了"从新时代看旧时代"的观察、表现视角；这样，《北京人》的新演出，就具有了较浓厚的喜剧色彩——这本是剧作者所一再强调的。导演在"导演计划"中明确规定了"要在那些压得人透不过气的矛盾冲突中，突出作者有意安排的微笑的场面，大哭的场面，欢快的场面，充满幽默与讽刺的场面，以及沁人肺腑的抒情场面"[74]；在排演中，导演特意突出了全剧结尾的最后"没有演员"的"四十五秒钟"："舞台全暗，音乐声中，窗外曙色初露，雄鸡报晓，火车长鸣，一线朝阳照在窗棂上，天亮了。"导演深刻地领会了剧作者留下的"潜台词"——"必须把幕落在出走的人身上，为出走的人祝福"[75]，也就真正把握住了曹禺所说的《北京人》的喜剧性。据导演说，观众接受了这一富有寓意的再创造：《北京人》演的大约二百五十场，观众都安静地看完这个'特写'，很少有人离场。"[76]一些评论家也注意到，在《北京人》的新演出过程中，观众席上不断发出笑声，因此断定说：《北京人》这个戏是暴露旧中国的喜剧。"[77]另一位评论者还作了这样的对比："我曾留恋重庆的演出，那确实是表现了对生活的痛苦和对幸福的渴望的缠绵愁怀。但是我更爱今天的演出，这是揭露复杂的生活和以更多的诅咒旧制度的死亡来维护善良的人们的生长，新时代的幸福感和对旧时代的唾弃，导演和观众的呼吸在今天是吻合的。"[78]

　　以上影演员剧团为代表的《家》的演出，也同样具有鲜明的时代特色。一篇题为《略谈〈家〉的演出》的文章里谈道，"当十四年前，

《家》在重庆首演的时候，它给观众留下了浓烈的沉重、压抑之感"[79]。尽管如前分析，剧作者曹禺笔下的《家》是一曲"青春的赞歌"，是剧作家自我生命与戏剧生命的净化与升华，压抑、悲痛之类的情感反应都与之格格不入，但在1940年代中期的时代高气压下，导演、演员、观众都闷得喘不过气来，这就注定了《家》的舞台生命形态只能是压抑的，而不可能有剧作家所期待的"生命的欢乐与活力"。现在，时代终于变了；至少可以说，1950年代中期的时代气氛与社会心理都使得导演、演员、观众，"以一种胜利者的心情来回顾往日残酷的生活"[80]，于是，导演赵丹在《家》里发现了"浓厚的浪漫色彩"，发现了"讽刺诗"与"抒情诗"，"而后者似乎更多些"。[81]赵丹充满自信地说："不管是巴金或者是曹禺，乃至我和我的合作者——演员及舞台工作人员，都会采取一个相同的态度来从事我们的创作的，就是对那些封建腐朽的势力要着重抨击和讽刺，而对那些年轻新生的力量，要热情咏赞和讴歌，对那些年轻新生一代他们在斗争中所受的折磨，要给予无限的同情。"[82]根据这一主题阐释，演出中对于冯乐山憎恨之外，给予了更多的嘲讽，瑞珏"在温柔善良、纯真无私之中有了坚强一面的表现"，删去了鸣凤投湖后又转来要见觉慧的情节，据说是为了加强鸣凤的"反抗性格"，"觉慧的形象上则有了更绚丽的色彩"，整个演出，处处显示"善良与阴毒，纯真与丑恶，正直与邪私"的鲜明对照，爱憎分明而又富于时代青春气息。[83]

应该说，前述曹禺戏剧舞台演出的新阐释，不但得到了五六十年代的中国观众的承认，甚至在他们中深深地扎下了根，成为剧院的长期保留剧目[84]，并且逐渐形成了以北京人民艺术剧院的演出为代表的艺术规范。而北京人民艺术剧院所建立的曹禺戏剧演出的新规范，既是北京人艺所努力创立的导演、表演艺术的新流派、剧院新风格的有机组成部分，又有着自己的特色，需要作更深入的专门研究，这里只能做一些初步的描述。

以北京人艺演出为代表的曹禺戏剧演出的新规范，是 1940 年代所建立的曹禺舞台生命形态[85]的继续与发展，但有了更为明确的目标：现实主义与民族化的结合，创造具有中国民族特色的现代话剧新体系；有了更自觉的理论指导与追求：把民族戏曲传统与斯坦尼斯拉夫斯基体系以及西欧一些戏剧理论融合起来，追求"从生活出发"、"从自我出发"与"从人物出发"三者的互相补充、辩证统一[86]，坚持"深厚的生活基础"、"深刻的体验"、"创造鲜明的舞台形象"的创作原则。[87]并且有了一套日趋成熟的排演规程，把前述追求落实在具体排演过程中，正像《雷雨》导演夏淳所说，这就把"靠所谓灵感，靠个人的天赋，带有神秘感的"、"偶然性太重"的演员职业变成"人人都可以学习，人人都可以掌握"，"可遵循"的科学。[88]夏淳在他的《导演〈雷雨〉手记》里将在实践中逐渐形成的排演规程概括为以下几个程序：首先，导、演、职员一起深入体验有关生活，以"获得更多的感性知识"，"更深刻、更准确地体会作品所提供的素材"，缩短演员与人物的距离[89]；在体验生活中，要求演员把从生活中所获得的东西都记下来，在积累大量素材基础上，要求演员写人物自传，并让演员用讲故事的办法（先用第一人称，再用第三人称）讲述，以促使"演员逐渐地接近人物，体会人物，懂得人物，从而掌握人物"[90]，"大量案头准备工作使演员产生了要求动起来的强烈愿望"，开始进入"戏剧小品"的练习，以"促进对人物和人物关系的深刻感受"，"起到了在未进入正式排演之前，能使人物在自己的心中活起来的作用"[91]；在正式排练前，还要求演员在"台词上下功夫"，"不仅要求演员掌握人物的愿望与动作，表达人物性格，并且能念出曹禺同志的剧本的独特的韵味"：做好这一切准备工作，才最后进入排演。在整个准备过程中，从体验生活到写角色自传、排练小品，都要求"内""外"的结合,即不仅强调体会和了解人物的内心,而且要求注意对外形的观察,要求"内心体验"与"形体表现"的有机结合,经过"从外到内,再从内到外"的反复交替,最后形成"心象",即"在演员心中孕育着的、打算怎样体现角色的具体形象"[92];在"心象"形成后,还需要"在剧本的'规定情境'和指定生活里,在和别的人物的接触上,一遍又一遍地去体验,去生活","从而再进一步发展丰富心象","最后使自己的'心象'有机融入整个舞台生活形象中",终于"进入角色",完成排演过程。[93]

确立一定的排演规程并不束缚导、演、职员的创造,并不是要求"用同一种方法,同一种风格,同一种样式来处理"不同剧作家的不同剧作,恰恰相反,以北京人艺演出为代表的舞台艺术新规范,其基本理论原则之一即是强调"导演必须首先理解到作品的精髓,体会到作家的创作意境,使自己心灵上产生和原作者一样的创造动力,才能够留有余地把一个文学剧本再度创作成为舞台艺术形象,也才能使这个形象既闪耀着作家写作风格的光辉,又能闪耀着导演构思的光辉"[94]。前述排演规程也仅仅是为实现这一目标提供科学方法的保证。

五六十年代所建立的以北京人艺演出为代表的曹禺戏剧舞台艺术规范和风格主要有以下特点:

一、自然,含蓄。如本书一再强调的,曹禺早期戏剧《雷雨》、《日出》、《原野》都是一种戏剧化的戏剧,不仅《雷雨》有些地方太像戏,《日出》的场面也"过于热闹、杂乱"(沈从文语),《原野》更是以感情表现的浓烈而引人注目。曹禺本人因此而为他的戏剧演出易落入情节戏、善构戏的窠臼,追求表面戏剧效果与感情的泛滥而焦虑,他一再告诫排演他的戏剧的导演、演员们"应该有真情感","要学得怎样收敛运蓄着自己的精力","每锤是要用尽了最内在的力量","思虑过后的节制或沉静在舞台上更是为人所欣赏的"[95],等等。北京人艺演出的《雷雨》、《日出》正是较为完美地体现了剧作家的这一戏剧风格的追求：他们不但自觉地追求生活的真实感，力图准确把握历史的真实，创造了浓郁的时代气氛和生活气息，而且把艺术创造的重心放在塑造鲜明的舞台人物形象上，强调人物的内心体验，展现人物的内心世界和人物之间的心灵交锋，以显示灵魂的深，追求含蓄的内在的戏剧性和灵魂的震撼力。[96]

二、严谨，精细。北京人艺演出的《雷雨》导演夏淳在题为《导演·作品·作家》一文中，曾比较了夏衍、郭沫若、曹禺、老舍几位剧作家的不同戏剧风格及对导、演员二度创作的不同要求，他认为，曹禺剧作的特点在于"力求工整，前呼后应，天衣无缝。既善于从大处着眼，又善于在细节上刻画。他的'三部曲'《雷雨》、《日出》、《北京人》反映的重大时代的重大题材，但刻画人物又都是在许多被人们所熟悉的生活细节上着笔生花"[97]。正是基于对曹禺剧作风格、特色的这一独特理解与阐释，北京人艺的导、演、职员们在处理曹禺剧作时，总是大处着眼、小处入手，在把握其戏剧的整体意图、风格，做到全局在胸的前提下，对全剧的每一个环节与每一个细节无不精雕细刻，细致而讲究。在人物形象的塑造上，不仅精细地捕捉人物内心深处每一个细微的颤动，人物之间每一次心灵的撞击，而且对人物外在服饰、举止、神态、语调……一投足、一扬眉，一声一息，无不反复推敲、精心设计，务必做到万无一失，臻于精美的境地。[98]

三、和谐的整体感。我们已经多次说过，曹禺是一位有着极强的舞台感的剧作家，他在写作剧本时，既已充分地考虑、想象舞台的演出，并且自觉地追求舞台演出和谐的整体感。因此，在他的剧本中，对于舞台美术、灯光、道具、声响，以及演员的表演，都有整体的设想，以至明确的提示；在人物形象的塑造上，他不仅注重主要人物的精心刻画，而更注重全剧人物的精心设置，使每一个出场人物（甚至不出场人物）都有戏可做，提供了演员创造的广阔天地。而北京人民艺术剧院在这方面正有着得天独厚的条件：他们不仅拥有足以成为艺术创作集体中心的焦菊隐这样的大导演，欧阳山尊（《日出》导演）、夏淳（《雷雨》导演）等一大批杰出的导演艺术家，而且拥有以于是之（他曾经是《雷雨》周萍的扮演者）为代表的、被称为"群星璀璨"的表演艺术家，以及陈永祥、韩西宇等为代表的舞台美术家，他们怀着建立新型剧场艺术的共同理想，经过长期艺术实践，形成一个以焦菊隐等导演为中心的和谐的创作集体，与剧作家曹禺会心合作，共同创造着曹禺戏剧的舞台生命，达到了整体的和谐：这一面是无论演员的表演，还是舞台美术的设计，舞台音响效果，音乐的使用，舞台灯光，舞台道具，以及服装的设计，化妆艺术……无不服从于导演的总体构思，并有自己的独特创造，形成了完整而和谐的统一风格。另一面是演员的表演，"不管主角配角，几乎人人有好戏，人人有看头，人人有滋味，人人有各自的特点，整台都是戏"[99]，相得益彰，产生舞台演出的和谐、匀称、完美感。[100] 以上两个方面的和谐与完美、完整正是标志着我国话剧剧场艺术开始走向成熟，以及曹禺戏剧舞台生命形态的逐渐经典化——自然也就同时呼唤着、孕育着新的突破：这是不言而喻的。

　　四、诗的意境的追求。据介绍，焦菊隐曾把"诗意"列为"演出三要素"之一；他"强调'诗的意境'，不是把它作为戏剧的艺术风格和表现手法，而是作为一种美学原则来看的"，他认为，在"诗的意境"的追求里，正渗透着我们民族的美学精神。[101] 这实际上也可以看做是对曹禺戏剧的美学精神、民族特色的深刻理解与把握。广播电视实验剧团演出的《北京人》的导演蔡骧在他的"导演杂记"里，即明确指出："《雷雨》、《日出》、《家》……都有许多动人的抒情场面，《北京人》则是作者的最高成就，整出戏像诗！'诗''戏'交融，浑然一体"，因此，他自觉地把排出"诗味儿"来作为导演《北京人》的主要追求之一[102]，对他来说，这同时也是在追求着曹禺话剧演出的民族化。导演运用了一切艺术手段创造诗的意境，除了全力展示全剧的诗魂——愫方内心的美之外，还借助于"戏未开始，那发自蓝天白云中的泠泠鸽哨声"，以及全剧最后四十五秒里的"曙光初露，雄鸡报晓，火车长鸣"的象征，把观众引入诗的境界：感知着诗的哲理，又体味着诗的韵律。[103]

三、纳入有组织有计划的传播轨道

1950 年代中期，在某种意义上可以说是曹禺戏剧生命的中兴时期。与三四十年代的曹禺热不同，它更是一种有组织、有领导的行为，这就是说，它不再是观众、读者的自发接受，而是在明确的文化政策下自觉引导的结果。

1953 年召开的第二次文代会，为适应大规模的、有计划的经济建设的需要，对文艺政策进行了相应的调整。周扬在大会上所作的题为《为创造更多的优秀的文学艺术作品而奋斗》的主报告里，对"五四"以来的新文艺运动作出了新的评价。报告透露，"毛泽东同志对以鲁迅为代表的'五四'以来的新文艺运动的成就给了很高的评价"，强调"毛泽东同志早在《在延安文艺座谈会上的讲话》中就曾指出工人阶级的作家应当以社会主义现实主义作为创作方法"，而"从'五四'开始的新文艺运动就是朝着这个方向前进的"。在同一报告中，周扬还提出："我们必须虚心地、诚诚恳恳地向文学艺术各方面的专家们以及老艺人们学习，许多宝贵的遗产就保存在他们身上。我们必须重视他们的研究工作，尊重他们在艺术创作上的成就。国家文学出版机关必须有计划地出版经过整理的、具有人民性的中国古典的文学作品，出版对于古典作家和作品的一切有价值的认真的研究著作。"这里所说的尽管是"中国古典的文学作品",但在当时人们的理解中,是包括了"五四"以来的优秀文学作品在内的。

因此,在随之而来的1954年至1957年的"'五四'以来的新文学热"("曹禺热"是其中重要组成部分)中,曹禺戏剧不仅广泛演出,而且得到了有计划的出版、发行:

1954年6月,《曹禺剧本选》(收《雷雨》、《日出》、《北京人》)由人民文学出版社出版,至1957年第五次印刷,共一万七千册[104];

1955年8月,《家》(修订本)由上海新文艺出版社出版,印数不详;

1956年10月,《明朗的天》(改为三幕)由人民文学出版社第一次印刷,共五千册;

1957年6月,修订本《雷雨》由中国戏剧出版社出版,印数达一万二千册;

1957年7月,《明朗的天》由中国戏剧出版社出版(改为三幕),前后两次印刷,共一万册;

1957年9月,《日出》由中国戏剧出版社出版,1958年再次印刷,共一万七千册;

1957年,《日出》由中国青年出版社出版,共印九千册。

人们自然会首先注意到,曹禺剧作每次出版均在万册左右。这是过去年代所难想象的,确实显示了有组织、有计划的传播与接受的特殊威力。

但人们同样会注意到,对曹禺著作的出版、介绍是经严格选择的:仅限于《雷雨》、《日出》、《北京人》、《家》这四部著作(其中又以《雷雨》、《日出》为主,《家》次之,《北京人》又次之),曹禺同样很大影响的前期剧作《原野》、《蜕变》则被打入冷宫,被人为地遗忘。[105]而且,出版的剧作都是经过删改的,与初版有明显的区别。

其中最引人注目的，自然是《雷雨》"序幕"、"尾声"与《北京人》中"北京人"形象的腰斩——这同样是一种强迫遗忘，显示了有计划、有组织的力量的另一面。

　　强迫遗忘的原因自然是意识形态的。这一时期先后出版的中国现代文学史著作都专门论及曹禺[106]，这本身即意味着曹禺创作文学史地位的一种确认。而这些文学史著作对曹禺不同剧作的褒贬，在某种意义上又可以看做是一种时代评价。于是，人们发现，《雷雨》《日出》得到了一致的高度赞扬："《雷雨》这个剧本在一定程度内反映了社会生活中某些重要的真实的东西"[107]，"在演出上，观众却并不感觉《雷雨》的神秘，而是把它当作社会剧来欢迎了的，这主要就在作者所写的人物性格的真实"[108]，《日出》作者"目光转向社会现实，作品的内容也光辉了一些，可以说是他剧作中最好的一部"[109]。"我们作为一个读者和观众关于剧本还可以替作者下更多的'诠释'"，例如"我们不仅在（《雷雨》）剧本中看见了一个大家庭的隐秘的罪恶，而且我们还分明看见了在剧本中表现出来的复杂尖锐的阶级对立的关系"。[110]而《原野》《蜕变》以至《北京人》《家》都受到了不同程度的批评，例如，《原野》由于作者"处理题材时渗入了过多的神秘象征的色彩，纠缠于心理状态和良心谴责等抽象观念，使《原野》的现实性反逊于《雷雨》"[111]，在仇虎身上，"集中地体现出来的不是一个社会的人的性格，而是原始的人（具有原始感情和原始力量的人）的空幻的形体，其他人物的性格也缺乏社会和阶级的烙印，这个剧充满了一种非现实的人造的气氛"[112]。《蜕变》中梁专员"这种贤明的官吏在当时的国统区是不可能存在的"，作者歌颂这个人物，是"对于丑恶现实的无意的粉饰"。[113]可以看出，评价的观点与价值尺度和1940年代的评论十分接近。但1940年代也仅批评而已，1950年代却因批评的价值尺度与占统治地位的意识形态的一致，就直接决定了剧作的命运：或得到广泛传播（如《雷雨》、《日出》），或置于被遗弃的地位（如《原野》、《蜕变》）。

1957年，曹禺的剧作《日出》第二幕选场（黄省三与李石清对话）首次被选入中学《文学》课本高中第三册（人民教育出版社，张毕来、蔡超尘主编），从此，中国一代又一代数以千万计的青年学生通过中学语文课堂教育，认识了曹禺和他的剧作，这在曹禺剧作的传播与接受上自有不可忽视的意义。

对曹禺剧作的接受是广泛的，曹禺剧作不仅成为文学史家的研究对象，它的戏剧语言也因其典范性，而受到了语言学家的重视：在1952年7月至1953年11月在《中国语文》上连载的、有很大影响的《现代汉语语法讲话》（丁声树、吕叔湘、李荣合著）全书有八十七处引述了曹禺的剧作（有趣的是，其中主要引述的也是《雷雨》、《日出》、《北京人》的对话）。

曹禺剧作在国外的翻译、介绍与演出，也同样引人注目。前面中即已谈到，曹禺的《雷雨》是由于日本学界的推荐而由中国留日学生在东京首演的，1936年即有了《雷雨》的日译本。1935年中国旅行剧团在天津演出《雷雨》时，曾得到英国著名戏剧家柏瑞蒂的热烈赞扬，1936年即有了《雷雨》的英译本（姚克译，载英文《天下》月刊10号）。1940年代，中国的一些剧团流亡在东南亚时，也同时把曹禺的《雷雨》、《日出》、《原野》带到了这些地区。第二次世界大战结束不久，朝鲜、越南都公演过曹禺的戏剧，受到热烈欢迎。[114] 1950年代初，《雷雨》再次被译成日文出版（译者影山三郎）。1956年印度尼西亚万隆也有过《雷雨》的演出[115]。尤其值得注意的是，1958年，国家外文出版社先后翻译出版了《雷雨》英文、法文、印第文译本，这标志着曹禺剧作的对外传播已纳入了国家对外文化交流的计划轨道。在此前后，即1950年代中期至1960年代初期，曹禺戏剧主要在苏联与匈牙利、罗马尼亚、捷克等东欧国家流传，与这一时期中国外交政策的重点相一致，当然不是偶然，显然也是一种有组织有计划的引导。[116]

这确实是曹禺剧作接受史上特殊的一页：在有组织有计划的轨道中，曹禺戏剧得到了前所未有的大规模的介绍、传播，影响之大，达到了历史的最高点，但同时也为此而付出了巨大的代价。

在动荡的年代颠簸

一、政治运动的冲击

可以看出，到 1950 年代中期，对曹禺戏剧的接受，无论是舞台演出的阐释，还是出版、发行的传播意向，以及评论界的批评尺度，都具有强烈的政治倾向性，与同时期占支配地位的意识形态有着密切的联系：这样，意识形态领域各种倾向斗争的起伏，各项政治运动，对曹禺戏剧的命运都会产生直接而深刻的影响。

在前述周扬 1953 年全国第二次文代会的报告中，虽然强调要"为创造更多的优秀的文学艺术作品而奋斗"，同时也已经提出"对资产阶级思想的斗争，是我们的一个长期的任务"。到 1954 年底，毛泽东在《关于红楼梦研究问题的信》里，发出了"（党内）'大人物'""同资产阶级的作家在唯心论方面讲统一战线，甘心作资产阶级的俘虏"的警告。1955 年初，《戏剧报》上就发表文章，批评该刊物"对名作家的作品赞扬太过"，"用最高级的形容词来赞美""著名剧院的演出"，举出的例子即是对 1954 年北京人民艺术剧院《雷雨》演出的评论，据说这篇评论犯了"忽视中国话剧的革命的现实主义传统"的错误[117]：这就已经暗含着将曹禺戏剧列入"资产阶级的艺术传统"，而与"中国话剧的革命现实主义传统"对立起来的意向，这自然是一个不祥的预兆。1955 年《戏剧报》6 月号（此时文艺界已经开展了"反胡风"的斗争）发表的《江苏省几个剧团检查了资产阶级文艺思想》的报道里，就更直接指责江苏省话剧团演出《家》是"服务的对象和目的不明确"的表现，"导演对于剧中人物的处理，多少表现了一种客观主义的态度，缺乏阶级观点，例如，将劳动人民更夫处理成疯子，对于统治阶级代表人物则处理成道貌岸然，不是使人憎恨，相反的某些方面使人同情"[118]，其矛头显然也是指向曹禺剧作本身的。尽管曹禺一再表示要向新时代、新社会靠拢，但在一些人心目中，曹禺始终是资产阶级异己，他的剧作非经彻底批判改造，不能为新社会服务：这二者之间的隔膜是可悲的。

1957 年底，"反右"斗争已经结束，正在进行整风，《戏剧报》展开了"关于现代题材剧目问题"的讨论，对 1954 年以来特别是 1956、1957 年间各地大量演出包括曹禺剧作在内的解放前的剧目，提出了尖锐批评，据说这表现了一种"资产阶级思想的倾向"。批评者认为，"戏剧是通过剧目来为阶级斗争服务的"，对"现代题材剧目"与"五四剧目"不能等量齐观，这是"话剧战线上为工农兵服务的问题，建立无产阶级的话剧队伍问题"。[119] 在讨论中，也有人提出不同意见，如一篇文章即针锋相对地提出，"那些优秀的'五四'以来的剧目，如《日出》、《雷雨》都是受到广大观众的欢迎的，因为它们的演出是帮助了观众——特别是青年在展望社会主义的同时，也回顾一下已经走过来的极其艰辛的道路。因此，不能说演出这些剧目，对于为工农兵服务，建立无产阶级话剧队伍，就与演出现代剧目有了不同影响"[120]。这些不同意见后来都受到了批判；一篇题为《不能"一视同仁"》的文章斩钉截铁地说，"我们最需要大力提倡的（不论写或演）都是反映中华人民共和国建国以来社会主义建设的，我们不能把它和仅仅接触到一些现实生活的某些五四以来的作品一视同仁"[121]——在当时，这样的结论几乎是不容置疑的。在讨论中，还发表了上海锅炉厂工人的一封来信，据说有些生产工人反映："外国剧目看不懂，五四剧目不够劲，最好来个现兑现"，"有些外国的、解放前的剧目只适合一部分观众，他们是有文化基础的，对艺术要求当然高些，但是对于更多的工人、农民、士兵来说，我们认为现代的、自己的剧目多些是实惠的，因为这些剧目比较更深入人心，鼓舞人心"。[122] 这位工人的意见，在当时的时代气氛下受到了高度的重视；一位剧作家据此而大加发挥，指出："由于党的方针路线与人民生活高度的统一性，因此，这一（上演剧目比例）问题还应当看作是否热心发展社会主义内容民族形式的戏剧艺术，是否忠实于人民事业的一块试金石。"[123]——问题提到这样的高度，"讨论"云云，已是多余。

值得注意的是，有人在检讨 1950 年代中期中国话剧舞台上出现了"曹禺热"、"五四以来剧目热"的原因时，归之于"片面强调剧场化"，而丢掉了"在党的领导下密切地服务于当前革命运动"的"中国话剧的传统"。[124] 在 1958 年"大跃进"中，这几乎成了中国话剧界的一个共识。《戏剧报》的一篇文章，对中国话剧传统作了这样的概括："五十年来话剧工作的历史是中国近代革命史不可分割的一部分，是它的一个特殊方面。话剧在革命工作中所做的是宣传工作，动员群众的工作。它曾经化装演讲，演员在舞台上对着观众作滔滔的煽动演说；它曾经是罢工的鼓动者，把工人的斗争立刻编成活报上演；它曾是二万五千里长征中行军的鼓舞者，在崇山峻岭间为行军的战士们唱歌跳舞；它曾经在敌人的碉堡下面演出，曾经在根据地农村中动员群众；但同样也在国民党所据有的城市里，在戏院里的舞台上揭露国民党统治下的黑暗。它的形式是多样的，但无论它有多不同的环境，面对着多么不同的观众，它总是保持着向群众作宣传鼓动工作的精神，这种精神就是话剧五十年来主要的特点，最可贵的品德。"[125]

在一次座谈会上，有人对中国话剧的历史与现状又作了这样总结式的检讨："在民主革命阶段，抗日战争、土改、解放战争时期，我们搞文工团，秧歌运动，与群众的关系是密切的，艺术服务于政治的观念是明确的；入城后，特别是进入社会主义革命时期以后，我们做什么，怎样做，方向就逐渐不鲜明了。当时提出建设剧场艺术，以社会主义思想占领城市剧场的阵地，为工人阶级服务是正确的。但我们在实际执行中，尤其是近年来却逐渐走上关门提高的道路，……我们的方针实质上是偏重提高的方针，……城市知识分子作为我们主要对象时，他们对艺术的要求、趣味，就不能不时时反映到我们艺术创作中来"。[126]——对所谓"关门提高"倾向的批判，很容易使人想起1942年延安文艺整风运动。1958年"大跃进"热潮中，中国话剧再一次向广场艺术倾斜。北京各大剧院纷纷走出剧场，排演时事戏，作街头广场演出，并组织话剧小分队到工厂、农村巡回演出，以便使剧院"成为党对群众进行政治教育的直接助手"[127]。在这样的广场艺术倾斜中，曹禺的戏剧再一次显得不合时宜。据《戏剧报》的报道，"当北京人艺巡回演出队赶排《刘介梅》时，剧院曾有人认为质量太差，反对带这出戏去，而主张带《雷雨》。可是出去后，最受欢迎的戏是《刘介梅》"。

在这样的有组织有领导的向广场艺术的倾斜中，剧作家曹禺的态度，自然是人们所关注的。据说，他感到了很大的压力，"他觉得更赶不上趟了"[128]。但他仍竭尽气力去追赶形势，写了《推荐"时事戏"》一文，宣称："今天我们剧作家为直接服务于政治，单刀直入地宣传政治，写出了以'时事'为题材的成功的剧作，这是大可以高兴的事。"曹禺似乎并不满足于简单地表态，还竭力为"时事戏"寻找根据，说"它继续了我国剧作家多年来为了革命斗争，对当前现实，对于时事，采取迅速、强烈的手段来反映的传统"，进而又说："古往今来，为了改革现实，写时事剧，从阿里斯多芬到马雅可夫斯基，有无数光辉的先例。"文章结尾，曹禺还表示希望"'时事戏'的道路能够引起更多作家的灵感，动起笔来"。

但，人们自会注意到，尽管作了这样的表态与号召，曹禺本人却始终没有动笔：不仅没有写出时事戏，连其他剧作也没有写。他只是接二连三地写出一些散文、杂感（后收入《迎春集》一书），一再表白自己对于新时代、新形势拥戴与紧跟的心情与愿望：如此而已。

曹禺这言与行的矛盾倒发人深思。

二、《雷雨》演出的阶级斗争模式

仅仅写《推荐"时事戏"》这样的表态文章，似乎并不足以减轻外在的压力与自己内心因赶不上形势而产生的惶惑感。曹禺于是决定，对自己的旧作，再动一次手术：1959 年 6 月，将《雷雨》又改了一遍。[129] 据报道，"这次修改中，作者着重刻画了鲁大海同周家之间的阶级矛盾，而把鲁大海与周萍，周冲与四凤之间的个人纠葛摆在次要的地位，从而就加强了戏剧主题"[130]。曹禺自己表示："长期以来，对鲁大海的处理一直是个'疙瘩'，这回算是把'疙瘩'去掉了。"

可惜，曹禺的这一修改本并没有留下来[131]；但我们却从根据修改本的新演出的有关资料中，发现了一个《雷雨》阶级斗争新模式[132]。

由上海人艺担任的"新演出"，导演吴仞之有一段背景说明颇值得注意。他说："艺术创作的进行，不从感性入手是有一定困难的。而今天《雷雨》的排演，却不得不从理性分析中首先探索如何重作解释的问题。我们在党的教育培养下，十年来经过多次的文艺思想批判学习，到了建设社会主义社会的今天，我们对旧时剧本的解释，不能再停留在原解释的思想水平。"[133] 这里明确地告诉人们，《雷雨》的演出"新模式"是"十年来经过多次的文艺思想批判学习"，进行了脱胎换骨的思想改造的结果或收获；同时也说明，新解释的最高目的是要使曹禺剧作与某种公认的理性结论相符，而不是努力把握与体现剧作家对于生活的独立发现和独特个性——关注中心的这一转移本身，就已经预示着曹禺戏剧生命将再一次发生扭曲。

毛泽东曾经说过："谁是我们的敌人？谁是我们的朋友？这个问题是革命的首要问题"[134]；现在导演对《雷雨》作出新解释、新处理时，也是首先提出要"解决同情谁，憎恨谁的问题，也就是谁是罪人的问题"。回答是简单而明确的："《雷雨》的体裁不是悲剧"（据说，"只有站在周家的立场才会看成是悲剧"），而是"家庭正剧"；而"鲁家和周家的矛盾，反映了当时社会的阶级矛盾"，即"封建压迫与劳资矛盾"的"交织"，因此，应把"鲁家四人都理解为被迫害，引起人们同情的人物"，而"封建势力和资产阶级相结合的代表者——周朴园"和他的接班人——周萍，才是"《雷雨》中最大的罪魁"。[135]

围绕这根鲜明的阶级斗争的主线，剧中人物思想性格及他们之间的关系，就获得了全新的阐释与处理。

导演明确规定了重新处理侍萍形象的原则：突出她与周朴园之间的阶级对立，以及她的反抗性，"使命运的象征的味道削弱或消失"[136]。剧本中凡与这一原则不相符的描写一律删削，例如，原作中侍萍对周朴园说："她现在老了，嫁给一个下等人，又生了个女孩，情况很不好"，"她遇人都不好，老爷想帮一帮她么？""这些都是自己看不起自己，向着三十年来的仇人，诉情乞求之词，有损于侍萍这人物"，应当删去。[137]原剧最后一幕，侍萍是同意四凤跟周萍"偷偷地走，在黑地里走"的，据说"这样心灰意冷，而眼看女儿又在重复着自己的遭遇的描写，是同她仇恨周家，带有反抗性的性格不相符的"，自然也要改成"她不同意四凤走，坚决要带回去"[138]，如此等等。

鲁大海的形象自是修改的重点。导演把他定性为"中国工人运动初期带有代表性的人物"。从这样的定性出发，导演不赞同 1951 年修改本将《雷雨》的时代移到 1923 年，把鲁大海解释成党的地下工作者，认为鲁大海的斗争带有自发性，不能与 1923 年工运领袖林祥谦相类比；同时，导演也不满意原剧中"对鲁大海有一部分妥协和动摇的描写"，以为与鲁大海"工人运动代表人物"身份不符，应作删改。[139] 例如，原剧"第二幕中当周朴园把复工合同给他看时，鲁大海曾对这合同由怀疑到相信，认为有人出卖了他"，据说"这样的认识是模糊的"，有损于他的形象，"现在的处理是，鲁大海从不相信到识破资产阶级分裂工人阶级的阴谋，并且揭露了周朴园一系列罪恶，表现了大海敢于向黑暗与罪恶进行坚决斗争的中国工人阶级的英勇形象，使他在剧中闪烁着'雷雨'后的希望，意味着资产阶级的必然崩溃"。[140]

最能显示这次大手术特点的莫过于为鲁贵落实政策。导演认为，"过去，在许多演出中，鲁贵总是一个否定型的人物，他引起观众的厌恶"，仿佛比周朴园和周萍更可恨，这是缺乏阶级分析的，因为就鲁贵的阶级地位而言，他是一个受压迫者，因此，"虽然他带有不少旧社会的习气，但从他的言行中，还是可以看到他对那个罪恶的社会制度的反抗的一面：他被周家辞退以后，把有钱人骂了个痛快"。[141] 从这样的认识出发，在新演出中，鲁贵被处理为"本质上是好的""应该同情的人物"，强调了他对周家的憎恨——按导演的价值尺度，对于周家的态度，是决定人物立场的试金石，因此，鲁贵的案是非翻不可的。[142]

对周朴园的处理首先也是定性："他是一个血腥起家的买办资本家，对家庭问题，又带有封建家长制的习性，他的性格的主要方面在于资本家的凶恶面目，在于对于资本主义的残酷剥削和镇压工人运动。"[143] 周朴园资本家身份与面貌的强调，自然是为了突出资产阶级与无产阶级的矛盾，以和现实斗争重点取得一致。而周朴园的形象塑造，据一位论者介绍，"修改后的周朴园面貌更狰狞了，毫无遮盖地干着吃人勾当，在矿上吃工人，在家里吃侍萍，蘩漪及佣人"[144]，不仅原剧本赋予他的阴暗、寂寞色彩全部抹去，而且也"不在他的伪善面目上做文章"，据说这是为了避免陷入人性论。[145]

"至于周萍"，导演用不容置疑的语气表示，"他是没有理由会引起人们的同情的"，"这是一个十足的资本家的'阔少'"，蘩漪、四凤都不过是他玩弄的对象，毫无真实的爱情可言，他不仅早就下定决心对蘩漪始乱终弃，而且最后也必然抛弃四凤，他在矿上闹事时要到矿上去，并且动手打鲁大海，也说明他是这个"血腥起家的资本家家庭的地道的'卫士'"[146]，只能引起观众的憎恨与厌恶。

新演出对蘩漪的解释与处理也同样引人注目。导演强调，她"是一个被侮辱和被损害的女人，但她只能引起人们相对的同情，因为在另一面，她又是一个极端的利己主义者，她为了个人的出路，坚决辞退四凤，并且在雷雨交加中，关了四凤的窗，最后使自己的儿子和他哥哥争四凤，这些行为在观众同情她之余，也不能不引起很大的反感"[147]。这里的逻辑也是十分明确的：蘩漪作为一个"资本家的阔太太"，她的不幸与作为女佣人的侍萍与四凤的不幸，是有着质的区别的，如果给予同量、甚至过量的同情，同样会模糊阶级界限。至于强化对蘩漪的资产阶级极端利己主义的批判，自然也是为了服从"兴无灭资"的现实斗争的需要。

经过以上这一番新解释、新处理，《雷雨》的舞台生命形态发生了根本的变化。一位评论者曾有过形象的描述：

> 上海"人艺"最近上演的《雷雨》，导演好像一位严峻的法官，对演成《雷雨》悲剧的罪魁周朴园及其从犯周萍，提起了公诉。

> 蘩漪吃药那场戏，……周朴园雄踞于舞台右翼，对着坐在左翼一只沙发上的蘩漪，发号施令，恰像一介武夫遥遥地指挥前线作战。不一会，他又像赴前线视察阵地似的，走上左壁突出的高

台，砰然一声猛关桌盖，威势逼人。当时朴园心目中的士卒，就是屏息并立在舞台右中地位长桌后面的萍、冲二子。蘩漪不肯听命，朴园发令二子冲锋，哪晓得周冲慢慢地走上去，周萍更是趑趄不前。朴园一声猛吼，周萍斜身插出，迈了个半条腿，做了个半跪姿势，蘩漪在兵临城下的当口，举碗一饮而尽……[148]

这里，无论是舞台的外在形象，还是内含的价值判断、情感倾向，都是明确而充分简化的，有如两军对垒，了了分明——这实质上是反映了一种战争思维、心理、情感定式，又是与充满火药味的阶级斗争白热化的时代气氛相一致的。

正因为如此，上海人艺演出的《雷雨》，很快成为一个新的规范，或曰"新样板"，以至于曾经创造了曹禺戏剧舞台规范的北京人艺，1962年再度上演《雷雨》时，也不得不向"上海人艺模式"靠拢。北京人艺演员、周朴园的扮演者郑榕曾这样描述他的表演转变过程：

> 周朴园对鲁侍萍的爱，在初期上演阶段我还是一半承认，一半保留的（按：这也就是1954年北京人艺模式）。我认为周朴园青年时代确实一度爱过侍萍，但分手后就淡忘了，到老年来留影纪念只是作为一种假象，如同军阀老来拜佛念经一样是用以欺骗家人和解除内疚的。因此我的处理是：听到侍萍还活着时，主要是害怕——怕她找上门来；而当他知道面对的就是侍萍时，立刻把心冷了下来，全部思想集中于一点——如何赶快把她送出大门。

> 即使这样的处理那时也遭到一些非议。有人说："看不出谁是罪人"，我就紧张起来，是不是自己的表演过于温情，而忽略了人物的本质？以后我就有意识地把人物的态度变得强硬起来。到1962年再度上演时，由于"左"倾思潮的影响，阶级斗争的弦越绷越紧，只想加强表现阶级本质，别的方面全不顾了。那时侍萍的处理也加强了反抗的一面，如二人相认以后的台词：

"谁指使你来的？"（要怒目相对，似乎要追出其幕后的指使人）

"我看过去的事不必再提了吧？"（要面孔冰冷，唯恐对方藕断丝连）

"好，好，好，那么，你现在要干什么？"（已经一刀两断，泾渭分明，视同路人了！）

至于和鲁大海见面一段，我的处理更是作为两个敌对阶级的代表人物在进行一场你死我活的斗争，丝毫也不能有什么父子之情。[149]

这样的《雷雨》舞台生命形态，恐怕只能说保留了《雷雨》部分躯壳（躯壳本身也发生了极大变化），生命内核已经发生了质的变化——可以称得上是经过了脱胎换骨的改造。但改造的结果，与其说仍是曹禺的生命创造，不如说已经是另一部新的时事戏。[150]

三、学术界的迷乱与清醒

有趣的是，当剧作家本人为他的剧作在新时代的命运忧心忡忡时，学术界也感到了困惑；于是，曹禺的剧作也就不断成为学者们争论的对象。

当1950年代中期，曹禺剧作作为一个宝贵的精神财富被普遍接受时，人们却很难绕过另一个事实：曹禺在《〈雷雨〉序》与《日出·跋》里在说明他的创作追求时所流露出来的运命观与时代主流意识形态是格格不入的。这样，按当时流行的说法，"作者对他的剧本所作的主观解释和我们所理解它的客观意义"之间，产生了"很大的距离"；"应该怎样去解释和理解这种现象从而得出正确的，合理的结论"，就成为学术界争论的焦点。[151]争论的一方否认剧作家有宿命论思想，"当时他对整个世界的理性认识还是极其模糊而不确定的。他不明了他自己，对于复杂的社会生活现象更感到不可理解"，"他没有能力用抽象的术语对自己的作品作出正确的解释，而只能运用一些从书本上得来的模糊不清的概念"；同时也否认作品有意宣扬宿命论思想，强调是人物"自己的性格，包含着尖锐的内在矛盾的性格促使他们采取这样的或那样的行动。在各种不同性格的冲突的基础上，开展着戏剧情节，导致悲剧的结局。这种结局符合生活的真实，因为它是从事件和性格的内在发展中形成的。它和命运没有任何关系"。[152]争论的另一方则坚持认为曹禺"在《雷雨》序言里所作的解释正反映了他的世界观的缺陷，他的这种缺陷同时也影响到作品中的那些非现实主义的成分"，另一面又强调作家的世界观存在着矛盾，"曹禺在进行创作时，基本上是站在先进的立场，用先进的思想来观察和描写现实的"，更重要的是，由于作家坚持了现实主义创作方法，而"现实主义的典型形象的客观意义，经常超出于作家的认识水平"。[153]可以看出，后者所坚持的，正是 1930 年代周扬们所提出的"世界观与创作方法的矛盾"的理论原则；但也由于时代条件的不同，其特别强调的重点，却是"改造思想的重要性"[154]——恰恰在这一点上，争论的双方并无任何分歧；持否定论的学者也同样强调"缺乏最先进的世界观在某种情况下甚至使他（剧作家曹禺）脱离了现实主义的道路，一度陷入了创作危机"[155]，"必须进行脱胎换骨的改造"的结论也是呼之欲出的。

1957 年、1959 年上海两次演出《日出》，又引出了"关于陈白露悲剧的实质"的论争。

1957 年 5 月，正当包括《日出》在内的曹禺戏剧演出达于高潮，戏剧家陈恭敏在《戏剧报》上发表文章，表示了他的忧虑：

> 导演和演员的才华是无可置疑的，但他们过多地迷恋于外部的戏剧性，把剧本所刻画的社会的形形色色，那一群剥削者、寄生虫的种种丑态加以浓涂艳抹，淋漓尽致地表现在舞台上，剧本

原有的辛辣的讽刺常常被闹剧的趣味所代替。剧院满足于剧场的表面效果，甚至没有估计到其中所包含的某种程度的不健康的成分，而对陈白露的内心世界，她的悲剧的性质，她和方达生的动作贯穿线，导演和演员没有作过更深入、细致、合乎逻辑的认真分析，理解得很简单，还存在着很多空白点和疑问号。注意了对陈白露的姿态，语气，外貌的装饰和雕琢，忽视了对她内心世界的真实揭露。[156]

这使我们又想起了二十年前沈从文的警告：《日出》"场面过于热闹杂乱"，"在演出效果上，就容易把它的庄严性减少，而出于谐趣，反造出'文明戏'空气"。[157]理论家总是比一般接受者（包括导演、演员、观众）清醒：在一片热闹之中，他们看出了曹禺戏剧生命被浅薄化的危机。

在戏剧家陈恭敏看来，关键是对陈白露这个人物及其悲剧的理解：这确实是要害所在。陈恭敏批评了把陈白露看做是一个"玩世不恭，自甘堕落的女人"的传统解释，提出"只有深刻地、合乎逻辑地揭示了陈白露的内心矛盾过程，才能正确地表达《日出》的主题，使主题的社会概括与心理概括得到统一"。陈恭敏并且具体指出，陈白露的矛盾就是"白露与竹筠"的矛盾，即"灵魂中理想与现实、人性与奴性、尊严与屈辱、同情与麻痹……的复杂矛盾"，由此而揭示了《日出》的戏剧冲突与陈白露悲剧的实质："方达生的突然出现，就像一粒火种，把陈白露藏在内心深处的火焰燃烧起来。陈白露从精神麻痹的状态中苏醒过来，内心经历了巨大的暴风雨。有翅膀的金丝鸟是不想飞的，而折断了翅膀的鹰，当它挣扎着，终于飞不起来的时候，宁肯结束自己的生命，'不想死而不得不死'，这才是真正的悲剧。"陈恭敏也许已经预计到可能遇到的批评，因此又预先防范说，"对陈白露的小资产阶级人生观的批判"，也只有在充分揭示了她灵魂深处的复杂矛盾的"前提下才是可能的"。[158]

　　戏剧家陈恭敏的期待并没有落空：1959年上海人艺重演《日出》，由著名演员白杨扮演陈白露。白杨在创造角色时，从分析"人物内在逻辑"入手，较完满地揭示了陈白露的内心错综复杂的矛盾，并突出了她"不想死而不得不死"的痛苦，"最后还流露出一点热爱生活的火苗，让她不平静的死去"。[159]人们这样描述"陈白露自杀"这场戏白杨的表演：

　　　　她服下安眠药以后，拿起方达生留下的一顶帽子，拿起她曾经给小东西扎过辫子的缎带，还有那位诗人写的一本《日出》，她把这三样东西紧紧地贴在胸前，也许是药性发作，也许是心的颤抖，书从她的手里掉了下来，她又小心地把帽子和缎带放在卧榻上，带着痛苦的神情，迈着沉重的脚步，走进自己的卧室，当厅外传来方达生的叫声"竹筠！竹筠"时，我们又看到白露挣扎着从卧室里走出来，她是想再见他一面呢，还是想跟他走呢？可是，一切都来不及了，我们看见白露没有等方达生进来，又匆促地拖着那已经迟钝的脚步回到卧室里去了。[160]

　　这场戏表明："陈白露的内心自始至终是不平静的，她带着矛盾出现在舞台上，又带着矛盾死去。"陈恭敏曾专门撰写了《喜看〈日出〉换新装》一文，赞扬白杨的上述表演，"有助于加强这个戏主题思想的心理深度"。

　　尽管陈恭敏已预作了防备，但他仍然不能逃脱被批判的命运。1960年《上海戏剧》发表文章，针锋相对地提出："分析陈白露，就应把她放到剧本所反映的时代和典型环境中来看她的作用，是进步的对革命有利的，还是落后的阻碍革命发展的？这一切也不能仅仅根据人物的社会地位来决定，而要深刻地挖掘一下在她的思想感情上究竟是属于什么阶级的？同情和倾向是什么？换句话说，也就是要看她站在哪一边的问题。"文章据此而将陈白露定性为"追求资产阶级个人生活的满足和刺激的具有资产阶级人生观的个人主义者",而方达生则是一个"具有理想,有正义感,能够把自己的命运和疾苦跟广大劳动人民结合在一起"的革命知识分子。陈白露与方达生的会见,"从思想体系来看,却正是两种人生观两种道德观的斗争"。这篇文章的作者旗帜鲜明地表示:"我认为今天舞台上对陈白露的处理,不但不应该是揭露她灵魂中什么'竹筠和白露'的矛盾,而应该更彻底的剥去她含情脉脉的外表,对她那种资产阶级的人生观和自私,对她在生活中所起的阻碍作用狠狠地揭露和打击。"文章把问题归结为阶级立场,尖锐地批评陈恭敏"没有站在无产阶级立场,用阶级分析的观点来分析陈白露,而是用的小资产阶级的温情主义和不健康的情调,孤立地,片面地强调这个人物的'复杂的内心过程'和什么'精神世界之谜'"。[161]

人们不难发现,这位作者的思想逻辑与前述《雷雨》新模式,十分接近,可见这是一种时代思潮。虽然,后来又出现了讨论文章,但也只是对前文根本不承认陈白露思想上的矛盾提出补正,但得出的结论仍然不变:陈白露的悲剧"实质就是小资产阶级脱离人民,脱离时代的个人主义者的悲剧","今天,在社会主义的舞台上演出《日出》","不能只强调社会原因去原谅那些依附于剥削阶级的小资产阶级——李石清和陈白露"。[162]这仍然是将既定的政治模式套用于艺术作品,合则留,不合则弃,其结果是可想而知的。

尽管这已经成为时代潮流,但学术界仍不乏顶风而上的清醒者。就在前述《雷雨》演出新模式出笼不久,文艺理论家、文学史家钱谷融写了《〈雷雨〉人物谈》一文,后来发表于《文学评论》1962年第一期。作者在《附记》中说,此文是读了《雷雨》新演出的导演吴仞之《写在〈雷雨〉演出之前》以后,"感到颇有可以讨论的地方"而写的。[163]因此,文章针对演出新模式对周朴园与侍萍关系的新处理，明确指出："不能认为周朴园对侍萍真的一点感情也没有，认为他对侍萍的种种怀念的表示都是故意装出来的，都是有意识地做给别人看的，这样想，就把一个人的复杂的心理面貌简单化了"——在1950年代末的历史条件下，钱谷融坚持这样的观点，自然是很不容易的。但钱文的主要价值还在于，他对作为《雷雨》演出新模式理论基础的简单化、庸俗化的阶级分析法所作的尖锐批评，他指出，"阶级本质是渗透在具体的个性中，而且只有通过具体的个性才能表现出来的东西。而个性，则总是比较复杂的，总是充满着各种各样的矛盾，而且还常常是盖有各种各样的涂饰物的"，"如果我们不估计到这种复杂性，不去具体地观察研究这种复杂性，那么，我们对他的阶级本质即使也有可能有正确的了解，但这种了解，就必然是抽象的而不是具体的，就必然是肤浅的而不是深刻的。因为这种了解，只是搬用了一个无可争辩的现成结论的结果，而并非自己实地观察的结果"——应该说，这一批评是击中要害的，并且达到了时代所能达到的理论高度与深度。

　　钱谷融的文章在分析蘩漪形象时，提出了对《雷雨》阐释中的一个关键问题：构成剧本的主要冲突是什么？钱文一方面持作者追认的"暴露家庭和社会罪恶"主题说，认定剧本以周朴园为全剧主要批判对象——这都代表了一种时代的共同阐释；同时又否定"以侍萍与周朴园的矛盾为主要矛盾"说与"以鲁大海为周朴园主要对立形象"说——这二说如前所说，是1950年代演出中最有影响的阐释。但在钱谷融看来，都是脱离作品创作实际，从既定观念出发的先验结论。钱文通过对剧本细致的具体分析，有说服力地得出了自己的全新结论：在《雷雨》里，作为周朴园主要对立形象的是蘩漪，"蘩漪是周家悲剧的导演者，是使得埋藏在周公馆下面的火药爆炸起来的引火人"，"只有蘩漪，才能够最全面地揭露周家的罪恶，才能够把周朴园的冷酷、自私、专横和伪善的本质最充分地揭示出来"。在千方百计为劳动人民争取文学艺术中心位置的五六十年代，钱谷融力排众议，坚持蘩漪是《雷雨》中"最主要的人物"，是表现了十分可贵的胆识的。钱谷融因此也难以逃脱被批判的命运：《〈雷雨〉人物谈》一文发表之后，即遭到严厉指责，诸如"离开了阶级观点去观察人物，不能发现人物表面行为背后的实质"[164]。把周朴园对侍萍的怀念"歪曲地说成不受阶级内容、阶级特征所'决定'的'真正的感情'和'真正的怀念'"，这就"借周朴园的形象宣扬了资产阶级的'人性论'"[165]，等等——这已经超出了学术争鸣的范围，自然无话可说。

其实，钱文在对曹禺创作作总体性评价时，运用的仍然是"世界观与创作方法的矛盾"的理论模式。这说明，1930年代由周扬所确立的权威性、规范性解释直到1960年代、以至1970年代的中国还没有失去其权威性。

还应该提及的是1960年代陈瘦竹与沈蔚德对于曹禺戏剧的研究。他们先后写作了《论戏剧冲突与性格》(载《江海学报》1962年第1期)、《论〈雷雨〉和〈日出〉的结构艺术》(载《文学评论》1960年第5期)等文。这几乎是第一次对曹禺戏剧的形式作系统而详尽的专题考察。[166]这在极"左"思潮泛滥的1960年代仍然是一种可贵的清醒，并为新时期的曹禺研究奠定了基础。

四、《胆剑篇》：挣脱不掉束缚

曹禺对于新剧本的创作，始终十分谨慎。作为一个追求进步的知识分子，他自觉地要求自己紧跟时代政治，遵命创作；作为一个艺术家，他又不愿因此而违背艺术创作的客观规律；他于是只能在夹缝中挣扎，在政治与艺术之间小心地寻求平衡。在屡次计划写现实题材(如资本主义工商业改造)均告流产之后，1960年代他开始转向历史剧的写作——这仍然是夹缝里求生的选择，处处显出挣扎的苦况。

据说，《胆剑篇》仍然是"领导出题目"的产物。当时，正处于困难时期，为激励人民自力更生、奋发图强，戏剧舞台上出现了"卧薪尝胆"热，一时竟涌现了七十多个戏曲本，却没有一个话剧本；于是，在罗瑞卿等领导人建议下，曹禺与梅阡、于是之合作，创作了五幕历史剧《胆剑篇》。既是领导出题，剧本的主题自然是预定的；但曹禺又自知重复别人写滥了的自力更生，奋发图强的主题，仍然缺乏新意，这本是创作之大忌。于是，在肯定体现了领导意图的大主题前提下，又煞费苦心地寻找新角度：把着眼点转向总结历史教训，从吴越两国前后地位的转换中，提炼出了"一时强弱在于力，千古胜负在于理"的思想。且不说这大、小两个主题落实在艺术表现上，难免要左右失据，而且"千古胜负在于理"的思想的提出，又会引出必须为吴、越斗争性质作出正义与非正义的区分的难题，而历史上本是"春秋无义战"的。而且，这里还会横插上一个如何处理卧薪尝胆故事本身内含着的复仇问题。我们知道，复仇本是曹禺戏剧中的基本观念与主题；但此时曹禺要再处理这类复仇题材，却不能不多有顾虑。曹禺自然不会、也不敢再像《雷雨》、《原野》里那样强调个人的复仇，但即使是强调群体（国家，民族，阶级）的复仇，也会有种种犯忌之处。根据茅盾介绍，当时许多以卧薪尝胆为题材的剧作都有意回避复仇问题，原因是害怕与西德与日本"复仇主义"划不清界限。[167]其实，包括曹禺在内的剧作家仍然缺乏政治的敏感：他们居然忘记了，此时（1961、1962年）台湾蒋介石正在叫嚷"反攻大陆"，这才是更应防范的大忌。后来在史无前例的"文化大革命"中，曹禺与其他剧作家就为这不应有的忘记而付出了沉重的代价："为蒋介石反攻大陆制造反革命舆论"成为他们洗不掉的罪名。——单就是戏剧主题的确立，就有如此多的忌讳、麻烦，曹禺纵有万般本事，一开始就被束缚住了。

但，曹禺仍想戴着镣铐跳舞，在束缚中寻求艺术创新。他根据自己丰富的创作经验，在开始构思的阶段，就给自己确立了一个艺术创造的目标："不是就历史写历史，要写人物、写勾践，写夫差，写伯嚭，写范蠡，写伍子胥……琢磨人物性格，以人物性格写出历史来。"[168]他还具体提出了"人物性格要对比着写，性格的鲜明性通过对比表现出来，互相衬托"，"找最能表现这个人物性格"的"细节"等创作原则[169]，并且以"写出自己的东西"、写出"此类人物的性格高度"来激励自己及合作者[170]。这不仅显示了曹禺作为真正艺术家的卓识，而且也是充分表现了他的艺术才华与创造活力的。在具体艺术实践中，他果然创造了"为人精诚廉明、但又专横残暴；倔强忠直，却又骄傲自负，不能忘怀他为吴国立下的丰功伟业"的伍子胥的形象。正像茅盾所说，"剧作者明白地看到伍子胥性格的复杂性，而这是司马迁以后塑造伍子胥形象的人们未曾看得那样的清楚的"[171]。比之传统戏曲里相对单纯的伍子胥形象，曹禺笔下的伍子胥更具有历史的深度，更富于历史感，可以说是写出了"此类人物的性格高度"。此外，与伍子胥相对比、碰撞的夫差、伯嚭的形象，另一组对比人物范蠡、文种的形象，以至于西施的形象塑造，虽然没有达到伍子胥的性格高度，但都各具特色，在读者与观众中留下了一定印象。

但在创造剧中主要人物——勾践与苦成（前者是历史人物，后者为作者所虚构）时，剧作家却陷入了困境。单是勾践的帝王身份就让曹禺左右为难。按当时流行的理论，写这样的帝王，既要防止陷入英雄创造历史的唯心史观的泥坑，又要避免否认个人在历史上的作用的机械唯物史观的偏颇。因此，既不能把勾践写成"意志薄弱的无能之人"，又不可将其装扮成"救百姓于水深火热之中"的民族英雄，正如茅盾所说，"过犹不及，两者都进退失据"。[172]在落笔之前即有了这么多的顾虑，仿佛随处都有陷阱；真正下笔时，自然就战战兢兢，如履薄冰。刚写到勾践能听逆耳忠言，就立刻加上一段内心独白，表明他内心的懊恼、怨恨（第三幕）；才采用了勾践躬耕下田和夫人深夜织布这一史书上有过记载的细节，又急忙暗示这纯是复国的谋略，绝非真正与老百姓同甘共苦（第四幕）……从表面上看，这样的处处补洞的精细描写，似乎也写出了人物的复杂性，有些评论家因此而赞扬作者的"描写颇有分寸"[173]，但实际上，经过这样的时时、处处小心翼翼的理性分解，具有"这一个"的完整性与丰富性的活人早已被肢解成为各种理念的拼凑，这样的"复杂性"，尽管理论家可以分析得头头是道，在观众（读者）心目中是留不下鲜明、生动的完整形象的。而且，漏洞事实上也是补不胜补的；尽管剧作家已经自觉到不要将勾践写得过分无能，但评论家仍然觉得"在剧本中写越王勾践听取和采纳大臣和百姓的意见多，而自己提出或想出的办法写得似乎少了些"[174]。至于苦成的形象，本来就是剧作者从"人民群众是历史创造者"这一观念出发、并为体现这一观念而着意虚构、设置的人物。曹禺深知这一先天的不足很容易落入概念化的窠臼，但他仍试图通过后天的努力，即用生动的细节描写使人物丰富起来。为此，他精心设计了奉献烧焦了的稻穗、怒拔镇越宝剑、献辟荒兴农复国政策、献苦胆等等细节，最后又让苦成为保住复仇的刀剑英勇殉难，用笔可谓浓重至极。孤立地看，这些细节确有动人之处；但如此浓妆艳抹地集中于苦成一身，不但有堆砌之嫌，形不成有机的整体感，而且又遭来了理论家另一方面的批评："作者在他的身上集中了过多的重要的行动，因而，使得这个人物未免过分的理想化，而相对地压低了勾践、范蠡、文种的形象的作用。"[175]历史学家吴晗还有了这样的联想与发现："不少历史剧写到某某统治者做一件值得称道的事时，差不多都是采取这样手法处理——即老百姓出的主意。所以，我想，有的同志是不是有这样一种顾虑，在写历史上统治阶级的人物时，不敢写他们的才能本事，他们任何好的措施只能是老百姓出的主意，而统治者本人是拿不出什么办法来的。"[176] 如此瞻前顾后，顾虑重重，又怎么谈得上真正的艺术创造呢？

曹禺在写作《胆剑篇》时，在戏剧语言上下了很大功夫；这固然首先是出于一个语言艺术家的创造本能，也显然含有以工补拙、用语言的精巧来弥补艺术上的某些先天不足的意图。据合作者于是之回忆，在写作中，曹禺"常看着笔记本琢磨台词，他对每一个词的轻重、分寸，都具有一种语言的敏感，推敲每一个字，每一句台词的韵律感"[177]。而曹禺小女儿万方至今还不能忘怀，小时候听父亲朗读《胆剑篇》里夫差的台词"美、美丽的大火啊"的情景；在万方看来，他的父亲朗读台词所以"不同凡响"，"打动我，使我不忘"，是因为"他根本不知道声音的存在，他用感觉读。如果说读得有味儿，那只是他思想的韵律"。[178] 应该说，在《胆剑篇》里确有不少将思想的韵律与语言的韵律融为一体的精妙的台词，正如茅盾所说，"剧本的文学语言是十分出色的。它是散文，然而声调铿锵，剧中人物的对白，没有夹杂着我们的新词汇，没有我们的'干部腔'；它很注意不让时代错误的典故、成语滑了出来，特别是写环境，写人物的派头，颇有历史的气氛"[179]。但语言的漂亮并不能掩盖形象本身先天的贫弱；反而使人感到人物说得过多，行动不足，内心活动太少，从而影响了作品的艺术感染力。应该说，曹禺写《胆剑篇》几乎是使出了浑身解数，用尽了力气，但结果连周恩来都觉得"没有那样受感动"[180]。那么，《胆剑篇》的创作终于是一次徒然的挣扎——剧作家曹禺陷入了与他的人物一样的命运。

五、剧作家乍醒还迷

1962 年中国共产党党内斗争进入一个关键时刻——它直接关联着包括曹禺在内的中国作家、知识分子的命运。

这年 2 月召开的紫光阁会议上，周恩来突然针对曹禺和他的创作说了这样一番话：

> 新的迷信把我们的思想束缚起来了，于是作家们不敢写了，帽子很多，写得很少，但求无过，不求有功。曹禺同志是有勇气的作家，是有自信心的作家，大家很尊敬他。但他写《胆剑篇》也很苦恼。他入了党，应该更大胆，但反而更胆小了。谦虚是好事，但胆子变小了不好。入了党应该对他有好处，要求严格一些，但写作上好像反而有了束缚。……过去和曹禺同志在重庆谈问题的时候，他拘束少，现在好像拘束多了，生怕这个错，那个错，没有主见，没有把握，这样就写不出好东西来。……《胆剑篇》有它的好处，主要方面是成功的，但我没有那样受感动，作者好像受了某种束缚，是新的迷信造成的。[181]

周恩来以他政治家特有的敏锐，一语道破：曹禺戏剧生命因为"新的迷信造成的""某种束缚"而失去自信心，面临着某种危机。

曹禺后来回忆说："总理对我的批评，我听了心里热乎乎的，我毫无紧张之感，觉得如释重负。我的确变得胆小了，谨慎了。不是我没有主见，是判断不清楚。我那时倒没有挨过整，可是讲的那些头头是道的大道理，好像都对似的。现在，懂得那是'左'倾的思潮，但当时却看不清楚。在创作中也感到苦恼，周围好像有种见不到的墙，说不定又碰到什么……"[182]

这里所说的"见不到的墙"使人联想起鲁迅所说的"无物之阵"。鲁迅所指是"社会上多数古人模模糊糊传下来的道理"，形成多数人的社会力量，社会心理，习惯势力，鲁迅称之为"无主名无意识的杀人团"[183]；而曹禺现在所遇到的"见不到的墙"，是自己人所创造的似是而非的革命理论，通过有组织的传播，形成了一种社会思潮、社会心理，以至于发展为周恩来所说的"新的迷信"连自己都深信不疑

（更准确地说，是不敢有半点怀疑）。这样的打着革命旗号，与有组织的力量结合在一起的"无主名无意识的杀人团"是更可怕的……

但无论如何，周恩来的讲话，仍然启示了曹禺，使他对自己及周围许多人十多年所走过的创作道路，进行新的反省。于是，在全国话剧、歌剧创作座谈会上，曹禺谈到了自己"不知以为知，甚至不懂装懂的痛苦经验"。他说，"装懂"，是令人窘迫，而且是"实在可怕"的；他又说，"我写过一点东西，常是写不好，写不好，可以列举很多原因，但主要的还是因为自己不真知道，不深有所感"。这些话都说得十分诚恳，十分沉重。这些思考、反省其实是在一直困扰着曹禺的。1957年，曹禺就谈到过"生活里的事实是怎样，作者感觉是怎样，和应该是怎样"这三者的矛盾与统一[184]，他大概已经觉察自己在写作《明朗的天》时，实际上是按照"应该是怎样"去写的，而这"应该怎样写"的有形无形的指令事实上并没有成为自己的真知、真感，于是就出现了"不知以为知，甚至不懂装懂"的窘状。——这些意思曹禺没有明说，却被他的老朋友吴祖光一语点破；没想到吴祖光后来成了右派，他对曹禺上述言论的发挥也成为一大罪状，这又使曹禺陷入了尴尬，为解救自己，不得不公开写文章与吴祖光"划清界限"[185]：这都属于没有意识到的残忍。1962年曹禺重新理起当年的思绪，大概也还仍然处于没有意识的状态。应该说，此时的思考是更加深入了的；他谈到任何作品都是"理"与"情"的统一，"'理'是整个剧本的'灵魂'。人何曾见过'灵魂'，但人的一进一退，一言一行之间，往往使人感到它的存在。因此'理'是我们读完剧本后油然而生的一种思想，仅仅依赖剧本的某一部分，某一个人物，某一段精辟的语言，是不能得到这种结果的"，"这样的'理'常是不能立刻掌握得住的，严格地说，也是不能轻易看得见的。因为，别人告诉你这个'理'，不等于你看见了这个'理'"。曹禺由此而引出两条教训：一是"我们有时把'理'看得太简单了，抓住有修养的同志的一句话就用，抓住书本上的一段结论就用"，"习惯于抽象地推论，把'想当然'作为'当然'，把借来的思想错认为生根发芽的思想，就铺扬起来"，这就必然产生"理胜于情"的偏差；另一是"仅仅为一种'强烈'却有点浮夸的情感所激荡，没有再进一步探索，就动笔了"，作品"反映的仅仅是作者对于生活的一点新鲜的感触，有时连一点感触甚至也不是新鲜的"，而"新鲜的感觉不能代替更真实、更深刻的认识"，这类没有"把现实摸透"匆匆写出的作品往往"情胜于理"，缺乏深刻的思想艺术力量。曹禺这里总结的，正是《明朗的天》与《胆剑篇》写作的基本教训；也是对从1930年代即已形成、逐渐发展为完整体系，长期以来如梦魇般压抑着自己创造活力的机械唯物论的创作规范、模式的一次反叛性的思考。曹禺最后归结为一点："如果剧本的'情'和'理'在作者的生活里不生根，如果剧本的'情'和'理'都不是从我们内心深处流露出来的，这就难以写出很动人的作品了。"他说，"这里有一个深浅之别，粗细之别，甚至于有真、假之别"——将《明朗的天》、《胆剑篇》与曹禺的代表作《雷雨》、《日出》、《原野》、《北京人》、《家》相比，是不难发现这些区别的。曹禺结束他的讲话时，引述了一位艺术家对一张风景画的批评："画这幅画的人并没有看见风景的美，吸引他动笔的只是因为这风景有名。风景在他的笔下不能表现他任何的思想和感情，他没有看见风景"，曹禺说："他的话使我深思。要真看见了风景才能画。写剧本也一样。有许多事物我写是写了，也仿佛见过的，但是否真的看了呢？……"[186] 他这样追问着自己，深思着。这是否意味着曹禺已经开始从周恩来所说的"新的迷信"的束缚中解脱出来了呢？

顺便说到的一个事实是：在同一个会议上，曹禺重庆剧专时期的老友佐临作了一个题为"漫谈'戏剧观'"的发言，以更开阔的眼光对中国现代话剧发展的历史道路及其经验教训作出了新的总结。他指出，我国的话剧从剧本创作到演出形式，多年来主要是恪守易卜生社会问题剧的传统，受镜框式舞台与三面墙的限制，追求"生活的幻觉"，存在自然主义的倾向，缺乏深刻的哲理与诗意；他大声疾呼，剧作家们"把眼光放远些，放广阔些"，"勇于突破我们的狭窄观点，勇于发明创造，广泛吸收各种戏剧流派，把斯坦尼斯拉夫斯基体系与布莱希特体系熔为一炉，闯出一条新路来"。[187]佐临这一发言，实际上也为以更加开阔的戏剧观来重新认识曹禺的戏剧为开拓话剧发展多种可能性所作的种种试验，提供了一次新的历史机会；但随之而来的阶级斗争大风暴很快就淹没了佐临这样的清醒的声音，以至于人们对于曹禺的再认识不得不推迟到1980年代，延误了整整二十年。

悲剧正在这里：曹禺这样的剧作家刚刚开始恢复自己的独立思考，中国共产党内部斗争又风云突变：1962年9月，广州话剧、歌剧创作座谈会召开半年之后，毛泽东在党的八届十中全会上，发出了"千万不要忘记阶级斗争"的号召，并且对文艺问题作出一系列指示，如"各种艺术形式——戏剧，曲艺，音乐，美术，舞蹈，电影，诗和文学等等，问题不少，人数很多，社会主义改造在许多部门中，至今收效甚微，许多部门至今还是'死人'统治着"，"许多共产党人热心提倡封建主义和资本主义的艺术，却不热心提倡社会主义的艺术，岂非咄咄怪事"等等；被称为毛泽东的"好学生"的柯庆施也在上海召开的华东区话剧观摩演出会上提出了"写十三年"的口号。刚刚稍有清醒的曹禺又陷入思想与心理的惶惑、迷乱之中。他于是再一次故伎重演，如他女儿所说的，"用惯常的、虚伪的方式表现他的那种真诚"，接二连三地在报刊上发表表态文章，以紧跟形势。在一篇题为《文化革命新风气》的文章里，他这样写道："内蒙古自治区乌兰牧骑的演出，指出了专业文艺工作的方向"："他们是党的宣传员，不把自己看成什么艺术家、歌唱家"，"他们是专业文艺工作者，又是劳动者；他们是知识分子劳动化的模范"，"它说明专业工作者必须放下架子，改造思想，坚决为工农兵服务，把革命文艺送到广大的农村、工矿、牧区、山区，必须从资产阶级思想的枷锁下完全解放出来，作革命者，作一辈子像乌兰牧骑那样忘我的革命文艺战士"；又说："这种文艺创举不仅是一个文化革命，而且是一个社会革命，它革了资本主义、封建主义思想的命，也革了资本主义、封建主义艺术的命。"在另一篇《迎接百花怒放的季节》的文章里，他又热烈欢呼"话剧事业正进行着轰轰烈烈的革命"，标志是"全国各地都在上演崭新的为社会主义经济基础服务的好话剧"，"有的写出个人、集体与国家的正确关系"，"有的写出农业战线的阶级斗争"，"有的写出教育革命接班人的严肃问题"等等，文章还预言"一个空前的经济与文化的高潮就要到来。祖国从不曾有过这样一个气象万千的春天"，等等。曹禺再一次地放弃自己的独立思考，再一次"不知以为知，甚至不懂装懂"（这是他刚刚沉重地总结了历史的经验教训的）：他是如此匆忙地表态，以至根本没有弄清楚，他从报刊、文件上抄下来的这些革命话语背后的真实含义，更没有想到他在这里热烈欢呼所谓"革资本主义、封建主义艺术的命"的"话剧事业的革命"，他自己这样的"资产阶级反动权威"正是首当其冲。——不，他毫无思想准备，反而以为靠着这样表态、紧跟，可以再一次地帮他渡过险关。殊不知，正当他执笔为"文化革命的新风气"大唱赞歌时，置他以及中国知识分子于必死之地的天罗地网，早已布下：他以及和他同类的知识分子再一次被"残忍"地"捉弄"了……

于是，剧作家终究也没有逃脱和他笔下的人物一样的命运。

跌入冰谷

要来的终于来临——但不是曹禺所预言（期待？）的"百花怒放的季节"，而是有计划、有预谋、有组织的全面大砍杀。

一切都在劫难逃。

1930年代，周扬曾宣布曹禺是"和实际斗争保持着距离"的自由主义作家[188]；1940年代，曹禺出于对光明的渴望，与以周恩来为代表的中国共产党人有了密切的联系；1950年代末，曹禺加入了中国共产党，但他实际上对于政治斗争仍不十分了然，似乎也无兴趣，他只是自愿在中国共产党的领导下，用自己的笔，为新中国、为中国人民效劳而已。因此，当红卫兵在批斗所谓"彭罗陆杨"反党集团时，竟然将曹禺抓去陪绑，是完全出乎人们（包括曹禺本人）意料之外的。但人们很快就在批判"中国的赫鲁晓夫"、"党内最大的走资派"刘少奇的文章中，发现了曹禺的名字：原来1956年夏刘少奇在中南海观看了《雷雨》之后，曾经连声称赞："深刻！深刻！很深刻！"批判者因此而大作文章，以为这是"党内最大的走资本主义道路当权派"与盘踞思想文化阵地的"资产阶级反动学术权威"（二者已被定为"文化大革命"的主要对象）互相勾结，向以毛泽东为首的无产阶级司令部猖狂进攻的铁证：这类无限上纲的批判固然毫无价值，但也说明，在中国，文学艺术已经被高度政治化、意识形态化，对于曹禺及其剧作的评价与接受，也会成为党内高层斗争的一个内容，这似乎不可思议，却是一个不容回避的事实。

而后来红卫兵给曹禺罗列的罪状也是发人深思的。这是在一本偶然保留下来的杂志（北京师范学院革命委员会《文艺革命》编辑部编辑的《文艺革命》1968年第5期）中一篇题为《打倒反动作家曹禺》的"本刊评论员"文章中提出的——

早在 30 年代曹禺就抛出了《雷雨》、《日出》等大毒草，极力宣扬阶级调和，阶级投降，鼓吹资产阶级人性论，大肆诬蔑中国共产党领导下的工人运动——他是一个老反革命。

抗战期间，曹禺又炮制过大毒草《全民总动员》、《蜕变》，吹捧蒋该死"德高望重"、"廉洁奉公"——他是一只蒋家门楼的巴儿狗。

解放后，他又炮制了《明朗的天》、《胆剑篇》等大毒草，疯狂地反党反社会主义，尤其是《胆剑篇》恶毒至极，它攻击以毛主席为首的党中央和我们伟大的领袖毛主席，为右倾机会主义分子鸣不平，猖狂地叫喊，"要揭地掀天，将今日的乾坤倒翻！"反革命气焰何等嚣张！为蒋该死反攻大陆呼风唤雨，为中国赫鲁晓夫复辟资本主义制造反革命舆论——他是刘、邓黑司令部的御用文人。

总之，曹禺从 30 年代到 60 年代，一直利用戏剧进行媚蒋亲美、反党反人民反社会主义的罪恶活动，他是一个彻头彻尾的反共老手，是一个不折不扣的"三开"人物，一句话，曹禺就是无产阶级专政的死敌。[189]

这又是曹禺戏剧接受史上不可多得的一篇"奇文"，如此不顾事实的罗织罪名，确实已经到了登峰造极的地步。但如果细细辨认，可以发现其中某些罪名似乎也并不陌生。例如说《雷雨》"宣扬阶级调和"、"鼓吹人性论"、"诬蔑工人运动"，《蜕变》"美化国民党"之类的批评其实也是早已有之的，不过过去的批评比较含蓄，用词不那么尖锐、刺耳而已。在这个意义上，也可以说，红卫兵小将的大批判是长期存在的极"左"思潮的一个极端化的恶性发展。按说，曹禺是应该有所思想准备的。

但曹禺完全不能承受这样的批判：在某种意义上，他的精神被摧垮了。以后，只要谈及这一场噩梦，曹禺总要诉说那可怕的精神折磨——

　　他们整天逼你念叨着：我是"反动文人""反动学术权威"，……一直搞得你神志不清，最后甚至会自己也觉得自己不对。

　　他们逼着你招供，供了以后不但别人相信，甚至你自己也相信，觉得自己是个大坏蛋，不能生存于这个世界，造成自卑感，觉得自己犯了大错，不要写戏了，情愿去扫街。这种自暴自弃的思想就产生了，这种思想上的折磨比打死人还厉害。[190]

　　"四人帮"统治的那段岁月，真是叫人恐惧，觉得自己都错了。给我扣上"反动学术权威"的帽子倒是小事，自己后悔不该写戏，害了读者害了观众。

　　我（甚至）觉得我不配要钱，我也许是疯了，我老岳母剥下的白薯皮，我都吃。……

　　……一天到晚，心惊肉跳，随时准备着挨斗。我觉得我全错了，我痛苦极了。我的房间挂着毛主席像，贴着毛主席语录："革命不是请客吃饭……"我跪在地上，求着方瑞："你帮助我死了吧！用电电死我吧！"真不想再活下去了，好几次都想死去……[191]

曹禺的传记作者曾这样描写十年浩劫中的曹禺的迷乱心灵——可能有文学的夸张，却大体符合曹禺思想、心理发展的逻辑：

　　……一种不可抑制的忏悔使他心脏一阵抽搐。他顿时痛感自己确实有罪，罪孽深重，一点又一点，不自觉地他终于跪倒在石膏像下，仰首瞻望，深深地忏悔，忏悔……啊！自己一生写了那么多戏，原来绝大部分没有讴歌毛主席，《雷雨》其实是写一群资产阶级和小资产阶级的哀史，《日出》为什么没有写共产党？没有写真正的日出？《北京人》是为遗老遗少唱挽歌，为什么不写剧中人上山打游击？《原野》竟写了一个农民造反者的惶惑……

这些造反派批判他的语言，曾经被自己看成是他们的浅薄无知，但此刻却深深地使曹禺信奉地忏悔起来，曹禺的灵魂被这场史无前例的革命深深地触及了，触及得大乱了，他早已过了不惑之年，竟忽然不认识自己，不知道该如何生去了，天啊！这是一场什么样的革命？！[192]

这确实是曹禺心灵史上最可怕的一页，也是中国知识分子心灵史上最悲凉的一页。曹禺说得很对，"这种思想上的折磨比打死人还厉害"；法西斯思想专制的可怖、可恶与不可宽恕，正在于它以铁也似的无情力量将人的尊严、人的自信心彻底摧毁，它以宗教般的幻术，把犯罪感渗入人的自我意识之中，不仅挑起人与人之间的残杀，而且制造人的精神分裂，让人无休止地进行自我审判、自我否定，以至于像曹禺那样否定了自己做人的资格和权利，仿佛自己只配动物般地活着（？！），[193]而这类精神的折磨又是首先施加于曹禺这样的最杰出、最敏感，在某种程度上也最脆弱、最需要小心保护的知识分子身上——他们的罪恶目的，是要通过摧毁民族精英来摧毁整个民族。在这个意义上，曹禺的悲剧，也正是我们整个民族文化的不幸。

所幸的是，经过几十年的历史检验，曹禺的戏剧生命早不属于他个人，已经成为中国人民以至世界人民的精神财富。少数法西斯分子可以施虐于曹禺个体生命，却无法根本切断他的戏剧与千百万普通读者与观众的精神联系。即使是"文化大革命"期间，曹禺的著作被列为禁书，读者对它的接受仍在继续进行。本书的作者就曾在偏僻的贵州山城，利用劫后余生的曹禺著作——我记得是一本载有《日出》第三幕选场的高中《文学》课本和一本上海文艺出版社出版的《家》，向秘密的青年小组的成员多次朗读和讨论曹禺的剧作。尽管没有确切的统计材料，但可以确信，类似的秘密传播与接受在当时的中国是广泛存在的。这本身就构成了曹禺剧作接受史上最光辉的纪录。

而且世界也没有忘记曹禺——这位中国现代文化的杰出代表。正像著名的华裔作家赵浩生先生所说的那样，"人们并没有忘记他。当样板戏独霸舞台，整个中国金玉不振、瓦釜齐鸣的时候，人们更崇敬他的艺术，等待着有一天他会重新出现"[194]。当曹禺受到迫害，国外立刻传出了"中国的莎士比亚在传达室打扫院子"的消息，引起了国际文化界的震动。尤其令人感动的是，1971年、1975年日本先后出版了《北京人》的松枝茂夫、吉田幸夫译本与吉村尚子的译本。1975年香港市政局主办"曹禺戏剧节"，演出了《北京人》、《蜕变》、《胆剑篇》，还演出了包括曹禺各作品片段的话剧《曹禺与中国》，参加演出的业余剧社有二十一个，工作人员达二百五十多人。这个事实有力地证明了曹禺剧作的生命力。口诛、笔伐、刀砍、火烧，都阻挡不住它在中国与世界的传播。

没有抓住的时机

一、《王昭君》：曹禺和她一起归来

1978年11月，《人民文学》第十一期以显著地位刊登了曹禺的"新编历史剧"：《王昭君》。1979年7月，由北京人民艺术剧院首次演出，导演梅阡、苏民，主要演员有狄辛、蓝天野、董行佶等。1979年2月，四川人民出版社出版了《王昭君》一书。

1961年写出《胆剑篇》以后，沉默了十七年之久，曹禺终于重又出现在中国戏剧舞台上。这不能不引起人世沧桑之感；正如茅盾《赠曹禺》一诗中所说——

当年海上惊雷雨，雾散云开明朗天。

阅尽风霜君更健，昭君今继越王篇。[195]

曹禺和《王昭君》一起归来，这一事实本身既具有历史意义，又富戏剧性，因此，格外引起关注：阅尽风霜之后，曹禺和他的新的戏剧生命将显示出怎样的特色与面貌？

当剧作家这样介绍他的"王昭君"："乍看上去像一个沉静温柔的姑娘。一双秋水似的眼睛，神采清明，顾盼多姿，有时眉宇间含着一种不可言说的沉思的神态。在某种情况下，有时也出人意表地露出一种轩昂夺人的光彩，使人感觉到这是一个十分坚强的女子"；人们立刻认出：这是久违了的愫方、瑞珏[196]，但已拂去了忧郁、压抑的历史尘埃，变得"轩昂夺人"，另具一种气势。同时，人们也会敏感地察觉到，剧作家本人在经历了惶惑、迷乱之后，再一次进入了生命的沉静状态，而这种沉静是内蕴着一种自信与坚韧的。

于是，我们在王昭君这里，又看到了那熟悉的动作——"望着墙外的青天"，又听到了那并不陌生的呼唤——

难道一个女人就不能像大鹏似的，一飞就是九万里？

这碧悠悠的青天是多么高呵。天气又暖了，向南飞的雁，又向北飞了。我要像一只雁，在碧悠悠的、宽阔的青天里飞起来多好……

王昭君不愧为周冲（《雷雨》），花金子（《原野》）的精神姐妹，在她身上，依然涌动着：对于自由生命的渴求，不可抑制的欲望……

一曲"长相知"——对于人与人之间、民族与民族之间心灵的沟通、理解的渴求，对于人际关系、国家民族关系的仁爱、和谐的渴求，却把《王昭君》与《北京人》、《家》以至《原野》联结了起来。当人们读到草原的月夜里，王昭君的内心独白："单于啊，你原来和我是远隔万里的，长安叫我近在你身边。如今，就在你身边了，为什么你对我，又像是远隔万里？""啊，湖水有多深哪，他就有多深。我多想听听他心里面的声音"时，是不能不联想起《家》里那著名的新婚独白，

以及《北京人》"海内存知己，天涯若比邻"的题词的——这里同样
投入了剧作家自身的情感体验。而当王昭君侃侃议论"长命相知，天
地长久"，反复强调"'长相知'，才能不相疑；不相疑，才能长相知"，
当呼韩邪感慨"相知之难"，痛苦地自责"从前不大相信人是可靠的，
可我想，如果人都不可靠，活着岂不太孤单？因此，我觉得还是要相
信人的心，而我，还是受了骗"时，人们自会感到这字字句句蕴含着
的历史的分量。这是经历了包括"文化大革命"在内的劫难之后，艰
难的反思的结晶。我们由此而懂得了，剧作家曹禺和他的同时代人，
在亲历了种种人世的险恶——人的本性、人际关系空前的扭曲、毒化、
丑化以后，并没有动摇对于人自身的信念，最终他们仍然回到对于人
的真、善、美的肯定和理想主义的追求。《王昭君》全剧结束在"合欢被"
的浪漫主义的歌唱里："我们的合欢被呵，真是神明！它变成了一床
仙被轻轻，像天那样大，广无垠！覆盖着四面八方，塞南塞北，无止
境，祝愿普天之下没有受寒的人。"这当然不是偶然的。这表明：和
十年浩劫以后青年一代纷纷转向20世纪怀疑主义思潮相反，曹禺和
他同代知识分子中的相当部分，仍然坚守着18、19世纪的人道主义。
我们在前面里论及《家》时，曾经谈到"曹禺第一个十年创作的归宿，
是莎士比亚式的'阳光灿烂的人道主义'"；现在，经历了五六十年代
对人道主义的反复讨伐，以及十年浩劫中"反人道主义思潮"的大泛
滥，曹禺的《王昭君》又重新高唱"莎士比亚式的阳光灿烂的人道主义"
的赞歌，这自然具有一种思想史的意义：这是曹禺及其同代人所能达
到的思想顶峰；从另一面说，也构成了一种局限，这是自不待言的。

　　但人道主义对于人自身的肯定，对于曹禺仍是别有一种意义。人
们读《王昭君》，大概很难忘记王昭君在宫殿召见那场戏里的著名独
白——

　　　　六宫一齐向我偷眼望，

我怎么能怯生生，虚恍恍？

空张惶？

这时刻，怎么可以"当仁"而"让"？

（目光一扫）

上面坐着的，莫非是生杀由他的天子和单于？

他们"喜"就是"生"，"怒"就是"死亡"。

可六宫都羡慕我，一天便见到了，

一个单于，一个皇上！

管它是什么！

我淡淡装，

天然样，

就是这样一个汉家姑娘。

我款款地行，我从容地走，

把定前程，我一人敢承当。

怕什么，

难道皇帝不也是要百姓们供养。

这在宫廷中自觉维护自己的人的独立、自由与尊严的王昭君形象，自然是光彩照人的；读者还可以从中体味出一种从容、自信的气度，这对于剧作者曹禺本人，也许是更为重要的。在剧作家自身的精神历程中，这种从容、自信曾经是他达到创作顶峰的必要精神条件；而他一旦失去了艺术家的从容、自信，也就陷入了自我生命与艺术生命的迷乱。现在，我们看到，曹禺摆脱了"怯生生，虚恍恍，空张惶"的精神状态，和他的王昭君一起，"淡淡装，天然样"，"款款地行"，"从容地走"来，自会想到，曹禺大概走出了自我失落的冰谷，开始找到了、重新肯定了并且把握了自己吧？

于是，在《王昭君》里，重又闪烁着剧作家创作才华的火花。最受人赞誉的，自然是"孙美人"形象的塑造。正像一位评论者所说，孙美人"是一个包含着丰富的生活内容与艺术内容的深刻而独到的悲剧形象。她是曹禺同志熔多种多样艺术手法于一炉，精心雕琢的一件艺术珍品。她表现了曹禺同志特有的抒情风格，深湛的艺术功力，和令人惊叹的，只有大师才有的艺术才能"[197]。而剧作家"以喜剧的笑声"来揭示这位"红颜暗老白发新"的宫女的悲剧命运，"把古典诗歌的抒情造境的艺术手法转化为展开诗意冲突的手段"，"把诗歌之妙运入戏剧之中"，更使得研究者们大为倾倒。[198]人们确实从这里看到了曹禺巨大的艺术潜力。剧本对苦伶仃形象的塑造同样显示了曹禺的创造活力：不仅形象本身具有一种独立价值与意义，而且还具有多种戏剧结构的功能——有时充当故事的叙述者（如第五幕单于与叛匪们的搏战即是完全通过苦伶仃的歌唱表现出来的），有时又显然代表作者对剧中人物作出评价或点明题旨，有时又仿佛是拟想读者而对剧情发展作出直接反应。有的评论家认为，这个人物"有少许布莱希特的影子"[199]。不论曹禺是否受到布莱希特的启示，他对于戏剧结构有着自觉的探索，企望着新的突破却是确定不移的。本来，对人性与人生的探索与对相应戏剧形式的探索是曹禺一生两大探索，当他自觉不自觉地停止了对前者的探索以后，后一探索也就几乎停滞不前了。而现在他在戏剧结构上的新尝试正是预示着：曹禺在多年徘徊之后，终于又恢复了、至少说部分地恢复了不断探索新路的勇气与胆识。这自然是可喜的讯息。

　　但人们仍然可以感觉到，曹禺的创作才能所受到的束缚；或者说，剧本所显示出的剧作家的创造才能与剧本实际所达到的艺术水平之间，似乎存在着某种差距，这更是发人深省的。

　　还是先从王昭君这个形象给我们的印象谈起吧。我们在前面加强了王昭君与愫方、瑞珏形象的内在一致性；而实际上，形象的差异是更加引人注目的：王昭君形象所具有的浓重的政治家色彩是惇方、瑞珏绝不可能有的。因此，宫廷之上，当着满朝文武大臣，王昭君侃侃而谈以"义"、"诚"治理天下的大道理，不仅使得剧中全朝上下为之目瞪口呆，连评论家也以为"不像是一个身闭宫掖的宫女，倒像是一个老练的政治家"，期期不可接受。[200] 而王昭君出嫁匈奴之后，一言一行，甚至一投足、一扬眉，无不从"胡汉和好"的全局出发，处处注意政治影响；即使是与单于夫妻间深夜谈情，也不忘记申明"我是带着整个汉家姑娘的心来到匈奴的"；至于她亲自到海子边去抚慰百姓，学习骑马、擦胭脂，以至请回玉人石像……无不是从政治策略考虑。可以说，在处理单于与玉人以及自己之间微妙的感情关系时，政治家的谋略是完全压倒了作为女人对于爱情的排他性要求的[201]。总之，剧作家曹禺在刻画王昭君这一形象时，一面渗透着浓郁的诗情，一面又赋予政治家的风采，显然着意于创造一位女性的民间诗人政治家，这一现象颇耐人寻味。这"诗人政治家"的模式，人们并不陌生，本是郭沫若从 1940 年代的《屈原》到 1950 年代的《蔡文姬》，一直努力鼓吹的政治理想，以至成为郭沫若自我形象的写照；现在，重又出现在曹禺的笔下，这当然有着重要的意义。它至少表明，经过 1950、1960、1970 年代不间断的政治运动的长期熏陶与改造，政治意识已经渗透到曹禺这样的原本与政治保持一定距离的作家的灵魂深处，用自己的创作为政治服务，已成为他们的一种自觉要求；正因为如此，曹禺才会心悦诚服地按照政治家周恩来交给的政治任务去写《王昭君》，并且根据毛泽东提出的"有利于民族团结"的政治标准去塑造王昭君的形象，还企望通过《王昭君》的创作与演出，达到"加强民族团结"的政治目的。[202] 在一定程度上，曹禺也显示了某种诗人政治家的气质，这大概是谁（包括曹禺本人）也不曾料及的吧？

剧作家有这样的自觉追求，原也无可非议。问题在于，"当作者非常明显的要去歌颂某种性格和事件的时候，由于没有对历史生活的深切感受，而又要贯彻一种强烈的政治意图，从而使作者的思想艺术感染力大大受到影响"[203]。于是，我们在《王昭君》中看到了：王昭君形象的过分理想化、现代化；从剧本第三幕开始，描写重心由刻画王昭君性格到铺写匈奴宫廷内部政治斗争的转移[204]，等等。正像一些评论家敏锐地感觉到的那样，在表现人物思想性格的复杂性、内心世界的丰富性上，曹禺这部新作显然有所倒退，甚至"不自觉地受了所谓'三突出'的影响"[205]。这是不足为奇的：曹禺的归来，必然要带着历史的重负，几十年极"左"思潮造成的精神创伤绝不会不治而愈。一切都需要时间；重要的是，已经有了一个新的开端。人们也正是从这一角度，并在这一意义上，去肯定曹禺《王昭君》的价值的。

著名演员金山在观看了《王昭君》演出后，给剧作家写了这样一封信："大作立意之深之新是异乎寻常的。语言美极了，力量大极了，你的语言是犀利的长剑，给予恶人以致命的一击。你的语言诗意盎然，发人深省。……你是人民的知音。……这使我感觉到在'四人帮'横行的日子里，大作家所藏着的满腔愤怒和对未来美好的愿望，真乃一片丹心，至诚可鉴。"[206]——金山读出了曹禺在新作中寄寓的现实感受，可谓同代人的知音之言。

年轻一代的眼光要严峻得多。习惯于在剧场现场捕捉观众情绪反应的曹禺与一位名叫尚文的大学中文系学生之间，有过这样一番对话：

"小尚，你看了这个戏觉得怎么样？"

"不好说，"小尚有些为难，"报上都说好，我觉得这戏诗意挺浓。不过，不如我过去看的戏曲《昭君出塞》感人，后半部不吸引人。王昭君到了匈奴以后，显得太窝囊，好像有点束手无策，等着挨整似的。……不过，也许我说得重了。我妈常说我，什么都爱挑个刺，要我记住一句老话："看人挑担不费力，自己挑担重千斤。'"[207]

这位年轻人的反应是坦率、真诚的。而评论家却似乎没有这么清醒：《王昭君》刚出世时，赞扬文章几乎是一哄而上，而且异口同声地论定："《王昭君》这出戏，一扫历代文人的偏见，还昭君以本来面目"，"一扫以往文艺作品中王昭君出塞哭哭啼啼、悲悲切切的凄楚的景象"，古代作家"不可能对这段历史和昭君这个历史人物作出正确的评价"，等等[208]，仿佛唯有曹禺塑造的"笑盈盈的王昭君"才符合历史唯物主义，独此一家，别无分号似的。这显然仍是独尊论在作祟。幸而不久就出现了清醒的声音。一篇题为《力戒批评的片面性》的文章，尖锐地指出："我们绝不能肯定了一出昭君新戏，而否定了'昭君题材'的一部'文学史'"，"应该说，过去描写'昭君题材'的优秀作品与曹禺的新作《王昭君》，是可以并存的，各起各的作用，各有各的价值"，这是因为，"客观题材本身有无比丰富复杂性，一个题材绝不能只有一个作品"，"作家对于同一题材的认识与艺术表现手段不同，就必然会出现不同作品"，而"只有发展了不同样式，不同风格的作品，才能满足人们多种多样的精神需要"。[209]不久，又出现了前述对于《王昭君》剧冷静的实事求是的批评：这说明，不仅剧作者本人，而且他的剧作的接受者、批评者，吸取了十年文化浩劫的经验教训，都已逐渐走向成熟。

二、重演《雷雨》、《日出》、《北京人》

1979年2月，北京人艺重新排演《雷雨》。

同年11月，中央广播电视实验剧团召回二十年前第一次演出的原班人马，重新上演《北京人》。

1981年，北京人艺又重排了《日出》。

　　无论是剧作者，还是导演，演员，以至观众，经历了十年、二十年的人世沧桑，仿佛一场噩梦醒来，如今再来重演重看当年演过、看过的戏，必定带着自己不堪回首的生活经验与人生体验，不免要产生戏剧中的人生与人生里的戏剧混沌一片的感觉——这是一种特殊的接受。

　　冯亦代，这位著名的评论家，二十年前曾写了《〈北京人〉的演出》的剧评，之后蒙冤数十载，告别了剧坛、文坛，此刻重又做了《北京人》的观众，自是百感交集。他说：

　　　　我是怀着一腔复杂的心情去推开化妆间的那扇门的：是重见亲人的喜悦，还是重逢故友的惆怅？是年轻时"泡"后台的欢乐情绪，还是"少年子弟江湖老，红粉佳人白了头"的怀旧心情？我说不清，道不明。总之，当我握着李晓兰（愫方扮演者）和其他同志伸出来的手时，我的喉间堵得慌。

　　　　大幕拉开了，天空里传来了嘹亮的鸽哨，屋子里静幽幽的，过了一会，曾思懿和张顺上场了……这一切是那么熟悉，又那么陌生。……我觉得自己既是坐在观众席里的一个，又是舞台上角色里的一个。

　　　　是什么使我落入这样境界的呢？是导演和演员们。二十二年了，每个人经历了又一段生活的道路，坎坷不平的小道和平坦舒展的大道，磨炼了他们，使他们对生活有更多的感受，对角色有更多的理解，他们不只是在演戏，而是在重现生活的真实。难能可贵的是他们二十二年来并没有疏漏生活中的点滴，相反是使每人所演的角色，更多一层生活所赋予的光泽。演愫方的李晓兰在一腔幽怨中增加了坚毅，演曾思懿的梅邨在阴险中更多了人情，王显的曾文清对生活给他开的玩笑，增加了无可奈何的抗衡，纪维时的江泰在平淡中显出他的愤懑，还有余琳所演袁圆的天真，赵丽平所演瑞贞的决心，如此等等。当瑞贞说出"天塌了"，而愫方回身看到悄然归来的曾文清时，舞台照明映出李晓兰颊上流下的斑斑泪痕，但这是对梦的幻灭，又是对希望的憧憬；从绝望走向光明，这对观众是个多么大的启示；不要甘于做失偶的"孤独者"，而要做敢说敢笑的"北京人"。这是曹禺的匠心安排，但使人信服这一安排的，则是导演和演员对艺术的精诚……[210]

充满"对艺术的精诚"的，还有冯亦代这样的观众：他们与剧作家、导演、演员们一起创造与发展了曹禺的艺术生命。

此番重演，自然是要恢复历史的本来面目，但也必定要加入时代的新的理解。北京人艺《雷雨》导演夏淳正是这样确定他的导演指导思想的："从整体的处理上看自然一如既往，但……我们力求在以下两个问题上有更明确、更深刻的体现：一、还剧本的本来面目（主要指时代气息、对人物的解释和某几段戏的处理）；二、更鲜明、更准确地掌握和表现戏的主题"[211]——依然从把握主题入手，说明导演、演员的艺术思维方式也是一如既往的；但在主题阐释上强调了对封建家长制的批判，却显然打有时代的烙印。夏淳又说："家长制这个东西直到今天，还相当顽固地影响着我们的家庭、社会，甚至国家。《雷雨》的现实性和深刻性就在这里。所以它从发表的时候起，经过四十余年直到今天，仍能保持住它演出的生命力，其道理也正在于此。"[212]这段话里，显然包含着对文化大革命的深刻反思：1979年的中国知识分子和中国人民在总结文化大革命的历史教训时，首先感到的就是封建家长制为基础的封建专制主义复辟的危险。[213]因此，在重演的《雷雨》里，周朴园仍处于主要对立面的位置，但他已经变成了一个"封建家长制的典型"，如导演夏淳所说，"剧中周朴园所扮演的最主要的角色应该是'一家之长'"[214]。这与五六十年代周朴园主要扮演"资产阶级的角色"相比，自然是一个很大的变化；而这一变化，则是折射着社会思潮的某种演变的。夏淳在他的"导演手记"里也谈到周朴园"这个一家之长有他特殊的身份，是一个大煤矿的董事长，有他特殊的经历"，但此时对于中国资产阶级的特点却也有时代的解释，与解放初期强调资产阶级与帝国主义千丝万缕的联系[215]不同，此时注重的是，"中国的资产阶级与封建阶级是一脉相承的，这个根是割不断的。他们治家与为人之道都是继承了封建阶级那一套。……宗法社会的家长制就是他们的治家之道。经营管理是资产阶级的，对工人的剥削是封建性的，超经济的，周朴园就是这样一个出身于封建大家庭的资产阶级，是一个封建主义的卫道者"[216]。为了突出"反封建家长制"的主题，剧中其他人物基调与人物关系也作了相应的调整：对于繁漪的处理，一方面要求"掌握好繁漪的主要对立面是周朴园"，突出她与周朴园的矛盾（这与过去演出中一味突出"周朴园与侍萍的矛盾"相比，是一个演出重心的转变）；一方面又要求处理好"繁漪和其他人物的关系，不能只一味强调她'雷雨'的火辣辣的性格"，"尽力在演出中使观众能多方面去认识繁漪"，并"使观众在看完戏以后的深思中，能唤起对繁漪的同情"。[217]对于周萍也不再解释为"玩弄女性，自私自利"的洋场恶少，而如剧作者舞台提示所要求的那样，"设法替他找到同情"[218]，因为"他无论如何也是封建礼教下的牺牲者"[219]。

更加引人注目的是，对于周朴园与侍萍感情的新解释、新处理。这次重演不但肯定了周朴园对侍萍的怀念是真诚的，而且强调"周朴园和鲁侍萍绝不是黄世仁与白毛女的关系。他们是两厢情愿地爱过一阵的，而且鲁侍萍这一辈子真正爱过的人也就是年轻时的周朴园"[220]。导演、演员们又为侍萍没有立刻离开周家而终于与周朴园相见作了新的解释：他们设想，当年是周家老太太断然将侍萍轰出周家，周朴园事先并不知情，侍萍临走时向老太太苦苦哀求能让她再见周朴园一面，因为她不相信这是周朴园的主意，可是老太太死活不让见。尽管她经历了三十年颠沛流离的生活，这个问号始终没有从心里抹掉。在三十年后，当她看到周朴园仍保留着她的照片，埋藏在心里三十年的问号又浮现眼前，想得到解答的愿望也愈加强烈，几次欲走而复止，终于留下求得一个明白。——这样的新解释，仍然是将批判锋芒指向封建家长制，在一定程度上，周朴园自己也成了这种家长制的牺牲品，这自是别有一种深刻性的。同时，也显示了导演、演员们的一种努力：从"具体的历史环境"中具体地把握人物的特定思想、心理、性格与人物之间的特定关系[221]。在这里，从导演到演员都是在自觉地张扬表演艺术的现实主义精神与风格。

这一时期重演的《北京人》也同样围绕着"反封建"的主题来设计人物的基调。导演手记中规定："曾皓是封建制度的化身，这个形象有助于说明封建制度的腐朽和残忍"，"思懿则是封建社会的既得利益者，她是那个制度的产物：自私、贪婪"；"江泰、文清、文彩不仅可以使观众感知封建罪恶的后果——制造出大批'废物'，还可以使观众思索出路在哪里"；袁任敢、袁圆、瑞贞、愫方，"观众可以从他们身上感知时代的力量，得出'反封建束缚，争取自由的斗争必然胜利'的结论"。[222]

1981年2月，北京人艺重演《日出》时，曹禺对剧组人员有一个讲话，十分诚恳地谈到，《雷雨》、《日出》、《原野》都写得很浓，表演就容易过火，他希望演员不要只注意"人物外露的东西"，"不要一味夸张，演成闹剧"，"多在真实自然上下功夫"，要把人物的"复杂性、内心的矛盾、内在的'苦痛'演出来"，"演出人物灵魂深处的东西"，把作者"倾注在作品中的热烈的爱憎，深刻地表达出来"。[223]要"使人看到人物的心灵"，剧作者的呼唤，表达了对艺术表现的现实主义深度的要求。在"四人帮""三突出"之类的"假，大，空"的表演垄断舞台十数年之后，恢复现实主义传统，不仅是剧作者也是时代的要求。应该说，北京人艺的《日出》新演出是基本上满足了剧作家曹禺与时代的要求的。据报道，这次演出突出了陈白露的内心痛苦，"不仅是她与黑暗社会的矛盾，更重要的则是'竹筠与白露'的自我矛盾"[224]，这自然意味着对陈白露内心世界的一种更深入的揭示。一篇题为《看〈日出〉重排演出》的评论，还特意指出："从导演开始，这次《日出》的重排，思想挖得非常深刻。暴露潘经理、乔治张、胡四等等这一群吃人者旧社会的寄生虫，不是为了使人们看'洋相'，不是要渲染光怪陆离的生活情态，不是在噱头上做文章，迎合庸俗欣赏趣味，而是处处让我们去憎恨他们，鄙夷他们，唾骂他们"，"暴露丑恶，特别需要对生活的实有东西严加选择和提炼"[225]——当艺术家们懂得了"选择与提炼"时，他们也就确实接近了曹禺戏剧的真实。

这样，张扬反封建的人道主义精神与现实主义艺术风格，就成为恢复时期曹禺戏剧再演的主要追求：这同样也是反映了1970年代末，以至1980年代初的时代思潮与艺术风尚。

三、反映时代接受水平：恢复期的曹禺研究

《王昭君》的发表与演出，《雷雨》、《日出》、《北京人》的重新上演，把曹禺又推上戏剧界与学术界的前景位置。曹禺研究很快成为以拨乱反正为主要任务的现代文学研究界最引人注目的领域。据王兴平、刘思久、陆文璧编辑的《曹禺研究专集》（上、下册，海峡文艺出版社1985年版）所提供的资料统计，从1978年到1983年，五年时间内全国报刊共发表论文、剧评、专著等共三百二十二篇（部），不仅涌现出一批有见地有深度的论文，而且出现了钱谷融《〈雷雨〉人物谈》（上海文艺出版社1980年10月版）、田本相《曹禺剧作论》（中国戏剧出版社1981年12月版）与朱栋霖《论曹禺的戏剧创作》

（人民文学出版社 1986 年 2 月版 ）、孙庆升《曹禺论》（北京大学出版社 1986 年 4 月版 ）[226]这样的足以代表时代研究水平的专著，并由此而形成了一支有相当水平的曹禺研究队伍，这是前所未有的。

这一时期的曹禺研究，给人印象最为深刻的，是研究者（接受者）与剧作家（创造者）之间的平等关系。这本是曹禺研究以至中国现代文学研究的一个传统。[227]但曾几何时，平等、自由讨论的气氛逐渐淡漠以至消失，仰视作者的吹捧之外，更出现了越来越多的法官式的审判：批评者（接受者）居高临下俯视作者，批评、否定自是不容辩驳，连肯定也仿佛是一种恩赐。作者（创造者）越来越缺乏自信，以至陷于自卑、赎罪心理不能自拔，战战兢兢地不断自我检讨不说，连谈创作经验也尽可能地向批评者的模式靠拢。这种不正常的接受心态与作者本人的萎缩状态自然是国家政治、文化生活中极"左"思潮泛滥的结果。因此，当极"左"思潮在政治上受到了扼制，就直接引起了剧作家与批评家自身精神状态与彼此关系的深刻变化，科学的探讨与平等的对话代替了剑拔弩张的声讨与违心的检查。

这一时期的曹禺研究，主要采取了"美学观点和历史观点"[228]，着重于张扬曹禺著作中的人道主义与现实主义精神，和前述曹禺剧作重演中的再解释，有着共同的倾向，反映着同样的时代精神。

朱栋霖在他的《论曹禺的戏剧创作》导言里概括说："曹禺戏剧一贯地抨击封建主义，揭露旧社会的黑暗与罪恶，追求自由与光明，探索人生，为被压迫、受摧残的人们特别是广大妇女发出深重激越的控诉。反封建与个性解放的主题，形成于《雷雨》，并成为他以后创作的一贯主题。"这基本上代表了这一时期人们对曹禺剧作思想意义与价值的认识与接受。这表明，人们主要是从传统的政治学、社会学、伦理学层面去挖掘作品的思想内涵，在主要倾向上仍然把曹禺剧作看作是社会问题剧。如果说比过去的研究有所深入的话，则表现在研究者对于曹禺戏剧创造中的人道主义精神的深入开掘；而人道主义在过去相当长的时间内，是与资产阶级人性论混为一谈，而列入研究的禁区的。朱栋霖在这方面的研究具有较大的代表性。他不仅指出了"人"成为曹禺"戏剧主题的中心"，而且具体地分析了"人"的主题在曹禺戏剧中的不同表现与发展，并且十分明确地把曹禺戏剧"人"的主题与五四传统联系在一起；他认为，贯穿曹禺剧作的强烈声音"摧毁黑暗社会吧，让人成为人"，本质上"是'五四'的声音"，标志着"时代的觉醒"，曹禺剧作也因此成为"五四新文学的一块丰碑"。而在1970 年代末、1980 年代初的中国，曹禺剧作的接受者们，正是在呼唤"使人成为人"这一点上，与剧作家曹禺发生强烈的共鸣；而他们呼唤"人"实质上也就是在呼唤五四精神的复活，表现了一种十分强烈的"五四"情结：这都是具有思想文化史的意义的。

在这一时期，所有的研究者都仍然把曹禺作为一个杰出的现实主义艺术家来认识与把握。孙庆升在他的著作中，论及"曹禺的现实主义创作道路"时，一开始便引用 1930 年代周扬的权威性评价——"曹禺的成功，不管他的大小，正是现实主义的成功"，并认为"现实主义像一条红线贯穿在他的全部作品中"。孙庆升并且特别强调了曹禺的民主主义、人道主义思想与现实主义创作道路的内在联系——这些认识与分析，显然反映着一种时代思潮：1970 年代末、1980 年代初的中国文坛，在经历了文化大革命中达于极端的反现实主义的极"左"思潮的冲击后，迫切需要恢复文学的现实主义传统；在这种背景下，曹禺创作的现实主义道路被重新发掘、强调与推崇，可以说是一种时代的需要。但从对曹禺剧作价值的认识与接受这一角度看，现实主义价值标准的重新强调，又是对三四十年代已经形成的权威性阐释的重新肯定与发展。《雷雨》仍被看做是曹禺"现实主义创作的起点"[229]。《日出》则因为"题材的扩大，反映现实广度扩大"而被认为是曹禺"现实主义创作的进展"。[230]与此相对照,《原野》因为"现实性的题材与非现实的手法"、"现实主义与表现主义在同一作品中的并立",而被认为"两种不和谐,影响了《原野》的现实主义精神的充分表现"。[231]田本相进而认为《原野》的创作,是曹禺"前进中的曲折","作家始终未能把他的注意力引向先进的科学世界观,忽视理性的认识,这样就抵挡不住和鉴别不了资产阶级文艺思潮。《原野》的创作实践证明:我们富有才华的作家是多么需要一个明确而透彻的世界观和文艺观来导引"[232]——这都显示着,从1930年代以来所形成的理论批评模式仍然在继续影响着1970年代末、1980年代初学术界对曹禺剧作的理解与接受。

当然,这一时期的学术界对曹禺的现实主义艺术仍然有自己的新开掘与新认识:研究者以更开阔的视野,在广阔的历史联系中,去把握曹禺剧作的现实主义在整个中国现代戏剧现实主义艺术发展中的特点、独立价值与贡献,并作出历史的定位。专家们指出,"曹禺以前的话剧创作,几乎毫无例外地把重点用来搬演故事,从曹禺开始才注重塑造人物"[233]。因此,曹禺剧作中的性格塑造得到了高度的评价,并成为这一时期曹禺研究的热点,钱谷融的《〈雷雨〉人物谈》即是其中的代表作。朱栋霖则把曹禺剧作中的性格刻画与悲剧艺术的发展联合起来考察,指出:"从艺术成就论曹禺极为出色地塑造了繁漪、陈白露这两个悲剧典型,十分成功地刻画了鲁侍萍和曾文清、愫方、周萍等具有一定典型意义的悲剧形象,为现代文学的人物画廊增添了一组精妙绝伦、异彩夺目的悲剧群像,这是曹禺对现代文学的贡献","曹禺的悲剧,发展了悲剧人物与悲剧类型,开拓了我国悲剧艺术表现领域的广度"。朱栋霖同时强调,"曹禺刻画悲剧人物总是致力于表现人物深刻的内心痛苦,并把这种精神痛苦的深度表达得淋漓尽致,曲尽其神。这就开掘了悲剧艺术表现领域的深度",这也就抓住了曹禺现实主义艺术的独特个性：他总是着力于人的灵魂的开掘，努力表现"人物之间的心灵交锋，人物内心自我冲突"，不断"探寻刻画人物灵魂的新手法，将人物内心世界外部化"[234]；这实际上也就是鲁迅所提倡的"写灵魂的深"的"最高的现实主义"。和1930年代中期对曹禺历史地位的确认相比[235]，不但曹禺自身戏剧创作有了新发展，而且对它的认识与接受也进入了一个新的更加理论化的阶段。

这一时期的研究者们在论及曹禺对中国现代戏剧发展的贡献时，对曹禺剧作结构、语言的成就，给予了充分的肯定，并进行了广泛、深入的研究，这与长期以来对曹禺戏剧的研究偏重于主题的开掘与人物形象的分析相比，自然是一个很大的突破。除孙庆升的《曹禺论》作专章系统讨论外，田本相的《曹禺剧作论》与朱栋霖的《论曹禺戏剧创作》里也有许多精辟论述，同时，还出现了一些有一定质量的论文，钱谷融的《曹禺戏剧语言艺术的成就》（1979年5月）、陈瘦竹、沈蔚德的《曹禺剧作的语言艺术》（1978年）就是其中影响最大者。这表明，人们越来越将曹禺作为戏剧艺术家来接受；这与这一时期"将文学还给文学"的思潮自然也是密切相关的。长期被忽略了的曹禺的艺术个性、个人话语也日益为研究者所关注。朱栋霖特意比较了曹禺与同时代剧作家艺术思维方式的不同，指出：对于现代剧作家田汉、洪深，"明确的理性认识始终制约着写作的主要环节"，而曹禺的艺术思维却带有"直觉性"的特点，"当他用激情、凭直觉去感受生活时，却连血带肉地一起裹挟进对生活的格外深刻的感受，甚至采撷了一般凭理性认识无法获得的果实"，并由此"产生了风格中突出的感情因素，使《雷雨》呈现出沉闷压抑而热烈激荡，表面平静而内在紧张的戏剧风格"。[236]朱栋霖的分析显示了一种"回到曹禺那里去"即按照曹禺的个人话语去理解曹禺的倾向，这是直接开启了下一阶段对曹禺的研究与接受的。

　　这一时期研究者们在对曹禺进行历史的定位时，自然注意到了曹禺戏剧与中国民族传统的关系。田本相在《戏剧报》召开的纪念曹禺创作五十周年座谈会上特意指出："曹禺的作品富有鲜明的民族特点，这也正是他能够立于世界戏剧之林的最重要的原因。"田本相的《曹禺创作论》与孙庆升的《曹禺论》都设有专章专节讨论曹禺剧作对民族传统的继承及所显示的民族特色。他们的讨论侧重于艺术形式、美学风格方面，而陈平原则对"曹禺戏剧人物的民族性格"更感兴趣，并把"曹禺的功绩"归之于"透过历史的硝烟迷雾，发掘我们'国人的灵魂'"。[237] 不论所达到的深度如何，上述研究无疑具有启示后来者的作用。

　　这一时期对于曹禺的理解，一方面总体上没有超出周扬在1930年代所确立的权威性解释，另一方面，对于周扬所批评的，1940、1950、1960年代又逐步发展到极端的庸俗社会学的理解，进行了理论上的廓清，即所谓"拨乱反正"。

　　田本相与孙庆升都对曹禺研究中的"题材决定论"提出不同意见。孙庆升针对《北京人》"脱离当前的现实"的批评[238]，指出，"需要区分时代与时事的不同和联系。能够及时反映现实社会正在发生的事件（时事）这种题材无疑是现实的，但虽不属于时事范围，而仍能反映时代的要求，具有时代精神的作品，也同样是现实的"；他认为，"哪一种作品更好，不取决于题材本身，丰满的人物形象和深刻的思想内容，比题材更能说明一切"。[239] 田本相也针对何其芳1940年代对于《家》的指责，提出了反批评，指出："那种认为《家》没有写'封建社会的主要矛盾'，只不过是写了'感情上牙痛症'的看法，显然是狭隘而机械地理解了艺术同时代，艺术同人民的广泛联系。自然，斗争的时代更需要'一种暴风雨'和'一阵强烈的阳光'，但是，这并不能排斥能够牵动人们追求美的情思、善的境界、柔情绵密的文学。

用一种模式去要求作品，是不能满足人民丰富多彩的要求，也不符合艺术创作的规律的。"[240]

有趣的是，当田本相在批评何其芳所受庸俗社会学的影响时，朱栋霖却在田本相的同一著作中，发现了庸俗社会学的作祟。田本相在评论《雷雨》时，提出了这样一个意见："如果说《雷雨》仅仅写了繁漪和周朴园的矛盾冲突，那么，它不过做了一般批判现实主义可以做到的事情"，而《雷雨》"继承了鲁迅革命现实主义精神，从被压迫群众的立场上提出被压迫人们的悲剧命运的课题，因此，才具有格外激动人心的力量"。朱栋霖认为这里暗含着一个"描写资产阶级就是'批判现实主义'，描写劳动人民就是'革命现实主义'，前者必定不如后者"的公式，这实质是"按照被描写人物的阶级属性，按照这个阶级在社会主义社会政治关系中所处社会地位，政治待遇的高低，来判断该文学人物典型价值的大小和现实主义成就的高下"，这显然是"庸俗社会学在作祟"。[241]不论朱栋霖对田本相的批评是否准确，它至少表明了一种意向：人们对曹禺批评与研究中曾经有广泛影响的庸俗社会学的警惕与拒绝，这自然是意义重大而影响深远的。

四、《原野》的发现

1980年代初，曹禺剧作接受史上的一件大事，是《原野》的发现。而其发现及再接受过程，是颇具戏剧性的。

正像一篇题为《沉睡中的唤醒》的文章里所说的那样，"《原野》在彪炳的曹氏戏剧家族中，命运是独特的。它完成于1936年，紧接在《雷雨》和《日出》之后，但它与姐妹们光华灿烂的命运却相悖违，从1937年初次上演之后，一直受到批评界的冷落，终于无声无息地沉睡过去，以至当今大学中文系的学生，竟然有人不知大名鼎鼎的剧作家曹禺还有这样一部作品"[242]——应该说，冷落《原野》的仅限于批评界，从问世起至 1950 年 11 月止,《原野》一再印行，达十六版之多，这个数字足以证明读者对《原野》历久不衰的兴趣和欢迎；唐弢在《"原野"重演》[243]中对此曾有过动人的描述："大江南北多少剧团演过《原野》，多少人读过《原野》，《原野》是百看不厌的剧本。"这里，批评界的冷落与读者、观众的欢迎恰好形成鲜明的对比。《原野》受到全面冷落是在解放以后：1950 年后《原野》即告绝版，1950年代至 1970 年代唯一的一次公演是 1957 年北京实验剧团的演出，但和同时期《雷雨》、《日出》、《北京人》演出后热烈反应相比，可以说是十分寂寥。

这里最根本的原因在于，《原野》冒犯了中国现代戏剧以至中国现代文学的两大传统：农村题材的传统与现实主义的传统。这在囿于已成规范的批评界自是难以相容[244]；而普通观众则更多地从自己的艺术直觉作出反应——他们受规范、传统的影响毕竟要少得多。但是，《原野》创造了与传统规范不同的新的艺术经验，这是一个客观存在，因此，它的终究被认识与接受，是不可避免的。——当然，这需要一个过程。

1980 年，曹禺到美国印第安那大学讲学，在欢迎式上，该大学把他们翻译成英文，在香港印刷的《原野》剧本的第一本隆重地赠给他；而据说，因《原野》长期被冷落，曹禺自己也没有保存下一个中文剧本。

1981 年，电影艺术家凌子改编、执导了《原野》，并由著名演员刘晓庆、杨在葆分别扮演主角。电影于是年 9 月应邀参加了意大利威尼斯电影节，获"最受推荐电影"的荣誉。11 月在香港公演，"中外报章，批评如潮，被称为'香港近期最引起谈论的电影'，徇公众的要求延续公演了两次"。但电影《原野》在国内仍未准上映。1982 年8 月，曹禺才看到电影，大为振奋，立即为金子的扮演者刘晓庆写了

"诚重劳轻，求深愿达"八个大字，并且对来访者说："睡了四十年，这次确实醒过来了！"[245]

但人们仍然注意到，这次唤醒，是借助于电影这一姐妹艺术的传播，而不是舞台上的直接演出；是首先为国际电影界所接受，然后再影响到香港国人的接受，而大陆的中国观众与读者此时还无缘接受（不是不愿接受）：曹禺视为生命的剧作与本土观众的联系仍被人为的切断。谁也没有宣布禁演的理由，剧作家只好说，这是"无形的帽子"，并且猜测："《戏剧电影报》有篇文章：《金子不是破鞋》，想来也是有所针对的吧。"[246]这不禁使我们联想起《雷雨》也是首先被日本学者发现，并经他们推荐而在日本东京首演的，而当时国人拒绝《雷雨》的理由，也是"有伤风化"。[247]——历史竟是这样不断地循环。

而人们更感兴趣的是，四十年后，导演、演员、观众们是在什么意义上发现与接受了《原野》的？

导演凌子写有《反封建的长诗》一文，谈到了她对于《原野》及曹禺剧作的把握与理解：

> ……鲁迅、茅盾、巴金、老舍、曹禺等人的作品……它们赢得了中国人民的喜爱和世界各国文学艺术界的高度评价，是因为它们真实地反映了中国人民的社会生活和中国人民追求人生幸福的艰苦历程。……
>
> 《原野》是曹禺先生的一部光辉剧作。它反映了中国封建社会里渴望新生与自由的人们不甘于被环境所吞噬，因而奋起抗争的经历，尽管精神上蒙有封建迷信的灰尘，又找不到真正的出路，但他们至死都不曾向封建势力屈服。[248]

看来，电影《原野》的编导仍然从社会学的角度去阐释《原野》的主题，她强调的是《原野》争取个性解放的人道主义的反封建精神。而据有关评论介绍，电影编导还"努力克服了原作中的缺陷，删减了仇虎复仇后过分的自我谴责和带有表现主义色彩的对环境氛围过分神秘的渲染"，他们不能接受《原野》中的非现实成分，仍然努力地从现实主义方面去把握与体现《原野》的风格。电影《原野》如此努力张扬人道主义和现实主义精神，表明它们所达到的只是1970年代末、1980年代初的时代接受水平。

因此，一些电影《原野》的评论者仍然坚持传统的批评模式，就是毫不奇怪的。例如，一位评论者这样肯定电影《原野》："它真实地再现了旧中国封建势力对穷苦农民的残酷迫害，揭示了农民群众与地主阶级之间不可调和的尖锐对立"，"一心复仇的仇虎最后杀掉的并不是自己真正的仇人，从另一个角度揭示了个人盲目复仇的悲剧性……仇虎的死也从反面进一步说明，没有先进阶级领导的农民的自发的反抗只能是一个悲剧"。[249] 而另一篇题为《话剧〈原野〉改编为电影之后》的文章，则批评"作者不熟悉农民生活，对农村的阶级斗争缺乏清楚的认识和直接的感受"，"明显地暴露了作家思想上的局限"，"在人物性格的刻画上，仇虎不是作为一个典型的真实的复仇的农民，而是表现为一个脱离时代、社会的'原野'的人，剧中过重地强调了他的原始性、原始的情感和力量"，"流露出浓厚的'流气'和'匪气'"，"使他离开了一个质朴的农民的阶级本质"。[250] 看来批评者仍在原地踏步，价值尺度一如三四十年前，无论肯定还是批评，都给人隔靴搔痒的隔膜之感，这实际上已谈不上发现。

1983年5月，剧作家曹禺终于忍耐不住，借四川人民艺术剧院排演《原野》的机会，在一封长信里这样规劝《原野》的导演、演员们：

> 要大胆一些，敢于大改动，不要使人看得想逃出剧场，像做噩梦似的。《原野》是讲人与人的极爱和极恨的感情，它是抒发一个青年作者情感的一首诗（当时我才二十六岁，十分幼稚！）。

它没有那么多的政治思想，尽管我写时是有许多历史事实与今人一些经历、见闻作根据才写的。不要用今日的许多尺度来限制这个戏，它受不了，它要闷死的。

美工是否那样写实（整个剧不要太写实）？可否"虚"一点？留给人想象。……

服装不一定按剧本写的那样，要美一些……

要内心的真感情，不要耍弄技巧，不要演戏！他们的词句要读得明白，读得美一点……[251]

人们记得，《雷雨》首演后，曹禺给导演、演员的信，也是一再声明这"绝非一个社会问题剧"；《雷雨·序》、《日出·跋》也是这样不断呼唤：要"真"一些，"美"一些，"虚"一些！但导演、演员们并不听取剧作家的呼唤，却要听命于时代意识形态：后者比前者更有力。导演、演员们按照时代意志改造曹禺剧作，自有其存在的理由；从剧作家这一面说，就不能不感到自我艺术生命被压抑的痛苦。如今，曹禺这一声高喊："它受不了，它要闷死了！"又让人想起蘩漪烦郁的自语"热极了，闷极了"，侍萍悲怆的高呼"我闷了三十年了"，尽管具体历史条件、情况都不相同，但都同样让人感到某种残忍。

耐人寻味的是，曹禺在信中发出了这一声呼喊以后，又嘱咐收信人不要将这封信发表出来——是他后悔自己的呼喊，还是仍然心有余悸，自觉还不到公布内心的不满与痛苦的时机？

而且，1983年，《原野》在1950年文化生活出版社本之后，第一次由四川人民出版社重新出版，曹禺又对《原野》作了一次手术。人们很快注意到，在仇虎出场的舞台提示里，原作中"丑陋的人形"改成"充满强烈生命力的汉子"，"硕大无比的怪脸"（第一幕）、"脑袋像个大冬瓜、人像个长癞的活蛤蟆"、"后脑勺突成直角像个猿人"（第三幕）等描写也被一一删去；据说这"是对表现主义一味追求外部奇异与怪诞的缺点的克服，使剧中人物更接近于生活的真实"[252]；而原剧结尾仇虎的"尸身沉重地倒下"也改为"仇虎尸身不倒，背靠巨树"，即幕落剧终。这大概是为了突出人物的英雄形象吧？——曹禺再一次屈服于接受者，这又是为什么呢？

1984 年，中国青年艺术剧院演出《原野》，又动了一次大手术。据有关文章介绍，"青艺演出的《原野》对仇虎的修改涉及情节和结构的重大变动有三处，一是把仇虎杀大星改成不杀，二是把仇虎的自杀变成他杀，三是把三幕的'阴告'提到序幕"[253]；此外，"'地狱'里来了一段'天堂'，一段短暂的幸福，加了个（仇虎与金子）'定情'（的戏）"[254]。据说删改、增添的理由是："仇虎杀大星是加害无辜，会'有损仇虎的形象'，会引起'是非观念分明，崇尚理性'的、现代观众的'反感'；用'掉包儿'计，让焦母误杀大星，则给仇虎脱了杀人的干系，而仇虎的自杀，也似乎不能突出他的'叛逆性格和反抗精神'，还是让侦缉队打死为好"[255]；至于把"阴告"提到序幕，是为了预先"交代仇虎的'苦大仇深'"，便于他以后的复仇获得观众同情；"地狱"里平添一场"天堂"戏也是为了削弱全剧的阴森、神秘气氛，增加一点"亮色"。[256]

正像一位评论者所说的那样，这次大动手术的指导思想"即在评论中常见的'不要损害正面人物和英雄人物的形象'"的理论，结果"削足适履，砍掉一切不符合'英雄'的思想和行为，于是形象被肢解了，仇虎就遭到了这个命运"。[257]看了演出后，著名剧作家吴祖光觉得仇虎"色彩单了一些"，黄宗江则感到"他不够'仇'，也不够'虎'，也许是导演或演员想避开情杀、复仇之嫌，就处理得不够强烈、热辣了。烹鱼当去腥，如腥味尽去，则又非复鱼矣"。[258]

《原野》的导演张奇虹后来对上述批评意见作出了反诘。她充满自信地说，"对仇虎这样的人物我并不陌生，在战斗的年月里，我接触过不少这类受尽欺压，并同命运进行抗争的农民"；她强调，"依据生活，可以更准确地揭示仇虎的性格"。这位导演并且以青艺演出的《原野》连演一百四十余场，受到了大陆与香港观众的热烈欢迎的事实，证明普通观众接受了自己对《原野》的改动；然后提出了一个饶有兴味的问题：在专家与普通观众反应不同时，我们更应该重视谁的意见？[259]

据说，曹禺观看了青艺的演出后，大加赞赏，连声肯定他们"改得好"。——他再一次表现了他女儿所说的"出名的过分的谦虚"，而且是"真诚"的。[260]

这又是为什么呢？

五、开辟传播新渠道

无论如何，电影《原野》出现的意义却是不可低估的：它不但冲破了《原野》的禁区，而且开辟了曹禺剧作传播的新渠道——曹禺的戏剧生命从舞台延伸到了银幕。

三四十年代本来已经有将曹禺剧作搬上银幕的尝试，但自觉提倡并实践将曹禺剧作电影化的，却是电影《原野》的编导；这样，从舞台到银幕，就不再是简单照搬，而有了符合电影自身艺术规律的新的创造。而再创造的电影，在曹禺剧作普及化方面发挥了舞台演出不可能发挥的作用——1980年代，由于电影、电视日益占据了普通观众的主要业余阵地，在曹禺戏剧普及上占有越来越重要的地位，而自身也具有了独立的艺术生命。

电影《原野》的编导凌子这样谈到她对曹禺剧作电影化的理解与追求——

> 曹禺先生的原著本身就是富有两极性的风格的作品。它绝非用粗犷与细腻，野性与人情，刚劲与柔婉，浮（精神）与沉（肉

体），生与死，压抑与明朗，荒凉与繁茂，激烈与平缓，新生与腐朽，浓与淡，亮与暗这众多的两极上去做出这篇文章。中国有句俗话，要"量体裁衣"，而不能"削足适履"，因而本片在镜头处理上就试着用单镜头去表现沉稳节奏的人物内心展示的几场戏，而快镜头的快速推拉，以外部的节奏帮助观众从现象深入到内心，以视角的强烈刺激去突出戏剧冲突中人物行为骤变的内心根据，并完成情绪的渲染。原著中的语言是这部艺术作品的精髓，因此我们也大胆尝试了镜头运动与语言节奏的统一。[261]

强调要从两极性的统一中去把握《原野》，这本身即是对曹禺艺术的一个新的发现（凌子在同一篇文章中谈到她对仇虎、花子性格的理解，强调他们在有着"人性中潜伏着野性，凶狠乃至残忍"一面之外，也还有"心地纯真善良，感情温柔细腻"的另一面，因此，她在电影风格上追求"大弦嘈嘈如急雨"与"小弦切切如私语"的统一：这都是有创造性的解释）。正因为电影编导准确地把握了曹禺剧作中的语言节奏与心理节奏，由此而寻找与之相适应的电影镜头运动节奏，这样，就有力地保证了编导者对自己提出的任务的实现：既"忠实于原作的思想、人物性格的语言，同时又对这部经典剧作进行了大胆的创造使之电影化"[262]。

继电影《原野》之后，又有孙道临编导的《雷雨》与曹禺、万方改编的《日出》，以及在此之前的王炼、谢晋改编的《王昭君》。孙道临在《谈〈雷雨〉的电影改编》一文中谈道，他在着手改编时，面临着"采取舞台记录式"或"尽可能电影化"的两种选择；而他最后确认的路子偏于前者，他的考虑是："由于这个剧本已那样深入人心，总体结构如大加改变，会造成面目全非之感，因此，以基本上不冲破原作的严谨结构为宜"。他由此而确定了改编的原则："在改编时，尽管可以在戏剧发生的环境上有所变化，某些场面作些调动，但确应保留原剧本结构的特色，即使插入一些倒叙，也不宜过长，以免破坏戏剧动作的紧迫感。"[263]电影界人士似乎并不能接受孙道临的选择；《电影艺术》上曾发表专文，批评这是一次"不成功的挑战"，甚至认为"影片还不及话剧醇厚，浓郁，强烈，话剧中特有的浓烈气氛和震撼人心的力量在影片中被削弱了"，"最主要的原因是影片过分拘泥于话剧原有的结构方式，而没有充分发挥电影艺术表现力的长处"，电影中的"某些镜头只是对（戏剧）语言进行表面的图解，仅局限于银幕上的可见性，而忽视了调动观众的联想"，在这位批评者看来，"话剧与电影有全然不同的两种时空观念，如果要用话剧的时空观念要求电影，那无异于取消了这种独立的艺术形式"。[264]但这也许只是专家的挑剔，因为普通观众，特别是青年观众对电影《雷雨》作出了出乎意料的热烈反应。据《电影艺术》报道，上海青年影评协会曾发起电影《雷雨》的评论征文，很短时间内，就"收到四百多篇评论文章，来自工厂、农村、商店、学校、医院……"有的还自发地组织座谈会，进行了热烈的讨论；从评论文章可以看出，1980年代的青年观众对蘩漪充满矛盾的性格，对周朴园、侍萍之间复杂而微妙的感情，都能够在理解的基础上作出自己独立的分析、判断：他们是能够接受曹禺的《雷雨》的。[265]

电影《日出》由曹禺和他的女儿万方合作改编，自然就更加引人注目。在接受记者采访时，曹禺曾宣称，《日出》的改编，"想尝试着完全打破原剧的时地一致，调动电影艺术的长处，展现广阔的场景，把他几十年前创作话剧时想表现，而又因舞台限制无法直接表现的种种意念，都搬上银幕"[266]；《日出》电影文学剧本由中国电影出版社出版，"内容说明"上也强调，"这个剧本突破了原作的某些框子，在电影化方面表现了新的创造，对社会生活的描写比原著更丰富，广阔，主要人物陈白露也更丰满了，是文学名著改编较有特色的成功之作"，这也至少可以看做是改编者的一种自觉追求。如笔者有关《日出》的分析中所说，《日出》女主人公陈白露原也有一个"过去的故事"：从农村的"家"漂泊到现代大都市的"旅馆"里，一个纯真的少女竹筠变成"玩世不恭"的交际花陈白露的生活与心灵的历程。这些必不可少的生活经历与心理背景，在话剧《日出》中由于舞台时空的限制，只能通过陈白露的某些台词作粗略的交代与暗示。电影《日出》却利用了电影时空跨度大的特长，作了正面的表现与强调（尽管仍十分简略），这自然是为了加强陈白露内心深处"竹筠与白露"的矛盾——这正是电影《日出》改编的着力处：电影中新加的"方达生看陈白露跳舞"、"方达生与陈白露深夜吃馄饨"、"方达生、陈白露、小东西在公园里"以及"陈白露醉中怒斥群丑"等几场戏，电影更加突出"方达生为寻找'竹筠'而来，终于告别'陈白露'而去"这条情节发展线索，都显然是为了使"竹筠与白露"的内心矛盾得到更加鲜明而丰富的外在表现。电影刻意安排让"一个年轻的美貌的女人"（陈白露）和"一个受尽欺凌、蹂躏而憔悴衰老的女人"（翠喜）在"小东西"的尸身前"默默地彼此对视"——这是电影对于话剧本的一个重大变动，不仅在结构上完成了"大旅馆"的戏（陈白露的悲剧）与"三等妓院"的戏（翠喜、小东西的悲剧）二者之间的联结，而且更鲜明地揭示了两个悲剧的内在联系，暗示与强化了"竹筠"变为"陈白露"的悲剧性。演员方舒在表演作为交际花的陈白露时，在着重表现她内心的倦怠、苦闷的同时，适度地强调了她对交际花生活的适应习惯，以至也不乏短暂的真快活（这是以往陈白露舞台形象中所没有的，是电影编导与演员的新创造），这就使陈白露形象的刻画更有深度，明白无误地昭示人们：陈白露的悲剧正在于她已经"彻底地卖给了这个地方"，为自己所习惯的交际花生活方式所束缚，从而永远地失去了"竹筠"和她的追求。这就较好体现了"太阳升起来了，黑暗留在后面，但是太阳不是我们的，我们要睡了"的内在寓意。1980 年代的中国观众（其中大部分是青年人）以同样的热情接受了电影《日出》。《日出》获第四届大众电影百花奖最佳故事片奖，得票十一万七千多张；演员方舒（陈白露饰演者）与王馥荔（翠喜饰演者）分获最佳女演员奖与最佳女配角奖。王馥荔还同时得到由专家评定的第六届电影金鸡奖最佳女配角奖，曹禺与万方也因改编《日出》的成功获第六届电影金鸡奖最佳编剧奖。[267] 又据上海沪西工人文化馆影视评论协会所作沪西工人影区民意调查，"工人最喜爱的国产影片（1985 年度）"，《日出》位居第三，获 67% 的选票。[268] 电影《日出》的轰动效应大概有点出人意外，由此引出了评奖后的思考；有人撰写专文指出，电影《日出》所提供的 "充满生命活力和生活欲望的陈白露，几乎使人以为是一个80 年代从深圳来的姑娘"，影片导演 "借一个 30 年代的故事，传达的是某种 80 年代的趣味和情调"，原剧本 "所提供的伦理价值" 与 "思想含义" 在电影中 "已被降至一个次要的地位，而影片主要打动人的地方乃在于其观赏性"，而观众对电影艺术的欣赏恰恰又是 "遵循感性的视觉形象的这条线进入电影的"，"尽管影片的消费价值和伦理价值产生了如此尖锐的冲突，并实际上损害了作品的伦理价值时，观众毫不犹豫地投了它的票，这或许给我们透露了一个随着整个社会经济结构和意识形态变化而来的，在广大观众中对消费文化不断增长的信息"[269]——这位作者对电影《日出》的具体评价自然是可以讨论的；但他的分析却启发我们注意到，把曹禺剧作改编成另一种艺术形式，不仅使其艺术生命得到量的扩展与延伸，也会使其价值、功能发生不同程度的质变：这在曹禺剧作的接受与传播上自然具有重要的意义。

继电影《日出》之后，电影《原野》于 1987 年在国内正式上映，并荣获第十一届大众电影百花奖最佳故事片奖与最佳女演员奖（刘晓庆饰演金子）。[270] 电影改编的成功，打开了人们的思路，开始用其他艺术形式表现曹禺剧作的大胆尝试。[271] 很短的时间内，即出现了三幕芭蕾舞剧《雷雨》（上海芭蕾舞团 1981 年 10 月演出），楚剧《雷雨》（武汉市楚剧一团 1981 年 3 月演出），沪剧《日出》（上海沪剧一团 1982 年 9 月上演），川剧《王昭君》（重庆市川剧团 1979 年改编演出），粤剧《昭君公主》（广州粤剧一团 1980 年演出），京剧《王昭君》（中国京剧院一团 1981 年 10 月演出），曲剧《王昭君》（南充市曲剧团改编 1981 年演出），评剧《家》（沈阳评剧一院改编 1982 年演出），歌剧《原野》（中国歌剧舞剧院改编 1987 年演出），沪剧《雷雨》（上海沪剧院 1988 年演出），荆州花鼓戏《原野》（湖北潜江荆州花鼓剧团 1990 年演出），等等。这些改编演出，自然大大开拓了曹禺剧作的传播渠道，延伸了曹禺的戏剧生命，同时又推动着各种艺术形式自身的发展。例如，上海芭蕾舞学校《雷雨》创作组在改编《雷雨》时，就确立了"舞剧结构戏剧化，戏剧处理舞蹈化"的原则，前者强调突出芭蕾舞艺术本身的特点，后者强调"以人物关系的戏剧冲突着眼进行结构和布局"，则是对"芭蕾舞唯美主义倾向"的一个突破。[272] 在改编中，自然对曹禺剧作本身也会有新的阐释、新的创造。据有关报道，芭蕾舞《雷雨》的编导增添了序幕"闹鬼"，"提前交代了作为全剧矛盾发展契机的周萍与繁漪的暧昧关系"，还特地"安排了'幻觉'的舞蹈场面，表现了周朴园三十年前与侍萍的一段情事"，在全剧结尾，"戏剧发展到高潮时，编导安排了一段七人舞，展现了每个角色心中激起的感情波澜，混乱纷杂的场面，表明了这个封建家庭已濒临崩溃的绝境。这段情节舞蹈富于戏剧效果，深刻地揭示了主题：'一切恶果都是封建主义所造成，四凤、周萍、侍萍、繁漪、周冲，甚至周朴园本人，都是腐朽制度的牺牲品'"。[273] 这样的主题阐释，显然是一个新的创造。[274]

这正是充分地显示了曹禺戏剧的魅力：它能够不断地激发起新的创造冲动，吸引了不同艺术门类的众多的艺术家参与它的创造。它的戏剧的艺术生命不但因此得到了量的横向扩展，更获得了质的纵向深入与丰富，从而形成了一个开放的艺术体系，成为艺术界与社会的共同财富。

六、从中国走向世界

随着 1970 年代末、1980 年代初中国社会对外开放，中国开始重新认识世界，世界也重新发现了中国。在世界各个角落，特别是西方社会，刮起了一股中国风；迫切要求了解中国的西方人，首先把目光转向中国现当代作家和他们的精神产品，视之为中国现代文化的代表与结晶。就是在这样的背景下，曹禺和鲁迅、巴金、老舍、沈从文、艾青、钱锺书……一起，成为世界文化界关注的"热点"。应该说，1979 年美籍华人学者赵浩生的来访，就已经传递了这一讯息。1980 年，七十高龄的曹禺，远渡重洋，接连访问了瑞士、英国、法国和美国，更给西方文化界的曹禺热以新的推动。

这一年 3 月，纽约曼氏剧场首先上演了《北京人》。导演肯特·保罗说："在我导演这出戏之前，我感到中国是那么遥远，天涯海角，对中国的了解是那么狭窄。可是，在导演这出戏之后，我感到，我开始了解了中国，了解了中国人民是怎样的人民，他们为什么会有今天。"演出获得了很大成功。美国当代戏剧大师阿瑟·密勒看了演出后，对《北京人》推崇备至，把它称为"感人肺腑和引人入迷的悲剧"；以后，在为曹禺举行的欢迎会上，阿瑟·密勒还谈到文学戏剧是超越国界的，一谈到曹禺的戏剧，就使他联想到俄国、美国的戏剧传统，并称誉《雷雨》的结构是很有气魄的。而一位普通观众则这样谈到他对曹禺剧作的接受："曹禺先生像契诃夫一样，对人物的刻画很深，幽默感人。我原来以为中国和美国文化之间有一条鸿沟，当我看完这个戏以后，使我惊奇的是，中国的话剧是容易懂的，故事是那么感人，我很喜欢看，我觉得今天我们和中国人民是那么近。"[275] 几乎同时，印第安那大学也演出了《日出》，观众反应同样强烈，剧作家本人观看了演出，他觉得，《日出》比《北京人》演得更好些。[276]人们还告诉曹禺，在美国许多大学都把他的剧本当作课文讲授，在学习和研究中国文学的大学师生中有不少人是"曹禺迷"。自己的剧作在异国土地上，得到这样的传播，颇出乎剧作家意料之外。

1984年，美国密苏里大学又邀请曹禺在北京人民艺术剧院的同事英若诚为该校学生排演《家》，在密苏里州堪萨斯城演出，这在中美文化交流史以及曹禺戏剧接受史上都是别开生面的。为便于演出，便于美国演员与观众理解，英若诚删去了觉民、琴表姐这条线和钱姨妈这个人物，并加强了觉新的斗争性。难能可贵的是，美国大学生演员在理解与处理曹禺的《家》时，也有自己的创造。据英若诚介绍，在排演"瑞珏与梅芬谈心"这场戏，我问她们此时两个人是什么关系？她们说：两个女人争一个男人。——这样的回答，显然是从西方人的爱情观念出发的，但仍不失为一个有启发性的见解。正如英若诚所说，"剧本表面看，两个人都是在'让'，而且让得很真诚，但内心深处，她们又都想在觉新心里占有地位。"演出获得很大成功：除按合同公演了七场，一直满场外，拍成电视后在一家非营利的电视台又播演了四次。评论界认为"《家》的演出使美国人深刻地理解了20年代中国社会，这是理解后来发生的中国革命的钥匙"。[277] 以后，中央电视台播放了演出录像，同样引起中国观众的极大兴趣。一直关注着曹禺戏剧的苏联、东欧及东南亚国家、日本这一时期也不断有新的演出。1981年罗马尼亚布加勒斯特大学中文专业同学曾演出过《雷雨》，1983年莫斯科也有过《雷雨》的演出，1984年2月，《雷雨》在马来西亚上演，引起了轰动，导演认为："《雷雨》的成就已超过易卜生。"[278]
1981 年 12 月，日本东京民艺剧团上演了《日出》（翻译兼导演内山鹑，
真野响子扮陈白露）；1984 年，日本大阪关西大学中文系用汉语演出
《雷雨》[279]；1985 年 9 月，上海人民艺术剧院在日本东京阳光城剧场
演出《家》，受到热烈欢迎，据组织者说：在日本举行访问公演的外
国剧目，多半在东京公演两三天即转移到外地，因为只有这样才能维
持满座；在东京能够连续演满十场，保持盛况不衰的，大概只有两年
前的《茶馆》和这次的《家》。戏剧评论家野村界说："曹禺剧作之所
以给人以深刻的感动，是因为从中可以呼吸到充满苦难的中国近代历
史的气息"，"现实主义是艺术本来的道路，但在日本新剧中却越来越
少见了，在这个时候，中国话剧的到来，给人一种新鲜感"。[280]这说
明，这一时期对曹禺的国际接受，主要是将曹禺作为一个真实地反映
了中国人民生活的现实主义艺术家来把握的，与同时期的国内接受有
着内在的一致。

演出之外，曹禺戏剧也逐渐成为海外学者研究中国文学的热门选
题。其中影响最大、也最富戏剧性的是刘绍铭的曹禺研究。刘绍铭早
在 1970 年就写有《曹禺论》一书，这是他的博士论文[281]。诚如一位
中国研究者所说，刘绍铭的《曹禺论》"是按照现代西方审美观点和
批评标准，运用比较文学的观点方法评析曹禺剧作的专著"[282]，这
样，他所提供的是与对曹禺剧作传统接受不同的视角与眼光，对于长
期处于封闭状态的大陆学术界，可以说是另一种声音。例如，刘绍铭
在书中认为，《原野》"不过是部分《雷雨》的重演"，"曹禺在《雷雨》
所关心的问题——命运、'宇宙的残忍'、原始的情感、性枯竭和以周
繁漪为代表的反抗的勇气"——在《原野》中全"表现无遗"；《原野》
倡导一种"原始精神"即"粗犷的力量、简单的生活、性精力的充沛
和体力的能耐等"，"仇虎是'新原人'的象征，他身上包含了一切是

以使衰老的中华民族返老还童的特质";"从命意上讲来,《北京人》实可作《原野》的续篇看",《北京人》和《原野》都是"以人猿或人猿般雄健的人来作生命力的象征"。刘绍铭十分注意将曹禺剧作与外国名作比较,从而得出了一些新的结论,如他在比较了蘩漪和奥尼尔《榆树下之欲望》的女主人公以后,认为蘩漪的所作所为"仅是一个深受性饥渴之苦的女子。爱情对她说来,仅是性欲的代名词而已。她恨周萍的,不仅因为她的'不贞',最重要的原因,是他和四凤离家以后,就再没有人去满足她了","以悲剧人物论悲剧人物,蘩漪尚够不上悲剧角色的分量"。刘书在对《北京人》和契诃夫戏剧进行了比较研究以后,给《北京人》以很高评价,认为《北京人》"实在是曹禺最成熟的作品","在实践柴霍甫(即契诃夫)的'静态剧'精神上,远较《日出》来得成功";刘著还指出,《北京人》"(曾文清)的行为和个性,其是几分与柴霍甫笔下的 19 世纪俄国废人伊凡诺夫相似",是一个"身份问题有危机的人","他们面临逆境时,都缺乏男人应变应有的男子气概"。[283] 刘著还提出,曹禺创作的基本矛盾在于,"作者无法调和随艺术家与生俱来的两种冲突:一种是扬善去恶的社会批评家的良知,另一种是为艺术而艺术的超然心境";《雷雨》、《日出》的失败皆源于此,而《北京人》的成功正在于除思懿和江泰外,人物的"举动和谈吐,不再受剧作者个人好恶所左右"。——刘绍铭《曹禺论》的这些有悖于传统解释的见解,曾引起国内一些学者的驳诘[284],同时对以后的曹禺研究无论观点还是方法都有一定影响。

刘绍铭在为《曹禺论》所作序言里,传达了美籍华人学者林以亮的意见,认为"不应在曹禺的身上花这么大的功夫,因为他的作品浅薄得不能入流派"。刘绍铭一方面表示"同意林先生对曹禺的批评",同时又承认曹禺是中国剧作家中"最受读者和观众欢迎的剧作家","研究中国近代文学史,不提话剧则已,一提话剧,曹禺不但占一席位，而且占极其重要的一席位"，自有不容忽视的研究价值。刘绍铭的《曹禺论》对于曹禺的主要批评是："他偷了（西方）大师们的金钱"，而且"未能好好的利用这些'金钱'"。他的结论是：曹禺剧作"华而不实"，整体上是失败的。刘绍铭的上述曹禺观，大体上可以代表 1970 年代（以及 1970 年代以前）西方汉学界对于曹禺剧作的评价。另一位在西方更有影响的文学史家夏志清在他的《中国现代小说史》里，一方面承认"到了 30 年代中期，西方式的戏剧，终于在沿海诸城市的中产阶级中，建立起商业上的地位，这种成绩差不多是曹禺一个人的功劳"，同时又批评曹禺"缺乏一种个人的悲剧视野"，"他初期的三个剧本，基本上还属于认真创作的通俗剧的范围"，"他的剧本一直未能以成熟和朴实的笔法表现生活，这暴露了他的粗俗"。但是，到 1980 年代，经过彼此交流与更深入的研究，刘绍铭与夏志清对自己的认识都有所校正。刘绍铭在写于 1980 年的《君自故乡来——曹禺会见记》一文里，首先"向曹禺招供，如果我今天重写《曹禺论》，我对他剧作的评价，会高许多。我对《雷雨》和《日出》二剧批评得极不客气，理由不外是那时我刚念完比较文学的课程，眼中尽是希腊悲剧以来的西方戏剧大师，而把曹禺的作品与易卜生、契诃夫和奥尼尔等人，平放着来看，那曹禺自然就吃亏些"，并如此概括了他的"新曹禺观"："他的作品，与易、契、奥诸人比起来，虽然失色，但在中国话剧史上，他实在是一代宗师"；但"曹禺的创作，'是没有什么特别的 vision（视野）的。除了《北京人》（1940 年）外，《雷雨》（1933 年）、《日出》（1935 年）和《原野》（1936 年）三剧的观点，都是随波逐流的。1949 年后的作品，如《明朗的天》（1954 年）和《胆剑篇》（1961 年），那更不用说了"。夏志清在曹禺访美后所写的《曹禺访哥大纪实——兼评〈北京人〉》里也谈到，"这几年因为教书关系，每年重读一遍《雷雨》、《日出》，《雷雨》我一直认为不佳，对《日出》却增加了不少好感，曹禺处理银行经理潘月亭、书记李石清、小职员黄省三三人之间的关系，尤其精彩，有机会真想把曹禺全部作品看一遍，再来判断它们的高下"。

值得注意的是，在日本汉学界出现了一批曹禺戏剧研究专家。[285] 而他们的曹禺观尤其引起人们的兴趣。在这方面，佐藤一郎的观点有一定代表性。他首先充分肯定了曹禺戏剧不容置疑的历史地位，他说："在中国近代戏剧史上，若要推出一位代表作家，首当推曹禺。我觉得在小说史上推崇一位达到顶峰的代表作家，肯定会引起很大的争论，但至少是在话剧界，把他作为近代话剧的确立者和集大成者却是可能的。"[286] 在对曹禺戏剧成就与特点的具体分析上，佐藤一郎先生最为重视的是"曹禺的现实主义"："他把满腔热情倾注到造型上"，"他的造型能力使全剧紧紧地把握而成为一个浑然一体的世界"。佐藤一郎同时强调，"曹禺的造型能量的源泉来自中国文学的传统"，"正是中国传统内部的造型意识从而获取近代睿智"，尽管曹禺受过外来影响，但曹禺塑造出来的人物却是"古陶和黄土的子孙"。[287] 日本学者所描绘的曹禺这一具有民族特色的现实主义艺术家的形象，与中国学者的传统观察，也有惊人的相似之处。

七、创造演出新模式

正像世界在重新认识曹禺一样，思想得到了解放，创造力获得释放的中国的导演、演员、理论家、研究者们，也在不断地选择新的角度，试验新的模式，以求开拓对曹禺剧作的接受视野，发现一个新的曹禺，或者说发现曹禺新的方面。

1982 年，当天津人艺话剧团导演丁小平接受了执导《雷雨》新演出的任务时，所面临的正是如何创造演出新模式的问题。正像丁小平所自觉意识到的那样，"《雷雨》这出戏，无论是对它的解释还是演

出形式的处理，几十年来好像已经形成定论，虽然没有人说有个什么
'样板'，但你如果想超越某种规范，那是要冒着失败的风险的"。但
也许正是这种可能的风险，激起了年轻一代导演的创作冲动，促使丁
小平下决心要"另辟新路"，而绝不"依样画葫芦"。

从何处去寻找新路？丁小平撇开了以往对曹禺剧作的一切解释，
而径直去读《雷雨》的原作，希图领会《雷雨》的"原来面目"。于
是，他终于发现、或者说领悟了《雷雨》的独特处："《雷雨》是现实
主义的，但有其自身的特色"，即"不应忽视现代戏剧，特别是表现
主义、象征主义对它的影响"。[288] 这确实是一个新的认识，正如丁小
平所说，在此之前的《雷雨》演出，"出入不管多大，却都一致认为《雷
雨》是现实主义剧作，因而在演出形式的处理上是写实的"；丁小平
也就因此找到了"将要排演的《雷雨》的新意所在"，他努力去追寻
剧作家创作的"原初意图"，于是注意到了《日出·跋》里的一段话：
"《雷雨》里原有第九个角色，而且是最重要的，我没有写进去，那就
是叫'雷雨'的一名好汉；他几乎总是在场，他手下操纵其余八个傀
儡，而我总不能明确地添上这个人，于是导演们也仿佛忘掉他。"丁
小平是几十年来没有"忘掉他"的第一个导演："第九个角色"成为
他"探寻求新的一把钥匙"。他在导演构思中，确认《雷雨》绝不是
作者纯客观地对现实的复制，而是作者激情爆发的表现，内在情绪的
戏剧化"，"雷雨是剧名，实质上乃是主题、冲突，整个戏的气氛、进
行的速度与节奏的总的艺术概括"，他"将第九个角色——号称'雷
雨'的好汉确定为全剧的演出形象，借它来显示宇宙里斗争的残忍与
冷酷，借它来象征破坏旧世界的威慑力量"。导演在总体构思上，对
于《雷雨》的主题、形象的新的解释，同时也意味着一种新的演出形
式的选择。丁小平说："我必须突破传统观念的束缚，大胆地吸收现
代派戏剧的新方法、新技巧"，要"调动各种手段，像音乐一样，多

声部、多层次地来表现'雷雨'，为观众提供尽可能多的新鲜的、富有感染力的视听享受。"于是，他要求舞美设计"打破三面墙"，在舞台上设置斜平台与框架结构，让观众看到"广阔无垠的天空，深渊莫测的周公馆"，用空黑背景象征宇宙像一口残酷的井；外加尼龙纸绳幕，用光彩造成时隐时现，似雨似闪的气象。导演在演出中还安排了三个梦：鲁妈第二幕中"逝去的梦"，四凤第三幕里的"噩梦"与繁漪第四幕"破碎的梦"，使剧本有所延伸，将人物内心世界外化。为了造成曹禺所期待的欣赏的距离，在首尾安排了"空镜头"来代替原剧本中的序幕与尾声，用沉重压抑的空场开头：黑洞中显出鸟笼，传来蝉鸣声，投下几股光束，黑里透红，在象征、暗示中引导观众沉下心来等待舞台上将要发生的一切；结尾舞台上空无一人一物，只有"雷雨"主宰着一切，"一个较长时间的停顿，幕徐徐闭上"，"是想送看戏的人们回家，带着一种哀静的心情……"[289]——这是一次用现代派的技巧来最大限度地贴近作者的原意即所谓"回到曹禺那里去"的大胆尝试，确实使《雷雨》面目一新。我们不禁又要想起曹禺早在1936年所写《雷雨·序》里，在谈到他的戏剧演出的困难时，就期待着"一个好的导演用番功夫来解决，也许有一天《雷雨》会有一个新面目"，而丁小平尝试的出现，已经是四十六年以后。据说丁小平的试验"不仅受到青年观众的欢迎，许多老观众也表示赞赏"[290]。有关评论也同时指出："演出任何一部传统的经典性剧作，都不免会带有演出当时的时代特点，这里包含导演对剧本的理解和新的舞台技术的运用。天津人艺演出的《雷雨》带有某种程度当代戏剧的特色"，"问题在于，是否因此而冲淡了剧本原有的时代色彩及所应该具有的舞台气氛"。举出的例子是："现在的演出加快节奏，不使人感到过于沉闷，有利于吸引青年观众，但减弱了那种窒息感，剧本内在的'雷雨'氛围就难以表达得淋漓尽致。"[291]

　　丁小平的创新与传统模式的距离较大，其得失都很显著；另一些同样具有创新意识的导演则试图采用移步变形，积小变为大变的方式，逐步创造出演出的新模式。

　　1984年北京人艺四度排演《雷雨》即是一个尝试。导演仍是夏淳。他出人意料地更新了全班人马，起用大批青年演员，在不改变原有人艺模式——反封建主题阐释与现实主义风格基础上，力图在对人物性格及人物关系的阐释、处理上有所创新。正像一位评论者所分析的那样，"周朴园历来都是身穿长袍马褂上台，以显示他浓重的封建色彩，……而这次由顾威扮演的周朴园却西装革履。导演显然有意强调他留学德国的经历，有意强调他西化的一面，强调他本身内部与封建色彩对立的一面。他的性格，在阴冷的基调上融入'温情脉脉'的色素。周朴园从未这么富于人情味儿，这么不使人切齿痛恨，从未让人非但不把罪恶归于其一身，反而却对他产生一丝怜悯以至同情"[292]。新演出中繁漪的形象也强化了她的抑郁与苦闷，尽可能减少这个人物身上的阴鸷和乖戾色彩。据一位评论者观察，剧场上观众的反应是"在同情之中，不由得增添了一丝爱怜"[293]。导演说他"力图将人物之间感情最真实和最本质的一面再现出来，使这出戏更具震撼力"[294]。导演一面强化了人物之间的共同命运而不是外在命运的对立，"淡化了人物的社会身份和道德评价"，一面又"深掘到每个人物内心底层，表现出他们的灵魂上的自我搏斗"，"阶级斗争的气息自是一洗无余，社会悲剧的意味儿也不是那么绝对和肯定，它基本上做到了让人们在一个更具广阔的背景上去思考'谁之罪'？"[295]"除了没有序幕尾声外，在很大程度上与作者的原意有所契合"[296]——这是用现实主义手法回到曹禺那里去的尝试：与丁小平的试验殊途同归。

　　尽管曹禺一再强调他的《北京人》与《家》都是喜剧，《家》更具有浓重的浪漫主义气息，但剧作家的这些多少有些超前的追求，长

期并没有在舞台上得到完整的体现；而现在，饱经历史沧桑而仍然
"充满着在坎坷中迈进的不屈精神"的中国艺术家终于理解了剧作家
创作的苦心，明确提出，要在《家》的演出中体现"悲剧中的'生之
欢乐'"[297]，1985年上海人艺重排《家》时，老导演黄佐临为此精心
设计了"序幕"与"尾声"："序幕""追溯到第一幕时间的两年前——
舞台上是雪海和梅林，梅表姐倾听觉新的箫声，那是一段天真活泼的
身段戏，剧中人身上迸发着青春的活力，但一曲未终，观众席后面扬
起迎亲的吹打声，梅表姐含怨地消失在梅林之中……"在全剧结束，
瑞珏死去，暗转以后舞台上出现了"山坡，疾风，飞雪，觉慧在顶风冒
雪中向前挺进，雄壮的进行曲取代了所有《家》闭幕时死亡的沉寂"[298]。
正如一位评论者所说，这里的"喜剧"的含义"已远远超过了戏剧样式
的范围"，而充满了剧作者和导演"为艺术献身的诗意和达观态度"[299]。
1987年北京人艺重排《北京人》时，导演夏淳也同样确定了不失去沉重，
却要突出"在笑声中与过去告别"的基调；在导演总体构思中他"强
调了剧中的年轻人"[300]，赋予女主角愫方"善良的透明的心灵，孩
子般的纯真"[301]，这样的新的解释与处理，都更切近了剧作者的原
初旨意，同时又体现了新的时代精神，努力追求二者的契合。

　　导演、演员们的试验远没有结束。据《新民晚报》1990年4月
24日消息报道，上海人艺为庆祝建院四十周年和曹禺诞生八十周年，
再次隆重公演《日出》。据介绍，"从50年代起到60年代，上海人艺
曾经三度将《日出》搬上舞台，累计演出了三百多场，是人艺最受欢
迎的演出剧目之一"，"人艺这次第四度推出《日出》，由庄则敬执导。
他认为，老戏必须新演，特别是应该寻求与90年代新观众的共鸣点。
过去普遍认为，《日出》是以'损不足以奉有余'为主线，来完成'旧
社会必须崩溃'这一主题。庄则敬恰恰以陈白露的'精神与物质'、
'灵'与'肉'的本质矛盾为主线，反映出贯穿我们人类生活中的最

基本的矛盾"。从具体社会矛盾的揭示转向"人类生活中的最基本的
矛盾"的探索：这新的阐释自然会带来演出的新面貌，是自不待言的。

八、新的接受视野：认识还没有结束

丁小平于 1982 年作出的对曹禺传统演出模式的挑战，并不是孤
立、偶然的现象，而是与 1980 年代初中国话剧界所展开的"戏剧观"
的争论，以及有些人所说的"话剧艺术革新浪潮"联系在一起的。

本部分第三节曾提及佐临在 1962 年全国话剧、歌剧创作座谈会
上的发言，这是对统治中国话剧舞台几十年的社会问题剧模式和追求
生活幻觉的戏剧观的第一次挑战，却因极"左"思潮的再度泛滥而夭
折。现在，经过话剧界的拨乱反正，再一次旧话重提，几乎是必然
的。在讨论中，一位作者这样明确地表明了他的目标："我想突破什
么，想突破七十多年来，中国话剧奉为正宗的传统戏剧观念，想突破
我们擅长运用的写实手法，诸如古典主义剧作法的'三一律'，以及
种种深受'三一律'影响的剧作结构；演剧方法上的'第四堵墙'理论，
以及由此派生的'当众孤独'；表、导演理论上独尊斯坦尼斯拉夫斯
基体系一家的垄断性局面。简言之，想突破主要依赖写实手法，力图
在舞台上创造生活幻觉的束缚，借重写意手法，到达非幻觉主义艺术
的彼岸。"[302]所谓"非幻觉主义艺术"，在讨论中，也有人称之为"写
意戏剧"，强调据说是戏剧的一个基本特性的"舞台假定性"，更着意
于主观情意的抒写，从实事、实境、实物和自然形态的言动中解脱出
来，为追求一种超越这一切的更高的目的和更高境界，一种客观的实
在状态所包容不了的情态意境。为了打破创造生活幻觉的写实戏剧的
垄断地位，为非幻觉主义的写意戏剧争得中国话剧舞台之一席之地，
人们不得不从戏剧史上去为其寻找存在的理由和历史依据。首先强
调的是中国戏曲的传统，新戏剧观的倡导者们即认为，"写意"、"破

除生活幻觉"本来就是中国戏曲的实质（但也有人对此提出质疑与商
榷[303]）。与此同时，人们也不约而同地注意到了曹禺的传统。高行
健在他的很有影响的《论戏剧观》一文中，谈到要打破易卜生式的观
念戏剧的框子时，举出的范例就是曹禺的《日出》与老舍的《茶馆》。
另一篇题为《论戏剧的隐与显》的文章里，从写意戏剧观出发，对于
《雷雨》、《日出》将主宰全剧的人物隐去的手法及"弥漫整个作品中
的神秘色彩"，给予了新的肯定的评价。[304]应该说，在这场话剧艺术
革新浪潮中，曹禺被重新发现是十分自然的。一位作者曾将"话剧创
新思潮"概括为四个方面，即"第四堵墙的突破，台上台下的交流"，
"三一律的极度否定，时空的大幅度跳跃"，"深层次心理的探讨，内
心活动的形象化"，"摆脱传统结构模式，建立新的结构形式"。[305]如
果对照本书对曹禺剧作的分析，不难看出，曹禺正是这些艺术创新的
先驱者之一，他在《原野》、《北京人》等剧人物内心活动的形象化的
努力，《北京人》关于时空重叠的试验，《日出》、《原野》、《北京人》
对建立新的结构形式所作的探索，《雷雨》"序幕"、"尾声"对舞台欣
赏距离的追求等等，与这一时期具有创新意识的中、青年艺术家的追
求，显然存在着内在的一致，以及历史的精神的深刻联系。这实际上
是一次接受视野中前景、后景位置的转换：长期以来被忽视以至阉割
的曹禺戏剧中的非现实的、假定性的、写意性的……成分被置于前景
位置，这正是标志着对曹禺戏剧生命认识运动的前进，开拓与深化，
而非退化，这应是不言而喻的。

　　对曹禺戏剧生命的新发现、新接受，是从《原野》开始的。这显
然是因为《原野》中非现实主义因素最为突出，又长期被冷落与曲解
的缘故。因此，一篇较早提出了问题的文章[306]一开始就指出："长
期在学术界占支配地位的贬责《原野》的那些看法，是大可商榷的。
它们并不是从《原野》创作的具体方法和特色入手进行分析而引出的

客观、准确的结论。"这里，已经包含着"回到曹禺那里，从原著实际出发"的自觉，颇值得注意。这位作者第一次不是以先验的批判眼光，而是尽可能客观地考察了戏剧文本中的幻象、象征、奇幻怪诞的舞台景象，不合生活逻辑的细节描写等等，得出了自己的结论："构成《原野》的创作方法和特色的因素，既有现实主义，又有表现主义。"并进而指出："批评界长期对《原野》的种种否定、拒绝"，"只是以现实主义文学特征去衡量《原野》的表现主义形象的一种偏见"。文章作者认为，从《雷雨》到《日出》再到《原野》，"创作方法、表现手法更加丰富，从现实主义到了现实主义与表现主义的化合"，这表现了"曹禺具有不断创新的宏伟的艺术抱负"，"在曹禺自己的创作生涯上也划成显明的一个阶段"。文章最后大声疾呼："时至今天，我们再不能从现实主义出发去给它扣上些对不上号的帽子了。"这篇文章出乎意料地得到了剧作家曹禺本人的强烈反应——他 1930 年代中叶写的剧本，直到 1980 年代人们才终于认识了它深潜的内涵；他写信给作者，赞扬他"费了很多的时间与精力，为这本书说了话"，对作者的勇气，"对四川大学学报乐于放出这样一篇文章作为另一些评论家们的箭靶"表示佩服。同时指出，文章的"这些观点与言语也许至今，还有人会不以为然的。时间是试金石，但时间也会使人更顽固起来。几十年定下的结论，谁愿自己又把自己推翻呢"？[307] 看来曹禺对《原野》的本意能否为人们充分理解也并无信心。

也许是由于对《原野》的关注，而引发了人们对曹禺戏剧与奥尼尔剧作关系的深入探讨。曹禺戏剧与外国戏剧的关系，这一直是曹禺研究中的热门课题。在对《雷雨》的最初接受中，李健吾与郭沫若都注意到《雷雨》与希腊悲剧的联系；以后南卓在评论《原野》时，也提到了曹禺受奥尼尔戏剧的启示；但长期以来，人们主要关注点始终是易卜生的影响，这自然与人们主要从社会问题剧方面去接受曹禺的戏剧有关。在 1970 年代末 1980 年代初，当世界再一次注目于曹禺时，人们开始在一个更广阔的背景与范围内探讨曹禺与世界戏剧的关系。孙庆升在他的《曹禺论》中专章讨论"曹禺剧作的外来影响"时，就论及了"希腊悲剧与莎士比亚的影响"、"易卜生的影响"、"奥尼尔的影响"与"契诃夫的影响"，这样的全面考察是有代表性的。但全面考察中也有过重心的转移：先是契诃夫，后是奥尼尔的影响研究占据前景位置，这自然与人们越来越从戏剧形式的创新的角度来观照曹禺戏剧生命这一趋向有关。能够显示这一时期人们对曹禺与奥尼尔关系的认识深度的，是刘珏的《论曹禺创作和奥尼尔的戏剧艺术》[308]。刘文强调，"奥尼尔对曹禺的影响并不局限于表现主义戏剧，也不是表现主义与现实主义戏剧的简单结合"，而在于曹禺对奥尼尔所建立的"新的戏剧美学思想的吸引和领悟"。刘文指出，"易卜生从人与社会环境的互为作用考察人物命运的审美思想，代表了近代戏剧发展的一次重大革新；而奥尼尔的戏剧在易卜生的阶梯上又上升了一步"："他把矛盾的人物性格和人物的内心矛盾"，"及由这一矛盾造成的人物命运的复杂化，纳入戏剧审美范畴"，"他对戏剧冲突的兴趣，也由易卜生对重大事件的关注转向深刻地挖掘人物的心理冲突"，"易卜生把重大社会问题化为不同人物的性格冲突，而奥尼尔却把社会问题蕴含在人物的心灵世界里"，"从而敏感深刻地揭示出时代生活的复杂特征"。因此，刘文认为，曹禺从易卜生转向奥尼尔，是表现了世界戏剧发展的一个潮流的。这样，刘珏通过对曹禺与奥尼尔戏剧关系的考察，就较好地揭示了曹禺戏剧与世界戏剧发展潮流的一致性，而对于中国戏剧发展来说，却又不能不是超前的：长期以来，中国的接受者（导演、演员、观众、评论家……）仍然用易卜生戏剧观念、模式去解释曹禺戏剧，就是一个明证。刘文同时又强调，曹禺对易卜生的超越，并不意味着对易卜生的全面抛弃，他事实上是在努力追求易卜生的现实主义戏剧与现代派戏剧原则的结合。这具体表现在："非写实技巧与写实手法的结合运用"，"象征手法与人物性格塑造的结合"，"传统戏剧对高度戏剧性的追求同现代戏剧表现人物内心的技巧的结合"，"外在冲突与内心冲突的彼此交织，互为利用"，等等。刘文指出，曹禺在自觉追求上述结合时，不仅形成了自己的鲜明个性，而且又从根本上体现了奥尼尔所建立起来的"沟通各派戏剧的新美学原则"，这也正是当今世界戏剧发展的共同趋向。——这样的分析表明，当人们从某一狭窄的批评模式或接受模式的束缚中解放出来，人们就会获得一个新的眼光，展现在面前的，是曹禺戏剧生命的广阔天地。

如果刘珏的研究还比较偏重于曹禺戏剧与外国戏剧观念、戏剧形式上的联系；一些更为年轻的研究者与读者就逐渐把关注的重点转向曹禺在精神内容上与西方哲学的关系。《中国现代文学研究丛刊》1987年第1期"青年园地"里发表了一篇题为《宇宙的永恒'憧憬'——作为悲剧的〈雷雨〉及其命运观之探索》的文章，据编者在"编后记"里介绍，作者"新雨"是一位青年大学生；作为当代青年对曹禺剧作的一种新的观照，这篇文章所作出的曹禺戏剧的当代解释就格外值得重视。文章一开始便引用了曹禺《〈雷雨〉序》中的一段话："《雷雨》对于我是个诱惑，与《雷雨》俱来的情绪蕴成我对宇宙间许多神秘的事物一种不可言喻的憧憬……"以此作为全篇立论的基础[309]。正因为如此，这位当代中国大学生在《雷雨》接受史上第一次从肯定的、理解的角度，以全新的眼光论及了《雷雨》中的命运观问题。他首先肯定命运观对于《雷雨》"具有一种质的规定性"，而"命运观不是一种局限，命运观不同于宿命论，虽然两者有相通之处"；接着引述朱光潜《悲剧心理学》的论述，对命运观与悲剧联系起来考察，作了新的解说："悲剧往往使我们觉得，宇宙间有一种人的意志无法控制，人的理性也无法理解的力量，这种力量不问善恶是非的区别，把好人和坏人一概摧毁，我们这种印象常被描述为命运观，如果说这不是悲剧唯一的特征，也至少是它的主要特征之一。"因此，在作者看来，曹禺《雷雨》里的命运观"实际上是年轻的作者对宇宙、社会、人生的一种直觉性的领会和充满矛盾的思索，体现了一种永恒的'憧憬'"。在进一步作"《雷雨》命运观的主体考察"时，文章特别强调了曹禺与西方现代哲学思想，特别是叔本华、尼采哲学思想的精神联系，指出"《雷雨》体现了一种生命意志论的哲学精神"，"他的命运观所体现的全部意蕴是一种积极的人生哲学的精神"——"对真善美和谐统一世界的朦胧的憧憬"，"个体意志"对"宇宙意志"的不屈的抗争和毁灭，《雷雨》也因此而"超出一般社会问题剧而获得一种具有哲理性的深沉意蕴"。而文章在进一步讨论"《雷雨》作为悲剧的形式象征意味"时，在多年的冷漠之后，第一次注意到了"序幕"和"尾声"的美学意义与哲学内蕴，指出：《雷雨》是受压抑的个体情感强烈要求得到宣泄的痛苦结晶，而它体现的是对痛苦的升华和超越"，即将"酒神的原始痛苦融合在日神的灿烂而清明的光辉之中"；"曹禺曾说过他是把《雷雨》当作诗来写的……他侧重的是把情感付诸观念和形象的诗的形式，也就是一种心灵恬静的日神精神，《雷雨》的序幕和尾声便是作者日神形象的外化"——这些分析、解释自然都是可以讨论的；但它力图贴近作者原意的努力，也是十分显然的。

能够显示对曹禺剧作当代解释特点的另一篇文章是发表在《中国现代文学研究丛刊》1988年第1期的《试论〈雷雨〉的基督教色彩》[310]。这篇文章同前文一样，特别重视剧作者创作的"主观动机"（也即"原初意旨"），他指出，《雷雨》的作者所热衷的是对人类共同人性的探讨，曹禺写作《雷雨》的主观动机即在"对人的'极端性'与'原始性'的解剖、分析"，文章并由此而着重分析了基督教原罪与报应思想对《雷雨》整体构思的影响。作者对《雷雨》的"矛盾结构模式"进行了富有创造性的描述并绘制了"《雷雨》矛盾系统网络图，从模式图中发现，剧中人物关系中可以提取二十二对矛盾，可谓错综复杂之至；构成全剧矛盾的主要外在表现形式——蘩漪、周萍与四凤的关系是一种乱伦关系，而周朴园、侍萍与蘩漪的关系则是这种乱伦关系产生之因"。作者认为，《雷雨》的这一矛盾结构模式体现了"把血缘乱伦关系视为人生最大的罪恶"的基督教思想，而作为真正原罪的周朴园，最后受到丧子、疯妻的报应，又"从邪恶走向忏悔"，都体现了"上帝的意志"。作者并从这一特定角度，肯定了"序幕"与"尾声"的作用与意义，他指出，由于有了"序幕"与"尾声"，全剧才展示了周朴园性格演变的历史，即由"序幕"的"忏悔意识"到"正剧"中的"矛盾展开"再回到"尾声"的"忏悔意识"，从而"形成一个完整的循环圈"。——这样的分析自然是有新意的，也因此而必然引起不同意见的驳难。而其方法的创新尤其令人感到兴趣：这是一个结构模式分析的有益尝试。

在此后出现的《论"痴情女子负心汉"叙事模式的历史演变——从周朴园形象的塑造说开去》[311]，则是把周朴园的形象移位到中国文学史上自《诗经·氓》开始的"痴情女子负心汉"的叙事模式中，考察他的内在复杂性与丰富性、独创性，达到了新的认识和发现。作者首先指出了传统对周朴园的误读："在思维习惯上首先就几乎是下意识地把周朴园定为'坏人'"，其次是"把周朴园看作是《雷雨》的悲剧的总根源，看成是罪恶道德的代表与象征"，这都导致了对周朴园这个人物理解上的简单化，落入了"用好坏是非等简单的伦理标准评判戏中人物"的中国传统观众欣赏模式的窠臼之中。文章接着分析了周朴园与传统负心汉形象的最大不同在于，他在举行所谓门当户对的封建婚姻观念的同时，又接受了讲究男女平等和爱情自由的民主主义道德观念，陷入了二元道德的心灵分裂与痛苦，于是，他既是侍萍悲剧不可推卸的责任承担者，又制造了自己的悲剧，成为封建伦理的可怜的牺牲品。作者在这里所发现的周朴园，与《雷雨》出世以后，舞台上所塑造的周朴园的传统形象，显然有很大区别，但却很有可能是较为接近作者心目中的周朴园的。

这类还原式的解释，还有董炳月的《论〈原野〉的精神内涵》[312]。文章的副题是"兼评《原野》研究中的某些观点"，首先对"仇虎是向压迫自己的恶霸地主复仇的贫苦农民"这一传统解释提出了质疑。作者认为，研究者们只看到"正在进行中的焦、仇两家的仇杀"，而忽视了两家人在结仇之前所具有的平等、友好的准血缘关系，而《原野》的复仇故事之所以构成悲剧，正是在于"焦阎王对仇虎家的伤害，不是地主恶霸对农民的压迫，而是兄弟朋友间的争夺与残杀"，这样，《原野》的悲剧冲突显然打上了希腊悲剧影响的印记：亚里士多德在论述悲剧冲突时认为，只有当亲属之间发生苦难事件才是'可怕或可怜的'，才能引起恐惧与怜悯之情"。董炳月进而指出，构成《原野》戏剧冲突的，并不是地主与农民的矛盾，而是善与恶的冲突，而且焦、仇两家在复仇故事发展过程中，经历了善与恶位置的互换："八年前，焦家作为恃强凌弱的杀戮者制造恶行，仇家则作为无辜的弱者惨遭残酷残害"；八年后，由于"焦阎王已经魂归西天，带走了焦家显赫的权势"，留下的老弱病残已不堪一击，仇虎反"成为强大的复仇者"与"杀戮者"，"婴儿的无辜与焦大星的善良、真诚使这杀戮失却了复仇的本意而变成罪"，这就反过来导致仇虎内心世界的冲突、分裂以至自我的毁灭。董文认为，在《原野》中，"恶"（不论是八年前焦阎王的残杀仇虎全家，还是八年后仇虎杀害大星与黑子）总是"残酷而又恐怖的"，"作恶者总是在伤害别人的同时也伤害着自己"——焦阎王终不免家破人亡，断子绝孙，仇虎也陷入了自我毁灭；"曹禺对于善与恶的冲突所作的这种评价，也正是《原野》的精神内涵，一部《原野》，就是要表现恶对于善的摧残，表现恶给人类带来的灾难，激起人们对恶的恐惧，唤醒人的良知，引人向善"。文章的结论是："《原野》是惩恶扬善，追求平等、仁爱的文学，是写给所有在邪恶的泥淖中痛苦挣扎，艰难跋涉着的人们的"；"曹禺怜悯恶摧残下的生灵，景仰充满仁爱幸福的人类生存状态，于是寻找人类摆脱邪恶走向善的乐园的道路。但他的寻找伴随着更多的迷惘与困惑"，"一方面他提出了集体抗恶的主张"，"另一面他似乎又反对了以恶抗恶，冤怨相报"，"这样，抗恶追求与没有找到抗恶道路：迷惘与困惑也构成了《原野》精神的内容之一，它带来了《原野》精神内涵的丰富性与复杂性"。

董炳月对于《原野》的主题阐释，使我们又注意到前述宋剑华《试论〈雷雨〉的基督教色彩》一文中对于《雷雨》社会意义的揭示：作者认为，《雷雨》是一部"弱小者的悲剧，能唤起强暴者的忏悔意识，使人间充满和谐和仁爱"，这样的社会主题，"不仅在当时社会环境中具有普遍意义，在世界上一切暴力，压迫，罪恶尚未完全消除之前，由于人们自身存在的惰性、愚昧心理的支使，这种幼稚的愿望仍会普遍存在"。——我们在董炳月、宋剑华对曹禺剧作《原野》、《雷雨》的新的阐释里，都发现了对于基督教文化的一种向往意向：这就恐怕不仅仅是向剧作者原初意旨的靠拢，而是更加强烈地反映了一种值得注意的当代思潮，这是名副其实的对于曹禺戏剧生命的当代解释与当代发现。

也许更有价值的是，这些年轻的当代接受者、研究者对于他们所作出的当代解释的态度。前述《宇宙的永恒的"憧憬"》一文的作者在文章最后表达了这样的认识："《雷雨》是一个丰富深刻的世界，它比一般所想象和认为的要复杂得多，还不能说完成了对《雷雨》的整体考察，远远没有。这里也许仅仅是提供了一个新的审视角度。"——

把曹禺和他的剧作看作是一个开放的体系，对它的任何新的解释，都只是提供一个新的审视角度，不可能穷尽、完成对曹禺戏剧生命本体的认识。对曹禺戏剧的接受，必然是多元的、多方位的，而且是永远也没有终结的运动过程：这样的认识、眼光自然是全新的；和过去将曹禺剧作强行纳入某一既定规范的独断论相比，曹禺剧作的当代接受者显然要成熟得多。

九、"明白了，人也残废了"

这是继 1930 年代中期与 1940 年代之后的又一次曹禺热[313]——范围更大，认识也更为深刻。这更是 1950 年代以来曹禺一直期待着的；所谓新社会里的新观众不接受他的戏剧，不过是一种错误的理论、观念制造出来的假象。曹禺的戏剧生命在改革、开放的新的历史条件下，焕发出了新的活力：它经受了时间的考验。

人们，特别是在 1970 年代末与 1980 年代初期与中期，更期待着这位才华横溢的老作家，抓住历史给他提供的这个最后机会，写出真正显示自己水平的力作。

处于热点中心位置的剧作家本人对此作何反应呢？

他在思考着。

1980 年，在与自己的传记作者的谈话中，他突然冒出一句——

> 为什么我们不能创作世界性的作品？这是令人深思的。《战争与和平》《复活》在我们看来，有这样那样的毛病，但它确有世界性……[314]

在同一年，他又在另一篇文章里写道——

> 我希望有经久不灭的火，而不是一阵风，艺术的火焰经久不灭地燃烧着，这才是伟大的著作，人们永远看到它的光辉……[315]

"创造世界性的作品"，创造"伟大的著作"的目标如此地吸引着曹禺，成为这一时期他的思考、他的情感的中心；他为之怦然心动，热血沸腾……

这是久违了的思考：其实，四十多年前，当曹禺坐在清华大学图书馆固定位置上，挥汗如雨地写着《雷雨》的时候，他就是认准了这个制高点，向它发起攻击的。正当一次又一次地冲刺的成功使他越来越接近这个目标时，突然而至的政治风暴却彻底摧毁了他的自信心，从此他噤如寒蝉，只能把这目标埋藏心底。但偶有机会，也会吐露一二：1961年在写作《胆剑篇》时，他就曾对他的创作侣伴于是之、梅阡说了这样一番话："要写一种人物性格，人物的感情，要构思戏的冲突、悬念，你就要了解世界文学所达到的高度。写一个悭吝人，守财奴，古今中外都有人写。莫里哀的阿巴公，《儒林外史》中的马二先生，都写出此类人物的高度，你要再写这种性格，就要写出自己的东西，才能留下来。"[316]但事实上，他此时仍被周恩来所说的新迷信束缚着，达到世界文学的高度云云，不过是一个可望而不可即的梦；说出来，只是表示心有所不甘而已。

直到1970年代末1980年代初，中国大地上勃然而起的思想解放的春风才恢复了曹禺的自信，使他重拾旧日的梦。只要读一读这一时期曹禺的文章、讲稿，就不难发现，只要提起世界文学、戏剧的大师、天才、巨人们，他就神采飞扬，喜不自禁，不知手之舞之足之蹈之也：

> 有史以来，屹立在高峰之上，多少文学巨匠们教给人认识自己，开阔人的眼界，丰富人的贫乏生活，使人得到智慧，得到幸福，得到享受，引导人懂得"人"的价值、尊严和力量。
>
> 莎士比亚就是这样一位使人类永久又惊又喜的巨人。
>
> ……"人是一件多么了不得的杰作！……"这段话写的不就是莎士比亚自己么？他不就是"宇宙的精华，万物的灵长"么？古往今来，代表"人"，又为"人"——尽管自己不一定理会——

创造奇迹的人，是屈指可数的。莎士比亚是我们当中的一个，是最贴近人心的一个，他为普通的人而写，又为天才的人而写；为智愚贤不肖的人而写，又为世界各个民族、各个有文化的角落而写，然而他又是多么深、多么难以讲得透的诗人啊！[317]

天才从来是受文化传统和历史影响最多的人……天才只是独创天地的人，在荒谬与庸俗的世界中，思想最解放的人，天才代表他们的时代，是时代的巨人，因而便成为真正的历史的巨人。

……一个人，纵然是天才的巨人，他需要的也只是"知音"，而不是膜拜者。[318]

（奥尼尔）和他的剧本有些是传世的创作，为美国文学开拓了无边的戏剧王国，他是美国话剧的光荣，是美国多少年来罕见的天才。……他的饱满的生活和理智分析使他探究不同人性。在他笔下，任何题目都吸引你，使你思索，使你惊叹他善于表现的才能和他所富有的异常的戏剧感，他试过象征主义手法，也用过表现主义手法，但他又似乎不属于哪种流派，我以为他基本上是个写实主义者，深刻的写实主义者，他写出难以言传的美国社会中的悲哀和痛苦，他挖掘揭示人物的性格、心理，那样沉厚深透，以至于我们惊叹人原来是这样复杂，彼此之间又多么隔阂，难于互相理解，他表现了极端的爱与恨，他写了多面的生活和社会，他的舞台像是一片望不到头的海洋，汹涌澎湃，风起云涌，暴风旋来，它的怒潮腾起多么高的浪花，有时又风平浪静，月光照着波粼，海鸥水鸟，波光云影；但又使人默默感到，海下蕴藏着无穷的思想与情感的暗流……[319]

戏剧的世界是多么开阔，辽远而悠久啊！可交流的知识与文化，尤其是对于"人"的认识，表现得多么美丽，多么翔实，又多么透彻啊！如果从古希腊到现在，把这几千年的戏剧大师们从坟墓中唤醒，请这些对"人"有深沉见解的人们，无论是哪个国家，哪个民族的戏剧大家，请到中国的上海，饮几盅龙井，喝几杯茅台，让他们互相认识"中外古今"的同行，谈谈梦一般的思想，诗一般的感情，把心中还没有说尽的话对面讲讲，沟通沟通，那会是多么伟大而不可想象的盛会啊！[320]

……千百次探寻，千百次琢磨，才找到了自己的创作道路，这才使我们似乎望见了戏剧艺术的"自由的王国"。

舞台是一座蕴藏无限魅惑的地方，它是地狱，是天堂……一场惊心动魄的成功演出是从苦恼到苦恼，经过地狱一般的折磨，才出现的。……戏剧的"天堂"却比传说的天堂更高，更幸福，它永不宁静，它是滔滔的海浪，是熊熊的火焰，是不停地孕育万物的土地，是乱云堆起、变化莫测的天空，只有看见了万相人生的苦与乐的人，才能在舞台上得到千变万化的永生……人生百年，演员和舞台艺术家们却把千种人物、万种姿态，传奇的、现实的生活与心情尝透，他们占尽无限风光，全心全意交于人间，留给人们享受和思索……一个伟大的演员，沉浸在人物创造的快乐里，这才是大海一般汹涌的吸引力。……舞台……也就是他们献身的圣坛。[321]

曹禺是怎样忘情地讲着说不尽的莎士比亚、奥尼尔……想着地狱、天堂般的舞台和驰骋于上的伟大的演员呵。但他不同时也在、至少在潜意识的层面上讲着、想着他自己吗？这里所说的莎士比亚对于人的赞美，奥尼尔对不同人性的探究，"善于表现的才能"与"异常的戏剧感"……难道不正是曹禺自己的追求吗？我们完全可以说，在人们所说的新时期到来的时候，当人们抓紧时机，为各种崇高的、卑琐的欲望而奔突的时候，曹禺一直忙于和他心目中的大师、巨人、天才……进行心灵的对话……

这对话既令人心荡神摇，同时又是艰难的。——那滋味也是说不尽的。

一个问题无论如何不能、也无法回避——家宝呵，你本能够成为20世纪世界级的戏剧大师、天才，但是你为什么竟没有攀上这历史的高峰？

曹禺思索着。

在一次谈话中，他谈到了限制创作的"紧箍咒"：

> 我们写"人性"写得太不深了，甚至有人至今还不敢碰。……现在有的人好像头上戴了紧箍，不管谁一念紧箍咒，他的头就痛。这不好。不在于人家限制你，而是自己限制自己，这也是有来源的，中国几千年的封建束缚和几十年的极"左"压力，使得许多人谨小慎微，不能畅所欲写……[322]

在私下的谈话里，他就讲得更为坦诚彻底：

> 解放后，总是搞运动，从批判《武训传》起，运动没有中断过。虽然，我没当上右派，但也是把我的心弄得都不敢跳动了。[323]

> 解放后，我和许多知识分子一样，是努力工作的，虽说组织上入了党，但是，"资产阶级知识分子"这个帽子，实际上也是背着的，实在叫人抬不起头来，透不过气来。这个帽子压得人怎么能畅所欲言地为社会主义而创作呢？那时，也是心有顾虑呵！不只我，许多同志都是这样，深怕弄不好，就成为"反党反社会主义毒草"。[324]

问题不仅在于极"左"思潮作为一种紧箍咒对于作家的外在束缚，更为可怕的是，经过长时间的有计划的灌输，极"左"思潮逐渐内化为曹禺和他一部分同代知识分子自己的观念，以至成为一种潜意识的内在要求，这样，不用别人念紧箍咒，自己也会念，这就成为一种自我限制。因此，挣脱极"左"思潮的束缚，不仅要战胜外在的种种有形无形的压力，归根到底，还要能够战胜自己——曹禺的自我生命创造力与戏剧生命创造能不能得到彻底释放，曹禺心灵中的宝贝能否挖掘出来，关键正在这里。

当然，这不能一蹴而就，必须有一个过程。首先，要打扫外围：从外在的种种似是而非的观念——对于剧作家来说，首先又是戏剧观念——中解放出来。

曹禺首先思考的是"社会问题剧"——尽管他从一开始就不同意将他的《雷雨》称为社会问题剧，而且看来他内心深处从来没有改变过这一看法；但在1980年关于《我的生活和创作道路》的著名讲话里，却公开承认"我似乎搞了一辈子的社会问题剧"，并以此为前提，来讨论其中的得失成败与教训。这至少是剧作者表面上向舆论（囿于传统规范的他的接受者）可悲的屈服或让步。[325] 这类违心的表态由于重复次数多了，也就成了常态。但无论如何，曹禺公开来讨论多年来一直紧箍着他的戏剧生命的社会问题剧的得失，也是一种思想的解放。在这一时期影响很大的《戏剧创作漫谈》里，曹禺提到了关于《娜拉》（在中国一直把它看做社会问题剧的典范）的一次著名讲话：据说《娜拉》演出后，轰动挪威和整个欧洲，一位妇女解放运动者十分热情地找到易卜生，请他解释《娜拉》的主题与思想，易卜生只简单地说了一句话："夫人，我写的是诗。"曹禺解释说："易卜生的这个答复是有道理的。我想，他是说不能简单地用一种社会问题（如'妇女解放'）来箍住他对如此复杂多变的人生的深沉的理解。"——这几乎可以用来移作曹禺的自我辩解，用社会问题剧的框架来箍曹禺的剧作，难道不也是一种阉割与缩小？曹禺由此而说明："写社会问题剧，也要对人类的精神世界和生活的哲理有一定的认识。"在一次讲话里，曹禺还批评说："我们的文学艺术太讲究'用'了……我们总是写那些'合槽'的东西，'合'一定政治概念之'槽'，'合'一定哲学概念之'槽'，一个萝卜一个坑，这样写不出好东西来的，真正深刻的作品不一定有什么预先规定的主题。"[326]曹禺在对社会问题剧的某些弊端提出质疑的同时，实际上是在宣布了自己的追求：不是外在地写"人"，而是深入地写人类的精神世界，不是表面地写生活，而是努力挖掘生活内蕴的哲理。他这样表白自己的追求："写出让人思、令人想的作品，让你想得很多很多，想得很远很远，去思索人生，思索未来，甚至思索人类。"[327]——这本是曹禺1930年代中期写《雷雨》时即已开始的追求；在历史发展过程中，他一度屈服于时代意识形态的压力，否定了自己的追求；现在，在更高的历史发展阶段上，他又恢复了艺术的自信心，重新肯定了自己，或者说，重新寻回了自己[328]。

这是否同时就意味着：终于唤回了创作的青春呢？

似乎是这样吧。至少剧作家本人不断地，几乎是迫不及待地宣布着自己强烈的写作欲望——1979年6月，他在《文艺报》上说："形势喜人，更逼人，我心中时常很着急。深怕时间过得太快，而自己赶不上了。办法只有一个，就是拼命地赶，拼命地干，拼命地写，向'大有作为'这个目标奔。"[329]当时有人劝他写回忆录，他回答说："一个人到写回忆录的时候，往往是接近人生旅途的终点，我现在还想创作，还不甘心开始写回忆录，我愿意随诸公之后还写点东西。"[330]他还不断地对传记作者说："我这一辈子写得太少了，我不应只是写戏，还应该写小说，写散文，写更多的东西。"直到1986年他还对人说："我真想在八十岁的时候，或者是八十岁之前，写出点像样的东西来！"[331]……

如今曹禺已经八十岁了，距离他写出《王昭君》，又有十二年过去了。任何人——剧作者本人，他的读者、观众、批评家、研究者——都无法回避一个无情的事实：十二年来，曹禺戏剧生命创造史上，竟是一片空白。这是继 1961—1976 年之后的第二个空白。如果前一个空白自应由历史、时代负责，那么，这一个空白呢？

应该承认，提出这一问题时，我们的心情也是矛盾的。我们当然知道，曹禺写完《王昭君》时，已是六十八岁的老人，对于国家、民族、社会，他已经贡献得够多了；即使他一个字不写，只要他能够安度自己的晚年，我们有什么权利去要求他继续地呕心沥血呢？对这位年老多病的剧作家，提出这样的苛求，岂不是太残酷无情了吗？

但是……

我们太缺少，因而太需要曹禺这样品位的民族文学的天才了，因此，总不免要对他寄以也许过大、过高的期望，何况我们发现曹禺尽管年迈，但仍具有巨大的创造的潜力（请看前面引述的那些讲话、文章，是何等地充满华彩与激情）……因此我们禁不住要对这十二年的空白表示遗憾，并且要探寻其原因。

巴金毕竟了解曹禺，他在 1983 年即写信给曹禺，发出朋友的忠告：

> 希望你丢开那些杂事，多写几个戏，甚至一两本小说（因为你说你想写一本小说）。我记得屠格涅夫患病重危，在病榻上写信给托尔斯泰，求他不要丢开文学创作，希望他继续写小说。我不是屠格涅夫，你也不是托尔斯泰，我又不曾躺在病床上。但是我要劝你多写，多写你自己多年想写的东西。你比我有才华，你是一个好的艺术家，我却不是。你得少开会，少写表态文章，多给后人留一点东西，把你心灵中的宝贝全交出来，贡献给我们社会主义祖国。[332]

“你得少开会，少写表态文章”的劝告背后，又隐藏着什么样的忧虑呢？

曹禺也最明白自己，他对传记作者说：

> 最近从报纸上看到袁伟民对运动员讲的一段话，他说："不要被金牌的压力卡住。心里有东西坠着，跑也跑不快。要把自己的水平发挥出来。"这很有启发。我就是总有东西坠在心里，心里坠着东西就写不出来。[333]

又对南开中学的同学们说：

> 一个人能看清楚哪个是好人，哪个是坏人，哪件事是对的，哪件事是错的，很不容易。……我一生都有这个感觉，人这个东西，人是非常复杂的，人又是非常宝贵的。人啊，又是极应该把她搞清楚的……[334]

他还对他的传记作者说过这番话：

> 做人真是难呵！你知道"王佐断臂"的故事吧！戏曲里是有的。陆文龙好厉害呵，是金兀术的义子，把岳飞弄得都感到头痛。是王佐断臂，跑到金营，找到陆文龙的奶妈，感动了奶妈，把陆文龙的真实遭遇点明白了，这样才使陆文龙认清了金兀术，他终于明白了。王佐说："你也明白了，我也残废了。"这个故事还是挺耐人寻思的。明白了，人也残废了，大好的光阴也浪费了。使人明白是很难很难的啊！明白了，你却残废了，这也是悲剧，很不是滋味的悲剧，我们付出的代价是太多太大了。[335]

和前一个空白时期不同——那时正如曹禺自己所说，许多事情是"判断不清楚"的：他被那些"头头是道的大道理"弄迷糊了[336]；而现在却是明白的。当然也不是一下子就在所有问题上都明白，而是逐渐明白，至少在主要问题上是明白的。但又有什么"坠在心里"，被束缚住了呢？——"人残废了"，这当然包括身体的老残，却更是心灵的残废。这就是说，多年改造的结果，心灵、性格的某些方面被扭曲了，却再也正不过来。无力战胜自己（被扭曲了的自己）：这正是悲剧所在。曹禺无法克服时代的热闹对他的诱惑：他太害怕寂寞[337]，惟恐被时代淘汰，也就不免于趋时，写巴金所力戒的"表态文章"（这种表态常常是违心的）。曹禺也无法克服内心深处的软弱，有意无意地被一种更强大的意志与力量所支配，不由自主地说出自己并不想说的话，并用如他自己在文章里所说，"不管谁一念紧箍咒，他的头就痛"，有时不念也会因捕风捉影的想象（艺术家的想象力总是特别丰富的）而自动地痛起来。曹禺也不能洒脱地对待时代、读者与观众以及自己对自己的期待，常常因此而不必要地承受了过大的压力，在这个意义上可以说那写世界水平的作品的目标反而束缚了他。其实，我们早已说过，天才，艺术家，特别是曹禺这样的富于诗人气质的艺术家，从来都是有几分软弱的，就像鲜花不免有些娇嫩，他们特别不善于保护自己，一旦被迫进行自我保护，就显得特别笨拙，他女儿说他"对于不必恐惧的事物的恐惧，对于不必忧虑的事情忧虑"，"在不得不讲的情形下讲溢美之词"（以至违心之言），"用虚伪的方式表达他的真诚"[338]都是这类笨拙的表现。曹禺从根底上就不是鲁迅那样的强者：他缺乏鲁迅那样的怀疑主义精神，他的理想主义、浪漫主义的天真，以及他的人道主义的过分善良，使他不能彻底地"正视淋漓的鲜血，直面惨淡的人生"，总是不断地沉迷于人已制造的梦境里（从另一面说，艺术家、天才本来就是应该生活在梦境里的）；他也缺乏鲁迅那样的彻底的自我否定精神，他太爱护自己，更确切地说，他怜悯自己[339]，也就无力战胜自己。曹禺既是弱者，又是天才、艺术家——他的悲剧就发生在这里。[340]

对于这样一位20世纪中国的软弱的天才，历史将会作出怎样的评价，这是曹禺本人也十分关心的。现在能够说的，是到今天为止，当人们从比较高的视角，去看待、接受曹禺时，所可能作出的评价。

我愿意向本书读者介绍两位先生的意见，我以为是有一定的代表性，并且具有一定的高度的。

《曹禺传》的作者田本相在他的全书结束时，如是说：

> 不管将来的历史将怎样评价曹禺，我敢这样预测：谁都不会否认他是一个具有高度创造力的生命。

而画家黄永玉则写信给曹禺，对他说：

> 你知道，我爱祖国，所以爱你。你是我那一时代现实极了的高山，我不对你说老实话，就不配你给予的友谊。[341]

他（恐怕不只他一个人）的老实话是：

> 我不喜欢你解放后的戏。一个也不喜欢，你心不在戏里，你失去伟大的通灵宝玉，你为权势所误，以一个海洋萎缩为一条小溪流，你泥溷在不情愿的艺术创作中，像晚上喝了浓茶清醒于混沌之中。命题不巩固，不缜密，演绎分析得也不透彻。过去数不尽的精妙的休止符，节拍，冷热，快慢的安排，那一箩一筐的隽语都消失了。

> 谁也说不好，总是"高！""好！"这些称颂虽迷惑不了你，但混乱了你，作践了你。写到这里，不禁想起莎翁《马克白》中的一句话："醒来吧马克白，把沉睡赶走。"[342]

对这"清醒者"的"毁谤"，曹禺的反应是"恭恭敬敬地（如果不是深情一片的话）把这封信裱在专册里"，又亲自神情激动地念给来访的外国朋友阿瑟·密勒听，后者表示不明白曹禺这么做时，"他是怎么想的"；但中国的读者，批评家立刻懂得，"这真正是曹禺在混沌中的清醒和真诚"。[343]曹禺有勇气正视历史、后人可能对他作出的苛评，这正是证明：他并没有沉睡，或者说，他已经醒了，他明白了。只是——

> 明白了，人也残废了。

这也是悲剧，很不是滋味的悲剧；如同他剧中大多数人物一样，剧作者自身也是悲剧的——自然，是曹禺式的悲剧。

这对于我们民族，是更大的悲剧——一个民族，没有天才的艺术家，固然是可悲的；有了天才的艺术家，如果不能理解他（想想半个世纪以来，我们对于曹禺的剧作有过多少误读）、不能小心保护他（想想半个世纪以来，我们是怎样粗暴地"捧杀"与"骂杀"这位天才的），就更可悲，也更残忍。——不是吗？

注释

［1］致曹聚仁，《鲁迅全集》12 卷，397 页。

［2］致作霖、培林书（1949 年 6 月 9 日）。转引自田本相：《曹禺传》，第 361—362 页。

［3］周扬：《整顿文艺思想，改进领导工作——1951 年 11 月 24 日在北京文艺界整风学习动员大会上的讲演》，《周扬文集》2 卷，人民文学出版社，1985 年，第 131、133—134 页。

［4］吴福辉著《沙汀传》曾写到解放初期发生在西南文联与重庆文联领导层的一场争论，"最大的分歧是如何看待国统区作家"，一方"主张首先加强思想改造，然后才能写作"，一方"强调让大家写，写出来如果不好，批评它就是'改造'"。

［5］胡风：《关于解放以来的文艺实践情况的报告》，《胡风全集》6 卷，湖北人民出版社，1999 年，第 119—120 页。

［6］除了在这里把自己的创作思想比作"疮脓溃发"外，文章另一处干脆辱骂自己的作品是"狗皮膏药"。见曹禺：《我对今后创作的初步认识》，《曹禺研究专集》上册，第 62 页。

［7］以上周扬的话引自《论〈雷雨〉和〈日出〉》，收《周扬文集》1 卷，第 204、208、209 页，人民文学出版社，1984 年。曹禺的检讨见《我对今后创作的初步认识》，收《曹禺研究专集》上册，第 60、61、62 页。

［8］曹禺：《日出·跋》，《曹禺文集》1 卷，第 465 页。

［9］据说，周扬在一次报告中，指着台上的四把椅子说，有你小资产阶级一把座的，如果乱说乱动，就要打，狠狠地打（见胡风：《关于解放以来的文艺实践情况的报告》），这是比较典型地表现了当时文艺界一些当权者对小资产阶级作家的态度

的。因此，曹禺预感到如不听命改造，即会被鄙弃并非过分敏感。

[10] 在解放初期，知识分子作自我检查与批判是一个普遍现象。这些检查、批判尽管有时代的压力，但大多数都是自愿的，而且不乏真诚。就手头有的材料，连沙汀这样的老共产党员作家，也写过题为《纪念鲁迅先生，检查创作思想》的文章，检讨自己过去的创作"暴露过多，光明太少"的毛病（原文载 1951 年 10 月 19 日重庆《新华日报》）。最为顽固的沈从文，最后也不得不在 1951 年 11 月 14 日的《大公报》发表题为《我的学习》的文章，承认"自己习作的一部分，见出与社会现实相脱节"，原因在于"个人与现实政治脱离产生的孤立"，检讨自己"一面对旧政治绝望，另一面对新的现实斗争又始终缺少认识，少联系，生活在 20 世纪波澜壮阔的中国社会中，思想意识不免停顿在 19 世纪末的文学作品写作意识领域中"（转引自凌宇：《沈从文传》）——可见，与新的现实斗争脱离，在 50 年代初新政权建立时，是一个多么严重的错误。对于这一时期知识分子纷纷自我检讨这一文化现象，应作专门的研究。

[11] 田本相：《曹禺传》，第 366 页。

[12] 他的多年老朋友吴祖光也曾这样谈到曹禺的性格弱点："他胆小、拘谨，怕得罪人。"据吴祖光 1982 年 4 月 28 日与田本相谈话记录。转引自田本相：《曹禺传》，第 265 页。

[13] 一个最典型的例子是，曹禺当年写出《雷雨》后，把剧本交给他的朋友章靳以，靳以把剧本放在抽屉里，放了一年，没有看，也没有提起过。后来女儿问曹禺："你怎么不问问他？"曹禺回答说："我没有想过要问，那时候我真是不在乎，我知道那是个好东西。"（万方：《我的爸爸曹禺》，载《文汇月刊》1990 年 1 期）

[14]　[15]　[178]　万方：《我的爸爸曹禺》，载《文汇月刊》1990 年 1 期。

[16] 纱厂工人与帝国主义的斗争构成了戏剧贯串始终的一条线索，并且将公债大跌的原因也归之于为镇压工人运动，日本出动海军陆战队，形势紧张，而造成公债大跌，连"金八也吃了他的日本老子的亏"。

[17] 为了更符合劳动人民形象的理论模式，剧作者在修改本中让侍萍当面主动揭露周朴园："四凤，听明白，三十年前生了这种东西的是我，逼我害我，教我投河的就是这个老东西"，并如此指责周萍："你看他，这个样子哪一点像你的哥哥，这个东西哪一点像我们这些老老实实受苦的人，孩子，多看看，认清楚，这就是我们的对头！强盗，杀人不偿命的强盗！"并且对周朴园说："我知道这是你们的天下，你们有钱有势（激昂地）可你们有钱也买不了我们这样的人，你们有势也压不住我的儿子！"——这已经是近于发表革命宣言了。

［18］［25］　杨晦：《曹禺论》，《曹禺研究专集》上册，第 344、358 页。

［19］　胡风：《关于几个理论性问题的说明材料》，《胡风文集》6 卷，湖北人民出版社，1999 年，第 272、275 页。

［20］　例如，在反右斗争中，曹禺写有一篇题为《吴祖光向我们摸出刀来了》(《戏剧报》1957 年 15 期），对老友吴祖光这样的"高级知识分子"作了全盘否定："今天人民已经看透了有些高级知识分子的真面目了，他们既无知，又醒醒，真是臭得不可向迩。这里人们若不彻底改造自己，早晚就会在自己挖的浊气冲天的臭坑里腐烂掉"——在某种意义上这也是一种自我警告，或者说，是一种笨拙的自我保护。

［21］　转引自田本相：《曹禺传》，第 399 页。

［22］　曹禺：《几点感想》，载《剧本》1979 年 2 期。

［23］　曹禺：《永远向前》，载 1952 年 5 月 24 日《人民日报》。

［24］　曹禺：《雷雨·序》，《曹禺文集》1 卷，第 211 页。

［26］　曹禺同田本相的谈话（1982 年 11 月 3 日）。转引自田本相：《曹禺传》，第 378 页。

［27］［28］［34］［35］［36］［37］［38］《曹禺同志谈〈明朗的天〉的创作》，载《文艺报》1955 年第 17 期。收《曹禺研究专集》上册，第 130、131、132 页。

［29］　吕荧：《评〈明朗的天〉》，《曹禺研究集》下册，第 431 页。

［30］［39］　曹禺与田本相的谈话（1982 年 11 月 30 日）。转引自田本相：《曹禺传》，第 378—379 页。

［31］［32］［33］［40］　张光年：《曹禺的创作生活的新进展》，《曹禺研究专集》下册，第 418、419、425、426 页。

［37］［38］《曹禺同志谈〈明朗的天〉的创作》，《曹禺研究专集》上册，第 130、131 页。

［41］　吕荧：《评〈明朗的天〉》，载 1955 年 5 月 20 日《人民日报》。

［42］　曹禺：《质问吴祖光》，载《剧本》1957 年 8 期。

［43］　曹禺：《极其伟大的胜利》，载《戏剧报》1955 年 8 期。

［44］　据上海人民艺术剧院统计：1950 年至 1957 年，共演出二十八个多幕剧、二十一个独幕剧。"五四"以来剧目占 36.6%，场数占 37%，观众人次占 36.8%（据王叔和：《现代剧目与企业化》，载《戏剧报》1958 年 1 期；北京人民艺术剧院 1957 年演出十四个剧目，共计五百零七场，其中《日出》五十二场，《雷雨》二十二场，《北京人》四十一场，占演出总场数 22.68%，如加上其他"五四"以来优秀剧目（《虎符》六十六场、《风雪夜归人》五十场、《名优之死》、《潘金莲》三十七场）共计二百六十八场，曹剧占 52.85%（据韦迅：《北京人艺也不重视现代剧目》，载《戏剧报》1958 年 2 期），又据《戏剧报》1958 年 2 期综合报道，

山西省话剧团 1957 年下半年计划演出四个剧目中，《雷雨》、《日出》占 50%；成都话剧团从 1956 年下半年开始，也上演了《雷雨》、《桃花扇》、《天国春秋》、《清宫外史》等"五四"以来优秀剧目，《雷雨》占总数 50%；江苏省话剧团 1958 年上半年计划演出剧目中也有《日出》、《结婚进行曲》等"五四"以来优秀剧目，《日出》占总数 50%；上海电影演员剧团自 1957 年起，公演三十六个剧目，其中就有《家》、《北京人》，占 1/3。

［45］夏淳：《从是不是倾向问题谈起》，载 1958 年《戏剧报》4 期。

［46］［47］吕恩：《我怎样扮演繁漪？》，载《戏剧报》1955 年 1 期。

［48］梁秉堃：《深文隐蔚，余味曲包——介绍著名话剧演员朱琳》，载《人民戏剧》1981 年 1 期。

［49］朱琳：《创作札记——我所扮演的鲁侍萍》，《〈雷雨〉的舞台艺术》，上海文艺出版社，1982 年。

［50］舒绣文：《从不热爱她到热爱她》，载 1957 年 6 月 25 日《北京日报》。

［51］于是之：《关于周萍》，载 1954 年 7 月 18 日《北京日报》。

［52］由于时代意识形态的迅速变化，使导演、演员们对曹禺剧作的解释，产生了极大的混乱，这种情况在解放初期是普遍存在的。1956 年 8 月 2 日《重庆日报》曾发表文章谈到对繁漪有过两个极端的了解："解放前某些剧团把繁漪处理成因生理苦闷而抓男人的神经质的女人，解放后又硬说繁漪阻止周萍到矿上去，是反对周萍去剥削工人"（吕贤汉：《可以同情，不值得学习》）。

［53］作者元欣，文载 1954 年 7 月 17 日《光明日报》。

［54］吕恩：《从繁漪的遭遇谈起》，载 1954 年 7 月 18 日《北京日报》。

［55］转引自凝壹：《周朴园真爱鲁侍萍吗？》，载 1955 年 4 月 26 日《北京日报》。

［56］蔡骧：《〈北京人〉导演杂记》，载《人民戏剧》1980 年 6 期。

［57］凤子：《寄晓兰》，载《戏剧报》1957 年 9 期。

［58］作者安冈，文载《戏剧报》1954 年 8 期。

［59］［65］夏淳：《生活为我释疑——导演〈雷雨〉手记》，收《〈雷雨〉的舞台艺术》。

［60］郑榕：《一点感想》，载 1954 年 7 月 18 日《北京日报》。

［61］朱琳：《我所爱的鲁侍萍》，载 1954 年 7 月 18 日《北京日报》。

［62］［63］［64］安冈：《谈〈雷雨〉的新演出》，载 1954 年《戏剧报》8 期。

［66］刘念渠：《谈话剧〈雷雨〉》，载 1954 年 7 月 4 日《北京日报》。

［67］段婴：《"日出"二十年》，载 1956 年 11 月 1 日《北京日报》。

［68］载《戏剧论丛》1957 年第 1 辑。

［69］张庚：《读〈日出〉》，载 1937 年 5 月 16 日《戏剧时代》1 卷 1 期。

［70］欧阳山尊：《〈日出〉导演分析》。当年，曹禺曾经说过："我将无限的敬意于那扮演翠喜的演员，我料她会有圆熟的演技，丰富的生活经验，和更深沉的同情……"北京人艺的叶子正是曹禺所期待的翠喜的最佳扮演者之一。人们评论说："她揭示出在强颜欢笑背后的无限酸楚，那似乎麻木了的躯体中的人类天性，让观众看见，在这人类的渣滓里，原有一颗金子一样的心。"（转引自王宏韬：《人们都叫她"叶大姐"》，文收《秋实春华集》）人们还描述道："她像一只受了伤的野兽一样扑向门边，用力捶着门，从哀求到恫吓，嘶叫着，并且喃喃念叨着一些不连贯的话语企图隔着墙安慰那个受惊吓的孩子，这时，那种情急奋起之态，显示了她身上最宝贵的天性——她是个母亲。正是这种善良的天性，才使她那么忠于她的家庭，出卖自己为他们谋求温饱……"（沙弗：《叶子演翠喜》，载《戏剧报》1957 年 1 期）。

［71］［78］冯亦代：《〈北京人〉的演出》，载 1957 年 4 月 25 日《人民日报》。

［72］舒绣文：《从不热爱她到热爱她》，载 1957 年 6 月 25 日《文汇报》。

［73］据说，周恩来看了广播电视剧团的演出后，曾有"愫方到解放区是个很好的保育员"的戏言，曹禺又补充说，"她也可能穿上了军装"，这至少说明在剧作者与接受者心目中，愫方是能够进入"新时代"，成为"新人"的。（参看蔡骧：《〈北京人〉导演杂记》）

［74］［75］［76］［102］［103］蔡骧：《〈北京人〉导演杂记》，载《人民戏剧》1985 年 5 期。

［77］风子：《寄晓兰》，载《戏剧报》1957 年 9 期。

［79］［80］［83］石流：《略谈〈家〉的演出》，载 1957 年 3 月 18 日《解放日报》。

［81］［82］赵丹：《写在〈家〉的演出之前》，载 1957 年 2 月 20 日《解放日报》。

［84］北京人艺于 1954 年首演了以夏淳为导演的《雷雨》后，1955、1956、1957、1958、1959、1962、1963 年连续演出了七年；欧阳山尊导演的《日出》1956 年首演后，1957、1958、1959 年也一再演出。"十年浩劫"以后，又有 1979、1980、1990 年的《雷雨》新演出与 1981 年《日出》新演出。（据《人艺历来演出剧目统计表》，载《中国戏剧年鉴》1983 年）

［85］参看本书第二章第四节第二段的有关分析。

［86］夏淳：《回复 C 同志的几封信——谈谈戏剧理论中的几个问题》，《剧坛漫话》，中国文联出版公司，1985 年。

［87］参看夏淳：《继承传统，发扬传统》，《剧坛漫话》，中国文联出版公司，1985 年。

［88］参看夏淳：《回复 C 同志的几封信——谈谈戏曲的表演体系问题》。

［89］繁漪的扮演者吕恩谈到，剧组访问了曾任北洋军阀内阁总理、煤矿董事长前清

官僚朱启钤家，认识了老人的儿媳妇，出落得清秀美丽，仪态大方，但心里却有难言的苦闷：十六年前，丈夫另有所欢，和她分居，还得在公公面前替丈夫隐瞒，她孤独、寂寞、空虚，深深地叹了一口气说，"谁让我是一个女人，又偏偏过早地出生"；"这句词短意长的话，使我体会出她的内心世界与她的看来安适的家庭生活有着多大的矛盾呵！她的哀愁打开了我通向蘩漪心灵的窗户，我生活中的记忆像开了闸似的在我头脑中翻滚"。（吕恩：《我和蘩漪》，收《〈雷雨〉的舞台艺术》一书）

[90] 鲁大海的扮演者谈到，在准备讲"鲁大海的故事"过程中，怎样调动自己一切生活经验，充分发挥想象与联想，终于达到了自我与角色"混为一体"，"分明是我个人的一段经历，它又不由自主地潜入到大海的生活中来了"，演员由此而摸到了进入角色的"门柄"，"大有登堂入室之势"。（李翔：《浅探而已——扮演鲁大海的点滴心得》，收《〈雷雨〉的舞台艺术》）

[91] 侍萍的扮演者朱琳谈到，为体验侍萍与周朴园的感情，曾作过几段小品："我，侍萍在给周朴园那件烧破的纺绸衬衣上绣一朵梅花的情景；第一次也是一生中唯一的一次拍照片的情景；我正在梳妆打扮，周朴园摘了一朵盛开的红花进来，轻轻地为我插在头上，我从镜中看见他的情景；周朴园教我写字、念诗时的情景；我在为即将出生的周萍缝衣绣鞋的情景；还有我被赶出周家，痛苦之极，几次想要寻死，又几次想去找他的情景……"通过这样的表演小品的反复排练，演员终于找到了几十年后与周朴园再见时复杂万端的内心感觉的生活依据，"在进入排练或演出时，这些小品就成为种种景象，浮现在眼前，从而激起演员真挚的感情，推动人物更积极地在舞台上行动"。（朱琳：《创作札记——我所扮演的鲁侍萍》）

[92] 蘩漪的扮演者吕恩在谈到"怎样去获得蘩漪生活时代的自我感觉"时，介绍说："我无论在生活里或在排演场上，都穿上软底绣花鞋、旗袍，练习那个时代妇女的走路，坐，站的姿势，琢磨她大家闺秀的行动举止"，"我还向画家朋友请教，如何欣赏字画，以培养蘩漪的气质"，"蘩漪的造型设想，也帮助我进入了角色"，"我设想穿在她身上的旗袍是又合身，又较松宽。这能显出她身材的苗条和文弱。……她走动时下摆的调动可以引起潇洒的感觉"，"我设想她在灰心失望时才会穿黑色衣服，当她充满生活乐趣时，她会喜欢暖色或者浅色，但又不是大红大绿的衣服"，"当我梳上为她设计的发型，穿上为她设计的服装，对着镜子行动起来，我确信，我就是'蘩漪'了"。（吕恩：《我和蘩漪》，收《〈雷雨〉的舞台艺术》）

[93] 参看苏民、左莱等：《论焦菊隐导演学派》（文化艺术出版社，1985 年）第二章

第四节有关分析。

［94］　转引自夏淳：《导演·作品·作家》，《剧坛漫话》，文化艺术出版公司，1985年。

［95］　曹禺：《雷雨·序》，《曹禺文集》1卷，第218、219页。

［96］　北京人艺演员、侍萍的扮演者朱琳"情美兼备，味醇意浓"的表演即是这种"自然，真实，含蓄"的演出风格的典型体现。据介绍，在"发誓"这场戏中，朱琳扮演的鲁妈已看到女儿将要遭受和自己同样的不幸，她一定要把女儿从悬崖边拉回来，此时的内心节奏是急速的，而朱琳却强制住自己，用非常温和而慈祥的语气要求四凤"永远不再见周家的人！"四凤越是吞吞吐吐，鲁妈就越感到后果不堪收拾，最后不得不逼女儿发誓，当四凤神经质地喊出"如果再见周家的人，那——天上的雷劈了我"时，鲁妈再也抑制不住痛苦的感情，紧搂着女儿泣不成声。这种经过聚集、抑制而后迸发出的感情，具有撼人心魄的感染力。朱琳在表演哭泣时，不仅有充沛的内在真实，而且极有节制，展示了人物高洁的心灵，给观众一种美感。就全剧而言，鲁妈的命运是悲剧的，而演员的舞台展现却是优美的。这就使朱琳塑造的鲁妈舞台形象既耐看又经得起回味。（王宏韬：《情美兼备，味醇意浓——朱琳表演艺术风格浅谈》，文收《秋实春华集》，北京出版社，1989年）

［97］　文收《剧坛漫话》一书，中国文联出版公司，1985年。

［98］　导演夏淳曾这样谈到围绕周朴园形象的塑造所作的舞台美术的精心设计："周朴园不穿皮鞋，要穿皮面特制的便鞋；他可以穿睡衣，里面却是中装裤褂，反正他是怎么舒服怎么穿；抽烟他要抽雪茄，而不抽水烟；他也要沙发，但又要硬木衬底制成中西合璧的样式；他屋里有国画，也有油画；有从德国带回的蜡台，又有古玩架；有讲究的钟，也有三十年前鲁妈用过的老式柜子——我们特地做成明代的花纹……"（《漫谈导演的艺术处理》，收《剧坛漫话》）

　　　人艺演员胡宗温扮演的四凤曾被誉为"活四凤"，认为是自《雷雨》剧本问世以后，无数台《雷雨》演出中最准确、最真实的一个四凤。演员对四凤这个人物与剧中人物之间的关系及内心活动作了细致的深入的分析，并精心设计了不同的外在神态："她对繁漪的态度是恭敬顺从，敛眉低首，不苟言笑；干起活来却腿脚很快，非常麻利，但又不心浮气躁，完全是一个训练有素的大宅门的使女。而对待周萍，胡宗温则表现出一个纯洁少女真挚的爱，她的台词温柔中带着羞涩，纯情中蕴含着对美好未来的憧憬……"（任宝贤：《从四凤到康顺子——浅谈胡宗温的表演特色》，收《秋实春华集》）

［99］　胡絜青：《市宝》，《秋实春华集》，北京出版社，1989年。

［100］　北京人艺拥有一批以演"小角色"而出名的"大演员"。董行佶即是以扮演"周冲"

（《雷雨》）与"胡四"（《日出》）而誉满艺坛。剧作家苏叔阳就称赞说，《雷雨》中"最难演的是周冲，在我看过的几台戏中董行佶是演得最好的"（《银幕向舞台的挑战》，载《电影艺术》1986年6期）。据介绍，每创造一个角色，他总要通过一切手段，千方百计地寻找人物的"形象感觉"；他抓住作者所说"周冲是一个烦躁多事的夏天的一场春梦"，每回演出，都"站在侧光下面，把它当作阳光，去想象周冲用美丽的幻想编织的春梦，以尽量诱发起那感情的激荡"；他又从开屏的孔雀的形象"翘着美丽的尾巴，慢慢地，忸怩而又有点妖媚地，轻轻地走过人们的身边，有些矜持，又有一点高傲，叫人讨厌的臭美……"抓住了《日出》中胡四的人物感觉，正是这种感觉帮助他很快进入了人物。他所塑造的舞台形象既鲜明生动而又具有内在的深度。（李乃忱：《别具风采自成一格的董行佶》，收《秋实春华集》）

[101]　苏民、左莱等：《论焦菊隐导演学派》第6章第3节，文化艺术出版社，1985年。

[104]　在此之前，1951年8月由开明书店出版《曹禺选集》，内收经过曹禺修改的《雷雨》、《日出》、《北京人》，共印五千册。

[105]　1957年初，曹禺曾应人民文学出版社之约，对《原野》、《蜕变》、《家》三剧进行修改，拟收入《曹禺剧本选》第2集，终未能出。

[106]　王瑶《中国新文学史稿》中以"《雷雨》及其他"为专节标题。刘绶松《中国新文学史初稿》上册第8章第6节、下册第6章第2节也专门讨论了曹禺的著作。

[107]　刘绶松：《中国新文学史初稿》，作家出版社，1956年。

[108]　[109]　王瑶：《中国新文学史稿》，上海新文艺出版社，1954年。

[110]　[112]　[113]　刘绶松：《中国新文学史初稿》。

[111]　王瑶：《中国新文学史稿》。

[114]　1946年秋，《雷雨》在汉城连演七十多场，《原野》也译为朝鲜文，准备上演（据《上海文化》1946年12期）；同年12月，《雷雨》译成越文，在越南公演，场场客满（据1946年12月5日《新华日报》报道），转引自田本相等：《曹禺年谱》。

[115]　健华学习社在华侨中学演出，导演黄盛达（据《戏剧报》1956年5期报道）。

[116]　据田本相等《曹禺年谱》介绍：1957年11—12月苏联先后有9个剧院与剧协和北京人艺联系，要求演出《雷雨》；1958年2月《雷雨》在苏联乌兹别克加盟共和国首都塔什干高尔基话剧院连演50场，据不完全统计，《雷雨》在苏联各地演出2000场，1958年3月8日《雷雨》在苏联莫斯科中央运输剧院上演，1958年3月22日《雷雨》在莫斯科普希金剧院上演；1958年6月1日《日出》在匈牙利首都裴多菲剧院上演；1959年6月《雷雨》在罗马尼亚上演；1960年1月《雷雨》在苏联阿塞拜疆上演；1960年10月1日苏联艺术出版社出版曹禺

剧选二卷集，内收《雷雨》、《日出》、《北京人》、《明朗的天》；1961 年 3 月 11 日《雷雨》在捷克斯洛伐克士瓦连城上演。

［117］ 王亦放：《批评〈戏剧报〉的编辑作风》，载《戏剧报》1955 年 2 期。

［118］ 作者汪普庆。此文对于《家》的"批评"很容易使人联想起 1944 年前后对于《家》的"评论"（参看本书第 2 章"批评者的价值尺度"一节），二者确有内在的联系。

［119］ 杜宣：《一年来上海话剧剧目的倾向》，载《戏剧报》1957 年 24 期。

［120］ 吕复：《也谈上海话剧剧目的倾向——并与杜宣同志商榷》，载《戏剧报》1957 年 24 期。

［121］ 吴天：《不能"一视同仁"》，载《戏剧报》1958 年 4 期。

［122］ 董志松：《应该优先发展现代剧》，载《戏剧报》1958 年 2 期。

［123］ 伊兵：《应当区别继承、借鉴与创造》，载《戏剧报》1958 年 3 期。

［124］ 严正：《坚持传统，扶植创作》，载《戏剧报》1958 年 4 期。

［125］ 黎光：《创造话剧史更光辉的一页》，载《戏剧报》1958 年 14 期。

［126］《用两条腿迈向戏剧的新阶段》，载《戏剧报》1958 年 14 期。

［127］ 据北京人艺副院长欧阳予倩在一次座谈会上透露，这是北京市委宣传部对他们剧院提出的任务。

［128］ 参看田本相：《曹禺传》，第 400 页。

［129］ 在此之前，1957 年 3 月曹禺在接见《文艺报》记者时，曾透露了他重写《蜕变》后两幕的计划："梁专员是当时打入国民党的一个地下工作者，由于他来，这个医院暂时变好了，后来，国民党发现了他是个'异党分子'要抓他。最初，丁大夫并不知道他是共产党员，只觉得这个人，不像官，而梁公仰也从来没有在她面前，露骨地宣过共产党。有一次，丁大夫正需要梁专员的帮助，来找他时，忽然不见了，因为他被通缉，他走了，代之出现的仍然是那个马登科和'伪组织'，马因密报有功，又官复原职了。丁大夫最后感到，她看到了光明，但是光明不在这里。梁公仰好比是乌鸦中的一只凤凰，乌鸦和凤凰本是两种东西；凤凰飞了，乌鸦还是乌鸦。'蜕变'，指的不是国家、社会，而是指的像丁大夫这样有良心的高级知识分子他们心里的变化。"（张葆莘：《曹禺同志谈剧作》，载《文艺报》1957 年 2 期）

［130］《曹禺修改〈雷雨〉》，载 1959 年 6 月 13 日《文汇报》。

［131］ 曹禺是 1959 年 6 月才着手修改《雷雨》的，因此，1959 年 9 月中国戏剧出版社出版的《雷雨》本，"与 1957 年出版的版本基本相同，改动并不多。"（钱谷融：《〈雷雨〉人物谈》后记）

[132] 上海人艺1959年演出《雷雨》，导演吴仞之在所写的导演手记《写在〈雷雨〉演出之前》一开头即声明，重新修改、整理《雷雨》是曹禺本人的愿望，他透露："据作者附来的信上说，也有人劝他不要改动原作，但是作者要改的愿望依然很坚决。作者并说，外边对《雷雨》曾做过多种修改（包括戏曲的移植和国外的演出），这次可以让我们参考了新的修改本作修改的演出。"（载1959年8月19日《解放日报》）因此，我们可以认为，上海人艺1959年的新演出参考了曹禺自己的"新修改本"，也包含了导演的某些独立创造。

[133]　[138]　[139]　[141]　[142]　[143]　[145]　[146]　[147]　吴仞之：《写在〈雷雨〉演出之前》，载1959年8月19日《解放日报》。

[134] 毛泽东：《中国社会各阶级分析》，《毛泽东选集》，第3页，人民出版社，1967年。

[135] 吴仞之：《写在〈雷雨〉演出之前》，载1959年8月19日《解放日报》；大椿：《收获与问题》，载1959年8月25日《解放日报》。

[136]　[137]　吴仞之：《关于话剧〈雷雨〉的导演》，载1959年12月7日《文汇报》。

[140] 大椿：《收获与问题》，载1959年8月25日《解放日报》。

[144] 戈今：《〈雷雨〉的导演及其他》，载1959年11月24日《文汇报》。

[148] 戈今：《〈雷雨〉的导演及其他——看上海人艺的演出》，载1959年11月24日《文汇报》。

[149] 郑榕：《我认识周朴园的过程》，收《雷雨》的舞台艺术》一书。郑榕所说的表演心态是普遍存在于演员中的；1962年广播剧团第3次演出《北京人》，据说愫方的扮演者在处理"出走前给姨父盖毯子"这场戏时，演得很潦草，原因是担心愫方临行前还对姨父精心照顾，"会引起观众对她出走是否坚决，产生怀疑，或许会责怪她对这个旧家庭还有留恋，因而损伤愫方的形象"（吕恩：《喜看〈北京人〉》，载1962年4月11日《北京晚报》）。据有关材料介绍，"文化大革命"后，重排《雷雨》，郑榕又"像对待一个新角色那样重新面对（周朴园）这个人物，发现了他的真诚，发现了他心灵里的孤独，体味到了这个人身上的悲剧性，只有这时，才使人物准确完整"。尽管有这些理解、把握上的曲折，郑榕所创造的周朴园形象，仍然得到人们的高度评价，据介绍，"他的表演，既有北京人艺重视生活、形象鲜明的共同特点，又有他自己所独具的，严整，遒劲，敦厚，质朴，硬朗的个性，在北京人艺众多表演艺术家之中，别树一帜，另备一格。"（王育生：《百炼钢化作绕指柔——记著名演员郑榕》，文收《秋实春华集》）

[150] 在1960年代，也有不受阶级斗争"模式"限制，有着自己独立创造的演出；

赵丹导演，上影剧团 1962 年演出的《雷雨》，即是如此。赵丹认为，话剧有别
于电影是允许虚拟的，应该充分利用它的虚拟性。因此，他在导演《雷雨》时，
特别重视艺术形式，注意抓节奏抓高潮。他还为周朴园设计了一个带有象征性
的细节动作：他一出场就掏出一只精致的怀表看一看，然后把客厅里摆设的大
大小小的钟，都按着他的怀表纠正过来。当他摆出家长的威风逼着萍儿端着药
碗跪在蘩漪面前，逼着蘩漪把药喝下去……这一场戏的高潮过去以后，是一个
大静场，这时客厅里所有的大大小小的钟都打起来，周朴园走到楼梯上又拿出
怀表来看，时间都按着他的表在走着，他满意地笑了。——周朴园前后呼应的
对表动作，就赋予"喝药"这场戏以某种象征意义，在紧张、强烈的戏剧冲突
中又增添了几分启人思索的韵味。参看张久荣：《有艺术魅力的人——赵丹传
略》，收《中国话剧艺术家传》第 2 辑。

[151]　[153]　[154]　刘正强：《曹禺的世界观和创作——兼评〈也谈曹禺的"雷雨"和"日出"〉》，载《处女地》1958 年 6 期。

[152]　[155]　甘竞、徐刚：《也谈曹禺的〈雷雨〉和〈日出〉——兼论作家的世界观和创作方法》，载《处女地》1958 年 2 期。

[156]　[158]　陈恭敏：《什么是陈白露悲剧的实质？》，载《戏剧报》1957 年 5 期。

[157]　沈从文：《"伟大的收获"》，载 1937 年 1 月 1 日天津《大公报》。

[159]　白杨：《〈日出〉上演前的一点感受》，载 1959 年 9 月 21 日《新民晚报》。

[160]　陈方：《一棵挺拔秀美的白杨——记白杨五十年艺术生涯》，收《中国话剧艺术家传》第 6 辑。

[161]　徐闻莺：《是鹰还是金丝鸟——与陈恭敏同志商榷关于陈白露的悲剧实质问题》，载《上海戏剧》1960 年 2 期。

[162]　甘竞：《也谈陈白露的悲剧实质问题》，载《上海戏剧》1960 年 5 期。

[163]　钱谷融先生在"附记"中说，本来"很希望能读到看过这次演出的同志们所写的讨论文章，但这类文章竟未出现"，此说不确。1959 年 11 月 24 日《文汇报》曾发表戈今《〈雷雨〉的导演及其他——看上海人艺的演出》，1959 年 8 月 25日《解放日报》发表大椿《收获与问题——谈上海人民艺术剧院〈雷雨〉的演出》，《上海戏剧》1960 年 1 期发表廖震龙《评〈雷雨〉的新处理》，都对新演出的修改有所批评，如戈今文章提出了"对侍萍思想中宿命论如何看法，如何处理；对周朴园的散发人性论来掩饰他的伪善的丑恶本质如何看法，如何处理；蘩漪是不是彻底的利己主义者；周萍在某些事件上是不是一个比周朴园更坏的东西"这几个问题同导演吴仞之商榷。1959 年 12 月 7 日《文汇报》又发表了吴仞之《关于话剧〈雷雨〉的导演——答戈今同志问及其他》。

［164］ 王永敬：《读〈《雷雨》人物谈〉后的异议》，载《文学评论》1963 年 4 期。

［165］ 王一纲、张履岳：《周朴园的"深情缱绻"》，载《上海文学》1963 年 8 期。

［166］ 同时期类似的研究还有：沈明德：《谈谈〈雷雨〉的几个场面——戏剧结构学习札记》，载《安徽文学》1952 年 3 期；1962 年钱谷融还写了《曹禺戏剧语言艺术的成就》一文，但在当时形势下未能发表。

［167］［171］［172］［179］ 茅盾：《关于历史和历史剧》，《曹禺研究专集》下册，第 484、487、485、488 页。

［168］［169］［170］ 梅阡与田本相的谈话（1984 年 11 月 29 日）。转引自田本相：《曹禺传》，第 403、404、405 页。

［173］［174］ 吴晗：《略谈〈胆剑篇〉》，《曹禺研究专集》下册，第 451 页。

［175］ 李希凡：《〈胆剑篇〉和历史剧》，《曹禺研究专集》下册，第 468 页。

［176］ 吴晗：《略谈〈胆剑篇〉》，《曹禺研究专集》下册，第 453 页。

［177］ 于是之在南开大学曹禺学术讨论会上的发言（1985 年 10 月 5 日）。转引自田本相：《曹禺传》，第 407 页。

［180］［181］ 周恩来：《对在京的话剧、歌剧、儿童剧作家的讲话》，《周恩来论文艺》，106—107 页，人民文学出版社，1979 年。

［182］ 曹禺与田本相谈话记录（1984 年 6 月 3 日）。转引自田本相：《曹禺传》，第 411、420、421 页。

［183］ 鲁迅：《坟·我之节烈观》，《鲁迅全集》第 1 卷，第 124 页。

［184］ 张葆莘：《曹禺同志谈创作》，载《文艺报》1957 年 2 期。

［185］ 曹禺：《质问吴祖光》，载《剧本》1957 年 8 期。

［186］ 曹禺：《漫谈创作》，载《戏剧报》1982 年 6 期。

［187］ 文载 1962 年 4 月 25 日《人民日报》。

［188］ 周扬：《论〈雷雨〉和〈日出〉》，《周扬文集》第 1 卷，第 200 页，人民文学出版社，1984 年。

［189］ 转引自田本相：《曹禺传》，第 424 页。

［190］ 转引自赵浩生：《曹禺从〈雷雨〉谈到〈王昭君〉》，载《七十年代》1979 年 2 期。

［191］ 曹禺与田本相的谈话（1986 年 10 月 18 日）。转引自田本相：《曹禺传》，第 420、421 页。

［192］ 曹树钧、俞健萌：《摄魂——戏剧大师曹禺》，第 434 页。

［193］ 曹禺吃"剥下的白薯皮"这一细节是特别惊心动魄的；它让人想起了老舍《骆驼祥子》的结尾：祥子"看着一条瘦得出了棱的狗在白薯挑子旁边等着吃点皮和须子。他明白了，他自己就跟这条狗一样，一天的动作只为捡些白薯皮和须

子吃，将就着活下去就是一切，什么也无须多想了"，老舍因此发表了如下议论："人把自己从野兽中提拔出，可是到现在人还把自己的同类，驱到野兽里去，祥子还在那文化之城，可是变成了走兽"——曹禺与老舍笔下的祥子自不能相比，但曹禺精神上所发生的异化确有令人痛心之处。

［194］　赵浩生在香港《大公报》的报道。转引自田本相：《曹禺传》，第 432 页。

［195］　载 1979 年 1 月 28 日《人民日报》。

［196］　曹禺曾对来访者说，《王昭君》一剧的创作寄托了他对妻子方瑞的怀念（颜振奋：《老当益壮的剧作家曹禺》），王昭君身上显然有方瑞的某些气质，而"草原月夜怀玉人"那场戏更是渗透着曹禺的情思。曹禺写《王昭君》还唤起他青春的回忆，他对他的传记作者谈到了 1932 年暑期他的内蒙古百灵庙之行，据说，这一次旅行使他深深地感受到了草原的美，爱上了草原上的人良，这对《王昭君》的写作有直接的启示作用。（1982 年 5 月 21 日与田本相的谈话。转引自田本相：《曹禺传》，第 136—137 页）

［197］　闵抗生：《谈孙美人形象的创造》，载《剧本》1979 年 7 期。

［198］　参看田本相：《曹禺剧作论·王昭君论》的有关分析，中国戏剧出版社，1981 年。

［199］　《曹禺与其新作〈王昭君〉座谈会》，载《曹禺、王昭君及其他》，香港良友图书公司，1980 年。

［200］［203］　陈祖美：《从〈王昭君〉看历史剧的倾向性与真实性的关系》，载《文学评论》1980 年 6 期。

［201］　一些评论家也因此惊诧莫名，以为作者"不大懂得女人心理"，见《曹禺与其新作〈王昭君〉座谈会》，《曹禺研究专集》下册，第 605 页。

［202］　曹禺：《关于〈王昭君〉的创作》，《曹禺文集》第 4 卷，第 422 页，中国戏剧出版社，1990 年。

［204］　另一方面，剧作家因此而十分成功地塑造了温敦这一政治阴谋家的形象，而在这一形象身上，显然寄托了剧作家对文化大革命政治斗争教训的体验与思考——这可以说是一个意外的收获。

［205］　《曹禺及其新作〈王昭君〉座谈》，《曹禺研究专集》上册，第 604 页。

［206］［207］转引自曹树钧、俞健萌：《摄魂——艺术大师曹禺》，第 469、471 页。

［208］［209］　参看王如青：《力戒批评的表面性——读〈王昭君〉的评论文章有感》，载《文学评论》1980 年 2 期。

［210］　冯亦代：《喜看〈北京人〉》，载 1980 年 1 月 31 日《人民日报》。

［211］［212］夏淳：《生活为我释疑——〈雷雨〉导演手记》。收《〈雷雨〉的舞台艺术》。

［213］　著名作家巴金在 1978 年所写的《爝火集·序》里写道："今天在我们社会里封

建流毒还很深、很广，家长作风还占优势。据我看，今天要实现四个现代化，就必须大反封建。去年 8 月我写了《家》的《重印后记》，我说这部小说已经完成了它的'历史任务'，现在我知道我错了。明明到处都有高老太爷的鬼魂出现，我却视而不见，不能不承认自己的无知。"这大概很能代表 1970 年代末 1980 年代初的时代思潮，并揭示了 1930 年代的作品（如巴金的《家》与曹禺《雷雨》）在这一时期被重新"发现"的思想文化背景。

［214］夏淳：《生活为我释疑——〈雷雨〉导演手记》，《〈雷雨〉的舞台艺术》，上海文艺出版社，1982 年。

［215］在 1951 年修改本里，周朴园所扮演的即是"帝国主义走狗"的角色。

［216］夏淳：《生活为我释疑——导演〈雷雨〉手记》。文学史家王富仁对周朴园的"典型意义"所作的理论分析在这一时期对周朴园的认识中也很有代表性，他认为，周朴园"是社会政治经济关系中的资本家和家庭伦理道德关系中的封建家长的怪诞结合的产物。正是在这怪诞而又是真实的结合中，存在着他有别于世界文学中同类艺术形象的独立'民族特征'，存在着他有别于中国新文学中其他反面艺术形象的独立典型意义"，"通过这一典型现象，曹禺不但深刻揭示了中国产业资产阶级的一个非常重要的本质方面，而且以独到的方式表现了中国封建传统观念的顽固性，中国反封建思想革命斗争的长期性和复杂性"。（《〈雷雨〉的典型意义和人物塑造》，载《文学评论丛刊》1985 年 23 期）

［217］［218］夏淳：《生活为我释疑——〈雷雨〉导演手记》，收《〈雷雨〉的舞台艺术》。

［219］苏民：《周萍的"如实我说"》，收《〈雷雨〉的舞台艺术》。

［220］［221］朱琳：《创造札记——我所扮演的鲁侍萍》，收《〈雷雨〉的舞台艺术》。

［222］蔡骧：《〈北京人〉导演杂记》，载《人民戏剧》1980 年 5 期。

［223］曹禺：《自己费力找到的真理》，载《人民戏剧》1981 年 6 期。

［224］韦文：《力无枉费——记北京人艺重排〈日出〉》，载《人民戏剧》1981 年 9 期。

［225］林涵表：《旧的终于死去，新的必然来临——看〈日出〉重排演出》，载 1981 年 11 月 22 日《光明日报》。

［226］从出版时间看，朱著与孙著属于下一时期的曹禺研究，但由于他们著作中一些篇章在本时期已经发表，而且研究的主要倾向与钱著、田著比较接近，因此，我们仍放在本段中讨论。

［227］参看《大小舞台之间》第一章第四节第二段的分析。

［228］朱栋霖：《论曹禺的戏剧创作·后记》，人民文学出版社，1986 年，第 375 页。

［229］［230］［231］［233］［239］孙庆升：《曹禺论》，第 80、85、98、34、106 页。

［232］田本相：《曹禺剧作论》，中国戏剧出版社，1981 年，第 163 页。

［234］ 朱栋霖：《论曹禺的戏剧创作》，第 320、322 页。

［235］ 参看《大小舞台之间》第一章第四节。

［236］ 朱栋霖：《论曹禺的戏剧创作》，第 68、73 页。

［237］ 陈平原：《论曹禺戏剧人物的民族性格》，载《中国现代文学研究丛刊》1983 年 1 期。

［238］ 参看本书第一章第四节"评论者的价值尺度"的有关部分。

［240］ 田本相：《曹禺剧作论》，第 244 页。

［241］ 朱栋霖：《论曹禺的戏剧创作》，第 62 页。

［242］ 作者高瑜，载《北京艺术》1982 年 8 期。

［243］ 载 1974 年 8 月 27 日《大公报》。

［244］ 参看《大小舞台之间》第一章第五节第四段"预见到的'失败性'"的有关分析。

［245］ 高瑜：《沉睡中的唤醒》，载《北京艺术》1982 年 8 期。据高文介绍，曹禺赞扬了刘晓庆、杨在葆的表演："男女主人公演得自然极了，这两个人物都是容易演得过火的，但花金子泼辣之中显其可爱，仇虎粗野中令人同情。"曹禺认为全剧六个人物中演得最好的是白傻子，"演得真让人相信，而不让人讨厌，影片由他看羊开始，到他看羊结束，意思深刻含蓄，人间一幕惨剧过后，大地又变成原野"。

［246］ 转引自田本相：《曹禺传》，第 463 页。

［247］ 参看《大小舞台之间》第一章第二节。

［248］ 载《萌芽增刊》1982 年 2 期。

［249］ 于昕：《叛逆者的歌——评电影剧本〈原野〉》，载《中外电影丛刊》1983 年 1 期。

［250］ 作者文铭，载《中外电影丛刊》1983 年 1 期。

［251］ 转引自田本相：《曹禺传》，第 464 页。

［252］ 秦川：《谈曹禺对〈原野〉的修改》，载《四川大学学报》1983 年 2 期。

［253］［255］［256］［257］ 晏学：《〈原野〉删得失谈》，载《戏剧报》1984 年 7 期。

［254］［258］ 黄宗江：《看〈原野〉，寄奇虹》，载《戏剧报》1984 年 7 期。

［259］ 张奇虹：《时间与实践的审视——写在〈原野〉演出两周年》，载《戏剧报》1986 年 8 期。

［260］ 万方：《我的爸爸曹禺》，载《文汇月刊》1990 年 7 期。

［261］［262］ 凌子：《反封建的长诗》，载《萌芽增刊》1982 年 2 期。

［263］ 孙道临：《谈〈雷雨〉的电影改编》，载《电影艺术》1984 年 7 期。

［264］ 曹其敬：《一次不成功的挑战》，载《电影艺术》1984 年 7 期。

［265］ 雷鸥：《青年人怎样看〈雷雨〉？——记上海青年影评协会对〈雷雨〉的评论》，载《电影艺术》1984 年 11 期。

［266］ 陈珏：《访曹禺》，载 1984 年 3 月 15 日《文汇报》。这篇采访记还记录了曹禺

对电影《雷雨》的评价："影片能把原剧的八个人物，纷繁的事件，忠实而集中地再现到银幕上，是很不容易的尝试。"

［267］［268］　参见《大众电影》1986 年 7 期。

［269］　陈犀禾：《伦理文化和消费文化》，载《大众电影》1986 年 10 期。

［270］　据《大众电影》1988 年 7 期有关报道。

［271］　据报道，1940 年代（1942 年）《家》即"在锣鼓声中出现在京剧舞台上"，并被认为是"《家》的深入群众的一个表现"（兰《〈家〉在京剧中出现》，载《女声》1942 年 4 期）。1959 年也曾有过将《雷雨》改编为沪剧的试验（据《文汇报》1959 年 7 月 28 日报道：《沪剧大会串昨晚开始，优秀剧目〈雷雨〉获好评》）。

［272］　上海芭蕾舞学校《雷雨》创作组：《〈雷雨〉从话剧到芭蕾舞剧》。

［273］　《一出动情的芭蕾舞剧——看芭蕾舞剧〈雷雨〉》，载《文汇报》1981 年 12 月 6 日。

［274］　这样的新阐释，也引起了一些人的诘难。《文汇报》曾发表一个自称"从事戏剧工作的晚辈的读者"给曹禺的信，指出："舞剧中通过周朴园大量的怀旧表演，使人们同情周朴园，痛恨繁漪，难怪一个观众看完了戏说：'这个后娘太坏了，她毁了这一家'"，由此而提出了两个问题："谁是剧中黑暗势力的代表？谁应该被寄于深切的同情？""周朴园对侍萍的爱情，繁漪与周萍的爱情，是否是纯洁与真挚的？"（耿龙：《就芭蕾舞剧〈雷雨〉请教曹禺同志》，载《文汇报》1981 年 12 月 20 日）

［275］　《话剧〈北京人〉在纽约上演记》，载 1980 年 3 月 29 日《人民日报》。

［276］　转引自田本相：《曹禺传》，第 450 页。

［277］　《美国演员是怎样排练〈家〉的？访戏剧家英若诚》，载《戏剧报》1984 年 5 期。

［278］　据 1984 年 2 月 18 日《星洲日报》报道，转引自田本相等：《曹禺年谱》。

［279］［280］　廖光霞：《在日本看〈雷雨〉》，载 1984 年 6 月 28 日《文汇报》。

［281］　论文原题为《曹禺所受的西方文学的影响》，1970 年译为中文，由香港文艺书屋出版时，改题为《曹禺论》。

［282］［284］　华忱之：《评刘绍铭〈小说与戏剧〉曹禺剧作专章》。

［283］　1940 年代胡风在《论曹禺底〈北京人〉》里即已称曾文清为"多余的人"；靳以则从曾文清身上"仿佛看到了活在 19 世纪俄国作者冈察洛夫笔下的奥勃洛莫夫"。（《北京人》）

［285］　据田本相《曹禺传》介绍，有佐藤一郎（庆应大学教授）、大芝孝（神户外大教授）、吉村尚子（东京大学教授）、吉田幸夫（九州大学教授）、井波律子（金泽大学副教授）等；此外，饭塚客是一位年轻学者，东京都立大学毕业，毕业论文就是《曹禺论》，著名曹禺研究者还有宅间园子、芦田肇、名和义介等。

[286] 佐藤一郎:《曹禺》(和光社 1954 年 7 月版)。转引自田本相:《曹禺传》。

[287] 伊藤一郎:《古陶和黄土的子孙》,《三田文学》第 41 卷 51 期。转引自田本相:《曹禺传》,第 468—469 页。

[288] 在 1982 年左右,这类发现并非个别,比如有人发现了鲁迅小说中的象征主义,创造社小说中的表现主义因素等等,在这个意义上,丁小平对《雷雨》的发现也可以说是种时代的发现。

[289] 丁小平:《第九个角色——〈雷雨〉导演札记》,收《曹禺戏剧研究集刊》。

[290] [291] 夏康达:《〈雷雨〉演出得失谈》。

[292] [294] [295] [296] 孔庆东:《从〈雷雨〉的演出史看〈雷雨〉》,载《文学评论》1991 年 1 期。

[293] 田珍颖:《重排〈雷雨〉有新意》,载 1989 年 11 月 10 日《北京晚报》。

[297] [298] [299] 唐斯复:《看黄佐临导演〈家〉散记》,载《戏剧报》1985 年 3 期。

[300] 田本相:《〈北京人〉观后》,载《戏剧报》1987 年 7 期。

[301] 石维坚:《一片痴情戏中来——看罗历歌扮演瑞珏》,载《戏剧报》1984 年 6 期。

[302] 胡伟民:《话剧艺术革新浪潮的实质》,载《戏剧观争鸣集(一)》,中国戏剧出版社,1986 年。

[303] 马也:《戏曲的实质是"写意"或"破除生活幻觉"吗?》,载《戏剧观争鸣集(一)》。

[304] 作者王东向,文载《戏剧论丛》1982 年 5 期,收《戏剧观争鸣集(一)》。

[305] 应群:《话剧创新新思潮初探》,原载《当代文艺思潮》1983 年 6 期,收《戏剧观争鸣集(一)》。

[306] 胡润森:《〈原野〉简论》,载《四川大学学报》1982 年 2 期。

[307] 曹禺致胡润森书(1982 年)。此信复印件系胡润森同志提供,并承允在本书第一次发表,谨致由衷的感谢。

[308] 载《文学评论》1986 年 2 期。

[309] 这并不是一种孤立的现象:老一代的学者唐弢在他所写的《我爱〈原野〉》里,也引用了作者的这一段自述,并且说:"我喜欢这段话,这段话表达了艺术的一个独立的境界。"唐弢也是要人们注意剧作家在创造他"独立"的艺术"境界"时所作的独特追求,也即"原初意旨"。

[310] 作者宋剑华。

[311] 作者吴健波,载《文学评论》1989 年 1 期。

[312] 载《中国现代文学研究丛刊》1990 年 4 期。

[313] 1970 年代末、1980 年代四川文艺出版社出版重印曹禺剧本,印数大多在万册以至十万册以上:《王昭君》(1979 年初版,印数十一万册),《日出》(1985 年

重印，平装两万四千六百册，精装两千五百册，《明朗的天》(1984 年重印，平装一万五千两百册，精装两千九百册)，《胆剑篇》(1979 年重印，两万五千册)，《原野》(1982 年重印，平装四千七百册，精装两千五百五十册)，《雷雨》(1984 年重印，平装两万八千三百册，精装三千二百册)，《北京人》(1984 年重印，平装两万五千册，精装两千八百册)，《蜕变》(1984 年重印，平装两万零五百册，精装两千六百五十册)。

[314] 与田本相的谈话 (1980 年 6 月 22 日)。转引自田本相：《曹禺传》，第 454 页。

[315] 《戏剧创作漫谈》，载《剧本》1980 年 7 期。

[316] 梅阡与田本相的谈话 (1984 年 11 月 29 日)。转引自田本相：《曹禺传》，第 406 页。

[317] 《莎士比亚研究》发刊词 (1982 年 6 月 9 日)，载《莎士比亚研究》1 期。

[318] [320]《作莎士比亚的知音》(中国莎士比亚研究会开幕词)。

[319] 为《奥尼尔剧作选》写的序，载《外国戏剧》1985 年 1 期。

[321] 《攻坚集·序》，载《人民戏剧》1982 年 1 期。

[322] 《戏剧创作漫谈》，载《剧本》1980 年 7 月号。

[323] 与田本相的谈话 (1986 年 10 月 18 日)。转引自田本相：《曹禺传》，第 474 页。

[324] 与田本相的谈话 (1984 年 6 月 3 日)，转引自田本相：《曹禺传》，第 411—412 页。

[325] 类似的屈服、让步并不在少数，如在这次讲话中，曹禺还承认："旧本《雷雨》的序幕和尾声写得不好，周朴园衰老了，后悔了，挺可怜的，进了天主教堂了，其他人物，有的疯了，有的痴了，这样，把周朴园也写得不坏了，这种写法是抄自外国的坏东西。"而在 1978 年 9 月接见一位来访者时，还说："周萍这个人物太混账，太卑鄙了，演这个人，对他的'坏'要让观众慢慢觉得才好，细想一想这个人简直坏到没有一点人味了，这个家里'闹鬼'，是他主动勾引的繁漪"云云。此文收入《曹禺论戏剧》时，将"周萍这个人物太混账，太卑鄙了"这句话改为"有人说周萍这个人物坏"，但后面几句仍保留。

[326] 转引自曹树钧等：《摄魂——戏剧大师曹禺》。

[327] 与田本相的谈话 (1980 年 6 月 22 日)。转引自田本相：《曹禺传》，第 454 页。

[328] 当时有一个电视剧，题为《寻找回来的世界》，可见这种"重新寻回"是一个时代的思潮。

[329] 《思想要解放，创作得繁荣》，载《文艺报》1979 年 6 期。

[330] 《多写，多写，再多写——与青年剧作者的谈话》，载《电影艺术》1979 年 4 期。

[331] 同田本相的谈话 (1986 年 10 月 8 日)。转引自田本相：《曹禺传》，第 469、474 页。

［332］ 收巴金《随感录》第6章。巴金说："你是一个好的艺术家，我却不是。"这是一个相当深刻的判断，而非谦词：中国作家本有艺术家型与战士型，曹禺属前者，而巴金、鲁迅等都属后者，尽管他们并不缺乏艺术家的才情。

［333］ 和田本相的谈话（1986年10月18日）。转引自田本相：《曹禺传》，第473页。

［334］ 转引自田本相：《曹禺传》，第487—488页。

［335］ 与田本相的谈话（1984年10月18日）。转引自田本相：《曹禺传》，第474页。

［336］ 与田本相的谈话（1984年6月3日），转引自田本相：《曹禺传》。

［337］ 据他的女儿万方回忆："他的性格是好动，好热闹的，……长时间的寂寞会使他烦躁，他坐在桌前翻他的杂志，毫不相干的杂志，又走到书柜前无目的地找出，读出书的名字，他在屋子里东走西走……"（《我的爸爸曹禺》），载《文汇月刊》1990年1期。

［338］ 万方：《我的爸爸曹禺》，载《文汇月刊》1990年1期。

［339］ 万方分析："我爸爸喜欢听赞扬的话，当然不是任何赞扬都喜欢，总是高级一点的吧。但是他又清清楚楚地知道，这样很没意思，……只要他稍一闲下来，他的头脑就不停地转。就好像被鞭子抽着的陀螺，这根鞭子经常是：自我剖析。我至今弄不清他的思想深处，是否定自己多，还是肯定多，或者更多的是对自己的怜悯，他永远不能领悟'自足长乐'和'随遇而安'的欣然。"

［340］ 有趣的是，曹禺还在南开大学学习时，为他改编的高尔斯华绥的《争强》的序里（1930）就谈到了"弱者"的悲剧："大概弱者的悲剧都归咎他太软弱，受不住环境的折磨或内心的纠纷；强者的悲剧都归咎在过于倔强，有时不能顺应环境的变迁。"（转引自田本相：《曹禺传》，第97页，北京十月文艺出版社1988年）

［341］［342］［343］ 转引自田本相：《曹禺传》，第472、473页。

沈从文的选择与命运

1949 年初，当经过 1948 年的大决战，蒋介石的国民党政权败局已定，世人或满怀期待和喜悦，或充满疑虑以至疑惧，准备面对新中国的诞生的时候，文坛上爆出一个自杀事件：3 月 28 日，在三四十年代拥有广泛影响的作家沈从文用剃刀划破了颈部及两腕的脉管，又喝了一些煤油，试图结束自己的生命。这在当时即引起强烈

沈从文

的反响，以后就成为新中国知识分子精神史的一个"谜"。它以极其尖锐的形式，提出了一个易代之际知识分子的选择问题。由此而引发了人们对沈从文在 1949 年以后的命运的关注：他一身兼具"乡下人"和"自由主义知识分子"的双重立场与身份，自然是别有一种典型意义的。本文将就此讨论五个问题。

一、沈从文为何自杀?

文人自杀是易代之际的典型现象。1948 年 11 月出版的沈从文的朋友朱光潜主编的《文学杂志》曾发表文章,讨论当年王国维的自杀,以及 1948 年词人、镌刻家乔大壮的自杀,[1]指出:"今日已不是朝代的更易,而是两个时代,两种文化在那里竞争。旧的必灭亡,新的必成长。孕育于旧文化里的人,流连过去,怀疑未来,或对于新者固无所爱,而对于旧者已有所怀疑、憎恨,无法解决这种矛盾,这种死结,隐逸之途已绝,在今日已无所逃于天地之间,无可奈何,只好毁灭自己,则死结不解而脱。像王静安、乔大壮两位先生都是生活严肃认真、行止甚谨的人,在这年头儿,偏偏就是生活严肃认真的人,难以活下去。所以我们对于王、乔两先生之死,既敬其志,复悲其遇,所谓生不逢辰之谓也。"

沈从文从他的"常"与"变"的历史观出发,早在 1948 年即已认定:"一切终得变。中国行将进入一个新时代,则无可怀疑。"在这个意义上,"变"即"常"(态)("道")。"凡事将近于自然。这里若有个人的灭亡,也十分自然。"[2]

"旧的社会实在已不济事了,得一切重作安排"。这就意味着要"一切价值重估"。问题是这样的"易代",由"旧时代"将转入怎样的"新时代",将发生怎样的价值变化? 沈从文也有一个明确的判断:"二十年三十年统统由一个'思'字出发,此后却必须用'信'字起步。"[3]十三年后的 1961 年,沈从文又这样谈到自己这样的知识分子:"他幸又不幸,是恰恰生在这个人类历史变动最大的时代,而恰恰生在这个点上,是个需要信仰单纯,行为一致的时代。"[4]以后的历史发展证明了,沈从文的判断,是有它的道理的:至少说毛泽东时代确实是一个"需要信仰单纯,行为一致的时代"。

于是，就产生了一个问题：像沈从文这样的知识分子能适应这个由"思"向"信"的历史大变动吗？

沈从文发现了自己的三大困境：

（一）作为一个"文法部门"的知识分子（即今天所谓人文知识分子），能够放弃"思想"吗？"我思，我在"[5]，"思"对沈从文具有存在论的意义，岂能轻言放弃？而且思想是"有根深蒂固连续性，顽固排他性"的，是无法"忘我，无我"的，"我持"越强越难做到。[6]

（二）作为一个"内向型"的知识分子，自己天生地"能由疑而深思，不能由信而勇往"，"永远有'不承认现实'的因子"，有"永远不承认强权的结子"，"总觉得现实并不合理"。这样的怀疑主义的，永远不满足现状的知识分子，能够和需要用"单纯信仰"来维持既定统治秩序的时代要求相适应吗？[7]——人们很容易联想起鲁迅在《文艺与政治的歧途》里对"不满意于现状"的"感觉灵敏"的"文艺家"的命运的思考。其实，几乎和沈从文同时，后来成为胡风分子的张中晓也在思考这个问题。[8]

（三）作为一个固执的"乡下人"，"乡村简单生活和自然景物"，以及反映这样的生活理想的"旧小说"，是自己多年来抗拒现实黑暗，避免自我屈服、堕落的三大救手，安身立命之处，这样的"生命经验的连续性和不可分割性"是能够轻易割断的吗？[9]——这背后似乎还隐含着对"乡土中国"的消亡的疑惧。

这已经涉及新时代如何看待自己，自己视为生命，极为看重的文学上的成绩的问题。本来，沈从文对于在"一切价值重估"的时代，自己"许多努力得来的成就"，"自不免都若毫无意义可言"是有思想准备的[10]，但却没有想到，他所面临的却是"大批判"的革命风暴：郭沫若《斥反动文艺》，北大学生"打倒新月派、现代评论派、第三条路线的沈从文"的大标语。而郭沫若的批判其实是大有来头的。据《毛泽东年谱（1893—1949）》透露，1948 年 1 月 14 日毛泽东曾为中共中央起草致香港分局、上海局及各中央分局电，内称："要在报刊上对于美帝及国民党反动派存有幻想、反对人民民主革命、反对共产党的某些中产阶级右翼分子的公开的严重的反动倾向加以公开的批评与揭露。"[11]这对沈从文的打击是致命的，如在给朋友的信中所说，"迫害感与失败感，愧与惧，纠纷成一团，思索复思索，便自以为必成一悲剧结论"[12]。沈从文在给丁玲的信中则说是"恐怖迫害"，"怕中共，怕民盟，怕政治上的术谋作成个人倾覆毁灭"[13]。总之，"我行将被拒绝于群外，阳光不再属于我有了"[14]——人们很容易联想起曹禺笔下的陈白露的"太阳出来了，太阳不是我们的"的著名台词。这样的"革命胜利了，知识分子却毁灭了"的恐惧是从海涅开始的世界知识分子历史所共有的命题。[15]

这样，沈从文的困惑以至恐惧实际上已经上升为存在论的层面："绳子断碎了，任何结子都无从……""你是谁？你存在——是肉体还是生命？"[16]"我思，我存在，一切均相互存在。我沉默，我消失，一切依旧存在。"[17]"革命来临以后"，我将"如何自处"？[18]"我（的）'意志'是什么？""'我'在什么地方？寻觅，也无处可以找到"[19]"我实在不明白我应搁在什么位置上为合宜。我似乎已失去这个选择力"，"我究竟是在什么位置上？"[20]

其实，早在 40 年代沈从文就有了陷溺在由"统治者"，"被它所囚缚的知识分子和普通群众"共同构成的"无边无际的海洋"（这很有点类似鲁迅所说的有形之阵与"无物之阵"）里，"把方向完全迷失"的恐惧[21]，他说"由于外来现象的困缚，与一己信心的固持，我无一时不在战争中，无一时不在抽象与实际的战争中，推挽撑拒"[22]，以致"心智神经失去灵明与弹性，只想休息"，"我的休息便是多数人说的死"[23]。因此，确如论者所说，沈从文的疯狂与自杀都是有"自身思想发展的内在缘由"的[24]。如果说 1940 年前后，沈从文的疯狂与自杀倾向，是由理想（即他所说的存在于"抽象"里的"生命一种最完整的形式"）和现实人事之间的巨大冲突所引发[25]，他尚能够在其间"推挽撑拒"；而到了 1949 年，沈从文却面临着一个高度集权的社会，只要被体制拒绝了，就要陷入"凡是大门都关得严严的，没有一处可以进去。全社会都若对于陌生客人表示拒绝"的根本性的存在困境，他连挣扎的可能都没有了[26]。

于是，沈从文就深深地陷入了两大精神、心理病态的折磨之中，无以自拔，也无法自救。

首先是被时代、历史、社会彻底抛弃的"游离感"："生命不过如此。一切和我都已游离"[27]。沈从文想起自己一生都是"完全游离于生活之外，作一个旁观者"，这难道就是一种宿命？[28]他觉得自己像"失去方向的风筝"飘浮在天空，"不辨来处归处"；在刹那间，他甚至产生自己的生命（肉体的与精神的）"游离四散"而"破碎"的幻觉[29]。在幻觉消失以后，他又如此冷静分析这样的游离状态给自己造成的生存困境："如果工作和时代游离，并且于文字间还多抵牾，我这种'至死不殆'强执处，自然即容易成为'顽固'，为作茧自缚困难。即有些长处，也不免游离于人群的进步理想以外，孤寂而荒凉"[30]：意识到这一点，他感到了刻骨铭心的痛苦。

更让他感到恐怖的是，自己"完全在孤立中。孤立而绝望，我本不具生存的幻望。我应当那么休息了！"[31]这样的孤立感对沈从文是致命的。

于是，就有了这样的幻觉："向每一个熟人鞠躬，说明不是一道。/向你们微笑，因为相互十分生疏，/而奇怪会在一起如此下去。/向你们招呼，因为可以增加生疏。/一切都不可解，却始终得这样继续下去。"[32]这样的在"熟人"（知识分子群）中的生疏感、异己感，其实是早已存在于沈从文心灵深处的：他无法摆脱自己的"乡下人"的身份与情结。他在这一时期写给张兆和的信中就提醒说："莫再提不把我们当朋友的人，我们应当明白城市中人的规矩，这有规矩的，由于不懂，才如此的。"[33]而那些把自己当作朋友的自由主义知识分子，沈从文的心中也是自有一条线的：他后来就谈到自己和胡适不讨论政治，因为"他们谈英美政治，和我的空想社会相隔实远"，也不和梁实秋谈文学，"因为那全是从美国学校拿回来的讲义，和我的写作实践完全不合"[34]。而现在，在这历史转折关头，沈从文更是感到了和这些朋友的隔膜。梁思成、林徽因曾在给张兆和的信中这样描述他们这些留在大陆、聚集在清华园里的自由主义知识分子的生活与心境："生活极为安定愉快，一群老朋友仍然照样的打发日子，……而且人人都是乐观的，怀着希望的照样工作。"[35]沈从文对老朋友的乐观作出了强烈的反应："若勉强附和，奴颜苟安，这么乐观有什么用？让人乐观去，我也不悲观。"[36]在沈从文看来，这样的"附和"潮流而求"苟安"是以放弃知识分子的独立性（"奴颜"）为代价的，不过是他早已看惯的"城里人"的"世故"[37]，是自己这样的固执的乡下人无论如何也学不来的，自己只有孤身坚守了。但却因为坚守而被朋友"当了疯子"，这是沈从文最感惊心的："没有一个朋友肯明白敢明白我并不疯"，"我看许多人都在参预谋害，有热闹看。"[38]这样的亲密朋友成了"看客"，都"参预谋害"的幻觉，是足以使沈从文崩溃的。——这很容易让人们联想起鲁迅笔下的"狂人"。

　　沈从文在给丁玲的信中又这样写道："在一切暗示控制支配中，永远陷入迫害疯狂回复里，只觉得家庭破灭，生存了无意义。"[39]这样的"家庭破灭"就几乎把沈从文的恐惧与疯狂推到了顶端。关于家庭危机，沈从文有两点暗示，很值得注意。一是谈到自己这个"只知空想胡写，生活也不严肃的人"，"目下既然还只在破碎中粘合自己，唯一能帮助我站得住，不至忽然圮坍的，即工作归来还能看到三姐"[40]。这里谈到"生活不严肃"，所暗示的自然是沈从文的家庭感情危机。过去已有学者考证、研究过沈从文和诗人高青子、九妹的婚外恋，[41] 2009 年《十月》2 期发表了新发现的沈从文 40 年代小说《摘星录》和《梦与现实》的初刊稿，以及发现者（裴春芳）的研究文章《虹影星光或可证——沈从文〈看虹摘星录〉爱欲内涵发微》，考证了沈从文与其姨妹的一段恋情，而新发现的《摘星录》即是这样的爱欲经验和幻想的产物，也就是这篇小说被许杰等作家批评为"色情作品"，郭沫若直斥沈从文作品为"粉红色的反动文艺"，其主要依据大概也是这篇作品。而在 1940 年前后，沈从文的这些婚外恋是引发了家庭危机的，1940 年张兆和曾准备带着两个孩子离开沈从文到昭通教书应与此有关。[42] 如前文所说，在这一时期的作品里，沈从文频频谈到精神的疯狂与自杀欲念，其中一个重要触因就是"主妇"的态度"陷我到完全孤立无助情境中"。[43] 在感情与家庭危机过去以后，沈从文在 1945 年为纪念结婚十三年写了一篇题为《主妇》的小说，坦承自己"生命最脆弱一部分，即乡下人不见世面处，极容易为一切造型中完美艺术品而感动倾心"，并无法摆脱"长久持家生活折磨所引起的疲乏"，这都造成了"情感泛滥"而给家庭带来"危险"，他说自己为此"战争了十年"，并表示"我得从公民意识上，凡事和主妇合作，来应付那个真正战争所加给一家人的危险"。值得注意的是，这篇小说的最后，"我"又被"平衡"理性与情感矛盾的"幻念"带到了"疯狂"，在"无边际的思索"所产生的幻觉中走向滇池，在往前一步即陷入死亡的深渊的那一瞬间清醒了："我得回家了"，"我"又回到"主妇"身边，但还是"遥闻一种呼唤招邀声"。[44] 可以看到，这样的一个"无边际思索—疯狂幻觉—自杀欲念—回家欲念"的心理模式，在我们所讨论的"1949 年沈从文自杀事件"中再一次出现了，或者说被延续，发展了。这一次并没有"感情泛滥"造成的家庭危机，但郭沫若"反动黄色文艺"的指责，则显然会引发本已趋于平静的感情的痛苦记忆，将沈从文置于道德审判台前，而这样的道德审判又显然是为政治审判服务的：在郭沫若的申讨中，"黄色"是为加强"反动"的罪责。这样的家庭情感危机与政治的纠缠、被利用，对沈从文是最具杀伤力的：既使他有口难辩，更让他感到恐惧。

于是，就有了在给丁玲信中沈从文的另一方面的暗示："欲使我疯狂到毁灭，方法简单，鼓励她离开我"，"中共对我的处理，如第一步就是家庭破裂，我想我神经崩溃恐将无可补救，任何工作意义也没有了！"[45] 现在没有材料证实中共方面在鼓励主妇离开沈从文，他的这一暗示或许有幻觉的成分。但有一个事实，连沈从文也很快就觉察到了：在这个历史、时代的大转折时期，每个人都必然要卷入政治中，作出自己的选择。沈从文因此写了一篇文章，题目就叫《政治无所不在》，这可以说是沈从文对新社会的第一个观察，而他的第一个发现，就是"政治浸入了孩子的生命已更深"。这对沈从文来说，是至关重要的，因为他在 1948 年决心留在大陆，就是因为"放弃了对于一只沉船的希望，将爱给予下一代"，"为孩子在新环境中受教育，自己决心做牺牲"。[46] 现在，孩子（当然更重要的还有"主妇"）都并不困难地接受了新政治，新社会，而自己却因为"乡下人"的固执却多所疑虑，这就必然要引起新的家庭冲突。《政治无所不在》一文里，就写到"我们共同扮演了一幕《父与子》，孩子们凡事由'信'出发，所理解的国家，自然和我由'思'出发明白的国家大不相同。谈下去，两人都落了泪"。[47] 这落泪是动人的，也是最具震撼力的，沈从文终于明白，他如不改变自己，不"向人民投降"，[48] 不仅为社会所不容，"即使在家庭方面，也不免如同孤立了。平时这孤立，神经支持下去已极勉强，时代一变，必然完全摧毁。这就是目下情形。我的存在即近于完全孤立"。[49]家庭是沈从文，也是所有的人，在大时代的飘摇中，最后一块安身之处，立足之地，现在也发生了被拒斥的危机。沈从文的游离感、孤立感都发展到了极度，已是他极度敏感的心灵所难以承受，而他的丰富的想象力，又极度地强化了他的恐怖感，他终于被逼到了"疯狂"的绝地，在"投降"之前，只有借"彻底休息"保留一个完整的自我来作最后的挣扎了。

以上的讨论，说明1949年沈从文自杀是多种因素合力作用的结果：既有政治的压力，也有家庭的危机，更是易代之际知识分子游离时代，被社会拒斥孤立，找不到自己位置的精神危机。这都是具有极大典型性的；沈从文个人与家庭的情感危机或许有一定的特殊性，但家庭情感危机和政治的纠缠、被利用，在1949年以后的中国大陆的历次政治运动中都一再发生，这也够得上是一个典型现象。

但问题的另一面却是置之绝地而后生，在沈从文的疯狂与自绝中也孕育着新生。正像前文所分析的十年前的那次情感的、家庭的、精神的危机，也止步于自杀的边缘，最后"回家"了；这一次，在自杀被救以后，他也是"回到家里"，"终于还被大力所吸引，所征服"，"被迫离群复默然归队"了。[50]——这样的"默然归队"，在1949年以后的大陆知识分子中也是具有典型性的。

这里需要强调的是，沈从文的"归队"，并不完全出于外在的压力，也不完全被动。我们首先注意到，沈从文是一个具有极强的承担意识和使命感的知识分子，这是沈从文一切思想与行为选择的一个基本出发点，也是我们观察、研究他必须牢牢把握的基本点。他是不能想象自己永远被游离于社会、人群之外的，他觉得这样的游离状态，是"极离奇"的："那么爱这个国家，爱熟与不熟的人，爱事业，爱知识，爱一切抽象原则，爱真理，爱年青一代，毫不自私的工作了那么久，怎么会在这个时代过程中，竟把脑子毁去？把和社会应有关系与自己应有地位毁去？"[51]对沈从文来说，这些"爱"，这些"关系"，这些"地位"，都是一种责任；不管外在力量怎样拒斥、孤立，他依然要"归队"，回到时代、历史潮流中，尽到自己的一份公民的职责，即使社会不给他机会，他也要"等待"。他在从自毁的迷误中清醒过来以后说："我明白了'等待'二字具有什么意义"，"等待"成了他此后主要的生命词。[52]

更重要的是，沈从文的"归队"，也是有内在依据与可能的。这就是本文所要讨论的第二个问题——

二、沈从文怎样找到自己的生命和新社会的契合点，作为联结的通道？也就是说，他如何适应新的社会，又坚守自己的基本立场，从而形成了他的"新思想"？

"文革"期间的1968年，沈从文写了一个申述材料，回顾1949年以来的人生之路，说到"有三个原因稳住了我，支持了我"："一、我的生活是党为抢救回来的，我没有自己，余生除了为党做事，什么都不重要。二、我总想念着在政治学院学习经验。每天在一起的那个老炊事员，我觉得向他学习，不声不响干下去，完全对。三、我觉得学习用《实践论》、《矛盾论》、辩证唯物论搞文物工作，一切从发展和联系去看问题，许多疑难问题都可望迎刃而解。"[53]

1983年他在一篇文章里，也说自己"卅年学习，前后只像认识十一个字，即'实践'、'为人民服务'和'古为今用'，影响到我工作，十分具体"。[54]——这两段话，特别是"文革"期间的申述，自会有那个时代的特殊烙印，但沈从文的态度是认真的，大体上是反映了他的真实想法的，并且对他的基本思想作了一个概括，因此，可以作为我们讨论的依据。结合他各个时期的言论、文字，我以为1949年以后的沈从文"新思想"大概包括三个方面的内容：

（一）沈从文的"新爱国主义"思想

在1968年的申述中，沈从文说到党对他的"挽救"，以及"余生为党做事"的意念，或许有时代印记，但他在1949年那次自杀以后，就接受了中国共产党的领导，确是事实。而这样的接受又是从他的爱国主义思想出发的。1951年沈从文在给朋友的通信里，提出了一个原则："凡事从理解与爱出发"；而他的"爱"，首先是对国家的爱："我爱国家，因为明白国家是从如何困难挣扎中建立起来的"，"我是个中国人……怎么能不爱？"[55]这是沈从文和他那一代和国家、民族一起饱经历史沧桑的知识分子的一个基本立场，是他们的思考与行为选择的出发点与归宿，也是我们观察和研究沈从文那一代老知识分子必须牢牢把握的另一个要点。他正是从对国家、民族的刻骨铭心的爱出发，对他们并不习惯，甚至有所抵牾的新中国、新社会，采取了努力理解的态度，这就是他们最终接受共产党领导的思想基础。

其实，早在新中国成立以前的1948年，沈从文就已经说过："重要处还是从远景来认识这个国家。国家明日必进步，可以使青年得到更多方面机会的发展，事无可疑。只不过进展方式，或稍稍与过去书生所拟想的蓝图不甚相合罢了。一切历史的成因，本来就是由一些抽象观念和时间中的人事发展相互修正而成。书生易于把握抽象，却常常忽视现实。然在一切发展中，有远见深思知识分子，却能于正视现实过程上，得到修正现实的种种经验。"[56]

——这里谈到了"书生（在另一封信里，沈从文称为'自由主义书呆子'[57]）所拟想的蓝图"，是对他自己的建国设想的一个反省。沈从文说自己的思想与创作倾向是"自由主义偏左"的，[58]并自称

"空想的社会主义者，文学中的观念革命家"。[59]这大概是符合实际的：沈从文曾把他的"人类社会理想"概括为"使人乐生而各遂其生"，并认为是和"人类大同的愿望"相"一致"的，这或许有"空想社会主义"的成分，又显然有中国传统的道家思想的影响。[60]

而他的实现理想的建国之道，又是"专家治国"，"以为是可以从社会上各部门专家抬头，而代替了政客官僚军阀，知识能代替武力和武器，应用到处理国内问题时，就可以达到目的"，[61]而沈从文更看重的是文学艺术的作用，以为"如把文学艺术作工具，进行广泛而持久的教育与启迪，形成多数人对于国家进步一种新态度、新观念，由矛盾对立到和平团结，是势所必然。既深信文字的效果，且认为凡事能用文字自由讨论，就可望有个逐渐合理的明天，带来些新空气、新理解，足以将这个乱糟糟的统治现实加以改造"[62]：这就更是书生空谈了。而且"专家治国"的理念（这是沈从文和胡适为代表的自由主义知识分子的共同点）又是和我们在下文将要讨论的沈从文对知识分子，特别是专家根深蒂固的不信任感多少有些矛盾。

更重要的是，新中国的成立，是人民武装革命的胜利的结果这一现实，使沈从文，以及和他有类似想法的知识分子，不得不"老实承认在革命现实发展中，文学艺术已落于军事政治发展之后"，[63]就像鲁迅在1927年大革命时所说的那样，"一首诗吓不走孙传芳，一炮就把孙传芳轰走了"。[64]正是这种"罗亭式的空想空论，和现实接触后的破灭"，[65]成为沈从文这样的知识分子接受共产党领导的内在逻辑起点。

沈从文在1956年回顾自己思想发展道路时，特地谈到"年过七十，在本世纪初，和帝国主义者办过交涉极久的叶公绰先生"的一次谈话："他说，有两次关于国家重要消息使他流泪：一回是孙中山先生宣布辛亥革命成功，另一次就是毛主席在人民政府成立时，说的

'中国已经站起来'，因为都和反帝有关，和对于国家新的转机有关。"沈从文表示："我想凡是年在六十岁以上的知识分子，和叶老先生具有同感的一定不在少数！"[66] 在此之前写的一篇文章里，他更是强调一点："一切帝国主义在中国百年特权，一下铲除，这是中国历史上空前大事，是史无前例的。"[67]——这是一个重要的信息：沈从文和他那一代有着民族屈辱记忆的知识分子，对中国共产党所领导的新社会的接受，其最初的因缘，最重要的理由，就是中国共产党领导的革命，结束了中国备受帝国主义侵略、掠夺的半殖民地的历史，民族得到解放，国家得到独立。这样的感受，在沈从文这里是刻骨铭心的，在他以后的著作、书信里，不断地谈到中国必须"成为世界上一个大强国"，以防止"任何帝国主义者"的"侵犯"。[68]

这绝不是偶然的。可以说，这样的独立、强国梦，对帝国主义侵犯的警惕，成了这一代知识分子的一个基本情结，也是他们对中国共产党的一个基本认同点，一个精神联系的纽带。沈从文在谈到"知识分子和新社会的关系"时，谈到三种可能的选择：一是"自外"于中国共产党所制定的国家独立、富强这样的"共同进步目标"，像自己当年那样，"另有企图期望"，则"容易转成空想"，实所不能；二是"寄托依附于其他国家势力下"，"即容易成为民族罪人"，实所不取；剩下的只有一条路，就是"放弃旧立场，抛掉旧观点"，认同于中国共产党领导的国家，至少可以在国家建设上发挥自己的作用。[69]

因此，就有了对中国共产党的另一个认同理由："一个多变易的时代，必有个集团并善于运用集团方能成事。"[70] 于是，人们很容易就发现，在沈从文的文章、书信里，出现了四个他过去著述里从未有过的新词语："组织"、"动员"、"计划"和"领导"。这都是他反复强调的："格外重要"的是"个人和国家在有组织有计划中的发展"，"这种种，无不得通过中国共产党的领导"，"才有可能来实现一个伟大美

丽的新中国"[71];"只有在中国共产党领导下的人民政权""才能把
蕴藏在中国人民内部无限丰富的智慧和创造热情,全部解放出来,纳
入国家计划中,运用到科学研究和工业建设上去,实现国家发展的远
景"[72];"人在组织中动员起来时,实在是不可想象","人力的动员
如此伟大,个人处身其间,不免越来越感觉渺小"[73];"这次下乡四
月,深深明白'集体主义'和组织领导的重要性"[74],等等。——这
里显然存在一个逻辑:国家必须在"有组织有计划中"发展,特别是
东方落后国家要赶上西方发达国家,就必须把人民"组织起来",实
现人力资源的最大限度的动员,并最大限度地发挥人的智慧与力量;
而要做到这样的全民族,全国范围的"组织"、"动员"和"计划",
就必须有中国共产党这样的有着统一的意识形态,高度集权的集团来
"领导"。这就意味着,沈从文这样的知识分子对中国共产党领导的接
受,是建立在通过组织、动员与计划的力量,实现后发国家跨越性发
展的"国家主义的现代化发展道路"的认同基础上的。这同时也意味
着,沈从文现在认同的"国家"是一个"有组织有计划有领导的国家",
对于一个有着鲜明的个人主义和自由主义倾向的知识分子来说,这不
能不说是一个全新的经验,一个根本性的转变。

沈从文也就因此解决了长期困扰着他的两大问题。首先是和"政
治"的关系。沈从文并不讳言:"'政治'二字给我的印象,向来就只
代表'权力',与知识结合即成为'政术',在心里上历来便取个否定
态度。只以为是一个压迫异己膨胀自我的法定名词。"但是,他现在
终于认识到,"政治无所不在","人不能离开政治",自己过去那样逃
避政治不仅是自欺欺人,更是"对社会进步要求的责任规避"。而尤
其重要的是,现在,他在"官僚政治"之外,还发现了"新民主主
义政治"。前者是他深恶痛绝,避之不及的;后者他即使并不完全理
解,却是可以接受,愿意适应的。因为"新民主主义政治",在他看

来，是用权力来为国家利益、人民利益服务的，并不追求一己私利，也不会压迫异己者。因此，他尽管也知道"一个普通人，实不容易如政治家那么理解政治，适应政治"，但他依然愿意努力"改造"自己，以融入这样的新政治中[75]。他大概认为，这是实现他在 1948 年提出的一个理想的契机："国家社会能在一个合理管制领导下向上向前。万千人必忘过去仇恨，转而为爱与合作，一致将热忱和精力为新社会而服务"，[76] 他是愿意为这样的国家、社会理想献身的。

在同一篇文章里，沈从文还谈到了他的第二个新认识："人不能离群"，并且是"离群必病"[77]。这大概是他这一次疯狂而自闭的一个最重要的教训。他在病后所写的诗里写道："一个人被离群方产生思索"，而思索的一个中心问题就是如何"处理这个人群的新法则"。他终于"重新发现了自己"："我原只是人中一个十分脆弱的小点 / 却依旧在发展中继续存在 / 被迫离群复默然归队，/ 第一觉悟是皈依了'人'"；"终于还被大力所吸引"，"为完成人类向上向前的理想，/ 使多数存在合理而幸福，/ 如何使个别生命学习渗入这个历史大实验，/ 还是要各燃起生命之火，无小无大，/ 在风雨里驰骤，百年长勤！"[78]——这里，既有人性的皈依：在充分认识人性的群体性的基础上，自觉将个体生命回归群体之中；同时，也还包含有被时代的大力所吸引，融入"历史大实验"中，为"理想"，为"多数存在合理而幸福"，而无条件牺牲个人的生命欲求，而后者是接近已经成为主流意识形态的"集体主义"观念，即诗里所说的"人群新法则"的；前文提到沈从文在经过土改实践，"深深明白"了"集体主义"的"重要"，是真实反映了他的新思想的。

因此，沈从文有充分理由宣布，他获得了"新的理性"[79]。这大概包括了前文所提到的国家独立、富强梦，"有组织有计划"的国家观念，党的领导，"人不能离开政治"，"人不能离群"的理念。沈从文在另一篇文章里，还提出了一个"新的爱国主义"的概念[80]，其内涵应该也包括这几个方面。

这样的"新爱国主义"、"新理性"，显然是对新社会的一个适应，对其原有思想的一个调整，以至转变；但也有坚守，因为他对于中国共产党领导下的新中国、新社会的接受与认同，是以这样的新领导方式，新国家、新社会的发展方式，将有利于他的"使人乐生而各遂其生"、"万千人忘却过去仇恨，转向求爱与合作"的理想的实现的预设为前提的。因此，当以后党的领导，新中国的发展，越来越走向"阶级斗争为纲"的道路，距离他的理想越来越远，沈从文想适应也适应不了，就陷入了深刻的矛盾与痛苦之中，并且完全无能为力，这都是可以想见的。

更重要的是，在新中国成立初期，沈从文对中国共产党的领导的接受，尽管也存在外在压力，但仍然可以说是他的一个自觉选择，是自有逻辑的。但，随着党的控制的加强，就越来越具有了被动性。特别是在1957年反右运动以后，他不能不重新考虑自己在新中国、新社会的实际处境，他和党的关系。在给大哥的信中这样写道："做了'右派'真可怕！我们不会是右派，可是做人、对事、行为、看法，都还得改得好一些，才不至于出毛病"，"我毛病实在更多，今年就下定决心更改。几年来我记住丁玲告我两句话，很得益，她说'凡对党有好处的，就做，对党不利的，不干'我很得到这话的好处。盼望你也记住他"[81]。这样，他终于明白了所谓"接受党的领导"的真实含义，就是丁玲说的这句话，它是高度概括了所谓"党性原则"的；但这样的接受，却是以政治上的不安全感为背景的，具有明显的强制性，被迫性，显示的是反右运动的威慑力，以及反右以后建立的"五七体制"的专制性质。而对沈从文这样的知识分子而言，就意味着和中国共产党关系的一个实质性的变化：他们终于成了党的驯服工具。因此，沈从文在 1960 年写给大哥的信里，说出这样的话，就不是偶然的："大处全有党在一盘棋下掌握，不用担心了。惟小处总还是就地要人肯热心做事。"[82] 这就意味着，沈从文认可了这样的观念："大处"，世界、国家大事，民族命运，由党（实际上是党的少数"英明领袖"）掌握；老百姓（包括知识分子）不须关心，思考，过问，只须在"小处"，埋头"做事"。那个一直在关心、思考民族的未来，具有强烈的使命感、承担意识的沈从文，就这样发生了异化。当然，沈从文还在挣扎，这是我们在下文要讨论的。重要的是，这样的异化悲剧是上一个世纪五六十年代中国知识分子所共有的；我在一篇文章里，有过这样的描述："他们半是被迫，半是自动地放弃了探索真理的权利，放弃了独立思考的权利"，这不仅从根本上背离了现代知识分子的历史传统，而且"也是知识分子历史品格的丧失：在社会分工中，以思考作为本职的知识分子居然停止了思考，甘心做驯服工具，这真是历史的大倒退，大悲剧，也是历史的大嘲讽"[83]。

（二）沈从文的"新人民"观

沈从文一直是以"乡下人"自居的，是他最看重的自我身份，某种程度上也构成了他的一个情结，其中夹杂着自傲与自卑。这也是我们观察、研究沈从文必须把握的另一个要点。

沈从文曾一再说他"和人民中的船夫、农民、兵士、小手工业者，感情易相通"，[84] 因此，他总有"回到这些人身边去，这才是生命！"的冲动。[85] 在他的精神迷乱中，不断出现翠翠的形象，他说他在"搜寻丧失了的我"，那么，那个本真的"我"是应该在翠翠们中间的。[86] 因此，他在择路的困惑中首先想到的，就是到这些普通人民中寻找出路与支撑："只想想，另外一片土地上，正有万千朴质农民，本来也只习惯于照料土地，播种收获，然由觉醒到为追求进步原则，而沉默死亡，前仆后继，永远不闻什么声音，这点单纯的向前，我们无论如何能把自己封闭于旧观念与成见中，终不能不对于这个发展，需要怀着一种极端严肃的认识与注意！"[87]——值得注意的，是这里沈从文所关注的"农民"，是"觉醒"的，为建立新中国而"前仆后继"地牺牲的新农民，沈从文说为了要打破自己"封闭"于"旧观念与成见"的状态，就必须把握这样的发展，显然是要通过对这些觉醒的农民的关注，来寻找和即将到来的新社会的沟通之路。因此，当他的老朋友杨刚代表时在军事管制委员会担任要职的沙可夫、吴晗等人表示："我和许多朋友都相信你最终是属于人民的"时，[88]应该是使陷入绝望中的沈从文看到了希望的微光的。

这是颇耐人寻味的：沈从文于1950年初，到华北大学学习，这是他和革命与新政权的第一次接触；但真正触动他的，却不是那些抽象的革命理论，他说"在此半年唯一感到爱和友谊，相契于无言，倒是大厨房中八位炊事员"。[89]可以毫不夸张地说，正是这些普通的劳动者深刻地影响了沈从文的人生选择和他此后的一生。因此，如前文所引述，直到文化大革命时（那已经是十八年以后）他还是说是"那个老炊事员""稳住了我，支持了我"。[90]这样，这位老炊事员在沈从文这里就具有了象征的意义。那么，沈从文在"老炊事员"身上发现了什么呢？沈从文在谈到他在土改中所接触的农民时，曾经说过："好些方面，这些人的本质都和我写的三三、萧萧、翠翠相似，在土地变化中却有了些新的内容。"[91]沈从文对老炊事员也应该是既熟悉又陌生的，而他最看重的，却是那些"新的内容"。他看到的是新的觉醒："明白意识到自己作了主人"，"明白国家是老百姓自己的，自己的事自己做，齐力合心好好的做"，"明白爱国家为人民做事，大小都是一样"；新的道德："一切为人而无我"，"全心全意为人民服务"；新的作风："素朴而忠诚"，"话虽说得极少，事情总做得极多"，

"在沉默里工作，把时代推进"。[92]沈从文说他发现了"一种新的人民典型"。[93]他也因此懂得并接受了历史唯物主义的基本观点：劳动人民"创造了历史文化"，却"在阶级社会里，历来被统治阶级所忽视轻视"，"从不曾在历史文化中得到应有位置"，新社会的历史使命就是要使劳动人民成为"主人"。这样的"新人民观"也是沈从文的"新理性"，无疑是对他的乡下人情结的一个理论提升。沈从文也因此找到了自己的位置："和万万人民来共同创造一个崭新的既属于民族也属于世界的文化。"[94]他更是从炊事员"老同志"的"在沉默里工作，把时代推进"里，找到了自己的生命存在方式。——这些问题，我们将在下文详作讨论。

　　这里要强调的是，沈从文因此找到了他和共产党领导的革命和新社会最基本的契合点，一个最重要的认同基础。在他的新理解里，共产党领导的中国革命是一个"让老百姓翻身"的历史变革[95]；共产党及其领袖"代表的是万万劳苦人民／共同的愿望、共同的声音"[96]；毛泽东思想是"人类向前向上进步思想，在中国和万万觉醒农民单纯素朴人生观的结合，也即是马列主义在中国土地上生长的式样"[97]。原本充满疑惧的党、革命、新社会、新意识形态（毛泽东思想），经过这样的转换，就几乎是顺理成章地被乡下人沈从文接受了。

　　有意思的是，沈从文还在对城市里的知识分子的鄙夷与批判里，找到了他和毛泽东思想的认同点。这几乎是他在 1950 年前后，也即他的思想转变，归队时期最喜欢谈论的话题："这才是新时代的新人，和都市中知识分子比起来，真如毛泽东所说的，城里人实在无用！乡下人远比单纯而健康"[98]；"这些人（指土改中的农民）真如毛文所说，不仅身体干净，思想行为都比我们干净得多"[99]；"我们来自城市中的知识分子，不中用之至，甚至于可狗屁之至"[100]；"到农村看看，才明白在城市中的知识分子所过的生活，实在还是剥削国内工人和农民劳动果实，不大合理。如有人民良心，要靠拢人民"[101]。乡下人的自尊，在毛泽东的理论中找到了依据；但沈从文也因此比较容易地接受了毛泽东"知识分子必须改造"的思想。而这样的改造是包括他自己在内的，因为真正到了农村和乡下人接触，沈从文却发现，"我似他们可不是他们。爱他们可不知如何去更深入一点接近他们"，"某一点极理解，某一点却如隔着一层东西"[102]，于是，他明白了，自己"虽来自民间，却因为到都市一久，如同迷失了方向，再也回不到原来的乡下"[103]，这给他带来了真实的痛苦和负疚，他真诚地检讨着自己，愿意接受改造。即使在"文革"中受到迫害，他也这样忏悔："想想五六亿人民都是常年贴身土地，为生产而劳作，我只有惭愧，别无可说"[104]。

但就是这"别无可说"，暴露出了引起沈从文和毛泽东共鸣的，将农民理想化，以此贬抑知识分子的民粹主义思想的负面：对毛泽东而言，这是他对知识分子实行全面专政的理论依据；而在沈从文这里，就成了他接受专政的心理抚慰。

而沈从文将共产党和毛泽东视为乡下人天然的，永远的"代表"，也是一个陷阱。比如当沈从文真诚地宣布要将"一切从大多数人民长远利益出发"作为自己的一个"不变"的"根本原则"[105]，他就面临着一个问题：这样的"大多数"、"人民"、"长远"的利益，是由谁来确定的？在实际生活里，这个问题就变成了一个十分简单、明快的逻辑：既然党和毛泽东"代表"了人民，那么，"一切从大多数人民长远利益出发"就是"一切从党的长远利益出发"，沈从文很可能没有想过这样的问题，也没有意识到这样的实际生活的逻辑，但他确实因此而接受与服从了共产党和毛泽东的领导意志，这里的悲剧性是显然的。其实，也还有一个问题也是沈从文和许多知识分子所没有想过的：强调"一切从大多数人民长远利益出发"，那么，"大多数"之外的"少数"，"人民"之外的"非人民"（在毛泽东时代这样的以种种理由被打入"另册"，成为"非人民"的人是很多的，沈从文自己就有过这样的命运），"长远利益"之外的"眼前利益"怎么办？本来这些问题是曾经的自由主义者的沈从文应该关注、追问的，但他现在却根本不去想了，这大概就是改造了的结果；这改造的代价，是不能不引发人们的许多感慨和深思的。

（三）沈从文的"新唯物论"

这也是沈从文一再强调的："由于不曾受过正式中等教育，思想方法、工作方法，和一般出身于大学文史系搞创作、搞研究的人多不相同。可能大不相同。所得进展和结果，因此也显著不同。在任何环境中都不免有孤独感"[106]。——这里所透露出的信息对我们理解沈从文是十分重要的：和"乡下人"一样，"不曾受过正式中等教育"也是梦魇般压在沈从文心上的一个情结。他因此时时感到自己和受正规教育的学院知识分子之间的深刻距离和隔膜。也就是说，他不仅感受着政治体制的压力，而且也感受着学院体制、文学体制的压力，这样的压力感在1949年以后，是有增无减的。这就给我们观察1949年以后的中国知识分子精英的处境、生存状态提供了一个新的视角：人们通常把1949年以后的知识分子精英视为一个受压抑的整体，而忽略了或遮蔽了其中的复杂性。在沈从文的感受里，他和他的许多老朋友的处境就是大不相同的。他甚至说："近来看老舍巴金，如在地面仰望天空。"[107]那些被体制所接纳的老朋友，虽然仍不被信任，受着不同程度的压抑，但无论生活待遇，还是社会地位都是被排斥在体制之外的沈从文这样的知识分子所不能向其背的。更重要的是，一些不同程度掌握了学术权力、文学权力的学院里的专家，文苑里的权威，在对上承受着政治权力的压迫的同时，对下却也会对"小人物"（沈从文在他后来从事的文物工作中就是这样的"小人物")形成某种压迫关系，这正是沈从文感受得更为具体，而且是他要抵制和反抗的。

沈从文自称自己是有"严重的'经验主义'毛病"的人[108]，说是"毛病"，但背后却有一种自信与坚守，即是要和那些一切从书本出发的专家、权威划清界限。有意思的是，在这一点上沈从文又和他的湖南老乡毛泽东发生了共鸣。1949年以后，沈从文读过许多马列主义的著作，但他读得最有兴趣，最有心得，而且付诸实践的，就是毛泽东的《实践论》与《矛盾论》，这大概不是偶然的。沈从文说，他读毛泽东的两大论，懂得并牢牢记住了四条："不调查研究无发言权"，"研究中国文化史的重要性"，"一切学术研究工作，善于运用实践论求知识，反复求证的方法去进行，必可得到新的进展"，"一切不孤立，一切事有联系和发展"。[109] 在另一篇文章里他又补充了一条："一切从具体出发，不从抽象出发"。[110] 沈从文将他在毛泽东启发下形成的这样的新认识论与方法论，称为"唯物的'常识'"[111] 和"实事求是的研究工作方法"[112]。——这对1949年以后的沈从文显然具有重要意义：这是他和共产党领导的新政权、新意识形态又一个重要的认同点，而且因为是在认识论、方法论层面上的，因而能够渗透到他的业务工作中，就是更加内在的一种精神纽带了。

当沈从文自觉地将"唯物的'常识'"运用于他的文物研究时，不仅确立了他的"研究劳动人民成就的'劳动文化史'、'物质文化史'，及以劳动人民成就为主的'新美术史'"的研究方向[113]，而且形成了一套"把文物和文献广泛结合起来搞问题、搞制度的方法"[114]。沈从文对他的这一研究新思路是颇为自信自得的，他断定"这么工作是一条崭新的路"，因为它"不受洋框框考古学影响，不受本国玩古董字画旧影响，而完全用一种新方法、新态度，来进行文物研究工作"，"做得好，是可望把做学问的方法，带入一个完全新的发展去"，他甚至认为这是"具有学术革命意义的"。[115]

沈从文如此强调他的新方法新思路的革命意义，就是意识到他是在向传统的"重文献轻文物"的研究道路挑战，向文史研究的权威挑战，而这些传统与权威是有学术权力支持的，如沈从文所说，那些"所谓正统派"是不会"承认这种实践学问是新通史知识来源一部门，或新基础"的。[116]这样的不被承认，和前面所说的"不曾受过正规教育"的沈从文情结联系在一起，就形成了沈从文和学院知识分子之间在学术思想、观念、方法、情感和心理上的冲突。沈从文在私人通信中不断谈到他对学院知识分子的不满："以北大而言，许多历史系教授，还不习惯搞文物，忽视文物提供的新问题，国文系的同志们，更不注意，甚至于还有人把它看成是'玩古董'，以不懂而自傲"[117]；"不要再学过去教授的孤立方法搞文史。如依旧停顿到以书注书辗转抄袭方法上，真对不起时代！""许多教文史的还满足于这几年的方法，以称几句马列词句附和旧材料哄学生，就算历史科学，真令人代为着急之至！"[118]"艺术和文物部门，研究工作极薄弱，还有抱虚无主义态度老一套搞他自己的东西，却又拿那个来教人的"，"教授之无识，有出人意外的"[119]，等等。和学院知识分子的这种隔膜，使沈从文唯一的支撑就是毛泽东的二论了，沈从文因此而多次强调自己在实践毛泽东的《实践论》。但他所在的博物馆的掌权者却并不理解这一点，反而一再指责沈从文的文物研究是"不务正业"：沈从文即使在研究工作上也受到了学术权力和政治权力的双重压制。

因此，我们就完全可以理解，当毛泽东发动文化大革命，提出要批判"反动学术权威"时，沈从文的复杂反应。当然，从总体来说，沈从文对文化大革命，开始是不理解，[120]后来就越来越反感了，而他自己从一开始就被排入"假专家"之列，"成了黑牌子人物"[121]。但"文革"中提出的"破除专家权威迷信"，还是引起了他的共鸣。

他因此写了《用常识破除迷信》等申辩材料，除强调自己一直不被承认，"根本不是什么专家'权威'"，"一切努力，都是对专家'权威'有所'破'、有所否定的"[122]外，重点却在肯定"文革"中的批判，是文物工作中的唯物主义和唯心主义的"两条路线斗争"，表示"深信唯物的'常识'必将战胜传统的'权威'"，要"用土方法""破除上千年来所谓皇帝名流和现代专家'权威'的传统鉴定，还他一个本来面目"[123]，并且提出对这些专家，仅"从资产阶级思想行为私生活"方面进行批判，并不能动摇其权威性，还必须"用一种历史科学新方法，破除对于这些东西的盲目迷信"才有可能，并毛遂自荐说自己的工作在这方面"或多或少还能起点作用"[124]——尽管我们完全可以理解沈从文的用意无非是争取一个工作的机会，而且他对自己的新方法是深信不疑的；但他却不理解"文革"中的批判，是一个政治的斗争，他这样发言，自然显得书生气十足了。沈从文从根本上是无法理解 1949 年以后中国大陆的政治的。

于是，就有了我们所要讨论的第三个问题——

三、努力适应后的沈从文又遭遇到了怎样的 生存困境与精神苦闷？

沈从文更无法理解的是，尽管他已经作出了最大的努力，来适应新时代，他也确实找到了自己和共产党领导的新社会的某些契合点，深信自己的生命对新的国家还有用，他不仅是心甘情愿，甚至是满腔热情地愿意为之服务，贡献力量；但新的体制依然对他紧关大门。1965 年，六十四岁的沈从文在给他的一位老朋友的信中这样说到自己的处境与心境："照理到了这个年纪，应活得稍稍从容点，却经常在'斗争'呼声来复中如临深履薄，深怀忧惧，不知如何是好。想把点剩余生命用到国家最需要的地方上去，也总像配不上去。"〔125〕1957年在给大哥的信中，他也这样写道："我完全如一个在戏院外的观众，只遥遥地听着戏院中的欢笑喝彩声音，觉得也满有意思。这一切都像和我已隔得远远的，正如大学校和我隔得远远的一样。"〔126〕这其实正是沈从文在1949年以后的真实处境：他依然被排斥在政治、文化、学院、文学体制，以至社会生活之外，依然处于游离与孤立的状态。他说自己"永远如飘飘荡荡似的，不生根，不落实"〔127〕，"更离奇处也许还是现在又像是一种孤独中存在。并家中也似乎不怎么相熟。由于工作，接触面虽相当广，可像是没有一个真正知道我在为什么努力的人"〔128〕，他甚至再一次产生这样的疑问："我是谁？""我难道又起始疯狂，他人却（十）分正常健康？"〔129〕——这真是："此身虽在堪惊"〔130〕，沈从文始终没有摆脱1949年自杀时的生命存在的精神的困境！

　　问题是，经过那一次死里重生，沈从文已经放弃了用"休息"来结束困境的选择，如他所说，他还在"努力"中。沈从文说他自己"真像永远不老，特别是脑子中保留的青春幻想，永远有一种动力，一种不可遏止的热情"，总想"为国家多做几年的事情"，做一个"模范公民"〔131〕。这就是前文所说的，那样一种对国家、社会的承担意识和使命感，没有因为体制对他的排斥而有任何收缩，甚至是更加强烈而迫切了。这就形成了主观追求和客观环境的巨大反差，使沈从文深深陷入了爱国家、社会，国家、社会却不相容的痛苦，随时要被卷入斗争旋涡的忧惧，以及"总是配不上去"的焦虑，"不知如何是好"的尴尬与无奈的困惑之中，而且永远无以摆脱。

　　这一切是怎么发生的？这是为什么？

　　我们就从几乎是给沈从文致命一击的"焚书"事件说起。1953年沈从文得到开明书店的正式通知：由于作品已经过时，他在该店已出版和待集印的各书及其纸型，已全部销毁。沈从文在事发后于1954年1月写给大哥的信中写道："小说完全失败了，可以说毫无意义，在家中的也望一切烧掉，免得误人子弟。先还以为那么爱国家，对工作也认真，且从不和人争名利得失，只在工作上努力，受限制于旧社会，是应当的，必然的。……"[132]这封信写到这里就戛然而止，他完全绝望了，写不下去了。

到1月底，一位不相识的朋友来信，又触动了他，于是再次谈到焚书："和'人民'脱离，对'人民'无益，结果就这样。人民如需要，《西厢记》、《白蛇传》、《空城计》……即再荒唐些，都依然可以存在，普遍流行。不需要，当然还是烧掉合理。你说的'作品对时代有一定进步作用'，不免有些阿其所私，不大合乎实际。如实际这样，是不会烧的！"——"人民"是那个时代最响亮的大词，在"'人民'不需要"的理由面前，沈从文几乎是无言以对的，但他未必信服。于是，就必须找出另外的理由来说服自己："国家是在党的严肃正确领导中向前发展的，千万人的生命，都为了追求一个进步原则，一种为多数人生活幸福合理的共同目标而牺牲了，而且直到解放。为抵抗美帝，就还有数以万计的善良生命牺牲。我糊里糊涂写的几本书，算个什么？"——这里出现了为"多数人的生活幸福"和长远的"共同目标"、"进步原则"而牺牲个人的逻辑，这是那一代知识分子面临个人灾难不幸时通常用来说服自己的理由，而且似乎是有效的，至少可以从牺牲个人的崇高感中获得某种心理的慰藉。而千万革命烈士的牺牲，更是沈从文这样的当年未曾参加革命，甚至对革命有所非议的知识分子，在革命胜利以后，一直心存内疚的隐痛，因此，在烈士的牺牲生命面前，个人的牺牲（不过是烧掉几本书）就微不足道了，甚至还可以获得某种赎罪感。如此勉为其难、煞费苦心地来说服自己，这背后是有一种说不出的辛酸的。而且沈从文依然无法回避这样的事实："我的对于工作的认识和希望，完全错了"，幻想破灭了。于是，又有了这样的沉痛之语："在床上躺着听悲多汶（注：我们不禁又要想起沈从文1949年自杀时所写的《从悲多汶乐曲所得》，他总是从音乐中去思考生命问题，获取力量的），很觉为生命悲悯。可惜得很，那么好的精力，那么爱生命的爱人生的心，那么得用的笔，在不可想象中完了。不要难过。生命总是这样的。我已尽了爱这个国家的一切力量，好好的作事！"[133]这封信依然没有寄出。

　　这是沈从文永远的痛。三年以后，在写给大哥的信中，又谈道："我实在是个过了时的人，目下三十多岁的中学教员，或四十以上的大学教授，还略略知道沈从文是什么人，作过些什么东西，至于三十岁以下的年轻人，就完全不知道了"，"过去写的东西，即家中的龙虎都不爱看，也不觉得有什么好处"，"我能写出的都是大家一时用不着的，到大家需要时，我可能已经不存在了"[134]。又两年过去了，还是在给大哥的信中，沈从文这样写道："这时正九点钟，住处院子十分静，我看着桌前一大堆旧作，觉得除了你，怕再也没有人明白这些作品是用多大努力才出现存在。"[135]如此语多悲凉，实在是伤心伤身的，沈从文越来越虚弱了。直到九年后的文化大革命期间，他还在执拗地问：这是"为什么"："我前后写了六十本小说，总不可能全部都是毒草。而事实上在'一二八'时，即有两部短篇不能出版。抗战后，在广西又有三部小说稿被扣，不许印行。其中一部《长河》，被删掉了许多才发还，后来才印行。二短篇被毁去，解放后，得书店通知，全部作品皆纸版皆毁去。时《福尔摩斯侦探案》、《封神演义》、《啼笑因缘》还大量印行。老舍、巴金、茅盾等作品更不必说了。我的遭遇不能不算离奇"[136]。

　　这是沈从文所想不通的：如果说《长河》等书被扣被删，那是在"旧社会"；那么，为什么在"新社会"，他的书甚至要被烧掉呢？这正是沈从文所不能理解的：恰恰是在毛泽东领导下的新社会，才需要焚书。因为在毛泽东看来，知识分子就是凭着手里有书，有读者，才对新政权形成威胁的。他是把知识分子列为资产阶级范围，视为社会主义革命的对象的，因此要对知识分子实行不间断的批判与斗争：从1950年思想改造运动，1951年批《武训传》，1954年批胡适，1955年反胡风，1957年反右派，1958年"拔白旗"，1964年大批判，直到1966年宣布"资产阶级知识分子统治学校的状况再也不能继续下去了"，发动文化大革命，把"资产阶级反动学术权威"列为革命对象，对知识分子实行"全面专政"。毛泽东的这个"底"，就连以"紧跟伟大领袖"为使命的郭沫若直到文化大革命箭在弦上时才明白过来，宣布要自己来焚书，后来焚书就果然成了文化大革命的一个"盛大节日"。如此看来，沈从文在1953年被焚书，是必要发生的，是一个预告。这是所有的知识分子在新社会都不能避免的宿命。就连沈从文这里愤愤不平地提到的他的老朋友老舍、巴金，即使在50年代还能出书，到文化大革命期间也都在劫难逃了。

至于对沈从文要提早焚书，也是有理由的：就是因为在共产党的档案簿里，他属于在本文一开头就提到的1948年毛泽东那份电报里说到的"反对人民民主革命，反对共产党的某些中产阶级右翼知识分子"，也就是说，沈从文必须对自己在1948年前后对共产党所领导的解放战争持有疑虑，主张"中国应当要个第四党"[137]付出代价。他之所以和一直靠拢党的老舍、巴金这样的"进步知识分子"有不同的待遇，以至他有一种"看老舍、巴金，如在地面仰望天空"的感觉[138]（而沈从文又觉得自己是"比老舍巴金更宜写作"的[139]，这是他始终心意难平的），其原因即在于此：共产党是赏罚分明的。

因此，在毛泽东和共产党领导的新社会里，沈从文是有原罪的：不仅他有知识的原罪，知识分子的原罪，他更有对共产党曾经心存疑惧，持有某种程度的保留态度的原罪。这样，无论他怎样努力适应，无论他怎样乐于服务，始终得不到信任，尽管他很愿意进入"共产主义天堂"，但始终不发给入门券，就是因为原罪是不可救赎、不可解脱的。这是"始终保留一点婴儿状态。对人从不设防，无机心"的沈从文[140]，永远也弄不明白。

使沈从文困惑不解的，还有一个问题：和自己"想把点剩余生命用到国家最需要上去，也总想配合不上去"相对比，"一些老朋友，过去在国民党时代做官满得意的，现在也还是坐在黑色大汽车中，在什么集会散场时，从我身边风驰而过。我很觉得奇怪，是我始终不明白原因。这些人凭什么法术，总是不倒翁？我为什么老是不善于自处？也可真说是'不学无术'！"[141]其实这也是在1949年他自杀以后所感到的困惑："唉，可惜这么一个新的国家，新的时代，我竟无从参预。多少比我坏过十分的人，还可以从种种情形下得到新生，我却出于环境性格上的客观限制，终必牺牲于时代过程中。"[142]——那么，这个问题，是在"1949年以后"一直纠缠着沈从文的：莫非这也是一种宿命？

直到经历了文化大革命以后，他才似乎有了觉悟。在给儿子的信中，他这样写道——

　　新社会争出路，必须具备两种基本特长：一是善于适应当前需要，要你干什么就干什么，且作成十分柔顺诚恳的，装成无保留的对"顶头上级"的忠诚可靠；其次则长于十分巧妙的阿谀逢迎，且勇于当面奉承，把报纸上文件上随处可以见到的表态式款式，记得个烂熟，一有机会即用上。同样一个人，这两事学不到家，一切倒霉你活该。你懂到了，又在各种公开场合胆大脸厚，运用得恰如其分，便叫做思想通了，即凡事好办。熟人中在军阀时代，老蒋时代吃得开，在新社会仍吃得开，都由于有这项本领。内中有不倒翁，也有不倒婆，本质实相同，都可入《弄臣传》。我到大都市虽将近六十年，表面上像个城里人，事实上却永远是个乡下土佬佬。搞工作还像样，应对新社会一种变相封建习气，可不中用。即或其中有比较熟习我的长处的人，极力推之向前，也还是如不堪抬举，终于倒退落后。这是必然情形。聪明人说来叫做"不识时务"，一切困难只能用"活该"、"自讨的"五字概括，这也反映一种教育。我缺少的正是在社会上层必须受的"世故哲学"教育，许多人似乎稍学即通，一即百事皆通，无往而不宜。我则越学越觉得它虚伪，转而成为半白痴低能状态，亦无可奈何之事。只能接受现实，到死为止，生活中难望什么真正转机也。"[143]

沈从文终于明白：他所面对的是一个集权体制，而这个集权体制的最大特点就是官僚化，在这个为封建意识和血缘亲关系传染浸润的体制里，一切都是为了"权"，有权就有了一切。"官的'权力'即是'真理'的占有者"。官僚"最害怕最担心的，就是这方面的真正民主"，它所要求的，就是绝对的服从。[144] 这是沈从文有切身体会的。早在1953年他刚进入历史博物馆，成为馆里的一名讲解员的时候，他就面对这样的官僚体制："在本馆上面有馆长，有本部主任，有组长，都可算得是我上司。每天我按时签到，一离办公室必禀告一下主任，印个二寸大照片作资料，必呈请主任批准，再请另一部主任批准，才进行。凡事必秉承英明全面馆长指导下进行，馆长又秉承社管局一个处长，处长又秉承局长，局长郑西谛算来是我的五级上司了。"[145] 更要命的是，这样的官僚体制要求人成为"凡事秉承馆中首长——馆长，主任，组长……要作什么即作什么"，"见各级首长就一鞠躬，凡事在专家指导，首长指示下进行"的"小职员"[146]。这正是沈从文所绝对不能适应的：作为一个对民族、国家、事业有着使命感和自觉的承担意识的知识分子，他虽然身为博物馆的小职员，却在关心和思考"馆中明天任务，国家在发展中一个国家博物馆必然的任务"，而且还要发言，提建议。[147]这在官僚体制看来就是"僭越"，想了"本不是我应想"的事，就"近于多事"。对体制的"一切无知"，还要坚持自己的理想主义"而要说话"，"不是说的不中肯，即是废话"，甚至"一开口"就"错"[148]，结局就只能是这样："过于热心肯做事的"却"不能放手做事"[149]。沈从文终于明白："对人对事永远的热情"，已经成为"古典的东西"，自己早已是过时的人，[150]为官僚体制所不容以至淘汰，是必然的。[151]

但真正让沈从文感到不安和愤愤不平的，是这样的官僚体制不仅要求人成为庸奴，更重用和培育"弄臣"。"这个社会正给人以各种'向上爬'的机会"，"客观环境重在'务虚'，能言会说的总占上风，善于弄虚作假的日子都混得很好"。沈从文说：当"社会变成以'世故哲学'为主要本领，以'阿谀逢迎'为所谓'红'的表现时，我觉得一切工作都无多意义了"[152]——沈从文在这里对"新社会"对知识分子的改造，所倡导的"红色"道路（"又红又专"，"红色接班人"等等），作了一个极为准确、深刻的概括：所谓"改造"，所谓"红"，就是要当"向上爬"的"阿谀逢迎"之人。问题是，1949年以后，经过"新社会"的苦心经营也确实培育出了这样的知识分子群体。在"文革"中，沈从文在一篇未完稿里，将其命名为"特权阶级的新型知识分子"。应该说，沈从文这篇未完稿是一篇奇文：从表面上看，他写的似乎是"旧社会"的文人，但又使人处处感到这是在写现实中的知识分子，这或许就是要表达他的"旧社会"和"新社会"已经混杂为一体的感受。沈从文将这样的仰息于"特权阶级"的"新型知识分子"概括、分类为"新式奸商"、"骗子文学教授"、"左得可爱"的"投机分子"、"变相西崽"、"名流贤达"、"新式弄臣"、"候补弄臣"，最后说："事实上真正可怕的，还是目前正在出现的这一道逆行浊流，行将有大量以为有学问的知识分子，糊糊涂涂，行不由己的逐一淹没在这个污泥浊流中，没顶之前，先就死去了那个万物之灵的辨别是非爱憎的心！"沈从文进一步指出，新社会之所以要制造这样的"污泥浊流"，要为"具有小聪明和世故，善于为己的教育文化中人"构建这样的"向上爬"的"梯子"，原因就在"最上层正在日益法西斯化"。这真是诛心之论："法西斯化"的专制体制是需要培育这样的"弄臣"来充当告密者、打手的。他们在我们前面谈到的以知识分子为打击对象的历次政治运动中，都是依靠力量，而每一次运动，也都会培育出更多的这样的"死去了那个万物之灵的辨别是非爱憎的心"的"积极分子"，专制体制也就在这样的恶性循环中得以维持。

值得注意的是，沈从文在这篇文章里，提出了"新式书呆子"的类型，和"特权阶级的新型知识分子"相对立："说得不好听，便是为人拘迁、顽固、保守，不通达世务；加重些些，就是'思想反动'了"[153]。这自然有"夫子自道"的意思：沈从文当时就背着"思想反动"的罪名，而"思想没有改造好"的恶评也一直追随着他。但沈从文是坦然的，他其实是以自己不通"世故哲学"为荣的，这就是我们前面所引述的他写给儿子的信中所说的"永远是乡下土佬佬"的自尊、自信与自傲，他的信条是：宁愿被视为"半白痴低能"，也不来城里人"虚伪"那一套！

有意思的是，沈从文并不认为这仅仅是个人的不幸，他说他倒反为国家，甚至为体制"着急"。这其实是有深意的：这是一个"劣币驱逐良币"的体制，当体制不能容纳沈从文这样的独立思考，愿意献身，能够实干，真正应成为国家支柱的"新式书呆子"，而吸纳、提拔、重用、依靠那些无信仰，无操守，又无真才实学（或是"才子"却同时又是"流氓"）的，实际上是国家蛀虫的"弄臣"式的知识分子时，就是在"自毁长城"。因此，沈从文说他的命运的"悲剧性"[154]，实际说的是国家、社会的悲剧；而形成悲剧的原因，也绝不是他个人的性格使然，实实在在是体制造成的。[155]

而沈从文的悲剧，还有更深层面。这就是我们要讨论的第四个问题——

四、沈从文遭遇到了怎样的文学困境?

之所以将文学困境视为沈从文的更深层面的悲剧，是因为对沈从文而言，文学是他的生命存在方式，是他的生命意义的根本，文学对他具有存在论的意义。

这是沈从文永远也不愿放弃的一个文学理想："要为新文学运动中小说部门奠个基础，使它成为社会重造一种动力"[156]，并与世界短篇小说的大师比肩，"把记录突过契诃夫"[157]。沈从文对他自己这方面的才能，他的这支笔，是充满信心的。他说自己的短篇小说集《八骏图》"这个小书必永生"，"应当得到比《呐喊》成就高的评价"[158]；直到上一个世纪60年代，也还断言：自己"本来是应该写小说终生，比巴金老舍更宜写作"[159]。这就是"天将降大任于斯人也"，沈从文相信他对中国现代小说的发展是负有历史之大任的；与其说是自傲，不如说这更是一种文学的使命感和自觉承担。

在沈从文看来，"文学在某一方面能作到的，比帝王或政治家所起的好作用有时还更普遍、持久"[160]，"时代过去了，一切英雄豪杰、王侯将相、美人名士，都成尘成土，失去存在意义，另外一些生死两寂寞的人，从文字保留下来的东东西西，却成了唯一连接历史沟通人我的工具。因之历史如相连续，为时空所阻隔的情感，千载之下百世之后还如相晤对"[161]。沈从文显然希望通过文学将他自己的生命不仅和他的时代、祖国、人民相连接，而且在历史的连续里，超越时空，和千载百代之后的读者的生命"沟通"，在文字的不朽中获得自我生命的永恒的"存在意义"。因此，说文学，小说创作是沈从文生命之根，是大致不会错的。这样，我们也就不难懂得，沈从文最终不能不停止小说创作，几乎是意味着生命的中断的，文学的困境才是他在1949年以后真正困境所在。

于是，我们又要追问：这一切是怎么发生的？这是为什么？

沈从文说："人难成而易毁，毁的原因有时由外而至，有时由内而来。"[162] 这自然是沉痛的经验之谈。谈到"由外而至"的原因，就不能回避1949年以后的文学观念和体制与沈从文个人创作经验、观念、方式的冲突。

不过，我们首先要强调的，还是沈从文和新社会的新文学并非在一切方面都格格不入，他依然找到了某些契合点：这是他适应新社会的一个重要方面。

沈从文一再申说，他是属于五四新文学阵营的，始终记住与坚守的是五四文学革命的"两个目标：一是健全纯洁新的语言文字，二是把它用来动摇旧社会观念基础"[163]。他所继承的是鲁迅"为人生"的文学传统和蔡元培"美育代替宗教"的文学传统，在他的信念里，文学能够并应该担当改造人生和社会，重建信仰，重铸民族情感，从"人"的重造开始"国家重造"的重任。[164] 持这样的文学观，就不会拒绝文学的功利性；因此，当新社会倡导"为政治服务"的文学，他也是可以接受的，更何况如前文所说，他对"政治"已经有了新的理解，已经接受了"新社会"的"新政治"。

沈从文的文学观念的另一个方面，就是他的同情"一切被践踏和侮辱的阶层"的"乡下人"的立场[165]，他的写作的"乡土性"，他是把自己的文学列入鲁迅开创的"乡土文学"传统的。[166] 因此，他也并不困难地就接受了"为工农兵的文艺"。1952 年他在四川参加土地改革运动时，写给夫人的信中写道："一到乡下，就理解到文艺面向工农兵是必然的"，态度和感情是绝对真诚的。但他紧接着又说了一句："但如何面向？目前解释性文件似乎还不大具体。"[167]因此，他一直在热忱地，也冷静地关注着工农兵文艺的发展。1949 年他在《人民日报》副刊上看到刘白羽"写几个女英雄的事迹"的通讯，立刻作出强烈反应："这才是新时代的新人"，"同时也看出文学必然和宣传而为一，方能具教育多数意义和效果。比起个人自由主义的用笔方式说来，白羽实有贡献"。他甚至说："把我过去对于文学的观点完全摧毁了。"[168]十一年后，他又对 1960 年出版的《红旗歌谣》作出同样热烈的反应："《红旗歌谣》用山歌体歌唱新社会新事物，文字简质，热情奔放，许多人都认为好。家乡四句头山歌好的甚多，可学的必然也多，这些学习也值得重视，一般习惯却舍近而求远，好的当面错过。其实我若写诗，还将回来好好收集三几千山歌拜老师。"[169]在同年写给大哥的信里，他又表示："许多新诗我即不懂。偶尔看看正著名的短篇小说，也不大懂好处。倒是看了《红旗飘飘》上面有些文章，可以增加不少知识。如程世才作的《悲壮历程》，看来极感人，可是极少有人称道，情形不易明白。"[170]他对 60 年代提倡的工厂史，培养工人作家也很感兴趣[171]，对当时贵州出版的《挡不住的洪流》给以很高的评价："贵州革命种种故事，拿笔的多是部队转业的廿来岁干部，平时还不曾执笔从事写作的，可是一出手，即得到极大成功！"他认为这样的"群众集体写作"的"训练写作方法，是前人不可及的"[172]。——可以看出，沈从文对 1949 年以后的文学的观察，是有他特殊的角度的，他对直接来自社会底层的文学表现了更大的热情，这是和他同时期对"劳动人民的文化史"的关注（下文有详尽分析）是有内在联系的，也确实抓住了 1949 年以后的文学的一个重要方面。

　　值得注意的是，1951 年沈从文还提出"新时代应当有一种完全新型的短篇小说出现"。他设想，这样的"新型的短篇小说"应该写"新的典型，变化，活动，与发展"，并且是"对于'人'的理解""有深度"的，"善于综合与表现"的，"真正有思想"，"诗意充盈"的，而且要有"真正向下看不是向上看的作家"[173]。这里包含着他对新社会的新文学的理解和想象，又是可以和他自己的创作经验与追求相联结的。

　　或许正因为如此，沈从文在他自杀之后又"沉默归队"时，对自己能够在新社会重新获得写作的新生，是充满信心的。但他又确实怀有隐忧，在一封写给老朋友的信中，他这样写道："政治上民主集中制领导有好处，文学写作如果过度使用这个集中，即不免成为名流制，只能点缀政治，不易推进政治。"他接着又说："但这些话说来似毫无用处，因为许许多多事，都难（下面两字不清），我已失去了说话的意义。"这封信最后似乎没有发出，留存的是一封残稿，而且以上这段话也被删去了[174]：他心上显然蒙有阴影。

　　随着中国社会和文学的日趋"左倾"化，这样的阴影越来越大，沈从文也越来越用怀疑的眼光来观照新社会新文学的观念与体制。在 1961 年他写下了《抽象的抒情》一文，比较全面地提出了他的批判性审视。由于此文的重要性，我们在这里要多说几句。

　　他首先重申自己对文学的终极性的不朽价值的理解与追求："惟转化为文字，为形象，为音符，为节奏，可望将生命某一种形式，某一种状态，凝固下来，形成生命另外一种存在和延续，通过长长的时间，通过遥遥的空间，让另外一时另一地生存的人，彼此生命流注，无有阻隔。文学艺术的可贵如此。"有意思的是，沈从文正是从这样的文学的终极价值出发，肯定了"社会主义制度下对文学艺术的要求"的合理性："文学艺术既然能够对社会对人发生如此长远巨大影响，有意识把它拿来、争夺来，为新的社会观念服务。新的文学艺术，于是必然在新的社会——或政治目的制约要求中发展，且不断变化。必须完全肯定承认新的社会早晚不同的要求，才可望得到正常发展。"他认为，文学艺术必须在"政治目的制约要求中发展"，这是"任何一时代都是这么要求的"，不同处是社会主义制度下的"更新的要求却十分鲜明"。——可以看出，沈从文依然坚持我们在前文已有分析的他对文学艺术为政治服务的基本肯定态度，并以此作为他的讨论的前提的。

因此，他是如此提出问题的："问题不在这里。不在承认或否认。否认是无意义的，不可能的。否认情绪绝不能产生什么伟大作品。问题在承认以后，如何创造作品"，如何"解放出"真正的创造"力量"，因此，"我们实需要视野更广阔一点的理论，需要更具体一些安排措施"。沈从文正是从这样一个"解放"还是"束缚"文学创造力的基点出发，对50年代开启到60年代发展到极端的，不是更广阔，而是更狭窄的理论，和制度性的安排措施的失误，提出了击中要害的批判。主要有四个方面：

首先，"在文学作品中过分加重他的社会影响、教育责任，而忽略他的娱乐效果（特别是对小说作家的这种要求），过分加重他的道德观念责任，而忽略产生创造一个文学作品的必不可少的情感动力，因之每一个作家写他的作品时，首先想到的是政治效果，教育效果，道德效果。更重要的有时还是某种少数特权人物或多数人'能懂爱听'的阿谀效果"。——这里，沈从文对文学艺术的特点，例如它的娱乐效果，情感动力的强调，都是极为中肯的。但确实"更重要的"，是他尖锐地指明，这样的狭窄的文艺功能观，并不是真正看重文学的社会、道德、教育作用，其实质是要求文学艺术服从于"少数特权人物"的统治意志：这是沈从文的又一个诛心之论，而且早在1961年就已提出，这是能显示沈从文思想的敏锐与远见的。而他同时批判的"多数人'能懂爱听'"的价值观，也抓住了"少数特权人物"总是把自己扮演成"多数人"的要求的"代表"的要害，而且也是对以"大众化"作为文学艺术的最高要求的理论的质疑。这都让我们想起了鲁迅当年对文学艺术和作家不能沦为"官的帮忙，帮闲"和"大众的帮忙，帮闲"的警告。现在，沈从文在社会主义体制下，在新社会、新文学里，又发现了这样的危险，这自然是具有重要意义的。[175]

其二，沈从文指出："在某一历史情况下，有个奇特的现象：有权力的十分畏惧'不同于己'的思想。因为这种种不同于己的思想，都能影响到他的权力的继续占有，或用来得到权力的另一思想发展。有思想的却必须服从于一定的权力之下，或妥协于权力，或甚至放弃思想，才可望存在"。——这里所提出的是"思想"与"权力"的关系，权力对异己思想的压制和剥夺，以及"有思想"的知识分子、作家对思想的放弃，由此提出的思想独立与自由的问题，当然都抓住了1949年以后中国高度集权的思想、文化、文学体制的要害。

其三，沈从文忧虑的，还有"如把一切本来属于情感，可用种种不同方式吸收转化的方法去尽，一例都归纳到政治意识上，结果必然问题就相当麻烦，因为必不可免将人简化成为敌与友。有时候甚至于会发展到和我相熟即友，和我陌生即敌。这和社会事实是不符合的。人与人关系简单化了，必然会形成一种不健康的隔阂，猜忌，消耗"。——沈从文大概不会意识到，他这里挑战的，是五六十年代主流意识形态的核心：毛泽东《中国社会各阶级分析》与《关于正确处理人民内部矛盾的问题》，都以"区分敌、我"作为革命与建设的"首要问题"，这也是毛泽东不间断地发动政治运动和思想、文学批判运动的基本理论根据与前提。而所指出的"和我相熟即友，和我陌生即敌"，也是点破了所谓"区分敌我"，所谓"阶级斗争"的实质的：

不过是要剪除异己。而对沈从文这样的作家而言，动辄"区分敌我"，就意味着随时会因为一部作品而变成"敌人"，这样的不安全感，应该是沈从文几次欲写又止的外在的社会环境的原因。

其四，沈从文对所谓"思想改造"也提出了质疑，在他看来，把作家、知识分子的思想改造作为发展社会主义文艺的关键（这也是当时的主流观点），是过于"简单化"的，如果进一步"不改造"就"斗争"，依然会"落空"，"许多有用的力量反而从这个斗争中全浪费了"。

这样，沈从文就几乎涉及了他那个时代最重要的政治、思想、文化、文学问题。他当然不是以一个理论家的自觉来进行这些思考的；他说他是一个"经验主义者"，他是从他的生活与写作实践的感受，以他自己的方式，进行他的追问的。而他这样的追问，有一个直接的动机，就是要弄清自己的实际处境。因此，文章中的许多话，都可以视为他的自我审视，内心独白的。比如，"他的存在太渺小了，一切必须服从于一个大的存在，发展"，"他乐意这么做，他完了。他不乐意，也完了。前者他实在不容易写出有独创性独创艺术风格的作品，后者他写不下去，同样，他消失了，或把生命消失于一般化，或什么也写不出"，"在他真正希望终身从事的业务上，他把生命浪费了"，"不怪外在环境，只怪自己，因为内外种种制约，他只有完事。他挣扎，却无济于事。他着急，除了自己无可奈何，不会影响任何一方面"。在面对或者听从指令"胡写"或者"不写"二者必居其一的选择时，他选择了"不写"。[176]

应该进一步琢磨的是沈从文这句话："不怪外在环境，只怪自己。"沈从文在给大哥的信中，也谈过类似的话："由外而来，还可望外面环境好转而得恢复一部分。由内工作失败感而形成的一种看不见、摸不着，但是却存在的事物，腐蚀着自己的对工作信心和热情时，却不易挽救。"[177]——这里说到了自己的"失败感"而且"不易挽救"，大概是触动了沈从文内心深处最大的隐痛：这是一个"看不见，摸不着，但是却存在"的深层次的文学困境。

这是最终无法回避的："事实（上）全民族抗日斗争起来时，我的笔，由于和社会隔绝，停顿了。"[178]更准确地说，沈从文的创作困境早在40年代就已经出现了。我们知道，沈从文的创作，在30年代达到了高峰。1949年沈从文在回顾自己的人生和创作道路时，有一个非常重要的概括性的总结："一面是生活屈辱，一面是环境可怕。唯一能救助我的，仅有一点旧小说，和乡村简单的生活和自然景物"，"这就是我作品中对平静乡村人民生命的理解基础"：这是他避免自我屈服、堕落，从生存困境中挣扎而出的生命救赎。"作品中的乡土情感，混合了真实和幻念，而把现实生活痛苦印象一部分加以掩饰，使之保留童话的美和静，也即由此而来。"因此，在沈从文心目中的《边城》、《丈夫》这些他的创作的巅峰之作，"里面自然浸润有悲哀，痛苦，在困难中的微笑，到处还有'我'"！但是一切都用和平掩盖了，因为这也还有伤处。心身多方面的困苦和屈辱烙印，是去不掉的。如无从变为仇恨，必然是将伤痕包裹起来，用文字包裹起来，不许外露"[179]。如果读不出沈从文用"和平"的文字包裹下的心灵下的"伤处"，是读不懂沈从文的这些乡村牧歌的：这是他的流浪于现代都市，受伤的充满危机的生命和着意幻化的"平静乡村人民生命"、大自然的生命的一个融合。这是沈从文创作的特殊魅力所在：当年以及以后的许多因种种原因陷入困境的读者，也都从他的作品中得到了生命的救赎。这是他的优势所在，也是他的限制：一旦脱离了这样的平静乡村人民生命，或者乡村生命的平静瓦解、消失，都会带来他创作的危机。

40年代的沈从文所面临的恰恰是这两方面的问题。一方面，抗日战争带来的社会大动荡，乡村的平静已经无法维持。沈从文在《长河》里写到的那位老水手对"新生活运动"可能带来的乡村变动充满疑惧，这自然有其深刻之处，[180]但也是内含着沈从文对乡村生命平静的被冲击的心中之忧痛的。更重要的是，40年代的沈从文蜗居边地学院，不但和战乱中的社会隔绝，而且笔也"离开土地和人民，自然即慢慢失去了应有的健康性"。这是许多研究者都注意到的40年代沈从文创作的变化：从写乡下人的生命形态，到写现代知识男女的爱欲与幻想，个人日常生活中的生命体验和感悟，表现出极强烈的象征化与唯美化的倾向。沈从文在50年代初对此有一个反省："我手中的笔，用到小说方面，则越用越和现实隔离，而转成一种纯粹情绪观念的排列玩赏，早形成一种病的存在。"[181]——这样的反省，或许有那个时代的烙印，但不是没有道理的。[182]

　　沈从文40年代的创作，还有很大的文体实验的性质。如前所说，沈从文的创作所要坚守的五四文学革命的目标之一就是要创建"健全、纯洁、新的语言文字"，因此，语言文字和文体的实验本是他的创作的另一个重要动力。他说他在30年代的一部分作品就是"为示范而完成。为（学习文学的）同学叙事习作作参考而成"。但也正如他后来的反省所说："长处中因之也即同时有了弱点，即在设计上的过分注意，慢慢失去了本来的健康、素朴，和时代的变动必然日益游离。"[183]到了40年代，这样的游离于社会和时代的纯粹的文体实验，就更加显露了弱点，如沈从文自己说的，"越写越晦涩，抽象。一直到意思如此如彼，读者无从相似印象，这么下去当然不免误人兼误己。误人犹不会太多，因为至多看不懂，搁下不看，误己则恰像是资本主义国家的机器，本来是由人制造它，控制它，生产必需品，到后机器日精，奢侈品的生产倒支配了人"[184]。应该说，这样的反省也是点到了要害的。当然，我们也不必因此全盘否定沈从文40年代文体实验的意义和价值。但一个事实也是必须正视的：到40年代，沈从文创作的高峰期已经过去。

这是有着更加深刻的原因的。沈从文对此也有清醒的认识。他在1951年所写的《我的学习》一文里，谈到了他自己这样的作家的内在矛盾与根本问题："虽活到 20 世纪波澜壮阔斗争激烈的中国社会，思想意识不免停顿在十九世纪末的文学作家写作意识领域中。"[185]

这不仅是因为沈从文这样的作家是 19 世纪末文学滋养出来的，更是指他的"写作意识"，观察、感受、思考、把握、表现人生、社会的方式，都是更接近 19 世纪的作家的。前文说到的，也是他自己最为看重的对"乡村简单生活、自然景物"的迷恋，对"平静的乡村人民生命的理解"与把握，抒情诗的写法，对文字的音乐性、绘画性的追求，刻意保留的"童话的美和静"，浪漫主义的气息……这些构成沈从文主要创作特色的文学要素，在某种意义上可以说都是"十九世纪式"的。[186] 但正如沈从文所意识到的那样，20 世纪却是一个"波澜壮阔斗争激烈"的时代，于是，就产生了这样的一种对乡村生活、宁静生命的把握方式，追求"美和静"的审美情趣，"无从配合这个动的社会、动的政治哲学，反映最活泼生动而有发展性的一面"的矛盾和问题。[187]

而这一"静"的文学方式和"动"的时代、社会之间的矛盾，在1949 年以后的沈从文这里，又显得格外尖锐与突出。50 年代，沈从文曾有机会到四川农村参加土改，在济南、青岛、南京、上海等城市参观，他最强烈的感受，就是一切都在"动"，"全面在动，动得十分彻底"，[188] 他不仅看到了"有千万种声音在嚷，在叫，在招呼"的城市，[189] 更看到了一个"在计划中变动的农村"，[190] 这是和他所熟悉并寄以深情的"平静的乡村人民生命"完全不同的另一个农村，另一种生命形态。他在理性上完全明白："这就是历史，真正的历史。一切在孕育，酝酿，生长。现实的人和抽象的原则，都从这个动中而结合，发展，向一个目标而前。"因此，他由衷地欢迎这样的新时代、新社会的"动"，而且期待"我在其间也随之而前"。[191]但他却又深深地陷入了无法适应的困扰之中。不仅是他对这样的"动"完全无从把握——他早说过，自己一生都是时代、生活的"旁观者"，"一切作品都缺少对人生深入，只是表面的图绘"，[192]他"想的是过去的农村和未来远景"，对"当前（的农村是）完全隔膜"的[193]：他知道自己的弱点；但真正让他苦恼的是，他深以为傲的得心应手的艺术手段在表现这样的"动"的社会、人生时，却显得完全无力，甚至会弄巧成拙："小说中过度用作风景画或静物题材，和作曲子发展过程，把动的人事成为绘画和音乐安排，即可不免慢慢失去本来的素朴明朗，转而为晦涩，为悠忽，不易理解，缺少共通性，也就缺少传递性，发生不良作用，和读者对面时，一切长处反而会成为短处的。"[194]他所担心的，正是这样的长处变成短处的艺术悲剧在自己身上发生。他也设想可以"把自然景物的沉静和人事的动结合起来"，[195]把"写静"，"写家常"和"写动，写变故"，"写特别事"结合起来。[196]但我们如果读这一时期沈从文在给家人的信中对土改中的农村的描述，就可以分明感到，他笔下的"动"的阶级斗争的人事，都是抽象、理性的，偶尔写到的自然景物，却是绝妙的静物画。[197]沈从文写的唯一一篇反映土改的小说《中队部》，是用一个个电话联缀而成，大概是要营造忙碌、紧张的气氛，表达作者所感受到的生活的动态和节奏。但因为具体的描写跟不上，就给人以过度运用技巧的感觉。而"一切声音都好像出自土地，又被土地即刻吸收，转若十分沉静，特别是中午时的鸡鸣"这样的神来之笔却让人眼睛一亮。[198]沈从文终于明白，他那写惯了"平静的乡村人民生命"的笔法，用来描绘"在计划中变动的农村"大概是要失效的。于是，他想到或许应该"稍稍回头写五四以来事，抗战时事，专为学生和中层干部看，中学教员看"，"会比较容易下笔，也比较容易成为百万读者发生兴趣的东西"。[199] 其实，在创作高潮过去以后，不再追求新的突破，而立足于自我完善，继续完成预定计划，写类似《边城》那样的乡村故事，[200] 对沈从文未尝不是一个好的选择。

但沈从文似乎并不甘心于此，原因就在他念念不忘要吸引新社会里的"百万读者"：这对自觉追求在和现实与未来读者的交流中获得生命的意义和永恒的沈从文是很自然的要求。这样，他又陷入了一个矛盾的困境："目下的写作方式似乎束缚了手中这支笔，不大好使用。未用它前得先考虑写的是否真，再考虑读者，自己兴趣、文字，放在第四五以后，写出来不可免会见得板板的，或者简直写不下去"。[201] 既要坚守自己的"兴趣、文字"，又要"考虑读者"，对于沈从文是一个两难的选择。因为这是沈从文并不熟悉的新社会里的新读者，他们未必接受他的文笔。这一点沈从文看得也很清楚："自然景物的爱好实在不是农民情感。也不是工人情感，只是小资情感。将来的新兴农民小说，可能只写故事，不写背景"，"绝无风景背景的动人描写"。[202] 而风景背景的描写，在沈从文这里，却是几乎具有生命本体、文学本体的意义的，[203] 失去了风景背景，就没有了沈从文的文学，甚至没有了沈从文这个"人"。

沈从文曾试图适应新农民读者的要求，写过一篇"只有故事，不写背景，没有风景"的小说《财主宋人瑞和他的儿子》，其中虽也不乏生动的细节和语言，具有一定的可读性，但无论如何，已经看不出这是"沈从文的作品"了。[204]

但顽强的沈从文仍然要坚持写他的小说：他太相信，或者说太寄希望于自己这支笔了。他不止一次地在给亲人的信中谈到，如果停止写作，就太可惜了，"只有我们自己可以说，这真是国家损失"。[205] 其实他早已经历过一次创作的失败。1950—1952 年他以革大学习期间遇到的老炊事员为原型，写了一篇题为《老同志》的短篇小说，[206]前后七易其稿，可谓用尽了心力。沈从文在写给夫人的信中说："完成后看看，我哭了"，因为这一篇"观点是人民的，歌颂新的一代"的作品，说明"我头脑和手中笔居然还得用"，大概还能够为新社会服务吧[207]。但他没有料到，作品写出以后却无处发表，不得已写信求助于丁玲，[208]又不得回应：新社会似乎并不接受他的新小说。更让他难堪的是，当冷静下来，重读这篇试作，就不得不承认，小说写得"过细，为不必要"，而且"事少解释多，方法不大好"，"主题也若转到知（识）分（子）改造去了"。[209]对于沈从文，这无疑是一篇失水准的作品，唯一能显示他个人文笔的"那只花猫"的描写，[210]也是和全篇描写游离，不协调的。这样的自审是令人心酸的。

但沈从文并不气馁，十年后又进行了新的冲击：他从1960年开始，着手写一部以夫人的堂兄张鼎和烈士为原型的描写"前仆后继的革命生涯"的"长篇传记体小说"。[211]这回沈从文又是兴致勃勃，甚至雄心勃勃，他在写给大哥的信中就谈到他自信小说写出来，应比当红的《红旗谱》"真实有力得多"，"而且一定会比《边城》写得好得多"。[212]但他并非不了解其中的困难，也并非没有困惑。也是在给大哥的信中，他这样诉苦："目下对写作要求又不同往年可以放手从个人认识问题写去，毫无任何抽象拘束，现在主要是用传记休写革命，实不大好写"，[213]这就意味着他要放弃自己最熟悉，也最热衷的短篇小说写作，而他又很难适应盛行一时的长篇小说的写法，"现在人乐意要一点浪漫夸张叙述法，我就不会"，"如何写"就很"费周章"：可见，从一开始，沈从文写作的手脚就是被捆着的。从这一点看，他又确实不抱希望："绝不会是一本热闹书，也有可能完全失败，只能当成一种资料看待"。[214]这就和前面表达的雄心壮志形成巨大反差，恰恰是这样的主观追求与客观可能性的巨大反差，造成了沈从文内心的焦虑。于是，终于又有了一次自审，直逼写作的多方面的困境："如照普通章回小说写"，"一般读者可能满意，自己却又不易通过"；"（如）照实写"，却有"不甚宜于当前读者处"，还得担心"来自各方面，要求不一致，又常有变动"的"批评"，"怕错误似乎是共通心理"；"照旧方法字斟句酌，集中精力过大，怕体力支持不住"——这样，作家就处于"批评家"的意志（实质是党和国家的意志），[215]"读者"的要求，与"自己"的追求以及体力的限度，这三者的挤压，以至撕裂之间，这几乎是无法写作的。这样，前文一再提及的沈从文所面对的"由外而至"的"毁的原因"，就已经达到了极致。

而更为致命的是，沈从文又清楚地意识到，自己的"文字表现力也已经大半消失，许多事情能记忆，可再不可能通过文字组织来重现，真是无可如何"；[216]"时间一过，能力丧失，再回来找寻，找寻不着了。这种悲剧大致也是无可避免的。"[217]——我们注意到，后一句话，是沈从文在1957年写给大哥的信中说的，我们在前文所引的"失败感"云云也是在1957年的信中提出的；可见他早已有了这样的"能力丧失"的"失败感"，"悲剧"感，这是他绝不愿意，甚至恐惧于承认的，他还要作最后的挣扎，于是，就有了这一次1960年的努力。而最终他还是正视了这样的"文字表现力已经大半丧失"的现实，正像他在1957年就意识到的那样，"由内而来"的"工作失败感"是"不易挽救"的。

据说，1961年冬，中国作协曾给沈从文提供了一次长住写作的条件，但尽管已经"充分准备了材料"，却还是因为无法摆脱写作困境，"不知从何下手"而罢笔。[218]

沈从文的小说创作结束了，他的生命也因此落入了谷底。——他说过，他自己"整个的生命都是为短篇小说所支配，写的，谈的，读的，想的全离不开它"。[219]

但如果放眼来看，在文学史上，由于创作高潮过去，或者某种创造的可能性发挥到了一定程度，难以为继或不再处于最佳状态时，放弃原有的选择，或另作选择，其实也是正常的，而且也不乏先例。鲁迅当年由小说创作转向杂文写作，闻一多、陈梦家、吴组缃等由诗人、小说家转而为学者，就多少具有这样的性质。至于另一些作家，虽未另作选择，但在以后的创作中就渐显颓势，这是用不着回避的事实，而且也属正常。在我看来，曹禺、张爱玲等一批作家在 40 年代创作达到高峰以后，再难有当年的风光，不仅有时代的原因，也有作家创作自身内在的表现力丧失或削弱的问题。将沈从文的停笔，置于这样的视野下，就更容易理解了。

沈从文自己也是看到了这一点的。就在我们一再提及的 1957 年的那封说到"失败感"的信里，他就谈到在创作失败时，他"变成了半瓶醋的文物专家，而且有欲罢不能情形"。他说，这是"可用'失之东隅，收之桑榆'自慰"的。[220]

当然，这样的转变，包括他的停止创作，都有被迫的成分；但也有他的主动选择的方面。这就是我们要讨论的最后一个问题——

五、沈从文如何在痛苦挫败生活中，把生命支持下来，并获得新的价值？

这几乎是沈从文的一个信念："置之死地而后生。"[221] 但这绝不是一个必然的自然的过程。所谓"绝路逢生"是需要经过主观努力的，问题是如果找到"逢生"之路。沈从文面临的是三个问题：要有怎样精神状态？到哪里去寻找新的精神力量？要选择怎样的具体途径？

于是我们注意到沈从文的两段话——

> 从生命的全部去看……万千人在历史中而动，或一时功名赫

赫，或身边财富万千，存在的即俨然千载永保……但是，一通过时间，什么也不留下，过去了。另外或有那么二三人，也随同历史而动，永远是在不可堪忍的艰困寂寞，痛苦挫败生活中，把生命支持下来，不巧而巧，即因此教育，使生命对一切存在，反而特具热情。[222]

"牺牲一己，成全一切"，因之成为我意识形态一部分。现在又轮到我一个转折点，要努力把身受的一切，转化为对时代的爱。从个"成全一切"而沉默，转为"积极忘我"。[223]

这里，有几个关键词："历史"——要"随历史而动"，生命在和历史的联系中获得价值，而不以"功名"和"财富"为追求；但又要有长远的历史眼光，"从生命的全部去看"，不求一时一地之功利得失。这里是包含着一种深远的自信的，即所谓"天生我才必有用"，经过"时间"的淘洗，自己终会被历史所承认，只是需要"等待"，甚至是长久的屈辱，几乎无望中的等待。[224]沈从文说，他是从《史记》中得到启示的[225]；那么，他作出在长久的屈辱中等待的选择时，是想到了司马迁的命运，并从中获得力量的。

"牺牲"，"成全"与"爱"——沈从文相信，历史的前进，是需要以"牺牲"一些人为代价的；既然历史选择了他来做牺牲，那么，他是甘愿"牺牲一己，成全一切"的：沈从文并不讳言，这是他和《旧约》的一点"关联"[226]。他因此获得了"爱"，对国家、民族、人民、时代、社会的爱，对下一代，未来的爱。在沈从文的理解里，这样的"爱"，又是和《史记》、杜甫为代表的中国文学里的"对人生有情"的传统相联结的，这是一种"深入的体会，深至的爱，以及透过事功以上的理解与认识"[227]。以这样的"爱"和对人生的"有情"作为推动力，做一点对国家、民族、社会、人民、青年一代有益的事情，就是很自然的选择。但一己的生命也就因此和广大的生命获得了有机的联系，沈从文说他进入了"自己和社会相互关系极深的一种心理状态"，心中"极慈柔"[228]，这是非常动人的。"热忱的、素朴的去生活中接受一切，会使生命真正充实坚强起来的"[229]，不仅可以"在不可堪忍的艰困寂寞，痛苦挫败生活中，把生命支持下来"，而且还会获得积极进取的力量，产生对生命的"特具热情"，这在处于逆境中的沈从文是极其难得，极其可贵，也是对后人特具启发性的。

"沉默"——这是一种"积极忘我"的生命状态，更是一种坚忍的生命力量，一种"悲剧转入谧静"的生命境界[230]。而且，我们还由此发现了沈从文和"沉默"的大地，"沉默"的人民之间的血缘性的精神联系。

这就说到了我们要讨论的第二个问题，在被体制拒绝、排斥以后，沈从文的精神资源与力量源泉问题。

沈从文几乎是并不费力地就找到了生命的新的支撑点。他说自己"信念的基础，是奠于一个对土地人民和文化史的热爱广泛前提上"[231]。他还明确指出：要"作出点真正有创造性的新东西"，就必须"从传统和民间两方面取法"[232]。可以说，当体制将沈从文边缘化，他又从"传统"与"民间"，"土地"与"人民"那里找到了生命的归依，并因此重新回到了"历史"。这对"乡下人"沈从文是十分自然的选择：他本属于中国这块土地，属于土地上的文化与人民，既然主流社会对他关闭了大门，那么，"回到这些人身边去。这才是生命！"[233]"靠拢人民"，"沉默归队"[234]，就成了一个绝对命令。正如他自己所说："古代传说凤凰到时自焚，就能得到新的生命。我生长的地方原名就叫'凤凰'县。和那小地方人去共同劳动和同享苦乐，会有凤凰重新孵化的一天！"[235]沈从文正是从回归大地与人民，重建和传统与民间的历史联系中，获得"凤凰涅槃"的历史机遇的。

问题是如何建立这种联系。沈从文开始是寄希望于他所钟爱并

最有基础的小说创作来沟通，但在失败以后，就转向了文物研究。这
也是一个自然的转变。不仅是因为他从年轻时起，就对民间工艺、历
史文物，饶有兴趣，有了一定基础；更重要的是，他从一开始就对民
间工艺有着非常独特的体察。他说过："认识我的生命，是从音乐而
来；认识其他生命，实由美术而起。"这里说的"美术"，主要是指民
间工艺美术，而他在工艺美术背后看到的是"其他生命"，他说，自
己"爱好的不仅仅是美术，还更爱那个产生动人作品的性格的心，一
种真正'人'的素朴的心"，"不仅对制作过程充满兴味，对制作者一
颗心，如何融会于作品中，他的勤劳，愿望，热情，以及一点切于实
际的打算，全收入我的心胸"。而且他还有自己独特的考察、研究方
式，他说那是一种"读那本大书的方式"，也就是说，他是把这些工
艺美术、历史文物，当作一本社会、历史的"大书"来"读"的，他
"看形态，看发展，并比较看它的常和变"，并由此看社会和历史的常
和变。[236] 这样，我们也就对沈从文的选择，有了一个新的理解：如
果说，当年他是把通过音乐对自我生命的认识，化成了牧歌体的小说
创作；那么，他现在又将通过工艺美术获得的对"其他生命"的认识，
转化为历史文物的研究。而二者在根本上是相通的：所关怀的都是
"人"的生命及其背后的"社会"和"历史"。

　　我们还需要注意的是，沈从文是在 1949 年以后，开始这样的转
变的，这就必然同时要受到时代的影响，这就是我们在本文的第二部
分已经略作讨论的他对历史唯物主义的接受。他因此把自己的文物研
究规定为"从文物出发，来研究劳动人民成就的'劳动文化史'、'物
质文化史'，及以劳动人民成就为主的'新美术史'和'陶'、'瓷'、
'丝'、'漆'，及金属工艺等专题发展史"。[237] 这样，就不仅和新社
会、新时代达到了对接，而且也和他的"乡下人"立场契合。他在这
些研究中倾注了如此真挚浓厚的情感，如汪曾祺所说，"他对这些手

工艺品的赞美是对制造这些精美器物的劳动者的赞美。他在表述这些文物的文章中充满了民族自豪感"。[238]这样，他的文物研究也就获得了他的小说创作所特有的诗性特征，汪曾祺把沈从文的文物研究称作"抒情考古学"，[239]是很有见地的。

不仅如此。早在1948年沈从文就指出：文物是"全民族公共遗产，是人类心智、感情和劳动结合向上的文化指标"，他因此提出要开展"文物保卫"运动，以此作为"文艺复兴"，再造民族精神的起端。[240]在新中国成立以后，他更大声疾呼，要"从一个更博大更深远一些目标出发"，开展大规模的文物研究，这样才能和"优秀传统浸润融合"，"启发出一种新的创造心"，以真正推动"文化高潮"的到来，并表示自己因此而感到"焦虑和惶恐"。[241]这就意味着，在沈从文的心目中，文物研究是和一个大的目标联系在一起的，他是自觉地要通过自己的文物研究，将自我生命和民族文化的发展，历史的进步取得有机的联系。他一再表明，自己愿意做一名"博物馆说明员"，不过是"企图把个人有限生命，试就本业学习中经常接触到的，有待一一解决的小问题，尽力所及。来进行些常识性探讨，为我年轻的同事尽点应尽责任"，"作些'接力赛'的准备"。[242]但他同时也确信，自己的微细的工作是历史（文物研究史，以至中国文化史）长河里的一点一滴，但也因此获得了一种长远的意义和价值。于是，我们发现，当年沈从文从事小说创作，期待因文字的不朽而获得和百代千载的后代"晤对"的价值，现在，他虽然转而为文物研究，但那将有限的生命存留于永恒的历史中的期望，却依然一脉相承。

通过以上几个方面的考察与分析，我们自然可以得出这样的结论：沈从文说他后半生的文物研究"和个人前半生搞的文学创作方法态度或仍有相通处"是有充分根据的。沈从文还自我评价说，他的文物研究的主要代表作《中国古代服饰研究》"给人印象，总的看来虽具有一个长篇小说的规模，内容却近似风格不一分章叙事的散文"。[243]

沈从文就这样以一种独特的方式，最终完成了他的"文学家"的形象。

注释

［1］乔大壮，曾任职北洋政府教育部，和鲁迅同事，他应鲁迅之请书写的《离骚》集句，至今仍悬挂于鲁迅故居。1948年初许寿裳惨遭暗杀以后，曾任台湾大学中文系主任，后被解聘。自感无力救国救己，于1948年7月3日自沉于苏州梅村桥下。

［2］［6］［7］［9］［18］［26］［28］［37］［179］［192］《一个人的自白》（1949），《沈从文全集》27卷，第4、6、7、9、8、10、11、17、16、13、10—11页。北岳文艺出版社，2002年。以下简称《全集》。

［3］［10］［56］［76］［87］《致吉六》（1948），《全集》18卷，第521、519、520页。

［4］《抽象的抒情》（1961），《全集》16卷，第534页。

［5］［17］［29］《从悲多汶乐曲所得》（1949），《全集》，15卷，第216、222页。

［8］参看钱理群：《张中晓提出的问题》，文收《拒绝遗忘——"1957年学"研究笔记》，香港牛津大学出版社，2007年。

［11］中央文献研究室编：《毛泽东年谱（1893—1949）》下卷，第266页，中央文献出版社，1993年。

［12］《致刘子衡》（1949），《全集》19卷，第45页。

［13］［39］［40］［45］［48］《致丁玲》（1949），《全集》19卷，第48、49、51、52页。

［14］［20］［52］［98］［142］［168］［228］［230］《四月六日》（1949），《全集》19卷，第29、24、30、25、35、28页。

［15］参看钱理群：《丰富的痛苦——堂吉诃德和哈姆雷特的东移》，北京大学出版社，2007年。

［16］［32］《第二乐章——第三乐章》（1949），《全集》15卷，第214、213、215页。

［19］［27］［31］［36］［38］《张兆和致沈从文暨沈从文批语·复张兆和》（1949），《全集》19卷，第9、8、10、10—11页。

［21］《黑魔》（1943），《全集》12卷，第171页。

［22］《长庚》（1940），《全集》12卷，第39页。

［23］《潜渊》(1940),《全集》12卷,第34页。

［24］张新颖:《沈从文精读》,第183页,复旦大学出版社,2005年。

［25］《生命》(1940),《全集》12卷,第43页。

［30］［49］《致张以瑛》(1949),《全集》19卷,第19、20页。

［33］《致张兆和》(1949),·《全集》19卷,第16页。

［34］［58］［84］［187］《总结·思想部分》(1950),《全集》27卷,第104、99、99—100页。

［35］《梁思成、林徽因致张兆和》(1949),《全集》19卷,第12页。

［41］金介甫:《沈从文传》(符家钦译),国际文化出版公司,2005年10月版;刘洪涛:《沈从文与张兆和》,文载《新文学史料》2003年4期;刘洪涛:《沈从文与九妹》,文收《报刊荟萃》1993年5期。

［42］参看《致张充和》(1949),《全集》18卷,第386页的注释。

［43］《绿魇》(1944),《全集》12卷,第155页。

［44］此段分析采用了刘洪涛《沈从文与张兆和》的观点,请参看。

［46］《复张兆和》(1949),《全集》19卷,第17页。

［47］［62］［63］［69］［75］［77］［79］［97］《政治无所不在》(1949),《全集》27卷,第41、38—39、47、23、38、46、44、42、48页。

［50］［96］《黄昏与午夜》(1949),《全集》15卷,第230、234、235、226页。

［51］《日记四则》(1949),《全集》19卷,第59页。

［53］［90］［109］［113］［115］［122］［124］［237］《我为什么始终离不开历史博物馆》(1968),《全集》27卷,第247、243、245、245—246、253、264、254页。

［54］《无从驯服的斑马》(1983),《全集》27卷,第380页。

［55］《凡事从理解和爱出发》(1951),《全集》19卷,第107、111页。

［57］《致季陆》(1948),《全集》18卷,第516页。

［59］《我的分析兼检讨》(1950),《全集》27卷,第70页。

［60］［61］［65］［181］［184］［231］《解放一年,学习一年》(1950),27卷,第51、54、56、52、53、50页。在《我的分析兼检讨》里,沈从文也谈到自己受"佛道杂书"的影响(27卷,第73页)。

［64］鲁迅:《革命时代的文学》,《鲁迅全集》3卷,第442页,人民文学出版社,2005年。

［66］《一个知识分子的发展》(1956),《全集》27卷,第362页。

［67］《〈武训传〉讨论给我的教育》(1951),《全集》27卷,第353页。

［68］《致沈虎雏》(1951),《全集》19卷,第240页。《致张兆和》(1956):"中国人

在共产党教育下真是站了起来，谁也压不下去"（《全集》20 卷，第 62 页）；《致沈云麓》（1959）："帝国主义最怕中国进步，对公社只希望失败，我们就必须搞好它，而且也一定会慢慢搞得很好的"（《全集》20 卷，第 284 页），等等。

［70］《自传》（1950），《全集》27 卷，第 61 页。

［71］［178］［185］《我的学习》（1951），《全集》12 卷，第 370、368 页。

［72］《沈从文的发言》（1956），《全集》14 卷，第 406 页。

［73］［91］［99］［102］［191］［207］《致张兆和》（1951），《全集》19 卷，第 86、185、175、180、187、158 页。

［74］［101·］［161］［167］［209］《致张兆和》（1952），《全集》19 卷，第 352、345、312、282、295 页。

［78］《黄昏和午夜》（1949），《全集》15 卷，第 235、234、236 页。

［80］《时事学习总结》（1950），《全集》27 卷，第 67 页。

［81］《致沈云麓》（1958），《全集》20 卷，第 234—235 页。沈从文在整风和反右运动中的表现及反应，十分复杂，将另作文讨论，这里只谈其中一个方面。

［82］《致沈云麓》（1960），《全集》20 卷，第 377 页。

［83］钱理群：《心灵的探寻·后记》，第 307 页，北京大学出版社，1999 年。

［85］《题于〈柏子〉文末》（1948—1949 年），《全集》14 卷，第 464 页。

［86］《五月卅下十点北平宿舍》（1949），《全集》19 卷，第 43 页。

［88］《杨刚致沈从文》（1949），《全集》19 卷，第 34 页。

［89］《致萧离》（1950），《全集》19 卷，第 71 页。

［92］［94］［95］《老同志》（1950—1952），《全集》27 卷，第 478、474、473、477—478 页。

［93］［173］《凡事从理解和爱出发》（1951），《全集》19 卷，第 113、106、107、108 页。

［100］［190］［195］《致金野》（1951），《全集》19 卷，第 195、194 页。

［103］《我》（1958），《全集》19 卷，第 163 页。

［104］《劳动感想》（1966），《全集》27 卷，第 198 页。

［105］《时事学习总结》（1950），《全集》27 卷，第 63 页。

［106］《自剖提纲》（1967），《全集》27 卷，第 384 页。

［107］［205］［217］［220］《复沈云麓》（1957），《全集》20 卷，第 217、197、196—197 页。

［108］［235］《我》（1958），《全集》27 卷，第 166、169 页。

［110］《我为什么搞文物制度》（1966），《全集》27 卷，第 194 页。

［111］《用常识破传统迷信》（1968），《全集》27 卷，第 229 页。

［112］《我为什么强调资料工作》(1966)，《全集》27 卷，第 184 页。

［114］《复沈云麓》(1961)，《全集》21 卷，第 61 页。

［116］《我为什么研究杂文物》(1966)，《全集》27 卷，第 191 页。

［117］《复孙作云》(1956)，《全集》19 卷，第 438 页。沈从文是 1949 年以后从北大中文系出来的，因此，他对北大中文系的关注是很自然的。但他离开以后，北大中文系的门始终对他是关着的，这对他心灵的创伤也是难言的。

［118］《复程应镠》(1956)，《全集》19 卷，第 476 页。

［119］《致张兆和》(1957)，《全集》19 卷，第 207 页。

［120］他在《我的检查》里说自己在“文革”中“由于冲击大，头脑形成精神崩溃状态。只明白一件事：工作又搞错了”。《全集》27 卷，第 205 页。

［121］参看《表态之一》(1966)，《全集》27 卷，第 172 页；《我的检查》(1966)，《全集》27 卷，第 204 页。

［123］《用常识破传统迷信》(1968)，《全集》27 卷，第 229、240 页。《我为什么始终不离开历史博物馆》(1968)，《全集》27 卷，第 252 页。

［125］《复程应镠》(1965)，《全集》20 卷，第 490 页。

［126］《致沈云麓》(1957)，《全集》21 卷，第 140 页。

［127］［128］《致沈云麓》(1959)，《全集》20 卷，第 297、285 页。

［129］《题〈八骏图〉自存本》(1956)，《全集》14 卷，第 465 页。

［130］［131］［132］《致沈云麓》(1959)，《全集》20 卷，第 285 页。

［133］［149］《复道愚》(1954)，《全集》19 卷，第 379、381 页。

［134］《致沈云麓》(1957)，《全集》20 卷，第 138、139、197 页。

［135］《致沈从文》(1959)，《全集》20 卷，第 278 页。

［136］《我为什么始终不离开历史博物馆》(1968)，《全集》27 卷，第 249 页。在改革开放以后，沈从文才知道，1949 年以后，当大陆焚烧他的书的时候，海峡另一边的台湾也因为他身在大陆而将其作品列入“禁书”，他更有啼笑皆非的感觉。参看《复苏同志》(1979)，《全集》25 卷，第 381 页。

［137］参看《沈从文自传》(1956)，《全集》27 卷，第 149 页。

［138］［221］《复沈云麓》(1959)，《全集》20 卷，第 218、328 页。

［139］［159］［170］［172］［213］《致沈云麓》(1960)，《全集》20 卷，第 471、422、444、374 页。

［140］《无从驯服的斑马》(1983)，《全集》27 卷，第 379 页。

［141］《复程应镠》(1966)，《全集》21 卷，第 490 页。

［143］《致沈虎雏、张之佩》(1979)，《全集》25 卷，第 316—317 页。

［144］《复杨克毅》（1979），《致沈虎雏、张之佩》（1979），《全集》25卷，第338、339、320页。

［145］《致高植》（1953），《全集》19卷，第365页。

［146］［148］《日记六则》（1953），《复潜明》（1953），《全集》19卷，第362、389、363页。

［147］沈从文所关心的，不仅有博物馆的"大事"，还有国家建设的"大事"。比如他在《革命大学日记一束》里，就提出"中国工业化"不应只是"大都市工业集中生产"，还应该同时发展"中等城市半手工业"和"家庭手工业"，今天来看，都是极有远见的。见《全集》19卷，第79页。

［150］《致沈云麓》（1955），《全集》19卷，第432页。

［151］沈从文对官僚体制还有许多深刻的批判。比如他提出了"生命经济学"的概念，提出国家建设，"工业基础，必奠基于这个人力解放和人力有效使用的发展上"；并从这样的"生命经济学"出发，对官僚体制下，对时间、生命的浪费提出了尖锐的批判："不知有效管理自己，使生命更有效率的使用到国家需要方面去"，而是"浮浮泛泛的把一部分生命交给老牛拉车式的办公，完全教条的学习，过多的睡眠（一般的懒惰更十分可怕），无益的空谈，以及纯粹的浪费，怎么能爱国？"见《革命大学日记一束》，《全集》第19、78、77页。

［152］［154］《致王亚蓉》（1977），《全集》25卷，第167页。

［153］以上引文见《新稿之一》（1974），《全集》27卷，第571、572、575、576、577、578页。

［155］其实，沈从文对官僚体制在中国社会的"发展性，传染性"与"繁殖"力是有深刻认识和高度警惕的；文化革命刚结束，他就提出警告："'四人帮'已倒了，无形的'帮四人'势力，却正以史无前例的方式扩展其权势。阿谀逢迎的市场，远比真实的能力见解吃得开"。历史已经证明了沈从文的远见。参看《致沈虎雏、张之佩》（1979），《复杨克毅》（1979），《全集》25卷，第320、339页。

［156］［165］［183］［193］［194］［197］《总结·传记部分》（1950），《全集》27卷，第84、79、86、80、220—221页。

［157］《复沈云麓》（1957），《全集》20卷，第197页。

［158］《题〈八骏图〉自存本》（1947），《全集》14卷，第465页。

［160］［163］《沈从文自传》（1956），《全集》27卷，第140、145页。

［162］《复沈云麓》（1957），《全集》20卷，第197页。

［164］参看《〈七色魇（魇）〉题记》（1944），《两般现象一个问题》（1947），这是新发现的沈从文佚文，载《中国现代文学丛刊》2008年1期。

[166] 沈从文将鲁迅倡导的"乡土文学"称为"乡土回复",这未必符合鲁迅的思想与追求,但沈从文也因此将他自己的创作列为"乡土文学"的创作潮流中。见《解放一年——学习一年》(1950),《全集》27卷,第 52 页。

[169]《复杨正中》(1960),《全集》20 卷,第 416—417 页。

[171]《致张兆和》(1960),《全集》20 卷,第 425 页。

[174]《致程应镠》(1950),《全集》19 卷,第 93 页。

[175] 在"文革"中沈从文的这篇《抽象的抒情》被查出,专案人员在审查时,特地在"少数特权人物或多数人"这句话下打了红线:他们也注意到沈从文这一观点的异端性和重要性。

[176] 以上引文见《抽象的抒情》(1961),《全集》16 卷,第 527、530、532、533、534、531 页。

[177]《复沈云麓》(1957),《全集》19 卷,第 197 页。

[180] 我在《我的一个提醒》的演讲里对这样的农民的疑惧的历史与现实意义,有过一个简单的讨论,可参看。文收《致青年朋友》,长安出版社,2008 年。

[182] 读那个时代的沈从文反省、检讨的文字,可以发现,沈从文是极其认真,又极其真诚地去写检查、反省的,因此,除个别的勉强"认罪"之言,大多数的反省,或有夸大之处,但又是反映了他当时的真实认识的。有的时候,他写着写着又发起牢骚来,如他在革命大学结业时写的《总结·思想部分》里突然冒出一句:"笔无从用到更合需要方面去,却来写这种永远写不对的总结"。(见《全集》27 卷,第 107 页)这都是很有意思的。

[186] 当然,沈从文的创作更有中国传统文学,乡土文化的深刻影响,那是要另作讨论的。这里主要着眼于他和西方 19 世纪文学的联系。

[188]《复沈云麓》(1958),《全集》20 卷,第 231 页。

[189]《致张兆和》(1957),《全集》20 卷,第 157 页。

[196]《致张兆和、沈龙朱、沈虎雏》(1951),《全集》19 卷,第 224 页。

[198]《中队部——川南土改杂记之一》(1952),《全集》27 卷,第 482 页。

[199]《致张兆和》(1956),《全集》20 卷,第 111 页。

[200] 1951 年还在农村参加土改时,沈从文就在给张兆和的信中透露过计划在三年内"把我拟写的另外几个中篇故事草稿完成","有三个必然可得到和《边城》相近的成功"。见《全集》19 卷,第 159 页。

[201]《致张兆和》(1958),《全集》20 卷,第 243 页。

[202]《致沈龙朱、沈虎雏》(1951),《全集》19 卷,第 246 页。

[203] 参看《关于西南漆器及其他》(1949),《解放一年——学习一年》(1950),《总

结·传记部分》,《全集》27 卷,第 23、52、76、78—79 页。

[204] [206] 小说收《全集》27 卷《忘履集》。

[208] 《致丁玲》(1952),《全集》19 卷,第 353 页。

[210] 沈从文几次提及这只花猫,足见他的看重。参看《致张兆和》的两封信,《全集》19 卷,第 158、285 页。

[211] 小说仅写出部分章节的片断初稿,现以《死者长已矣,存者且偷生!》为题,收《全集》27 卷《忘履集》,编者附记对写作经过有简要说明。

[212] [214] [219] 《复沈云麓》(1960),《全集》20 卷,第 482、406、407 页。

[215] 1961 年沈从文在一封写给汪曾祺的信中谈到他"特别怕批评家":"我年纪已到六十岁,即或再憋气十足的来在写作上下功夫,实在成就也有限。而且再也受不住什么歼灭性打击批判","想到这一点,重新动笔的勇气,不免就消失一半"。《全集》21 卷,第 22 页。

[216] 以上引文见《致沈云麓》(1960),《全集》20 卷,第 465—466 页。

[218] 见编者附记,《全集》27 卷,第 531 页。

[222] 《致张兆和》(1952),《全集》19 卷,第 311 页。

[223] [226] 《致布德》(1950),《全集》19 卷,第 68 页。

[224] 沈从文在 1961 年写信给汪曾祺说:"我怕来不及看到对我工作和工作态度的正当估价机会了",但"我总多少有点迷信","写作上的'百花齐放'"的时候终会到来。因此,他如此劝诫汪曾祺:"你还年青","你应当在任何情形下永远不失去工作信心","还是写下去吧","后来人会感谢你的!"《全集》21 卷,第 22 页。后来的历史也证明了这一点。汪曾祺因此说,沈从文的一些话"常有很大的预见性"(《沈从文转业之谜》)。而这样的预见性其实是根源于沈从文对历史的最终公正性的基本信念的。

[225] 沈从文在四川农村参加土改时在写给夫人和孩子的信中特意提到,他在"糖房外垃圾堆中翻出一本《史记》列传选本,就把它放老式油灯下反复来看",得到许多启发。参看《全集》19 卷,第 317—319 页、311—312 页。

[227] 《致张兆和、沈龙朱、沈虎雏》(1952),《全集》19 卷,第 318—319 页。在另一封信里又谈到"这时候读杜甫,易懂得好处和切题处",《全集》19 卷,第 226 页。

[229] 《复汪曾祺》(1961),《全集》21 卷,第 18 页。

[232] 《复沈虎雏》(1952),《全集》19 卷,第 305—306 页。

[233] 《题于〈柏子〉文末》(1948—1949),《全集》14 卷,第 464 页。

[234] 《我的感想——我的检讨》(1950),《全集》14 卷,第 403 页。

［236］《关于西南漆器及其他》（1949），《全集》27 卷，第 22、23、24 页。

［238］汪曾祺：《一个爱国的作家》，文收《汪曾祺全集》（四），第 250 页，北京师范
　　　　大学出版社，1998 年。

［239］汪曾祺：《沈从文的寂寞》，《晚翠文谈新编》，第 191 页。

［240］《收拾残破——文物保卫一种看法》（1948），《全集》31 卷，第 293、298 页。

［241］《敦煌文物展览感想》（1951），《全集》31 卷，第 308 页。

［242］《扇子考·后记》（1978），《全集》29 卷，第 313 页。

［243］《中国古代服饰研究前言》（1980），《全集》32 卷，第 10 页。